Дети Третьего рейха

纳粹战犯的孩子们

〔俄〕塔季扬娜·弗列依杰逊 著
李喜长 译

陕西新华出版传媒集团
陕 西 人 民 出 版 社

图书在版编目(CIP)数据

纳粹战犯的孩子们 / (俄罗斯) 塔季扬娜·弗列依杰逊著; 李喜长译. — 西安 : 陕西人民出版社, 2018

ISBN 978 - 7 - 224 - 13217 - 5

Ⅰ. ①纳… Ⅱ. ①塔… ②李… Ⅲ. ①纪实文学 - 俄罗斯 - 现代 Ⅳ. ①I512.55

中国版本图书馆 CIP 数据核字(2019)第 093793 号

出 品 人: 宋亚萍
总 策 划: 刘景巍
责任编辑: 刘景巍　王颖华
封面设计: 哲　峰　姚肖朋

纳粹战犯的孩子们

作　　者	[俄罗斯] 塔季扬娜·弗列依杰逊
译　　者	李喜长
出版发行	陕西新华出版传媒集团　陕西人民出版社 (西安北大街 147 号　邮编: 710003)
印　　刷	中煤地西安地图制印有限公司
开　　本	787mm × 1092mm　1/16
印　　张	37. 625
字　　数	530 千字
版　　次	2020 年 3 月第 1 版
印　　次	2020 年 3 月第 1 次印刷
书　　号	ISBN 978 - 7 - 224 - 13217 - 5
定　　价	88. 00 元

如有印装质量问题，请与本社联系调换。电话: 029—87205094

中文版序言

我的书能在中国出版发行，是我生命中获得的最珍贵的礼物。多年前，当我第一次来到中国，我就感觉到我们两国之间比我想象的更为亲近。如今我更加深信，俄罗斯与中国人民外貌的不同，仅仅是强调了我们建立在历史基础上的共同性。

1941—1945 年纳粹德国发动的那场灭绝人性的血腥战争夺去了上千万苏联人的生命，而中国同样也多年处于日本法西斯的蹂躏之下，一定能够体会到我们所经受的痛苦。

战后，国际军事法庭轰动了全世界。首先是在纽伦堡，随后是在东京，高级战犯被审判处以绞刑。

当获得解放的人们开始自己新的生活后，很少有人去关注那些战犯的后代有何种感受，是如何生活的。过了几十年，战争的痛苦逐渐减弱，我有机会去结识并接近那些下令杀害我们先辈的刽子手们的后代。

我真诚地感谢陕西人民出版社，感谢他们把此书送到中国读者手中。此书写作的过程如同是我在黑暗中去触摸那些曾经为阿道夫·希特勒疯狂的妄想而卑躬屈膝的刽子手们的灵魂。

书中的主人公有的一生都不敢大声说出自己的姓氏，不敢为自己所承受的历史重负而抱怨；有的却极力为杀害成千上万无辜平民的他们的爷爷、父亲辩解，为他们开脱罪行。

《纳粹战犯的孩子们》是我为本书所起的名字，书中所展现的是那些人类历史上丧失人性的战犯的后代们的不同命运和故事。

塔季扬娜·弗列依杰逊

目录

1 绪言　纪录片与德意志人

9 伊丽莎白·戈林
——第三世界中的“第三帝国”

131 贝蒂娜·戈林
——仙人掌中的羽扇豆

215 尼克拉斯·弗兰克
——断头台阴影下的生命

321 理查德·冯·席拉赫
——“世界末日”之后的生活

409 赖涅尔·胡斯
——百叶窗后的人

469 希姆莱及其后代

511 **隆美尔和施陶芬贝格**

——“英雄”还是“战犯”？

569 **扎乌尔和施佩尔**

——第三帝国废墟之上

595 **后记**

绪言

纪录片与德意志人

为第三帝国重要纳粹分子的后代做一个纪录片的想法已经在我的脑海中存在了 15 至 16 年了。这些后代在我们已经获得伟大胜利的世界里是怎样生活的？试想一下，要是你们知道自己的父亲曾经屠杀过上百万人，你们会以怎样的心态去生活呢？清晨在一个已经取代了第三帝国的新国家中醒来，你们会有什么样的感受？在这个国家中，你那不久前还无所不能的父亲被宣判为罪人，而你从今天起成了纳粹的败类。你的母亲在何方？你的城堡在哪儿？你父亲的坟墓最后又在哪里？啊，是的！没有坟墓，父亲已经被绞死，化成灰烬被风吹散，而你，雅利安的小天使，被送到了异乡的栖身之地。

编辑通常如此告诫那些初出茅庐的作者们说："世界上所有与此相关的题材都已经被人找出并且整理出书了。你们试试从其他的题材开始吧。"当人们在 5 月 9 日早晨 10 点打开电视观看红场阅兵式直播，或者这天晚上凝视着天空中散开的烟火时，他们之中有没有人会联想到，正是在 1945 年春季的这一天，第三帝国灰飞烟灭。是的，我们的先辈未必会给我们提出关于第三帝国的问题，但我们自己真的已经远离鲜血和战争了吗？难道我们真的那么无动于衷吗？难道人类总是想着如何成为世界的主宰者吗？纽伦堡审判的最终结果标志着那段可怕的历史的结束，但是，这对某些人来说却意味着开始。

1946 年 10 月 16 日，10 名罪犯（德国纳粹分子、德意志劳动战线头目罗伯特·莱伊在纽伦堡审判之前畏罪自杀；第三帝国元帅赫尔曼·戈林在被送上绞刑架前自杀；德国纳粹头目马丁·鲍曼则逃之夭夭，最终没有被抓到，最后缺席审判）被法庭判决在纽伦堡监狱的训练厅执行绞刑。第三帝国军事工业部部长阿尔伯特·施佩尔被判处 20 年拘禁，在其同伙被处决后的第二天他在日记中写道："整个监狱死一般的寂静。监狱里的气氛也不可思议地在变化。我却觉得，紧张感在逐渐削弱，就好像双方都在为 10 月 16 日这一天煎熬，在长达几个月的紧张忙碌之后，他们最终也平静了下来，甚至连看守们也终于能稍稍放松一下了。"①

战争结束，和平终于到来。而那些社会地位较高的纳粹分子的孩子和亲戚也有了一些新的变化：现在他们是 20 世纪最可怕的战犯的后代，他们的血液里流淌着魔鬼的血液，从镜子中他们可以看到父亲那自鸣得意的面孔，或早或晚那种野蛮的基因也会让他们知道自己是谁。

以纪录片制作人的身份在电视台第一频道工作了一段时间后，我最终决定尝试去做出自己的特色。之前我已经以作者、导演和制片人的身份做成了十几个不错的纪录片，我相信我最终一定能够做出独特的并且是电视工作者喜欢的方案，而这也将是我的名片。

就这样，我心无旁骛地等待着第一频道对我方案的回复，答复一定是肯定的。

我清楚地记得 2010 年 5 月 21 日这一天。手机铃声响起，显示屏上跳出了一个名字，也就是我向其提交拍摄纪录片申请的第一频道工作人员的那个人。

"塔季扬娜，我给你打电话是为了《纳粹战犯的孩子们》……"由

---

① Шпеер А. Шпандау: тайный дневник. М.: Захаров, 2010. С. 17. （Далее-Шпеер. Шпандау.）阿尔伯特·施佩尔：《施潘道监狱：秘密日记》，莫斯科：扎哈罗夫出版社，2010 年，第 17 页。（以下简称施佩尔：《施潘道监狱》）

于不自信电话那边的声音停止了。

“还有呢？”

“记住，它将不会被拍成纪录片。”

“为什么？”

他坚决地说道：

“不为什么。你到底是怎么想的？一是你的公司实力不够，一年也就发行两三部片子，而你却妄想做这个题材。再说涉及该主题的所有人都住在国外。还有，在你看来，真有人愿意去谈论他们的爸爸或者祖父——阿道夫·希特勒的同僚吗？”

“您确定向上级领导转交了我的申请吗？”毫无疑问，最后一个实现它的机会已经没有了。

“你不相信我吗？”电话那边的声音听起来很委屈，“最好的办法就是想新的题材吧！你知道康斯坦丁·恩斯特非常喜欢我们所做的关于玛格达·戈培尔的纪录片吗？你可以看看它然后想出关于纳粹主义的一些东西，如果你想做的话，你就是制作人。”

我极力用温和的语气对他说道：

“但是在你们的关于玛格达·戈培尔的纪录片里没有一个她的后代，只有对她的描写和画外解说词！”

“哈哈！”交谈者的心情突然变好了，“你还是想拍摄纳粹分子后代的纪录片吗？你甚至都不知道玛格达·戈培尔杀死了自己所有的孩子！”

“也并非如此。”谈话继续下去看起来也没有什么意义，但我还是补充道，“玛格达·戈培尔的四个孙女都是第三帝国数十亿欧元财产的继承人……”

这次通话之后过了半年的时间，我拍摄《纳粹战犯的孩子们》的纪录片申请历经千辛万苦终于得到了认可。

纪录片共有3集，每集52分钟。我想我应该确保超过两个半小时以上的材料都是独一无二的，这些材料应该是从那些完全不愿意跟新闻界打交道的人的采访中颇费周折获到的，而不应该是从那些俄罗斯的电视工作者手上获得的！但也许这只是我自己的一厢情愿。

当获准拍摄这部纪录片的消息四处传开以后，我经常听到人们这样说："多好的主意！拍摄有名气的纳粹分子的后代及亲属！为什么之前没有人想到去尝试呢？要知道这个主题是多么的显而易见！"坦率地说，我自己也很纳闷，这是为什么呢？

原因也许是，在你想要找寻那些人的时候，你就会在巴登—符腾堡或者汉堡等其他地方的墓地名册上看到他们的名字。这着实令人难过，因为你已经来不及了。你没来得及去采访纳粹帝国中央保安总局头目卡尔滕布鲁纳的儿子；没来得及去采访神父小鲍曼——纳粹头目马丁·鲍曼的儿子，这个大家庭唯一的代表在拍摄计划刚刚开始时就已经被严重的疾病缠身；更没来得及采访纳粹秘密头目鲁道夫·赫斯的儿子——沃尔弗，他已死于2004年，很多年的时间里，他都在试着证明他93岁的父亲是在施潘道监狱里被杀的，因为他被国际军事法庭在纽伦堡判决为终身监禁，在那里服刑，还有版本说这位第三帝国谜一般的人最终是用白色丝线自杀的……

20世纪70—80年代，德国电视工作者拍摄过纳粹上层官僚的孩子们（甚至一些纳粹的父母们）。他们的所有内容都与俄罗斯的纪录片有很大出入，尤其是关于第二次世界大战的内容。他们设计的问题与其说体现了他们的思维方式，不如说体现了紧张压抑的沉默气氛。这种气氛笼罩在问题中间，体现在解说员冷漠的态度立场上，体现在谈话者精心设计的回答里。那么结果呢，在我看来非常的戏剧化，中景特写镜头、黑暗的背景、规范的阐述。不过也有一些其他的拍摄内容对我来说有一定的价值，如居室装修、家庭氛围。整个纪录片在传达着"纳粹是邪恶的源泉"这一精神时没有任何概括性的指出，得到的结果也同样模棱两可。

总有人告诫我要在自己所塑造的人物中看到真实的人。这一简单的想法在现实中实现并不是轻而易举的事。相反，德国记者在任何涉及军事和战犯的纪录片时都会很细心地掩饰坐在他面前的这个人。现在我想明白为什么了，因为他们总是有意逃避所有人类活动在这个主题中的存在，因为人类本身就带有为自己不良行为辩解、掩饰的成分。而我不想走德国枯燥的纪实文学的老路，虽然在工作的过程中不可避免地会遇到这样的问题，要知道，黑面上的白点显而易见，相反也是同样的道理。一个拥有不良记录之人身上所显示的优点总会让人感觉到有些名不副实，难以服人。

有这样一种说法，第三帝国纳粹战犯的孩子们和亲戚们会聚拢在一起，至于他们的姓氏是否一致，这并不重要。然而生活不止一次地向我们证明了现实与期望截然不同。他们的后代们彼此之间没有任何联系，即使他们彼此之间住得很近。毕竟他们的父辈们在纽伦堡审判期间也没能做出团结的榜样。被逮之初，他们所有人都站在统一战线上。但是随着审判的进行，他们之间的分裂和内讧也越来越多，在受审时、在食堂、在监狱走廊、在院子散步时都对彼此视而不见。历史性的人物也逐渐变成了普通人，有的人晚上很难入睡，服用过量的安眠药，有的人在受审中试图依靠自己的狱友为自己洗白、辩解，有的人在监狱的小教堂里在与牧师的交谈中祈祷、哭泣、倾诉。

在申请获批后的几年时间里，我奔波于德国、美国、秘鲁的一些城市，去寻找那些与“希特勒帮凶”有关联的后人们。我经常去理查德·冯·席拉赫推荐的一个著名的慕尼黑酒馆。理查德的祖父不仅仅是希特勒元首的私人摄影师，还是他的好朋友。理查德的父亲是希特勒青年团的头目，而他的母亲是阿道夫的门生。我在北美、南美与第三帝国元帅赫尔曼·戈林的亲友们相见，与奥斯威辛集中营指挥官的孙子喝茶，通过电话与约阿希姆·冯·里宾特洛甫的儿子争论……还有其他，举不胜举！

现在，我要说一些感激的话。

我不属于那种从来都不表达自己感激之情的人，我只是没有想到，有一天我自己要把它们写出来。但是，这对于我来说不仅仅是名和姓，这些姓名的背后是曾经帮助过我的人。

首先是第一频道文献纪录片管理处处长斯韦特兰娜·科洛索娃。让我感到异常惊喜的是，有一些同事从一开始就在支持着你。在创作《纳粹战犯的孩子们》的时候，斯韦特兰娜给予了我很大的支持，当纪录片拍好的时候，有一天她突然问我："你是否要写一本书呢?"（我正好也在纠结，因为拍摄的很大一部分资料只能停留在纪录片镜头里面，非常可惜）我回答道："不，可能不值得这么做，我是一名读者而不是一名作家。"结果，我拍了纪录片也写了书，这一切都应该感谢她。

奥列格·沃尔诺夫一直都对我拍摄纪录片《纳粹战犯的孩子们》持有信心。

叶莲娜·阿法纳茜耶娃像仙女一样出现在我的生命中，要是没有她的参与，整个内容也不会被印刷成书。

亚历山大和伊琳娜，优秀的心脏外科医生，对于我来说他们做的不仅仅是简单地救了我的命，他们所做的比这要多得多。虽然感谢的话说得不多，但我们彼此心里都明白。还有世界上最优秀、最严厉的心脏病专家科尔尼洛夫。我并不是偶然地提到他们，他们是真正的战士，跟他们所从事的职业相比，我因为一些小事就感到悲伤、绝望，这看起来多么愚蠢。接下来我还要提到著名的电影导演谢尔盖·布拉维尔曼，对我来说他是亲近的朋友，多亏他我那幼稚的想法和半页纸的申请才能变成书和纪录片。最重要的是，他永远都是跟你站在一起的朋友，相信你并且帮助你。很幸运，我拥有这样的朋友。现在人们看到了《纳粹战犯的孩子们》这本书，读它，认真对待它，相信它的话语，而这只是表达我的感激之情的很渺小的一部分。

当然，我的家庭是我人生的支柱。我的妈妈薇拉·阿列克谢泽耶夫娜、爸爸阿基姆·谢苗诺维奇和妹妹奥莉雅加一直非常地信任我。而我没有辜负所有人对我的期望，虽然我不是经常会这样。

感谢身边所有的朋友们，感谢你们倾听了我的想法，耐着性子与我交谈，不知不觉中你们也成了研究第三帝国的专家。

我还要专门感谢出版社的伊琳娜·巴加特社长，她的团队将 A4 纸变成了书，这不仅需要技术，还需要思考，如何将我的处女作中断掉的线索重新连接起来，或者在比较散乱的地方多花费一些时间去梳理。

感谢所有与我一起度过这段不平常的日子的朋友们!

当然，更感谢这本书中所有的主人公!

Дети Третьего рейха

伊丽莎白·戈林

——第三世界中的“第三帝国”

在准备拍摄纪录片之前的很长一段时间里（虽然当时我无法得知自己能不能拍成），我努力想去了解第三帝国二号人物赫尔曼·戈林亲属更多的情况。

我最感兴趣的是艾达·戈林。她是帝国元帅赫尔曼·戈林唯一的女儿。她出生于1938年。关于她曾经有不少传言，说她是其父的掌上明珠，过着极其奢华的生活，是第三帝国的第一位后人（孩子），经常与父亲一起出现在画报和明信片的封面上，总是能收到意想不到的礼物；说她睡在卡琳宫柔软的羽绒床上，被一群女仆照顾，而这些女仆是她爸爸专门为她而雇用的，来照顾自己的“小公主”。

关于她还流传过不少笑话，其中一个是这样的：

甲：知道吗？德国关闭了高速公路。

乙：为什么？发生了什么事？

甲：小艾达开始学走路了。

当然，这一切已经成为过去，艾达的今天已无人知晓。人们所能知道的就是曾经的“小公主”已经变成了一位凶悍的老太婆，她厌恶所有记者，决不与任何媒体接触。

准备纪录片拍摄时，我觉得有必要尝试着给戈林的女儿打个电话。因此，我拨打了她在慕尼黑的电话。说实话，这也只是一次试探。

艾达在我问候完她后就立刻打断了我的话，要我介绍一下自己的身份。我使出浑身解数用德语向她介绍自己，竭力使用温婉的语调，同时请求她允许我改用英语与她通话。艾达断然拒绝了我的请求。

或许她不会讲英语？我脑海里闪现出这样的念头，但立刻否认了这种想法，因为我知道在德国人人都懂英语。既然她不愿意，那就顺从她的意愿吧。

“你从哪儿打来电话？”艾达·戈林警觉地问道，因为她还不清楚我的目的，她走到电话边拿起话筒只是因为电话机上显示出的陌生区号和电话号码。实际上，这已经是我的第三次尝试了，前两次都是电话的自动答录。当然，这种情况也是情有可原的。

“我是从俄罗斯打来的。”我以一个似乎对苏联和德国的那段历史毫不知情的口吻，尽量用最为礼貌的语言来表述我打电话的原因。

“别来烦我!”她喊了起来。很明显，她被我说的“俄罗斯”这个词给吓坏了。她停顿了几秒钟来控制自己的情绪，使自己平静下来。随后她用平缓的语气说道：“不要再来打扰我。”似乎是想通过我把她的意思转达给全球所有的记者们。这时从她的话语中我已经感觉不到先前的恐慌和不安，更觉察不出她的烦躁。

从老太婆的话中我清楚地感觉到她的意图，她想尽可能地阻止、打断我的话，不想听我讲完整个事情。不过，在她话语的停顿间我还是尽可能地插话，极力地表明我的想法。我竭尽全力想把话说完，劝说她接受我们的拍摄。我想在这短短的几秒钟把想说的话都说完，犹如想把一座大山装进我的皮箱。可是，我天生就不会整理箱子，自然，这次我也没有成功。

我觉得，在电话挂断之前，我不可能再想出其他办法了。

“好的，好的。不再打扰您，不再打扰您。”我只好这样重复着，以免自己难堪。

然而，一切出乎我的意料。

“好的，好的。不再打扰您。”她没有像我预想的那样挂断电话，反而继续与我交谈。

“您能允许我给您写电子邮件吗？（德国中年人都会使用网络）请您告诉我您的电子邮箱地址。”说这话的同时，我觉得自己的太阳穴在嘣嘣乱跳。

“你到底明不明白我说的话？”

“您只是说了一句‘不要打扰我。’”我镇定地回答道。我想，无论如何我是不会在她放下话筒前中断我们的交谈的。她想挂断那是她的事，反正我不会。

我的语气依旧是那样的平缓，是那样的充满着恳求。

“见你的鬼去吧！我不想再听到你的声音，不要再打来电话！我请求你不要再打来电话，也不许其他人再打了。请你转告所有人！任何人、任何时候都不要再打了！我想平静地生活，让我安安静静地过日子吧！我恨死你们了！”

电话那头终于传来了忙音。

也许，在这次不愉快的电话交流之后，我与戈林家族的关系不会再有转机了。严格意义上讲，我接触过的戈林家族的第一位后人马基阿斯是一个疯子。他是伯尔尼的一位 50 岁的理疗医生。他信奉犹太教，他拒绝了我们拍摄纪录片的要求。而第二位就是这位艾达，她在电话里把我训了一顿。

难道再无他人了？我决定寻找这个德国古老家族的其他代表。我想起曾经在美国一本杂志上读到过一篇介绍这个家族后裔的文章。不过令我难过的是，文章中只字未提任何人的名字，只是说赫尔曼·戈林的兄弟阿尔伯特的血脉或许生活在乌拉圭，或许生活在巴拉圭，更可能生活在阿根廷。这些零零星星的信息让人难以捉摸，而我更是摸不着头脑。阿尔伯特·戈林到底有多少孩子？这是道听途说来的信息。再说远赴南美考证也不在我的预算之列。

我给澳大利亚的一位作家朋友寄去了一封信，我在信中写道：

“亲爱的朋友，我知道你在研究戈林家族历史文献的工作上花费了很多的精力，你知不知道阿尔伯特·戈林的后人中还有没有人活在世上？他有几个孩子？这只是我的好奇。如果有什么信息请你告诉我。”

不久，我就收到了朋友的回信。信中说：“我清楚阿尔伯特家族的情况。我认为你应该去找伊丽莎白，她是阿尔伯特唯一的女儿。去找她吧！我希望她还活在世上，她有段时间曾在利马待过。”

太棒了！当我接到澳大利亚朋友的回信时，我觉得自己像一个摩萨德组织的专业成员，正在追捕约瑟夫·梅格烈与艾希曼。我与该组织不同的是，我没有出入档案馆的许可，没有战友，更没有所谓的复仇想法，但是我拥有猎人般的狂热。我查阅了利马所有的电话簿，旧的，特别陈旧古老的，当然还有新的，我想在这些资料中找到阿尔伯特女儿的电话号码。终于我找到了我所需要的阿尔伯特女儿的信息。伊丽莎白·戈林！找到电话号码的那一刻，我体会到了猎人在千辛万苦捕获猎物后的那种快感。我立即拨打了这个号码。

在一阵电话长音后，话筒里传来了声音。我深深地吸了一口气。从话筒的另一端传来了热情奔放的西班牙语问好声，这是一个男人的声音。我按照自己的习惯，尽量快速与清楚地表达了自己想要找到伊丽莎白·戈林的目的。电话那头静静地听完了我的话后突然喊了一句：

"我不懂英语。"

"完全不懂吗？"我几乎要晕过去了。

"我不懂英语。"我的交谈者继续说着令我窒息的话。

"伊——丽——莎——白 · 戈——林，伊——丽——莎——白 · 戈——林。"我绝望地逐字说着名字。

"好！"电话那端居然慢慢地明白了我的意思。他随之极力用西班牙语向我说着什么，而我却一头雾水，一点也没明白。我毫无办法。突然间他说出了一个神圣的词"玛尼亚娜"。谢天谢地！我童年时曾经看过一部墨西哥连续剧，其中的"玛尼亚娜"我还清楚地记得是"明天"的意思。

"伊丽莎白·戈林？明天？"我又问了一次。

"嗯！玛尼亚娜！"电话那头喊了起来，与此同时还加了一句，"戈林。"

"我太爱你了！"道别时我用纯正的俄语表达了我的谢意。

我的电话预约到了星期天。我觉得不管怎样我是如愿获得了第三帝国元帅戈林侄女家里的电话号码。再说这位好心的秘鲁人至少知道她的情况，或许他是她家庭公司的职员，或许是她生意上的合作伙伴，还有可能他是她办公室的清洁工。也许他是一位40岁左右的秘鲁男人，他有油光发亮的皮肤、浓密的胡须，他热情奔放，有一位健硕的妻子胡安娜和三个孩子：别努奥、胡里奥和戈奇多。我继续猜想着。

第二天的夜里（我这里已经是新的一天的深夜2点，而秘鲁那边依然是前一天里最为忙碌的时刻），我拨通了电话，接电话的是一位女性。她的声音是那样的悦耳动听，而且英语非常好，她的每一个用词都是那样的准确。我断定她就是伊丽莎白·戈林本人。

我向她说明了我的意思，听完我的话，她回答道："我就是伊丽莎白·戈林，我的父亲的确是阿尔伯特·戈林。我这一辈子，从6岁起就生活在秘鲁。你知道，这是一个美丽的国家……我这辈子还没有与任何俄罗斯人打过交道。"过了几分钟后，这位可爱的健谈者突然喊了起来，"天呐！说多了。我还急着出去办事呢。你给我发电子邮件吧。"她急匆匆地说了自己的电子邮箱地址，挂断了电话。

我立即坐下来开始写信，这是我特别不喜欢做的事情。给特别重要的人写信，确实是一件苦差事。书信体是一种冷漠、令我不快的体裁。每当写完一段话，我就觉得我的激情在逐渐减弱。试想一下，当你发现了你追寻的"野禽"，你首先考虑的不是能不能抓住它，而是在何种条件下、以什么方式抓住它。

两天后我收到了赫尔曼·戈林的侄女伊丽莎白·戈林的回信。

亲爱的塔季扬娜：

我经常接到从地球不同地方打来的电话，打听、询问我的父辈们的情况。出乎意料的是我接到了你从俄罗斯打来的电话。我感觉你知道很多关于他们的事情，我决定帮助你拍摄这部纪录片。当然我对你有一些要求，这些我必须事先给你说清楚……

（这就是我的信件换来的结果，你在书信中越温柔礼貌，你就会得到越苛刻的条件。)

坦率地说，我的疑问是，你对我的合作提供不提供报酬？我认为，你并不是随随便便地和我联系，你清楚我掌握着很重要的信息。从我个人角度而言，我希望我们家族独一无二的历史通过你的纪录片让观众们了解。因此，我希望你说出你的建议和你的决定……

我的决定？我在德国工作过，我知道德国人为拍摄是需要付报酬的。从被拍摄者的角度讲，为什么不收钱呢？任何一个人，不管他是学者还是农场主，为你的拍摄花费了自己宝贵的时间，难道他没有权利跟你谈钱吗？这就是资本主义。在社会主义国家，正如我听到的那样，完全是另外一种情况。在苏联时期，对中央台摄影组还有过铺设红地毯的习惯。对被拍摄者来说，在中央台播放，那是最高的荣誉。记者们已经对常规性的接待习以为常了。而现今的俄罗斯是什么状况呢？我常常会面临“为劳动付出报酬”这个问题，虽然西方的那种时髦在俄罗斯还不是那么流行。

关于报酬问题伊丽莎白并没有到此为止。她随即来信写道：

亲爱的塔季扬娜：

按照你的请求我简单介绍一下我自己。我出生于奥地利。我的妈妈出生在布拉格。我的教育、培养全由外祖母玛利亚·克拉扎尔负责，因此在家我和她讲捷克语。我和她于1951年移居秘鲁，在这儿我学会了西班牙语、英语还有意大利语。我本人当然想把自己父亲的事说给人们听，因为他的故事的确值得人们倾听。赫尔曼·戈林的弟弟是一个特别好的人。是不是听起来不太习惯？

我产生了错觉，以为我们的纪录片拍摄已经开始了。

这一切犹如鱼咬钩，或者像孩童被糖果吸引住了一般，如何摆脱这种诱惑？要知道往返利马的机票要花一大笔钱。

就像我在电话里跟你说的那样，我过去是一家德国和瑞士集团公司出色的翻译，现在我为我的儿子雷措工作（准确地说我是他的经纪人），在我们的城市大家都希望邀请我的儿子出席他们的音乐会、晚会或者婚礼……

我负责法律方面的事务，签署合同，并且为儿子拉客户。有一次雷措去坐落于利马市中心的圣彼得教堂演出，合唱队成员有50人（他有时候也参加大合唱演出）。突然有一群金色头发的游客闯进了教堂，我听到了久违的母语德语，这是一群德国游客，他们似乎是在寻找着什么，他们不时地看地图。我询问他们需不需要帮助，他们立即向我求助。我给他们说明了如何走出这条街道到达自己的目的地。之后他们显然对我产生了兴趣，问我叫什么，是不是当地人。我回答说我叫戈林，伊丽莎白·戈林。我发现，这些游客一下子变得紧张起来，其中一位小心翼翼地问我："不知我说得对不对，曾经有位元帅叫赫尔曼·戈林？"我说："对。你说得对。他是我的伯父，我父亲的哥哥。"你能猜得到吗？听完这个，他们一下子变得鸦雀无声，没有再说一句话。他们立刻与我道别，匆忙离开了教堂朝我所指的方向走去。你不要认为我这是在借伯父夸耀自己的身世，有时候我这样做只是为了看看人们的反应。希望你能明白我指的是什么。当然，我不会经常那样做，但有时候我特别想说出"他是我的伯父"。有两位游客后来偷偷地脱离了队伍，溜回到我跟前与我合了影。我也就乘势把节目单塞到了他们手中。因为再过一个半小时，合唱音乐会就要开始了，合唱团中就有我的儿子。他们问了我节目内容并告诉我说旅游团中还有其他人也会来看演出，他们也对赫尔曼·戈林亲属的演唱感兴趣，肯定会来听这场合唱音乐会的。

你不要认为他们是纳粹分子，他们只是对这样一位举世闻名的人物的亲属感兴趣，而这个人就是我的伯父。

我马上就明白过来了，伊丽莎白很善于盘算，她很清楚自己需要什么、想要什么，更能很好地推销自己以及自己的家庭。她不是泛泛而谈，而是仔仔细细地介绍并加上了自己儿子的情况，即她的儿子善于歌唱（这一点对拍摄来说非常实用）。总而言之，戈林的侄女对我们的拍摄来讲不只是需要，而是必不可少。问题在于她比信中所写的更加苛刻地讨价还价。她提出三天拍摄要付3000欧元，少于三天的拍摄她不同意。她诚实地说出了自己的理由，说她需要赚钱，需要这笔钱。但是，3000欧元按照利马的行情来说高得有点离谱。

我清楚，与伊丽莎白接下来的见面会使我身无分文，但我并没有就此中断书信来往。因为伊丽莎白本人好像已经进入了角色，已经确定了接受我们采访的时间。一切按照我起初设想的那样在推进，我要做出最后决定的日期也在一天天临近。

风险是显而易见的。当你按照电视台的指派去完成某个采访的时候，一切是那样的轻而易举；而当你自己有独特的点子要实行的时候，任何风险都需自己承担。我至今还无法证实这位伊丽莎白到底是不是真的是我所需要的伊丽莎白，也就是戈林的后人。还有即使真的是她，她会不会在我走下飞机的那一刻突然变卦放弃拍摄？她会不会不接电话？她会不会生病？那儿会不会发生什么别的事情？再说，我在利马一个熟人也没有。大家知道，在打掉哥伦比亚全球最大的贩毒窝点后秘鲁就成为世界第一毒品生产国。我无法预知我在走向伊丽莎白的道路上会发生什么事，遇到什么样的人。

我的眼前浮现出一个又一个画面：我是如何两手空空地在俄罗斯大使馆门前大喊着“救救我吧！”或许，没人理我，更不会有人给我开门；

又或者，我会成为贩毒集团第 120 号帮凶的仆人，正在按照协议给伊丽莎白·戈林做清洁工，每逢周日我们一起为女主人清扫房屋，用西班牙语接听俄罗斯姑娘从俄罗斯打来想拍摄第三帝国纳粹高级将领戈林后代及其亲属纪录片的电话。

在给伊丽莎白·戈林的电子邮件中我只写了一句话“我同意”就立刻发了出去，我不想给自己留下任何改变主意的机会。

她在回信中这样写道：

> 我建议你选择好时间飞到利马，这样我们就可以在周二至周四的时间内工作，随后我将带你去看一些地方，这些地方你应该去看看。（我还不清楚戈林的后代及亲属为何使用“应该”这个词）不要争辩，更不要只顾干活，这花费不了几个钱。既然你大老远从俄罗斯到了我这里，不要错过有些你一辈子再也看不到的东西。关于我的作息时间你不要担心。每天早上 8 点我就已经起床了，我们的拍摄可以从一大早就开始，哪怕到深夜也行。每天一大早我都在公园里散步喂松鼠，有时候也去买鱼或者去海边喂海鸟。一切动物的心脏都要靠胃来支持。

这些话很符合伊丽莎白·戈林的性格。我好奇的是她到底长什么样子。我的脑海中浮现出一位消瘦妇女的轮廓，接下来她将对我颐指气使并欺负我。我习惯于预先构思人物的性格和外貌，当真的见面时就会显得异常有趣。当然，有时候根据电话所构造的人物形象与现实中的人会相差甚远。最使人沮丧的是心中所构想的干练有趣的人物，在现实中却是个木木讷讷的人，说话慢慢吞吞，前言不搭后语，目光痴呆，无精打采，常常使采访、拍摄陷入困境。这样的节目不只使制作人感觉无聊，更会使观众提不起精神。

“我要去利马。”在一个月的反复思考后我对谢尔盖·布拉维尔曼说。

“是吗？我们还能等到你回来的那一天吗?”他稍微迟疑了一下说道。

“你指的是我什么时候回来?”

“不是，不是什么时候。而是去了那里你会变成什么样子。是七零八碎的样子？或者说你打算彻底不回来了?”

“你说什么鬼话?”我的脑海中闪现着极不自信的念头，这种念头我自己根本无法掩饰。因为我自己本身的怀疑从来就没有消失过。

“好吧。”布拉维尔曼勉强点头同意，“我们设想一下，你飞到了利马，在大街上被贩毒者抓住了，向国家索要赎金怎么办……”

“国家难道不支付赎金吗?”

“也许不会。国家为什么要为弱智和自杀者支付赎金？你还有什么计划？你有没有摄影师?”

“我在尝试着寻找。我在网上征召会说英语的秘鲁摄影师，已经有两个候选人应招。一个是瑞典人，他生活在秘鲁，对于拍摄漫天要价；另一个是印第安人，名叫埃里瓦罗，要价也不低，但是……”

“我赞同招这个印第安人。”还没等我说完布拉维尔曼高兴地打断了我的话。“就要这个印第安人，这比我们自己拍摄有趣多了，我们可以通过镜头了解他们拍摄什么，这对我们是一个全新的视角和认识。”

我发火了。

“你知道他要价多少吗？再说如果他的视角和认识完全背离了我们的初衷，如果他不知道什么该拍什么不该拍怎么办?”

“虽然他是一个印第安人，但他未必就是一个白痴。”布拉维尔曼强调说。

“如果一切问题都出在这个印第安人身上的话，那该怎么办?”

一想到我要如何欺骗我的父母（说我在欧洲奔波），我也不是百分之百地确信我能去利马。本次利马之行也许是我一生最后一次疯狂的举动。我内心的焦灼被伊丽莎白的电话所冲散。她非常担心，问我为什么这么久不给她回信说明，说她那里一切都已经准备就绪。

“这样啊。”得知我一时还难以下定决心，她在电话中说道，“当你飞到利马后，不要害怕。我们的国民还是很可爱的，虽然他们也有偷窃的举动。你的行李和包不要随意乱放，不要离开自己的视线，更不要交给搬运工和好心人，不要交给任何人。打出租车只能找正规的出租车，他们会按照‘正规线路’行驶，对于出租车司机也要加倍留心！之前有过一些案例，出租车司机将客人拉到了荒郊野外，洗劫一空。近两年经常会在郊外发现旅游者的尸体……还有，我忘记说了，我会带你去看马丘比丘古城，你要为爬 3700—3800 米海拔的山做好准备。要知道，有人在爬这座山的时候心脏爆裂而亡，毕竟高度在那里摆着。但是你不要怕，你会平安无事的，你要为此准备氧气袋和古柯叶。古柯叶在你们国家被认为是毒品，对吗？”

这么多的信息一下子使我头昏脑涨，诸如正规线路、出租车司机凶手、高山反应、心脏爆裂。我安慰自己，我是去工作的，我只需悄悄地赶赴机场，乘飞机直飞利马，赶到伊丽莎白那里紧紧张张地工作三天，在恐惧还没消失甚至时差还没有倒过来之前我就能返回机场了。虽然这样不能很好地看看利马。在伊丽莎白还没来得及再次表示对我的关怀之前，我已经自己找好了下榻之处，酒店是新的，但不是很奢华，对我而言，能住就行，再说房价不高，还有淋浴。说到便宜，也只是相对而言。房间一昼夜 18 美元，这对我来说是冒险甚至是危及性命的便宜。我随身携带着昂贵的拍摄设备，更主要的是携带着要付给伊丽莎白和摄影师的劳务报酬，还有我自己的护照、返程机票以及随身物品。

当我和布拉维尔曼在奥斯坦基诺公园散步时，他经过深思后说道：

“你买好两张去利马的往返机票吧。”

“不，见鬼去吧！决不能这样。我记得医生曾经说过，大面积的心肌梗死后只有少数幸运者才能痊愈，你为什么要去冒险呢？”

“我曾经也有过去马丘比丘的想法。”谢尔盖温情脉脉地看着我说，犹如老虎看着虎崽儿一般温柔。

“29 个小时的盲目飞行，就只是为了看这位伊丽莎白·戈林和马丘比丘?”

“嗯。”布拉维尔曼拍了拍我的头说，“我也要去工作。我想去马丘比丘。我们将在那里拍摄，我会证明给你看我没事的。”

在咨询了曾经拯救谢尔盖性命的心脏外科医师加加泽耶夫夫妇，并且咨询了心脏外科专家依拉后，我最终被劝服，布拉维尔曼可以与我同行前往秘鲁。

我更加积极地与印第安人埃里瓦罗联系。他曾经许诺还将会有另一位资深摄影师巴布罗老头参与我们的拍摄，他既是向导，也是司机，并且开自己的车。我几乎确信，一切进行得非常顺利。

至于那家 18 美元一晚的酒店被我退掉了。我在网上预订了一家房间设施好得多的酒店，并带有 Wi-Fi 服务。至于酒店的地理位置我没有太多的选择。对于游客来讲，旅行安全指南上明确提示在利马只有两个地区可供选择，一个是米拉弗洛雷斯，这是传说中的花园之都，另一个是圣伊西德罗。我选择了花园之都。

我们于寒冬 8 月的清晨抵达了秘鲁首都。这里不是我说错了什么。8 月是这里一年中最冷的时候，平均温度只有 15 摄氏度。

清晨的利马是那样的冷清和肃静。灰暗的天空被乌云笼罩着。灰暗的黎明中闪现着无数昏黄的灯光，暗示着没人为你未来的安全担保。

我调整了自己的手表时间，当地时间提示我，再过 3 小时 30 分钟我必须和印第安人埃里瓦罗会面，再过 4 小时 30 分钟我就该到达伊丽莎白·戈林的家里了。

关于埃里瓦罗，我在这里多说几句。这并非是我要啰唆，而是我想通过他来让你们了解伊丽莎白。埃里瓦罗是印第安人，是我在网上招募到的印第安人，他是我们这次秘鲁拍摄的同伴，他是秘鲁典型的国家文化代表。在这个国家，第三帝国二号人物的侄女伊丽莎白·戈林生活了几十年。戈林并不是每天乘坐小船沿着亚马孙河漂流，而是每天与埃里瓦罗这样的印第安人打交道。当然，与这种人交往你必须要有足够的耐心。

一看见他我就明白了，为什么小时候妈妈总是用“闭嘴！你这样很愚蠢”骂我了。老妈，你是对的。埃里瓦罗从见面那一刻起一直在喋喋不休地说着什么，要是他停上一会儿的话，他的脸上就会出现一种怪异的表情，似乎在表示“不必担心，我没出什么事，我只是缓口气”。埃里瓦罗大约30岁，不过那只是看起来的样子。也许他已经40多岁，这也只是从他的外表估算出来的，因为他是纯正的印第安后代。我最先从埃里瓦罗那里获知的是他是一个萨满教徒。他们的族群一直虔诚地遵循该教食用热带雨林树木上的天竺鼠、生活在亚马孙河上的传统……

“埃里瓦罗，对于今天的安排就如我们商定的那样，准备有汽车、两部摄像机、录像优盘、另一位摄影师……”

埃里瓦罗看我的时候，脸上总是带着一种无辜的笑意。他的眼神是那样的善良，好像是在安慰你。似乎是我的金发和碧眼无形中激起了印第安人的某种不安，好在几分钟后他就缓过神来了。

“另一位摄影师我们在摄影地找，摄像机、录像带、优盘我们齐全……只是汽车出了状况。”

“什么？汽车出了什么状况？”

“我是租赁的汽车。”埃里瓦罗平静地说道。

“你说什么？”我真的被吓着了。我暂时还没搞清楚，在秘鲁出租车和租汽车都是那样的便宜，至于闷罐车和其他的交通工具我也没有去考虑。在这个只有七八百万人口的国家不可能谈及地铁。

埃里瓦罗平静温和地用英语一字一句地对我解释说：

“我们这么多人一个车挤不下。这么多设备就占了两个座位，剩下的除司机以外只能坐两个人，另一位摄影师巴布罗，我们在路上捎上他。”

“那其他人怎么办？步行吗？你不是说过，一切正常吗？我无数次给你打电话确认过，在信中也反复提到过。现在我们怎么办?”

埃里瓦罗对于我的质问依然是微笑应对，一点都没有感到害怕。假如他要是冷冰冰地坐在那里一声不响，我也毫无办法。

“我也没有想到会是这样。”他平静地回答说。

“账你倒是算得很及时。”我恶狠狠地说道。

他想了想，依然平静地说道：“账算得还算及时。不错。”

伊丽莎白住在苏尔克。这是一个不错的地区，这点很容易就能判断出来。街道两旁有树木、花园、联排别墅，街心花园中间的圣母玛利亚雕塑被绿色的花草环绕。

联排别墅初看是那样的相似，好像是复制出来的一样。但假如仔细观察的话，会发现他们每一家都各具特色。住户们在自家的阳台和天窗上费了不少功夫。有的是玻璃式的，有的是篱笆式的，总体的特色就是花花绿绿的，别有一番情调。

二楼其中一家玻璃式阳台上出现了一位满头银发的人，我的脑海中闪现出一个念头，这位肯定就是我要找的伊丽莎白·戈林。

谢尔盖按响了门铃，当然不止一次。过了几分钟，门里有了响动。我深深地吸了一口气，压住我那怦怦直跳的心，掩饰我的激动和不安。门开了，一位身着脏兮兮用人服的秘鲁女人出现在了我们的面前，并立刻闪身站到了一旁。女主人不知在哪里，似乎并不急于出来见面。

我们进入了宽敞的客厅。客厅的墙面用深红色与淡黄色花纹壁纸装饰着。客厅的中央是一套宽大的皮质沙发，茶几也是配套的款式。一台黑色的超大屏电视挂在沙发对面的墙上，旁边是极具民族特色的装饰品。玻璃阳台对面装有一面超大的镜子，显得房间是那样的宽敞。由此我很是迷惑，伊丽莎白到底是什么样的人。

客厅里所有的一切都是那样的条理分明，看不出任何的多余。秘鲁小饰品都是精挑细选过的。我们眼前是按照欧洲风格设计的生活空间，我暗暗地想，女主人是一个极有情趣的人。

当我们四处观察、脱掉外套、各自就座的时候，我发现玻璃窗外的电线上有一只松鼠在跑来跑去。看来这是小家伙非常熟悉的路线了。

“哎呀，身上有些脏呀！”埃里瓦罗说了一句。很显然，他有点难为情了。看来，他很少进入这样的住宅，一下子被这里的一切震惊了，完全顾不上拍摄的事情了。不错，伊丽莎白的房屋不是那在亚马孙河上漂流的小船，这里就是一个压缩版的欧洲。

“你们好！能在此看见你们，我非常高兴。欢迎你们来我家！欢迎你们来秘鲁！”戈林伸开双手（手指短小），急匆匆地走了进来。我故意不说是伊丽莎白·戈林，而是使用“戈林”，是因为进来的人活脱脱的就好像是戈林。此刻我的内心在欢呼：天啊！站在我面前的就是元帅戈林！是的，的确不是真正的赫尔曼·戈林。但是如果你真的接触过第三帝国资料的话，你就会理解我这样说的意思。这一刻，她的手势、表情以及所有举止都与元帅戈林是那样的相似，而这一切你只通过黑白胶片见过。

伊丽莎白的外貌完全不是我想象的那样，我也很难描述或者肯定地说，她非常像她的伯父。女主人胖乎乎的，中等个头，笑起来后眼角布满了中国丝绸般的皱纹，透着一种含而不露的好奇。在我好奇地看着她的时候，她也同样好奇地观察着我。她身着红底淡黄花丝绸上衣，穿着熨得平平整整的黑色裤子，外搭着一件皮绸相间的黑色无袖长衫。

伊丽莎白有着浅色披肩直发，尖尖的、稍微有点鹰钩的鼻子，相貌端正，她没有化妆，只是在嘴唇上抹上了一点点的玫瑰色唇膏。她抿嘴的时候，或者是在控制笑容，或者是在恢复嘴唇上的光鲜。这时我发现，她的嘴角皱纹中暗藏着一丝丝的严厉。自然，这些都一闪而过。伊丽莎白笑着亲吻了谢尔盖，同时与摄影师握手，然后突然跑过来亲吻我并喊道：“我太喜欢你了！”随后她跑过去用力关上了房子的门说：“哎呀，太冷了！”一眨眼，她又回到了我的身边坐在了沙发上。随即又快速起身跑过去开灯并解释说：“屋里有点暗。”

我们和她用英语交流。她的英语纯正，用词准确，使人很难猜得出她的母语是德语。

“你太漂亮了。”伊丽莎白开始夸赞我，“你知道吗，我的妈妈非常漂亮，我给你看她的照片。你能想象吗？她就是一个绝代佳人。”

我给摄影师使眼色，示意他们赶紧拍摄，我想把这一切都拍摄下来。

伊丽莎白发现了谢尔盖对她架子上所摆放的各种造型的陶质小人感兴趣，她立刻朝他走了过去并给他展示。而我们的这位丝毫也不客气，虽然从他的眼神中可以看出，他同样为伊丽莎白与帝国元帅的酷似而惊讶。

戈林挑选着小人儿，将它们一个又一个地递给布拉维尔曼，犹如给孩子们发糖果一样。

“这些都是这里产的，秘鲁的陶制品。这一个也是秘鲁的小雕像（她的手中把玩着一个象骨制成的小雕像），但是我不知道它属于哪个部落、哪种文化。我只知道，它很古老，早于哥伦布发现美洲大陆之前，因此很值钱。它比我们手上的任何一个都古老。”

“你是在哪里买到这个的？”布拉维尔曼好奇地问道，“漂亮极了！”

我翻译了他的问题。戈林感到非常高兴，因为她的收藏品给大家留下了深刻的印象。

“这是我伯父传给我的，不是你们所想的那位伯父，而是我的工程师伯父，我们来秘鲁就是投奔他。他不是我的亲伯父。他只是一位好人，是我们家的一个朋友、一个富有同情心的人。战后他帮助了许多人。”

她停顿并沉默了一会儿。她想说什么呢：法西斯？他的亲属？

伊丽莎白继续说道：

“我们的这位朋友帮助人们在战后离开欧洲，因为那里不只是贫困，而且完全可以说是崩溃，更何况我的这个姓氏在那里没有什么可待的。他帮助我和妈妈还有外祖母来到了秘鲁，那时候我只有 6 岁。我对这次长途旅行的感受和记忆是这样的：我们从奥地利动身前往意大利，随后抵达了热那亚，从热那亚打算直达利马。轮船是那样的巨大，船上彩旗飘扬。码头上好像还举办了一场送别晚会，有人在笑，也有人在大声哭泣。轮船名叫亚美利哥·韦斯普奇号。我清楚地记得，妈妈与其他人晚上在商议着什么，好像说到了希特勒。希特勒这个名字我打小就知道，他也不知道去了哪里，好像也在这艘轮船上。似乎他们还谈论着阿根廷。现在，妈妈已经不在人世，我好像已经什么也不记得了，是我没有记住还是他们的谈话中可能隐瞒了什么事实，这些其他人无从得知。我当时是那样的愚笨，没有去问问自己的妈妈。没有理由去责怪谁……现在我谈谈这艘轮船。

“这是非常神奇的，我是说这次旅行。至今我还记得，风暴是那样的强烈。有一次差点与另一艘轮船相撞，黑夜中那艘轮船在距离我们只有几米远的地方航行。给我留下深刻印象的是一位神父，他与我们同行。他的胡子花白，眼神和善。我记得他在做弥撒，我们都在听着、哭着。我彻底被吓坏了，我觉得，周围人哭的原因是我们都将葬身海底。还好，我错了。轮船顺利地抵达了利马港口，我们踏上了另一个故乡的土地。这发生在1951年，准确地说是1951年5月12日。在码头上迎接我们的是我说的那位‘伯父’。

“在他的帮助下（包括金钱帮助），我们安家在米拉弗洛雷斯区，正是你们现在下榻的地区。这是一个非常不错的地方。在这里我开始上别斯塔罗兹小学，这是一家瑞士学校。麻烦在于我们所有人都不懂西班牙语、西班牙文化以及当地的传统习俗。我们周围的世界是那样的陌生，是那样的不习惯，当然也有些让人害怕。没办法，我们不得不去适应它、习惯它。

“学校老师知道了我的姓氏后经常问我：‘你是不是赫尔曼·戈林的亲戚?’实际上我完全不清楚他是谁，到底做了什么。我说了真话：‘是的，他是我的伯父。’教我们的一位瑞士教师因此对我极其不友好，而我好长时间搞不清楚这到底是为什么。

“那个时候秘鲁的总统是曼努埃尔·阿图罗·奥德里亚·阿莫雷蒂将军。当时的局势很稳定。假如1954年‘伯父’不去世的话一切会更好一些。在他离世后，我们的状况变得越来越差。我们初到秘鲁时，这里的一切由富人说了算。穷人没有任何发言权（妇女的选举权也只是在1955年才给予的）。我们无依无靠，孤立无援。在此之前，妈妈从来没有工作过，她不得不去适应这一切。显而易见，她毫无心理准备。她犹如温室里的花朵一样突然被移栽到另一片土壤、另一个国家，她不仅要为自己的生存负责，还要负担我的外婆，当然还包括我。”

“你妈妈是如何以那个姓氏生活的？要知道她姓戈林。”

“不。妈妈改回了自己的姓克拉扎尔。故事是这样的：在这儿，在利马，有一个捷克协会，妈妈去向他们求助并找到了工作。当然，给她的工作并不是什么好工作，不是清洁工就是服务员，具体什么工作我也记不清楚了。那是20世纪50年代中期利马的酒店。你知道，我说的不是豪华档次的酒店，而是满地污迹、臭虫乱跑的宾馆。自然，妈妈被吓坏了，她满脑子只有一个想法，那就是赶紧另找一份工作。妈妈很幸运，她被一家瑞士公司雇用，当然是带有附加条件的，那就是把自己的名字从米拉·戈林改回童年的名字米拉·克拉扎尔。这对妈妈不是什么大问题，因为那个时候妈妈已经离婚了。

“总体来说，妈妈在这家大型瑞士公司工作了25年。随后她把我带入了这家公司，但并非一开始就这样。起初，我在课余时间四处打工挣钱，干过各种各样的工作。大学毕业后，我也就知道了自己该干什么，能干什么。”

但是，你的父亲、元帅的弟弟阿尔伯特·戈林在哪里？他怎么能够允许他的妻子和女儿远赴秘鲁？我很想问这个问题，但还是决定先不要提问，先闲扯一会儿。我不急于一下子进入主题，先慢慢拉近关系，时间还有的是，到时候她会如实告诉我一切的。

伊丽莎白此时继续惋惜着她们家庭最亲近的朋友的去世，他的去世同时也带走了她们过去在秘鲁那平静、无忧无虑的生活。由此我推算出，最初的三年，这位神秘的“伯父”无微不至地照顾着伊丽莎白的家。我感觉到，除了这些古人物造型收藏以外，他无论如何也肯定给她们留下了遗产。否则伊丽莎白的妈妈和外婆，当时在秘鲁一无所有，甚至没有投票权，最为符合情理的选择是移居其他地方，也许还能得到幸福。戈林又一次猜出了我的想法，她说：

“我们，很显然，没有计划在秘鲁长期待下去。我外婆有一个堂姐当时住在美国。战争爆发前她嫁给了美国人，定居在了芝加哥。但我们没能及时到达那里，我们不得不继续攒钱准备上路。”

“但是如果你的‘伯父’去世后你们一贫如洗的话，你们移居美国是不是太不符合逻辑？”我提醒她说，但她根本就没听见我说的话，或许她有什么难以启齿的东西，也许正因为如此她才不愿意提及她那位神秘“伯父”的名字。她立刻转换了话题说：

“就这样秘鲁成为我的家。过了这么多年，我已经觉得我是一个秘鲁人了。我为我的家而骄傲。为什么呢？因为这是我真真实实的家。我在这里一切都好。你知道吗，这里的人非常的优秀。”

我猜测，她所说的那些人大概就是她提醒我看管好自己的行李、钱财与证件，要当心的那些人。伊丽莎白问我：

“你觉得秘鲁怎么样？”

“我暂时还不了解它。”我诚实地说。同时使劲给摄像师使眼色，他们都安安稳稳地坐在那里听伊丽莎白的讲述，完全忘记了打开摄像机工作。关于秘鲁我还没有完全了解，但是对秘鲁人我已经深有体会了。

“想不想我拿两张家庭照片给你看？”还没等我做出反应，伊丽莎白就跑进了阁楼，在黑暗中摸索起来。

她快速走进房间，手里抱着一个用红色皮子包裹起来的巨大相册。

“我给你看看我父母的照片。”她笑着说道，“首先，这张……能认出来吗？”

她将两张老照片放在了圆形茶几上，照片发黄泛旧，从拍摄的效果看犹如地图一样。其中的一张照片中是一位妇女与一个两三岁大的女孩子，她们两双眼睛直直地盯着前方。从照片上可以看出来，她们直勾勾地盯着相机的镜头。她们旁边是一位身着白色阅兵礼服、胸前戴着十字架的胖男人，他慈祥地看着自己的妻子和女儿。这是一张传统的家庭合影。

“这是婶婶埃米，她的女儿艾达和伯父赫尔曼。”伊丽莎白介绍道。她好像在给我们互相介绍似的，实际上不用她介绍我已经全部辨认出来了。让我觉得惊讶的是有人称戈林为“伯父赫尔曼”。“看，伯父穿着阅兵的礼服。”她一边说一边将照片放在了一旁。照片上的戈林完全和我们在其他照片以及影片画面上看到的一样。他仿佛穿越时空直直地盯着我看，我感觉很不舒服，赶紧把目光移向了伊丽莎白。我发现，伯父和侄女并不完全相像，如果仔细对比他们的外貌、面部特征、身材以及皮肤的话，伊丽莎白与元帅的相似处少得可怜。但是从整体看的话，犹如观察上千种彩色玻璃板一样，你就会发现他俩是非常的相像的，这一点很不可思议。

元帅的侄女猜出了我的心思，她对我说道：

“你难道不想说，我和他非常的像?”

“想说。太像啦。”我急忙回答。

“说谎。我们完全是不同的人。”她用平静的语气对我说道，好像是向我宣布一个不争的事实一样。

“但是，外貌还是有些许相像的地方。”我坚持我的意见。

“那就奇怪了。”伊丽莎白微笑着说道，同时递给我一本薄薄的红色小册子问我：

“你知不知道，他是谁?”

我一边猜测一边打开了封皮，发现里面贴有三张一样大的照片。三张照片看起来区别不大。每一张用棕色细丝网线装饰的照片上都有一张漂亮、平静的中年男人的脸庞，睿智、温柔的棕色眼睛，嘴角略带笑容。他身穿白色衬衣、灰色马甲，打着领带。他的手骨骼清晰，手指细长。我不知道我为什么总是习惯于关注别人的手：这几张照片中的男人有一双像女人般雅致的手。

第一张照片上，他似乎是穿过时空一般地看着我，慈爱地微笑着，手拿一支长长的烟嘴，里面还有没有抽完的烟火在闪烁；第二张照片上，烟卷已经抽完，正准备弄出抽剩下的烟蒂；第三张照片上，他已经完全不看镜头，两只手在捻着一支新的烟卷。

“来认识一下吧，这就是阿尔伯特。”伊丽莎白微笑着说道，“伯父的弟弟，也就是我的爸爸。他出生于1895年，他比赫尔曼小两岁。你对比一下照片，看看他们区别多大，完全是两个不同的人。我觉得我一点都不像自己的父亲。”

她那怪异的腔调，让我难以缓过神来，她到底是难过还是高兴呢?我还是决定不要马上去询问这一点。

“我觉得，赫尔曼与阿尔伯特外表上差异还是蛮大的，很难看出他们是亲兄弟。”

“我是捷克人。”伊丽莎白用手指着自己胸口说道，“我是捷克人!”为了让我相信她是捷克人，她又一次地重复说道。她随口冒出了一串捷克语，好像是说猫、奶妈或者是祖母。

最后她在我对面的沙发坐了下来，随即挪动了一下身子继续说道：

“我妈妈出生于布拉格，捷克斯洛伐克，捷克共和国。在我爸爸和她认识之时她名叫克拉扎尔·诺依曼。诺依曼，这是犹太人的姓。爸爸与妈妈在捷克斯洛伐克相识，爸爸1939年来此是按照哥哥赫尔曼的命令来管理斯柯达公司的。

我试图搞清楚这一问题。这可能吗？赫尔曼·戈林，第三帝国的二号人物的亲弟弟的妻子是一位捷克犹太人？坐在我对面的这位真的是元帅的侄女吗？同时也是一位犹太后裔？我脑海里全是疑问，这可能吗?要知道，在第三帝国时期凡是反对雅利安人纯粹性的活动都被认为是最大的罪恶。不过凡事都可能存在意外!

伊丽莎白继续说道：

“我的父亲厌恶战争并拒绝参军服役。因为他经历过第一次世界大战的苦痛，不想再去参战厮杀。伯父赫尔曼任命他管理自己的企业斯柯达。当时的斯柯达公司主要生产武器和汽车。赫尔曼给爸爸下达了许多任务，他都顺利地完成了。阿尔伯特是一位非常负责的管理者并出色地完成了武器制造任务。我很难想象，赫尔曼为什么派自己的弟弟前往捷克，我觉得是为了掩护自己的弟弟不受迫害，因为爸爸当时一直偷偷解救政府不喜欢的人，而且反对希特勒和赫尔曼·戈林所实行的政策。就这样，阿尔伯特来到了捷克斯洛伐克和我的妈妈结了婚。这就是他送给我的伯父的意外礼物。”

“能不能先说说阿尔伯特是如何与米拉认识的?”

“这发生在为爸爸举办的欢迎晚会上。晚会是在一家非常豪华的酒店举行的。我的妈妈，我也记不清楚为什么她和她的朋友一起被邀请参加欢迎晚会。在这次晚会上他们两个相互认识了。妈妈比阿尔伯特整整小了20岁，但她疯狂地爱上了他。浪漫的爱情就如童话一般开了头，结果却并不是那么的美好。妈妈绝对想不到爸爸是一位养尊处优的人，说难听点，他就是一个好色之徒。”

“原则上讲，赫尔曼·戈林怎么能够允许自己的弟弟阿尔伯特娶个捷克的犹太女人呢?”

“得知阿尔伯特和米拉的结婚消息后，赫尔曼·戈林给弟弟的新婚妻子买了豪华奢侈的酒红色奔驰牌轿车。所以这件事情也就这样子结束了。让人意想不到的是，赫尔曼·戈林伯父特别喜欢我的妈妈。甚至我这里还有他们两个的合影。不仅赫尔曼·戈林伯父，戈林家族的人都喜欢她。伯父经常邀请我父母去他的城堡里做客，我父母在奥地利的马乌杰恩多夫城堡里度过了自己的蜜月。戈林家族定期举行家庭大聚会：阿尔伯特和米拉、赫尔曼和埃米，还有姐姐奥尔佳和波拉。后来确实一年一年的这种家庭聚会变得越来越少。现在我给你看些别的东西……”

伊丽莎白抖了抖那本厚厚的有着红色封面的相册，然后抽出了一份夹在相册里的因时间久远而泛黄的电报。

“看！这是赫尔曼和他的妻子埃米发给我父母的一份贺电。我出生于1944年12月6日。电报上的日期是12月10日，稍微晚了一点。”

1944年12月10日

米拉·戈林

巴德·伊什里医院

衷心祝愿母亲和孩子万事如意。

赫尔曼与埃米

伊丽莎白深深地叹了一口气：

“正如你们所知道的，这个贺电发出的几个月后德意志第三帝国垮台了，赫尔曼·戈林被美国人抓去当了俘虏，这以后的事你们也都清楚，纽伦堡审判开始了，赫尔曼伯父被宣判为头号战犯。而后来新的家庭悲剧阶段开始了，这一切也成了故事片的素材。

“我父亲在战争期间曾得到赫尔曼·戈林伯父的默许从纳粹制度中解救犹太人。还是从我的伯父赫尔曼·戈林开始说吧。他是第一个向弟弟阿尔伯特请求帮助的人。缘由是我的婶婶埃米·索恩曼是个演员，她的朋友嫁给了一个犹太人，而在纳粹制度下的德国这种故事一般不会有好的发展，更不会有好的结局。埃米婶婶是一个善良的女人，特别想帮助自己的这位朋友和她的犹太丈夫离开德国，因此经常纠缠自己的丈夫，让丈夫保证给予帮助。于是赫尔曼伯父立刻就去请求弟弟阿尔伯特帮忙……”

1946年5月21日，一个与赫尔曼相交甚好的名叫莱昂的美洲犹太监狱精神病学家在纽伦堡审判过程中向审判的德国联邦议会议员提了一个问题：“有一个说法使我很惊讶，据说他帮助过一些犹太人并保护一些犹太人免遭迫害。”

“关于赫尔曼对此事的态度可以多说一些吗？”

“赫尔曼说：‘当犹太人请求我帮助的时候，我也总是会帮的。当然这些人都是我之前认识的，也有一些是他们的朋友和亲戚……适时地我也会献计献策，保护那些在第一次世界大战中获得铁十字勋章的犹太人，以免他们受反犹太主义行动伤害。'"①

伊丽莎白没有读过那个精神病学家的书，但是她知道很多有关戈林家庭的秘密。她继续说道：

"我认为赫尔曼伯父的确不是反犹太主义者，尽管现在这听起来会很奇怪。第一，赫尔曼伯父清楚我妈妈不属于雅利安人；第二，他毕竟是一位第一次世界大战的英雄，他努力替自己那些犹太出身的飞行员战友四处奔波说情。在20世纪30年代他曾试图通过立法形式来饶恕那些在一战中获得铁十字勋章的人的失败尝试也来源于此。还有，你们大概也听说过在德国'啤酒馆暴动'的时候赫尔曼伯父大腿受伤严重。当时一个住在附近的犹太银行家为满身是血的赫尔曼提供了及时救助。得益于这个人的帮助，赫尔曼才活了下来，不可思议的是赫尔曼的救星幸免了所有的迫害。赫尔曼伯父会记住施恩于自己的人。但是赫尔曼仍然不能亲自公开帮助犹太人。可以理解，要是希特勒知道了怎么办？但是赫尔曼承诺帮助妻子的朋友，并且把所有事情告诉了阿尔伯特，还给阿尔伯特在文件上签字，并开通了秘密的'绿色通道'。我不知道他们把这个确切地称作什么，但是有上百人从这个秘密通道离开。后来阿尔伯特更加肆无忌惮，开始亲自签署哥哥的名字。当然，哥哥在得知这些事以后，也会掩护弟弟。对于掩护弟弟这件事，赫尔曼伯父没有其他选择。1945年在赫尔曼·戈林被逮捕后，阿尔伯特主动去做了美国人的俘虏。"

美国第七军审讯中心

预审总结报告

1945年6月28日

被审讯者：阿尔伯特·戈林，工程师，赫尔曼·戈林的弟弟。

---

① Голденсон Л. Нюрнбергские интервью. Екб：У-Фактория. 2008. С. 195.
戈尔登松：《纽伦堡访谈录》，叶卡捷琳堡：乌－伐克托利亚出版社，2008年，第195页。（以下简称戈尔登松：《纽伦堡访谈录》）

个人资料：阿尔伯特·戈林于1895年3月出生在柏林。1914年中学毕业，参加了第一次世界大战，并荣升为第一中尉。1919—1924年接受高等工程教育。后来担任过各种各样的职务，从事过不同的职业。他最后的工作地点是斯柯达康采恩公司，他从1938年开始在这里工作。阿尔伯特坚持反对纳粹制度，由于个人信仰甚至被认为是自己家里的“白乌鸦”（“白乌鸦”一般指特立独行、标新立异的人）。他还确认说，他差点被盖世太保（希特勒德国的秘密警察）逮捕入狱，但是，最后关头他哥哥赫尔曼救了他。

官方资料：5月10日阿尔伯特自愿出现在了萨尔茨堡反侦查大楼，5月13日被捕并于当天被押送美军第七军驻地。

个人证件：奥地利和德国护照

注：人很随和，愿意配合。

伊丽莎白说：

“阿尔伯特确实是本人自愿做美国人的俘虏的。或许父亲认为他清楚哥哥解救犹太人、波兰人、捷克人的情况，或许能够在法庭上帮助哥哥，特别是减轻处罚。但当时在纽伦堡审判之前，人们甚至不知道所有关于可怕的战俘营和大规模屠杀的事实。

“阿尔伯特想向所有人证明，被称之为第二次世界大战主要战利品的赫尔曼，绝对不是一个嗜血的、丧失人性的人，至少他不是1945年5月报纸和广播上所描述的那种怪人。我清楚地知道一件事情：我父亲没有理由去做俘虏，他既没有参战，又反对纳粹主义，还帮助了很多人。所以他完全不应该被关入监狱。但是，他还是被关了起来，原因是从他那里得知他是赫尔曼·戈林的弟弟。甚至几个月后关于阿尔伯特的真相都被搞清楚以后，他们仍然不把他从监狱里放出来，因为没有人来证明他曾经救过人（顺便说一句，在哥哥的帮助下）。

“总而言之，父亲前去营救赫尔曼和出现在美国军队的大本营都是自愿的，或许当时父亲未必意识到很快他自己也成了需要被营救的对象……”

秘密军事基地

1945年9月19日报告

审讯结果

第三帝国元帅的弟弟，阿尔伯特·戈林的审判结果是：经过周密计划竭力为自己洗白，审判组未必看出了他的这种意图。阿尔伯特·戈林，在他的叙述中模糊的细节完全和他那肥胖的哥哥的脂肪数量差不多。

他的升职正好赶上纳粹党发展的时期。1930年，他只是一个普通的热力学工程师，突然间就腾云直上了。

阿尔伯特·戈林证实，他的生活无非就是始终地抵抗盖世太保分子。在他看来，第三帝国元帅也没做出什么出格的事情，除了帮助自己的弟弟摆脱困境，时而帮助一些拒绝向希特勒行礼的老犹太人外，就是经常礼貌又轻蔑地对政党提意见。1938年当他看到两个苏联军队士兵强迫一个十六岁的犹太少女用盐酸清洗路面时，他感到非常的震惊。

阿尔伯特坚持认为：“我和作为国家要员的哥哥是没有任何关系的，当哥哥作为国家要员时我和哥哥的关系可以理解为同我与斯柯达工厂领导的关系一样。可是当他作为我的兄弟时，我和他的关系自然特别好。”他坚持说，赫尔曼·戈林经常帮助他走出困境，而且从来不会阻止他解救犹太人的行动（从纳粹制度中解救人），只是警告他。无论何时他和哥哥相见，都避免谈论政治。

阿尔伯特证实，最后的一年半时间，鲍曼、希姆莱与戈培尔对希特勒的影响力远比哥哥鼎盛时期还要大，这对任何人来说都是公开的秘密。赫尔曼·戈林清楚地知道戈培尔的势力，但他始终不相信希姆莱对他也有敌意。

结尾。文献资料显示：他坚信战争结束会比希特勒放弃政权或死亡要早得多，在这种情况下他的哥哥赫尔曼将会按照之前的打算成为德国元首。

我给伊丽莎白有选择地读了文件上的文章，她丰富的面部表情比任何评论文章的语言都更为生动。最后她没有忍住，我明白她的脑海经常会有伯父领导德意志帝国的想法：

“我个人认为赫尔曼·戈林有能力承担管理这个满是创伤、四分五裂的国家的责任。对于这个由于战争而国力衰败、境地悲惨的德意志帝国来说，赫尔曼·戈林或许是真正的拯救者，因为伯父是天生的政治家，他有能力做到。他能够把人们从希特勒德意志帝国的深渊中解救出来。

“我应该说明的是，希特勒曾许诺过伯父，如果他发生什么意外，那么伯父就继承他的领导权力。但是直到最后希特勒也没有放弃他的权力，他始终没有说‘我输了，一切都结束了，应该由其他人来接替我的位置’这句话。

“总之，赫尔曼·戈林等了很久，最终还是拿定了主意。当希特勒得知伯父蓄意夺取已经千疮百孔的政权时，他就立刻宣布赫尔曼为叛徒。倘若你们俄罗斯人没有来到这里，那么伯父就会被直接枪毙，因为那时他已经被拘禁了。希特勒这个疯狂的傻子并没有意识到，这是赫尔曼为他们共同创造的德国而做的最后的、绝望的尝试。希特勒认为他的战友仅仅是想夺权而已。很明显赫尔曼伯父只是想改善状况，拯救还能拯救的。至少这个说法我是从我的家人那里听说的。”

我从伊丽莎白的话语中听出了特别的遗憾和惋惜。她坚信如果伯父成为德国元首，所有的一切都将会变得很好。直到她把我引到德国国内外政治论断这个话题，我才问她：“你的父亲阿尔伯特发生了什么事情呢？他真的救过人吗？或许您很难相信这个。”伊丽莎白像个孩子一样蹦蹦跳跳地拍着手，好像她已经知道如何回答我的问题了（这一刻她特别像赫尔曼，她有丰富的面部表情、旺盛的精力，注意力集中，对我们谈话的内容非常感兴趣）。

“你们知道我有一个著名的教父吗？那我从教父开始谈起吧。我一直以教父为荣。他世界闻名。他是伟大的作曲家莱哈尔。”伊丽莎白突然哼唱起了熟悉的旋律，正是歌剧《风流寡妇》，“我的父亲在战争期间救了莱哈尔的犹太人妻子列卡拉。于是 1944 年伟大的作曲家成了我的教父。我从小在音乐世家长大（我的父亲阿尔伯特・戈林会弹奏一些乐器，而妈妈在年少时在布拉格的一个歌剧院唱歌），拥有这样的教父我很幸运。”

“还有一个新奇的故事和这个有关。父亲 1945 年入狱被审问时，没有人相信他说的话，大家都嘲笑、挖苦、取笑他。起初没有任何证据能够证明他确实曾经从纳粹制度中解救犹太人。难以置信的是列卡拉的外甥维佳军官，他也是犹太人，当时移民到了美国，在德国纽伦堡也就是父亲被审问的地方当兵。好像是有人跟他说：‘你知道吗，没有人相信阿尔伯特・戈林救过人。他救的人中还包括作曲家的妻子列卡拉。’维佳回答说：‘确实如此，列卡拉是我的婶婶。’他的首证对我父亲非常有利。”

“于是，在被逮捕之后，赫尔曼・戈林被送往纽伦堡进行审判。不但如此，你的父亲在纽伦堡也深深地陷入了冒险营救自己纳粹重犯哥哥的绝望尝试中。”

伊丽莎白点点头说道：“是的，他们两个都在纽伦堡，那儿有威严的军事法庭。”

“戈林女士，您认为兄弟俩在监狱里的相遇会怎样？想象一下。”

“我不知道。”伊丽莎白开始紧张起来，她面色紧张，双唇紧闭，“大概……大概他们会相拥。倘若没有警卫和其他限制条件，他们会投入彼此的怀抱……因为我从妈妈那里得知他们的关系非常密切，相互爱护。对于阿尔伯特来说赫尔曼永远是他的大哥。赫尔曼伯父从小就有一种天生的、本能性的解救弟弟的习惯。”

“戈林女士，我要给您看一些不一样的东西。”我取出半成品的书（提前印刷的一些手稿）开始说道，“监狱精神病学家莱昂曾在纽伦堡审判过程中与被告人见过面，在他的书中有和您伯父谈话的记录。其中赫尔曼在1946年3月也就是在他死之前的几个月，他在说到自己的弟弟阿尔伯特时这样说：‘他从来不是党派成员……居住在奥地利，1938年前都是党派反对者。后来我让他去布拉格的斯柯达工厂担任外国经理，一直持续到捷克被攻占……他对政治和战争完全不感兴趣，而我正好相反；他喜欢安静，而我喜欢人群和伙伴；他是个忧郁寡欢的人，是个悲观主义者，而我是乐观主义者。他是个不错的人，阿尔伯特……我的弟弟阿尔伯特婚姻幸福。他总是看起来比我大10岁，或许是因为他考虑、理解事情更严肃。’①”

我把这些片段读给伊丽莎白。她听着，有时试图打断我，也有很多次点头示意，在听到“婚姻幸福”时她露出了忧伤的表情，她打断我：

“关于我父母的幸福婚姻先到此为止，我后面会单独给你讲。您那里还有什么呀？”

“还有，”我补充道，“赫尔曼·戈林告诉精神病学家：‘我想我的弟弟阿尔伯特。您让我讲一下自己的亲弟弟，我却未必能说出什么。这看起来奇怪，但其实很平常。我在想为什么我们这么不熟悉呢？’”我望着伊丽莎白，她正微笑着，“作者莱昂补充道：‘好像这证实了赫尔曼·戈林列举的自己和弟弟的种种不同。’”

“没有证实！”伊丽莎白嘴角露出了得意的微笑，在我讲最后一句话的时候，她简直难以抑制要打断我的欲望，“他在试图救自己的弟弟。他是傻瓜才会说‘我和弟弟关系很好’。他这是借自己之手故意拖延弟弟在纽伦堡审判的判决书！谎言，这是唯一能帮助弟弟的方法，这是伯父生命中第一次否认和弟弟的关系，我的父亲是个质朴的正直

① Голденсон. Интервью. С. 201–202.
戈尔登松：《纽伦堡访谈录》，第201—202页。

的人，相反，他会铤而走险，拼命地坚持说和哥哥关系很好。只有一些人知道这件事的真相，只有家人，阿尔伯特、赫尔曼、他们的姐姐波拉和奥尔佳、我的婶婶，还有和他们关系比较近的我的妈妈。况且就像你所知道的赫尔曼对待这些监狱的心理学家和精神病医生很谨慎。如果天真地认为军队里委派的心理学家会讲职业道德，那么将会对自己的审判不利。赫尔曼不是傻瓜，所有的一切他都明白，尽力不向这些人吐露心事。高兴的话，会跟这些人闲聊一会儿，否则就一个人待在囚室。有些事他是不会跟他们吐露的。但这些都是事实。埃米婶婶把这些告诉了我妈妈。尽管赫尔曼在法庭上被所有人认为是败类，他仍然在想着自己的弟弟。不仅希特勒、濒临垮台的德意志帝国，还有其余的琐事，所有这一切在此刻都消失得无影无踪。他在想念自己的弟弟。”

“我很快明白了，在 1945 年 5 月之后情况改变了。阿尔伯特决意要还债：决定冒着生命危险去救自己的哥哥，尽管知道承认戈林这个姓将会很麻烦，但还是公开承认了和哥哥的血缘关系……”

“非常麻烦。但是我认为他这么做的原因不在于对赫尔曼的道德责任，而是阿尔伯特对哥哥的爱。”

阿尔伯特·戈林的证词

德国纽伦堡

1945 年 9 月 3 日 11：00—12：00

约翰上校审问

问：举起右手发誓你说的一切都是事实。

答：我发誓。

问：你的全名是什么？

答：阿尔伯特·戈林。

问：你懂英语吗？

答：一点点。但不多。

问：你多大？

答：51岁。

问：你已婚吗？

答：是的，已婚。

问：你有子女吗？

答：我有一个八个月大的女儿。

问：你还有其他子女吗？

答：没有了。

……

问：你在哪里工作？

答：我是工程师，在斯柯达工厂工作。

问：在捷克吗？

答：是的。

问：你具体做的是什么工作？

答：我是出口部执行主任，我的办公地点不在布拉格，而在布加勒斯特。我主要负责欧洲东南部这一块。具体也就是保加利亚、南斯拉夫、罗马尼亚、匈牙利、希腊、土耳其。我负责保障这些国家对我们公司生产的商品的需求。例如，机车、柴油发动机、电动机、起重机……

问：你是从什么时候从事这个职位的？

答：从1939年末。

问：那在1939年之前你从事的是什么工作？

答：1939年之前我在一家德国—意大利合资的电影公司托比斯—意大利杨诺工作。

问：什么职务呢？

答：我是经理。

问：赫尔曼投资这个公司了吗？

答：我可以十分确定地说他绝对没有投资这个公司，他对这完全不感兴趣。

问：那斯柯达工厂呢？

答：我不认为他在斯柯达工厂有任何的物质利益，但是由于这个工厂是受德国保护和管理的，所以这个工厂是由赫尔曼·戈林负责的……

阿尔伯特·戈林的证词

德国纽伦堡

1945年9月25日10：45—12：40

罗伯特·杰克逊中尉审问

问：现在说一下你和哥哥赫尔曼的关系。

答：首先应该把你所说的这个“关系”分为两方面。一方面，是我和他的私人关系，他是我的哥哥；另一方面，是我和国家领导的关系。要是从他是我哥哥这一点来说，正如我在上次审问中说过，他对我特别好，总是试图帮助我。作为兄弟我们特别亲近，我们有着像任何一个家庭一样正常的兄弟关系。要是从和国家领导的关系这一点来说，我和他没有打过任何交道。应该说，从1923年纳粹党成立以来，我一直都是纳粹党的仇视者和反对者，我坚决反对纳粹党。我和纳粹党的代表们从来没有打过任何交道。

问：我们回到原来的话题。

答：好。

问：你和你哥哥有什么业务往来吗？是什么业务？

答：除了他领导的斯柯达工厂之外，我和他没有任何的业务往来。我是工厂里的工程师，而斯柯达工厂是国家控股的企业。如果您要觉得这算的话，我和他有这样的业务往来。

……

问：你是通过哥哥得到斯柯达工厂的工作的吗？

答：不，刚好相反。是几个捷克人邀请我到这个单位的，其中一个叫布鲁诺的在匈牙利找到我，请求我到斯柯达工厂工作。但我得到了哥哥的许可。

问：这是什么时候的事？

答：我发誓我记得不是太清楚了，大概是在1938年末或者是在1939年初，对，是在1939年初。最晚也是1939年发生的，因为这一整年我都在了解工厂是如何运营的，为了弄清楚这个，我在1940年5月出发前往布加勒斯特。

问：也就是说，你是在公司兼并之后才开始在斯柯达工厂工作的，对吗？

答：是这样的。

阿尔伯特·戈林的证词

德国纽伦堡

1945年9月25日10：45—12：40

罗伯特·杰克逊中尉审问

阿尔伯特：我一直热衷于帮助那些需要帮助的人，不管什么民族、国家、年龄，或者是犹太人还是基督教信徒。我帮助那些来自罗马尼亚、保加利亚、匈牙利、捷克和德国的人们，当他们需要帮助时，我不管他们是因为贫穷还是想移民，我也绝不想以此作为条件得到任何回报，我做这些是根据我的宗教信仰。

问：你的宗教信仰？

答：我是新教教徒，但我去正教教堂和犹太教堂，我还进行佛教和印度婆罗教礼拜，在这种情况下属于哪个教派并没有任何意义。因为上帝只有一个。但是我属于新教教徒。

阿尔伯特·戈林的证词

德国纽伦堡

1945年9月3日11：00—12：00

约翰上校审问

问：你从被你救的人那里获取利益吗？

答：分文不取。

问：从来没从任何人那里获取过利益吗？

答：我做这些是受我的人文思想和宗教责任的驱使，我从来不会因此而获取利益。我没从任何人那里获取过。

……

问：你是那些想从你哥哥那里获得宽恕的人和你哥哥之间的中间人吗？

答：可能您没有准确地表述您的问题，假如我是哥哥和那些想从哥哥那里得到特权的人的中间人的话，那么，当我想要帮助人们或者我想借助哥哥的势力来帮助那些人，我就会给他打很多次电话。

问：也就是说这纯属巧合，是这样吗？

答：当我在奥格斯堡第七军队审讯中心被审讯的时候，我就把我所有的通话记录交给了他们，还附上了我帮助过的那些人的姓名。例如，名单上有我帮助过的想摆脱达哈维贫民窟和帮助他们移民的犹太人，甚至有我曾帮助逃跑了的奥地利政府总理舒什尼格和奥地利大公斐迪南一世。无论如何，我希望您拿出在您那里的这些文件看一下，它们将是对您问我的问题的最好回答。

问：那你的哥哥总是会答应你的请求吗？

答：只要力所能及，他都会答应的。刚开始他有权力做这些事情，后来就不行了，因为希特勒成了最有权势的人。赫尔曼心地善良，当他听到我给他讲述的那些不公正的事情时，他都会试图公正地去做……

伊丽莎白陷入了思索：

“在我看来，在纽伦堡审判过程中阿尔伯特是唯一一位没有对赫尔曼·戈林使用像‘杀人狂’‘恶魔’这些词的人。当然这一切他都明白。但是这不能不引起检察长和法官的不满：他们认为阿尔伯特想要救哥哥，无耻地为自己和赫尔曼辩白。

“据我所知，我的父亲经常在家庭晚宴和聚会上讥讽自己的哥哥：‘你怎么这么糊涂，老是跟希特勒和纳粹在一起！’在这种情况下，赫尔曼还是不得不多次把弟弟阿尔伯特从监狱里捞出来。因为他经常因反对纳粹制度而被捕。在外面，阿尔伯特总是喜欢挑衅激怒纳粹，完全没有恐惧感。不知道他是否清楚赫尔曼一直在保护他?

“正如妈妈告诉我的，当阿尔伯特在 1944 年被捕入狱时，赫尔曼告诉他：‘我以后不能帮你了。下一次我就不能那么轻易地把你从监狱里救出来了。我自己也遇到了一些问题。’”

在和伊丽莎白交谈后，我花费了好长时间，找到了阿尔伯特 1945 年 9 月 25 日的审讯记录里的一些片段。

阿尔伯特：当我见到赫尔曼·戈林的时候，他告诉我，这确实是他最后一次帮我了，因为现在他自己也遇到了大麻烦。这是在当年的 2 月 1 日，也可能是 1 月 31 日。他告诉我他遇到了生命中最困难的时期。由于我帮助过一些犹太人，布加勒斯特的基林格勒大公已经下达了对我的逮捕令。我现在说的是我最近一次的逮捕令，是由盖世太保首领（海因里希·希姆莱）当年 1 月份下达的，同时米拉也是党卫军（希特勒德国特种部队）头目。

问：现在详细说一下你的其他被捕时间、地点和原因，还有最后是被谁救出去的。

答：在布加勒斯特，主要是因为我不能为德国代表和那里的党员们做任何事情。我还一直和南斯拉夫人保持着联系。在布拉格、索菲亚和在布加勒斯特都是一样的。基林格勒当时履行自己的职责，总是邀请我一起用餐或者听课，总是以这种方式。一天，一个大使馆的参赞碰见我，问我为什么总是拒绝那些邀请。我回答道，我宁愿跟出租车司机交谈，也不愿意跟杀人狂魔坐在一起。因为基林格勒杀了拉特瑙①。不久后我的回答传到了基林格勒那里，他很愤怒，把我告发到盖世太保那里，还说我拒绝入党。

问：说详细点，在哪里，什么时候，为什么被捕？

答：有一次是在布拉格因为帮助斯柯达工厂里的捷克人和反德势力，我被盖世太保追捕，后来在布拉格被盖世太保逮捕。有人把我被捕的消息告发给牛赖特（法西斯德国主要战犯之一），他又告诉了我哥哥。给我哥哥的文件里指出，我一直帮助犹太人，我在为帮助犹太家庭得到外国公民身份并帮助他们移民而四处奔波。文件末尾有句附言："您允许这种叛徒继续他的行径多久了？"而最后一次是在布加勒斯特，我在和朋友交谈时说希特勒是历史上最大的罪犯……

问：赫尔曼每一次都帮助你脱身吗？他们什么时候拘捕你的？

答：并不是每一次都拘捕我，但是当拘捕令下来的时候，他总是会帮助我。最近一次是在2月份，他对我说，这是他最后一次帮我了，因为他以后再也没有能力帮助我了……但他不得不帮助解决我的婚姻大事，因为盖世太保无法容忍我娶一个捷克犹太女人……

问：你哥哥是一个很严厉的人，是吗？

答：不，相反，他很和善。他为我们的姐姐和堂姐妹做了

① 瓦尔特·拉特瑙，德国犹太籍工业家，德国外交部长。

许多事，也特别溺爱她们，我还说他这样做不好。我不喜欢他这样做。我有我的生活，不想依赖他。

问：当你对赫尔曼说你为犹太人做了很多事情时，他会说什么？

答：他的反应不是很大，因为对这些事情他有自己的答案。他告诉我，不应该把国家事务和历史事件混为一谈，因为我没有丰富的政治经验。他的话一般是这样的："你是个政治白痴！"由于我把这些混为一谈，给他带来了很多麻烦。你们知道，他就在这里的五号囚室，他肯定亲自告诉了你们这些事情。我还知道，在另外一次审讯里，他把我称为"家里的白乌鸦"，他称我为局外人……

伊丽莎白·戈林从来没有读过她爸爸的审讯记录。但是总的来说她同意伯父说的，比起父亲她和伯父更加趣味相投。她说：

"赫尔曼在生活中做一切他力所能及的事情，攀上军事仕途的顶峰，追求'真理'，希特勒掌权的时候他不会越俎代庖。而阿尔伯特是个养尊处优的人，谦谦君子。他从来没有展示过自己的抱负，他不思进取，只珍惜眼前的幸福。战后他从来没有为提高生活质量而去努力，也从来没为家庭做过任何事情，可能仅仅在家里状况特别糟糕的时候，才会考虑给家里买一些东西。或许在最好的年代里他曾展示过他的抱负，但我不知道。我只知道，战争前他确实在一家电影公司上班，和很多奥地利的犹太人相交甚好。他有很多犹太朋友：医生、经理、制片人…… 顺便，我想对他在斯柯达的行为再补充一点。捷克人定期进行一些暗中破坏生产的活动。而我的父亲，由于他的职位，他知道这些事情，但尽力不让这个消息超出这一小圈子之外。但是德国政府还是知道了这件事情。父亲告诉妈妈，所有参与暗中破坏生产的捷克人都被车运走了，再也没有他们中任何人的消息了，当时一个 15 岁的小伙子在工厂工作，很多年后这个小伙子也提供了有利于父亲的证词。小伙子说，阿尔伯特都是自掏腰包帮助那些父亲和丈夫被永远抓走的家庭。因为再也没有其他人关心这些家庭了。他是个善良可爱的人。他总是善良地对待不同民族的人，尽可能地帮助和救助他们。但是……”突然她不再说话，脸上的强颜欢笑也随之消失了，她小声地补充道，“我是他唯一的女儿，但他完全没有替我担心……”

我看到她脸上饱满的情绪消失了，她累了，想休息一会儿。谢尔盖也对我说：“请简单讲一讲吧，我们需要换个拍摄地点，也让她休息一下。”

“这些不可能简单地讲……”伊丽莎白从沙发上站起来，活动活动腿脚。“关于很久以前，当我还是小孩子的时候，那些记忆都很模糊了，像头发一样凌乱地交织在一起，你明白吗？我很难弄清楚，我常常忘记人们的姓，把一些事实弄混，但是总的来说，我认为我没有在胡诌。后来我知道的德意志第三帝国和纽伦堡审判过程的信息均不是来自历史事实和文献，而是出自家庭，这些都是奥尔佳和波拉姑姑，还有和赫尔曼妻子埃米婶婶关系很好的我的妈妈讲述给我的。遗憾的是她已经去世了。你应该很喜欢她，她知道很多事情。我没有精力和耐心去写书，我需要忙忙碌碌工作，这样才能过上舒适的生活。”

我认真地说：“戈林女士，或许仍然值得写呢？”

“可能值得，如果可以成功做到的话。我经常有很多事情要忙。听着，一开始我就想说了，你和谢尔盖不能叫我伊丽莎白吗？我讨厌‘戈林女士’这个称呼。你们直接称呼我的名字吧。”

“就简单地称呼伊丽莎白吗？”

“是的。”她微笑着说，伊丽莎白转向谢尔盖问：“你明白了吗？称呼我伊丽莎白！”

伊丽莎白要求休息一会儿，然后从客厅里消失了。

谢尔盖问：“你喜欢她说的吗？”

我说喜欢，我觉得现在我对她的个人命运很感兴趣。等我们跟她的儿子雷措见面，会更加有趣的。

“我觉得很快就可以见面了，他就在这里！”

“说什么蠢话！我觉得，这个屋里除了她和秘鲁仆人外，一个人也没有。对了，摄影怎么样了？”

“我做了我能做的事情。但是，他能及时记得按录像按钮吗？让我们打开看一下。”

“我希望，我打开的不是……”

“我想给你们介绍个人认识。现在！等一会儿！”伊丽莎白面带笑容走进了房间，没有了疲劳，整个人都很舒服和满足，她的嘴唇上还有刚涂的绯红色的口红。

“雷措在家吗？”

“在家。”伊丽莎白点点头。

“我就给你说他在家嘛。”谢尔盖微笑着说。

“雷措！”伊丽莎白用西班牙语大声地喊着。但是没有回应。过了几秒钟，随着脚步的沙沙声，一个身高两米多的小伙子皱着眉害羞地走进了亮堂的房间：黑眼睛，卷曲的栗色的头发，秘鲁和欧洲混血儿。伊丽莎白像个舞台上的报幕员，“这是雷措。”伊丽莎白自豪地介绍他：“这就是我的儿子。”

雷措和整个摄影团队打了招呼，我试图去猜测他多少岁。或许，不去管他的身高，他应该比我小点儿：年轻的脸庞，健壮的身材，未来会更壮硕。总之，就先认为他25岁吧，或许会更小一点。她是在多少岁的时候生下他的呢？

这时雷措也放下戒备轻松地微笑着，在用西班牙语嘟囔着什么。

伊丽莎白毫不客气地打断儿子说：“遗憾的是我儿子不会说英语，但是我可以给他翻译。这就是雷措·杰拉·康杰纳。”

“这也是雷措。”母亲用特别灵活的手指指向儿子的背后。在那里我看到了一张很大的照片，刚好在客厅出口处，照片长和宽都差不多有一米半。我的天，我的眼睛往哪里看！似乎一直绕着房间四周转！这意味着我内心很紧张。在女主人公引以为傲的照片上，雷措和一个小伙子互相搂着。伊丽莎白补充道：“两个男高音。”

活见鬼！我和布拉维尔曼惊讶地看着对方，然后又看了看照片：这个小伙子是歌剧之星何塞！

伊丽莎白大声地笑了笑，然后明白了我们的惊讶："当时何塞和卢洽娜在利马进行大合唱表演，而雷措和同事在首都的合唱团工作，他们和何塞、卢洽娜一起唱了歌。表演过后大家都过来和男高音合影。何塞和卢洽娜关系很好。看，照片就是这样来的。照片拍得很好，对吧？"

我们点点头。照片确实拍得很好。他的妈妈很引以为傲，而雷措却害羞地红了脸。我立刻问了一个问题：

"雷措，你对家庭的历史感兴趣吗？对于你来说你的祖辈意味着什么？你对阿尔伯特的历史感兴趣吗？"

伊丽莎白用西班牙语小声地翻译着。雷措微笑着，思考着，在停顿后开始说话，像孩子一样用手指指着自己的胸口说：

"雷措·戈林·杰拉·康杰纳。"

母亲继续小声说着，但是已经是在用英语了：

"是的，为了纪念我的父亲阿尔伯特·戈林，我叫他雷措·戈林。不为其他任何什么……"

"从来就没有人对雷措的出身感兴趣吗？在天才的崇拜者中呢？没有人问过戈林家庭的归属吗？"

伊丽莎白点点头说：

"有的时候有人会问，但不经常。例如，不久前，有人问了我的姓氏，又问了雷措的出身。我说：'您的确想要知道更多吗？但是首先您得告诉我，您不会因为我不否认我和赫尔曼·戈林的关系而感到不舒服。如果您会因为这个而不舒服，接下来这个事实可能阻碍我们的交流，那么我最好还是保持沉默。'"

"您是否过于严厉地监管雷措呢？这段时间我已经可以确定您是一个强势的母亲，他自己怎么看待您的过度的保护呢？"

总的看来，我的看法是对的。母亲忽略了儿子想要从她那儿知道问题翻译的需求，我就此可以确信这一点。母亲自己开始回答：

“过度的保护，这不是我做的事情，不是我做的。我是一个印度心理学家的崇拜者，在书中他经常重复写道：‘不要掌控你的孩子，你应该是他们的向导。当他们需要你的时候，你就是他们的向导，去引导他们。应该尽可能早地让他们独立，这样他们就能自己承担责任。如果你不这样做，那么他们就很难把你看作好的父母。’根据这个理论，当我的每一个孩子年满12岁的时候，我都会组织家庭晚宴，纪念他们独立……”

我打断她：“为每一个孩子吗？”

“我还有一个儿子。另外，我还有一个女儿，她住在拉莫利纳……”此刻由于惊讶我说不出话来。伊丽莎白继续说道：“当我的每个孩子年满12岁的时候，我都会组织晚宴庆祝，等庆祝结束后，我会说：‘现在你长大成人了，也就是说从现在开始要为自己的生活负责了。正如你看到的，我经常因为工作不在家，我不能监督你。所以现在你要自己做选择，学会区分善和恶。如果你需要不良的伙伴、毒品、坏蛋，这里会有很多，那么你一定会把自己送上法庭，送进监狱，请相信没有任何人会保护你。而如果你坐牢了，你知道我会怎么做吗？我会带给你一些东西。例如，好吃的水果。我只能做这些，仅此而已。因为我没有能力做其他的了，我左右不了这些，也改变不了什么。所以请认真对待自己，关心自己的健康，考虑你做的事情。’”

雷措、我和谢尔盖六只眼睛齐刷刷地看着伊丽莎白，她在热情洋溢说话的时候不仅把所有的注意力都集中在自己身上，而且让那些听明白了的人和自己同样欢欣鼓舞。

雷措只懂西班牙语，谢尔盖也只会俄语，所以现在她上面所说的一切只有我一个人明白。我必须承认她的这个思想使我有点害怕。我觉得，她在家庭晚宴上说的话对一个12岁的孩子来说是难以理解、难以接受的。望着雷措那炯炯有神的深棕色眼睛，我觉着这孩子也许能理解麻醉剂不是好的东西。

“我自己也不得不快点成熟。”伊丽莎白激动地说，还在空中挥舞着手，“在一个陌生的国家，我、妈妈、外婆都不懂这种陌生的语言，我不得不尽快适应这一切。妈妈忙于工作，外祖母忙于自己的家庭事务，试想一下我能怎么办呢？外祖母玛利亚·克拉扎尔经常带我一起去市场，去看医生，去讲西班牙语的地方，而她自己只懂捷克语。”

“外表上我们不同于当地人也有一些好处，但其实真正的好处是没有的，总之我还得接受。外祖母玛利亚·克拉扎尔不仅忙于所有的日常事务，还必须顺从地和沉默地承受一切，但就是在这种情况下，她也不会去抱怨整天喝酒、与朋友打牌的丈夫。”

当伊丽莎白停下来喘息时，雷措突然小声地自言自语。作为回答她点了点头，打断了儿子的半截话，继续说道：

“雷措还是婴儿的时候，就开始唱歌。他坐在我的车里时经常唱歌。当然车里也经常播放歌曲。突然我注意到，才一岁的婴儿开始模仿那个韵律，刚开始只是一些咿呀，后来跟着音乐的拍子唱。

“音乐永远是我们之间的联系纽带。这意味着音乐把我们团结在一起。雷措和他的哥哥都是从小时候就开始唱歌，随时随地唱，我们曾经有一个‘音乐狗’。我记得，我们不能用磁带录音机录音，因为它总是发出‘呜呜呜呜’的声响。后来有人开始邀请我和儿子们去不同的活动现场演出。坦诚地讲，我们是从来不收钱的。因为我们和其他人一起分享音乐的美妙，这种感觉实在是太好了。”

我怀疑地问：“你是想说，音乐能帮助你们解决所有问题吗？”

“当然不能解决所有问题。但是音乐能积极地影响孩子。我们那里上学很早，雷措 3 岁的时候我就把他送到学校了。当然是幼儿园。他和比他大一岁的哥哥迈克尔一起上学。迈克尔 4 岁，而他 3 岁。圣诞节的时候学校会组织例行的活动——节日演出。应该说我们都是天主教徒。我的爸爸是新教徒，在家庭破裂之后，我的妈妈让我改信天主教，所以我和我的孩子们都是天主教徒。他们学校的节日演出太糟了，孩子们唱着杂乱的合唱，根本就不能听。当时我问负责老师：‘我和我的孩子们能不能在演出结束后唱一个简短的节日歌曲？’我们得到了允许。我和我的两个孩子表演着高难度的合唱，这是多么令大家惊讶呀！总的来说这件事特别好！好吧……”伊丽莎白突然失去了对这个话题的兴趣，“暂时先让雷措离开一会儿吧。他需要去银行半个小时，过一会儿才能回来。正好我的大儿子迈克尔要回来了。”

我很惊讶，伊丽莎白如此认真地对待拍摄。是的，通过拍摄她可以得到钱，但是要知道她也可以为了家庭，不让大儿子回来。过去纪录片里的很多主人公都拒绝展示他们的孩子和孙子的照片，名字更不会说出来，目的是为了不再有人把他们和第三帝国、希特勒联系在一起，一些人甚至拒绝拍摄他们家里的内部装饰……

伊丽莎白完全不一样，可能是因为我们长时间的通信，还有就是一开始戈林就请求我要特别认真地监督，以防拍摄完的资料外泄，要我提防这些形迹可疑的秘鲁摄影师突然跑去当地的电视台。

我和谢尔盖都想请雷措谈一下自己。最终母亲还是给儿子翻译了这个问题，但是借儿子需要一会儿时间去思考这个问题为由，她自己开始回答了起来：

“你们想知道一些关于雷措的事情，我来告诉你们：我的儿子是利马最好的男高音歌唱家之一。他是我的太阳、我的快乐、我的幸福。他比迈克尔更顾家、更安静，他特别自觉，你们甚至无法想象他有多么的认真负责。顺便提一下，现在他是我的雇主。很多年前，我像我的妈妈一样在大公司工作，担任翻译，负责采购重要的技术设备。当时为了给公司购买电子设备，我还在全国范围内宣传普及电能，我甚至还在实验室工作过一段时间。但是，最后音乐完全占据了我和雷措的时间。在我们家，所有人都很热爱音乐。例如，我的大儿子迈克尔拥有很好的男低音，我同样以他为荣。但是雷措和迈克尔不同的是，他把音乐当成他的职业，我是他的经纪人、助理。他挣的钱很多，最近八年我们住的这个大房子就是雷措买下的。实际上，这整栋房子是他的豪宅。苏尔克是个特别好的地区。最使我高兴的是窗户下面的小花园。每天早晨在花园里喂松鼠，这是多么幸福呀！

“顺便说一下喂松鼠……清早我去花园里喂松鼠。当然，我要先洗个澡，把自己收拾好，开始接电话、打电话。我们承接婚礼和其他活动，比如丧礼、洗礼宴、洗礼仪式表演、团体活动等。雷措到处唱歌，他在利马很受欢迎。所以我们是大忙人，我们不会抱怨。有时候会有人问我，为什么雷措不去欧洲或其他地方唱歌呢？那里可以赚更多的钱。我们有一个朋友胡安，他在欧洲很出名。他在那里赚得更多，生活得也很好。所以或许雷措也应该去欧洲尝试一下。我也想让他去尝试一下。但是不是现在，而是在未来。现在他在这里把自己的生活安排得很好。雷措是个单身汉。现在我认为他也不需要急于结婚，因为他是个非常踏实可靠的人。他首先需要拥有房子……”

也就是说，她没有任何商量就把这套房子留给了自己，而让儿子再买一套！她的确为雷措这个可怜的孩子解决了所有的事情，不仅只是替他说话。很难想象，20 多岁的雷措怎么能在利马买这么大的房子。他从 14 岁就开始攒钱了？当然如果你按照莫斯科两居室住宅的标准价格来计算的话，你也能在利马买大房子。但是，这里的工资低得多。

从另一方面，伊丽莎白的拍摄价钱不是按秘鲁币来计算的，也不是按美元计算的，而是按欧元来算的，3000 欧元。在我看来，雷措可能从小就为赚钱而表演，这意味着他经常不在家，虽然他给妈妈的幸福生活有点晚，但他是个有趣、有教养又努力工作的小伙子。

我朝正在微笑着的德意志元帅赫尔曼 · 戈林的亲戚雷措望去，他怎么也不会猜到，此刻他那霸道专横的妈妈正在与我讨论他的命运和未来。我为雷措感到有点可惜，如此优秀的小伙子要对妈妈唯命是从。我不同意伊丽莎白的观点，我觉得他应该赶紧结婚，快点开始独立的生活，而且应该严肃地考虑一下去欧洲发展的事情，这实际上已经很晚了，要知道他不是小男孩了。当然我更相信伊丽莎白的话，雷措确实拥有独一无二的嗓音。无论如何明天我们都会有机会听他唱歌。

“雷措是个很棒的小伙子。他一生都在观察我如何努力，怎样拼命赚钱，还给我买了这栋大房子。这一切可能是因为我失败的婚姻。我嫁给了秘鲁人安赫拉·杰拉·康杰纳。这是我犯的致命错误。但是在任何情况下，即使我有改正的机会，我也不会去改正，因为我有了两个特别好的儿子。女儿是另外一个故事，她不是我亲生的，她是安赫拉的一个亲戚，但是我很关心她，她是个很好的姑娘，和我的儿子们处得很好。我以后再给你们介绍她。先说安赫拉……

“我是一个独立自主的人，具有很强的语言学习能力。从瑞士中学毕业后，我立刻学习了国际商务并沉浸在工作中。我开始获得不低的薪资。在赚了第一笔相当可观的钱之后我立刻买了一块地，那时我可以任意做自己想做的事。正是在这个时期我不幸结婚了。要知道在结婚前我是有去一些地方旅游的打算的，我想先去欧洲看父亲，然后去美国。我想在美国工作，找结婚对象，开始崭新的生活。”

“你的妈妈米拉·克拉扎尔怎么看待你的丈夫呢?”

“她是发自内心地厌恶他。不止她一个，最后我所有的朋友都是因为他和我断绝了来往。我也不理解当时我到底怎么了，为什么因为安赫拉，我身上发生了那么多变化。丈夫——准确来说——是我生活中最大的错误。当我的第一个儿子迈克尔出生的时候，我才完全明白了这一点。我必须自己承认，我是不幸的，嫁给安赫拉完全是一个错误，这个男人不适合我。但无论如何我还得和他再生一个孩子。要知道我总是感觉到孤单，因为我自己没有兄弟姐妹。我不希望我的孩子像我一样成为一个孤单的人。我不得不想方设法让自己高兴，转移自己的注意力，读书、冒险、孤独时与动物交流。总之，迈克尔出生一年后我又生了一个儿子，他就是雷措。对于我来说他就像是太阳，雷措和我非常亲。而他们两个却截然不同！他们从来不在一起玩儿。雷措严以律己，一直很努力、勤奋地工作。迈克尔的确也努力工作，但他不像雷措那么内向，他有非常非常多的朋友，他更像一个‘社会型’的人。男人、女人、孩子都非常喜欢他，大家都喜欢他这样的人。”

“现在你的前夫在哪里呢？他躲到哪里去了？他帮助你照看孩子们吗?”

“当然，这个人肯定在某个地方吧。但是说起来他对于我们有跟没有是一样的……他们的爸爸会经常出现在家门口，来要点儿什么，而你刚才说的帮助……但是我听说这对于秘鲁人完全是普遍现象，因为这里的大部分男人和我前夫一样。”

“每个孩子都想拥有一个健全的家庭。当你和妈妈、外婆来到异国他乡的时候，你也是孤零零的。你怎么能忍心和安赫拉离婚呢？要知道这样对你的孩子们来说是非常痛苦的。”

“不，完全不是这回事。安赫拉和我住在一起的时候，我的孩子们开始明白了一切，然后告诉我：‘妈妈，你还在等待什么？爸爸是不会改变的，你明白吗？你为什么还不和他离婚？’是的，安赫拉想在家庭里树立自己毋庸置疑的权威地位，这种想法在当地男人之间非常普遍和流行。但是他不去赚钱，不努力工作，怎么能够在家里成为有权威的人呢？关心孩子、打扫房子、挣钱，这些都是我一个人做的。说实话，我不需要一个男人来养我，我需要的仅仅是好的伴侣、支持和依靠，因为我自己有手和脚，我有十足的把握和能力自己养活自己。当然现在我也希望能有一个关心我的男人，但也不是经常这样想。我经常一个人照看儿子们。我经常教育他们：看看周围！你想要房子和好车吗？你梦想自己的房子里有游泳池吗？那么你就得好好学习和工作，用自己的双手挣钱。成为你爸爸那种人是可耻的，我不想让你们重复他的命运，重蹈覆辙。”

“但是，伊丽莎白，你是个有趣的女人。并且，对于当地的男人来说，你有一种异国情调。找一个你说的那样的人难道不是很简单吗？”

“我很是不幸运。并且，这里的男人需要的是那种没有自尊心、只知道依靠男人的女人。我说的不仅仅是钱，而是想做事情的欲望。可能他们需要的是更顺从的女人，这种女人从来不会拒绝，从来不提条件，永远都是在旁边洗衣服、做饭、照顾家庭，允许男人出去和朋友打牌、消遣娱乐。这里这种情况司空见惯。

“当然，起初你会相信你将来的丈夫会不一样。真是愚蠢。事实上在我年少的时候就听到过这种‘警告’。我的一些女朋友，一些爱闲聊的女人，她们在丈夫面前不仅害怕张嘴说话，甚至连抬起眼睛看都害怕。而我读过很多书，喜欢说出自己的观点，我不认为在年轻或年长男人的面前我们需要默不作声，这些都不重要。但我注意到，我自己的行为会让和我交谈的年轻人和女朋友都感觉到很难为情。

“男人选择的是那些可以征服的女人，而不是一起工作的同事。我不可能顺从，或许这就是我个人生活失败的原因吧……”

门铃声打断了伊丽莎白的话。我看到，妈妈说话的时候一直在旁边神游的沉默的雷措这时精神有点振奋起来，开始在沙发上坐立不安，开始微笑。他的栗色眼睛又一次变得理性，充满了热情。伊丽莎白已经跨出去几步打开门：“塔尼亚①，谢尔盖，摄影师先生们！这是我的大儿子迈克尔！”

迈克尔是完全和雷措相反的人。他神态端庄、自信（和雷措对比起来，特别引人注目），黑色的皮上衣里面穿了个紧身的高领毛衣，他还穿着黑色牛仔裤和尖头皮鞋。他头发黝黑直溜，完全不同于弟弟那蓬松浓密的头发。黑眼睛和鹰钩鼻，下颌圆润，高额头，丰满的嘴唇，然而这些并没有给他增添温柔的气息，相反，哥哥看起来更加刚毅。我还要补充一点，他很性感。迈克尔的每一个动作都把他那掩藏的好身材暴露了出来，这样的迈克尔在大街上特别引人注目。即便告诉他们他身体里流淌着赫尔曼·戈林的血液，估计他们也对此毫不在意。迈克尔坐在雷措身边，身躯笔直，手指交叉合拢，跷着二郎腿，伊丽莎白坐在对面，这样可以看见我和她的两个儿子。

“迈克尔，让我们互相认识一下吧！你说英语还是德语？”

“德语。”他稳重地笑了笑，“英语只会一点点。”

他确实有优美的男低音。他不需要唱歌，只是简单地说了几个字，就已经是音乐了。我用手撑着头，厚颜无耻地仔细欣赏着他，津津有味

---

① 俄语中“塔季扬娜”的昵称是“塔尼亚”。

地听着他说不完整的词和句子。熟悉的女高音妨碍了我欣赏男低音：

“我能说一些关于迈克尔的事吗？”大儿子温情地笑了笑，向妈妈点了点头。妈妈此时像个多动症的小孩坐立不安，她想要夸奖迈克尔，“迈克尔是生态学工程师。这是他的主要职业，尽管我对你说过他有极好的男低音，也在摇滚乐团唱歌。（迈克尔温情地点了点头，嘴角露出微笑）遗憾的是，由于他的职业，他不得不经常去离利马很远的地方。例如，他去年一整年都是在普诺度过的。亚马孙森林！（我脑海里闪现出一个想法，他这样做是因为他想摆脱雷措的遭遇）他去过离库斯科不远的普诺。世界上最高的湖位于那里，的的喀喀湖。它位于玻利维亚和秘鲁两国交界的科亚奥高原上。最后迈克尔从那里回来了，我和雷措都为此感到高兴。”

总的看来，只有伊丽莎白对这个情况感到特别高兴，两个如此不同的儿子互相拘谨地笑了一下。大概迈克尔和妈妈、雷措在一起的时候很压抑，觉得缺少空气。迈克尔追逐着我的目光，笑了笑：

“我尝试着说一些……尽管我的英语不是那么好……我和当地人一起工作，一起生活。我住在村社。我和当地人已经像家人一样了……”

“是的，是的！”当迈克尔正在认真地寻找合适的词的时候，伊丽莎白抢着说，“当地人没有受过多少教育，他也不歧视他们。这些人可能只学习了一点东西，所以那里没有种族主义、沙文主义、纳粹主义。两年前我去欧洲的时候，我意识到，那里的人们现在还生活在过去的东西中，例如纳粹主义，甚至还有新纳粹主义，这简直不可思议！当然每个国家都有自己的问题，秘鲁的问题是毒品和暴力，但是没有新纳粹主义！”

雷措认真地听着母亲充满灵感的例子，他对“纳粹”这个词反应很大。我看到，他心里抱着哥哥能帮他翻译的一线希望。但是伊丽莎白过来帮助了他：

“正好雷措回忆起了一件事情，有一次和我认识的一些意大利人问我：‘你怎么能够在自己的姓氏和罪孽的重担下生活呢？’令他们吃惊的是，我回答道：‘我为什么要感到自己罪孽深重呢？我又没有压迫和杀害过任何人。’”

雷措振奋精神，试图补充一些东西。雷措刚说了三句话，伊丽莎白就顺着说了起来：

“是的，就是这样。在我们这里离苏尔克不远的地方有一个药房，药房老板是犹太人。他看到了证件上我的名字，问我关于戈林这个姓氏的问题。我证实了和戈林的亲属关系。于是他说：‘请离开吧，我不喜欢您在我的药店里。’我说：‘没问题。既然你不开心，那我就离开。’”

迈克尔强调说：“少年时我认识了一个波兰人。我们是同龄人，好像这个小伙子叫马利克，是个受过良好教育的人。我记得那个时候我们的友谊很深厚。有一次他看到了我的证件，看到了我妈妈的姓氏，提出了关于赫尔曼·戈林的问题。得到了我的确切回答后，他说，或许我们不应该相处得这么要好，就保持熟人关系吧。原因在于，他的祖父死于集中营，正如马利克说的，他们那里的人对戈林这个姓氏和流淌在我身上的血液有很大的偏见。我非常不理解，原则上我和德意志帝国元帅的罪行有什么关系呢？但是也有其他反应，我记得我认识一个德国小伙子，他特别赞赏我的家族史，开始和我成为朋友。这样的行为也很奇怪，您找不到这样的吧？”

我明白迈克尔很想听到我的回答，于是说道：“我能找到这么奇怪的例子。根据你这个波兰朋友的逻辑，我也有不少的理由憎恨你。你知道死了数以百万的苏联人吗？”

他凝视着我，更加明确地说道：“但是你不憎恨我们，对吗？”

“不憎恨。”我耸了耸肩，“为什么要憎恨你们呢？”

迈克尔满意地点了点头，继续说道：“你看，在秘鲁我很高兴的是，很少有人对第二次世界大战感兴趣。他们完全不知道戈林，就连希特勒也是另外一回事。尽管……这已经更……更……”

伊丽莎白插话了：“这就是普通的名字，我知道一些人给狗、猫甚至小孩取名为希特勒。希特勒对于他们来说是一个电影人物，而不是元帅、野心家。他们只是知道政坛上有这么一个有胡子的男人，但更多的是在电影里看到他。”

迈克尔表示赞同：

“他们不太报道这类事件。谈到我个人对赫尔曼·戈林的态度，可以简单地这么说，每个家庭里都有怪人。是的，我们家也有这么一个……”

我强调：“但是在你们家里还有一个在战争中一直努力救人的阿尔伯特·戈林。只是实际上没有人知道他罢了。”

“坏人总是比好人名气更响，坏事更吸引人关注。”大儿子微笑着说，完全忽视了弟弟想插话的尝试。“刑事新闻往往有很高的关注度。为什么观众对正面积极的新闻不感兴趣呢？从赫尔曼和希特勒很亲近这个角度来看，赫尔曼将永远都比自己的弟弟阿尔伯特·戈林知名度更高。我还要说一点，如果阿尔伯特不是赫尔曼的亲弟弟，那么唾弃他的历史爱好者会很少，而且他救人的行为也会被人所知。你也该是在唾弃吧。”

迈克尔是对的，我还能说些什么呢？

“是的，我同意，你和弟弟是大半个秘鲁人了。但是你们身体里还流淌着德国的血液。现在还有德国人的性格特征吗？”

我注意到迈克尔把这个问题翻译给了弟弟。他们两个用西班牙语讨论了半分钟，自然伊丽莎白也加入了他们的讨论之中。

最终他们确定了家庭意见，迈克尔笑着说：“有两个特点：守纪律和负责。秘鲁人经常迟到和欺骗。当然也不是所有人，但大部分都如此。”

“而我，”伊丽莎白在沙发上坐立不安，焦急地想插话，“与其说我遗传了德国血脉，不如说我遗传了捷克血脉。我更熟悉、了解捷克文化。我喜欢成为慷慨大方之人。我的外祖母是个非常慷慨的女人，喜欢帮助别人，经常做好饭菜，分发给穷人。德国人也很随和、勤勉，且善于执行。我觉得迈克尔就是这样的人。他和半原始人住在一起，给他们解释当一个大的团伙为了砍伐森林来侵占他们的土地的时候，他们应该怎么做。他向他们解释，不应该杀死任何人，而应采取文明的解决办法——

法庭、罢工。同样，还有他们不应该厌恶文明与财富，例如药品和其他有益的东西。”

“这些当地人是很优秀的。”迈克尔热情地补充道：“当然跟他们在一起也不是那么简单。为了让他们信任你，你需要做他们所做的一切事情。住他们所住的，吃他们所吃的，而他们吃的是蚯蚓和小虫子。他们把树砍掉，然后在树的外壳上培养蜜蜂幼虫。当蜜蜂幼虫长大之后，它们就变成长的、白色的、肥肥的蛹，人们就把它们炸着吃，我当然也吃。这道菜被称作‘酥里’。当地的人说：‘热带雨林里所有动的东西都能吃。’所以人们吃所有动的东西。”

伊丽莎白洋洋自得地说：“看我的孩子多么优秀！其实，说实话，他们小的时候也会犯错误。但是我想出了自己的教育方法‘伊丽莎白·戈林法’，应该可以申请专利！”

我问道：“你可以分享一下吗？”

伊丽莎白微笑着给儿子们使了使眼色：

“当然我可以分享。我经常给儿子说：‘你们看，我为了保障你们生活所需，拼命干活，而你们却偷懒不学习！那好吧！从明天开始水果糖我甚至都不会给你们买了，你们需要自己挣钱买。而你们的工资和你们评定书上的分数成正比。如果你们在测试中得到了 19 分或 20 分，那么我就给你们每人一百美元。’那个时候的钱很值钱，但是我相信，总是得 20 分，也就是最高分，这是不可能完成的任务。没想到，迈克尔是个倔强的小孩，他考了 18 分，我不得不给他 50 美元。后来我们想出了每月核算的方法。在月末我领工资那天，我们三个会坐在一起计算他们应该得到多少钱。

“我还带他们去教会。因为我们都是天主教徒，和大多数南美的居民一样经常去教堂。当然与其说是去听牧师无聊的说教，不如说我和我的儿子们是来消遣的。在说教结束后我会带吉他到教堂，对孩子们说：‘让我们为上帝唱首歌吧，要努力不跑调，否则上帝就不喜欢我们了！’”

“通常我们会在早上 7 点前去教堂，把高兴的事和有益的事结合起来。有一天早上，两个老太太成为我们的第一批观众。接下来一个周日早上又多了两个老太太，也就是四个。随着每周日早上老太太人数的几何式增长，我的儿子们逐渐习惯了在公众场合唱歌，再后来就有人开始邀请我们去表演了，例如在圣诞节的时候。”

沙发上又弥漫开了热闹的氛围，他们三个在激烈地讨论着。

突然迈克尔问我：“你多大了？”

“27 岁。”

再一次响起了三个人激烈的西班牙语的声音。

我对迈克尔的问题很感兴趣，问他为什么要问这个问题。

“只是好奇而已。我觉得你看我和雷措就像看孩子一样，结果反而你自己的年龄最小。”

“我比你们大吧。”

“比我们大？我很少见到女士以自己的年龄大为荣。”迈克尔笑道，露出了洁白的牙齿。雷措此刻正像个孩子一样半张着嘴认真地等待着哥哥给他翻译，他不明白为什么所有人都那么的开心。

“我 34 岁了，雷措也 34 岁了。”迈克尔突然不再笑了。我的下巴都快掉下来了，就像秘鲁人埃里瓦罗平时的状态一样。也就是说，“小孩子”雷措完全不是小孩子啦！

全家人都饶有兴致地看着我面部表情的变化，我的脸上满是困惑。雷措红了脸，迈克尔再次响亮地笑起来，边笑边用脚跺地。母亲伊丽莎白温情地微笑着把头转了过来，看看我，看看自己的儿子们，看看谢尔盖和满脸迷惑的秘鲁人。

当迈克尔停止哈哈大笑、大家都缓和下来的时候，我说：“好吧，我还有一个问题。我知道在美国住着一个名叫贝蒂娜·戈林的人，她是你们的亲戚。她很多年前就下决心不要孩子了，为的是不再‘生出丑八怪’，也就是不再生出赫尔曼·戈林家族的人。”

我注意到妈妈和哥哥的面部表情发生了变化，雷措用胳膊推了推迈克尔，希望他翻译这个问题，于是迈克尔把我的话翻译给了弟弟。伊丽莎白也在很紧张地听着。

“你们的观点呢?”

伊丽莎白咬紧了嘴唇，雷措低声地开始和迈克尔说着什么，很显然反对这种做法。母亲也加入了他们的对话中，西班牙语的谈话声音逐渐增强，过了一会儿伊丽莎白开始总结：

“我们并不认为这是正常的。但是我在一家美国报纸上读到过贝蒂娜这件事，不止她一个。我的堂姐艾达，赫尔曼·戈林唯一的女儿也没有生孩子，甚至没有结过婚。她既不是丧失了生育能力，更不是为了某种社会公益而做出如此的决定。”

我好奇地问道：“你是怎么知道艾达的呢?尽管这么问有些奇怪，不管怎样你们仍然是亲近的亲戚。”

伊丽莎白点点头，说道：

“我两年前和她见过一面。这是我一生中第一次也是最后一次和她见面。艾达是个非常封闭、内向的人。在她的妈妈埃米去世后，堂姐就孤零零地一个人生活。她和我保持着联系（也就是每年一次的生日祝福电话而已)。这些年唯一连接着我们的就是我们两个拥有真正的戈林姓氏。我说的这个‘真正的’，指的是有权使用这个姓氏。因为其他的亲戚都不是戈林这个姓氏。要知道只有阿尔伯特和赫尔曼带这个姓氏。是的，在家里还有两个姐姐奥尔佳和波拉，但是她们都已经出嫁，改了姓氏。”

“从家族传承的角度讲艾达可以用这个姓氏。而我，伊丽莎白·戈林，我不能将这个姓氏传给任何人，因为我是女人。世规如此。在我和艾达之后戈林这个姓氏将会就此中断。而我的孩子们，雷措和迈克尔用自己爸爸的姓氏——杰拉·康杰纳。

“至于前面提到的贝蒂娜，她是赫尔曼和阿尔伯特异母哥哥的孙女，这个哥哥是海因里希·戈林第一任老婆的儿子，海因里希·戈林和弗拉茨斯基·吉芬布鲁的第二段婚姻有四个孩子：赫尔曼，阿尔伯特，波拉，奥尔佳。而我不认识第一段婚姻的任何一个人。

“对于贝蒂娜轰动一时的声明——中断氏族和不生孩子的意愿，我觉得这是个人的事情。我认为，我只对我自己的行为负责任就好了。我不做任何坏事，没有必要把上一代人的罪孽归咎到自己身上。你看我现在生出来怪物了吗？我现在不应该活着吗？这是不对的！我也有机会，自己给自己的机会。我有这个机会，因为我有了自己的孩子，这是福祉。我们应该教育自己的孩子，不让他们成为怪物。但是我也希望自己的孩子是不一样的。我不希望，两个孩子中的任何一个成为像赫尔曼·戈林那样的人，走他的路，步入他的后尘。这绝对不行！

“从另一方面讲，赫尔曼伯父最初也是个不错的人，他接受了很好的教育。问题是后来在他身上发生了什么。他怎么能盲目地去追随古怪的希特勒？这是个谜。人们观察、研究伯父的才能，在监狱里对他进行IQ测验，结果发现他不仅知识渊博，而且勇敢。总的来说，我也混乱了。说实话，我不知道为什么伯父会变成那样，成为那样的人！我不是他。我的孩子们绝对不能成为他那样的人。就这样吧。”

伊丽莎白给这个话题画上了句号。

“让我们一起吃午饭吧！”她说道，“怎么做更好一点呢？我自己随便准备点吃的或者我们都去不远处的中国餐厅？我请客！”

“你怎么样更方便呢？”

“我，”伊丽莎白疲惫地笑了笑，“去中国餐厅更好一些，因为不需要收拾和洗碗，这里所有人都喜欢吃中餐。”

在餐厅的入口处我们和帅哥迈克尔告别了，他还有事要做。谢尔盖和他握了握手，拍了拍他的肩膀。我和迈克尔用俄罗斯的礼仪吻了三次，迈克尔有点害羞。

伊丽莎白和雷措已经走进了中国餐厅。我回头看了下迈克尔，遗憾地想：这个男人的离开，对我们这一伙人来说明显就是个损失。他也回头看了看我并且嘴角微微带笑，点头向我告别。

此时母亲和小儿子已经选中了一个大圆桌，用手势邀请我们去她那里："你们还在那里磨蹭！难道不饿吗？"伊丽莎白抱怨道，脱下了自己的绒毛上衣。埃里瓦罗和巴布罗坐在另一张桌子旁。伊丽莎白点了很多食物，和我一样使用筷子，并吩咐给谢尔盖拿了西式餐具。雷措突然变得健谈起来，并试图给我们讲述他感兴趣的天文学、宇宙、银河系与史蒂芬·霍金。他和谢尔盖在聊黑洞和其他东西（我和伊丽莎白给他们翻译）。

上甜点的时候，给我们端来了提前订好的饼干，戈林又开始活跃起来。

"按中国的日历来说我和谢尔盖属猴，而你呢？属鼠？太棒了……"

饭后，雷措、谢尔盖和埃里瓦罗在宽敞的客厅里休息，伊丽莎白建议我参观她的房子。她介绍说自己的房子总共有三层（从二楼到四楼），房顶有临时修筑的冬天花园，用玻璃门将其隔开。而我们所在的地方有乒乓球台、圈椅和沙发。

我指了指球台："你玩吗？"

"不，我不玩。儿子们有时候玩。但是迈克尔单独住，不经常到我们这儿来。看，球台上有专门防猫的遮挡。"

"什么猫？"

"马上……"伊丽莎白气喘吁吁地爬着楼梯，她小心翼翼地走到玻璃门旁边喊道："艾什！小艾什！艾莎莎！米奇！喵！"

从高处屋顶的某处传来一只顽皮的猫咪的叫声。伊丽莎白转头看着我，狡黠地解释道："它们总害怕我把它们弄去洗澡。它们不喜欢洗澡。艾莎莎！亲爱的！汉尼拔！喵！"

伊丽莎白继续柔声细语地说着，我半晌才搞明白她说的是捷克语。我百思不得其解！戈林的侄女和她的猫说捷克语。此时伊丽莎白已经召集了群猫，而我也终于看见那只"高音喵"，它机警地沿着小梯子往下走，用它那双明亮的黄眼睛仔细地瞅着我们。它像一只有着黑蓝色皮毛的小狮子。女主人在那儿诉说起来：

“都是那群小崽子剪的……可恶的人类！我甚至求他们不要把猫剪得那么丑！你看，头上的毛还在，身上的毛都被剪光了，真是个错误！可恶！真是个噩梦！这只猫曾是个大绒球……走吧，正好介绍你们认识一下。它叫艾什，小艾什，起来！”

我这下多少有些明白了，作为主人的伊丽莎白口中的“可恶的人类”原来是她的助手们。一个是早上我们第一次进入这间房子时给我们开门的秘鲁女人，另一个是一个上了年纪的男人，只是我不知道他干什么活，我们从三楼走到这里时，他的身影一晃而过。

艾什确认我不会给它洗澡后，喵喵地叫着走下来了。它满足地把头放到伊丽莎白的手上，而她也弯着腰抚摸着它。随后它用脚绊着女主人，不让她去圈椅那儿，她就又弯下腰，用双手抱起它。

戈林扑通一声坐到大圈椅上，满意地陷入其中，仿佛陷入了流沙中。

她笃信地说：“艾什喜欢你。”

我问：“你说什么？”

“自己看，它现在要去和你亲热了。”

过了几分钟，如她所说，猫跳上我的膝盖，让我抚摸它，给它挠痒痒，再抚摸它。

伊丽莎白说：“一会儿我再给你介绍其他猫。屋顶上有茜茜、米奇和汉尼拔。只不过小艾什更勇敢一点。不过，我的上帝，把它们剪得多丑呀！”

我把猫递给了伊丽莎白，从脖子上拿下相机，调成了录制状态。

“我给你和艾什照几张照片，你不会反对吧？”

“不。”伊丽莎白略带倦意地笑了笑。我知道我喜欢这个独立女性的工作状态。她不装腔作势，也没有专门摆姿势，毫不隐瞒，总之，形象丰满完整。这令人尊敬和同情。怎么会这样？难道她家族所有代表人物都有这种天赋——令人同情？

施佩尔在回忆录中描述过戈林那强大的魅力，比如他的笑容“仿佛能打开和关闭闸刀开关”。令人惊奇的是，在写赫尔曼·戈林时，施佩尔、纽伦堡的两个监狱精神病医生还有其他人都将这位德国元帅和小孩子进行了比较——“常怀善意，时显忧郁，行为像个小孩，经常和大家一起玩”。

“像个小孩子”穿插在每一行，很异常。

伊丽莎白想了一会儿说：“我以前一直养猫，你知道吗？我非常爱它们。那时我还是个小女孩儿，我常常和它们说话、交谈，似乎那也是孤独的一种表现。猫是我的好伙伴和交谈者。有一天我放学回家，我的猫要生小猫，家里却没有一个人，我不得不充当助产士，我把小猫们带到了这个世界，还剪了脐带。之后帮猫分娩对我来说成了习以为常的事情。”

“爱猫是你们家族的一个特征吗？”

“是吗？你为什么要这样说呢？我的父亲，阿尔伯特·戈林，很喜欢小狗，几近痴迷。”

“我说的是赫尔曼。”

“伯父？”

“对。我看到很多历史资料里说他喜欢和狮子玩。”

“和狮子？呵……也就是说，你觉得喜欢猫源自我们的血统？”

“我是说戈林。”我向她坦白。

“我不知道。我觉得那不是爱，只是升华（夸张）。”

“什么？为什么？”

“爱狮子这件事是从20世纪30年代中期开始的，那时大家都认为戈林不会有孩子了。”

伊丽莎白想了想说：

“和卡琳·冯·康措芙的第一段婚姻中他们没有孩子。我个人认为这都是卡琳的过错。”

“不。她在自己的第一段婚姻中有一个孩子。”

“不过再也没有第二个了。赫尔曼非常爱她，不过，看来，命运如此。”

“她死了。1935 年他又娶了 40 岁的埃米·卓聂曼……”

“但是埃米婶婶生了艾达。”

“1938 年是大家谁都不愿意回忆的一年。那时埃米与赫尔曼都已经 40 多岁了。”

伊丽莎白想了想说道：

“我从来没有从这个角度看这件事。不过可能存在着某种合理的理由，也就是说，赫尔曼认为他不会有自己的孩子了，他……似乎……也就将自己的注意力转向了猫?”

我们两个都因这个荒谬的假设笑了起来。

“让我给你读点儿关于你伯父和狮子的东西吧。”我给闭目养神的伊丽莎白提议道。

“好的。”她同意了，“你到底知道多少事情啊?”

和戈林的生活没有让埃米感到无聊空虚。她日渐肥胖的丈夫有一个怪脾气，就是他很关心自家住所里豢养着的狮子。柏林动物园给他送来了小狮子，随后戈林家将这些狮子在家里养了一年半。动物们可以随意、自由地在院子里玩耍，等它们到了会攻击人的年龄就把它们送回了动物园。在几年时间里戈林家养大了七对狮子。有一次，因为 1936 年的奥运会，意大利的社会“精英”们，其中包括墨索里尼的儿子们、维多利奥和布鲁诺，他们在“卡琳宫”喝茶。突然门开了，进来了一头狮子，客人们吓得魂飞魄散，瞠目结舌。直到埃米·戈林将它赶进了家里的兽笼，客人们依然胆战心惊。埃米自己也回忆说：“有一次我们去总理的官邸暂住，由于我们在莱比锡练兵场的家要布置、装修，我们就带着狮子并把它关进了地下室。夜里我们突然被惊醒了，因为我们卧室的门被打开了，我们的狮子站在我们的床前，它用爪子拧开了地下室通往我们卧室的八扇门，然后找到了我们。当它找到我们时，它立刻变得异常高兴。

我们再也不忍心把它送到地下室，因此，我们整晚都把它留在身边……”①

“和你的说法不一样，赫尔曼·戈林在纪录片中和他的狮子用德语交谈。”伊丽莎白说。艾什此时已经不打盹了，它需要主人的注意力都在它身上。

“我和妈妈在捷克文化的影响下长大。我曾是个淘气的小孩，我们家经常有丑闻传出。因此，我总是让外祖母很伤心。她说：‘你，伊丽莎白，是一个地地道道的德国人！’对外祖母来说这完全就是一句骂人的话。也许多多少少是这样的，我什么都改变不了，甚至现在我似乎仍是在秘鲁的一个生命力旺盛的德国人，一个和自己的猫说捷克语的德国人。”

“你会说德语吗？还是已经忘记了？”

伊丽莎白听了简直要跳到了长凳上：

“当然没有！我曾经在瑞士和德国的公司工作过。我能流利地用德语交谈和书写。我给秘鲁的商人翻译德语合同。哦，对啦。这些都是我吃饭的资本——德语、英语、西班牙语。如今在我周围没有一个能和我说德语或者捷克语的人。慢慢地我也就只说西班牙语了。有时也说说英语，比如说，现在和你就在说英语。当然，有时也说点意大利语。因此，可以说西班牙语是我生活中的主要语言。”

“不过说到外祖母，在家你是说捷克语吗？”

“当然！只是现在只和猫说。儿子们不懂捷克语，只有艾什懂捷克语了。”

“对外祖母来说，你属于戈林家族没有刺激到她吗？

伊丽莎白摇了摇头：

“瞧你说的，没有！她是那样睿智的一个女人，不会活在过去，更

---

① Зигмунд А. Женщины нацистов. М.: Ладомир, 2001. С. 59.
吉戈穆特·阿:《纳粹分子的女人们》，莫斯科：拉多米尔出版社，2001 年，第 59 页。

不会活在别人的罪过中，这是不公平的。如果非要把自己钉在十字架上，以痛苦为乐，这是不正常的。你刚刚说到贝蒂娜·戈林，我认为，都是胡思乱想！你说，这能给谁带来好处？你为祖先的罪过痛苦，但这些原则上能帮到谁？这是怪诞的、不讲事实的立场！还有，我知道某些人满世界奔走，请求人们饶恕父辈们的罪过，为什么？他们为什么这么做？为了让人们知道这些痛苦的人还活着？我希望围在我周围的人们，他们感兴趣的是我这个人，而不是赫尔曼·戈林带来的痛苦，鬼知道谁是希特勒！”

戈林在纽伦堡时说：“我是一个活在当下，而不是活在过去的人。所有的回忆仅仅是死亡的沉重。”确实，正如他的遭遇，“死亡的沉重”是已过去的事实，它比比喻还要来得更快。我在等待，是否伊丽莎白也会用这样的措辞。她随后补充道：

“在这样的情景下进行自我鞭挞，只能带来空虚。无人需要负重前行，死亡的沉重。”

“有的时候周遭试图将你推向那沉重？”我问道。

“这样的事当然是有的。除了中学时那个瑞士教授，他不喜欢我的姓氏，还有很多。那时我已经中学毕业，开始工作，我想找其他的工作，说好听点就是想多挣点钱。某一大型的德国还是奥地利公司，我已经记不清了，我给他们发去我的简历，他们叫我过去面谈。我认为这份工作我已唾手可得。我掌握好几门语言，我有一辆虽说旧得快要散架的汽车，但因此我是可以随时行动的，他们也很快对我说：‘您就是我们需要的人。’总之，我前去面谈，我明白这些都是走形式。面谈是由一个大领导进行的，我应该会在他手下做事。他没有问我一些循规蹈矩的问题，而是问：‘你反对犹太人的什么吗？’我慌了神儿，然后对他说：‘不！可以说，我对他们没有一丝丝的反感。更准确地说，我的家庭属于捷克超过德国。’我没对他说我妈妈姓诺依曼，没说她是犹太人。我当时想：这些有什么意义呢？然而，或许我应该说的。但是当时我想，难道会有这样一个条件——家庭的归属？他们需要的是我的专业技能和个人品质！

“然而领导却不这样认为，他说：‘您知道的，您的姓氏比较特殊，让人联想到了战争，因此我不得不听听董事会的意见，再来决定我们是否录用您。’‘嗯，对。’我说，‘您去听听吧。’这是始料未及的。面谈结束后，我回家把这一切都告诉了妈妈，她回答道：‘他们可能不会录用你。’过了一天，一位绅士来到我家，他是个德国人。我在面试的时候看见过他。他已白发苍苍，他站在门口同我问好，接着说：‘伊丽莎白，您被拒绝录用了，要知道公司里有犹太工人，很遗憾，因为道义的原因拒绝了您。’尽管很真诚，但是我还是很难受。

“还有一次，那些看到我的人都异常欣喜，像是看到了战利品，看到了珍稀的鸟类：‘嘿，你！你就是那个戈林的亲眷！’是的，也有这样的事。

“年轻的时候，也就是嫁人之前，我有一个好朋友。为了让我能在利马犯罪率高的街道保护好自己，他送给我一把手枪——勃朗宁宝贝微型手枪（他这样叫的）。我去申请许可证，因为没有许可证随身携带它是不被允许的。到了警察局，我记得这个警察局对我来说很大。我被送去让心理学家测试，必须要通过他这一关。心理学家问我：‘顺便问一句，您不是德国元帅的亲属吧？’‘是的。’我回答道，‘他是我的伯父。’他跳了起来，拉起了监视口，接着说：‘稍等，我现在要给你看样东西。’他翻了半个书架，很满意地给我看一本折了很多页的书。他打开书，翻到了其中几页，给我看了伯父的IQ测试结果。他解释道：‘多好的结果，138分。’”

1945年11月15日

戈林审判室

在他的审判室，我曾进行过一场智力测试。戈林沉默了一会儿，但是两分钟后就激动起来了。他对测试表现出极大的兴趣，预定的测试（记忆测试）测完后，他仿佛回到了意气风发的少年时期，他仿佛在竭尽全力试图给他的老师留下个好印象……在其中一个数字测试中他出现了一个错误，他懊恼地拍了下大腿。这之后他开始不耐烦地拍打着被子，随后我向他提出了第三个问题，接着是第四个。“不，再给我测一次，我可以，一定可以！”

我对他依然坚持做测试感到非常好奇。看到我的反应，戈林也掩饰不住自己的兴奋之情。他直接表现出了强烈的自豪感，并且这种状态支撑着他做完了测试。我的意思是，他的同事中很少有人像他这样拥有无法形容的喜悦，就像个一年级的小孩子。我告诉他在此之前还没有人有过这么好的分数。戈林知道这一点。据说，一些美国的心理学家也清楚这一点①。

最终，这个与伊丽莎白交谈的心理学家给了她可携带枪支的许可证。“同时这个人还说：‘您不需要惭愧，戈林是一个睿智的、有学识的人。所有人都会犯错，他也犯错了。’那时，我明白了基因只是一个方面，而我自己是另一种人。我不为赫尔曼伯父辩解，这意味着我和他不一样。拿到枪后，我不会开始左右开弓去杀人。说到血统，血统不是我行为的唯一原因和动机。”

相反，赫尔曼·戈林同监狱心理医生莱昂·戈尔登松的谈话则证实了“血统意味着一切”，他认为血统的影响是非常强大的，但不能否认环境在人的成长过程中也起着重要的作用（这个问题与纳粹主义者的观点背道而驰）。戈林也注意到这些是重要的，即“一个人有兄弟姐妹，还是他是家中独子”和“孩子是在城市还是农村、在湖边还是在海边接受教育”是重要的。他还得出结论：人是环境和遗传的产物。而同时戈林又否认周围环境对他的深刻影响，他说：“说到我的童年，我没有发现童年对我像对一般成年人那样有深刻的影响。或许，也有影响。这是您的职业，我在这个领域不是专家。不过我思考了您提出的这个有关我

① Голденсон. Интервью. С. 19.
戈尔登松：《纽伦堡访谈录》，第19页。

的童年的问题，也得出了一个结论，即我在从男孩变成男人这个阶段是没有变化的，甚至是现在。我认为，男人表现出来的所有特征小男孩都具有。"①

最后，我提议伊丽莎白再说一说她的父亲阿尔伯特·戈林。说到阿尔伯特，我非常感兴趣，比如战争结束后他的生活是什么样子的？为什么他会和一个捷克的犹太女人结婚？要知道为此他的德国元帅哥哥曾违背了第三帝国的法律。

1947 年，赫尔曼·戈林的弟弟最终被释放出狱。他回到家，回到妻子米拉和小女儿的身边。我请求伊丽莎白回忆哪怕一丁点儿事情。她长久地陷入了沉思，语速也变得异常缓慢：

"他刚从监狱中被释放出来，就立刻回到了我们身边。我记得当时我们住在奥地利的一个家中，我当时在二楼玩耍。妈妈对我说：'你爸爸回来了。'我高兴极了。爸爸回来了！我对他没有什么印象，严格来说，这是我们第一次见面，因为此前他都是通过监狱小孔看我。我记得我当时看到他的样子，这是一个高个子的、穿着灰色风衣的男人，拄着拐杖，留着小胡子。他手上拿着帽子，走到我跟前，对我说：'让我们认识一下吧，你就是伊丽莎白吧？'我当时只有三岁，但是我清楚地记得我们第一次会面的每一个细节。我看了他一眼，然后说：'是的，我就是伊丽莎白。'他笑了笑：'那就是说，我就是给你带的礼物吧？'我饶有兴致地看着他，他从口袋里拿出了一块巧克力，当时我还小，够不到它。阿尔伯特突然说：'请稍等，等一下！'他开始掰巧克力，把它掰成了几个小块儿。他接着说：'你只可以拿一小块儿。'似乎，他还要把剩下的给其他人。不过我当时没有想那么多。我对他说：'那我不要了，谢谢！'或许他因为这个不待见我吧。

"过了几年，我和妈妈回忆起与父亲的这次会面。我对她说起发生的事。妈妈回答说：'问题就出在这儿！怪不得我当时不明白为什么从

---

① Голденсон. Интервью. С. 177 – 179.
戈尔登松：《纽伦堡访谈录》，第 177—179 页。

你房间出来后他那么凶，并从心底里责怪我说：‘你把她教育得如此差劲！’这就是爸爸当时对我的印象，要知道一切都很简单：我其实就是想要一整块巧克力，而不是一小块儿。当时我想，如果不能给我整块儿，那么就全部都留给你自己吧。现在我明白了，那关乎父亲的自尊。”

巧克力事件正是伊丽莎白和她父亲阿尔伯特·戈林关系的矛盾体现。他是一个习惯救赎、帮助和分享的人，而他的孩子却想要独占一整块巧克力，霸占她的父亲。

伊丽莎白沉默了，停顿了一会儿她又补充道：

“我突然想起了这件事，我自己也不知道为什么。我最后一次和妈妈说起这件事是很多年以前了，然而今天却和你说起了它。记忆是非常奇怪的事情，我记得每一个细节，甚至是我房间墙上出现的第一道太阳光。我记得阿尔伯特的话，他的脸庞和他瞬间变了脸……更糟的是，他对我的态度也发生了变化——从我和他相见的那一天开始，我就永远地失去了他。对他的回忆再无其他，都是一些不清楚的片段，净是胡扯。他几乎没有和我们一起生活过，我能记得住的就这些。”

“你父母是立刻离婚的？原因是什么？”

“不，我父母是 1950 年离婚的，也可能是 1951 年年初。你想知道原因？原因永远都只有一个，那就是女人。”

我对她说：“不。因为我不是很明白。你的爸爸天性是矛盾的，这是事实。他违背制度，违背他的德国元帅哥哥去救人，并且也没有回避盖世太保，他和一个捷克的犹太女人结婚，而不去找一个红头发的雅利安人……”

伊丽莎白的目光变得柔和了，嘴巴抿成一条细线，认真地思考着：

“是的。本来一切都要好起来了，可以幸福地生活在一起了，突然他来了个 180 度的大转变。顺便说说矛盾吧。我没对你说过，我父亲有两个国籍，德国和奥地利。战后和审判后他放弃了自己的德国国籍，他说自己不喜欢成为德国人，最好还是做一个奥地利人。还有一件事，这件事对你来说也许很重要，战后他断然拒绝改换姓氏，也正是因为这个姓氏他吃尽了苦头……”

“是的。”我试图了解阿尔伯特奇怪的逻辑思维，“他拒绝成为德国人，但是他不想背叛他的家族和他的哥哥？”

“是的。或许还有其他我不知道的原因。”伊丽莎白抬起头，注视着天边的大片乌云，突然又开始平静地讲述，“我认为，在纽伦堡那次短暂的会面中，赫尔曼给他说了些什么，因此他执意留着这个姓氏。也许，伯父未必给他说过什么，父亲却如此荒唐地度过了一生。因为这个姓氏他都没法找到工作，他在伯父自杀后开始变得悲惨了。至少妈妈注意到了这一点。”

“为什么你说他仇视你呢？不是因为巧克力吧，伊丽莎白？还有什么其他原因导致你父母关系破裂吗？”

“说实话，很多事情我也不清楚。”戈林长呼了一口气，“虽然我是他唯一的孩子。确实，那时他只和我妈妈结过婚，他应该是有两个妻子，和妈妈离婚后，他又有过一次婚姻，也可能是两次，但是都没有孩子。两年前，最终我还是去了一趟欧洲。一个好人为我支付了旅程费用，我才得以成行。我在慕尼黑遇到了伊丽莎白·西蒙——我父亲以前的女秘书。她从很年轻的时候起就到父亲身边工作，那时她最多也就十四五岁。多年前她找到了我在秘鲁的地址，从此我们开始通过电话联系，彼此通信。因此我回到慕尼黑的时候，伊丽莎白约见了我，带我参观了整个城市。她一个人住，没有子女，也没有结婚，而我很感激她，因为她愿意抽出时间来陪我，像对自己的孩子那样。其余的时间我和伊丽莎白聊了聊我的父亲。她成了我父母离婚的催化剂，她自己那时还没有结婚。伊丽莎白，这个小姑娘对阿尔伯特的态度很难说，我认为她仍然像年轻时那样深爱着他。因为她说：‘您父亲那样对待您母亲，对我绝对是当头一棒，我从没想过他会如此行事。这使我对阿尔伯特极度失望，也使我对所有男人失望。’

“故事很俗套。父亲、母亲和我（这是妈妈的说法，我自己记不起来了）去卡罗维发利度假。爸爸经常收到许多电报，也经常出去打电话。总之，后来过了两天他告诉妈妈他不得不回趟奥地利。当然，这种事很正常。因此妈妈说：‘去吧。’随后伊丽莎白·西蒙给妈妈打来电话说爸爸撒谎了，他并没有什么要紧的事情要做，即使有什么要紧事情也都是由她来做。同时，她告诉妈妈阿尔伯特与某个女士的风流韵事。得知此事后妈妈当即返回了奥地利，事实上，她也真的在家里撞见了父亲与那个女人在一起。显而易见，这是很可怕的！尤其伤人的是父亲比妈妈整整大了20岁，妈妈当时还是个小姑娘，对他非常信任……不过，他的确讨女人喜欢。”

“因此，这就意味着，他很淡定地抛弃了你妈妈和一个自打一开始就与他没有建立良好关系的你？”

“你可能会感到奇怪，在离婚的过程中阿尔伯特一直在努力争取我。法官问他：‘那么您为这么小的孩子是怎么打算的呢？’父亲回答道：‘我会送她去上学，上大学，让她接受教育。’不过他最后真能这样做吗？那时所有对未来的愿望都破灭了，我的家庭也是如此，钱没有了，积蓄没有了，阿尔伯特自己也是勉强度日。因此法官认为他是一个不负责任的父亲，监护权就判给了妈妈，更何况小孩子应该和妈妈在一起。这或许是正确的选择……”

“或许是吧。不过假设一下，你自己当时会怎么选择呢，跟谁呢？你会怎么决定？”

“说什么呢！妈妈和外祖母谁也代替不了！我永远都站在她们那一边。这是唯一感谢她们的方式，感谢她们为我所做的一切……”

伊丽莎白的这个说法让我想到，一切不会那么简单。选择妈妈和外祖母是出于“感谢”之情，“站在她们一边”“谁也代替不了”，这是怎样的口号，上帝呀！我的访谈对象所选用的话语，不是那么让人心悦诚服。打心里讲，我相信她一定曾经在脑海中成千上万次地设想过与父亲一起生活的场景。是的，我深信这一点。

伊丽莎白继续说：

“离婚后，我妈妈和我还有她的妈妈玛利亚·克拉扎尔决定去秘鲁。

这么选择的原因我不太清楚。妈妈和外祖母起初想从捷克借道去奥地利。外祖母一点德语也不会说，妈妈会说德语，不过遗憾的是在那里几乎找不到什么工作。在奥地利妈妈结识了一个人，后来他们相互以‘朋友’相称，而我把他叫‘伯父’，我之前已经顺便提到过他了。就这样我们有了一个家，妈妈和这家人相处得很融洽。那时这家人给妈妈打电话说要和我们告别，他们说要去秘鲁，在南美能找到工作。当时的妈妈已经身无分文，独身一人，既没有钱也没有工作，因此她决定随他们一同前往。于是就开始张罗着去南美的事儿，也叫来了‘伯父’帮忙张罗。但是，正如我所说的，他在我们到达秘鲁的第三年就不幸去世了……

“那时父亲也尝试着在德国和奥地利生存。情况比想象的要糟得多。戈林这个姓使他的生活更加艰难。起初他做一些翻译的活儿（好心人留给他的），后来发展到装卸货物，实在难以想象！（我一下子想到了伊丽莎白给我看的照片上，阿尔伯特那双优雅的双手，细细的手腕，长长的指头）他又一次结婚了，对方曾是一位男爵夫人，一位住在萨尔茨堡的女人。我父母在 1947 年曾租住过她屋子的二楼。而这位男爵夫人和她女儿住在一楼，她女儿稍微比我大一点。这个女人的丈夫（顺便说一句，她和我妈妈的年龄相仿，也很年轻、漂亮）在战争中牺牲了。当父亲再次与这位男爵遗孀相遇时，他已经和我的母亲离婚了。此刻的男爵夫人已经不住在那座富丽堂皇的房子里了，而是搬去了一个小村庄。这未必是爱情。准确地说，这是两个筋疲力尽的人想要为彼此寻找一个支持和依靠。男爵夫人的女儿叫布鲁茜丽达，两年前去慕尼黑的时候，我还与她见了面。我对布鲁茜丽达讲述自己的现状，说了这些年我是怎么生活的，是怎样期盼见到父亲。她对我说：‘怎么会这样？我们还以为他和你一直有联络。我们一直这样认为，他曾去过南美找你！’”

“什么？“我打断了伊丽莎白，“他来过这儿？”

“来过还是没来过，“她回答道，嘴角掩藏着一丝微笑，如同一丝涟漪划过她的嘴唇，这个反应激起了我强烈的好奇心。“阿尔伯特和赫尔曼有两个亲姐姐，奥尔佳和波拉。她们两个都很喜欢妈妈，战后也和她保持着联络，经常通信，寄明信片。那时我已经上学了，妈妈对我说：‘姑姑们写信说你爸爸打算来阿根廷打一段时间的短工。他诸事不顺，非常需要工作。总之，他打算住在我们附近，也会顺道来看看我们。’我不能说那一刻我很高兴。事实是从我们刚到秘鲁那会儿起，妈妈就经常强迫我给父亲写信。我承认有时我会抵制，我只是不明白为什么要给他写信，有什么好写的，给那个陌生人？妈妈帮助我并提醒我应该写些什么，向爸爸问好，告诉他我今天读书了或者上学了，说些秘鲁的趣事儿，再写上期待您的回信，我爱你，我很想你。或者是这些，祝他生日快乐，祝愿一切顺利。我的这些信只是为了跨越大海表达一个意思：哎，爸爸，这个世界上还有一个我，我还活着，我很想你。”

她接着说：

“每次我都问：‘妈妈，他为什么不给我回信？为什么不给你寄钱帮帮你？或者哪怕是寄一张明信片也好？’他从来就没有关心过我，这让我很困惑。要知道我是他唯一的一个孩子。

“大概是10多岁时，我朝妈妈歇斯底里地宣泄了一番：‘假如你那样需要他，那你就自己给他写信，我以后再也不写了！’诚然，我没有想到妈妈做梦都想看到我去欧洲，那样我会很有教养，那里的生活条件也很优越，反正要比在秘鲁好很多。她清楚我有学习语言的天赋。‘你可以待在那里，在欧洲找个人嫁了。’这是妈妈给我描绘的未来。不过欧洲没有人在等我。同时，我认为人应该待在一个能让自己感到舒服的地方，而不是别人认为舒服的地方。在这儿，在秘鲁，我们有了自己的第二个家。对我来说它是第一个，因为我们来这里时我仅有6岁，在这儿我几乎过完了自己的一生。我说到哪儿了？”

“说到阿尔伯特要来阿根廷，他应该来过这里……”

“哦，对。”伊丽莎白抚摸着艾什的耳朵，“我记得当时我刚好在家，突然有人敲门。”

“阿尔伯特！”

“我当时也是这么想的。阿尔伯特！爸爸！我冲到了门边，看到了一位绅士。我当时已经忘了父亲长什么样子了。他站在那儿说道：‘我能和住在这里的米拉·克拉扎尔谈谈吗？我没搞错吧？’我一直看着他想，这到底是他还不是他！

“哦，这不是父亲。这是大使馆的一个什么人，现在我已经记不清他对妈妈说了些什么，可以说，这真的让我很失望。因为，尽管我不愿意给父亲写信，但是我仍然很想念他，也很想听到有关他的消息，那些奥尔佳和波拉姑姑分享给妈妈的信息。

“确实，爸爸来到了阿根廷，他在南美待了两年，不过他一次也没有和我们联系，甚至也没说过他在这里，就在我们的附近。”

“但是你和布鲁茜丽达谈过呀！或许，他没有收到那些写给他的信？或者是他死前提到过你？”

伊丽莎白用力扬了一下手，这让艾什受到了惊吓。小家伙一下子从她的腿上跳了下去，爬上了它刚才庄严地走来走去的那截短墙。

“书上说人在死前都会回想起一些重要的事情，忏悔，乞求宽恕。不，布鲁茜丽达说他从来都没有提到过我。说到那些信，所有人都知道他收到了那些信。这是事实。因此布鲁茜丽达的妈妈，和阿尔伯特结婚的那位男爵夫人，也认为他去南美是为了找我。布鲁茜丽达也以为是这样的，因此对她来说我的说法成了一个新发现。她也不知道父亲生活的详细细节，所以也说不出个所以然。我记得我和她就那么坐着，沉默着。后来她说：‘你从未失去过什么，因为对我这个和他在同一屋檐下生活了很多年的小姑娘来说，他也不是个好父亲。’后来，阿尔伯特和男爵夫人也离婚了，他走了。我听说他又和一个女人结婚了，这次结婚不过是为了死前不那么孤零零的，不被大家抛弃，为了有人关心他。情况就是这样。关于他的死我知之甚少，只知道‘一战’时他的胃部曾受过伤，随着年纪变老疼痛会加剧。后来一切都结束了。”

“好人阿尔伯特·戈林看起来不是一个好父亲？”

“是的，这真是很奇怪。赫尔曼伯父的妻子埃米婶婶总是对我妈妈说，她们不明白为什么阿尔伯特那么奇怪地对待我。历史书中所说的怪人赫尔曼·戈林是个优秀的、充满爱心的父亲。这是谎言？完全不是！他和他的弟弟阿尔伯特一样，也仅有一个孩子——艾达。因此赫尔曼极其宠爱艾达，一种超乎寻常的爱。有时我在想，父亲怎么可以如此轻而易举地毁掉女儿的人生呢？”

“你觉得阿尔伯特毁了你的人生吗？”

“我不该这么认为，也许这就是我的命。我总想找个比我大的男人，因为我与年轻人在一起从来都找不到共同的话题。不知为什么，这是精神层面的东西，或者是已存储在脑中了。总之，我总是想找个像我父亲一样的男人，天真地以为找个大点儿的有房子的男人会比较幸福。很不幸，我错了。我总做出错误的选择。这就是命。”

“你信命？”

“不算特别相信吧。只是这么说说。只有这些……嗯，你知道纳粹……我伯父赫尔曼他们信这个。命运，使命，全是胡扯。”

“历史书上说你伯父差点儿成了共济会会员？”我看到，伊丽莎白想当会儿倾听者。她已经累得说话有气无力，声音发飘儿了。看来今天应该到此为止了。

“那好像是在1919年，赫尔曼·戈林前去共济会分会登记。这是他自己说的，在路上他认识了一位金发美女，决定去追她。那天他根本就没有去共济会分会。过了不久他就加入纳粹党。我认为他只是想说这都是命运的安排，如果说在路上没有遇到那位金发女郎，历史会发生翻天覆地的变化，他将会成为一名共济会会员，永远都不会和希特勒在一起，最后，也不会被送上审判席。”

“他是带着歉意这样说的吗？”伊丽莎白以探究的眼光想要搞明白。

“不知道。”我诚实地回答说，“未必。”

“不知为什么我也这样认为……我也曾有一次机会可以改变自己的命运。我记得孩子们还小的时候，雷措那时刚满一岁，有人给我在欧洲提供了一份工作，但是我拒绝了。我当时是一个已过中年的母亲，膝下还有两个孩子。这次机会成了一道分水岭。我明白了新生活从那一刻开始了。我的上帝，我曾经那么想去欧洲找我的父亲，而当我有机会去那里工作的时候，他却已经去世了。因此我做出了自己的选择。如果在那里一切从零开始，没有父亲，没有目的，这一切都是难以想象的……”

“你父亲是哪一年去世的?”

“1966 年。当时我 22 岁。我在一家专做电子照明产品的瑞士公司上班。在那里，在工作的地方，我和妈妈（她把我安顿在她的身旁）获悉了他去世的消息。我们俩当时谁都没有哭。我只不过再一次的失望而已，因为我一直有一个愿望——自己挣到去欧洲看他的路费。”

“试想一下和他见面你会做什么?”

“希望他不知道我是他的女儿，我只是想从旁边看看他。又或许，我想看看他见到我是何种反应。是的，这个反应会说明很多事情。他到底是不是那么残酷地对待我，有一副铁石心肠？如果不是，那么他为什么从来不给我回信？我想，如果我能看到他的眼睛，那么无需任何言语，我就会明白为什么一切会成为现在的样子……”

我见伊丽莎白有些累了，建议挪到客厅，结束今天的访谈并商量好明天的采访安排。

戈林痛苦地呻吟着，沿着楼梯走了下来。客厅里亮着白色的灯光，我注意到她非常疲倦。我们在客厅里放着杂志的桌子后面的圈椅上坐了好久。桌子旁边的托盘上放着一部电话。我看到它，突然对她说：

“伊丽莎白，我和艾达通过电话。”

“怎么样？成功了吗?”

“没有。她给我写信了。”

“太正常了。”戈林略带倦意地笑着，“我有时候也担心她会不给我写信，所以我不会专门去烦她，只是保持着联系。”

“或许，你可以给她说说我，我们……”

“不，绝对不行！这样的话她会立刻给我写信，你不要怀疑。有一次从英国来了一个摄影组让我帮忙去找艾达。”

“嗯，那你帮了吗?”我嫉妒地问道。

“我试着帮了。不过艾达说：‘你如果再说这些烦心事的话就不要再打电话来了。’许多年前我在电话中恳求她，我们那时候互相未曾见过面，我恳求她在摄像机前谈论阿尔伯特。当时关于阿尔伯特的事情刚有眉目，没有人知道父亲的详细情况。关于赫尔曼，艾达一句话也不会说。对我来说重要的是让艾达亲口说出阿尔伯特是另一类人，这两兄弟完全不一样，这一点对我来说至关重要。她也这样做了。随后她给我打电话说这是一件很恶劣的事情，她再也不希望和任何一个记者打交道，她这几十年也是这样做的，这是对的。那些记者似乎问了两三个关于阿尔伯特的问题，接着他们就开始问她关于赫尔曼的事情，而她事先已经给他们申明不会说关于自己父亲的任何事。结果是，她终止了那次采访，就是这样。”

“也就是说她只说关于阿尔伯特的事情？”

“是的。”伊丽莎白点了点头，“两年前英国人想和她谈谈，而我只是打电话说了他们想采访的愿望，后来她给我写信，暗示说以后要中断与我们的关系。”

“明白了。”

“艾达什么也不会讲的。你打消这个念头吧，懂吗？她是个非常不幸的人，她想要掩藏自己的不幸，守着它，自己一个人去承受。这些都能理解。而我，她的堂妹，你已经看到了，是完全不同的一个人，我不想一个人对着空房子痛苦……”

“我试图将此理解为，她的不幸是与父亲有关，是与赫尔曼·戈林有关？”

“你怎么能这样想呢？”

“你自己也是这么想的吧？”

“知道吗？艾达会大发雷霆的。或许我还会给你说点什么，只不过不是今天……”

过了不一会儿，在厨房，我递给了伊丽莎白一个信封，她变得精神焕发：

“这是给我今天的酬劳？谢谢你还记着这件事。如果你觉得不合适，你现在也可以不给。你可以后天一起结算或者从马丘比丘回来后再给。”

看得出来，伊丽莎白非常满意。她一整天都在回避报酬的话题，这不排除她内心也担心被骗，这也是她说谢谢的原因。此刻的我突然觉得有一股暖流流淌在心间，而我无法掩饰自己的心情。

“这是明天的安排！”伊丽莎白从桌上拿起了一张纸，拿着它来到了客厅，读了起来，“一大早我们去拉莫利纳见见我的女儿扎涅特。如果我没搞错的话，谢尔盖想去秘鲁的市场看看。晚上去雷措演唱的餐厅，怎么样？”

“好！”布拉维尔曼很疲倦，不过仍满意地笑了笑。

“那么后天我们再组织去拍摄一些海景……”

第二天早上黏糊糊的湿气充斥着整个城市。气味很冲鼻，真想要紧紧抓住它，把利马市这奇怪的灰蒙蒙的颜色拧成一股绳抽走，以去除这使人满眼混浊的灰雾。

这个城市像是一个被撕开丢弃在废水中、肚子里填得满满的玩具，里面的棉花被水泡得发胀，塞满了所有的空间。许多楼房、办公楼和像蚂蚁一般的人挤在一起，毫无生气，无精打采地互相黏着在一起。

这个早晨的秘鲁首都一点也不漂亮，而我注意到的还不只是这些，酒店房间的玻璃窗上那凝固着的花纹，就像冬雨一般想要悬挂在什么上似的，它使这座城市更不可能成为我推荐朋友来旅游的地方了。

我拉起了窗帘。

头昏脑涨。

眼睑浮肿。

整个城市乌云密布，它那臃肿的肚子蹭着地平线，稀疏的发丝触摸着高楼的屋顶。

米拉弗洛雷斯被称作花园之都，真是精致的、近乎细腻的嘲讽。人们竟为这一地区选了如此娇柔的名字。我的周围没有一点花的影子，有的只是灰蒙蒙的天空和冷冰冰的混凝土。

尽管温度是 13 摄氏度，但走在大街上依然很冷，口里呼出的气变成了白雾，转化成飘在利马上空的悬浮物。

我刚刚迈进伊丽莎白家大门的时候，伊丽莎白 · 戈林那笨重的身躯就扑过来拥抱我，好像一座大山一般压了过来。她的双眉突然间又紧锁了起来，愁容满布。不会是因为我吧？不过我见她给我整理头发，用手指在我的上衣上摸来摸去，仿佛重复在我身上做着什么好笑的记号。我立刻收起了自己的担心。客厅里沙沙作响，伊丽莎白穿着舞鞋在走来走去，她明显很高兴。

“我们要去扎涅特那里了，我女儿那儿。”为了避免误会她又补充道，“去那个不是我亲女儿的女儿那儿。她是我丈夫安赫拉 · 杰拉 · 康杰纳的亲戚，不过我像对待亲女儿一样地培养她。遗憾的是今天不会有丰盛的节日酒宴，似乎扎涅特今天还有自己的安排。”

戈林的语气中略有责备。呵，问题就在这儿，扎涅特的安排和她“妈妈”的计划冲突了。

最后，我拍了拍这个家庭主妇的肩膀说：“我们去她那里不是为了吃饭，对吗?”

伊丽莎白点了点头，不过依旧没法平复自己的心情，嘴角还是向下撇着。

“我已经事先告诉过她了。她那儿是最佳的野餐地。”

“天气不好。”我笑了笑说。伊丽莎白的嘴角勉强做出了一个算作回答的微笑。

我们驶入了利马的产奶区，泥泞的路卡住了陈旧的标致牌汽车前保险杠。秘鲁的摄影师乘坐出租车尾随着我们，我很担心他们会迷失在这迷迷茫茫的水雾中。

“今天你们会领略一下拉莫利纳。”伊丽莎白嘟囔着，右手扳着这台生锈的汽车的挡位杆。

我认为，从她那喘着气说出的话中可以感觉到这一切对于利马的居民来说意味着什么。当伊丽莎白从驾驶座那里转向我的时候，我没有做出任何表情去迎合她，我只是傻乎乎地坐着。

“拉莫利纳，很棒的地方。”戈林明显向我示好，讨好着我。

“哦。”我拉长声音模仿着伊丽莎白在最开始的时候表现出来的欣喜。

“这是一个黄金地段。”戈林毫不客气地打断了我的思路。

驶出了大路，伊丽莎白放下了车窗玻璃，外面的风吹着她的头发，一些小沙粒也吹进了头发里，这些小沙粒从车轮碾过的道路上，从道路两旁的小土堆上飞来问候着我们。我们的周围是独特的城市风光，我对自己说利马的道路很不错，莫斯科市中心的路面你都无法顺利通行，到处是些裂缝、补丁、窟窿。而这里呈现给你的是平整的沥青马路和非常明显的路标。用金黄和浅黄两种颜色画出来的线条光鲜夺目，同时用绿色的草做底色，看上去似乎像是嘲笑当地政府机构一般。风把纸屑吹到了人行道上，应该承认，只不过是零零星星的几片，因为街道被仔细地清扫过了。

在透过车窗玻璃反射着的利马暗淡的灯光里，我似乎觉得又一次看到了德国元帅，他和我并排坐着，离我只有几厘米的距离，他那胖乎乎的手平静地握着方向盘。

与此同时，车内几分钟的沉默使伊丽莎白变得不安了。

“你和谢尔盖对去马丘比丘的旅行是不是很兴奋?”她问道。此时谢尔盖·布拉维尔曼坐在后面，听到马丘比丘这个名字立刻变得兴奋起来。不过，戈林虽然提出了这个问题，但是并没有期待回答。她立刻像开机关枪一样说了起来：“应该提前给你们说说那里。那里以前有过高原死亡、心梗、中风的事儿，这些对游客全部都隐瞒了。我建议你们，尤其是谢尔盖，去秘鲁医生那里看看，检查一下。”

忽然她又开始称赞起了当地的医疗条件，为自己身体状况不好而难过。她说自己以前可以同时做很多事，而现在不是腰酸就是背疼。

“幸运的是，”她又补充道，“我还有扎涅特，她非常细心，也很关心我。她总带我去专家那里看病。”

我猜，这个“她”还经常给自己的“妈妈”支付一些医药费吧。

“我们的医生是最好的，他们熟悉当地游客会染上哪些疾病。比如说，一些游客沿着亚马孙河旅行，这是非常危险的。这里最危险的动物不是你看到的凶猛野兽，而是那些你看都看不见的小东西。就有这样的例子，有一名游客就死于皮肤上钻进了一些小虫子，随后它们进入了他的大脑里……”

“大脑里钻进虫子的人？”

“大脑里钻进虫子的人。”戈林厌恶地皱着眉头确认道，“我儿子迈克尔，你们昨天见过他，勇敢地在亚马孙河上生活了几个月。他一回来就给我说，他皮肤里也有一些寄生虫。我看了看，的确是！他手部的皮肤下面有什么东西在爬，在里面逍遥自在地过自己的日子。”

“你……”

“想到那个游客的可怕事情，我立刻把儿子送去看医生。医生为他做了切口手术，取出了那些虫子，像蚯蚓一样的东西。糟糕的是这些是幼虫，这些虫子可以在皮肤里繁殖。”

“我永远都不会去亚马孙。”我放下车窗玻璃，大口呼吸着这黏糊糊的空气。

“我也不会去。”伊丽莎白说。

我们把车停在了一幢两层白洋楼的灰色大门前。伊丽莎白过去敲门。过了半分钟一位年轻的女人开了门。伊丽莎白抱了抱她，邀请我们进去：“请进，欢迎到我女儿的家里来！这就是扎涅特！”

随后我们和扎涅特问好并拥抱了她（与欧洲人不同的是，秘鲁人在刚认识的时候就拥抱和亲吻，一切都很自然），我偷偷地瞅着她，这位德国元帅戈林侄女的所谓的秘鲁女儿。

她是典型的秘鲁人：皮肤黝黑，长脸，下颌骨很大，鼻翼和鼻孔很大，一双褐色的小眼睛，粗眉，黑色的头发扎成一条马尾辫，夸张的吉卜赛式的耳环来回摩擦着脸颊，耳垂厚大。

“她不会讲英语。”看到我试图和扎涅特交谈时，伊丽莎白连忙说道。而扎涅特紧张地笑了笑。的确，她不善言辞。

原来她不会说英语！为什么戈林之前没有给我说过这些呢？

“您是做什么的？”我问道，“你女儿是做什么的？她工作吗？”

“她在家里帮助小狗繁殖。”戈林说道，自个儿也笑开了，“开玩笑的！扎涅特是个母亲、家庭主妇。她已经30岁了，有两个孩子。大儿子12岁，小女儿7岁。我们经常在这儿相聚，一起过家庭的节日。有时我也叫她过去帮我……”

我开始明白了这位母亲和她的这个秘鲁女儿的关系性质。戈林继续着自己那热情洋溢的独白：

“她送孩子们去上学还有不同的培训班。具体我也不清楚，反正很多很多，当然还有英语。我们去四周转转吧！这是一个非常漂亮的地方，对吧？这是一幢典型的拉莫利纳区的房子。”

“扎涅特的丈夫在哪儿？”我说。我环顾着房间的各个角落，试图弄清楚戈林在说出这个漂亮地区时兴奋的原因。

“她丈夫是个大老板，去上班了。他的生意做得很大，出口兽医设备给周边国家，有乌拉圭、巴拉圭、玻利维亚。所以说扎涅特有个好丈夫，一个非常优秀的丈夫。她，她真的是非常幸运。”

伊丽莎白的声音有轻微的颤动，这难道不是羡慕的语气吗？

“那么扎涅特怎么看待你是德国元帅戈林的侄女这件事？”

“这对她没有多大影响。”伊丽莎白说道，并将我的问题翻译给了扎涅特，而她则用西班牙语回答，“对她来说，戈林这个姓没有什么意义，因为她对赫尔曼的历史知之甚少，况且她和戈林也没有血缘关系。准确地说，她对这些丝毫不感兴趣。”

这样呀！等等。那么我不明白我们为什么还要来到这个不爱说话的扎涅特的家中，并且她还用一种看似热情实则冷漠的眼神看着周围。她又不是戈林，她也不会说英语。这些拍摄对她有何意义？为什么伊丽莎白坚持让我们与这个穿着白色宽大男式长衫的秘鲁女人见面？况且在我看来，扎涅特和伊丽莎白之间并没有所谓的“妈妈”和“女儿”的那种感情，哪怕是前面提到的“所谓的女儿”那种表面的敷衍。这两个女人，一个白人一个褐色人，都有些矫揉造作，用过于礼貌的方式来展示对彼此的友好。我已经开始严重怀疑戈林将扎涅特“当亲生女儿”养着的说法大概是夸大其词了。我也可以确信对伊丽莎白来说和这个所谓的女儿及她的阔丈夫保持紧密的联系能得到一些好处。戈林在这个家里显然不太自在，她高估了自己在主人心中的位置，她强迫别人接受她制定的规矩，而事实上她根本就没有这个权力。事实是，我发现连“小雷措”都不听她的话。

女儿如此不冷不热的招待让伊丽莎白有些生气，但是她还是让扎涅特带我们看看她的家，来做一场短暂的参观，而扎涅特则不耐烦地时不时地看着手表。戈林等着看我们的反应，然而我却对这小小的庭院、100平方米的泳池不感兴趣，我怀疑地环顾着小院，这儿倒真可以帮助小狗繁殖。

但是巴布罗，我们的另一位摄影师，却被深深地吸引住了。看他的反应，我们仿佛在当地的巴尔维哈。“这不是中档次的房子！这是高档的！”当伊丽莎白和扎涅特走在我们前面不远处的时候，摄影师在我的耳边悄悄地说道，语气中含有明显的羡慕之情。

扎涅特一次又一次地看表，固执的伊丽莎白终于让步了。伊丽莎白解释说，她去叫孩子了，等会儿把他们介绍给我们认识。扎涅特的儿子是个非常惹人喜爱的小男孩，两眼炯炯有神，还会说一点英语。伊丽莎白有意把孩子抬出来，想给我们留下愉快的印象。黑头发的女儿思杰凡尼，我看她还是那样的小。扎涅特介绍完她，急忙准备带她去上课了。

这一切让伊丽莎白很受伤。从她的脸上可以读出：让这些课程见鬼去吧！难道不能看我的面子少去上一次吗？

对德国元帅侄女的最后的打击是扎涅特带着女儿的离开。家庭主妇扎涅特在院子里和我们礼貌地道别、亲吻、道歉，并用西班牙语试着和我们解释她不得不送女儿去上课的原因，从她的手势中可以看出，她告诉我们可以随便参观她的家。伊丽莎白鼓着腮帮子生气，不想把扎涅特的道歉翻译给我们。在我看来，扎涅特也没有必要道歉。无论如何是我们在“女神戈林”的率领下闯进了她的生活。

当大门在“女儿”的身后关上的那一刻，伊丽莎白憋得都快喘不过气了，这不是因为她的恼火，而是因为在她身体里燃烧着的破坏力，就像是经过加热并被猛烈摇晃过的罐装可口可乐的气体一样。戈林在草地上一边走来走去一边嘴里嘟囔着什么，她的脚旁围着一群扎涅特帮忙接生的小狗。我看到她快意地踢着那些小狗，狗的吠叫和摔倒的样子让她很高兴，泳池边又是一片喧嚣。

可以说戈林像得了狂犬病一样，看起来很滑稽：脸颊涂着雅利安人的红胭脂，鼻子气得鼓鼓的，嘴巴好像被牢牢地缝了起来，不是用麻线，而是拿铁线箍着。确实挺难见到她的这种状态，扎涅特离开后很久德国元帅的侄女才慢慢地恢复了理智，她试着平复之前的窘境，不知为何开始谈起了怎样教育孩子的话题。而这段时间“所谓的女儿”的大儿子，穿着运动衣，站在“所谓的外祖母”旁边，她的手连碰都没碰他一下，继续沉浸在自己慷慨激昂的独白中。

最后，差不多过了 15 分钟，我们参观完了这所大房子，离开了这里。对伊丽莎白来说，这是她刚刚输掉一场战争的地方。我们走出了大门。一方面我也想轻松一点，另一方面，我的心在痛，因为时间在不停地流逝，我的花费也在呼呼地上涨（给伊丽莎白、摄影师、司机的钱），七零八碎的都要花钱，要知道这些钱不能白花。尽管如此，我依然在伊丽莎白身上看出了某些新的、隐藏更深的东西，一些别人不可能获知的东西。

最后，伊丽莎白隆重地宣布我们要去秘鲁的市场了！参观完扎涅特的家后，谢尔盖和我一样有些沮丧，但此刻他坐在标致车的后座上却沉浸在一片兴奋之中。巴布罗和埃里瓦罗开着他们的车紧随我们之后。我对去当地市场拍摄秘鲁人热情全无，到那里能做什么呀？他们每天混迹在这里，却要热情地领着我们逛这些市场，那里的景象会使人发疯的。伊丽莎白挑剔地看着羊绒外套，在我耳边嘟囔着："这根本就不是小驼羊的毛，而是老驼羊的毛，它比小驼羊的毛硬得多，也便宜得多！纯粹是骗人的！"看着她，我在想，此刻周围肯定没有一个人能看出来这个女人身体里流着德国元帅赫尔曼·戈林家族的血液。商贩们把她当作带着丈夫和孩子逛市场的普通游客对待，肆无忌惮地抬高商品的价格。作为回应，伊丽莎白说着脏话用西班牙语使劲地砍价，看到这种场景，商贩们马上就报出了完全不同的价格。

我们买了一些纪念品和一些小玩意儿，这些都是戈林砍的价，因此我已经开始为商贩们的利润担心了。随后她又有了新的想法，她坚持要我给自己买一件毛衣。她的愿望是那样的强烈，但我兴趣全无。

在市场上我和伊丽莎白说起了她的伯父。赫尔曼·戈林不仅仅喜欢珍宝，简直是痴迷。他将自己抢掠的艺术珍品深藏于自己的卡琳宫里，这个城堡的名字是为了纪念他过世的第一位妻子卡琳·冯·康措夫。我不知道我们哪里来的热情非要在当地的这个旧市场讨论珍宝。

"那么，你能告诉我是什么让你的伯父对珍宝如此感兴趣吗？"

"为什么不呢？这有什么不好的？"戈林耸了耸肩，避开我的目光，不是因为我对买毛衣没有兴趣，而是因为我的不听话，"我听说他收藏了大量的名画和世界艺术珍品，收藏了许多独一无二的珍品。不过，最主要的是他有收藏他想要的东西的机会和可能。如果你有这种机会的话，那么你也应该牢牢地抓住它。"

伊丽莎白的话听起来一点都没错，正如德国元帅在纽伦堡法庭审判期间与监狱心理医生私人谈话时证实自己对奢华的欲望一样："听到你这样问我感到很高兴，因为在法庭上我很少有机会来详细回答这个问题。他们试图把我看成一个抢掠珍宝的强盗。首先，战争期间所有人在战场上多多少少都抢劫了。那么，那些我所掠夺的东西也就是合法的。或许我用低价购买了它们，但我终究是付了钱的，或许我是通过正规渠道从赫尔曼·戈林军团那儿买来的，那些东西是通过卢森堡寄卖行成了我的收藏品的。而我的一个弱点是，我喜欢生活在奢华的环境里，这是我的本性。这些艺术珍品使我充满了生命力并温暖着我的心灵。为了让德国文化获得更高的荣誉，我经常想把这些珍宝、名画、雕塑、圣像、美术装饰等在我死后或者生前转交给国家博物馆。如果从这个方面看问题的话，我不认为我这是不道德的。我收藏这些艺术珍品不是为了倒卖敛财。正如我所说的，我是因为艺术本身而喜欢艺术，艺术是我心灵的需要，因此我要让艺术珍品时刻环绕在我周围。”①

1946年5月3日。晨会。在杰克逊审讯时，戈林又被判定为丧失道德罪犯，他嗜好收藏和极度虚荣又一次被提了起来。除了对戈林感兴趣外，公众关心的还有对戈林组织的一次聚会的公开介绍。在那次聚会上，德国前元帅穿着罗马托加，脚穿凉鞋，像尼禄（古罗马暴君）一样，化了妆，涂了指甲，抹了口红。

戈林冷静地坐在长凳上，嘟囔道："即使这都是真的，这里也不是说这些话的地方。"②

伊丽莎白挑剔地看着嵌在石头上的银圣像，停顿了一下说道："或许你已经看到了，我的珠宝饰品并不多。但我的妈妈特别喜欢珠宝，因为她和我不是同一代人，那个时候人们讲究穿裘皮戴宝石。而

---

① Голденсон. Интервью. С. 210–211.
戈尔登松：《纽伦堡访谈录》，第210—211页。

② Гилберт Г. Нюрнбергский дневник. М.: Вече. С. 408–409. (Далее – Гилберт. Дневник.)
吉尔伯特：《纽伦堡日记》，莫斯科：维切出版社，第408—409页。（以下简称吉尔伯特：《纽伦堡日记》）

我完全不同，我从不穿裘皮，更坚决反对残杀动物。”

“你母亲和父亲一起生活的那段日子给你留下了什么没有？要知道赫尔曼·戈林曾是帝国的第二号人物。”

“没有，只留下些照片。当然，十几年前还保留着一些她从奥地利带过来的饰品和东西。然而，后来她病情加重，一切都变得更加艰难。你试想一下，我经常在单位工作。我的孩子虽未成年，他们也在拼命工作，而我妈妈也需要有人来照顾，唯一的办法就是请一位护工，尽管费用很高，我也赞成这样做，所以就把所有之前的贵重东西都卖了。现在想想，当时真不该全部都卖掉，但是也没有别的办法。妈妈是在 1994 年去世的。”

“难道什么都没有留下吗？据我所知，那个时期你的父亲阿尔伯特·戈林可是个富人。”

“嗯……”伊丽莎白心不在焉地打量着两旁的商铺，“赫尔曼·戈林差不多算是德国最富有的人了，可他过去的财富一点儿都没有留给自己的女儿。”

“难以置信……”

伊丽莎白环顾着四周，压低了声音，像个秘鲁商人，吸足了氧气准备好了叫喊和骂人的话一样。一切准备就绪，她开始说了：

“还是在第三帝国时期，艾达曾经有一个绿色的小匣子，匣子上面贴着赫尔曼的照片。这是她自己幼年时亲手做的匣子。这是她送给自己最心爱的爸爸的礼物，应该是圣诞礼物，如果我没记错的话。她在 1945 年在监狱里把它转交给了爸爸。戈林死后匣子下落不明。好像故事应该就此结束了，然而并非如此。几年前，艾达在网上浏览时无意中发现了这个匣子在拍卖。拍卖的是一个美国人，他给这个匣子定价好几千美元或欧元。根据一切迹象可以断定，此人的祖父或者父亲在 1945—1946 年间曾和纽伦堡监狱看守工作有什么关系。

“无论如何，艾达产生了想要收回匣子的想法。她说：‘我想，我应该千方百计地收回这个匣子，我立刻与持有者取得了联系。确切地说，是和卖东西的那个人取得了联系。我问他为什么那么个小东西却要那么多钱？那边的声音传来说，这个小东西是属于德国元帅戈林的，所以就值这个价。’”

伊丽莎白凄楚地笑了笑补充说：

“我堂姐不得不买回自己的东西！可是艾达没有这么多的钱。”

“等等，她没有给那些人说她自己就是戈林的女儿吗?”

“说了，那又怎样?”伊丽莎白蹙了蹙眉，“谁会为此动心呢？他们都是铁石心肠。他们会说：‘那我们把这个匣子送给你吧。’这可能吗?艾达得到的唯一的一点好处就是他们同意等她凑够了钱再拍卖匣子。奇迹发生了!”伊丽莎白竖起了食指，指着天空飘着的软绵绵的像枕头般的大朵的云，它们飘浮在我们上空像也在期待着这个故事的最后结局。“艾达从未联系过的一位远房亲戚去世了，奇怪的是，他在自己的遗嘱中提到了她，给她留下了一笔钱。艾达就用这笔钱买回了那个匣子。”

“如果故事是另外一种结局的话，我可能会为此而感动落泪……”我发现，伊丽莎白的脸像是戴着一个怪兽面具说变就变，她急着说接下来的故事。我说：“你知道艾达和科隆市打官司的事儿吗？为了要回卢卡斯·克拉纳赫的画《圣母与孩子》?”

伊丽莎白摇摇头，突然又感兴趣了：“这又是个什么事儿?”

“1938年艾达出生的时候，科隆市政府和其他德国城市一样，给帝国元帅与这位新生儿送去了一份‘薄’礼。过了几年也就是战后，艾达·戈林想要回属于自己的画。但是科隆市政府拒绝了她的要求。赫尔曼·戈林的女儿坚持认为这幅画是给自己的礼物，按法律应该归自己所有，而市政府在法庭上说这份礼物是在赫尔曼·戈林施压的情况下才送给他的孩子的。最终艾达没有得到那幅画。但这场审判却延续了整整15年。我听说她去了十几个上级法庭申诉，力图证明这幅《圣母与孩子》归自己所有。”

伊丽莎白噘了噘嘴：

“哦，我从来没有听过这件事。艾达也没和我说过这件事。不过，如果事情真如你所说的那样，堂姐的做法也可以理解。战后，戈林家族的一切都被没收了。她为了这幅画折腾了那么久，费了很大劲，或许是因为这里面有关于父亲的记忆吧。”

“价值几百万美元的记忆？”

“记忆是无价的。”我不认为伊丽莎白是个伪君子，“你有没有听说过，她打算卖掉这幅画？哎，可怜的艾达！实际上，战后她很难找到工作。有这样的一个姓氏！起初她是一名医务工作者，后来成了一名办公室的小职员，毫无尊严，毫无生活乐趣，更没有长远的目标。如果不用贫穷来形容的话，只能说她和妈妈过得很简朴。”

“那么为什么不改姓呢？我听说，艾达特别爱她的父亲。或许，这就是问题的所在吧？”

“不知道。她肯定不会改姓的，尽管这是允许的。她可以去其他国家开始新的生活。她可以在青年时就做这些事儿，不过她却没有这么做。我也不清楚为什么这样。当我和她重逢时，她是那样的温柔和蔼，不过却受了很多苦！她整个人生呀！不，不只是战争结束那会儿痛苦一阵，而是痛苦至今。对她来说什么都未曾改变。我记得我曾建议她到我这里来。我是这样说的：‘为什么你不搬来我这里，来秘鲁，永远待在这儿呢？’”

“那么她怎么说？”

伊丽莎白温和地笑了笑说：

“你觉得她会说什么？她很礼貌地婉言谢绝了我。不过我一下子就明白了，艾达不想离开那里，所以她断然拒绝了。她想留在德国，留在慕尼黑，直至终老。我还曾猜想她是不想成为我的累赘。总之，她不想来这里的原因肯定很多很多。顺便说一句，我注意到她很羡慕我的生活圈子，因为她被大家疏远了。”

“你描述的这个艾达和我听说的艾达完全不像一个人。那个艾达起初和科隆市无休止地打官司，最后又听说在她的客厅挂着一幅很大的帝国元帅穿着阅兵服的画像，同时她非常爱自己的父亲，不认同她父亲的所有罪行。”

伊丽莎白冷笑了一下，冷冷地说：“你是想说她是个纳粹党人?”

“传说是。我不清楚。我和她所有的往来只是她很久之前从遥远的地方寄给我的信。”

“她可能是一个粗暴的人，但她绝不是纳粹党人，我相信这一点。人是多么残酷啊。”伊丽莎白痛苦地闭上了眼睛，我发现她和自己的伯父很像，“大家都认为，既然你是戈林，那么你一定是一个混蛋。艾达太可怜、太不幸了!”

“听着，那是她的人生。小匣子的故事非常好地说明你的堂姐是一个悲观主义者，她始终陷于痛苦和一生难见爸爸这件事中。”

“可能是这样的。”伊丽莎白被卖主的尖叫声吓得战栗了一下，却没转过头看，而是继续说，“我这辈子就见过她一次，还是两年前在慕尼黑。她非常和蔼可亲，对我很温柔、很友好。当我看到她的时候，我一下就看出来，这个人为父亲的罪行承受了沉重的压力和痛苦。人们将永远把戈林犯下的罪行归到她身上，没有人会怜惜她。”

她接着说：

“我有一个天生的优势（相比艾达），我有一半的捷克血统，身上流着犹太人的血，除此之外，我住在秘鲁，远离欧洲。欧洲社会会把你葬送在历史记忆的灰烬中。

“我和艾达的区别还在于我总是过着积极向上、乐观主义者的生活。我像我的妈妈和外祖母一样地活着。艾达一直孤身一人，没有丈夫，没有孩子。她更不愿意和远方的亲戚联络，再说，她很久前就与他们断绝了关系。不过我尊重她的决定，虽然这个决定充满了争议。”

“但是她没有拒绝接受留给她的那份遗产!”

伊丽莎白冷笑了一下，毫不客气地转移了话题：

“让我们再在市场里转转吧。我看到他们在那里翻译运动服上的商标。如果我用五分钟时间买件哈雷牌运动背心给迈克尔，你和谢尔盖不会反对吧?”

她沿着商铺的路摇晃着走了200多米进了商店，开始和店员讨价还价。店员灵巧地把一件黑色短袖放在了柜台上，他想知道顾客需要多大尺码。

“塔尼亚，你能不能用眼睛目测迈克尔穿多大尺寸？我觉得这个小伙子推荐的这件对迈克尔来说有点大。”戈林狡猾地给我使着眼色。是在进行某种测试吗？

“没错。我同意你说的话，让店员拿一件小一点尺寸的。我相信迈克尔属于那类喜欢穿背心的人，需要个尺码更小的。”

“对。”伊丽莎白满意地点了点头，“好样的，你是一个细心人。”

买完我和伊丽莎白挑选的哈雷牌背心，伊丽莎白把买的东西放进了塑料袋立刻说：

“现在我想给你买件毛衣！接下来你要去的库斯科夜间非常冷。”

又是这件该死的毛衣！不过她的心情明显地变好了，她已经忘记了扎涅特。我的耳边响起了她给摄影师下命令的声音，这些不需要翻译也能明白：“去休息一下吧，我们去找东西，半个小时后回到车前。”

接下来是我们计划中的自由活动时间。伊丽莎白需要三小时的休息时间，晚上从9点到半夜，她要和雷措在意大利餐厅演出。

快8点的时候我们在伊丽莎白的家里会合了。伊丽莎白和雷措已经将乐器放进了车子的后备厢里。戈林又变得神采奕奕，她细心地将碎头发梳好，用手抻平了橙色上衣上的飘带，上衣外面搭着一件黑色的坎肩，她喜欢这些搭配。她的手指上戴着不会引人注目的珍珠戒指，左手腕上戴着黄色金属表带的手表，脖子上戴着印第安人的项圈，脸上抹着胭脂，嘴上涂着深红色的口红。她认真地描了眉毛和睫毛，脸上擦了一层厚厚的润肤膏。

雷措今天看起来更加成熟，更加稳重。或许是因为我已经得知，他比我大了整整七岁。我们又坐上那辆旧标致车。这次是儿子开车，我立刻发现他比他的妈妈开得要好。几分钟后我们到达了目的地。正如伊丽莎白所说，这家餐厅的确离她家不远，其实我们可以步行过来，不过我们还要携带雷措表演所需的乐器、乐谱、合成器和谱架。

“我们在这家餐厅唱了快一年了。”伊丽莎白说道。而此时雷措已经把我们放下来去停车了，“经常有人邀请我儿子去一些大型的活动上演唱，客人们和店老板都喜欢他，因此雷措每周三都来这里演唱。”

走进店里，我才意识到我们到了一家私人比萨店，把它叫作餐厅有些牵强和奉承。这里有配着长凳的大吧台，到处都陈列着酒；铺着白色桌布的桌子奇怪地摆放着，像是有人为了玩《海战》这个游戏故意把桌子摆成船的样子；店大门的左斜方，厨房门大开着，厨师们正在揉着做比萨的面团，他们将圆圆的、扁平的面饼抛向空中，在拳头上转来转去。

除此之外，后面还有一个门和一个小厅，在我看来，这让比萨店既不像餐厅，也不像个宽敞的演唱场所。我只能真诚地希望雷措唱得还不错，因为唱完后肯定会被问及他的表演怎么样。伊丽莎白很想知道她的俄罗斯朋友对她儿子演唱的感受，而我能撒谎吗？我必须如实回答。

“那是我们的桌子！”伊丽莎白像个热情的主人，她的脸上挂着微笑，我明白她擅长这样，她已经进入了工作状态，“你、谢尔盖、两个摄影师和我坐在这里吧。说实话，我要和你们之间留点空隙，间歇时我要和我儿子坐在一起。”

此时，雷措出现在了门口，他像一个男人那样和一个50多岁的男人问好，这个人和好莱坞明星长得很像，我和布拉维尔曼给他起名为“乔治·克鲁尼”。我看到，雷措以及跑上前去的伊丽莎白和这个人谈了很久，他们围着这个“克鲁尼”温柔地说着什么并嘿嘿地笑着。伊丽莎白是个爱说俏皮话的人，而此时那个人毫无顾忌地一直在盯着我看，出于礼貌他时不时地用略带慵懒的目光看着这对母子。他们应该已经告知对方来了一个俄罗斯的摄影组。

此时餐厅里没有什么人，表演者来得比大家都早，雷措已经开始调试乐器。

“快听，快听！”伊丽莎白像小飓风一样飞过餐桌，“‘秘鲁欢迎你们！我亲爱的俄罗斯朋友！’这句话用俄语怎么说？”我刚要张嘴，她又离开我们的桌子去问餐厅经理有没有钢笔，返回时她环顾四周在桌上找纸。我想，这样也行。她给我挤了挤眼，从邻桌抽了一张餐巾纸。

“你想用俄语问好吗？”

“当然啦，我想先用西班牙语问好，然后再用俄语向你们问好，这肯定很棒。”戈林对我说道，她非常满意自己的想法。

好吧！我逐字逐句地大声用俄语说出了她要的句子：“欢迎！”

“坏银……”伊丽莎白像个小学生一样重复着这句话，同时用拉丁字母在餐巾纸上标音，“到底是哪个？你再说一遍。坏还是欢？”

“欢。”

“啊哈，欢！”

戈林发“俄罗斯”这个词时相当的困难。我搞不明白她为什么非要说“俄罗斯”而不是“露西亚”。

我对她说：

“算了，不要勉强了，你能说成什么是什么吧！”

伊丽莎白很固执，她想正确地说出这个词。假如忽略一些小的问题的话，她的发音无可挑剔。五分钟过后伊丽莎白满意地说：“我已经会说‘欢迎’和‘俄罗斯’这些词了。”我称赞了她的发音，她的喜悦无以言表。她打算跑向儿子那里，但又急速地停了下来，要是没来得及撑着旁边的桌子她肯定会摔倒的。

“雷措说了，他今天要给他喜欢的一个女孩唱歌。”

“多么的美妙呀！就是说这个女孩肯定会来这里，在大厅里？她是谁？”

“具体怎么个情况，我也不清楚。真是件奇怪的事，不过雷措现在总是向我隐瞒他的喜好。”

我并不觉得很奇怪。假如一个妈妈始终坚持一个34岁的儿子首先应该长大成人然后娶妻生子的观点的话，儿子不一定会对她开诚布公。他一直生活在她的阴影下，一生都要成为伊丽莎白·戈林的“配菜”。她像那时的德国元帅一样，总是高高在上，有时甚至太过强势。

“总之，他什么都没对我说，这很可笑，对吗?”

“确实可笑。”我点头回答。我真心希望她不要发觉这件事到底有多可笑。更好笑的是另一件事：雷措有女人了，还有可能不止一个，要知道他也是无辜的。

“你们休息一会儿吧。”伊丽莎白说，“我要去迎接客人们了，他们到了。过一会儿我们再闲聊。随后我给咱们点餐。我想知道，你们喜欢意大利馅饼吗?”

渐渐地咖啡馆里坐满了客人，快9点时桌子都被占满了。我们旁边是一群20到30岁的小伙子们和姑娘们。雷措向他们挥了挥手，他们高兴地挥手回应他，看来他们早已经很熟悉了。

需要注意的是不要光顾着看咖啡馆里自由和谐的气氛，更应该注意里面聚集着的这些人，他们可不是我们在大街上看到过的那些人。这边是一群朝气蓬勃、可爱聪明的女孩们和穿着西装彬彬有礼的男孩们，那边是一些年纪超过50岁的人，他们个个穿着时髦，满身饰品，像是在凸显他们的秘鲁中产阶级身份，没有奇装异服，没有夸张的首饰，没有超短裙和显示自己阶层的名牌。总之，都是些有教养、有礼貌的人，他们端着红酒杯，等着自己的比萨、意大利面或者是馅饼。

刚到10点，伊丽莎白开始了致辞。在嘈杂的麦克风前她向来宾们做了简短的激动人心的致辞，她用一句西班牙语“欢迎来秘鲁!”作为结尾。在客人们的掌声中雷措开始了演唱。我知道这是意大利餐厅很有名的一种问候方式。让我们吃惊的是伊丽莎白在第二个麦克风那儿伴唱，最后我才知道她不仅仅是一个演出组织者，她还和她儿子一起唱歌。在一阵短促而热烈的掌声之后伊丽莎白向客人们介绍她的儿子“小太阳”：“今天为你们演唱的是雷措·杰拉·康杰纳。”接着她扶了扶眼镜，看着餐巾纸说，“欢迎你们，我的俄罗斯朋友!”听到陌生的语言，秘鲁人笑得更开心了。而戈林在收到我的飞吻后，温柔地笑了并用英语说：“请你们不要只顾工作而忽略了吃饭，愿你们在晚会上玩得开心愉快！和我们一起放松一下吧！意式馅饼马上就送来了，还有很多其他好吃的东西!”

我感觉到有些客人在打量我和谢尔盖，不过是那种很礼貌的方式：有人转身拿起红酒杯，示意为我们干杯；有人给我们飞吻，并点头致意；有人用好奇的眼光看着我们，比如说站在柱子后面的餐厅老板“克鲁尼”。这些人喜欢我们，欢快的气氛笼罩着这家餐厅。而我也在极力分辨着雷措的嗓音。他仿佛读懂了我的心思，刚好把“咪”唱跑调了。伊丽莎白坐在他旁边的椅子上，拍着手打节奏，但这首歌不应该有二重奏。

总之，雷措的男高音洪亮而好听。总体留给人一种印象，赫尔曼·戈林的亲戚确实不赖。当然，他不是帕瓦罗蒂、卡雷拉斯、多明戈，更不是波切利。不过可以说他唱得不错，已经达到很高水准了，这已经不是秘鲁级的，而是世界级的演唱了。演唱中有一些小瑕疵，也正是这些成了嗓音的特色，让他在这里被人们认可熟知。同时我认为雷措的歌唱有些明显的特点，他的声音不像是水流缓缓流淌，也不像是滴滴雨水落在春天的树叶上那样的平稳。在他的歌声和他的动作中可以感觉出有些被压抑的东西，这些东西明显地影响着他的演唱。他的手很紧张，紧紧地贴近身体。他没有全力放开，没有肆意放纵，更没有去冒险。不过至少我的内心得到了放松，当和伊丽莎白及雷措谈起对演唱的印象时我没必要去撒谎了。

在儿子演唱时伊丽莎白双手用力地和着节奏打着拍子，她极力激活那一群反应最为热烈的观众。一切都非常美好、快意，很棒。只是我觉得我仿佛坐在古老的德国戈林家族的大船上，大船在一片浅滩上搁浅了。雷措唱下一首意大利歌剧时，伊丽莎白扑通一声坐在了我们的桌旁，她喘着气，我却没让她歇口气。

“你没听出雷措在高潮时跑调了？”

她向上翻了下眼睛，把胖胖的胳膊肘放到了桌边：

“我梦想着实现我的愿望。希望我的儿子能够成为一个成功人士，不过，遗憾的是我们在这里没有一个神通广大的经纪人，而我自己，哎，我又能做什么呢？怎样做才能让全世界的人都知道他呢？怎样才能让他像在这里一样如此受欢迎呢？”伊丽莎白环顾大厅四周，满足地看着客人们都醉心于雷措的歌声，而雷措此时正和邻桌的一个姑娘二人合唱《告别时刻》这首歌，“这个姑娘也是位有名的歌手，她的女高音很棒，不过在利马她不是最好的。雷措演唱的这首合唱歌曲里需要一个震撼人心的女声。”

“你是什么时候开始唱歌的？”

“我一直都喜欢音乐。我妈妈年轻的时候在布拉格的剧院里唱歌。据我所知，爸爸至少会七种乐器。赫尔曼伯父没有唱过，但他非常喜欢听意大利歌剧。因此当我还很小的时候就和妈妈、外祖母一起唱歌（当时秘鲁还没有电视），歌剧也深深地吸引着我。直到最后几年我们每个人都，顺便说一句，外祖母玛利亚是在36年前去世的，而妈妈去世的前两天我记得我坐在她的床前，我们两个唱完了我们知道的所有捷克歌曲。我还喜欢墨西哥、智利、阿根廷、欧洲的音乐……”

“你从来没有想过，也许客人们对雷措·戈林比对雷措·杰拉·康杰纳更感兴趣？”

伊丽莎白紧咬着下嘴唇，显然，她肯定想过这件事，只是不知道该怎么去做。她说：

“在之前的公司工作的时候，我经常会遇到外国大客户。他们很欣喜地看到我用戈林这个姓给他们签发文件。他们都会询问我的姓氏和家族。这一切可以哗众取宠。不过，即使我们不是在欧洲而是在秘鲁，用自己的姓氏来取悦观众，终究不合适。”

我走到街上想要休息一下，同时也是为了回避一些顾客的注意，特别是“克鲁尼”的关注。一个热情又好奇的秘鲁看门人走到我跟前说，他被一个事实困扰，他想弄清我到底是不是来自俄罗斯。他的英语说得比布拉维尔曼好不到哪里去，但这并没有妨碍他，显然，有些东西是超越国界的，他用纯正的俄语唱着“正当梨花开遍了天涯……”

我刚一返回餐厅，就发现妈妈和儿子已经开始演唱观众点唱的歌曲了。“克鲁尼”走到伊丽莎白跟前递给她一张纸，看过后她立刻在话筒前喊出一位叫海麦尼塔的人的名字，并请她举起手来。海麦尼塔是个黑发、爱笑的25岁姑娘，她今天来这里和朋友们一起庆祝自己的生日。“克鲁尼”捧着点着蜡烛的蛋糕走到了她跟前。而伊丽莎白（拿着吉他，轻快地弹拨着琴弦）和雷措开始唱起了生日快乐歌。不，戈林家族的长河没有变浅，鬼知道，它只是干涸了。帝国元帅的后代在利马的比萨店唱着客人点的歌。这似乎看起来有些荒唐，却是活生生的事实。

快到12点的时候客人们陆续散去了。从餐厅出来，伊丽莎白裹紧羽绒服，她突然说：“你应该和我们留在秘鲁，当我漂亮的女儿。”

真是出乎意料！

我尽量保持镇静，轻轻微笑着回答说我害怕辜负了她的期望，当不好这个女儿。“你可以的，我相信。”伊丽莎白笑着说。

在利马的第三个早晨比前两天的天气更差，我真想用被子裹紧自己，不去看窗外那团白色的雾气。

戈林热情地接待了我们，一点也不拘束，像老朋友一样。亲吻和拥抱之后，她说：“请自便，想喝茶喝茶，想看书看书，我去梳头了。”伊丽莎白看起来有点累，不过看样子她睡得很好，又开始准备投入战斗了。

我们在客厅为她拍摄了近一个小时，她翻着一本厚厚的相册，指给我看谁是谁。里面有很多阿尔伯特和米拉在意大利度蜜月时拍摄的照片，还有赫尔曼和家人在一起的照片，包括和阿尔伯特、波拉姑姑、奥尔佳姑姑和伊丽莎白的妈妈米拉·克拉扎尔的照片。奇怪的是，伊丽莎白长得既像妈妈，又像赫尔曼伯父，她长得和阿尔伯特一点也不像。当她看着照片中抱着小狗微笑的爸爸时，伊丽莎白那双褐色的眼睛闪耀着光芒。她抿抿嘴说：

“顺便说一句，我一直都喜欢猫。”伊丽莎白从长凳上站了起来，“现在我要介绍你们和另一个动物认识一下！看到那些笼子了吗？其中一个里面住着一只小松鼠，那是别人送给我的，当时它的爪子断了。是谁弄断的就不得而知了。于是我们照顾它，试着治好它，要知道它的松鼠家族都在街心花园等着它呢。”

笼子里的确有一只爪子脱臼的小松鼠。伊丽莎白拿下旁边笼子上的塑料薄膜，里面是一只金丝雀。“它已经年老失明了，不过我把它照顾得很好。”伊丽莎白说道。

我们走到街心花园去喂松鼠。圣母玛利亚的雕像矗立在其中，雕像的四周都是鲜花编织的花环，雕像的底部有一个小喷泉，不知为什么今天却没有喷水。

戈林沿着小路踌躇地走着，在我看来像一只大企鹅。让我很惊奇的是，她啧啧地咂着舌，随即仿佛整个花园里的小松鼠都跑过来了，有20只呢。伊丽莎白打开装有花生的小袋子，抱怨着现在花生涨价了，不过无法把这些事解释给冬天忍饥挨饿的松鼠们，她解释说她的秘鲁邻居们早已经习惯了她这个年过半百的褐色头发怪人，这个喜欢喂养动物的怪人，对她的行为早就习以为常了，不像八年前她和雷措搬过来时那样的惊讶了。

“我喜欢关心那些大家都不关心的事情，在这一点上，我和我的父亲很像。当然，我所做的和他救人的事情不能相提并论，但是，无论如何也有一定程度的相似，你觉得呢？”

“我想是的。不过你和伯父外表很像这一点显而易见，当然你和妈妈也很像。”

“你不要乱说！你的意思是我不是我爸爸的女儿而是赫尔曼伯父的女儿？”

“我没这样想，不过，假如说实话……说不定来个大转弯呢！你自己也说他在你母亲面前总是忐忑不安。他们可能在1943年相遇了，这很有可能，对吧？”

“可能？忘记这些吧！我长得不像他，即使看着很像。不过我仍相信，而且我也很高兴我继承了赫尔曼伯父好的方面，比如说智慧。他是个非常博学的人，如果不是傻瓜希特勒……”

“你认为希特勒是个傻瓜？”

伊丽莎白像个播种者一样娴熟地在自己周围抛撒着花生。

“是的，他是个傻瓜！我伯父曾是飞行员，是第一次世界大战的英雄。戈林这个姓氏当时对德国人民来说有着很重要的意义，而这个希特勒又是什么，你自己想想！一个病态的平庸的傻瓜。”

“关于平庸，我要和你辩论一下。比如说希特勒有演讲天赋和非凡的记忆力……”

“你想怎么争辩就怎么争辩吧。希特勒就是个糊涂蛋。”

“现在……”我从口袋里拿出了手机，“我给你读读你伯父的话：‘或许你们认为我嫉妒希特勒将邓尼茨定为自己的接班人。真是荒唐透顶！我曾经也是德国的象征性人物。邓尼茨是什么？一个小小的海军上将，他只会进行和平谈判。希特勒还能任命谁呢？我想，不会是里宾特洛甫，这个人连外国人都不信任他，也不是我这个与他同时代的人！’”①

“你想说什么？”伊丽莎白抱着肩，“他是对的。希特勒确实是个傻瓜。”

“还有一些事情，想听吗？”

“说吧。”伊丽莎白啧啧着让松鼠跑到自己的跟前来。

我开始读：“德国人把他称为元首，他们把我叫作‘赫尔曼’。我比希特勒更贴近民心。只不过他是个伟大的统帅，而我完全屈从于他的领导。”②

伊丽莎白拿着花生的手停在了空中：

“停！停！停！再说说最后一句。这肯定不是事实。因为希特勒在1945 年 4 月下令开枪打死他，而且他还下令杀死我婶婶埃米和当时只有 7 岁的堂姐艾达。埃米婶婶清楚地记得她们是怎样被逮捕的。最恐怖的

---

① Голденсон. Интервью. С. 208.
戈尔登松：《纽伦堡访谈录》，第 208 页。

② Голденсон. Интервью. С. 210.
戈尔登松：《纽伦堡访谈录》，第 210 页。

是他们连孩子都不放过！这些都是胡说八道！因为他与希特勒在所有方面都格格不入，这真是胡说八道！”

“不要忘了这些话是我从他在纽伦堡监狱与心理医生的对话中抽出来的。在法庭上你伯父宁愿忘记希特勒对他和他家人的所作所为，直到最后依然维护着‘元首’的荣誉。”

“这也总是让我百思不得其解。”

“戈林自称是‘帝国的最后一位捍卫者’，并强调自己生活在道德法典中。”

“是的，这是他愚蠢的堂吉诃德式行为。”

伊丽莎白突然开始大声地啧啧着、喊着，松鼠们停下来等待新一轮花生大餐。当然，我也知道这意味着谈话到此结束了。至少此刻戈林不想再谈伯父和希特勒的话题。真遗憾！戈林的堂吉诃德式行为听起来真的有些滑稽。或许这位帝国元帅真的喜欢呢。

在街心花园散完步后，我们这一大帮人打算动身去海边，去伊丽莎白市郊的公寓。

女主人在家里走来走去，指挥着仆人和雷措。摄影师们懒洋洋地收拾着摄像机和三脚架，全力表现出一副超负荷工作、被累坏了的样子。过了大约 15 分钟，伊丽莎白、雷措、我、谢尔盖和野炊篮已经装进那辆旧的标致牌汽车里了。

突然，我的眼前闪过另一部车，埃里瓦罗和巴布罗坐在车里向我招手。正如你所想的，他们走了。

“他们要去哪儿?” 我惊奇地看到雷措在驾驶座上哆嗦了一下。

“或许他们拐过弯后等我们。”伊丽莎白从前排座位上说道。

出发前，我一直在给埃里瓦罗解释着简单的东西：“伊丽莎白在海边有一座房子，我们要去那里拍几张房子和大海的照片。到那里有 60 多公里。你们只需跟着我们的车就可以了。”

同时雷措也走到埃里瓦罗跟前，他用西班牙语向他们解释要去的具体地方。和雷措不同的是，我不需要在秘鲁生活一辈子，我也无需搞清楚当地人会不会因为信息太多一下子头脑发蒙。在和雷措的简短交谈之后，埃里瓦罗绷紧的脸使我有些紧张，我从车上下来又重复了一遍："你们跟着我们的车，和之前一样!"

"他们肯定会在拐弯后等着我们。"伊丽莎白平静地说。

和我猜想的一样，拐过弯后一个人影都没有。过了 100 米、200 米、300 米，再向前就是十字路口了，鬼知道我们的秘鲁人去了哪里。总之，埃里瓦罗、巴布罗和司机融化在了利马的牛奶雾气中，也带走了我的硬盘与所有的拍摄资料。

"埃里瓦罗，你他妈的……你在哪里?"我在电话里喊着。

"我们往海边去……"

"哪儿?"

"海边。去伊丽莎白家。"

"你!"狂怒让我气喘吁吁，"你知道她家在哪儿吗?"

"不知道。"

"那你往哪儿开?"

"海边呀……"

"劳驾，你知道利马的海岸线有多长吗?要是可以的话，你说说你开了具体有多少公里?"

电话那头沉默了，停顿了一会儿说：

"具体多少我不清楚，我需要去问问其他人。反正距离不短……"

"好吧。你要去哪儿，你就去吧!埃里瓦罗!"

"去海边。"

我又连喊带骂了一阵，老练地喊出了所有我知道的英语和俄语脏话。电话那边用沉默来回应我。布拉维尔曼捂着耳朵，伊丽莎白耷拉着嘴唇，雷措把车停在了路边，我注意到他的脸色苍白。

我已声嘶力竭，再也喊不出声，只能在那里低声地咒骂着。我们和埃里瓦罗说好了在一处加油站附近会面。雷措机械地点点头，说他知道那个地方。他从我手上拿过电话，用西班牙语含糊地说了几句。“他现在就往我们说的地方赶。”雷措小心翼翼地说道，同时将电话还给了我。

自然，加油站附近连个鬼影都没有。为了保险起见我们又开过了三个加油站，最后又返回到第一个加油站附近，还是没有任何动静。我又给埃里瓦罗拨了电话过去：“你们就在伊丽莎白家附近别动，五分钟后见！”我近乎咆哮地说。我请雷措掉头回去，和这些秘鲁人在伊丽莎白家附近见面。

五分钟后他们的白色车子开进了院子里。“跟着我们，留点心！”我对埃里瓦罗和巴布罗说。

经过一番折腾，我们终于朝着戈林太平洋边的小屋方向进发了。

老旧的标致牌汽车里气氛紧张严肃。似乎戈林对于我的“咆哮”很震惊。十分钟以后伊丽莎白小心翼翼地说：

“你应该注意到了，似乎有些不太对头。假如不从道德角度看的话，有时候大声的咒骂还是很有效果的。要是从这里男人们的角度看，这是一个心胸狭窄的民族，他们既爱生气，又很骄傲。我以前的丈夫就是这样，不赚钱，但是又特别地苛求别人对他的尊重。不过当地的坏男人也是少数，你要相信，你真的很幸运，他们还返回来了。他们可以不回来，可以直接一走了事。这种事我经历过不少，对这些人要采取特殊的办法，必须假装对他们很尊敬！”

我回头看了一眼，埃里瓦罗的车子在我们的后面行驶着，即使隔着这么远的距离我仿佛都能看得见秘鲁人脸上的悲伤和委屈。

“你看到了吧。”伊丽莎白温和地说，显然是顾及我的火气，“雷措也经历过很多这种事儿。比如，在婚礼上要唱歌，但是弹吉他的人没有按时赶到，可婚礼并不会推迟，他只好在没有伴奏的情况下唱歌，两个小时后这位吉他手风风火火地赶来了，好像没事人一样。又能怎么办呢？还得和他一起演唱。”

“这种家伙就应该碎尸万段，然后扔去喂鸟，要么抛到亚马孙森林里，让豺狼虎豹把他们吃得一干二净。”

“不。”伊丽莎白笑了，车里的气氛突然轻松了许多，“你要试着尊敬和理解他们，因为你不得不和这些人打交道。”

“不！如果是他们，还是算了吧……”

“在这儿，在秘鲁。”伊丽莎白一字一句地说，“不能指望任何人任何事，所有人都一样，迟到是家常便饭。”

“你就像奥地利人一样，你一定特别不习惯吧。准时准点是你的原则……”

伊丽莎白深吸了一口气：

“不，并不是。我内心深处还是一个秘鲁人，尽管我讨厌迟到。”

“等等，你到底有没有奥地利国籍？”

“如果我想我肯定能获得，毕竟奥地利是我的故乡。但目前的现实情况是距离太远，费用很高，况且我没有时间。所以我只有秘鲁国籍。”

“你不想回奥地利吗？”

“当然想啦。但我却对那里一无所知，也没有人期待着我回去。因此就算我奇迹般地到了那里，也获得了奥地利的国籍，我不见得就一定会成为一个奥地利人。”

“但是你很喜欢那里呀。我觉得你会很适应那里的生活的。”

“或许会吧。但是我还是不能回去。几年前，我有一个奥地利男友，他按合同在利马工作。这是一个很有趣的男人，他想跟我结婚，但有一个条件是我们要住在奥地利。可我有孩子，我怎么能抛弃他们，抛弃海洋？离开大海我就没法活了。我非常热爱秘鲁，很喜欢当地的食物，喜欢当地的居民与他们的热情好客。我不能抛下这一切。所以我的浪漫史就此结束了。因为那个人不想在秘鲁生活。”

“可以理解，我完全同意。”

终于能看见海了。路的右边延伸着带状的海岸线，左边矗立着大型沙丘，无法想象，如果爬到最顶端是一番什么样的景象。有时在沙丘上会显现出村庄的轮廓和带花纹形状的一层小屋。电线、电缆上杂乱无章的蓝色、绿色、黄色、红色交织在一起。屋子上斑驳的黑色孔眼和仿佛是深深的眼窝的黑色窗户都在极力证明这里的荒凉和贫瘠。怪异的彩色斑点在左手边闪烁，右边太平洋在强劲地呼啸。在它那伟岸的背景映衬下，人类的生活和小屋仿佛就是不值一提的存在。平整的道路被通往乌拉圭、委内瑞拉的指示标牌装饰得五彩缤纷。伊丽莎白告诉我们通往委内瑞拉的班车一天就能到达目的地，有时甚至更短。农民们一般都是乘坐这趟班车过去，而游客通常都不坐班车。

“伊丽莎白，为什么利马有些房屋周围栅栏上嵌着碎玻璃（我当时注意到了）？这是自制的防贼措施吗？”

她点了点头说：

“有的是金属制成的刺儿，有的有钱人家还会通上电，但是小偷依旧甘愿冒险，冒险潜入这样的大户人家，虽然一触电就会立刻丧命。利马是世界上最厉害的贼都。在这里需要注意，禁止露富。金戒指、饰品、包包等都不能炫耀。钱只能放在袜子里或贴身的口袋里。你瞧你那红色的包就暴露了你自己，我建议你立刻把钱藏到袜子里去。”

“那把信用卡放在哪里？”

伊丽莎白没有明白我的俏皮话：

“都放在袜子里。”

“不，我不。”

“你最好照我说的做。”

“不，我不放在袜子里。”

“那你不要怪我没有提醒过你。”

“我们是在车里呀。”

“我就是好心地提醒你。”

我们沿着海岸线行驶了大约 40 分钟。我很惊讶海岸边很多地方还是处女地，看吧，都市人的思维。一小时以后我注意到在海岸边上再次出现了小屋形状的和前面看见的沙丘小屋一模一样的建筑。

“啊！”伊丽莎白挥舞着手臂，“这儿都是私人开发的土地，没电、没水、没舒适感可言。”

“也就是说，”我想确认一下，“这都要等到国家需要时才开发？”

“没错，到时他们一下子都会被迁走，但是不见得土地很快就会被征用。”

10分钟后，我看到远处的海湾附近密密麻麻建着很多房子。我觉得，应该就是那里。果然几分钟后雷措向右一个拐弯，伊丽莎白喊道：

“差不多到了。”

我们在一幢五层的白色建筑前停了下来，这幢楼的一层是停车场。不知是什么有毒的颜料发出刺鼻的气味儿，呛得人眼睛生疼。

我们下车向楼梯方向走去。伊丽莎白哼哧哼哧地喘着气，走在最后面。雷措推开门。我们来到二楼一间不大的房子里，右边是卫生间，往前走过一个狭窄的走廊是厨房，配备了炉灶、冰箱和小吧台，再远处就直通阳台了，吧台的垂直方向是深蓝色的全皮沙发，我们都把上衣脱了扔在上面，巴布罗和埃里瓦罗将东西都摆开了。陡峭的楼梯从这狭窄的走廊延伸至二楼。

厨房的整面墙是整块乳白色密实的玻璃，不怎么宜居。从地板和吧台上的灰尘看，雷措和伊丽莎白冬天不经常来这里。

从厨房的阳台上可以看到远处海湾的美丽风景，平滑地延伸到众多房屋构成的环形区域内，白茫茫的一片，仿佛在利马的牛奶中浸泡过，营造出了一种干净的疗养建筑群形象。

“瞧那栋别墅，是最豪华的……”我感觉到了戈林在我后脑勺呼出的热气，“它的主人是一位整形外科医生。瞧见了没？就在海边的峭壁上。”

我望了一眼那栋矗立在“白桦林”中的怪异建筑。伊丽莎白继续说：

“大家都按自己的意愿生活。”

我说：“雷措，搞什么鬼音乐，向这位整形外科医生学习学习吧！”

我不清楚，她是不是在炫耀。实际上伊丽莎白和雷措住得也不算很差。雷措两年前买下了这栋郊区的房子，伊丽莎白自己同样还有一栋类似的小别墅，距离我们现在待的这栋房子不到20公里。

“我那边别墅的阳台没有这样的景致。”伊丽莎白补充道。厨房阳台上的景致确实非常漂亮。左边是一排排的沙丘，看起来像小山一样，右边是浅绿色的海洋，海面上还飞驰着几艘小艇。或许太阳出来的时候这儿的景色会更好，没有太阳显得有一点点沉重，沙子的颜色灰溜溜的，天空也渐渐消失，海洋在磨破的地平线尽头阴沉着脸。

伊丽莎白摊开了双手，就像在里约的耶稣雕像那样。

“这是圣玛利亚海边浴场，在利马南部和这儿都有非常不错的浴场。你看，这儿几乎没有波浪，可以安静地游泳。夏天你和谢尔盖一起来，非常棒。我在这儿把你们安顿好。你们还可以叫上朋友一起来。白天在海湾里面常有海豚出现。冬天我和雷措喜欢去浴场喂鸟儿，比如海鸥、鹈鹕等，因为冬天它们会挨饿，今年海水温度很低，鱼儿们都游到温暖的水域去了，鸟儿们只能在浴场附近觅食，今天我们要是去那里的话，得喂一下它们。”

“快看！”伊丽莎白指着沙丘的方向，“雷措把这些地方都走遍了！一处也没落下！”

“为什么？”

“他喜欢爬上去唱歌，没有人听得见。练练嗓子。”

雷措在阳台上点了点头，他已经对翻译感到厌倦，大概已能猜出一些意思了。

“放松放松吧。好的！我去准备三明治。”戈林说。

“你难道真的这么喜欢秘鲁？”

“这是我的地盘。”戈林两只胖乎乎的手灵巧地做着三明治，在上下两层面包中间放上了一大片香肠和一大块奶酪，“我去过欧洲、纽约、迈阿密，甚至瑞士，我感觉任何一个地方都没有这里舒服，我总觉得自己是一个漂泊者，我的语言交流不存在任何障碍，我可以讲德语和英语，原则上前面说的几个地方我都可以去。但是在这些地方我都没有找到预期的那种感觉。南美地界以外好像是另外一个世界，整个都被金钱和世俗给污染了。商店！我有一次在瑞士的一家商店，我的天啊！就是需要一点点的帮助，但居然被无礼地对待。我对自己说：'不行，不能去那里。'在这儿，在秘鲁，所有人都很友善、豁达，只要正确地和当地人交流，他们会很乐于助人。如果我去外面出差了，刚一回来，哪怕刚一走出飞机我就能感觉到利马的气息，这种气息我不会与世界上任何一种味道混淆。我很幸运。我告诫自己，这里才是我的家，可以彻底放松了。"

伊丽莎白沿着对角将面包切成三角形，我专注地看着明晃晃的餐刀刺入软绵绵的面包，很快我得出了一个结论，或许她真的弄错了什么。我觉得戈林将欧洲人的沉稳、拘谨理解成了冷漠，将欧洲人维护个人空间的行为理解成了对周围人的吹毛求疵，将确保自身安全理解成了资产阶级的余毒。作为回答，我告诉她我在利马没法生活，和这样一群爱迟到、爱撒谎并且口无遮拦的人没办法一起生活。我认为，在生活水平如此低下的社会，饿死在路边的人也不会触动到他人的神经，而偷盗更是家常便饭，每一次出门都必须全副武装。

"你的成见太深。"伊丽莎白说。

"如果我们再次谈论赫尔曼·戈林的话题，不会破坏你的食欲吧？"我问女主人并坐在了吧台边的长凳上。

"当然不会！"

"你知不知道你的伯父曾经嗜毒如命？"

"知道。"伊丽莎白把吧台上的杯子整理好，又开始准备下一轮三明治，"我的父亲阿尔伯特还一生嗜烟如命呢。烟和咖啡！每一分钟！而且咖啡要喝最浓的那种，你想想。而我呢，既不抽烟，也不嗜酒……"

"你太绝对了吧。难道你从来就没有抽过烟吗？"

伊丽莎白沉思了一下，忘了在香肠上加方块奶酪，她说：

"不是！抽过一次！在我很小的时候，那时候妈妈家里有一块地毯。我们想消灭蛾子，就点起了烟，但是我甚至都没吸一口。这是我生命中唯一一次和烟啊、毒品啊什么相关的经历。但是伯父直到生命最后一刻仍是一个瘾君子。”①

“肯定不会扛到最后一刻……”

“嗯?”伊丽莎白把三明治摆好，定定地看着我。

“他在被捕后就戒掉了。”

“米莱医生和凯丽医生已经成功地帮他戒掉了毒瘾。他们每次都减少一点剂量。据监狱的监狱长安德拉斯上校回忆：‘戈林被送过来的时候，就像一只软体动物一样，坏坏地笑着，还带着一箱麻痹剂。我起初以为他是药品商人。’”

“也就是说，为了给伯父定绞刑，先把他给治好了?”她的眉头皱成了两道弯，“这似乎有些残酷，你说呢?”

“他们或许只是照章办事……”

“是这样的。当然，这不光是希特勒的罪孽，或许是伯父的瘾……”

“你说的是麻痹剂……”

“是的，或许是他对毒品的依赖才让他这样……总之，就是没有善始善终。毕竟他不是坏人。很多人说他曾经非常善良。但是，是什么事情让他性情大变，是什么让他走上了那条路……”

伊丽莎白如此天真的推断让我有些吃惊，她又继续补充道：

“是的，所有人都恨他，认为他是恶魔的化身。但他的聪明真让人折服。我想在他身上一定发生了什么吧，因为很多人，包括你，都对他很感兴趣。他也有好的一面，聪明、爽朗、卓越。这些都是我身上所没有的。很遗憾！但是我并不因为我是他这样的人物的亲属而感到羞愧!”

伊丽莎白在镜头面前不卖弄聪明了！她开始说了！

沉默了一会儿后她好像突然醒悟过来一样，又开始补充说道：

“自然，这是从一方面来说，从好的这方面说。”

片刻停顿之后，我说：

“你的伯父被判处死刑以后，他曾请求监狱的神父赦免他的罪行。”

---

① Гилберт. Дневник. С. 14.
吉尔伯特：《纽伦堡日记》，第14页。

伊丽莎白满意地点了点头，从她每次的点头中，我都能体会到她所隐含的意思：怎么样？他并不是怪物吧。

“但是，”我继续说，“神父拒绝了，因为在这之前戈林不仅挖苦过人家，而且还嘲讽宗教。”

“神父这样做也不对。”伊丽莎白用餐刀把三明治切开，“他怎么可以拒绝一个即将被送上绞刑架的人呢？他犯了一个大错误，因为伯父可能已经认识到自己犯下的罪行，想要忏悔。伯父想请求悔过不是一件坏事吧？虽然我们并不知道他在生命的最后时刻在想什么。我还是相信，他是想请求宽恕的……他在被执行死刑前想自己结束自己的生命，就像一个虔诚的教徒一样，是吗？或许他选择结束生命是为了摆脱绝望和侮辱……”

“不是，那是因为他想作为一个第三帝国元帅那样被枪毙，而不是像一个罪犯被绞死。”

“我已经说了，他是为了摆脱绝望和侮辱。可是竟然还有虚伪的教徒拒绝了他的忏悔！”

伊丽莎白不顾一切地为自己的伯父辩护，把一切过错都归咎于刚刚从我这里得知的神父。我心想，你越是激她，她就越能表现出一副赫尔曼·戈林的样子。

“算了，你赢了！但是如果你知道你伯父是怎么死的，请你说出这个秘密。关于赫尔曼·戈林是怎样在行刑前一晚拿到毒药并服毒自杀的有很多说法。我最喜欢的版本也是最离奇的一个版本是，毒药是他的妻子埃米·卓聂曼在最后一次和他吻别的时候塞给他的。他把它藏在了自己的牙膏中，然后找合适的机会服下……”

“不!”伊丽莎白将三明治掉在了地上，没有弯腰去捡，“不可能!不可能！绝对不可能！埃米婶婶不会给他毒药的，她后来自己承认她并没有这么做。她怎么可能给自己深爱的丈夫毒药呢！毒药是一名英国士兵给的。你为什么这样看着我？是的。看守人员中有人很敬重我的伯父。具体细节没有人知道，这些都是妈妈告诉我的。她也是听埃米婶婶说的。

赫尔曼伯父被绞死后，她们俩很长一段时间内都保持着联系。”

“你父亲是如何接受哥哥被绞死这件事情的？”

“我觉得他一点也不轻松。”伊丽莎白弯下腰将三明治从地上捡了起来，然后放到了一边，“这就给鸟儿们吃吧。我当时很小，伯父被绞死的事儿在家里几乎从不议论。父亲于1945年冒着生命危险去自首，目的就是想从绞刑架上救下伯父。或许这件事对他是一记沉重的打击。有时候我也在想，当然，这些都是些浑话，可以不用拍，我自己的家庭也受到了伯父的牵连，虽然可能将这件事归咎于他不太对。我的父亲1947年回来时完全像变了一个人，也开始了对我妈妈的背叛，这难道不是三年监禁和受审折磨的吗？我觉得这都是赫尔曼伯父害的。自从他死了以后，好像所有的欢乐都与阿尔伯特无缘了……”

“那么戈林最后一次和你父亲见面时有没有说些什么……你可不要把刀子朝我扔过来，这只是我的假设……”

“什么？”

“或许他最后时刻告诉阿尔伯特，你不是他的亲生女儿什么的？”

“什么？那是谁的？”

伊丽莎白突然哈哈大笑起来：

“不会吧！你搞什么啊！”

“我就是这么说……”

“我们来搞清楚这件事吧。”伊丽莎白笑得花枝乱颤，“我的伯父是元帅，你知道的，他对米拉·克拉扎尔，也就是我的妈妈非常温柔，他不是我的伯父，而是……什么……爸爸？这简直太荒唐了，虽然我理解你这么想的原因，你觉得我的外貌跟伯父很像。”

“听着，我只是试图搞清楚在纽伦堡，在生命的最后时刻你伯父跟你的父亲说了些什么。”

“你的错误在于从头至尾就想编造一个故事。但是有些故事是不需要有头有尾的，更不需要什么演绎。如果有什么空白点，那就让它如此保留吧……”

“好了。我自己都搞糊涂了，怎么突然就扯到这里了呢。我们不应该如此神圣地对待公开的事实，要学会质疑，学会探究。”

伊丽莎白突然嘟嘟哝哝地说道：

“按照你的说法，阿尔伯特从他的亲哥哥那里知道了我不是他的女儿，在此之后他还高尚地、义无反顾地去营救赫尔曼。这根本就不成立。伯父去世以后，阿尔伯特拒绝接受我和妈妈，原因是妈妈与第三帝国元帅偷情背叛了他？阿尔伯特最终还是保留着戈林这个姓……这太可怕了……”

“不好意思。”我对她说，“我很好奇，我只是举了一个例子，可是你好像不太愿意听到这些。”

“没什么。”她很平静地说，“你是从另外一个角度来看待这些事……很吸引人，也天衣无缝。你很聪明！我一开始说得没错，你要是拍一部故事片，肯定能获奥斯卡大奖。”

“请你忘了我的猜测吧。好了，你的父亲阿尔伯特……我们再次回到你父亲的话题上，你不反对吧？”

戈林一边仔细地加工着三明治，一边小声地说着什么。我没有听见，而我本人也讨厌重复问问题。但我感觉得到，她此刻应该会说些什么重要的东西。

她说：

“阿尔伯特从来都没喜欢过猫。”

她说：“阿尔伯特——从来——都没——喜欢过——猫。”

伊丽莎白思索着，然后打开烤箱，用手指在三明治上面戳了戳，确定完全烤熟了以后，她用叉子将三明治都盛到了塑料盘子里。

在给所有人分好三明治后，伊丽莎白并不急着吃自己的那一份，她不时地拧一下自己的腰，好像在提醒自己那些多余的脂肪是自己的。“我承诺过会给你说些什么的。当然，我也并不是非常清楚自己的家族史，但阿尔伯特和我的伯父赫尔曼并不是自己的父亲海因里希·戈林的孩子。妈妈曾经跟我暗示过这一点。”

“你指的是什么？我记得阿尔伯特、赫尔曼、波拉和奥尔佳是海因里希·戈林和他第二任妻子弗拉茨斯基·吉芬布鲁的孩子。他和第一任妻子，如果我没搞错的话，有五个孩子……”

“是的，是一个大家族。”伊丽莎白点点头，咬了一口自己的三明治，仔细地掂量着我说的话正确与否，并不急着咬碎三明治，“但是赫尔曼伯父的教父，或许不只是教父，是某个叫赫尔曼·冯·爱宾斯坦的犹太裔基督教徒。为了纪念他，才给赫尔曼起了这个名字。我也怀疑阿尔伯特是冯·爱宾斯坦的儿子。如果赫尔曼雅利安人的外貌证实不了这件事情，那么我的父亲，则完全是另外一个样子了。这些没有谁能说清楚。但是阿尔伯特和赫尔曼的父亲海因里希和妻子弗拉茨斯基一起在冯·爱宾斯坦的城堡生活了很多年。关于这一点知道的人并不多。冯·爱宾斯坦曾是一名医生，和海因里希·戈林相识于非洲，他是遵照俾斯麦的命令去那里工作的，就这样他们交上了朋友，然后冯·爱宾斯坦邀请海因里希和自己的新婚妻子一起住在城堡里……”

“弗拉茨斯基比自己的丈夫小吗？”

“整整小 30 岁。冯·爱宾斯坦与朋友妻子之间爆发了炽热的感情。在这里我想说一下所谓的‘城堡’。在这里住着他们所有人，弗拉茨斯基、她的丈夫以及自己富有的犹太情人冯·爱宾斯坦。冯·爱宾斯坦是一位有教养的医生，他在 20 世纪初在德国买下了菲力登什坦城堡。这座城堡大约建于公元 1000 年，经过多次的修复最终落成，花掉了爱宾斯坦一大笔钱。爱宾斯坦将自己的朋友——一对新婚夫妇安置在了这里。弗拉茨斯基·戈林，戈林年轻的妻子投入了冯·爱宾斯坦爱情的怀抱……是的，已经没有人能够证明，但是我父亲难道不是最直接的证据吗？我自己从未去过那里……这座城堡，菲力登什坦城堡按照赫尔曼·冯·爱宾斯坦的要求于 1937 年转给了另外一个赫尔曼——赫尔曼·戈林。现如今这已经归德国所有。”

“说到所有权，在利马，你努力赚钱维持生计，你有没有想过，或许你能成为城堡的所有者呢，比如说……”

“马乌杰恩多夫城堡!”伊丽莎白喊了一声，把手缩了回去，好像碰到了什么灼热的东西一样，“我的马乌杰恩多夫！在那里我父母度过了自己的蜜月，现在它属于萨尔茨堡州。这座城堡，冯·爱宾斯坦也移交给了赫尔曼·戈林。但是战后还是战争刚一结束签订了一份非常有心计的遗产合同，根据赫尔曼的意愿，城堡应该由父亲继承……总体而言，阿尔伯特在战后能够证明冯·爱宾斯坦就是他的父亲，因为他们长得很像。”

伊丽莎白给我使了个眼色。我推测的她有可能是赫尔曼的女儿这件事已经使她很不安了，而她自己为什么还有这样的想法?

“如果真是这样，城堡不应该由艾达继承吗?”

“我不是律师，而且我父亲在财产和金钱方面一向是个粗心人，但他有可能要求赫尔曼办理了所有必需的文件，我也有可能成为城堡的所有人……”

“两年前我去德国和奥地利旅游，我专门去了一趟马乌杰恩多夫城堡。当时那里写着‘弗拉茨斯基·戈林曾在这里居住’，她是我的奶奶。我还有她的照片，是朋友寄给我的。但是后来这些话就没有了，有人告诉我它被清理掉了。它在那里又碍着谁了? 现在即使去那里旅行，也不会有人讲起有关冯·爱宾斯坦的任何事（他在城堡的修复过程中投入了大量资金），而关于戈林甚至更少。当地居民曾把城堡以一个什么神父的名字命名，但也只是‘一战’前那么一小段时间。在此之后就再没有其他人了！这就是所有的历史。”

“关于城堡? 你喜欢它吗?”

“非常喜欢。”伊丽莎白狠狠地点了点头，“我甚至从那里带回来一块石头!”

“石头?”

“是的。我在城堡里挑选了一块石头带回家作为纪念，纪念本应该属于我的马乌杰恩多夫，很可笑吧?”

我们来到了海滨浴场。户外气温15摄氏度。身着羽绒服的雷措让我这个来自北国的姑娘感到他有点不合时宜。浴场除了我们这一伙人外别无他人，显得空空荡荡的，只有数十只海鸥的脚印留在了沙滩上。

伊丽莎白深一脚浅一脚地追着海鸥，喂它们面包吃。不一会儿这群叽叽喳喳的鸟儿开始相互争斗，争抢她手里的面包屑……

“我还是坚持带你们去市中心看看。”伊丽莎白打起了冷战，“你们能想象吗？没有去过利马的中心，城市中最漂亮的地方！在那里我们也可以拍摄！”戈林眨着眼睛注视着我们，观察我们的反应。是的，是的。应该去拍摄一下！我也是这样想的。

雷措领我们到了房子的另一边。在途中他告诉我们，他有时候代声乐课，这能给他带来稳定的收入。过一会儿就会有一帮学生过来上课。此刻，在不远的停车场上已经停着几辆车了。“天哪，你的学生已经来了！”雷措跟我们拥抱吻别，嘴里还用西班牙语说着些什么。戈林坐到了驾驶座位说：“现在我们出发去市中心！”

该死的堵车！人口如此密集的城市居然没有地铁，只有公共汽车和恐怖的两轮车，而且还从不报站。简直到处都是车、车、车，旧的、快散架了的、被撞坏了的、独眼龙的车。坐在后座上简直就是痛苦的折磨，这里完全是汽车的地狱。

我们走了很久，大概一个半小时才到达目的地。这并不是因为堵车，而是所有的汽车都不按交规行驶。戈林说，我们选了一条最长的路，因为内线和环线在这个时间（下午6点）已经堵得水泄不通了。灰色的天幕下可以看见一点点太阳，柔和的阳光洒在了小屋屋顶上，散射着黄色的光芒，微微有些刺眼。

“知道吗？我们现在在走一条危险的路，在这儿抢劫事件经常发生。”戈林说。

“什么意思？抢劫？”

“如果遇到抢劫，穿着最普通、最廉价的经常第一个挨打。”

“用手枪、刀还是其他什么东西抢劫？”

“你一定想不到是石块吧？看到这些沙丘了没？太阳一落山，痞子们就朝下面扔石头，想让石块堵在路上，迫使司机停下车来，然后他们全副武装冲出来，把车上的人不是打残就是打死。日落之后死神就降临在这条路上了……”

“我们来得及吗？”我开始紧张起来。

“差不多。”伊丽莎白严肃地回答道。

戈林在这一点上还是很像她的伯父的。虽然体重不轻，但她还是铆足了劲儿一个急转弯、一个回旋，就窜到了我们前面的马车前。她在超车过程中嘴里不停地嘟囔着什么，手也在不住地指着道路两旁的古老建筑。

“这是一座非常漂亮的圣弗朗西斯科教堂，这是西班牙人在南美洲修建的第一座教堂。可惜在这里栖息的鸽子们将它弄得很脏。就是在这座教堂里我和安赫拉·康杰纳，一个老奸巨猾的人，孩子们的父亲，举行了婚礼。那边，是中央广场！快走！快走！最好在天全黑之前绕行一圈，要不然就白来一趟了。”

我甚至连为什么都没问。“死亡之路”的故事使我依然心有余悸……

戈林倚着中央广场上正对着总统宫的柱子，沿着总统宫整齐地站着两排警卫，我还什么都没来得及问，她突然就开始说了：

“你总是想着，赫尔曼伯父怎样接受这一切，是吗？我觉得他能很好地接受我和我的生活。假如他现在有机会来到这里，和我们在一起，他一定会非常开心，他肯定能活到很老很老。我记得埃米婶婶说过，他曾打算跑到阿根廷，但是没来得及。从一个方面来讲，作为亲属，我感到非常遗憾。”

“如果真这样，摩萨德也会找到他的。他们在布宜诺斯艾利斯抓住了艾希曼，布宜诺斯艾利斯离这里不远。”我说。

“他们没有动我，虽然他们可能已经知道我了。说到纳粹战犯，他们很多人战后都逃到了阿根廷或乌拉圭。当然，在利马也有过秘密的清洗行动。我听说他们战后在这里也抓住了一两个重要头目。他们知道在我出生之前我的父亲救了很多人，因此从来就没有任何人出现在我家附近。”

“你怎样想，希特勒真的逃到阿根廷了吗?”我问伊丽莎白。

“这应该问摩萨德。他们什么都知道。我只是听妈妈在很多年前说过，当时我还很小，我们乘船时她和某个人讨论过这个话题。或许，他们是在谈论阿根廷。不知为什么他们会认为他其实是可以逃跑的。尽管你们的红军……你们还有他的颅骨!”

“有关这个颅骨的猜测……”我说。

“快说吧！快说！是什么?”

“我没有任何的证据。前不久我和一个荷兰人打过交道，他在寻找希特勒的亲属。他以一种奇怪的方式（这是不合法的，偷偷的）从这些人身上提取他们的DNA，他打算与我们俄罗斯的这些东西做对比。与这个头颅骨……”

“没有给他机会吧?”

“是的。”

“不过这也说明不了什么。”

“我从一些秘密的渠道听说这个颅骨并不是希特勒的。关于这个有很多说法，各个时代都有。”

“那颅骨到底是谁的?”

“我不知道。还有一种说法是颅骨真的有，但已经被私人收藏了。”

“好吧，我明白了。希特勒终究还是漂到了阿根廷，嗜血成性的家伙。”伊丽莎白说道。

“让我们换个话题吧。”我对伊丽莎白说，“这一切都是想象。如果有一种至高的力量对你说：伊丽莎白，我们准备把你的生活前推到阿尔伯特那个时代，你会选择哪个时期？你愿意回到30年或40年前吗?”

伊丽莎白用眼神扫了一圈豪华的总统府邸，咬紧了嘴唇。她没有立刻就说话，而是沉默了一下：

“我可能会说，请立刻把阿尔伯特交给我。让他出现在这里，来到秘鲁。或许，当时我还很小，他没有打算与我见面。此时此刻，上苍啊，这是把我的父亲还给我的最佳时间。”

她环顾着四周，轻轻地笑了。

“看到了吗，他们终究没有把他还给我。连一个长得像的都没有。”

伊丽莎白害怕出现什么危险，要陪着我们在利马市中心走一走，因为行人总用一种很奇怪的眼神盯着我那红色的包。

“你终究得给自己买点什么吧?”戈林一直都关心着这个问题，“驼羊毛衣或者银质首饰?”

“暂时不买……”

“那你到底打算买什么呢?”伊丽莎白有点生气，她一直担心我忘了自己，“走，去商店吧!”

“我不想去!”我几乎是在央求她了，“那这样吧，我就买两套驼羊毛衣、围巾、帽子和……”

“你赶快忘掉驼羊吧！我们这里的银质首饰像沼泽一样多，多如牛毛!”戈林笑着把我往一家商店里面拖，那个商店坐落在中心广场的对面。

“全是仿制品吧。”

“是呀，怎么了?”似乎我在和她开什么国际玩笑，“我给你说，我会给你推荐买些真品……”

我点头同意。他们戈林家族有自己的重金属乐队“狂飙突进”(Sturm und Drang)，激昂又猛烈。伊丽莎白自己肯定也有自己的个性。这不，现在她就在进行自己的个性表演。

她把一条银质项链递到我的眼前，这是印第安人常戴的那种个性装束。

“这有什么不一样的地方吗?”

“你家里有这个东西吗?”

“是的，莫斯科现在什么都有……”

“我是问……”上帝啊，她活脱脱地就是穿短衫、套着背心的帝国元帅，“你自己有吗?”

“我没有。”

“那还商量什么呢？这是很划算的东西。换一下上面的宝石坠子，就很容易搭配。我有一条和这个一模一样的金质的。总之，这些都是女人的必需品。”

“OK，既然是必需品，我买!”

“不，我来买!”她一下子就走到售货员跟前向他手里塞钱，同时用胳膊肘挡着我，从商店出来后她说：“这是我给你的礼物。就这么决定了，事情就这么简单。”

我突然明白我不能拒绝这样一条项链。试想一下，你不可能每天都能得到第三帝国纳粹二把手侄女赠送的礼物，况且她还有犹太血统，同时她的父亲还从纳粹手里救过波兰人、捷克人和犹太人。这些很难扯到一起去，但我还是想说能扯到一起。因此，我现在很喜欢这条项链，尽管我还在纠结这到底是不是银的，还是铝的，或是铁的。不管怎么说，这都是最好的项链，只要换一下上面的宝石，每次看都像新的一样。

在我们的酒店旁边伊丽莎白差不多用了一个小时告诫我和谢尔盖怎么才能在库斯科生存，在 3800 米海拔高度上生存，比如说必须喝古柯茶、嚼古柯叶，这能使我们几乎闻不到异味，还有一定的降压作用，因为血压会随海拔而增高，很容易出现脑梗死，她还告诉我们应该怎样使用氧气罐，让我们一定要照她说的做。她还叮嘱被她称为 Sweet 谢尔盖（Sweet 的英语意思是甜蜜的。Sweet 谢尔盖可以减缩叫作 SS，每次这样叫的时候伊丽莎白自己都会嘿嘿笑着）的布拉维尔曼，不要忘了吃防高山病的药片。

我们和伊丽莎白的告别显得有点沉重，她流泪了。首先，她感到“和你们在一起很有趣”。其次，多亏我们她的财政状况才有所改善。最后，这一点我万万没有想到，她坚持要我们从马丘比丘和库斯科回来后直接去她那里看她，她和我们一起去酒店，就像朋友一样。当然这与钱没有丝毫的关系。她和雷措还想再见我们，还有就是 SS（布拉维尔曼）在征服了海拔高地后的命运也使他们极其担忧。

库斯科，8 月，午夜。我已经在海拔 3800 米高度待了一昼夜了。我喝着古柯叶子泡的茶，坐在酒店的内院里，手指在平板电脑上滑动。这里竟然还能连上 Wi-Fi。太阳落山后，库斯科变得非常的冷，盖多厚的东西都不管用，尽管我已经套上了小驼羊毛衣，戴上了羊毛帽子。

我在写一封短信：

亲爱的伊丽莎白和雷措：

我和谢尔盖一切正常。我们自己背着氧气罐，喝着古柯叶茶。今天我们转完了市中心，虽然第一天给游客的安排是卧床休息。估计这是因为服用了防治高山病药片的缘故，他们清楚这一切，也许还有古柯叶的作用。此刻，我正坐在酒店里面的院子里，四周是一片呕吐的声音。右边的英国人在呕吐（他们一整天都不好受，和我们一样刚好是一大早来的），从美国来的那群年轻的游客也在二楼呕吐，我在这里碰到的那对德国老夫妇情况稍微还好一点，但他们一刻也没有离开过氧气瓶。库斯科城很漂亮，为了这样的美景值得忍受正在承受的一切，不过，我旁边正在呕吐的英国人肯定不同意我的说法。伊丽莎白，你亲爱的 SS（谢尔盖），已经像个婴孩一样进入梦乡了。而我却难以入眠，我跟着灵魂在内院里游走，应该睡了，不过却睡不着，我失眠了。因此，我拿出一张碟片，看点儿其中和你相关的情节。我们很快会相见的。向雷措、扎涅特问好，还有米奇、茜茜、汉拔尼和艾什！

我把碟片画面放过去又倒回来。最后还是停在了这个画面。戈林穿过中心广场，在市中心的大街上，靠在一面黄色的墙上，在那儿深思，正在回答着我的问题，我问她原谅不原谅自己的父亲，阿尔伯特·戈林：

“是的，我原谅他了。当我知道他为人们做了很多好事、救了他们的时候，我对自己说，我不是神，我没有得到过他的关怀，不过，最终其他人从他那里得了好处。由此看来，他也不是那样坏。所以我和他和解了……”

“和解?”我对她说，“这当然很好。不过‘和解’和‘原谅’是两码事。”

“是的。作为女儿，我对他确实很失望。对我来说，阿尔伯特，好的阿尔伯特是个历史人物。而作为父亲……女儿能说什么呢?这个父亲一声不吭就离开了她，这个父亲从来没有看过她，没有寄过哪怕一张明信片，最终仅仅只知道她在另一个大陆的生活。诚然，我脑海中不止一次地闪现过说服自己的辩解，比如他自己很要面子，或者他没有钱。有时候深夜小坐片刻，我脑中便会为他辩解，联想到一些关于他的正面信息，试图去说服自己相信这些辩解。不过最终仍觉得非常可笑，因为他有很多机会可以来看我。多年前，我曾去了趟德国，拜祭过他的坟墓。遗憾的是，那里现在连一块墓碑都没有，不过我肯定会去做一块的。奇怪的是我没有忍住眼泪，我也不知道为什么。如果我有机会看到父亲的话，我估计会对他说，我爱他。”

“那么你会对赫尔曼伯父说什么呢?”

“可能会说，很遗憾你没能逃到阿根廷。那样的话我们一定会照顾好你的。”

“不管何种情况?”

“是的，不管任何情况。对我来说阿尔伯特有两个截然不同的身份，赫尔曼也有两个不同身份。一个赫尔曼是全球痛恨的战犯，而另一个赫尔曼是一个好人、一个亲人，我一定会很高兴在阿根廷照顾好他。他既不是希特勒的左膀，也不是他的右臂，不是德国空军的首领，更不是第三帝国的守护者……他只是我的伯父，仅仅只是赫尔曼伯父。”

从马丘比丘和库斯科回来后我们还是和伊丽莎白见了面。她坚持要我们以书信形式记录我们度过的这些天。戈林写信说她和雷措想邀请我们去一家饭馆。因此等我们回到利马，刚刚入住依克达米瑞花酒店，房间里的电话就响了起来。

“我是戈林！旅程如何？”

“很多美好的回忆。我给你写了信。你怎么样？”

“嗯……”电话那头沉默了几秒，“总体来说还不错……”

“怎么了？”

“你能不能不问？”

“说说吧。”

“还是女仆的问题！”从她的声音中我听出了一丝愤怒，“她又一次，犯罪！”

“又把猫的毛剪了？不会吧？”

“什么猫呀！”伊丽莎白喘着气积蓄着力量，“要是那样就好了！几天前，你们走了以后，女仆突然提出要与我结算。就她一个人，她要干什么？他们通常是在一起结算的……”我在床上调整了一下睡姿，身上依然穿着路上的衣服，准备了解这里人民的国民性。

“他们在哪种情况下要求结算呢？她找到另一份工作了？“

“不！她偷东西，家里那些东西如果不收拾好的话，他们就偷走了，坏蛋！”

“我希望你没有放她走。你叫警察了吗？”对不明白当地实情的外国人来说这已经是宽大处理了。

“总之，我丢了钱、饰品……”

“我给你的钱……”

“不，这些钱没丢，我预先把它们放到新的保险箱了。这个坏女人，她偷听到了旧保险箱放置的地方，不知怎么又找到了钥匙。我把钥匙藏在卧室的床垫下面，而她收拾了所有地方，就偷走了钥匙。”

“那你不应该放过她!”

“我没办法。我没有证据。她早都把那些饰品夹带走了，就算警察来了也说不清，而且万一她反咬一口呢！没办法！还好，都是些不太值钱的东西……”

我完全被搞糊涂了：

“不值钱?”

“哦，确实如此……”伊丽莎白的语调变得平和下来，看来她很后悔对我说了这一切，“很多年前，一个女仆也曾这样干过，偷偷地把家里的东西偷走了，不过我自认那是因为我自己的粗心大意。总之，那个女仆被我解雇了，她真是个坏蛋。她不仅偷走了我的钱，而且还拿走了护照、驾驶证、保险单、饰品……你可能不会相信，甚至还有清洁用品，包括洗衣粉。她早就盯上那些小东西了，不过一下子不能得手。我偶然撞到了她，整个屋子都是偷来的东西，洗衣粉、我的旧衣服、小花瓶、拖鞋，甚至还有拖把布、海绵、手套，总之一句话，就是一个大仓库!”

“还有呢?”

“还有，你说，谁能惩罚她？我用了好几个月才把那些证照的文件补全，上帝知道还有谁在我这把年纪还满世界跑……”

“新拉丁美洲人戈林……”

“精确！不过更糟的是，现在偷我东西的这个女人在我这里已经干了10年了，我给她付的钱不少，而且还关心着她……”

“这有点不可思议!”

“确实。”伊丽莎白同意我的说法，“不过当地人都是这样，一丘之貉。几十年都过来了，早已经习惯了……”

“你说过的好市民就是这样的呀。”

“这已经很好了。”戈林突然在电话那边笑了起来，“也不算很糟嘛，只是说谎、偷东西、迟到。顺便说一句，你们准备什么时候去饭馆？你别想，由我来付账，我说过了!”

我们约好晚上 9 点见面，但才 8 点多就已经身不由己地出发了，因为伊丽莎白和雷措开着一辆红色的运动型轿车已经到达了酒店。

自然，在车上我们聊着库斯科和马丘比丘的见闻。雷措开着车，他欢快地握着方向盘，他的妈妈也不给他翻译。不过，从愉快的交谈中可以看出大家情绪不错，彼此都很满意。

我们来到一个豪华的咖啡馆门口，门口铺着鹅卵石。伊丽莎白领着我们走进一个灯火通明的大厅，里面很吵，小孩儿们喊着，在桌子间追着跑着。

“这儿是个很民主的地方。”戈林说道。服务员把我们领到一个不大的木桌边就座，木桌上面铺着的桌布是一张可口可乐广告纸，“这儿的东西特别好吃！还有，你看你这么瘦，我想让你多吃点，能吃多少吃多少。”

整晚伊丽莎白和雷措像阴谋家一样不停地互相使着眼色，晚餐最后，我们吃饱了“利马最好的小鸡”后开始喝茶。戈林对儿子悄悄地说了些什么，雷措随即就出去了，回来时手里拿着一包东西，伊丽莎白自豪地拆开了它。让我和谢尔盖吃惊的是他们不知从哪里拿来了一套秘鲁的纪念品。伊丽莎白送给布拉维尔曼一个木质的雕像——一个穿着驼羊绒的印第安小丑，这是当地典型的秘鲁式手工艺品。她给我则买了亮橙色的驼毛毛衣，就是她在商店一直劝说我买的那种毛衣，也让我试过的。毛衣刚刚合适。伊丽莎白拍手称赞，余光瞟着谢尔盖，想要看看他是否真的喜欢印第安小丑雕像。在拥抱和亲吻之后，从外人的角度看，我们像是一个和睦的大家庭在参加周末晚会，伊丽莎白继续翻着大包。

“看！”伊丽莎白满意地把一个贴身小钱包放在我和谢尔盖面前的桌子上，“我们在这里面装钱，贴身藏在衣服下面，小偷一点都摸不着。”

我们两个表示了感谢，当然这样的细心与关心让我们都很意外，她曾热心地提醒我避免“红色手提包”的危险，我答应她立刻把我的包换成这个贴身小包。她打开这个小包，里面装满了当地的糖果和巧克力。

“你们应该拿着！我们秘鲁的糖果和巧克力绝对好吃！”

带着这些礼物我们走出了咖啡馆。雷措把车开过来招呼我们上车。伊丽莎白待在咖啡馆旁边等他回来，她已经安排好了，让儿子先送我们回酒店，随后再把她接回去，因为她家和酒店在相反方向，再说车子也不是很宽敞，这样的话大家都能坐得舒服点。

我们依依不舍地在咖啡馆前的台阶那儿与她告别。此刻她的脸像中国传统京剧中的脸谱，过去京剧里面都是男扮女装。她那看起来松弛的皮肤好像抹上了白色的面粉或黏土，玻璃珠似的眼珠散发着光芒。的确无法形容，似乎这双眼睛不会错过周围世界的任何一点细微的变化，现在更是已经看穿了这个世界的本质。那双眼睛里面有什么呢？空虚？慢性疲劳？这些年对人情世故的绝望，对住在陌生的、不习惯的、反常的世界中的一种绝望？这双眼睛在主人的内心深处又看到了什么呢？

车子在启动时，我看到伊丽莎白在向我们挥手，不过不知道她看没看到我们也在向她挥手致意。在我们的汽车要转弯的最后那几秒，我难过地看着这个黑色的身影，它像一只企鹅一般站在利马充满着灰色雾气的山脚下，逐渐消失在周围的黑暗中，黑暗笼罩着她，与她融为了一体，成为不可分割的一部分……

贝蒂娜·戈林

——仙人掌中的羽扇豆

找到贝蒂娜·戈林比劝说她拍摄要容易得多。在被批准可以拍摄之后，我的纪录片正好被以色列导演哈诺· 泽耶夫关注，他拍摄过许多与大屠杀有关联的人物后代的纪录片，这些纪录片令人感到很沉重但充满了正义感。

我不知道他在自己的纪录片中为什么选择贝蒂娜·戈林作为主人公，把她与那些德国和波兰集中营营长的孩子们、与那些遭受迫害的犹太人同等对待。但事实就是事实，在我之前国外纪录片已经采访了贝蒂娜，尽管拍摄年代已经非常久远，但一切仍然记录在册。我觉得如果要请求哈诺·泽耶夫帮助我去采访贝蒂娜就意味着承认自己的无能。

所以我决定自己去找到她。问题在于互联网上关于她的信息只有她的姓，也就是第三帝国元帅的姓，新墨西哥州的信息搜寻页面对我的问题甚至冷淡地抛出了一句“没有找到”。我想她很有可能是在隐姓埋名地生活着。

一天，在网上我突然看到了沙蒂·巴瓦尔特写的随笔《宽恕之地》，她是一名作家，同时也是一名心理医生。不过，巴瓦尔特女士的文学天赋和医生的技能并不能引起我的兴趣，使我感兴趣的是沙蒂·巴瓦尔特是德国人，而她正好在地球另一端与贝蒂娜·戈林相邻而居。

> 贝蒂娜住在梅萨山顶一个有着绿松石颜色窗框的自建房子里。该地地处沙漠中心，非常幽静，鲜有人来，后院里开着野生羽扇豆和肥美的新墨西哥向日葵。火红的印第安花朵生长在仙人掌中间，栅栏周围的花朵也被仙人掌包围，只要你一表现出对花朵的兴趣，那些仙人掌就仿佛要刺进你的身体中一样。

女性的感伤散文中间蕴含着特别的异国情调。我尝试通过那些烦琐的英语字母去理解这句话，然而仙人掌的刺却吸引了我的注意力，同时也变成了查找贝蒂娜实际情况资料的绊脚石，这些资料我本来应该早就发现了。“仙人掌中的羽扇豆”这个意象一直深深地印在我的脑海里。只是还应该弄清楚，贝蒂娜是否与第三帝国元帅戈林的其他孙辈认识。或者这只是作者非常喜欢的一种比较形象的说法。

印第安人在这个地方种满了低矮的松树，为了喝一些旧浴盆里积蓄的雨水，一些鹿群会靠近房屋，而放在那里的旧浴盆不是因为忘记拿回去了，而是为了专门积蓄一些在新墨西哥州十分罕见的雨水。月圆之夜，狼群低声嗥叫，嬉闹着，奔跑着，经过平坦的高原，从一座山跑向另一座山，狼群那令人惊恐的嗥叫声在峡谷中回荡。峡谷中流淌着一条小溪，它是牛蛙（蛙科动物中最大的代表之一，长度可达到25厘米，成年牛蛙平均体重450克）、蜥蜴、兔子和其他动物的重要水源。冬天雪松闪着耀眼的光，周围的一切变得非常炽热，而那些从林中屋顶散出来的烟此刻也由甜得腻人变得辛辣刺眼。强劲的风追赶着风滚草，而草也从黄色变成了褐色，风直到栅栏的旁边才停止。

新墨西哥州位于美国的西南部，与摩洛哥处于同一纬度。夏天干燥炎热。尽管如此，冬天这里还是会下雪，因为我们住的地方海拔有七千英尺。①

贝蒂娜是我的邻居，是很亲近的邻居，我们之间的距离只有几公里。贝蒂娜·戈林有着消瘦的脸庞，浅色的头发，充满活力的眼睛。她一闪而过的笑容就好像静谧的风景画上飘浮的白云的影子，她的门牙与美国人典型的牙齿有些不同，这也就完全证明了她的祖先不是美国人，证明了她跟我一样出生在德国，她祖父的哥哥是赫尔曼·戈林……

这是一个与世隔绝的世外桃源。我认为贝蒂娜做出了一个正确的选

① 1英尺相当于0.305米。

择。而自称为是她邻居的沙蒂自己并不知道，她是我唯一的希望，是我穿越无数个国家在无尽的海洋与湖泊中寻找那个谜一般地住在仙人掌中间的女人的唯一希望。

我住在梅萨山脚下，贝蒂娜住在山上。在我看来新墨西哥州离德国很远，远到我已经跟我的根、我的母国文化分隔开了，远到我自己都相信我难以与祖国的同胞相遇。确切地说，我是偶然与赫尔曼·戈林的孙辈相遇的。在最初的几年中我不知道她的出身和她身上沉重的负担。我们偶尔会遇见，但我们之间的关系仅仅停留在见面时出于礼貌的互相问好……我是在与一个朋友吃午餐的时候得知了贝蒂娜的出身："贝蒂娜·戈林，她是希特勒亲信的孙侄女，在很多年里她被视为继承人……"需要说明的是，我也是出生在"二战"刚刚开始时期的德国人，由于"二战"，我的心灵和我个人都受到了创伤。一直到今天我都无法在谈论大屠杀的时候抑制住自己的悲痛，而这已经是在上述事件发生的60年后了。从我的出身和文化传承来说我也是一个罪人。

当我沿着从峡谷延伸过来的土路驶向圣菲的时候，几只狗飞快地跑到公路上嬉闹，几乎碰到我车前的保险杠。我停了下来决定等一等，直到它们玩够，这时候一辆汽车开过来，停在了我的旁边。我摇下窗户看见贝蒂娜在那边看着我。从第一眼看到彼此我们就明白我们的命运将紧紧联系在一起。

"沙蒂，我听说你对我很感兴趣?"她问道。

"贝蒂娜，我想跟你聊一聊。"我回答道。

在阅读随笔的时候我认为沙蒂把事件写得过于理想化了，夸大了贝蒂娜的痛苦。她应该拒绝纳粹后代身份这样的压力，应该为自己的内心找到安宁，除非她太有责任感。为什么她一个正常的成年人非要把别人所犯的错误强揽在与这段历史毫无关系的自己的身上呢?

贝蒂娜本人出生在1956年，那个时候她的祖父已经在监狱里被关了10年。从逻辑上分析，所有微小的罪过在高级法庭上都已经判定，也就是说她的祖父必须为自己的累累罪过担负责任。我很难判断，贝蒂娜除了知道自己祖先的罪孽以外是否还相信其他什么。她的祖父到底给她带来了些什么，何况她早就离开了伤心地。

在随笔中沙蒂·巴瓦尔特关于这些什么都没说。

更为奇怪的是，作者在随笔中没有去掉那些引号，也没有进行必要的辩解。在这种情况下就显示出了她自己对于贝蒂娜本身的态度：

> “我的父亲非常崇拜自己的叔叔赫尔曼·戈林”。贝蒂娜这样说道，“我觉得我不能再延续自己的后代了。为了不要再生出更多的怪异人，为了让这种血缘在我这一代终止，在30岁的时候我做了绝育手术。是的，这是最根本的解决办法。顺便说一句，我的哥哥也是这样做的，但做这样的决定之前我们没有提前商量过!”

这个新的发现充满了戏剧性的悲情和轻微的挑衅，我感觉有些好笑，并对它产生了一些怀疑。确切地说，我认为这是愚蠢的做法或者是个人问题。我对贝蒂娜的个人成见也许是因为是我知道太多痛苦的遭遇。我记得关于这个我正好与尼克拉斯·弗兰克交谈过，他是占领波兰的汉斯·弗兰克纳粹头目的儿子，他的父亲在1946年10月16日在纽伦堡被处以绞刑。当我与他一起行走在暮色苍茫的纽伦堡的时候，尼克拉斯的手指夹紧了烟，突然对我说道：

“糟糕的是，你不愿意把自己的生活变成戏剧作品，尤其是悲剧作品，但这由不得你。例如，臭名昭著的暴虐狂约瑟夫·门格里曾躲在奥斯威辛的囚犯之中，他的儿子知道战后他的父亲隐藏在什么地方。这一点不仅他知道，而且所有人都知道。甚至摩萨德情报局进行了一系列积极的工作抓捕门格里。特殊的是他的儿子就是律师，他直接的责任就是在法庭上供出自己的父亲。也许他每天早晨都在想要不要供出自己的父亲。无论他做出何种选择，最终从各种角度看都具有强烈的戏剧色彩。”

“如果你指的是罗立夫·门格里，他做出了自己最终的决定……”

“最终没有供出自己的父亲。”

“他的父亲1979年在巴西安然地去世。一转眼这么多年过去了，暴虐狂的儿子将去奥斯威辛并且带着自己的歉意……”

“为什么带着歉意，是因为他没有供出父亲?”弗兰克平静地问道。他高高地仰起头，吐出香烟的烟雾，使我忘记了继续有关这段历史的话题。

“罗立夫·门格里替父亲道歉，用他的话来讲，直到生命结束他的父亲也没有任何忏悔的意思，而并非是他没有把父亲交送给摩萨德或者其他什么人。”

“也就是说他只是感到遗憾，那去奥斯威辛的结果是怎样的?”弗兰克强忍着不使自己哈哈大笑起来。

“是的，他只是感到很遗憾。”

根据贝蒂娜的一系列相似的悲惨经历来看，这位戈林的远亲间接地向我证明了她与第三帝国元帅的关系如同地狱一般。当然，我们所知道的仅仅只是表面上的东西，而那之下所隐藏着的，需要我们另外去搞明白。

贝蒂娜作为纪录片中的主人公是非常合适的。我突然对这个写出“仙人掌中的羽扇豆”的沙蒂·巴瓦尔特产生了兴趣。兴趣是那么的现实，不仅因为她是贝蒂娜的朋友和邻居，而且还因为她是她的心理医师。沙蒂能够在纪录片中展示出一个很好的人物形象，她是贝蒂娜的熟人，她们在一起，贝蒂娜也会感到更加轻松。

我坐下来开始写电子邮件，尽可能地表明自己的意思和期望，点击了“发送”键。我预先已把《宽恕之地》作者的地址输入了进去，这个地址是她留在私人网站上期待收到对自己作品的反馈以及公正的批评的。

果真在第二天我就收到了亲切的答复：

尊敬的塔季扬娜：

我被您专心从事的工作以及您的职业素养打动了。我个人认为我有责任告诉您关于那些在战争中存活下来的孩子们和妇女们的情况，他们因为自己在历史中的地位而感到为难、尴尬，当然，我已经准备好把一切都告诉您！

同样，从贝蒂娜的角度我想感谢您邀请她参与该纪录片拍摄，对于我来说这简直是一种荣誉，对此我非常激动！当然我将参与并且尽我所能帮助您！

谈到贝蒂娜，应该说我们暂时没有与她联系，因为准确地说两周之前我正好送她去泰国度假了，她要去那里待三个月。但您不要为此感到难过，我敢向您保证，她不会拒绝拍摄纪录片的，我也将努力找到她在当地的地址、电话或者电子邮箱地址。我清楚，贝蒂娜的缺席将会延迟您的方案的实施，但我也无计可施。不管怎样，最重要的是我们的最终目标。

我知道，关于我和贝蒂娜熟识之事您是从《宽恕之地》中了解到的，对此我感到非常荣幸。毫不夸张地说，网上的这些随笔在当地的评选中一直占据首位，并且很快就会在一些文选中发表。您知道最有趣的是什么吗？正好我现在在写一本传记，它的名字是《一只脚跳舞的人：在纳粹德国的成长回忆》，让我惊奇的是我们的主题是那样的相似，主题都是关于纳粹主义。我没想到，除了我之外还有别人对这个话题感兴趣。也许感兴趣的是我们，我还有生活在圣菲最边缘的贝蒂娜。与居住在城市环境中的人相比，仙人掌更能改变人们的想象力。

我再一次感谢您这个提议，接下来几天我将会找到贝蒂娜，把您的方案告诉她。您把采访的简要计划寄给我，主题是关于罪行的重负或者是其他的什么主题？

衷心祝愿！

沙蒂·爱卡·巴瓦尔特

注：我认为，我的父亲汉斯·洛伊斯列尔不是纳粹分子。我暂时没有找到以希特勒的名义于1944年授予他的荣誉十字奖章和证书。

在收到沙蒂的信的几天后，信箱里又出现了一封信，该信件的寄件人在地址那行写着的好像是贝蒂娜·C（以C开头的单词就是我一直想知道的贝蒂娜的姓）。信的内容很短，找不到任何文雅的词语、浪漫或奇怪的图案。内容如下：

你好！很高兴得知在这个世界上还有人想继续“二战”头目的研究。我一直犹豫是否要加入你们的计划，但是沙蒂说服了我，所以我很乐意与你们一起工作。再见！谢谢你！

贝蒂娜

看来第三帝国元帅戈林的孙侄女住在美国已经很久了，她的信件本身就已经说明了一切。她的信有着美国式的简短、直白，没有一丝的多余。真正的德国人由于自己的遗传因素，会机械地折磨自己，我清楚这一点。我们与冯·里宾特洛甫通过很多信件并且传真过一些官方正规表格。这种远距离的不正常交流方式，没有其他人能够想得出来。

我们还是回到贝蒂娜和沙蒂的话题上来。把这个新想法列入方案中是完全正确的。我还从《宽恕之地》中摘录了一段话如下：

几周过去了（在路上相遇之后），贝蒂娜来我家喝茶（做客）。“我需要学会原谅、宽恕自己的民族，我对德国和德国的历史抱有巨大的同情。”贝蒂娜这样说道。我向她承认道：“你的坦诚帮助我容忍了自己的出身，使我现在能够更加坦然地谈起自己的过去。你感染了我，我感到自己心里的冰块在渐渐地融化。”

我很想告诉你，我理解是什么折磨着这些女人，使她们从一个大陆跑到了另一个大陆，从春天四处生长着绿油油的白桦树的祖国来到这长满了仙人掌和灌木丛的沙漠。

我更想告诉你，我理解少言寡语的贝蒂娜和多愁善感的沙蒂。但终究我还是没有搞明白，甚至冲破了自己狭隘的思维范围，最终也还是不能够理解。唯一能够指望的是，我能够感受到这些陌生人的处境。

就这样，5 月 7 日我与谢尔盖·布拉维尔曼来到了新墨西哥州。在城里的时候我请求出租车司机在卖报纸杂志的地方停了下来。我的同事不解地看着我，但是他还是下车来舒展了一下身体。我买了《圣菲·新墨西哥》报纸后我们继续赶路。

“上面写着什么？”SS（谢尔盖）讥讽地问我。

“上面写着，我们来了。”

“还有什么？”他打了个哈欠。

“写着我们到了。”

“这一点也不可笑。”他告诉我。

“我不是在说笑。”我把报纸塞给了他。在《二战纳粹分子的亲戚与战犯的憎恶斗争》这个标题下，第一段话是这样写的：“俄罗斯电视台摄影组在这周抵达圣菲，为了《纳粹战犯的孩子们》这部纪录片的拍摄而采访当地的两个居民。”

“真是扯淡。”

“听着……因为……第一频道……”我一行行地看着报纸，“这里有一段摘要出自我与沙蒂的信件……”

文章的作者名叫汤姆·夏普，是《圣菲·新墨西哥》的记者。沙蒂以前也告诉过我，可能他会做了一些关于她与贝蒂娜的报道，内容包括为什么俄罗斯人突然对纳粹头目的后代和亲戚感兴趣。但我天真地以为，这些报道的字数不会比一篇正常的悼词多，我也没有考虑到，我的个人书信将会被透露出去，贝蒂娜与沙蒂的照片会在头版，接下来就是“俄罗斯摄影组”和更多的后续。

“她们那里真的什么都没有发生吗?”

“贝蒂娜·戈林和沙蒂·爱卡·巴瓦尔特在这个州已经生活了20多年，但是她们彼此互相逃避，直到不久之前才开始了联系。”

一切迹象表明，我与沙蒂的书信往来打扰到了贝蒂娜的生活。当这位第三帝国元帅的后代从泰国回来的时候一定被记者们包围了，其内心的不安和想法无法得知。一直小心翼翼地隐瞒着自己身份的两位女士，突然之间把自己的身份公开给了整个州的人，而我似乎偶然间促成了这一切。她们最终决定告诉所有人，不管他们知道还是不知道。后来沙蒂承认，首先公开身份的人是贝蒂娜。她们过去曾经谈论过这个话题，那时贝蒂娜似乎还不赞成公开自己的身份。她说：“你看，过去德国人对犹太人做了什么，今天在以色列依然如故。”这个补充让我的嗓子一紧，这比布拉维尔曼脸上的惊讶表情更为可怕。

以下这些都是作者汤姆·夏普所述：

> 根据巴瓦尔特与戈林的观点，纳粹德国不是现代历史中唯一的罪恶个案。例如，美利坚合众国就曾经毁灭了许多印第安文化，奴役了很多黑人。

站在自以为正经的美国人的角度，所有人都清楚这一点，那就是不应该涉及奴役印第安人和黑人这一话题去伤害其民族自尊心。但是这两位德国女士却与众不同。她们坚决地走出了阴影，而且还会继续做自己该做的事情。这一点是毋庸置疑的。美国人对文章有各种反应，贝蒂娜提前预料到了这些。她在头版亮明自己的身份以后，希望隐藏自己的新姓名这个秘密。

还有另一个秘密。

她的哥哥也住在这里，但是贝蒂娜说他不想出现在公共的视线中。她说："哥哥很忙，他很赞同我的所作所为，但是他不愿意成为大众的焦点。"

不知何故，贝蒂娜所谓的这位神秘的哥哥从一开始就引起了我的兴趣。这位谜一般的人物，始终躲在妹妹的身后，我们甚至连他的名字也不知道，但他就像奇怪的影子一样在妹妹出现的地方出现。

这就是那篇关于贝蒂娜的报道。这个报道以我不太喜欢的方式结束：

在被称之为家庭间歇精神疗法的帮助下，她说她成功地感受到了纳粹分子对俄罗斯曾经的伤害。

我内心非常后悔，在酒店的阳台上哭了起来……不知何故在下一封信里我写了"二战"中遭受苦难的俄罗斯人民，这是我原本不想说的！我不希望贝蒂娜一下子把所有一切都扯到自己身上！我不是以色列导演，我不愿唤醒她心中的耶稣基督，不想让她因所有人而痛苦，更不想让她为所有人祈祷。

一整夜都未能合眼。在圣菲奇马约饭店吃过较晚的早餐后，在饭店的大厅，侍者给我们每人送上了一杯加冰的水，这在这个气候炎热的州很正常。太阳透过干净的窗户玻璃烤着我们。我与谢尔盖讨论了与摄影师斯图加特会面的事。考虑到我们拍摄纪录片的预算非常紧张，没有任何的多余，我需要在当地的居民中寻找拥有设备的摄影师。不用说，我的同行中没有一个人能给我在圣菲推荐一名像样的摄影师，因此因特网再一次成了我的救星。吃完早饭以后我在网上进入了"介绍自己"平台。设想一下，当你把所有希望放在一个只有照片和简介的人身上，你会是什么心情。但根据我们之间长时间的交谈，我感到真正的美国人拜尼先生是非常富有责任心和有条理的，他特别符合我的要求。

斯图加特是一位很可爱的中年人。在饭店的露天凉台上我们请他喝了一杯咖啡。他专注地听着布拉维尔曼说的俄语，对我的翻译并不很感兴趣。有时他伴随着我的翻译点点头并提出一些详细的问题，也会帮我选择一些确切的词语（当我长时间卡在“这个是”上，试图找到合适的词语的时候）。

你可以因为虚伪的笑容、快餐以及洛克菲勒中心的共济会标志而尽情地骂美国人，但是在这些人中有一些真正的美国人不像我们所认为的那样“缺少民族情结”，这里指的不是在军事工业、导弹方面，而是在价值观方面的不完整。斯图加特是第一个为我工作的美国人，是上帝遗忘在美国与墨西哥边境上的一个讨人喜欢的人。他看起来与我很像，自己当摄影师、作者、导演，但是又与我不同，他的收入主要来源就是摄影工作。斯图加特是一个久经考验的真正的战士，他多年来奔波在美国南部，从迈阿密到好莱坞再到墨西哥。哪里有人招呼他去干活，他就朝哪里奔去。

值得高兴的是，斯图加特最终提出了一个摄影师会考虑的问题，他所关注的是费这么大劲要去做什么。他是美国人，非常不情愿介入与自己无关的事情，做自己不喜欢的事，但最后还是决定了解一下我们是什么人、要拍摄什么、为什么拍摄（我已经提前简单地告诉了他主角的情况）。得到了详细的回答后他对戈林的姓氏做出了如此的回应：“是的，他是希特勒之后的二号人物，掌控着空军力量！”斯图加特对这个问题的认识（对于住在偏远地区的美国人来说已经算是非常丰富的见识）使我深受触动，我忘记了自己的英语词汇和语法的问题，简短并且充满激情地告诉他我准备与美国人民分享战胜希特勒、戈林及其同伙的喜悦。试想一下，假如没有反法西斯战争第二战场的话，结局最终会是什么样子。

与斯图加特告别时我们约好在 5 月 9 日见面，我们计划一天后开始我们的合作，因为沙蒂与贝蒂娜希望我们的第一次会面不要那么正规，更不能拍摄，所以在胜利日前一天我们应该与“我们的女孩们”认识一下。在读过当地报纸上刊登的那篇文章之后，我开始这样称呼她们。

与斯图加特告别之后，我和谢尔盖一起去散步。市中心广场离我们的旅馆大概 100 米，我们融入了这座节奏缓慢的城市。这座城市在春天的阳光下懒洋洋的，再过两个多月，灼热的阳光会烤焦这里的一切，晒干这片疲惫不堪的大地。我承认，当地的景点根本无法使我产生兴趣，因为它们不是印度和中国的古代文明遗迹。

也许正是因为这样，贝蒂娜·戈林在此找到了自己的栖身之处。她是一个德国人，却已经在圣菲居住了十几年。

城市中心到处坐落着低矮的两层土房，没有直角，只是环绕的圆柱形状。所有的建筑看起来就像不规则的圆柱形甜面包一样。周围只有太阳、天空、浅褐色的黏土。我想象着，在这些低矮的房屋后面是半沙漠地带，那里隐藏着格林特·伊斯特伍德；我想象着，离这儿不远的地方有印第安人骑在马上为自己的自由而战斗。突然，我转过了身。我发现，太阳光缓慢地爬了过来，在柱子的阴影下躲藏着十几个卖银质和石质工艺品的印第安人，他们好像是从美国西部惊险纪录片中走出来的一样。他们面前地上铺开的床单上随意放着不同种类的小件手工制品，好像是堆放着的垃圾一样。这些东西包括装饰品、烧制的具有民族风情的花盆，同样也有一些磁铁、挂钩、手镯等。所有明亮的、闪闪发光的东西好像是为了取悦作为这个地方土地象征的黑乌鸦。每一件小饰物都是一个部落的代表之作。他们中最多的是纳瓦霍人和祖尼人。有一些印第安人说这些都是自己、家庭、祖辈、部落生产的手工制品。

柱子下面写着“土著美国人所设计的总督宫殿方案”，现在这个大约 50 米长的柱廊是专供印第安人卖东西的地方。他们失去了自己土地的所有权。他们活动在这个地方，以求在这些柱廊中间获得一丝丝的安慰。

我问一位印第安人：

“这个项链多少钱？……不，不是这个，是更精致的那个。”

“1300 美元。”他回答道，一动不动地看着我。我一下子没有反应过来，绿松石银饰值 1300 美元！

“这是开玩笑吗？如果不是玩笑，那为什么这样说呢？”我向胖胖的穿着矫形鞋子的这位土著问道。况且装饰品的品相也不怎么好。

“这很正常。”他耸了耸肩告诉我。

我沿着那些摆着的商品继续往前走着。

“1000！”

“1500！”

“980，但给您算 970！”

不，我感觉自己就像是维尼小熊一样，这些商品虽然不是什么真正的蜂蜜，但是项链绝对不错，值得人去关注。

我与谢尔盖沿着圣菲中心走了几千米。更确切地说，是沿着城市周边走，到处都是路，无边无际的路，再走就什么也没有了。就这样吧，明天还要去见我们该见的人，也正是为此我们不远万里飞到了这里。

明天我们将会结识他们。

在拍摄之前交流既有优点，也存在着缺点。一方面来说，主人公与你变熟，这很好，他可以把最自然的状态展现在镜头前。而另一方面，也就是不好的一面，主人公有时候要把先前已经说过的话在镜头前再重复一次，这会使他们觉得很无趣，这一点会在纪录片中反映出来。

第二天早晨 10 点我和谢尔盖就开始焦急不安地在圣菲奇马约黏土凉台上走来走去。

“我们喝杯柠檬水吧。”我对谢尔盖说道，我想借此来打发掉一些时间。钟表指针已经指向了 10 点 15 分了。“看，她们来了！”我突然喊了起来，距离旅馆 30 米远有两位女士走来，于是我立即忘记了柠檬水的事。她们很快就到了，两个人有点慌张地环顾四周。是的，她们就是

《圣菲·新墨西哥》封面上的人物。

“贝蒂娜！沙蒂！”我像老朋友一样扑向了这两位有点紧张的女士。

“塔季扬娜！”沙蒂开心地叫我的名字。

“我给你说过，塔尼亚很年轻！看吧，我说得没错吧！”贝蒂娜对她的朋友说。随即又对我说道：

“你知道吗，沙蒂说你有四五十岁！”

我与贝蒂娜拥抱的同时，谢尔盖殷勤地亲吻着沙蒂的手，讨她的欢心，然后与贝蒂娜也重复了这种礼仪。

“我们去大厅吧，这里有点热。”贝蒂娜建议说。于是我们进入了凉爽、昏暗的酒店大厅，在那里每人都要了一杯柠檬水，大家围着木头桌子在狭小的圈椅上坐了下来。桌子边放着脖子上戴着鲜花做成的花环的圣母玛利亚。所有的一切都让我们感受到了墨西哥文化的影响，让我们觉得我们不是待在美国。

当贝蒂娜和沙蒂听我们讲述如何飞来、如何入住的时候，我一直关注着贝蒂娜，一刻也没有把目光从她的身上移开，她也微笑地摇着头看着我。

在汤姆·夏普的撰文中有赫尔曼·戈林孙侄女的原话这样说：“我比他的亲生女儿更像他！”我极力想找到她身上的一些相像之处。但在我看来，贝蒂娜更像是当地的印第安人，甚至一点都不像当地的美国白人。她与土著居民不同的只是她那浅色的眉毛，准确地说，就如同半沙漠地带的灌木丛，仿佛靠近它就搞得你满手灰尘。她的眼睛是明亮的蓝色，肩上披着半透明的长款披肩，下身穿紧身的牛仔裙。绝对不可能把她的外表与雅利安种族和赫尔曼·戈林联系在一起。她的脸消瘦窄长，太阳烤过的肤色（颜色是“铜＋黏土”的颜色，可能很多年生活在炎热的国家中的人不能很快地从一个树荫下躲到另一个树荫下，也不能很快地从一个空调房间躲到另一个房间里），突出的锁骨，额头上布满了长长的皱纹，习惯性微眯的眼睛里透露着聪明与机智。

她身材消瘦，皮肤紧紧贴着骨骼。在我看来，她都快被太阳烤焦了。

出于疲惫，她不停地打着哈欠，但却没有张开嘴。她伸了伸懒腰，伸展着修长的骨骼。看来她一点也不担心，甚至没有想过这优雅不优雅。是的，从另一方面能看出，她根本就没有往这方面这么想！她既没有化妆，也没有涂指甲，一点也不像日常注重保养的女性。而沙蒂却有着闪着玫瑰色的嘴唇，精致的睫毛盖住了黑加仑一样颜色的瞳孔。贝蒂娜两只手的无名指上都戴有戒指。但这些戒指都不太引人瞩目，这些顶多是银质的，看起来要比沙蒂在谈话期间一直把玩的那个宝石戒指普通得多。

贝蒂娜所戴的那些饰品，很难说是昂贵的印第安手工制品。她的耳朵上戴着做工粗糙的绿松石银制品（跟她的手帕一样的颜色），脖子上戴着褐色的项链，质地好像不完全是石头，好像是用塑料做成的，这与她手指上的黑色宝石戒指相呼应。紫色 V 领短衫露出了非常难看的颜色，一下子就可以看出质量、做工都不好；玫瑰色的包，不知道是不是皮质的，匆忙地藏在衣服下面，即使不是非常懂时尚的人都知道这样的搭配很不协调。

贝蒂娜脖子上青筋暴起，她的手纤细，手指细长。深褐色头发中夹杂着一些白发。她的浅蓝色牛仔裤在大腿处微微有些宽松，其实她完全能够让自己在这样匀称的身材下穿得更合身一些。她的双腿就像笔直的石条，没有任何的修饰和整理。当她的手没有揉着头发或手帕的时候，她就会不时地摇着墨镜。

沙蒂·巴瓦尔特是一位上了年纪的漂亮女士。她头戴一顶带着褐色蝴蝶结的黄色大帽子（帽子有点过大），穿着自己剪裁的女士短衫，有着保养得很好的黑发。黑灰色的方形耳环搭配着她的短衫和包。虽然沙蒂比贝蒂娜年纪大了将近 10 岁，但她没有被晒黑的皮肤看起来比贝蒂娜更加温柔、丰润和柔和。巴瓦尔特的声音也更加轻柔，而贝蒂娜作为戈林家族的女性同时具有尖锐和低沉两种嗓音。

贝蒂娜大口喝着柠檬水，喉咙里发出咕嘟咕嘟的声响，而沙蒂优雅地将杯子靠近嘴边，就好像在慢慢地品味着葡萄酒。

“我与沙蒂决定为您和谢尔盖安排一个轻松的游玩，领略一下圣菲中心的风光。像我们说好的那样，不带摄影师，我们需要彼此了解一下。沙蒂提醒过我，说您很好奇我是一个什么样的人，而她本人也在这个地方发现了一些特别的东西，我也很难解释是什么，最好还是我们亲自去看一看。

“明天我们可以开始拍摄。”沙蒂微笑着说，“只是今天需要做一个计划，我们应该从哪儿开始，怎样结束。或许你们会喜欢上这个城市里的某些东西！”

贝蒂娜是一位不拘小节、性格直率的女士。她突然站了起来，伸了伸懒腰，一口喝光了杯子里的柠檬水，依然发出了很大的声响。喝完后把杯子重重地放在了桌子上，第一个走出了酒店，在太阳下眯起了眼睛。沙蒂做出邀请的手势从凉快的阴暗处走到了我们前面有太阳光的地方。

现在的问题在于我对主人公了解甚少，我仅仅知道她叫贝蒂娜·戈林，她是赫尔曼·戈林的孙侄女，她做了绝育手术，不能生育，且住在荒漠中。还有一些信息可以加上，贝蒂娜出生于1956年，1991年移民美国，她有一个谜一般的哥哥。

贝蒂娜和沙蒂带我们来到了我们已经熟悉了的廊柱下面的印第安人市场。从昨晚到现在这里没有任何变化，到处都是汗流浃背、壮硕结实、不慌不忙的土著美国人。布满灰尘的饰品被放在熏黑了的床单上，那些床单沿着柱子依次排开。

“你经常来这里吗？”我问正在看那些饰品的贝蒂娜，她在犹豫是否要走近一点。

“不，我只是有时候陪来圣菲的朋友们一起过来转转，带他们免费参观。”

“你什么都不给自己买吗？”

“为什么不买？我有一些出自当地印第安人的东西，我给自己买了一副耳环。当然，不是在这里，这里东西太贵了！通常是朋友们送我饰品，我有很多手工做的这些东西，有很多镯子和珠子，它们都是别人送的礼物。当然不是那种贵重的，而是最简单却出于真心的礼物。”

沙蒂已经和土著美国人聊得热火朝天了，手上转着一个由黏土做成的小花盆，喜悦地叫了起来：“看呀，这多漂亮呀！这是普韦布洛部落的印第安人做的。”

“太棒了。”贝蒂娜克制住声音对她点头说道。

“这是真正的印第安人和他们亲手做的手工品?”

“是的。”沙蒂解释道，“但是直接坐在这里卖东西是不行的，还需要当地政府的许可。”

“银的价格突然上涨了。”贝蒂娜若有所思地说道，又好像在自言自语，“好了，我们走吧。”

我看着这位赫尔曼·戈林的亲属，心里想，赫尔曼·戈林曾经因为自己喜好收集其他国家的艺术作品而在被征服的国家大肆搜刮，并以“收藏家”的名义四处招摇。实际上，他并不能算作一位收藏家。我明白贝蒂娜与他完全不一样。她是如此简单的一个人，甚至我觉得她与第三帝国元帅是那样的格格不入。与自己的朋友不一样，戈林平静地走过了新墨西哥艺术博物馆后面的那些小小的玻璃橱窗，偶尔回答我们提出的一些问题，对于沙蒂对一些图画、小雕像、项链的评论也只是点点头，嘴里说着：“是的，很好。”

很明显，所有摆放在橱窗里的东西都没有引起她的兴趣，她更喜欢新墨西哥州的历史博物馆，在那里我们停留了几分钟，顺便在凉爽的大厅里躲避炎热，她伸手指着一些19世纪的黑白照片说了一些保护印第安人（也就是那些满身油腻、在总督宫殿门口卖东西的人）的话，以及有关自由、价值、爱情、美丽、蔚蓝的天空，特别是径直照射着圣菲圆柱形黏土房的太阳的话。她说，她只是在过着简简单单的生活，不想去思考那些虚幻的政治纠纷、金钱和土地争端等，这片可以非常悠闲地用双脚就能走完的土地上总是带有咸咸的汗水味道。贝蒂娜所说的这些话不是幼稚的宣言，而是非常的真实和正确。此刻她身上所蕴含的神奇魅力消失了，留下的只是戈林家族一位既普通又平凡的女性。

在曼尼美术馆的橱窗前，贝蒂娜在一块干净的玻璃面前走来走去，严肃地用手机与人讨论着什么。

“你一切都好吗？”在她挂了电话后我问她。

“是的，我只是告诉丈夫这里一切正常。他现在有歌唱课，随后我会在路上捎上他，我们一起回家吃饭。他需要吃饭，当你看到他你就会明白。他骨瘦如柴，似乎灵魂在身体上都无处可放。”

这样啊！贝蒂娜有丈夫，这太有趣了。

“噢，多么滑稽的鸭子！它来自迪士尼动画片！”沙蒂走在我们前面十几米远，看着橱窗说道。

“在哪儿？”贝蒂娜第一个对它产生了兴趣，兴奋地跑去沙蒂那里。随后她建议我们去一个小画馆，画馆的墙上挂满了动画片里的人物画像。戈林已经与那位坐在电脑旁戴着时髦眼镜的浅色头发的男人聊了起来，这位售货员大概有十几分钟都在回答贝蒂娜关于卡通文化的问题。他们的谈话突然在贝蒂娜的抱怨中戛然而止。看来她的父亲小时候禁止她看美国的动画片。

“父亲总是敲打我说：‘这些都是世界上最愚蠢的动画片，没有什么迪士尼！没有什么美国动画片，这些只能使你变成白痴！只有德国动画片才是真正的动画片！其他什么都不是！知道吗？’而我很想看美国动画片，在那里面有非常善良、勇敢的人物，幽默的场景。父亲对我是那样的不公正，那么的苛刻。”

“是的，是有些苛刻。”坐在电脑后的男人皱起了眉头。这对一个美国人来说是那样的不可思议。他一定在想他们美国动画片中到底有什么可怕的危险，“今天你可以放开看，想看多少看多少。”他说道。

“好的。”贝蒂娜点了点头，“说实话，我们家的网速非常慢，也没有电视。”

这个男人同情地笑了笑，摊了摊手。他并不知道，贝蒂娜的父亲是赫尔曼·戈林最年长、最喜爱的侄子汉斯·戈林，他是德国空军飞行员。

从小画馆出来，贝蒂娜一时还难以从动画片的话题里走出来。

“你知道吗?”贝蒂娜戴上墨镜隔开了我凝视的目光,“戈林本来也能够成为动画片里的角色。他是那样的胖,总是吵吵闹闹,说话爱打手势,但是他烧毁了许多城市,焚烧了成千上万人的遗骨,他无论如何也不可能被迪士尼世界所接受。我父亲如此地谩骂迪士尼,他完全是在帮助赫尔曼·戈林摧毁真正的房屋,毁灭现实的生活。”

戈林与巴瓦尔特带我们走进了一间凉爽的圆柱形黏土房里。沙蒂解释道:“这里以前是一座教堂,现在改成一个小的音乐厅。”里面所有的东西都是木头做的:舞台、墙、地板。在天花板上方有很长的木头房梁,墙上挂有壁画,每走一步,地板就会吱咛地响一下。

贝蒂娜的鼻子里发出哼哼的声音。

“你们更喜欢哪种音乐呢?”

这次她们异口同声地喊道:“当然是古典音乐!”

戈林补充道:“我当然也喜欢爵士和摇滚,但越听不同类型的音乐,我越发现我还是最喜欢古典音乐。我没有开玩笑,来找你们的路上我就在收音机上听古典音乐,你们能想到吗?收音机里播放的是肖斯塔科维奇的首场音乐会!一路我都在听他的音乐。的确,我非常崇拜俄罗斯作曲家。当然,我也喜欢德国作曲家,巴赫、莫扎特、贝多芬。”

“那瓦格纳呢?”我小心翼翼地问道。

“我不喜欢瓦格纳的,太过于激昂、奔放。希特勒特别喜欢他的音乐。也许,戈林也一样。”

“我最喜欢的作曲家是瓦格纳,是他那崇高的主题,接下来也许是莫扎特和贝多芬。当然我也喜欢海顿和巴赫,还有大小施特劳斯的轻音乐。”

“那现代音乐呢?”“啊!我讨厌爵士乐,但我也喜欢一些现代的东西……”①

---

① Гилберт. Дневник. С. 181.
吉尔伯特:《纽伦堡日记》,第181页。

贝蒂娜继续说道：

“我的丈夫在圣菲交响乐合唱团唱歌。也许就是这个原因我们听了这么多的古典音乐。”

“嗯。”我点了点头，心里在想，那你的哥哥呢？关于他怎么一句都没有提……

沙蒂用脑袋示意着那座最高的黏土房说：“我们去连斯克教堂吧！这座房子总共有三层，在阳光下闪着白光。它就是连斯克艺术中心。它于1931年建成。现在被改造成一个非商业中心，这里有讲座、舞蹈，可以看纪录片、歌唱表演，有国外的明星的，也有本地合唱团的，同样也会有大都会歌剧的现场直播。”

这座教堂有的窗户是尖拱的，有的是方形的，突显出摩尔式风格和西班牙文化繁荣时期的辉煌。打量这座巨大的圆柱形房子你可以发现，它的顶端有着古怪的雕塑装饰，就好像浆硬过的劣质衬衫领子一样直愣愣地竖着。我得出了一个结论，这个建筑是圣菲的文化中心，并且也是最重要的景点之一，这有点儿意思。

“说真话，它是不是一座非常漂亮的建筑？”贝蒂娜的声音传了过来。

“是的。”我同意。

她自豪地笑了笑：

“我丈夫有时候也在这里演唱。”

我们四个人沿着玻璃橱窗缓缓地向着阿拉梅达（河流）的方向走去。贝蒂娜坚持要去那里的树荫下歇一歇，缓口气。遗憾的是，这个季节的水流才刚刚汇集成一条小溪。贝蒂娜和沙蒂建议我们在一个石头圆桌旁的凳子上休息一会儿。

“这就是圣菲。”沙蒂笑着说，“这是一个神奇、美妙、适宜疗养的城市。空气十分清新。从山上看多么美啊，是真正的一幅风景画！”

贝蒂娜点头同意，补充道：“我想，以前这里完全是另一番景象，大概20年前这里是典型的、宁静的小城，人们彼此之间互相熟悉。而现在虽然人们也认识彼此，但这里来了很多外地人。在我刚搬到这里的时候，还没有这么多的外地人。”

我发现，贝蒂娜说这些话的时候有些小心翼翼，就好像刚刚开始走钢丝的杂技演员，在极力保持着平衡，她仔细地琢磨着每个词语，反复地寻找恰当的语调。

“贝蒂娜，你觉得你已经成功地成为一名美国人了吗？”

对于我的问题她开始了认真的思考，她小心翼翼地看着谢尔盖手上的摄像机说：“我的丈夫已经变成美国人了，他已经获得了美国国籍，而我还在申请中，这就是我为什么有些顾忌的缘由……”

谢尔盖把摄像机直接放在了面前的桌子上，贝蒂娜微笑地看看他平静地说：“你们知道吗？我本来也应该可以获得美国国籍的，我在很早以前就可以得到，五年前我提交了一份申请文件，但是我无所顾忌的言谈和举止让他们拒绝了我的请求。过去有过许多这样的先例，因为一些愚蠢的话语或行为美国人会拒绝授予人们本来应该得到的国籍。因此我不太愿意在镜头前说我来美国的具体时间。因为我来这里的时间比证件上写的时间要早，大概是20年前。我这样做你们能理解我吗？在镜头前不要说太多敏感话题。我们可以继续吗？”

“当然，没问题。我没有强迫你的意思。”我点点头回报了一个微笑。

我产生了一个疑问：她的此种小心谨慎与汤姆·夏普在5月7日的杂志中发表的她那关于印第安人的种族灭绝、以色列的政治等尖锐的话完全矛盾。那个时候她难道一点都不害怕吗？

这是第一个矛盾点。

肯定不会是最后一个。

在去下一个地方前我们去吃了点东西，在距离我与谢尔盖住的酒店不远的地方，沙蒂已经在圣菲最有名的一个餐厅订好了位子。

“我们现在在拉·卡萨·塞纳。”沙蒂一边告诉我们，一边带头钻进了黑暗之中。我们好像在一个带有花园的方形院子里，它的中间有12张非常大的桌子，桌子上方都撑着可以阻挡中午酷热阳光的白色大伞。胖胖的负责人正在告诉我们这个时间最好的位子在哪里，沙蒂向他挥了挥手。他很快给我们每人上了一杯柠檬水和一份菜单，两位女士开始愉快地向我们推荐当地的美食。

午餐结束的时候，我们每人都喝了一杯咖啡，贝蒂娜除外，她要了一杯茶。

“把纪念品送给她们吧！”我低声告诉谢尔盖。

谢尔盖打开背包取出了我在来圣菲之前定做的两个头巾。我们把巴甫洛夫斯基镇产的灰蓝花色的头巾送给了淡灰色眼睛的贝蒂娜，把红色图案的头巾送给了黑头发的沙蒂。礼物让她们异常兴奋，这完全出乎她们的意料。

“这是羊毛的吗?”贝蒂娜问道，她已经用头巾把自己裹了起来。

“是羊毛的。”

“太好了，非常感谢，你的眼光太好了!”

沙蒂一边感谢我们一边打开了自己的礼物：“哇！好暖和呀！我可以戴它度过漫长的冬夜了。”

“我想起了我父母相遇相识的故事。”贝蒂娜微笑着说，“我的妈妈伊丽莎白以前有自己的服装作坊。直白点说，我妈妈的家属于那种热衷于反纳粹的家庭。我的外祖父战争期间在自己家的门口挂着写有‘我喜欢犹太人’的牌子，他的职业是律师并且一直为犹太人辩护。当然，因为这个原因，他与盖世太保曾有过冲突。战争结束后人们不再定做衣服，更喜欢直接买成品服装。1954年妈妈的服装作坊不断亏损，这时候一个人出现了，妈妈当时没有料想到，此人就是赫尔曼·戈林的侄子——德国空军飞行员，并且在苏联做了许多年的俘虏。就这样他们认识了，也开始了频繁约会，并于1955年结婚。就这样，我在1956年出生了。”

“你为什么回忆这些呢?”沙蒂问她。

“因为头巾，由头巾我联想起了衣服的事，一下子就想起了妈妈的作坊，收不住了。”

“你妈妈的父母真的是反纳粹者吗？这可能吗？或者说，这一切都是谣传?”

“不是谣言!”贝蒂娜大口喝着茶，“我从小时候就更喜欢我妈妈的家庭，我无法忍受我父亲家族的亲戚。而我的奶奶……这完全又是另一个话题了！爸爸的母亲坚决反对我父亲和一个普通女人结婚，更何况她的父母在战争期间还帮助过犹太人……奶奶的骨子里依然还是一个纳粹分子。”

“那你的父亲呢?”我问道。

“是的，你父亲呢?”沙蒂瞪圆了眼睛重复了我的问题。

“不，我的父亲汉斯·戈林在战后已经不是什么纳粹分子了。他只是一个性格温和的糊涂虫。总体而言，是一个不错的人，但……”

“你刚刚说他当过苏联人的俘虏。这真令人好奇。”

“你好奇的是他为什么成了俘虏吧，他只是因为事故不得已迫降在了苏联境内。我清楚自己的父亲，他总是活在自己的世界里，对什么都马马虎虎。我可以很肯定地说，事故的原因绝不是他视力不好，最大的可能是他没有预计到燃料的不足。这也是他的一个特点，任何时候都不会向前考虑。因此他在苏联待了好几年，详细的情况我也不太清楚。我知道的是，他曾三次越狱逃跑，但又都被抓了回去。我知道他干了很多活（他从小就没有干过这些，也没有学会干苦力活），不知为什么他们让他去挖冻土。但是当他终于回到家的时候，他没有说过任何一句埋怨苏联人的话，至少我不记得他在谈起苏联人的时候有过丝毫的怨恨，尽管被俘期间他的生活过得很不愉快。他憔悴地回国，骨瘦如柴，但还是微笑着一次次重复着：‘我活着回来了，我已经非常幸运了，很多人都再也回不来了。’回国后，他开始帮助自己的母亲在农场养鸡，随后也去卖过纽扣。后来和我母亲相遇了，于1955年结了婚。他唯一的财富就是在第三帝国时期收集的硬币。但据我所知，在他生命的最后阶段硬币都用来还债了。这就是我知道的关于他的一切，希望能够满足你的好奇心。更多的东西，说实话我也不知道。”

“他们所有的人，戈林的家人，总是处于上层，与掌权者在一起，他们就像……”贝蒂娜试图找到合适的对比，“就像摇滚明星。我的父亲就好像伴随着摇滚音乐长大。当家族开始兴盛的时候，他还是个少年。他喜欢伯父，开着宝马摩托车，过着豪华奢侈的生活。不过赫尔曼所有的亲戚都过得非常奢侈。后来所有的一切都成为泡影。对于我来说一切都变得支离破碎。”

贝蒂娜沉默了。过了一会儿她喝了一大口咖啡说道：“走！我们去看看那边的教堂！”

圣弗朗西斯大教堂坐落在高处。它的周围耸立着一些雕像，包括圣弗朗西斯的雕塑，他的手指指着坐落在角落里的酒店大楼。教堂的前面有一个花园，花园里有许多长凳和纪念碑，这些纪念碑被铁栅栏围着，夜间栅栏会被锁上。贝蒂娜和沙蒂绕过了小花园，很快进入了教堂里面。

教堂里面的白色洗礼盘中盛满了圣水，水里倒映着拱门的影子。里面的装饰非常低调。如果继续往前走，就可以看到祭坛，但贝蒂娜和沙蒂却在洗礼盘边的木凳上坐了下来。

我问戈林：“你是信徒吗？”

她思考了一下，看了看已经磨损了的《圣经》封面。《圣经》也正从长凳的对面望着她。

“这不是一个简单的问题。我不是天主教徒，我不喜欢任何宗教，我不能忍受一部分人给另一部分人定出一些生存的规则。毫无疑问，我相信至高无上的力量，相信天命，相信毅力；毫无疑问，我是一个遵守规矩的人，但我讨厌被人利用，讨厌被放在宗教的条条框框里，使我屈从一些搞不明白的东西。不，这些规则在我这里行不通。”

当我们回到街上的时候，我发现天气已经变了。短短20分钟，天空就已经变成了黑灰色，并且乌云密布，预示着一场大雨即将来临。就在我愁闷的时候，狂风突然吹起了贝蒂娜的头巾，风使劲地刮着，试图把她的头巾扯走，但戈林却只是开心地笑着。

“嗨，你们为什么垂头丧气?”贝蒂娜大声叫着，“我和沙蒂有一个想法！我们决定现在先分手吧，我要去接丈夫，并且给他做吃的。晚上我们一起去饭店，怎么样？晚上沙蒂带着克洛德，我带上艾迪。”

这是一个不错的信号，也就是说这两位女士喜欢上了我们。

“太好了。”我和谢尔盖同意了。

“我们将会与你们一起庆祝。”贝蒂娜哈哈笑着，并试图从蓝色的头巾中挣脱出来，在大风中大声喊道。

“庆祝什么?”我不明白。

我看到戈林挑起了眉毛，大声喊叫的样子就好像我们被大风隔开的不是几米，而是几千米远。

“庆祝什么？当然是庆祝胜利呀!”像温斯顿·丘吉尔一样，她用中指和食指比出了一个V字形，代表着胜利。

晚上6点钟，我和谢尔盖穿着风衣，裹着围巾，站在酒店前的台阶上。天气并没有变好。

从楼上凉台那里传出了欢笑声，沿着台阶向上就能看到两位女士与她们的丈夫们。贝蒂娜的丈夫叫艾迪。我很快地瞄了他一眼，他个子不高，身材瘦小，以至于我现在都想给他一些吃的。虽然他是一位名副其实的纯正雅利安人后代，但外表看起来却一点都不像德国人。他有一双灰色的眼睛，稀疏的头发里夹杂着一些白发，留着一撮灰白的山羊胡子。他有一种傲气。而沙蒂的丈夫克洛德看起来就是一位地道的美国人，很健壮，留有浓密的胡子，他抬了抬帽子给我们打招呼。

“现在我们去饭店吧。我知道距离阿拉梅达不远有个很不错的地方，希望那里可以很好地接待我们。”

沙蒂和克洛德请我们上了他们的车，贝蒂娜和艾迪开着浅绿色的轿车行驶在我们的前面。

我们的车厢里充满了愉悦的气氛。克洛德谨慎地开着车，但他没有忘记微笑着给我们介绍圣菲这座城市、印第安人以及他们在此地的生活状况。他告诉我们在此生活的确不错，只是有时候感到有点无聊。克洛德是一位发明家，经常在美国杂志上发表一些文章，他研究宇宙空间，闲暇时间喜欢发明一些“对家里有用的东西”。

雨水顺着车前窗玻璃弯弯曲曲地流了下来，我看见艾迪把车停在了瓢泼大雨的路中央，挥着双手。克洛德从车里出去，过了一分钟喘着气回来了，咚的一声坐在了驾驶座上，告诉我们：“没有位子了。”

“所有人都在庆祝胜利日吗？”

“5 月的夜晚大家无处可去。”沙蒂告诉他：“算了，我们继续找吧。”

让我惊讶的是，这样的情况又重复了好几次，每过 30 米，汽车就要停一下，然后艾迪给克洛德做一个手势，不用说话就能明白是什么意思。最后我们终于找到了一家距离共济会中心不远的叫苏格兰风情酒馆的地方，它距离我们最开始想去的那家拥有好景观的饭店有 300 多米远。

桌子旁坐着三个纳粹分子的后代（戈林、她的丈夫和沙蒂），而我、谢尔盖、克洛德则成为他们的盟友。

贝蒂娜说了第一句祝酒词：“为胜利干杯！”

我们一起碰杯，大声地彼此祝福，就好像在庆祝新年一样。

我眼前浮现出了凯特尔那紧张、疲惫、消瘦不堪的脸庞，他坐在那里签署着德国投降书。我仿佛能清楚地看到他是怎样把自己的名字签署在文件上，现在我们正在庆祝他的投降。是的，我看到了这一切。

沙蒂碰着我的肩膀说：“今天要开心，你不会忘记吧？”

“我没有感到忧伤啊。”我老实回答说。

“明天我们将告诉你所有剩下的东西。”

“今天，说说爱情的话题！”克洛德就像喝伏特加酒那样自己灌下去了一杯葡萄酒。

“关于爱情就关于爱情。”艾迪一字一句地说完，开始讲起自己与妻子相识的故事。

“这是一段奇怪的过往。”他开始说道，所有在场的人都笑了起来，除了谢尔盖，因为我还没有给他翻译，“我的一个朋友竭力劝我去美国获得永久居住权。他打电话邀请我去他那里熬过‘最初的一段时间’。接下来的情景就像是一幅油画，我带着行李箱站在洛杉矶的约翰·韦恩机场等着朋友来接我。一个小时过去了，又一个小时过去了。我试着给他打电话，却无法打通。我站在那里想，我在这里还有其他认识的人吗?突然我想起来了另一个朋友！我开始拨他的电话号码给他打电话。电话另一端的朋友告诉我说：‘好的，我去接你。可是晚上我将举办家庭宴会，到时候你以客人的身份出现好吗?’就这样他来机场接我去他的家里。我们到他家的时候他的家里已经聚满了客人。就是在这个宴会上我遇到了贝蒂娜，我们的故事就那样开始了。”

“当你看到她的时候，你对她的第一印象是什么?”沙蒂喝了一口红酒，好奇地问道。

“当时的情形是这样的。我已经坐下来了，她从隔壁的房间走了进来。那个时候我想，多么有趣的女士啊!”

“别胡扯。”贝蒂娜有点尴尬，喝了一大口红酒。

“那你是怎么看艾迪的?”克洛德问贝蒂娜。

“我也在想，多么有趣的男人!”贝蒂娜笑着重复了艾迪的话。

现在该我提问了：“你们很快就找到了共同点吗?”

艾迪点点头：“是的！她需要驾照。朋友们送给她一辆车，贝蒂娜非常想学会开车。我承诺教她开车。所以这是多么严肃的交往啊，关键的切合点呀。说实话我有我的小目的。”

“当然。”贝蒂娜哈哈大笑起来，“实际上，我们的价值观很相似，我们喜欢同一种风格的音乐，拥有共同的朋友，所有的东西都令人惊讶的相似。”

“是的。”艾迪嘿嘿笑着，“我曾努力讲一些庸俗的笑话讨贝蒂娜欢心。在场的人都悄悄地离开了房间，最后贝蒂娜也走了。我意识到我犯了致命性的错误。”

“是的，这很滑稽。”贝蒂娜打断了丈夫的话。

“我企图就这样征服她。但是，后来贝蒂娜回来了并且告诉我说：‘你如果想和我继续交往下去的话，那就少说这种话。’”

“是的，真是一段美妙的时光。”贝蒂娜大口地嚼着一片鸡肉，试图把话说得清楚一些，样子就好像在练习发音，“我有过许多跟男性的浪漫经历，但都没能超过半年。后来我的女友邀请我和艾迪一起去吃饭，还叫了我过去的三个男朋友一起，你们能想到吗？所有人都是德国人，包括艾迪。”

“多么激烈的竞争呀。”艾迪笑了笑，吃起了意大利菜。

“你和艾迪绝对相配，连外表看起来都非常像。”沙蒂因为心情不错，再加上红酒的缘故哈哈大笑起来。克洛德俏皮地扬起小胡子微笑着，而谢尔盖则认真地听着我的翻译。

贝蒂娜喝了一大口红酒，突然说道：

“我现在变得有些没有闯劲了，总在逃避什么。你们知道吗？在你们来之前我一直都很担心，担心再次回想起这个话题。希姆莱的孙侄女卡特琳写了一本关于自己的祖父和堂祖父的书，并给书起名叫《希姆莱兄弟》，她书中的所有资料都来自档案馆，她自己什么都不知道。人们说，卡特琳是一位非常优雅的女士，她嫁给了犹太人，但她对于这个话题尽量不做出任何解释。因此所有人都开始说，她这样做的原因是因为集中营的事件使她在犹太人面前感到有罪。总体而言，卡特琳没有封闭自己，始终保持着与外界的联系，但她所谈论的也仅仅是她的书。希姆莱……多么恐怖的人啊。他是怎么被生下来的？”

桌子上一时被沉默所笼罩。克洛德聚精会神地瞅着桌布，沙蒂盯着自己的杯子，而谢尔盖没搞明白我的翻译，在无聊地研究着饭店大厅，我试着寻找另一个话题来调剂现在的气氛，但艾迪看出了我的想法却对我摇了摇头。过了几秒，他走到了妻子身旁说：“你能吃完我的菜吗？不知怎么回事我吃不下去了。”

“来吧，让我们再一次为胜利干杯吧!”克洛德小心翼翼地建议说。

新一天的早晨，我和谢尔盖又一次在圣菲奇马约的凉台那里数着自己的脚步（走来走去）。一会儿，我那带着微笑的美国摄影师出现在了台阶上，他迟到了10分钟。斯图加特带着歉意向我们解释，说今天通往市中心的一条道路有一段实行了戒严。我想，这大概就是贪睡的人给自己辩解所找的借口（让我惊讶的是，斯图加特说的情况随后被艾迪证实了）。我叹了口气，坐进了美国摄影师的车里，车上已经坐着斯图加特的同事鲍里尔·罗达科夫。他身材匀称，大概30岁，祖籍保加利亚。

我伸出手与鲍里尔握手表示了问候，随后递给斯图加特一张A4纸大小的地图，那是沙蒂在与我们分别前亲手给我画的，上面还写着：“没有它你们永远都找不到我。”在地图上用大大的字母写着“我们的位置”。

要到达巴瓦尔特女士那里需沿着老拉斯维加斯高速公路行驶12里，接着驶出高速路拐弯再沿着水泥路走几里。沙蒂和贝蒂娜住在新墨西哥州首都的边缘地带。

到达沙蒂那里我们迟到了一会儿。我们决定，先在沙蒂家房子周围拍摄一些小片段，随后大家一起前往贝蒂娜和艾迪那里，在那里拍一个长片段，沙蒂也参与其中，然后沙蒂就可以去做自己的事了，我们继续与戈林的亲属贝蒂娜谈话。

沙蒂的房子充满了想象力。它孤零零地建在距离水泥路100米远的一座小山丘上面，没有一点围栏的痕迹，没有电线、信号设备，甚至没有捕兽器。沙蒂的房子是圆柱形的两层黏土房。这场景一下子就使我想起了童话《三只小猪》。这样的屋子任何一只狼都可以轻易闯入，肆意掠劫。

我们和美国人拥有对空间不同的理解和感受。如果让你住进远离居民点、商店、药店的黏土房，没有栅栏，枕头下面也没有猎枪，你能舒适安稳吗？能吗？而且沙蒂的房子不仅是由黏土做成的，它两侧的墙还都是玻璃的，夜间打开灯，周围的偷窥狂就可以将屋内看得清清楚楚。

我看她锁上玻璃门觉得有些可笑，因为就连孩子都能想进去就进去，更不用说像好莱坞电影里的盗贼。为什么我会这么想？因为我们与这些美国人，不论是土著美国人还是非土著美国人，不同的不是从不聊政治和社会问题，我们之间的不同之处就是房子周围的栅栏，这就是我们之间最大的不同。

亚历山大·索尔仁尼琴曾在卡文迪什生活过，在佛蒙特州。初到那里，他用树木为自己圈了一片庄园，同时搭建了铁丝网栅栏，并装有监控摄像头，这是佛蒙特州唯一一个带有防护的私人领地。当索尔仁尼琴住进去以后，他告诉当地的居民不要怕他。其实邻居们并没有想去跟他交往的意思，他们不理解此人为什么不愿意欣赏如此广阔的森林，愉快地呼吸新鲜空气，而要把自己圈起来。最终他留给当地居民的印象就是“一个蜷缩在围栏里的俄罗斯怪人”。

沙蒂·巴瓦尔特非常喜欢自己的黏土房。它共有两层，并且带有凉台，凉台直通内院，内院建有她亲手设计的池塘。池塘里面绘有不同色彩的飞龙造型，还有喷泉、宝石，当然还有金鱼和红色的鱼，它们张着厚厚的嘴唇在水里到处乱窜。但最有趣的是这个池塘使得小山丘有了神奇的景观。沙蒂激动地向我们介绍：“每天晚上我都会走出来观赏星辰，天空是那样的让人着迷、不可思议。从我的第二次与克洛德的婚姻算起，我在这里住了12年之久了。我特别喜欢这里，喜欢这里的宁静，喜欢这里的原始。”

我打心眼里羡慕沙蒂，羡慕她不仅可以每天都看到这片神奇美妙的天空，而且还可以静静地观赏它。我觉得在她的房间里我会发疯的，特别是第一个晚上（什么破星星!）听到狼群的嗥叫声时，我全身不由得吓得战栗起来。我想，为了晚上能够安然入睡，我会建起高大的栅栏，哪管什么小山丘、山岩、树木和其他所有的美丽风景。当然，绝对不会忘记装好信号装置，布好捕兽器……

“噢，我希望把猫关在里面。”沙蒂在房子旁边惊恐地喊道，“我担心我们的猫基蒂。我们这里有毒蛇、美洲狮，还有狼群，它们都能把猫吃了。这里是野生动物的地盘。”

“是的。”我说，“我从没有见过比这里更原始、更荒芜的地方。”

沙蒂突然停止了“基蒂——基蒂——基蒂”的叫唤，补充道：“贝蒂娜·戈林住在比这里更荒芜的地方。我们到她那里还有将近10多里路。说实话，我去过她那里一两次，但是已经记不清路了。”

“我以为你们是邻居呢……”

“我们是最近的邻居。”沙蒂说着，放心地松了一口气，她已经发现窝在房间里的白色的漂亮小猫基蒂，“我们这里的‘邻居’不像你们所理解的‘邻居’。所有住在我们周围半径40里以内的人，都被称作是邻居。而我们与贝蒂娜之间仅仅只有10多里。很多年内我都不知道贝蒂娜住在这里。直到两年前我才听说赫尔曼·戈林的亲戚住在梅萨山顶上（而我正好住在梅萨山），我承认我被吓了一跳，我也曾经极力远离她。我们都是德国人，可我不想认识她，不想陷入我竭力逃避的过去，不愿再陷入我们的祖父和父亲所做的那些糗事中。可是她，一个德国女人，而且还姓戈林，就这样突然地出现在这里，出现在我的眼前！现身在沙漠之中。”

“这是一片未被开发、不宜居住的荒芜沙漠，但我热爱这片土地。你看，它是多么的原始，多么的宁静。如果上帝眷恋，有时候也会下雨。我非常喜欢这里的景致，这就是为什么我建了这栋房子。我用稀泥建造了这间屋子，也可以称之为‘多尔比’。在新墨西哥州，土壤是黏质的。是的，这里全是黏土。你可以用它烧制茶壶，你也能焚烧这片土地作为他用，就像当地的印第安人那样。贝蒂娜的房子也是自己亲手建的。我们现在就动身去看她自己所建的房子吧。”

我们已经坐进了汽车，沙蒂还在继续说着：“贝蒂娜非常直爽，非常真诚。有人可能会觉得她过于豁达，但这没什么不好，这是她的天性。她从来也不做作，也从不刻意掩饰，她总是展现自己真实的一面。她用自己的行动告诉你，要不就接受这样的我，要不就见鬼去吧！”

沙蒂的“仙人掌中的羽扇豆”这个隐喻的确是精妙。羽扇豆在这儿几乎是杂草或无人眷顾的小花，它的名称从拉丁文翻译过来就是“狼”，它生长在非常复杂的环境中，可以在黏质性的土壤里生存，甚至在半沙漠地区存活。贝蒂娜就是这株羽扇豆，就是这种带野性的花。她的根系没有那么深。她永远不会繁衍后代，因为羽扇豆从来不会结出什么果来。

我看着两层房子上那平坦的蓝色屋顶，觉得它好像比沙蒂的房子要高一点，但没有沙蒂的宽。房子实际上全由红褐色黏土建成，带有窄小的直角窗户、半圆形的阳台和栏杆。贝蒂娜此刻正站在凉台上朝我们招手：

“你们去了哪里？我都开始担心了，我一直在坡下等你们。”

“对不起，我们迟到了！”沙蒂一边停车一边透过驾驶座的玻璃叫道。

“我下来接你们。”贝蒂娜说着一闪身不见了。

我急急忙忙环顾了一下四周，房子旁边还有一对小小的圆柱形建筑，被称之为“会客房”“板棚”以及“车库”。四周除了这些建筑什么都没有，没有任何铺好的石头路、花坛、喷泉、像样的桌子，看来主人没有一丝要改变这片土地的意思。

我不知道，贝蒂娜·戈林如何被周围这片未开发的土地吸引。我想肯定有什么东西吸引着她。这片区域看起来没有任何生命力和繁殖力，似乎这也反映在了这个女人身上。而我们今天来到她这里做客，拜访这位第三帝国元帅赫尔曼·戈林的侄孙女。

在礼仪性的拥抱以后，女主人说道：

“怎么样？喜欢这里吗？”

“喜欢。不过你的房子由黏土建成，坐落在这片空旷、贫瘠的土地中间，不管怎么我都不会习惯的。你这里有多大？”

“40 英亩。”贝蒂娜告诉我。她看到我茫然的、毫无兴致地点头，知道我被英里、英亩、加仑这些单位弄蒙了，于是用手指着远处说：“简单说，到山脚。”

我认为，在这里步行是非常困难的，因为没有路。当你决定穿越这片土地时，你很可能会遇到响尾蛇、美洲狮或者其他生活在新墨西哥州荒野上的动物。

“哦，沙蒂！”贝蒂娜整理好我们昨晚送给她的头巾说，“我想告诉你，两小时前响尾蛇还出现在了板棚上。有趣的是不知道什么东西那么吸引它。”

“昨晚我也发现了蛇。”艾迪仔细地瞅着地面补充道，他穿着一件蓝绿白三色相间的格子衬衫，外面套着灰色的针织背心，“昨晚我去我们的车库拿工具箱，我拿起了工具箱，看到蛇从那里爬了出来。我一眼就看出，这个蛇没有毒。然后我对它说：‘你好！朋友。’它样子很美，有这么长。”

艾迪伸开双手尽力地比画着。

“不是响尾蛇吗？”我问道。

艾迪平静地说：“你说什么呢！不是，它完全没有毒，在这里这种蛇很少。蛇一直望着我，我轻轻地把工具箱放在地上，给它足够的时间爬走。我还是很喜欢蛇的。其实我更想说，我非常爱它们。顺便说一句，我是专业的捕蛇者，这是我十多个职业中的一个。穿上防护衣，拿起捕网就能去别人家里捕捉钻入家中的响尾蛇。”

“抓住蛇后接下来怎么办？”

“抓住后先放进小箱子里，然后把它带到更远的地方放生。我记得我们是如何接受抓毒蛇训练的。先是把满满一整箱子响尾蛇放到你周围的地上，这时你首先要学会保护自己，你的脚和膝盖，然后把它们重新抓住放回箱子里。当你的周围有一群既致命又危险的爬来爬去的蛇的时候，这是一种多么奇怪的感觉。但你时刻要记住和明白，它们本身也怕你……”

贝蒂娜的声音传了过来：

“我不喜欢抓蛇，虽然我一点也不怕它们还有点喜欢它们。我们在建造客房的时候，有一天一条很大的油腻腻的响尾蛇朝我们爬了过来。

我相信这些蛇的出现并没有想象中的那么简单。当我们建房的时候，它们一直在距离我们不远的地方爬行，不仅我和艾迪感到紧张，我们的猫也很紧张（其实所有的野生动物都会让它疯狂）。猫一直在生气地发泄着自己的不满，我们决定抓住那条蛇，扔进垃圾桶，然后把它扔到更远的地方，因为蛇的出现触碰到了猫的神经而猫的叫声更刺激着我们。”

“怎么样？我们进屋吧？”沙蒂微笑着问道，我看出她对于抓蛇这个话题并不感兴趣。

“当然。”贝蒂娜微笑着说。

过道一下子容纳不下我们这么多人，我们只好一个跟着一个走了进去。过道正对着的楼梯延伸到了楼上，二楼有三间房（厨房、餐厅和一个空房间）；第二个楼梯从过道向下延伸，那里有卧室、储藏室、露台和一个不大的凉台。现在我们所有人都在沿着楼梯往上爬。

我们一起以茶代酒为正式到来的 5 月 9 日胜利日干杯（又一次!），随后我们开始了平静的拍摄。我甚至都不用想从哪里开始我们的谈话，我朝坐着的艾迪欠了欠身，拿起了桌上贝蒂娜的几张报纸，报纸上是《圣菲·新墨西哥》的新闻报道和两位德国女士的照片。

“这是一篇具有标志性意义的文章。”艾迪微笑着说，“一切就这样开始了。”

“这都是因为你。”沙蒂向我点了点头说，“一切因你开始了。”

“你别吓我。”我说，“难道你们……不后悔吗？”

“一点也不。”贝蒂娜坐在了沙蒂旁边的桌子边缘。

“一点也不。”艾迪耸了耸肩说，“我记得这一切是怎么开始的。那天一大早沙蒂就把我们给喊起来了，她早晨 7 点就给我们打电话，尖叫着说：‘我们今天上报了！’”

“是的，就是这样。”贝蒂娜点了点头，“我承认，当时我被吓了一大跳。她给我打电话大叫着：‘报纸的第一版！那里登有我和你的照片！’”

“沙蒂的电话叫醒了我们。”艾迪喝了一口妻子的茶接着说，“于是我很快上网读完了那篇文章，后来我们专门出去了一趟买了份报纸。顺便说一句，报纸上的文章写得真的很不错，在网上看起来她有点拘束，印在纸上又是另一种样子。文章有两栏写了贝蒂娜的故事，而另外两栏写了沙蒂的故事。圣菲地区对于这篇文章的反响特别大，有人讨厌，有人喜欢，更有人支持贝蒂娜。沙蒂收集了所有的评论并且仔细地研究了它们。”

“是的。”沙蒂整了整自己的披肩，不小心碰到了话筒，她抱歉地看了看谢尔盖，谢尔盖友好地点了点头示意说没关系，“昨天我没打算跟你们说……我需要好好想一想……人们总是习惯于关注单个词或者单句话，并不注重话语的整体意思。我就从我不久前出版的一本书说起吧，书名叫《一只脚跳舞的人》。这是一本自传体的书籍，讲述的是我如何在纳粹德国长大。写的只是简简单单的生活，普普通通的生平。而在此生活的周围发生了可怕的罪恶，我们这些孩子们连见都没见过，甚至我们都没有想过我们亲爱的父亲们能杀死别人家的孩子们，拿他们去喂狗……”

贝蒂娜轻轻地用修长的手指拍了拍沙蒂的肩膀，给她鼓了鼓气。沙蒂继续说道：“我不想再更深地讲下去了，我把我的书送给你，里面有我该说的话。我是作为纳粹工程师汉斯·洛伊斯列尔的女儿思考第三帝国这个题目的，我的父亲得到了希特勒的赏识，因为为国家做出贡献他获得了铁十字奖章，我不知道因何而得，至今也不知道，实际上我也害怕知道真相。在书中我写下了这句话：‘我既感到难过又感到罪孽深重。’在书的推介会上，有一位中年女士走到我的跟前跟我说：‘你怎么能以受害者的身份出现呢？’也许她眼中的受害者是那些被我们的父辈们憎恨、杀戮的特殊群体。不，绝不止这些。受害者同样包括他们所喜欢的人。”

贝蒂娜点了点头表示同意：

“第三帝国元帅喜欢我的父亲，他自己的大侄子汉斯。我父亲视力不好，但是也许是为了保护他，赫尔曼让父亲进入了自己所指挥的空军部队。最初所谓的闪电战成了长年累月的战争。后来又在苏联经历了五年的俘虏生涯。叔叔对侄子的关爱竟然变成了这样。我的父亲不也是牺牲品吗？”

“当然是。”沙蒂点点头，“但当我说自己的想法时，人们总是关注那些话语的表面，而不太去深思它们所表达的意思。在报纸上的那篇文章里有我和贝蒂娜一些未经深思熟虑的言语。”

“我也是这样认为。谁不喜欢，那就别读。”贝蒂娜不满地说道。

“她是因为印第安人而发牢骚。”沙蒂朝贝蒂娜示意了一下，低声告诉我们。

“是的，因为印第安人。相对来说，读者不喜欢看到什么希特勒是通过民主途径走上了政坛，人们通过选举推选了他，准确地说，就像美国人选举自己的总统一样。美国人不喜欢把自己跟纳粹分子做比较！当然，这是我的错。我的这种表述方式不符合美国人的期望，因此，我尽量表述得具体一些，要不然就一笔带过。”

“我在采访中也说了同样的话。”沙蒂告诉贝蒂娜。

“但是你已经是美国公民了，这是其一。其二，关于印第安人我补充了一些话。我说，纳粹法西斯对待欧洲和俄罗斯的态度就像美国人对待印第安人的态度一样，残杀、蹂躏、掠夺土地。特别是对待以色列……”

艾迪笑着说道：“别想这么多了。让我们说一些愉快的吧。去找找明信片。”

贝蒂娜离开桌子走到窗户跟前，从窗台上拿出了白色闪光的明信片，明信片的封面上绘有微笑着的向日葵。明信片上的地址落款是手写的，打眼一看内容像是用打印机打印出来的，但实际上，整个都是手写的，真不是一件简单的活。寄信人这样写着：

亲爱的贝蒂娜，我只是想让你知道，你在我眼中就是个女英雄。当我跟你在脸书上认识的时候，我看了你的照片，知道了你的身世。我很难想象，你和你的家庭这么多年是如何生活的！我特别仔细地在新墨西哥的报纸上读完了汤姆·夏普所写的关于你的文章。我认为你太厉害了。你很坚强，很勇敢。能认识你我感到很幸运！爱你！

巴尔巴拉

"啊，太棒了！"沙蒂呼出了一口气，眼里泛着泪花。

"是的！这是巴尔巴拉。沙蒂，她与你同岁，是一名护士。她常来我这里巡诊，所以我特别开心，因为她是我的读者。"贝蒂娜思考了一会儿，随后说，"但是还有另外一些人，他们的评论不是那么友好。我不理解，为什么这篇文章会触动那么多人的神经。而我自己就清楚一点，做刽子手的后代远远比不上做牺牲者的后人。你自己是否感到有罪或者什么，这都不重要，周围的人都等着看你替家族忏悔。我对他们忏悔，但当你公开承认你的罪过，你就会变得轻松点了吗？"

沙蒂在手里翻转着那张贝蒂娜引以为豪的明信片说：

"在那篇文章公开发表以后，有不少人开始邀请我去喝咖啡并且告诉我：'我也成长于第三帝国，我想与您谈谈这些事。'你们能够想象吗？"

"也有人邀请我去喝咖啡。"贝蒂娜打断了她的话，"有三次，全是陌生人。昨天早晨我去商店，有几个女人朝我走了过来，她们差不多都70岁了。她们告诉我，她们读了那篇文章并且非常喜欢。后来有一个男人走了过来对我说：'我的父母也都是德国人，他们在战后移民到了美国。在家里没有一个人讲德语，他们都在小心谨慎地隐瞒着这些。'我认为，我和你，沙蒂，我们做对了，我们接受了报纸对我们的采访是对的。"

沙蒂说道："然而我有这样的感觉，美国人似乎并不喜欢这个话题。

我在美国已经生活了 27 年，我回忆不起来有人，哪怕是一个人曾经向我提出过这些问题。你是如何在纳粹德国长大？纽伦堡审判之后你有何感受？你是如何得知你的父亲是刽子手和虐待狂的？你是怎么应对这一切的？”

贝蒂娜站了起来，伸了伸懒腰，扯了扯腰间的头巾朝洗脸盆处走去，洗脸盆边上放着一个金黄色的袋子，袋子里面装着中国茶叶。她边走边说：

“我有一个好友，顺便说一句，沙蒂，你知道他，我指的是那个疯子皮特。他总是怀疑他的德国籍母亲是纳粹党人，也因此经常惶恐不安。他一直在说：‘老天，请赐予我力量让我搞清楚我母亲的真实身份吧！’后来，某个写纳粹题材的女记者得知了皮特母亲的事情，找到了她以前的书信，由此她的儿子发现，他的怀疑是毫无根据的，母亲不是一个纳粹分子。对此结果他既高兴又失望，高兴的是，母亲与纳粹毫无瓜葛；失望的是，如果母亲真是纳粹疯子的话，那将会是一个非常吸引人的事情。”

“当然，你说得对。”沙蒂身体瘫软了下来，用胳膊肘靠着长凳背向窗外望去，窗外干旱的土壤里点缀着一些绿色的灌木丛，“事实上，我一直尽可能地发挥我的文学想象猜测我的父亲到底是干什么的。”

“呃……”贝蒂娜拖着声音说，“这真是一个……一个非常大的问题。看完你的书之后我也在思考这个问题。铁十字勋章是不会轻易授予的，更何况希特勒……”

沙蒂微笑着说：

“所以我在想，你说的皮特是个什么样的人。也许他也像我这样既害怕听到任何关于父亲的事，但同时又特别想知道真相。”

现在我们稍微缓一下，二楼房间里只剩下沉醉于交流的朋友以及安静的艾迪。而我利用这短短几分钟向你们介绍几个对新墨西哥州报纸上刊登的那篇文章的评论。在互联网上，人们写下自己对这篇文章的评价，这些评价一般会在两周之后被删掉，现在当然已经找不到了。幸运的是，我保存下了它们。所以你们能够知道，实际上，许多住在圣菲的美国人都喜欢她们的勇敢和豁达。

比安萨·西万

这是一篇多么愚蠢的文章！对于圣菲本地的报纸来说是典型的、绝无仅有的！就像马克·门杰斯所说：任何人都无法忍受生活在一个充满憎恨的世界里。

谢恩·哈迪

我无法理解这些女士！她们跳出了纳粹德国的圈子，将自己置身于美国历史的土壤中，又开始信仰犹太复国主义。她们没有看到生活的全貌，只是把两个不同国家的部分历史碎片放在一起对比。我是一个美国犹太人，我认为她们这样是对历史的不负责任。我不相信先辈的罪孽。而你们，女士们，却在这种思想中继续煎熬！但是不要再把这些肮脏的事情注入美国的历史中。所有的第一批被流放到此的移民，非裔美国人以及巴勒斯坦人，都应该研究历史的背景，而不是脱离历史背景。否则，你们所理解的历史是非常片面的。

威廉·米

如果单从讨论纳粹主义的罪过、以色列的政治以及美国对待本土美国人的态度来说，那么新墨西哥州报纸挖掘出了非常吸引人眼球的故事。得知圣菲住着这么多身份不同而且背景特殊的人物，多么有趣呀。

莎拉·希尔弗曼

我个人完全震惊了，人类怎么能够把种族灭绝与战争同等对待。这两者完全不同。为什么就不能更加具体详尽地只谈谈第二次世界大战，而不牵扯以色列的政治和美国土著？

阿方索·埃斯特拉达

引用文章的最后一句话："纳粹德国所犯的罪孽并非是绝无仅有的。"她们把这样的罪孽与美国历史相比较。我知道自由党人经常叫嚣说以色列正在进行侵略行径（从巴勒斯坦的角度看）。是的，或许自由党人真的是这样认为的，但我不是。

埃德·坎贝尔

你们对于真相的理解也说明了你们自身对历史、伦理、个人责任感的理解。

吉米·格林

她们在不仇视她们的资本主义制度下生活应该感觉自己就像生活在自己家里一样。

吉恩·赫伯特

也许，巴瓦尔特和戈林再去接受相关教育已经太迟了。在圣菲这个冷漠的社会环境中她们过的是那样的糟糕。

贝蒂娜把装有茶叶的金黄色袋子放好，又回到了桌旁，顺手从盒子里取出了最上面一张纸：

"这里还有一个我从电脑上打印下来的评论：'我对汤姆·夏普在报纸上写的关于贝蒂娜·戈林的文章非常感兴趣。我只是不赞同贝蒂娜对伯父赫尔曼·戈林的说法，说他是罪魁祸首，他应该对遇难的几百万人负责。记者夏普和戈林对第三帝国元帅的评价不正确。希姆莱才是第三帝国最为可怕的人物，正是他从事了惨无人道的大规模屠杀。顺便说一句，这篇文章是在胜利日之前发表的吗？'”

“这也是我感兴趣的！”沙蒂惊叹道，“为什么？这样巧？我们怎么这么巧……”

“这没什么大不了的。”贝蒂娜神秘地说，“说到希姆莱……是的，我昨天正好在饭桌上说过，当时我说，他比我堂祖父还要可怕得多。不过坦白地讲，戈林想要参与第三帝国令人恐惧的政治的愿望要比其他人强烈得多，所以将所有罪孽归之于希姆莱一个人是不公平的。因此，赫尔曼·戈林……他比其他任何人都应该对上百万的亡灵负责。”

“至少，”我补充道，“在1933年和1934年是他负责建造了第一批关押共产党人与其他纳粹主义敌人的集中营。”

“是的，他比任何人都罪孽深重。”贝蒂娜赞同道。

“但这是排除了希特勒的时候。”沙蒂小声补充道。

“是的。”艾迪的声音传了过来，“但是把所有一切罪过都加在希特勒身上也是愚蠢的行为。难道其他的几百万德国人不算数吗？另外，我反对有人指责贝蒂娜，说她是有罪的。曾经有一位以色列导演来过这里。我告诉他：‘得了吧，贝蒂娜是戈林的侄孙女！第一，他们没有那么近的亲属关系；第二，为什么要给她强加罪过？’但那个以色列人非常固执，一直在施加压力，使人难受。贝蒂娜已经在为自己父辈所犯的罪恶忏悔了，还要遭受如此的话语‘你是一个罪人，却还不愿意接受拍摄！你怎么可以这样呢？'”

“遇到鲁菲的那次比这更糟糕。”贝蒂娜说，“她的父母以前在集中营被关过。当我们遇见时她对我是那样令人绝望的粗鲁，使我感到我罪孽深重。虽然我心里清楚我并没有罪，这些与我一点关系也没有。我也暗自骄傲，经历了这一切，我变得更加坚强了。”

“为什么你要这样？非得经受这些？”我问她。

“我没法推脱，因为他是以色列导演。”

“我不理解。”我说。

“你不会理解的。”贝蒂娜的微笑里弥漫着淡淡的忧伤，“我父亲去世后，我获得了一份不一般的遗产，记者们开始与我联系（那时我还住在德国），要求采访我对第三帝国元帅赫尔曼·戈林的态度。我千方百计地躲避、打发他们，我不愿意就此事说只言片语。后来我找到了父亲装有家庭照片的盒子，照片上的赫尔曼还很年轻，也还没有发福，并不是人们眼中他在第三帝国繁荣时期的那个模样。这时他是一名年轻的飞行员，第一次世界大战的英雄。最使我震惊和不可思议的是，我和他非常像，特别特别的像，这简直不可思议。我当时就想，不，我不愿意长得与此人相像！完全不想！我是另外一个人！我撕碎了那些照片，不想让它们放在我的家里。”

我仔细地看着贝蒂娜，但无论如何我也找不到她所说的“不可思议”的相似在哪里。

“你本来可以卖钱的。”艾迪笑着说。

“不，我不需要这些脏东西换来的钱！”

“你知道吗？”沙蒂温和地笑着说，“我在战后德国成长期间，从来没有人用这些事来刺激过我。整个国家的所有人都是纳粹分子的后代。虽然那时媒体已经开始乐意炒作纳粹分子的罪行了。”

“我也是。总的来说没有人来刺激我。”贝蒂娜深思后说道，“几乎没有……”

沙蒂准备离开。就这样吧，今天我们拍摄与贝蒂娜和艾迪的谈话，明天两位女士见面后我们拍摄她们两人的谈话。

“从哪里开始？”贝蒂娜好奇地问道。此时沙蒂的白色丰田轿车已经消失在森林的深处了。

“首先我想搞清楚你的家族关系……”

“你、你、你！你知道你在想什么吗？”贝蒂娜重重地叹了一口气，走进了屋子。我们看着她沿着楼梯走了下去，进入了卧室。

斯图加特的脸红了：“噢！请原谅，我们还在这里！”在我看来，贝蒂娜并不明白他脸红的原因，她说：“随便吧！”

卧室既宽敞又明亮（或许有时候有点热）。屋内的布置很低调，其实熟悉了贝蒂娜和艾迪的思维以后就完全可以理解这一点，他们非常朴素，缺乏激情，无论是在日常生活上还是在饮食上。

入口左手边有一个漆成紫色的柜子（根据纹路看，主人明显在它上面费了好大劲）和一堆镶有金属把手的玫瑰色塑料箱子，它们明显不是在工匠和设计师的帮助下被嵌入墙里面的。

卧室里的地板很独特。三分之一面积的地板被铺上了瓷砖。其他三分之二面积是涂了颜色的木地板。一下子我就明白了，这无论如何也不能算是新潮的设计，这只是贝蒂娜与艾迪的瓷砖不够用了。整个布局更是缺这少那。我看到了几个木质的床头柜，它们的形状跟颜色各不相同，被放在床的不同位置，极为不配。“我照其原样没做任何改变”，我觉得这句话适合于被贝蒂娜称作家的黏土房子里的一切。

床的对面是一个木质的抽屉柜，旁边是一个宽敞的储藏室的门。贝蒂娜从这里面走了出来，搬来了一个很大的装有照片的盒子说：“你们知道，洛斯阿拉莫斯市距离我们半小时的车程。1942 年根据曼哈顿计划在那里建立了洛斯阿拉莫斯国家实验室，在那里奥本海默研制原子弹用来对抗希特勒所展开的核计划……去年实验室里发生了火灾。我把照片放进了密封的大盒子里，希望它们没有被损坏……是的，这些预防措施什么用也不顶，我明白……”

贝蒂娜把盒子放在了床上，自己坐在了床前的小地毯上，开始翻看旧照片：

“卡尔·恩斯特·戈林是我的祖父，是海因里希·戈林的大儿子，他是海因里希·戈林在第一段婚姻里所生。赫尔曼·戈林是在第二段婚姻里出生的，卡尔和赫尔曼是同父异母的兄弟。”

贝蒂娜用细细的手指取出了赫尔曼·戈林的哥哥在非洲拍的照片。照片的拍摄时间是 1913 年。可以看出，照片上的人很清瘦，薄薄的嘴唇紧闭着，就好像被缝上了一样，同时他有着紧缩的消瘦下巴。实际上照片上的他看起来跟我同岁，25 岁左右。他戴着宽边帽子，身着萨法里猎装款式的军服，衣服扣子紧紧地扣着，军服上面没有任何有特点的镶边和标志。

最搞笑的是有三只眼睛从照片里看着你，两只眼睛是卡尔的，第三只是卧在旁边被征服的一头水牛的眼睛，站在这头大野兽旁边的戈林看起来就像一个胜利者，水牛的眼睛直直盯着我们，它还没有被用薄膜盖了起来，看上去被战胜者和胜利者都摆好了照相的姿势。

“我祖父于1932年在非洲的某个地方去世了，也就是在纳粹主义极度狂热之前。我知道他与赫尔曼的关系很正常。在第一次世界大战结束后我祖父深受伤病的困扰，他也做了手术，但没起什么作用。实际上，我没有见过他本人……这是我的奶奶。”贝蒂娜向我们展示，照片上是一位大概65岁的胖女人，她有一头蓬松的白发和薄薄的嘴唇，“这就是依丽泽·戈林。戈林这个姓，不仅来自丈夫，也来自她的出身。你们知道吗？这意味着什么？我的祖父卡尔·恩斯特·戈林与同样来自戈林家族的自己的侄女依丽泽结婚了，这是乱伦。这样的近亲结婚生了三个儿子——我父亲和他的两个弟弟。”

贝蒂娜把奶奶的照片放进盒子里，取出了另外一张。照片上有一位35岁左右的女人，她的周围有三个小孩子，他们脸上的红晕好像过去的寒冬所遗留下来的。两个大一点的儿子都穿着白色的裤子和长袖子的圆领衫，母亲穿着象牙色的裙子。最小的那个穿着短裤，露出了瘦弱的膝盖，他有一头银白色的头发，被依丽泽搂着。照片上依丽泽脸上的表情让我感到害怕：淡褐色的头发，高高的额头，深深的眼睛有点浮肿，凸出的颧骨，薄薄的嘴唇和长长的鼻子。她微笑着凝视着镜头，笑容里没有一丝丝的温暖。在这张照片上依丽泽搂着两个小儿子。最大的儿子海因茨坐在母亲的背后笑着。海因茨，贝蒂娜的父亲穿着一只皮鞋，另一条腿是裸露的，短小的脚掌缠满了纱布。不过，这倒一点也没让他觉得难堪、害羞。照片上的他甚至都没有刻意去隐藏自己的腿，更没有避开神奇的摄像头，因为这对小孩子们极具诱惑力。

可能是命运在开玩笑，被母亲搂着的这两个孩子被第二次世界大战夺去了性命。

“父亲的两个弟弟没有从‘二战’战场上活着回来，尽管父亲曾经多次说过，他们有可能是自己结束了生命。由于战败的缘故，他们在第三帝国元帅、他们叔叔戈林庇护下的奢侈生活将不存在了，他们更不能忍受战败带来的屈辱，不可能可怜地、卑微地活着。不管怎么样，我们都无法搞清楚事实。戈林家庭的所有成员跟我或多或少都是亲戚。不知道这到底是不是有点……”

“你很熟悉你的奶奶依丽泽·戈林吗？”我很感兴趣，眼睛无法从那张有依丽泽和她儿子的照片上移开。

贝蒂娜吁了一口气说：

“可以说非常熟悉。依丽泽很早就成了寡妇，她的两个儿子在前线阵亡，只留下了在1921年出生的我的父亲海因茨。当然，现在我明白，正是这些降临在她身上的不幸造就了她坚毅的性格。但是原谅还是不原谅她呢？依丽泽直到生命的最后一刻还是一名纳粹分子。当观看战后电视上反复播放的纳粹集中营的历史纪录片时，她一直在说，实际上根本就不是这回事，这些都是苏联克格勃和美国中央情报局为了动摇和瓦解已经弱小的德国民族精神而虚构的！我那个时候10岁左右，我们刚好买了第一台电视机。第三频道经常播放讲述战争与德国人所作所为的纪录片。奶奶完全不同意那样的立场，即她应该像其他几百万德国人那样惭愧。她坚持拒绝我的母亲跨入家门，原因你们也知道。一是我的母亲是反纳粹主义者的女儿，二是她‘出身不详’，当然很难去与‘名门望族’的戈林家族相比，所以奶奶骄傲地把自己的姓氏一直留到了生命最后。她时常因为‘黄金时代’的短暂而感到伤心，她认为这正好是赫尔曼事业发展的鼎盛时期。我可怜的母亲啊！你是如何忍受婆婆的攻击的？她总是对我母亲无缘无故地挑刺、找碴儿。”

“你的哥哥呢？他怎么看待这件事？他是个什么样的人？”

“是的，我有一个哥哥。”贝蒂娜抬起头看着我，似乎我触及了不应该说的事，我们都沉默了一会儿，“我不会说出他的名和姓，我只能说他也住在圣菲，也做了绝育手术。不，我们并没有商量和约定，我们都是自行这样决定的。还有，他拒绝出现在镜头前，也更换了自己的姓氏。”

“他做什么工作?”

“建筑师，建房子。”

“难道我们见他一面都不可以吗?”

“是，这是绝对不可能的。”又是一种意味深长的注视，暗示着不要再烦她，“当奶奶说有很多人在咒骂纳粹分子，而他们并没有做什么骇人听闻的事时，哥哥将靴子扔向了她，而我告诉哥哥：‘她当然说得不对。但朝她扔靴子也无济于事。’”

“她试图那样教育你吗?”

“是的！我有一个很优秀的姑姑奥尔佳，她是赫尔曼和阿尔伯特·戈林的亲姐姐。一次她来我们家做客，这大概是20世纪60年代末。当时奶奶有个丢不开的念头，她希望把我培育成一位真正的贵族夫人，理由是‘既然在你哥哥身上看不到任何希望，那我就把你培育成人’。你很难想象情况有多糟。奥尔佳姑姑来了，奶奶收集了家里所剩的钱，摆好一大桌子菜，规模和档次和赫尔曼时期一模一样，她叫我们和姑姑入座。我们就坐在桌旁聊天。奥尔佳是一位非常善良的女人，她询问我，最近过得怎么样，学习怎么样。交谈的过程中我疏忽了，把胳膊肘放在了桌子上，就突然挨了重重一击，我差点被打飞出去。奶奶当着奥尔佳姑姑的面狠狠地打着我的胳膊。奥尔佳姑姑惊恐地告诉她：‘依丽泽，不能这样对待小孩子。’奶奶回答：‘我在教她优雅的举止。’这就是我要给你说的我的奶奶。而我完全成为一个叛逆的‘贵族女人’，这不是我需要的行为规范。

“既然你对依丽泽的历史这么感兴趣，我还可以讲一个奶奶的故事。有一次妈妈和爸爸带哥哥去意大利度假。我不知道他们为什么没有带我，我被送到了农村，那时奶奶不得不接手那里的一个小小的养鸡场，这个上层社会的女人就靠这个生存着。父母的证件（护照）在国外被偷了，没有证件他们就无法返回国内。重办证件的时间需要好几个星期。这段时间我差点要疯掉了。奶奶邻居家的孩子们没有一个人与我来往，甚至有人骂我为纳粹分子，当然他们对我仇视的原因还不止这个，主要原因是他们不能忍受依丽泽的势利行为，这让所有人都非常讨厌。让人感到不可思议的是，她还像跟过去一样觉得自己是高高在上的女贵族。她经常以各种各样的理由指使别人来给自己干活，指使她眼中的二等公民。我记得，我每一天都是在期盼父母到来中开始的，早晨我跑到路上站着等几个小时，看远处是否会出现熟悉的身影将我从这可怕的世界中带走！”

我觉得依丽泽的行为毫无疑问对贝蒂娜的心理产生了影响。戈林似乎听到了我的猜测，她若有所思地点了点头说：

“也许吧，因为她我的叛逆性格很早就形成了，以至于在13岁的时候我就逃离家庭独立生活了。我的内心很难原谅奶奶，而奶奶也很难容忍外祖父。外祖父经常劝我说：‘不要生她的气，她的生活很艰难。’但我生气的是，依丽泽永远都不会平等地对待我的外祖父和我的妈妈，她总是炫耀‘戈林的家族才是高贵的。而你们虽然出自戈林家族，但都是混入者和杂种，除了姓氏和一些餐具外，你们再也没有其他任何东西与戈林家族有关系……’”

“那么，”我说，“她接受你和哥哥这样的‘混入者’吗？”

贝蒂娜触摸着照片，很快停下了自己滑动着的手指说道：

“不，哥哥是个极不安分的人。所以她最终把希望全都寄托在了我身上。这样的压力原本不应该强加在孩子或者孙子的身上。最后我没有成为一个体面的贵族女人，而我一点也不感到遗憾和可惜。”

“顺便问一句，这是艾达吗？”我指了指贝蒂娜手里的那张照片。

“是艾达，赫尔曼·戈林的女儿。”

“那她是你的什么人？”

“你问一些简单点的问题吧……由于家庭里面的近亲婚配，我自己不得不因为一些奇怪的原因就成了姑姑，而艾达……她是我的表妹，同时又是我的姑妈。见鬼！我完全被这种混乱的家族关系搞得一头雾水！”

贝蒂娜继续翻着照片。

“这是妈妈，这是奥尔佳姑姑，这是我大哥哥刚刚出生的时候，这是我的另一个哥哥，这是另一个哥哥的照片，这才是我刚刚出生的照片。看到了吗？那个时候我出生还不到两个月，但我已经会笑了，因为我是一个幽默的人！你们知道吗，父亲在我们小时候给我们拍了好多好多的照片，后来突然就不再拍了，我不知道原因，也许是厌倦了吧。”

“这是你吗？”

照片上并排站着一个男孩和一个女孩，两个孩子年龄也就五六岁的样子。淡黄色头发的女孩子有着两条细细的腿，她穿着柔软的连衣裙，戴着一顶帽子，显得个子很高，而跟她并排的微笑着的男孩穿着破了洞的黑色短裤；稍远一点有两个装有野餐食物的编织篮子。

“这是我和哥哥。噢！这是父母的婚礼。看啊，新娘的娘家有多少人。而父亲这边只有他的母亲依丽泽。这张照片从侧面说明了很多事情。”

“对于我来说还有更能说明问题的东西。在这一大沓照片里没有一张赫尔曼·戈林的。”

贝蒂娜把目光从照片上移开转向了我：

“我已经告诉你了，我把他所有的照片都已经处理掉了。这是真的，我不需要他留在这里！”

“但是在你的朋友汤姆·夏普的文章副标题里引用了你的一句话‘我比他的亲生女儿更像他’。因此，可以断言，你应该在现实中看到过他。”

贝蒂娜把照片放回盒子里，失去了对照片的兴趣。

“我在照片中看见过他。‘一战’时期的他是一个清清秀秀的飞行员。我很快告诉自己，不，我不想像他。就这样。”

我说：“在我看来你更像当地的印第安人而不是赫尔曼。”

她温和地笑了笑：

“这是因为我晒黑了。如果你看了旧照片，你就会知道我曾经是什么样的。”

贝蒂娜把剩下的照片收进了盒子里，放回储藏室。

“顺便说一句，你能告诉谢尔盖他长得非常像我的母亲吗？非常非常像！我给你看一张照片。我甚至都在偷偷怀疑我们是不是亲戚！”

说话的同时她从玻璃相框里取出一张母亲的照片。伊丽莎白几年前在德国去世了，在这之前贝蒂娜为了照顾她经常在德国和美国之间来回奔波。幸运的是，她的母亲是一位身体健康的老人，一直活到了90岁。

“可能有关系吧。”谢尔盖看着伊丽莎白的照片若有所思地说。

“很像。”站在房间角落的艾迪满意地点了点头，他甚至不需要看那张照片就可以确认。

“她是一个很好的人。”贝蒂娜说。过了一会儿补充道：“她憎恶纳粹主义。只是喜欢上了姓戈林的那个人，也就这样嫁给了他……”

贝蒂娜抖落掉了玻璃相框上的灰尘。照片上是一位上了年纪的女人，她的脸很瘦，有明亮的眼睛和发白的头发。戈林仔细地环顾着整个房间，好像在选一个恰当的地方，从那里母亲就会更加舒适、更加有趣地观察女儿的生活。贝蒂娜没找到更加合适的地方，于是把照片放在了窗户旁边的床头柜上，把它转了过去，母亲伊丽莎白那静止不动的眼睛透过沾满灰尘的两张玻璃凝视着窗外。

很可能，贝蒂娜的母亲很快就会看到窗外盛开的羽扇豆。

我的大脑是这样工作的：当它收集关于主人公信息的时候，经常会抓住一些次要的信息，随后将它们填充在整个画面中，比如，服装、行为、呼吸、观察事物的方式等等。我经常也会关注交谈对象的举止而不是他们的话语，例如，我发现贝蒂娜不是随意地把一条腿放在另一条腿上，而是好像把它们缠绕成肌肉紧绷状态的一个结。尽管她非常轻松地做着这些姿势，但她的双手一直紧紧地绷着，像一个因为害羞而有点紧张的少女，她不是一下子就引人注目，而是像一杯需要慢慢品味的葡萄酒一样。这就是贝蒂娜，她相信天意，反对宗教。她穿着一双黑色的棉质袜子，上面印有圣母玛利亚的图案，她卷起的牛仔裤在膝盖上叠了一层又一层，露出了脚踝。这样的袜子不是轻易可以买到的。

她看到我发现了她的袜子，偷偷看了我一下，我们还在选择下一个拍摄点，她向我解释道：

“你可能认为我不正常，但前天晚上圣母玛利亚来到了我的房间，她微笑着拉着我的手，在夜晚的黑暗里对我敞开了心扉。我认为这是个不错的信号。在你们到来的前一天晚上我感到非常不安，我不想去想戈林以及在战争中失去性命的俄罗斯人，我有意地逃避这个话题，因为我的确很痛苦，这种痛苦不断地折磨着我的身体，前两天它可怕地刺激着我的神经，要不是你已经在来这里的路上，我肯定会取消所有的计划。那位以色列导演差点把我变成一个活死人，对于精神上的痛楚我好不容易才找到了摆脱的办法，我真的是非常糟糕……”

贝蒂娜袜子上的图案是这样直接又清楚地显示出，她尝试着以此来保护自己，逃离不开心和痛苦。例如，她按照自己的愿望回答一些不引起痛苦的问题。这些问题都不涉及她的家庭和她的内心世界。

我一直在想，是否只有赫尔曼·戈林的事困扰着她，我一直确信还有和过去联系起来的其他东西对她的心灵产生了巨大影响。住在杂草丛生的荒野里，周围全是毒蛇和野生动物她一点都不感到恐惧，反而更恐惧陷入自己回忆的深渊里。她也不喜欢那些无根据的随意推测。更使我惊奇的是她所说的话。对于她在文章中所说的那些话，我能断定，贝蒂娜在这些问题上没有明确的立场。她经常会在下一句中推翻自己的上一句话。她也许会说她憎恨戈林，可是过一分钟就会突然平静地说：“我唾弃他，这样的亲戚完全不会打扰到我。”关于自己的绝育手术，她会说：“这全是因为戈林，为了不再延续恶魔的血脉。”随后马上又会补充一句“这跟戈林一点关系都没有”。两个完全不同的说法被放在一起，但是也不能怀疑她在说谎，她同样深深地相信自己的每一个说法，因此你就会产生这种感觉，好像跟你说话的是两个不同的人。

下面我举两个她关于自愿做绝育手术的说法做例子，你们就会知道我上面说的意思了。

“30 岁的时候我做了结扎，这对于我来说极其不易，但这是我自愿并且经过深思熟虑的决定。我意识到，我真的不想要孩子，这个想法在我脑海中已经存在了好多年。是的，我相信我潜意识里的罪恶感成为我做绝育手术的理由。

“绝育，这只是我生命的一个转折。在我做了结扎后，突然发生了一件不可思议的事，我还是怀上了艾迪的孩子，并且我也不反对生下这个孩子。而艾迪却说：‘你疯了吗？我不想要孩子，完全不想！’”

贝蒂娜在做了结扎手术后还能怀孕的事实说明了手术的不专业，极有可能是发生了宫外孕。也就是说这是命运的安排，根据戈林的说法推测，她并不反对孩子以这种方式降临人世。

通常这些问题的根源都是自小时候就开始萌发的。顺便说一句，贝蒂娜一般都不愿意回想起自己的童年。如果突然在我的压力下必须要回答关于父亲的问题，那么她的反应就很可能会模棱两可，可能会稍微指责，更会用“早就不在人世”敷衍我。贝蒂娜关于母亲的回答却很温和，但她也会时不时地以第三人称形式称她的母亲为“我最亲爱的伊丽莎白”，或者说“她已在三年前去世，我还没有和她待够”。奶奶依丽泽·戈林毫无疑问对贝蒂娜产生了很大影响，激起了她的“逆反心理”。贝蒂娜虽然从来都没有见过第三帝国元帅赫尔曼·戈林，但她总是能感受到他。她感到身上有着第三帝国元帅的影子，生来就带有戈林身上的邪恶之处。贝蒂娜把自己陷入赫尔曼·戈林生前所做的事情中。她自己在心目中塑造了一个赫尔曼·戈林，汇聚了她对于奶奶依丽泽的憎恨以及对自己父亲的蔑视。所以她一直徘徊在第三帝国纳粹分子二号人物的自传中，当然是因为“不久之前已读过两本关于他的书，这些书是在圣菲图书馆借来的”。

在家庭问题这方面，很久以前贝蒂娜就失去了自己的家园以及对家的感觉。

“如果要回忆的话，”她站在自己的黏土房的凉台上说，“当我还是小学生的时候我就和同学一起去旅行了。有一些同学在外面会说：‘我多想回去呀！我太想家了。’我就会说：‘什么？回家？为什么？’我只是不明白他们为什么会那样说。家对于我来说就是在这广阔的空间里周围的一切。在圣菲的这个家里我住了整整20年。这对我来说已经破了个人纪录，我已经开始厌倦了。”

“当我和艾迪去旅行的时候，我们住的地方非常简单，只要有我们需要的东西就行，床、桌子、长凳，还有招待朋友的一对圈椅。没有其他任何设施！我一点都不需要其他东西，这样我感到很自由。我不看重什么东西，对我而言没有什么珍贵的东西。所以我很喜欢住在河边或者住在泰国的小城，我向往泰国那个迷人的国家，我想待在那里。那儿对我来说也算是一个家。一个国家对我来说远远不够，我需要整个世界。”

在这段充满激情的话语中蕴含着非常简单的东西，贝蒂娜不想看到奶奶戈林是怎样贬低她和她的母亲。父亲海因茨，这个“慢性子的人”没有能力去袒护为奶奶和两个孩子操劳的妻子。母亲“把最后的生活费给了父亲，父亲却在路上买了些好玩的玩具”，完全忘记了自己的孩子们需要吃饭。同时我想，以奶奶为代表的戈林家族的专横导致了人们对与这个家庭有联系的所有人的否定。

因此，在13岁的时候贝蒂娜厌倦成为“被监视者”并逃离了家庭，安静地过上了自己想要的生活。她违背自己奶奶的意愿，她断然把自己“女性一面”一笔勾销。她对于仪式、礼节、裙子丝毫不感兴趣，取而代之的是一些便宜的裤子、针织背心和运动鞋。绝育手术或许更是这种家庭关系的延续后果。

与优柔寡断的父亲不一样的是贝蒂娜没有让自己走同样的路。13岁时她就背着背包离开了家，她虽然没有钱，但没有打算回去。这就是她自己的习惯。她会不由自主地跟母亲顶嘴，她不愿意为了钱而拼命工作，她认为钱永远都是挣不够的。按照自己的意愿在自然的环境中生活那不是更为舒适吗？

“情况是这样的，我们十个人凑到了一起，合伙出钱在村里买了一栋旧房子，板棚非常便宜，只值几个戈比。为了合伙购买这栋房子，我去商店里工作了一段时间。我与十个朋友商定和谐、和睦地住在大自然中。起初我自己动手翻修这栋房子，预先确定了今天的居住模式。我们都陶醉了，似乎我们都回到了过去，回到了几百年前，那时候人们都是自己盖房子，而不是买房子。我们生活的这个农村就好像是天堂的一角一样。

“其中的两位朋友是共济会会员，他们懂得如何建房。总的来说，我们自己建了房子并已经安稳地在此住了好些年。后来，村子里的居民开始离开村子去城市里挣钱。我记得，一个农场主皮特，他所有的帮工都离开了他去城里打工挣钱了，他来求助我们说，他需要一些人帮忙收割庄稼，条件是允许我们尽情地吃所有的水果，能吃多少吃多少。

“村子里以前有一位面包师，他也没有了打下手的人，就邀请我去做兼职。他是村里唯一的面包师，我和他一起烤面包。他甚至告诉我，他从来没有遇见过如此聪明的助手。烤好的面包我和他以及我们的朋友们在节日期间的集市上和音乐节上出售。那个时候我们都是理想主义者，并且相信我们的选择很正确。钱总是被放在第二位、第三位甚至第二十五位。我对钱一点都不感兴趣。每当我想起父母总是因为缺钱而痛苦的时候，我对他们也只是报以同情。

“有时候我会想，戈林家的财宝到底放在哪里？但就算某一天要我继承它，我想我也会拒绝的。我记得在我父母家里有一套很棒的家具，但我不清楚它们是怎么来的，我想它应该是属于奶奶依丽泽。当时我和哥哥猜想，这肯定是战争期间从犹太人那里抢来的，后来父亲临终前把它拿去抵债的时候，我们都在画十字，终于松了一口气，我们不愿意与这个不干不净的东西有任何关系。”

“就这样你离开了家，与家族断绝了所有往来？”

“是的，13 岁的时候我就把他们所有人抛在了脑后（原文是屁股后面），但并不是完全断绝了关系。不管怎么样，我还得继续上学。不过，在最初离家的三个月时间里我没有在学校里出现。后来，理智占了上风，我去工作了，我要支付与朋友平摊的房租。后来我本分的母亲非常害怕我再也不回去了，就开始给我很多钱，那些钱缓解了我紧张的生活压力。顺便说一句，我的哥哥在我之后也离开了家。我们跟我们这一代的其他人一样，成为不安分守己的人。我还记得，在家里的时候当我们看了关于第三帝国元帅的纪录片之后还跟父母胡闹了一场。我们大叫着：'我们不喜欢你们，我们是另一种人！'我们想和自己的亲戚们不一样，有时候这看起来也是狂躁的。"

那个时候，贝蒂娜以罢课的形式来反对所有的一切，她放肆而又独立，用尽全力去寻找一些精神支柱。但寻找支柱也不是件简单的事。她曾经是一个共产主义者，是一个嬉皮士，是一个异教徒。她什么都干过！贝蒂娜说到关于共产主义的吸引力时非常谨慎小心，她担心美国人不喜欢她过去的事。

"我明白，但还是希望说一两句……"

"一两句？"贝蒂娜伸伸懒腰，打了哈欠，没有张嘴，"好吧。我就简单地说一下，我是 60 年代这一代的典型代表，我经历了所有时髦的时代。说到共产主义，由于我对纳粹主义的反对，我完全被共产主义所吸引，更何况我当时只有 13 岁，你是法西斯或者是共产主义者，对我都是一样的，忠于哪种意识形态不会对任何人有帮助，当然更不能帮到自己。但是去反对哪种思想更是痴人说梦，因为所有的人都会因此而敌视你。所以我决定从我做起。我需要治好我自己，找到自己的路。奇怪的是，我的整个一生都是在寻找自己，这是我精神上的探索……"

我和谢尔盖请贝蒂娜去外面走一走。巨大的岩石（她坐在其中一个上面，她的腰上缠着我们送她的头巾），高大的树木，树干上有几年前被闪电劈开的一条裂缝，贝蒂娜的狗吉洛安静地睡在树下，它似乎忘记了面前的陌生人，真是一幅美好的画面。

斯图加特和鲍里尔在准备摄像机，艾迪被叫去帮忙装反光镜。我和谢尔盖与贝蒂娜一起交谈，她张开双手，就好像在“苹果”平板电脑上滑动，她说：“这就是我那片未被开发的土地。顺便问一句，你们当中或者你们的朋友中间有没有人愿意在圣菲买土地？我无法想象，我周围会有人会在地球的另一端购买别墅。”

“我不单单是问这个。”贝蒂娜一脸严肃，“我透露给你一个大秘密，我跟艾迪准备离开这里，我们想把所有的东西都卖了。房子已经在出售了，前两天来了几个看房子的人，但我担心事情不会这样简单地结束，这种事情已经发生了好几次，来看了房，谈好了价钱，最后又改变主意不买了。实际上价格我又要得不高。”

“你准备搬去哪里？难道是去德国吗？”我问。

贝蒂娜想了想，说：

“不，我们还不知道搬去哪里，还没有任何想法。我们计划先去泰国。怎么样？那儿很温暖，那里的一切我们都很熟悉，在当地还有很多朋友，同时艾迪可以做自己想做的事情来赚钱，他是工程师，会建造房子，他还懂得太阳能电池，会抓捕蛇，甚至会驾驶飞机。”

“那你准备做什么呢？”我翻译了谢尔盖的问题。

“这很简单，我可以在海滨浴场做按摩，我已经在泰国做过这份工作了，所以在那里我不会被饿死的。我们会自己挣钱解决衣食住行。”

“那么在圣菲，你在做什么呢？”我问。

“我有自己的办公室。针灸，按摩，做草药酒。建议你们明天一早跟我去工作室吧，看看到底是什么样的。去那里也不会太久，午饭前就能结束拍摄。”

“谈谈你的成长史吧。你说你曾是嬉皮士。你吸食过毒品吗？”

贝蒂娜皱起了眉头，眼睛盯着摄像机声明道：

“我直说吧，我是在 13 岁时第一次尝试毒品的，也就是刚刚逃离家庭的时候，那是第一次也是最后一次，因为我觉得我有些难以忍受，感觉是那样的糟糕。我当时就说：‘不，我的身体无法承受这些东西。’虽然你们询问这个可能是为了与第三帝国元帅做对比，他非常喜欢吗啡。

顺便说一句，吗啡有这样的效果，它会让你觉得你很伟大，很了不起。而他虚荣心极强，说他没吸食吗啡。唯一可以确认的是，啤酒馆政变时他被射伤了，有人说，伤着了大腿，有人说，伤着了睾丸。不管怎么样，人们告诉他，他不可能再有孩子了。由于自己的创伤，为了减轻自己的痛苦，他开始吸毒并且沉浸其中，他非常想要孩子，但是不行。不过事实上他和他的第二任妻子埃米·卓聂曼生有一个女儿艾达。我觉得，我似乎在小时候见过她一两次，具体情况我也记不清楚了……”

“艾达是戈林期盼已久的孩子。当时他和他的妻子都已经40多岁了……”

“是的，我知道。”

“他如此期盼孩子，而你却拒绝生孩子。”

“我不遗憾。但对于他来说，这是一个沉痛的话题。”

贝蒂娜是对的。甚至在赫尔曼·戈林第二任妻子埃米怀孕后，希特勒周围的人都拿胖子戈林开玩笑，说孩子可能是副官或者是家里其他人的。帝国元帅为这些流言感到很痛苦。在1945年纽伦堡法庭的被告席上他遇见了一个谣言散布者，他是一个很激进的反犹太主义者，名叫尤里乌斯·施特拉依海，是反犹太主义报纸《冲锋队员》的出版人。无论是尤里乌斯·施特拉依海，还是戈林对这次相遇都不开心。以下是激进的第三帝国反犹太主义者告诉监狱心理学家的：

> 这就是戈林啊！他不应该结婚。是的，我知道是因为戈林，不可能是其他人，我于1940年被开除了军籍，因为我公开说了他的孩子不是亲生的。我到底哪儿错了，我只不过说出了我认为是事实的东西。①

应该承认，过了几年艾达越长越像第三帝国元帅，因此完全没有理

---

① Гилберт. Дневник. С. 12.
吉尔伯特：《纽伦堡日记》，第12页。

由再去怀疑他们之间的血缘关系。这是什么，难道是奇迹吗？被宣告为没有生育能力的人竟然能够成为父亲。从另一方面来说，在做了结扎手术后还能怀孕，也只能被称作奇迹。

贝蒂娜认为，与其说是身体创伤，还不如说是没有拥有后代的可能使得戈林染上麻醉品，就这样一直到1945年。

在战争时期，由于鸦片供应中断了，赫尔曼·戈林下令制造1944年别人送他的药品。听说有两名纳粹分子为它起名为“美沙酮”，也就是“阿道夫”，以纪念希特勒。后来制剂被改了名字。

“好吧。”我告诉贝蒂娜，“就让药品这个话题过去吧。但你曾经是嬉皮士，这完全可以让你活得无拘无束啊！”

“噢，是的！”贝蒂娜的脸上泛起了快乐的涟漪，沉浸在青年时代的快乐时光中，“当年还是嬉皮士的时候，我们做了多少出格的事呀！自由恋爱，所有的一切都随心所欲。有很多女孩子，我的一些女性朋友们20岁就已经怀孕了。当时我还很年轻，但是我记得那个时候我说：‘不要生孩子，不要去想这个，你们都是极其不负责任的人！’我喜欢告诉这些女孩子们所有不好的东西，她们这样作为母亲完全就是狗屎，因此用不着让孩子们痛苦。而有人回答我说：‘你为什么反应得这么具有攻击性？生孩子是件很正常的事，这是世界上最为普通的一件事，我们可以生下他们，也能够养育他们！你为什么这么无理取闹？’那个时候我才明白了问题在于我，我不想要孩子，我否定自己的出身，我扯断了与自己出身的联系是为了让孩子不要担负着赫尔曼·戈林的过错，这个人毁了所有人的生活，从自己的女儿艾达到我，他不能再毁了我的孩子！”

赫尔曼·戈林所犯下的错误在他去世十年后还是明显地转移到了贝蒂娜的身上。

当然，如果接受她的思维模式，那么所有的一切就会布满看不见的蜘蛛网，这种蜘蛛网就是原因与结果。它们并没有逻辑上的联系，从这种模式的表面看，也不存在真实的法律依据，但所有事件都变成了顺理成章的环节。戈林就像一座大山一样压在了与他基因相近的所有人身上。

如果我们从贝蒂娜的视角看看这个家族的情况，我们会看到什么呢？

艾达是第三帝国元帅期盼已久的女儿，她没有结婚，也没有孩子，她的一生都在慕尼黑的一个小公寓中度过，公寓里伴随她的是在客厅里挂着的一张揉皱了的、脸色绯红的父亲的画像。

伊丽莎白是第三帝国元帅的侄女，她的一生都因自己的父亲，也就是戈林的弟弟而备受折磨。伊丽莎白的父亲拒绝接受他唯一的女儿，他的整个一生都在没能挽回哥哥性命的愧疚中煎熬。

贝蒂娜父亲的两个兄弟都在战争中牺牲了，因为他们的伯父用不合法的手段把他们招进了德国空军（根据海因茨的想法，他们在结束自己生命的时候，始终不接受失败的结局），贝蒂娜本人和哥哥从小就憎恨自己的奶奶依丽泽·戈林，认为是奶奶破坏了整个家庭的生活。

就像贝蒂娜所说的那样，这只是一小部分因为戈林而受到牵连和折磨的人。如果这种不可思议的逻辑存在的话，我还能补充两三个关于戈林家人的故事，比如戈林的家人如何因为 1946 年 10 月 15 在纽伦堡监狱结束自己生命的戈林而痛苦，我只取它们中的一个讲给你们听，这是贝蒂娜告诉我的，不过她经常会搞乱日期和地点。几年前，她与自己的一个表哥见了面，他是赫尔曼·戈林同父异母的哥哥的第一次婚姻所生的孩子。

“他是戈林最喜欢的侄子中的一个，他很年轻。当然，第三帝国元帅伯父把他招进了德国空军，他奔赴了前线。这位白痴表哥的第一个职业是医生，他的妻子也是医生。他们有四个孩子，都是女儿，当他阵亡的消息传来后，他妻子的痛苦反应就像著名的玛格达·戈培尔那样。我不知道，她是不是在模仿玛格达，她是否知道她的事，但所有的一切正好发生在 1945 年 4 月希特勒自杀的那个时候。表哥的妻子也自杀了，在自杀前她杀死了自己的四个女儿。这是多么疯狂的方式，第三帝国、希特勒、丈夫都没有了，这就意味着她们必须从地球上消失。然而过了几周表哥却从战场上回来了。我是在一年前才知道这件事的，当表哥告诉我这些事时，我都不知道该说什么，该做什么。后来他补充道，战后他又结婚了，并且生了一个儿子……但他的第一任妻子怎么能这么做呢？”

我问贝蒂娜是否知道，为什么戈林在监狱里知道希特勒下令杀死他和他的家人时还能冷静地接受这个事实。

“因为他是精神病。”

“恰如其分的回答。你知道他对监狱牧师说了什么吗？戈林向他承认，他希望，他的妻子可以勇敢地杀死自己和自己的孩子，不要这样被人厌恶地活着。”①

“禽兽！怎么可以这样对待自己的孩子？”

“我知道他很溺爱自己的女儿艾达，我想他只是在最后逞强，因为他很快就要被送上绞刑架了。”

“我不同意你的说法！这种人就是疯子，是一个变态狂。他们没有感情。他们只为自己而活，也只考虑自己，他们认为只有自己拥有生存的权利。他们是以希特勒为首的一群变态狂！”

让我们来说说变态狂吧。医生、心理学家吉尔伯特的《纽伦堡日记》证实了这个观点：我决定更加深入地接触他并直接告诉他，他对于人的研究很不错，但对精神病学毫不了解。戈林并没有否定这一点……我肯定，希特勒、希姆莱，他们都是精神变态者，尽管他们在接待和宴会上表现得非常合乎礼仪。在对待希姆莱的态度上戈林打算接受我的看法，我也尝试着改变他对希特勒的看法，不巧的是他犯了心脏病。②

贝蒂娜从来就没有过心脏病。戈林就是变态狂。贝蒂娜深信这一点。

一些精神病医生认为有些病（心灵创伤）是会遗传的。贝蒂娜这一

---

① Гилберт. Дневник. С. 166.
吉尔伯特：《纽伦堡日记》，第166页。

② Гилберт. Дневник. С. 313.
吉尔伯特：《纽伦堡日记》，第313页。

代不仅仅有来自奶奶和父亲的战后心理创伤，还有不应该被触犯的禁忌。这就是为什么我想见见那位被贝蒂娜保护着的哥哥的原因。

近亲通婚。

第一个也是最主要的禁忌发生在了老一辈身上。奶奶依丽泽嫁给了卡尔·戈林，这个人与她有血缘关系，报应就是她失去了三个儿子中的两个，因为犯了禁忌，惩罚肯定会接踵而至。

贝蒂娜打小就知道家里近亲结婚的事情，并且因此没有得到过片刻的安宁。

她说："我想我不要孩子这个决定是绝对正确的。我的家族里有很多家族内部通婚的现象，乱伦，这太可怕了。这样不会生下健康的后代。"

> 原始人也害怕违反禁忌而受到惩罚，最主要的方式是重病或者死亡，那么……在神经错乱的情况下事情又会是另一种样子。如果病人执意要做一些对他来说是禁忌的事的话，那么他会表现为不害怕自己会得到惩罚，更不担心别人会受到惩罚，很大一部分原因是无法确定的。但是，在分析这个人的动机的同时，就会很容易发现他最亲近的人或者最喜欢的人是什么样的。①

贝蒂娜最担心的不是怕"生出怪物"，照我的理解，而是害怕"给他们加上沉重的负担"，无论从何种角度看，没有出生的孩子对她来说都是最亲近的人。

在任何情况下我都不会对谁做出判断，这些只是我自己的假设。但是我还发现了一件事，一开始我感觉没有任何意义。弗洛伊德曾经讲述过这样一个现象：

---

① Фрейд З. Тотем и табу. М.: Олимп; АСТ－ЛТД. 2008. С. 193.
西格蒙德·弗洛伊德：《图腾与禁忌》，莫斯科：ACT-LTD 出版社，2008 年，第 193 页。

"禁止说出死人的名字"这一点在一些地方被严格遵守。一些南美部落的人认为说出死人的名字是对活着的人极大的侮辱。如果当着他们的面说出了死人的名字，那么所受的惩罚不会比死亡轻多少。很难理解，为什么说出一个名字让人这样害怕，与此相关的危险还会引起一系列的警告措施，这些措施很有意思。非洲的马萨伊人找到了办法，他们在人死后直接换了他们的名字，所有的忌讳都与过去的名字有关系，有了新名字就不再害怕。因此对于名字禁忌的恐惧感也就逐渐减少，我们可以回想一下，野蛮人的名字大多都是与个体有重大意义且紧密联系的，一般都是采用代表着绝对价值的东西的词语。由此可见，那些神经质的人们深受强迫性的折磨，他们对待名字就像野蛮人一样。在读出或者听到众所周知的名字或单词时，他们会表现出很高的敏感度……①

在与贝蒂娜拍摄完后，我开始认真地梳理这些话，此时我才发现了这个细节，在这几天中她只说了三次赫尔曼·戈林这个名字，其中有两次是我坚决要求的，因为这是纪录片所需要的，他的名字应该被清楚地说出来。其余的就是"他……他……他"，也没有上下文。甚至在她开始讲述时，她也一直用"他"来代替，尽力不说出戈林的名字和姓。我也不知道这是为什么，所以有时候会用"赫尔曼·戈林"或者"第三帝国元帅"替换文中的人称代词"他"。

贝蒂娜说，当自己在印度、泰国旅行结束后她突然感到非常轻松，甚至对戈林家族的态度也有所转变，她决定不再反对戈林家族。

"当我还年轻的时候，我非常仇视家庭中我父亲的那一脉。他们对我很不好。但我们都一样，都受到了惩罚！他和奶奶依丽泽都是被第三

① Фрейд З. Тотем и табу. М.: Олимп; АСТ – ЛТД. 2008. С. 76 – 78.
西格蒙德·弗洛伊德：《图腾与禁忌》，莫斯科：ACT-LTD出版社，2008年，第76—78页。

帝国元帅影响的人。一年前我去了一趟德国，为了‘家庭聚会’。在那里我认识了表哥，他告诉了我他的妻子杀死了自己的四个女儿的那个骇人听闻的故事。我总以为父亲那边的家庭成员都心狠手辣，一年前我就告诉自己‘够了！’我需要与他们见面交流。后来所有的事情看起来也没那么可怕了。他们之中还是有一些很可爱的人，基本上都是远房亲戚。第三帝国元帅的女儿没有被邀请过来，艾达是一位非常开明的人，她平静地生活着，就好像从来不存在一样。我怀疑她又一次没有去理会邀请。”

贝蒂娜对第三帝国元帅和亲戚们的态度有了一些改变。她甚至开始想，她继承了赫尔曼·戈林的一些独特的个性特点，有些时候她会坚持自己的这一想法，此时我会出现幻觉，我觉得她因从戈林那里继承的东西而感到骄傲。

“是的，我跟他确实是有相似的地方。这在很大程度上是一些本能性的反应，比如，智力、能力。有一些事情我做起来得心应手，例如，战略，这是我特别钟爱的题目。我经常与我的犹太朋友们玩战略游戏，这会让他们感到很开心，我经常会玩与战争策略有关的游戏，而且一直取胜，每一次都是我赢。但我其实不想在那些不得罪人的战争中战胜别人，你明白吗？我已经厌烦了总是赢。”

“为什么那个时候要玩呢？你认为这是第三帝国元帅的特点吗？”

“我不能把我自己和他做比较！我找不到与他的任何共同点！一直谈论他让我感到很无聊，我们换个话题吧。你们明白，他是什么样的就是什么样的，他只是那个时代其中一员……”

“好的。你所提及的那些特点，你认为对你有什么好处吗？”

“我在事业上不是很成功，但我总是感觉我并没有把我的潜力全部挖掘出来，因为我有很好的组织能力，但每次当我陷入这种与权力有关的境况中时，我就会很快告诫自己：‘不，这不是我要做的。’当有人提议让我领导公司时，我回答说：‘绝对不行！’在学校甚至已经发展到极其可笑的地步，所有人都喜欢听我说话，他们推举我当学校的宣读员。

我几乎要疯掉了，不，我不应该成为公众人物！我绝对不能！”

我个人认为，问题不在于印度和泰国之旅，也不在于与年迈的古鲁大师的交谈，更不在于与大自然融为一体。说得直白点，我相信，贝蒂娜的转变是在与以色列导演见面之后。也就是从那个时候她开始审视自己的错误，她明白，也担心自己一直被这种错误笼罩而心烦。她的意识中有一丝丝的虚荣心包含在里面，人们对于她的兴趣就好像对大名鼎鼎的阿道夫·希特勒的得力助手赫尔曼·戈林一样。

就这样不知何故突然她有了这种说法：

“我决定与你们见面是因为我认为这会对我的自我解脱有好处，这会帮助我减轻负担，因为我总感觉自己无路可走。”

“那你哥哥是怎么想的？”

“关于这些罪过我的哥哥总会说：‘我能有什么办法呢？那个人生活在过去，而我生活在现在，我不能为那些与我毫无关系的事来承担责任。’我也同意哥哥的说法，我们与那些一点关系都没有！”

“但他也做了那个手术，也是为了不延续后代。”

“是的，像我一样，都是因为戈林。”

贝蒂娜伸了伸懒腰，对着镜头打了个哈欠，没有张开嘴。现在该休息了，否则跟她的谈话很难继续进行。

贝蒂娜是一个很难交流的人。她总是从自己的大脑神经所虚构的与现实毫无关联的记忆出发，她所想和所说的东西，在她那里不知以何种秘密的形式联系在了一起，而这些与现实生活没有一点点因果关系。举个简单的例子，她无视食谱，当她做沙拉的时候，她会用冰箱里的任何水果，不管它们是否能放在一起，这不是她所要关心的。顺便说一下，关于沙拉，这不是隐喻，而是事实。第三帝国元帅戈林的亲属所做的午餐更令人惊奇，巨大的美式小吃（我们到来前才吃完了一半）、放干了的饼干和柏林式沙拉。按我的理解，这是贝蒂娜用冰箱里所剩的东西做成的沙拉。实际上，冰箱里除了土豆、苹果、沙拉酱以及调味酱汁外，什么也没有了。当然吃下这些东西需要不断地喝“真正上等的中国绿茶，这些茶是朋友从泰国带给我的。绿色茉莉花茶非常昂贵，需要冲泡三次”。

贝蒂娜的柏林式沙拉被放在一个便宜的大盆子里，点心被装在一种黏土制成的容器中。我明白主人不是吝啬之辈，只是当贝蒂娜又一次打开冰箱取酱汁的时候，我发现冰箱里实际上什么都没有了。对于我所提出的他们是否会吃肉这个问题，他们只是耸了耸肩说：“我们一点都不反对，只是食物来得非常不易，因此我们极少吃肉。”

贝蒂娜摆好了桌子准备吃饭。

“我们是自助的，想吃什么就自己取。”

可以说，可供选择的东西并不多。他们的生活水平很难被称作中等。她和丈夫生活得很简朴，住的地方很偏僻。而且当你在咖啡馆替她付账的时候，贝蒂娜也从不会反对，艾迪也不会执意举办什么节日晚宴，我现在知道了原因。

我问贝蒂娜是否去过俄罗斯，去过苏联的什么地方，是否尝过俄罗斯菜。她洗干净了刀叉后回答道：

“我和艾迪不仅品尝过俄罗斯菜，而且我们非常喜欢红菜汤！当我们在网上找到了红菜汤的菜谱后，定期地就会做它，它加上酸奶油更好吃。我还喜欢传统的德国菜，我可以做出很美味的炖牛肉、红菜，当然我更喜欢泰国菜和印度菜。而甜点中我做得最好的是‘黑森林’蛋糕，有时候艾迪会请求我做这种蛋糕。我喜欢烤制食品。”

拍摄完之后，柏林式沙拉以及吃起来嘎巴嘎巴响的点心已经成为我们团队在户外最受欢迎的东西。贝蒂娜塞了满满一嘴，试图告诉我们自己对于茶叶和亚洲的喜爱，她从来没有去过中国，但她相信值得尽快去一趟：

“我 6 岁的时候，父亲给我和哥哥买了一副麻将，我们全家玩得非常开心。那是多么美好的时光！所以我从小就对亚洲产生了幻想，向往中国，后来我就想从事针灸这个行业，关于这些，明天上班我们再说……”

“请问，为什么你突然会出现在美国圣菲？”我问她。

贝蒂娜打了个哈欠说道：

“这也算不得已而为之吧。我 19 岁离开了德国。如今很多年过去了，我想这更像是逃亡，离家十年后我来到了圣菲。一开始我住在加利福尼亚，也就是我与艾迪认识的地方，他已经说过了我们的相识经过。当我与他生活在一起的时候，我们突然产生了想拥有自己的房子的念头，但那时候我们的钱非常少，成品房我们买不起。那时我哥哥从德国来到了圣菲，我们去看望他，我一下子就爱上了圣菲这个美丽的地方。我们决定在这里与朋友合资买房子，但出现了一些分歧，简单地说，我们最后决定贷款买一块地皮。我的哥哥带我们看了这里所有的地方并且建议我们在他的旁边买地，但我们拒绝了，这一点也不感到遗憾，因为我们更喜欢这里。就这样我们开始了我们巨大的建造工程，我们自己盖了房子，当然哥哥也在帮忙。我们几乎用了两年的时间，所有这一切配套设施计划在 20 年内最终完成。在我搬到圣菲之前我在不同的地方住过，包括圣迭戈，我是一名内科按摩医师，在那里我产生了去上针灸课的念头。我起初的计划是去做糕点，但在针灸课上做了一个实验，我被选中作为试验品，最终确认我患有糖尿病。”

需要说明的是，戈林家族的糖尿病是遗传性的。海因里希·戈林，也就是第三帝国元帅赫尔曼·戈林的父亲，他的一生都被糖尿病所困扰。

我 20 岁的时候父亲去世了。在去世前的两三年时间里他被糖尿病折磨，但他没有严格遵守和控制饮食，也没有采取任何防治措施。①

可是贝蒂娜并不知道这些，在针灸学校她被诊断患有糖尿病时，她吓了一跳，甜点师这样的职业也永远与她无缘了。因此回到圣菲的时候她只带回了一个针灸师证书。

“圣菲是一个迷人的地方，就像任何城市一样有着令人感到忧伤的历史，这些历史都与土地的被掠夺有关。事实上，有时候我也会因为周

---

① Голденсон. Интервью. С. 199.
戈尔登松：《纽伦堡访谈录》，第 199 页。

围的炎热和干燥而感觉到苦闷，我和艾迪也尝试着离开，比如说去泰国。但是当我们回到这里，看着这片广阔无垠的土地时，我会双手合十，手掌相对说：‘感谢你，上帝，阿利路亚！’”

“对于藏身来说，这儿确实是一个绝佳的地方。”

“也许是这样的，但也未必。青年时期我更换了姓氏，我有过时间不长的一段婚姻，我决定不再用戈林这个姓。就这样，我用我第一任丈夫的姓，而艾迪用自己的。在圣菲人们不关注别人的姓氏和名字，他们甚至连自己国家总统的名字也不清楚，更何况第三帝国元帅的名字！”

“这就是说，你选对了地方。”

“这里很寂静、安然、宽敞，只有你一个。没有任何噪声和人群，不像在加利福尼亚或者美国东海岸那样。但现在我们想要离开这里，只是需要把地皮和房子卖掉。”

上午 9 点 30 分，我、谢尔盖、斯图加特在一个大商店旁边的路边停好了车，也就是在圣菲边界的老拉斯维加斯高速公路边。贝蒂娜迟到了 10 分钟：“塔季扬娜，过来坐我的车。”她放下了车窗叫我。斯图加特和谢尔盖看着我们。

从这里到贝蒂娜办公室一路上没有什么好看的风景。不到 10 分钟她就把车停在了两个白色一层楼高的房屋中间，用手敲了敲侧面的车窗说：“我们去这边。”

从门里出来了一个高大壮硕的男人，他几乎是朝我们扑了过来。贝蒂娜与他礼貌地打了招呼，向他介绍了我们并说了一些简短的客套话。“这是房东，不得不客气点。”她悄悄地告诉我，关上了门。

斯图加特撑起了支架开始安装摄像机，在这期间我与谢尔盖和贝蒂娜一起参观了她工作的地方。看样子，这是一个普通的私人诊所，就跟俄罗斯的诊所一样。长长的走廊没有一扇窗户，它的两侧是几扇普通的带有金属手把的门。从走廊向左转弯，走两三米会有一个白色的门，那里就是第三帝国元帅赫尔曼·戈林侄孙女的诊所。

沿着长长的走廊左边的墙看过去，那里摆着几个大概两米高的木柜，里面装满了大罐子，就像我们国家腌黄瓜的三升装的容器。这些罐子上都被仔细地贴上了纸条（她具有德国人的严谨），里面装的是一些干草和植物的根。贝蒂娜从这些柜子旁走过，温柔地用手掌滑过装满干草的玻璃瓶子。这些植物是她用了不止十几年的时间收集起来的，有的是她专门从德国和泰国带回来的，但大部分还是在圣菲当地收集的。

她的办公室旁边是一个巨大的石佛雕像。一进门左手边的墙上挂着一幅印度画，上面画的是印度湿婆带着夸张表情的抽象画，我记得这是印度教中的一个人物。在黄绿色的背景上湿婆手里拿着一把三股叉。我想起湿婆的形象体现的是两极——毁灭和重生。我认为这种双重性是极其复杂的，就像我们女主人公缠绕在一起的内心世界。印度的由直角组成的万字挂在空中，与法西斯党徽相抗衡。

两个万字符，两种不同的思想。

贝蒂娜诊所的窗户上安装的是白色的百叶窗。诊所的中间是按摩台，后面靠墙的柜子里装着小玻璃瓶，上面贴着印好的标签。

当我拿了一个小瓶在手上仔细观察的时候，贝蒂娜向我解释："这是我自己制作的，把草药泡在药水中。"

沿着另一面墙看过去，办公桌上有电话、茶壶、日历和白色杯子，白色杯子里有前一天没有喝完的绿茶。桌上有一面很大的镜子，镜子跟前摆着一些重要的东西——工作日程表、光临过的顾客的电话号码和一些名片。唯独没有一张照片。

虽然办公室不大，也很难被称之为舒适的或者适于居住的处所，不过贝蒂娜也没有任何要去享受的意思，更不会为此所动。她是那种可以坐在空咖啡馆里最不舒适的位子上，正对着过道，即使有匆忙而来往不断的服务员用肥大的屁股在她身上蹭来蹭去而毫不感到不好意思，她也不会在意的人。

赫尔曼·戈林的侄孙女认为自己是医生，是东方医学的维护者。谁能想得到呢？第三帝国元帅服用麻醉药，而她却用草药制成了浸液。

"我从少年时期就想成为一名医生，19 岁的时候就想逃离德国。"贝蒂娜直接坐在了按摩台上，向前挺起丰满的胸部，这在她那干瘦的身体上是非常令人惊讶的，她撑着胳膊肘继续说道，“本想着只给自己治疗，后来治疗别人却成了首位。我相信我有做医生的天分，很早我就发现了。我在30岁做了人工绝育手术后就开始认真学医。一开始我掌握了按摩，而这比在圣迭戈学针灸要早得多。你们知道，在西医中最关键的是健康的身体，而东方的医学距离我更近一点，它讲究的是治愈心灵，因为很多疾病是因为心理问题才产生的。这是身心医学。

“我记得，那还是我十六七岁的时候，妈妈的作坊已经倒闭了，她在一家医院里做护士，也做一些其他兼职，去上了年纪的人家里照顾那些摔倒或者中风的人。她的顾客们都是一些很难移动的人，她需要移动他们的手和脚。当妈妈有假期的时候，她会请我替换她几天。她把所有的东西都教给了我，教我应该怎样对待她的私人客户，在那些天我就代替她工作。就这样，那些老顾客们在我妈妈回来后告诉她：‘您的女儿有一双巧手，看吧，我现在已经可以走动了。’我感觉这就是天赋，你们明白吗？我还有其他的天赋，那就是敏感的直觉和嗅觉，我可以准确地感觉到别人在因何而痛苦。过去，当我给病人做按摩的时候，在所有的治疗程序完成后，病人觉得疼痛的地方我也会感觉到疼痛。这不是什么好事。由于这个原因我就把主要精力集中在了针灸上面，这样我与他人之间就有了一定的距离。我不喜欢彼此接触，因为我能非常强烈地感受到别人的痛苦。”

“有人知道你是戈林之后，会不接受你吗？”

“有时候会……”贝蒂娜咬住了嘴唇，“我记得，格尔尼卡的人不喜欢我的出身。不过，有段时间我住在英国，在朋友那里做客，在那里根本就没有人反对我，甚至当他们知道了我是什么人之后，也没有任何反应。英国人更喜欢拿这个话题开玩笑，里面没有任何的粗俗成分。我想不起，是否因为我的姓而在学校里被人侮辱过，总的来说，没有过这种情况。我记得有一个同龄人问过我‘你真的是来自那样的家庭？’这是因为这些孩子的父母是纳粹分子，战争已经过去了，但纳粹分子的后代依然生活在这个世界，就像我的奶奶依丽泽。我们可以天真地去想，既然第三帝国坍塌了，所有与此相关的一切都应该消失殆尽。忏悔对于大多数德国人来说也只是个形式而已。作为曾经的纳粹分子，他们在八九十岁时去世，他们能做的也只是在厨房里回忆自己曾经在伟大的第三帝国度过的青年时代。”

“让我们把话题转回到你身上吧，一个拥有戈林这个姓氏的医生对许多人来说是难以置信的。”

贝蒂娜拨了拨脸上的一绺头发说道：

“难以置信，是的。我有一位客户，她是一个肥肥胖胖的犹太人，在德国长大，她经常来我这里买干草药或者做按摩。后来我对她讲述了我的出身，我觉得熟悉的人有权利知道这些事实。我告诉她：‘是的，我就是你熟知的那个人的亲戚。’她对我说：‘请原谅，贝蒂娜，我以后不会再来你这里了，看到你让我感觉很难受。’这就好像在我的心窝上给了重重的一击，你能明白吗？我感到非常难过。后来还有一件事，是与那位犹太导演有关。我们一起去佛教中心，他告诉在那里工作的人他想拍摄些东西，根据计划他把我介绍给了他们。有一个中年犹太女人说，她拒绝跟我坐在一起。就这样她站起身走了。其他的诸如此类的粗鲁之举我也记不起来了，但是我清楚地记得，人们非常不乐意与我待在一起。”

我对她讲：“我觉得，你应该清楚，问题不在于出身，而在于那些人对待过去的态度。我同意，需要铭记历史，但是不能鄙视一个与那个时代所有罪行毫无关系的人！老实说，我很惊讶，你成了那位以色列人的牺牲品。很明显他是要把这些罪行强加于你，我想，没有他你已经够痛苦的了。”

贝蒂娜摇晃着头说：

“我没有像你说的那样把这些罪状如此深刻地加在我自己身上。与所谓的罪行相比，我实际上觉得自己更像是某个人的牺牲品……”

“戈林吗？”

“是的。”

“请对着镜头说出这个名字，不然我会被责备，好像你是在谈论其他某个人似的。”

“好的。赫尔曼·戈林……这个狂人，是他毁了自己的整个家庭。他是个怪物，没有为此而流下一滴眼泪……不过我记得一些历史著作里记载了1945年春天，当他做了美国人的俘虏的时候，他的所有勋章都被摘了下来，当然还有他的手枪，那时他哭了。能使他感到不安和难受的当然不是他背后那堆积成山的尸体，而是被没收的象征第三帝国元帅的勋章！他因为害怕看见真正的自己而哭泣，因为有人夺走了他过去所有的权力，只留下了他自己。如果他不是第三帝国元帅，如果他没有更多的权力，那他会是什么样的人呢？只是一个肥胖的嗜毒者。你还想让我说些什么？”

“既然我们说到第三帝国元帅的眼泪，那你会经常哭吗？”

“噢！是的。”贝蒂娜点了点头，“我总是喜欢在看音乐剧的时候抽泣。从严格意义上讲，我通常不是为自己哭。母亲去世后这三年，我经常会哭泣，但是这种泪水可以理解为是想从一直折磨着我的内心的痛苦中摆脱出来。我现在与你交谈，我想我妈妈会对此不满的。她是一个令人惊讶的女人，是一个前卫的女人，一个自由派。在父亲死后她还活了将近30年，在90岁时去世。她帮助我解决我的心理问题。是的，她爱酗酒，有人说她是酒鬼，但我不那样认为。她很活泼、聪明，徒步去过很多地方，不过自始至终她没有学会开车。我记得在她去世前不久她摔倒了，大腿也骨折了，一位俄罗斯的医生为她治疗。他检查完她的内脏器官后确认她的身体很健康。”

“我给她带去了那么多的麻烦，尤其是我13岁的时候离家出走，再后来我的哥哥也离开了家。很难想象，她是怎么熬过来的？但我知道，她一直在迁就我并且依然爱着我。她一直忧心我和我的未来，因为她知道我不是那种会预先存钱以备不时之需的人。我不是像她那样的人。我一直是个自由散漫的人，想获得更大的自由。我喜欢自己选择事物，尽管有时我并没预先想好。很多人盼望能够退休，就像老黄牛盼望着不再耕地。但我不是那种人。我和艾迪所有的积蓄就是我们的地皮和房屋。我将会按照我的意愿一直工作，直到生命的最后一秒。既然有手有脚，那么买面包的钱就会有的。”

“难道没有任何……投资？你的房子里挂着水彩画呢。”

“我不明白你的意思是什么。这些都是很廉价的画作，其中一些是艾迪画的，也有一些是他的父亲画的。有些是我们花了一美元买的，我不搞什么收藏，就像……”

“赫尔曼·戈林。”

“戈林，他为了名气而去收集画作和其他艺术作品。他想向世人显摆，他是最有钱的人。因此我认为，他评估艺术的价值只是从它们的市场价格出发。我想他也只是装装样子，为了向别人展示他有多么的专业，多么的博学。实际上，现在很多富人都喜欢炫富，例如炫耀自己的游艇，以此来比较谁更有钱。好吧，我们现在就结束谈话吧。”

“好吧。那我还有最后一个问题。这是我臆想的问题。如果现在按摩室的门被推开了，赫尔曼·戈林走了进来。那么你会对他说些什么？你肯定之前就想过这种问题，对吧？”

“是。”贝蒂娜叹息着说，“我会对他说：‘我怎么才能够尝试着去弥补你所犯下的罪行呢？但是他能听我的话吗？不见得。因为他是个疯子，这种人不会有任何同情之心。而我却能强烈感受到别人的痛苦，他……他没有一点点的同情心。我曾经真的很厌恶他，我憎恨那些沉重的负担，他把它们都推给自己家族的人。但是现在，这样说不妥，如果没有希特勒和戈林，世界就不会从千百万人的死亡中获得惨痛的经验教训吗？难道德国人就不会成为爱好和平的人吗？谁知道哪个更好，哪个更糟糕呢？”

“好的。但赫尔曼·戈林有个弟弟……”

“是的，亲弟弟阿尔伯特，他救过犹太人、茨冈人和捷克人。但我对他一无所知。有时我觉得，这只是一个家庭传说。”

我们和贝蒂娜一起来到了沙蒂的住处。沙蒂有着漂亮的发型，脖子上戴着珠子，涂着精致指甲油的手上戴着戒指。她站在那里，裹着斑斑点点岩画印记的驼色墨西哥大披肩期待客人们的到来。

她领我们穿过了客厅，来到一个单独的内院。院子的前面是个由鹅卵石镶边的池塘，池塘是克洛德让人挖掘的。池塘旁边种着修剪过的白花菜。池塘后面有个小广场，广场上有几尊雕塑，站在广场的小山丘上可以欣赏此处绚丽的风景，山丘的上空飘浮着紫色的云彩。空气中传来蜜蜂嗡嗡的叫声，池塘里有很多黄色和红色的鱼。鱼的数量很多，所以当沙蒂把鱼食扔到水里，仿佛施展魔法似的，水里开始冒泡，鱼儿们贪婪地游向食物。贝蒂娜感觉自己在主人亲手创造的壮丽环境中显得很不自在，似乎此处的土地都在呼吸，但，她，第三帝国元帅的亲戚，一点都没能给自己那片荒芜的土地带来生机。

我们路上看到许多小树苗和大树都缠着布条。主人标记出这些，是为了区分出哪些树无法经受住炎热的夏天。这些枯萎的树木和树枝不能填补她这个第三帝国元帅亲属内心的忧伤。

“这里将会开满羽扇豆的花。”沙蒂说道。

“是的。”贝蒂娜冷漠地说道。

过了半小时回到了房子里，沙蒂建议在这里进行下面的采访。

她端来了茶，坐在铺着砖红色桌布的桌子后面松软的圈椅上。桌子上除了茶壶和茶杯，还随意地放着几本书和一些大小不等的竖放着的剪报夹。

“听着，”贝蒂娜咽了口茶，皱起了眉头，就像刚被别人泼了冷水的真正的鉴赏家一样，“你是哪一年离开德国的?”

“21 岁的时候，那个时候很幸运，我刚毕业就可以离开。大概是在 1957 年或者 1958 年吧。总之，我最终离开了威斯巴登，那个我学习化学的地方。”

“威斯巴登!”贝蒂娜从座位上跳了起来，“我正好是在那里出生的。也就是说你离开那里的时候我大概一岁。”

“是的。”沙蒂冷淡地点了下头，没有表现出他乡遇故知应有的喜悦之感，“我一拿到毕业证书，开完庆祝会，第二天一大早就离开了德国，就像从鸟笼里放飞的鸟儿一样。我的父亲汉斯是纳粹的高层，母亲在我很小的时候就去世了，后母一点都不喜欢我。离开了父亲的家，我动身前往瑞士，在那里我结了婚并生了三个孩子。当我一跨出德国边境，我立刻就忘记了纳粹、希特勒、戈林、父亲等一切事情。我成为一名母亲，并开始全身心地享受生活。当我来到美国，来到波士顿，我接受了第二个高等教育，此时我已经40岁了。有一次在宿舍的房间里，我的室友抱着一台小电视正在看关于集中营和隔离室的纪录片，要知道我过去从来没看过这些东西，对集中营我更是一无所知，自从我离开德国之后我也不想去了解这些。这……太恐怖了……简直难以描述，杀了那么多犹太人，你明白吗？我父亲和其他人的父亲是凶手……”

贝蒂娜盯着摄像机，斯图加特和谢尔盖站在摄像机的后面，面带疑惑，他们能走过去并安慰哽咽的沙蒂吗？不，不行。沙蒂，因号啕大哭而浑身发抖，她用手捂着脸，正努力地缓过来神来。贝蒂娜同情地看着她。

“亲爱的，”贝蒂不知所措地说道，从她的声音里能听出某种温柔，“不值得这么难过。这些人再也不会有了……”

我不明白她所指的是谁。是刽子手，是受害者，还是那个时候的所有人？

“但是你清楚他们是什么样的人。“沙蒂哽咽道，脸上泪水纵横。

“没错。”贝蒂娜平静地说道。与此同时沙蒂也停止了哽咽，但是从她的胸腔里发出了剧烈的叹息，再一次眼泪淌了下来。

沙蒂忘我地哭泣，甚至连男人们都不忍心去看她。我脑海里并没有要冲过去安慰她的想法，因为这将会是个错误，就让她哭吧。贝蒂娜已经知道是怎么回事了，对我点了下头，示意我继续。

“你害怕叫赫尔曼的名字。为什么？”

“嗯，”贝蒂娜皱着眉头，“我不想花精力解释。”

沙蒂的哭泣声小了些，她开始尝试听我们在说什么。

“这是神经官能症的表现吗?”

沙蒂渐渐不再啜泣，聚精会神地听着我抛给她邻座的问题。

“是的，我是神经过敏者。”贝蒂娜点了点头，喝了一口茶，“也许不只是我一个人，可能我们所有人都是。”

“好了，存储满了……” 我听到背后斯图加特抱歉的声音，他打断了这个尴尬的时刻，“我需要两分钟去换一个新的，我会很快的!”

“注意，那是玻璃……”沙蒂说了一半就停止了，因为斯图加特已经撞到了玻璃门上。他揉着自己的脑门说道：“玻璃门……”

“我知道了。”斯图加特微笑着从地上爬了起来对沙蒂报以微笑，“好了，现在一切正常了。”

“如果可以，我想去洗把脸。”沙蒂依然呜咽着，她站起来朝走廊那边走了过去。

贝蒂娜从台阶上走到靠近壁炉的沙发上坐了下来，旁边的桌子正对着木质藤椅，那是沙蒂刚刚坐过的地方。

“我说我们都是神经过敏者。”她喝了一口茶，舒展了腿，像佛陀一样盘腿坐了起来，露出了圣母玛利亚图案的袜子，“包括你、我、我们的民族。如果在经历了这些事情之后还能算是正常人的话，那我们就都不是正常人了。你敢说，斯大林对你们的迫害比希特勒对我们的迫害少吗？不见得！战争结束了！奶奶依丽泽来到我们家里，因为奶奶生病了，她已经无法掌管自己的养鸡场了。”

“噢！她怎么坐在电视机旁告诉我们的呢？她说：‘共产主义者都是废物。美国人都是卖主求荣的人。犹太人，原则上讲，他们的命运就是进焚尸炉，这是他们的命。’就是这种思维。可是，她也极力否定焚尸炉。她认为，奥斯威辛集中营、布痕瓦尔德集中营都是杜撰出来的，是为了愚弄民众。顺便说一句，以前我到过奥斯威辛，从那里返回时我彻底病了，就好像自己真成了囚徒一样，这也是剧烈的心灵创伤的结果。”

沙蒂走进了房间，站在了贝蒂娜的后面，她的眼泪又涌了出来。贝蒂娜没有看见她，继续说道：

“后来我离开了那里，去了美国，遇见了自己的第一任丈夫。我面临着新选择，是选择新名字、新生活还是背负过去的压力。我选择了开始新的生活并天真地以为所有的重负都消失了，但事实并非如此。过去的一切依然悄然无息地缠着我，就像沙蒂刚刚说的。”

“戈林，这不是你的过去，这只是一个影子。”

“比如，卡特琳·希姆莱，她嫁给了一个犹太人。我们都是神经过敏者。”

沙蒂坐在藤椅上，端着自己的杯子喝了几小口说：

“我愿意相信，德国人已经吸取了教训。”

“是的，是的！”贝蒂娜迎合着，“绝对是一个惨痛的教训。当我听到他们用不协调的声音在宴会上唱国歌的时候，我只想跑得远远的，躲在世界的尽头。我觉得一切都与过去有某种关联，这使我感到非常恐惧。不过，我觉得现在我变好了。这要感谢报纸中的文章和你。”她对着我点头，“我始终相信我走的路是正确的，所以我应该对你们说声谢谢……”

“为什么？”

“现在我明白了，我的使命就是今后以自己的切身经历去解救那些深陷在自己出身和过去痛苦之中的人们……”

“使命？”

“我的使命就是让那些觉得自己有罪恶感的人从内心深处得到解脱，摒弃邪念。这大概就是我的想法。或者也可以说，当初拒绝参加拍摄是我的错误。是的，过去我很痛苦，但我也应该想一想谁需要我的帮助……塔季扬娜，当你给我和沙蒂写信的时候，我并不想打开那封信，因为要看一封俄罗斯人写的信，就像是和他面对面交谈一样，这对我来说的确是一种折磨，毕竟我的亲人残害了上千万你的同胞。但是现在我能感觉到自己内心的光明，也许我会继续拍摄下去。现在有一个美国摄影组正在和我联系。”

她继续说着她的使命，她的声音渐渐变小了，小得只有她能听见自己在说什么。太阳肆无忌惮地照进了整个屋子，白色的墙壁变成了橙色的，非常刺眼，身后的摄像机一直响，像嗡嗡的苍蝇一样，我下巴抽搐着想打哈欠。我不再去听贝蒂娜在说什么，只是看着她，她就像是被困在旱地上快要渴死的鱼，大张着她的嘴巴。此时我转过了身看见沙蒂坐在那里睁着眼睛并用手掌遮住了自己的嘴。她的双腿在阳光的照射下泛出了像珍珠一样的光，她左手戴着的金色手镯也异常明亮，反光照在了墙壁上。我极力想搞清楚，她是否明白贝蒂娜现在所说的这一切。我看见沙蒂掩住了自己的嘴巴并小心地舔舔嘴唇。为什么我会这样觉得，对此她根本就不感兴趣。

当太阳快要沉入山谷时，克洛德回到了家里。大概过了 10 分钟，艾迪手里拿着一个纸袋也来到了这里。

“按我所说的，你带了晚餐，是吗?”

艾迪打开了他的袋子，贝蒂娜满意地点点头，包里有开了瓶盖的红酒和昨天吃剩了一半的零食。

“沙蒂，这是我送给你的。”

“谢谢!”沙蒂的表情有点让人捉摸不透。

女主人点亮了客厅里的蜡烛，我们的身影印在了玻璃墙壁上，但是我依然不能摆脱我们这个房间的所有人现在在一个小山丘上，似乎成了变态狂和色魔的袭击对象这样的想象。而这种色魔变态狂通常是美国电影中的主人公。

克洛德换好了衣服并戴上了印有“俄罗斯”字样的军帽，这是他几年前去圣彼得堡时买的。他的嘴里高兴地吹着口哨朝厨房走去，准备着杯子和烧杯。他想向我们大家展示自己的实验。

“就是两千年前亚历山大时期进行过的实验。但是在做实验之前首先需要准备好做实验用的东西。”

沙蒂作为主人招待着客人，她准备了甜品，甚至在市场买来了当地的鱼。此时贝蒂娜和艾迪很舒适地坐在长凳上，并给自己倒上了红酒。

“我去车里拿一下我的吉他，”艾迪说道，客人们都很好奇地看向他。

“噢，你还记得这个？”贝蒂娜问道。

从厨房里传来了克洛德和沙蒂的争吵声，也许是他们做的实验引起了家庭矛盾。

“沙蒂。”我叫道，并且到小厨房里试图把沙蒂带出去，克洛德把半瓶水打翻了，“忘了问了，为什么你这样会种羽扇豆?”

“啊，是这样的。”沙蒂戴着手套从烤箱中拿出了她答应要做的民族菜，“战争期间，人们在黑市上交换犹太人制作的产品。我很小的时候想跟奶奶一起去那里。我记得，那里可以买到各种鱼。我们在长凳上坐着，吃着东西。突然我意识到，周围好像有什么不对劲，好像什么被换了。我们在那里的房子也变成了废墟。奶奶说，在一夜之间全都被摧毁了。然后我就在那个被摧毁的房子中看到了红色的东西，那抹红色和黑色的夜空形成了鲜明的对比。然后我问奶奶那是什么。她回答，那是羽扇豆。我一辈子都会记着在那被摧毁的房子中间生长着的羽扇豆，有没有那栋房子其实都一样……”

“艾迪要唱歌了。”贝蒂娜喊道，“大家都来这里吧!”

他在昏暗中拨弄着吉他，在停顿的时候，贝蒂娜笑着说：

“他将给我们演唱《桥上之舞》，这是我最喜欢的德国歌曲之一，我的妈妈也非常喜欢这首歌。它是由诗歌改编而成的，这首歌是欧洲瘟疫肆虐时写的，所以我们在谈论的舞蹈，更确切地说，是临死前的惊厥。”

“我没听过这首歌。”坐在摇椅上的沙蒂说道。

艾迪弹着和弦，时而重复，时而激烈，歌曲展现了不同曲调的声音：

石桥

坐落在莱茵河上，

想要越过这座桥

轻快的舞步带你一闪而过……

房间里一片寂静，只有时间在一分一秒地流走，我们所有人都开始鼓掌。

艾迪在掌声的鼓舞下喝了两口红酒。当他在考虑如何继续征服这些听众时，我问他：

“你为什么离开了德国？”

“嗯，与贝蒂娜完全不一样。”艾迪给妻子使了个眼色，妻子的一个脚放在了沙蒂的长凳上，翻看着沙蒂的书《一只脚跳舞的人》，“我曾经是一个品行端正的少年……嗨！你赚大发了。实际上我的过去也并不是很好。我出生在西柏林并在那里长大。刚开始我是一个很听话的孩子，但是大概在 14 岁时我就开始出现了思想倾斜，16 岁我成为共产党员，经常反对所有人和所有的事。随后那些社会工作者就经常找我谈话。当我年满 20 岁时，我自己决定也要成为一名社会工作者，因为那样就可以研究一些复杂的社会问题，那样的人会被认为是研究专家。然而（艾迪拨动了一下吉他琴弦）我非常失望，我明白了，想尽力去改变一个社会，不是我该做的，我也不可能做到。总之，获得了居留许可证后我就离开了德国，来到了美国。”

“你和她一起的吗？”我点头示意了一下贝蒂娜，“你们很相像，当然我指的不是外表。如果不说你的西柏林……”

“你想要说什么？”艾迪笑着问。

“不知道。”我耸了耸肩，因为事实上我真的不知道。

“顺便说一下。”艾迪继续说道，“在新墨西哥州有很多来自西柏林的人，来自我的祖国。我非常喜欢这个州，我喜欢这里一年四季的灿烂阳光，我在这儿的一所学校教授太阳能学，并安装太阳能电池板，就像上帝把我带到这里一般。我还做飞行教员并兼职挣一些外块，同时我也在学校的合唱团唱歌，甚至还玩印度的那种鼓。”

“他的确是一个多面手。”贝蒂娜继续翻着书自豪地说道。

“讲完了，没有什么好说的了。”艾迪微笑着说，然后继续拨弄着吉他，“我妻子的确是一个真正的统帅，我有时候就这样叫她‘统帅’，或者更简单‘帝国元帅’，因为她喜欢发号施令，比如，把这个拿来，把那个递给我。而我说：‘遵命，帝国元帅！’自然，她并不太喜欢我开的这个玩笑。”

贝蒂娜放下了手中的书，倒了一小杯红酒，微微皱起了眉头说：

“毫无疑问，是我安排家里的一切。组织才能，这是我和我的哥哥我们俩天生所拥有的，这是我们遗传的戈林家族的血统。哥哥看到房子的设计图就清楚建造的每一个细节，他会用不同的形式进行细小的分工，并且能在最短的时间内认真地完成所有的事情。”

“朋友们，一切都很顺利！”此时从厨房传来了叫声，“我做成功了！遗憾的是你们没有看见！我做到了这一切，真的！”

“你太棒了！”沙蒂说，然后拿着盘子走进了客厅。

晚饭后大家坐在沙发和长凳上休息。艾迪、贝蒂娜和沙蒂一边弹着吉他一边唱着德国歌曲《麦基·梅塞尔》，房间里充满了响亮的笑声和不太整齐的合唱声，像是在哀号的萨克斯一样。在我看来，这些应该是在舞台上发生的事。蜡烛燃烧着，黑色的影子在墙上晃动着，透过窗户可以看到外面黑暗寂静的森林。

深夜我做了一个可怕的梦。梦见今天参加晚宴的所有人好像都来到了前两天我和贝蒂娜还有沙蒂去过的圣弗朗西斯大教堂里。那里不知为什么会有那么多的人，好像在举行某种仪式。在入口处还有皮特先生的自助餐，我扔了几块硬币得到了两罐碳酸饮料，突然这两罐饮料好像又消失无影了，我开始努力地寻找它们。

神父，有点像克洛德，就是比他胖那么二十来斤，他从人们旁边走过并和蔼地微笑着，像是对那些前来祈祷的人询问着什么。在他走过来之前我就在一边静静地等着，为了问一些人生中非常重要的问题：是谁拿走了我的饮料？为什么这些对我是那么的重要？

我的对面坐的是贝蒂娜，她手里拿着一罐饮料，同样的饮料！

我悄悄地叫她，但是她似乎没有听见并继续喝着。

神父走到了我们跟前，对我视而不见，问贝蒂娜：

“你想要什么？我的女儿！”

“我希望你能保佑我和我的哥哥。”贝蒂娜回答道，同时还打着哈欠！

“你的哥哥在哪里？”神父问道，神父看着她的嘴巴，就像口腔医生一样。

“他在这里，在我的心里。”贝蒂娜把自己的手放到了胸前。

突然我醒了过来。客厅里钟表上的时间是凌晨3点多。我打开了床头灯，拿起了今年的电话号码本，然后用手指按着字母顺序读着居民的名字，还有他们的地址。翻到字母G的那一行，除了“戈林”什么信息也没有。我又按照贝蒂娜的姓氏来找，还是什么也没有。接着我根据艾迪的姓来找，他在电话簿中有一点信息如下：

没有哥哥名字。

有艾迪。

没有哥哥。

皮特先生，梦见了这样的梦！就像在迷雾中狩猎一样，就像这句谚语一样！

当然！

是的，当然！

在白色的罐子里……喝着……喝着，越来越少，两口就没了。

皮特先生，皮特先生！

要是给这个饮料的名字上加一个字母再减去一个字母“R”，那么……就成了艾迪的姓了。

我手里拿着那个电话簿一动不动，我开始变得惶恐不安了。有什么事情在我的脑海中发生了。

“总是有愚蠢的想法！”糟糕的梦让我自己变得非常愤怒，我把电话本扔向了一边。

这种事情是不会发生的。

绝对不应该发生。

Дети Третьего рейха

尼克拉斯·弗兰克

——断头台阴影下的生命

为什么我要如此贬低你，

如此反对你？

——尼克拉斯·弗兰克

理查德·冯·席拉赫这样对我说：“提到尼克拉斯·弗兰克，我们首先需要弄明白，我们是在和心理疾病打交道，他和他的父亲一样脑子都有问题。”理查德·冯·席拉赫的父亲是在纽伦堡受审的第三帝国头目之一，他在20世纪30年代初曾经统领法西斯南部兵团，后来成为维也纳地区行政长官。我记得，理查德是一个喝一口咖啡就要用他那肥肥的手指去拍打袖子的怪人，而他的袖子刚刚还擦过街头小吃店里布满灰尘的小桌子。现在，他一边津津有味地品尝着嘴里卡布奇诺的苦味一边补充道：“我希望您能正确地理解我的话，尽管我的父亲和弗兰克的父亲是坐在同一条板凳上受审的人，但我不希望您把我的名字和尼克拉斯的名字相提并论。”

希望理查德原谅我，不要生我的气。我最终还是把他的名字和尼克拉斯的名字放在了一起。他的父亲巴尔杜尔·冯·席拉赫和尼克拉斯的父亲汉斯·弗兰克都是阿道夫·希特勒的亲信。他为什么会对尼克拉斯的名字产生如此强烈的反应呢？“脑子有问题”是什么意思？为什么理查德会提出抗议甚至感到极端厌恶呢？

坦白地讲，正是这些东西激发了我的好奇心。

听完理查德说的那些话，我变得更加好奇。

似乎，尼克拉斯·弗兰克作为那位最为可怕的纳粹罪犯的儿子，他的名字不仅常常出现在“褐衫队”（纳粹突击队）的资料里，而且被当作一种怪异的形象出现在社会学家、心理学家甚至一些德国精神病学家的著作中。这是为什么呢？

我和弗兰克一共见过两次面。第一次是在联邦德国的施勒斯维希－霍尔施坦因州的一个小城市，它离易北河不远。他那有着芒萨尔式屋顶阁楼的木质两层房子坐落在一片很大的翠绿的草地上。

我记得，弗兰克最初留给我的印象是，他是一个有教养、稳重、有文化的人。在他的身上有什么离奇的故事呢？我一直在思索着这个问题，直到他真正地让我感到害怕为止。

在我的坚持下，尼克拉斯在摄像机镜头前翻看那些陈旧的家庭照片。

他所有家人的照片，父亲、母亲、他最爱的大哥、二哥和两个妹妹泽格丽特和布里吉特（第三帝国时期）的照片都被精心地编好了顺序，现在可以直接在老式笔记本电脑上仔细地看，可以放大、缩小和随意翻转。

当时的情形是这样的，弗兰克点击着鼠标，用软件把一张照片切换成了另一张。前一张是他和父亲、母亲一起的那张照片，后一张是 20 年后他和妻子汉尼萝拉的照片（是她出发前往慕尼黑朋友那里的时候照的，那天也正好是我们到来的日子。她离开的理由是，她不想引人注目，更不想打扰自己的丈夫）。随后，尼克拉斯用手按住鼠标的左键，谜一般地笑了笑并说道："现在给你们看看最重要的，也是我最喜欢的那张照片。"

会是女儿的？

孙子们的？

还是家庭重大事件的纪念照？

我完全猜错了，甚至与正确答案一点都不沾边。随着鼠标的点击声，展现在眼前的是直接在绞刑架现场拍下来的他父亲尸体的那张照片。从照片上看，尸体似乎还没有冷却。

尼克拉斯呼吸均匀，异常平静。他，我敢打赌，他的脉搏依然平稳地跳着，没有一丝丝的激动和不安。他甚至都没有看我一眼，哪怕只是为了看到我听完他所说的那些话后产生的反应。他干巴巴地说着，好像在他面前的不是父亲的照片，而是一个由妻子汉尼萝拉精心打理的五颜六色的花坛："这是父亲被绞死的那张照片。他于 1946 年 10 月 16 日在纽伦堡军事法庭上被宣判为战争罪和反人类罪。死亡的时间大概是第二天的凌晨。我的父亲躺着，为自己的所作所为付出了生命的代价。他罪有应得。这是我一生中保留的最重要的照片。它将一直警示着我……”尼克拉斯放大了父亲的照片，照片中他父亲双手放在肚子上，嘴巴微微地张开着，好像一个睡梦中的人那样平静地呼吸着，柔软稠密的睫毛极其醒目，似乎是处在战战兢兢的恐惧中，也可以说是处在某种快乐或者冷漠中，就这样永远地与最为可怕荒唐的第三帝国时代联系在了一起。

弗兰克在放大父亲的脸，放大，继续放大。现在他的脸已经占满了电脑的整个屏幕。这已经到了最大限度，而吸引我注意力的是鼠标的光标一直在面部的左眼上徘徊。尼克拉斯继续说道：“一只眼睛明显肿了，也许是父亲被从绞刑架上放下来时这边的脸撞击到了地道口边缘的缘故。在此之前，他爬了30个台阶，登上了断头台，然后由刽子手伍兹先生给他的头上蒙上了一个黑色的袋子，并在脖子上套上了绳索。父亲说道：‘亲爱的耶稣，请发发善心。’在这无边无际的黑暗中父亲面对所有来观看绞刑的人们说道：‘我非常感谢你们在我生命的最后时刻可以如此好地对待我，我恳求上帝，希望他宽宏大量地接受我。’”

尼克拉斯沉默了。而我把目光从汉斯·弗兰克平静的脸上转向了他儿子侧面的阴影处，此刻，从旁边窗户射进的微白的光照在他的脸庞上。尼克拉斯的脸上表现出的是一种彻彻底底的冷漠和淡然。最终，他缩小了照片并迅速地转向了我，像个孩子似的试图解释什么。但似乎他并没有明白刚才发生的一切有着怎样的意义。他说：“我一直随身携带着父亲的这张照片，不是放在小钱包里就是装在上衣的口袋里。我会永远地这样带着，就是为了证明他最终还是死了（他朝屏幕漫不经心地点头示意了一下）。虽然原则上我反对死刑，但是我的父亲却被处以了死刑，体验了死亡前那几分钟的恐惧，这种恐惧是成千上万的人，具体来说，是600万人都经历过的恐惧。”说到这儿，尼克拉斯一时顿住了，接着又平静地说道：“600万无辜的生命啊，都被他残害了。”

作为父亲，汉斯·弗兰克给大家留下了“善良”一面的印象。作为波兰总督，他是希特勒在1939年亲自委任的，他任总督一职直到战争结束。作为一个人，他称自己为“波兰王”，同时，人们给他起了个绰号叫“波兰屠夫”。

尼克拉斯的父亲汉斯·弗兰克有着不可思议的形象，这种形象是那些心存邪念的人所特有的，而这种邪念是双手沾满鲜血的刽子手在其生命终结那一刻的忏悔中形成的。罪犯用自己松垮的裤腿擦拭着小小的监狱囚房的地板，裤子变得如此松垮在很大程度上可能是由于监狱里少得可怜的饭食。

所以，这就是汉斯·米哈艾里·弗兰克最后的形象。

从他的一些照片来看，他以狙击手瞄准似的目光盯着你，给人感觉好像不是你在看他，而是他在看你，并且随时准备要扣下扳机。他的脸上好像还有一种厌恶的表情，他的下嘴唇微微向前凸起，即使过了几十年，你还是能够感觉到他的敌视，人们的注视使他很恼火。高高的、平坦的额头，低垂着的、不平整的和并不稠密的眉毛悬挂在眼睛上方。他的整个样子都被照相机照下来了：厚厚的、有点儿圆鼓鼓的嘴唇；鼻子像鼓风机似的异常突出，为他脸上过于严厉的表情增添了几分生动。但这个样子好像也是他故意摆出来的，很显然是用照相机专门拍出来的。30年代初，当战争还没有在这个地球上爆发，希特勒以及他的同僚们还没有忘记微笑的时候，古老的照相机还是留下了汉斯·弗兰克脸上的微笑。也许他自己（或者没有周围人的提醒）也明白，他不适合微笑，因为这样会露出下排牙齿之间的缺口，所以他只好突出下巴来掩饰这一缺陷。

汉斯·弗兰克是雅利安贵族血统的代表，他完全符合纳粹和胡戈波士（男用香水品牌代言人）的标准，而且有大猫头鹰的鸭舌帽和各种变异的卍字。除了律师的衣服，一切显然都很适合他，他穿着律师的衣服和希特勒站在一起拍了一张照片。20年代末，在事业的初期，意气风发的希特勒经常带着身为自己私人律师的弗兰克出现在大众的面前，后来更是将他直接从法院大厅带到了未来的第三帝国头目的位置上。闪光灯的闪烁瞬间记录下了这一切：有人拿着一大束花奔跑着，而这位未来的波兰行政长官满脸微笑，完全忘记了自身的缺陷，露出了下排牙齿之间的缺口。

弗兰克从1927年到1933年是希特勒的私人谋士和律师，他代表着未来法西斯头目阿道夫·希特勒的利益，这种利益远远难以用100个诉讼来审判。在民族社会主义者取得权力以后，他的职位随当时的希特勒而晋升。希特勒成为首相，弗兰克则摇身一变成为司法部部长。

> 作为第三帝国的司法委员和法官，汉斯·弗兰克在1936年向律师们声明："所有根本法的基础是民族社会主义的意识形态，特别是它在党纲和第三帝国领袖的言语中的阐释。"弗兰克进一步详细解释他是如何理解这个问题的："在民族社会主义的思潮下，不存在任何法律的独立性。你们在采取某种决议时一定要先询问自己：如果领袖处在你的位置他会怎么做呢？这一决议是否符合德意志民族的意愿？"因此，所有律师都必须加入德国民族社会主义律师联盟，在这个联盟中，他们经常接受弗兰克的精神教诲。①

1939年，希特勒任命弗兰克为被占领的波兰区总督。在这片领土上，这位律师肆意妄为，篡改法律条文，根据他的提议，杀害了好几百万人。

在纽伦堡的审判过程中，领袖的拥护者们常常会提到这个话题。他们自己解释说，他们见到希特勒的第一秒、第一眼，听到他说的第一句话时，他们好像是中了邪似的，深深地被希特勒所吸引。但希特勒并没

---

① Ширер У. Взлет и падение Третьего рейха. М.: Захаров, 2010. Т. 1. С. 391 – 392. (Далее – – Ширер. Рейх.)
施列尔·乌：《第三帝国的兴盛与衰亡》，莫斯科：扎哈罗夫出版社，2010年，第一卷，第391—392页。

有吸引到弗兰克。1919 年，弗兰克还在慕尼黑研修法律学，他被自己的朋友邀请出席了未来元首的演讲。他的这位朋友——工人安东·德烈克斯勒是纳粹党的奠基人之一。当时，无论是希特勒的演讲，还是他的外表都没能给弗兰克留下任何印象。在弗兰克的眼里，这个留着奇怪小胡子、面色极不健康的矮个子根本就不像是一个活物。很遗憾的是，弗兰克判断错了。

“1926 年，我第一次入党，三个月过后就退了党。我的父亲对我说：‘我很惊讶，你竟然没有发现希特勒是怎样的一个傻瓜……’在此情况下，我给希特勒写了一封信，在信中说我不认同党的某些原则，并澄清了自己退党的理由。这之后我全身心地投入自己的律师工作中。1926 年 12 月 27 日，我在报纸上看到了一则声明，上面写道：一些穷人在寻求律师为他们辩护……我就这样成为这些穷人的辩护律师，而这些穷人正是猛烈攻击柏林的军队的参与者。多么具有讽刺意义啊！在法庭上，我维护了这些党派成员的利益，而我自己却不是其中的一员。1928 年，我作为法律顾问再一次入了党……1928 年，希特勒单独约我见面并请求我做他的全权律师。我接受了他的建议……”①

在纽伦堡审判时，汉斯·弗兰克在法庭上被定为七号被告人。在和心理学家、警卫队以及其他一些被捕的纳粹头目的非正式谈话中，他多次谈到了有关命运的话题。他说是魔鬼把自己推向了希特勒，这一切都有迹象表明，有很多很多的迹象，且有据可查。他必须服从命运的安排，绝不能违背。一切就这样开始了，一切从在街上他遇到了一个吉卜赛女人开始。

我多次告诉过你们，1934 年一个吉卜赛女人给我做出了什么预言。她说我活不到五十岁。你们看到我手掌上的线条了吗？它突然就中断了，你们看到了吗？当时吉卜赛女人说这意味着

① Голденсон. Интервью. С. 73.
戈尔登松：《纽伦堡访谈录》，第 73 页。

我将与某种诉讼程序、某种法庭审判产生关联。我对此根本就没有上心，因为我本身是一名律师，觉得这没有什么可怕的。随后她说我活不到五十岁。①

那个吉卜赛女人的预言得到了应验。汉斯·弗兰克46岁时在纽伦堡的军事法庭上被判处死刑。作为律师的他，可以说是命运的戏弄，最终成为一名被告。

尼克拉斯·弗兰克是汉斯·弗兰克的儿子，在50年代中期中学毕业时就想成为一名律师。如果他成为一名律师，他极有可能会去研究纽伦堡审判的笔录，研读父亲的辩护和指控材料，但是后来他却改变了主意。他的哥哥诺尔曼将“步父亲后尘”这句话轻易地就抛给了他，其实这并没有什么其他用意。但尼克拉斯听完后就像受到某种警示一样，他猜想这暗示着他的事业将会像父亲那样一败涂地，最后不是走上绞刑架就是一个惨淡的结局，或者这就是所谓的“基因作怪”。

尼克拉斯·弗兰克找到了一个折中的解决办法，他当了一名记者。他写了很多书，在德国的一些大型期刊上也发表了很多文章。他撰写了许多关于第三帝国、希特勒，当然，特别是写了许多关于自己爸爸的文章，并且每次都在文章中提到父亲最为经典的骂街话，那些远远不是一个正常人能说出口的咒骂话。1987年，尼克拉斯在《斯特恩》周刊上分章节发表的《父亲·旧账资料》就像一颗炸弹似的在德国炸开了锅。当时的尼克拉斯是《斯特恩》期刊的一名在职记者，他关于父亲的描述在德国成为激烈争辩的焦点。“激烈争辩”的措辞或许不完全确切，更准确地说，这是“尼克拉斯在肆意地凌辱父亲”。要知道，他父亲的那些骂街话刺激到了在第二次世界大战后选择忘却、爱好和平、憎恨纳粹主义的所有德国人的神经。所以，在纳粹刽子手汉斯·弗兰克和他的儿子之间玄之又玄的争论中，很多市民将基督教的价值观作为最主要的公正

---

① Гилберт. Дневник. С. 108.
吉尔伯特：《纽伦堡日记》，第108页。

评判标准："他怎么可以如此憎恨父亲？他怎么能如此侮辱一个早已死去的人？这真是作孽啊！"

对尼克拉斯来说，基督教训诫中"去尊敬你的父亲和你的母亲"就是一个空洞的说辞。对他而言，和父亲的交谈就像是临睡前催人平静入睡的祷告，仅此而已。在自己的书里，在杂志和报纸上公开发表的文章中，尼克拉斯直白地或者含蓄地在和自己的父亲交流，这一切都会使他歇斯底里地发泄出来并刺激着自己的欲望。尼克拉斯不停地和父亲交谈着，甚至有时候会感觉到父亲在和他面对面交谈。但是，为什么这种无休无止的欲望会一天天地愈发强烈呢，难道仅仅只是为了践踏已死的禽兽吗？尼克拉斯与自己所憎恨的父亲费力建立的这种不同寻常的关系是不能被轻易破坏的，可以把它看作是遵循传统宗教的狂热者的反应，以把自己钉在十字架上来寻找救赎自己的方法。但这是狂热者的错吗？或者是他们所信仰的上帝的错吗……

如果德国人在很大程度上只是不假思索地去指责弗兰克的儿子尼克拉斯的话，那么一些充满好奇心的精神病医生和心理学家却能在他的身上发现许多可供研究的素材，而且尼克拉斯还在不停地为他们提供着。尼克拉斯好像是在有意戏弄他们，让他们感到难堪，将他们的职业瘾勾了起来，但所给出的一个又一个理由却让他们深深地怀疑这些素材的真实性。

1987 年，在德国极具影响力的《时代》杂志上刊登了一篇对尼克拉斯·弗兰克的书评，评论指出他的描写方法是"心理色情"与"嗜尸癖的性幻想"相结合。

现在我向你们提供一两条弗兰克的引文，让你们自己来判断对他的评价"是的，他的确是个疯子！他是一个畜生！"是否公正。

弗兰克一边想象着父亲被带进纽伦堡监狱体育馆的脚步声，一边说道：

我感觉到了你对死亡的极度恐惧，这极其刺激着我的神经。

还有两分钟父亲就要被吊起来了。

当我还是个孩子的时候，我把你的死当成了自己的死。我躺在臭气冲天的厕所地板上，大大地叉开自己的双腿，一边手淫，一边在脑海中想象着你头戴尖顶帽，脖子上套着绳索，在小小的囚室中走来走去，就这样无休止地一直走着，我就这样体验着快感。

而对他的听觉来说，最大的乐趣可能就只是父亲“脊椎咯吱咯吱响的破裂声”，这种声音一直萦绕在他的耳旁。他对父亲说道：

我就这样活着，你能理解我吗？你能听到我说的话吗？我如此地活着！当我死的时候，肯定比你死的时候要年长得多。我一直努力想要做到这一点。当我还是个孩子的时候，我就如此诅咒你了。哪怕这一切只有短短一秒钟！在此之后，我继续不停地诅咒，目的就是为了能摆脱你，为了你这个肮脏的猪，我将去面对一切挑战。

“我如此地活着”，这像是绝望的哀号，也像是他自己的宣言。尼克拉斯想要谁去相信这一点，他在向谁呼吁？要知道，他不是在自己 10 岁到 15 岁期间写下的这本书，事实是，当这本书出版的时候，他已经 48 岁了。

所有谴责弗兰克儿子的人都相信，他在诋毁自己父亲这件事上丧失了理智。或许一切并非如此，或许这是尼克拉斯以父亲为主线来体现这些争议？他时时刻刻都以父亲的整个生平为主线，而不是简单的臆造。这是一条粗粗的直线将汉斯·弗兰克和他儿子的生命串联在了一起，他的儿子连续十几年的个人独白就像连续不断、折磨人的呕吐一样。这种公开洗白自己难道是一种生存方式，是为了从身体里面吐出吞噬弗兰克的病原体？

企图自我拯救？

或者变相地投机？

或者真的有病？神经兮兮？

德国的诊断医师找到了大量的证据材料来说明这一点。

例如，在《二十世纪德国人的生活》一书中就花了不小的篇幅以标题为“窥阴癖”来剖析尼克拉斯的反常行为。我不知道作者是不是暗地里在尼克拉斯身上发现了这一点，但我认为他们给从未谋面的人做出自己的诊断，自己本身就从事着那种窥阴癖的工作。

对我个人而言，我不相信尼克拉斯真的是一个疯子。我认为，他是一个受过心灵创伤的人。这样的人是非常有吸引力的。因为想要立刻探究出其受创伤的原因，发现它并将它去除（医治好），这就像外科医生从肉里取出弹头一样。

2011 年的春天，为了补拍，我和尼克拉斯约定在纽伦堡见面，现在这只是短暂记忆中一个安静的巴伐利亚小城镇。我们重新唤醒了记忆。如果没有尼克拉斯的帮助，我们计划在几个与尼克拉斯父亲死前最后一年有密切联系又难忘的地方散步甚至去看看第三帝国的某个遗迹的愿望肯定难以实现。

据我了解，弗兰克非常热爱这座城市。有时，他会来到档案馆去寻找最新的揭露纳粹主义的书籍资料。唯有一个地方，他多年来一直都没有再去一次，那就是他父亲被绞死的那个监狱。不用惊讶，或许是监狱还在继续运作，从厚重的混凝土墙这点来看，轻而易举地进去的确有些困难。这对我并不困难。我事先就已经和司法机关、监狱的负责人达成了协议，我们不仅可以去第 600 号法庭大厅（那里是对第三帝国最高头目进行审讯的地方），而且还可以去 1946 年汉斯 · 弗兰克被绞死的那个监狱。正是在那座监狱，60 多年前尼克拉斯在那里和自己的父亲见了最后一面。关于最后的那次见面，小弗兰克在我们第一次去他家采访时就进行了回忆说明。

“1946 年 9 月，母亲和其他五个孩子一起去纽伦堡探视父亲。审判已经结束，10 月 1 日将要宣布判决的结果。从 1946 年夏天我们就已经得知父亲将被绞死，他已经没有任何可以活下去的机会，他的律师，也就是扎依杰里博士这样告诉我的母亲。甚至在学校还有孩子这样逗我说：‘你爸爸很快就要被吊起来了。’那个时候我只有 7 岁。简而言之，我去了纽伦堡，并且我也清楚，这将是我最后一次看见父亲了。”

在德国施勒斯维希－霍尔施坦因州的家里，尼克拉斯给我们看了他笔记本电脑上的一张照片。他自己也不清楚照片是谁拍的。照片上是一位妇女，黑色宽檐帽下的脸很难看清楚，她穿着黑色的上衣和长裙，手里紧握着黑色的手套和一张纸，这是在纽伦堡监狱与丈夫最后一次见面的通行证。在她的身边有两个孩子，小女儿布里吉塔穿着小短裙和高领毛线衣，手里拿着一个盒子僵硬地站在那里；小儿子尼克拉斯身穿白色衬衣，上面套有小马甲，并打了个小领带，他的脸被母亲的手臂给挡住了。

尼克拉斯记住了这次见面的整个过程。

“见面的时候，我坐在母亲的膝盖上，面前有一面大玻璃，玻璃后面就是我的父亲，在他后面站着一个戴着白色钢盔的美国士兵。玻璃上有很多小洞，是为了更好地听见对方的说话。父亲的脸上洋溢着微笑，他告诉我：‘尼卡（在家里大家都这样叫我），很快我们就可以一起庆祝圣诞节了，一切都会好的，我还会再给你讲童话故事。’我坐在母亲的膝盖上，感到了深深的绝望，我不理解，他为什么还要如此自欺欺人。他明明知道，人们将要把他送上绞刑架了，为什么他还要骗我呢？我当时感到特别绝望和难过。我清楚，我再也不可能见到他了。”

汉斯·弗兰克的名字在纽伦堡的审讯中常常被提到，因为他是唯一一个承认自己的所有罪行、悔过并愿意承担后果的被告。他不请求被宽容，并且接受了天主教。审判拖延了整整一年，他在自己的小囚房里祈祷上帝原谅自己。奇怪而又突然的巨变发生在这样一个最可怕的杀人犯身上，这一切使他的儿子尼克拉斯·弗兰克难以理解、难以平静。他猜想，这肯定是父亲的又一个骗局。

“这是我们和父亲行刑前的最后一次见面。他坐在那儿，自欺欺人地说一切都会变得更好，他很快就能回家了。这全是谎言，纯粹的胡说八道！要是他这样对我说：‘尼卡，你已经7岁了。你知道，这是我们最后一次见面。我肯定会被判处死刑，这是很公正的结果，我是罪有应得，咎由自取。你不要将这些罪过揽在你的身上，这都是我自己做的。’如果他这样说的话，我大概会号啕大哭，或许我也就会过另外一种生活了。”

老实说，当时的那种情形让我感到特别困窘。这不是从事实的层面上，而是从感觉的层面上来说的。一个七岁的孩子，就那样在最后一次见面时像大人一样平静地甚至有点厚颜无耻地看着自己的父亲，想的是他所犯的罪行。一切就这样极其罕见地发生了，这似乎显得过于理智和不可思议。一丝惊恐闪过了我的脑海。一些蝴蝶拍打着翅膀飞进了弗兰克木质屋子的院子里。尼克拉斯结束了这个故事的讲述，往后仰靠在椅背上，嘴里发出了低沉的、刺耳的呻吟声。

正是在听完这个故事后，我努力尝试着获取进入监狱参观的许可证。谢天谢地！我成功地获得了许可证，只是没有告诉尼克拉斯罢了。

尼克拉斯·弗兰克乘火车从德国的北部来到了纽伦堡所在的南部，路途花费了大约四个小时。不过，他总能找到事情去打发时间。尼克拉斯走进了酒店的玻璃大厅，他手里紧握着已经弄脏了的、不会再簌簌作响的当日报纸。在大家和他打招呼、进行着关于天气和他的健康的礼貌性客套时，我向你们描述一下面前的这个人：

尽管去年尼克拉斯就已经过了70岁，但这一点是很难从外表看出来的，人们一般会认为他还不到65岁。他那高高的、瘦削的身板一直都保持得很好。或许他身高有一米八零，或许更高一些。

尼克拉斯留着白色的、剪短了的浓密小胡子，这些小胡子融入了脸两边不长的白色络腮胡子里，很少有人在这个年龄显得如此年轻。或许这一切都是因为弗兰克和他的父亲一样有着一副帅气的外表。所以，即使他早已秃顶，但看上去却显得别具一格，很难说是艰难岁月的象征。

弗兰克戴着眼镜，不大的镜片镶嵌在黑色的镜框里。事实上他已经无法离开它。如果你向他提出的某个问题让他难以回答，把他逼到了死胡同，他偶尔会摘下眼镜，用手掌擦一擦自己的脸。

当尼克拉斯醉心于某一个故事，开始讲述故事中的某一个角色，描绘某一个人物（通常是自己的父亲或者哥哥诺尔曼）时，他就会大大地张开嘴巴。在此情况下就可以清楚地看见他那参差不齐、发黄的牙齿。他的两颗门牙像兔牙一样向前突出并向里扣着，可以很明显地凸显他那突出来的、小小的虎牙。我很难断定他像不像自己的父亲，更确切地说，他并不像波兰总督那样有着健壮的身躯。从他的鼻子看，我觉得他们绝对不像是一对父子。

弗兰克坐进了一个柔软的、白色的圈椅里并向前伸直了腿，他皱起了眉头。

我靠近他的圈椅扶手问道："有什么不对吗?"

弗兰克抬起了头，从下往上打量着我并说道："今天我的左腿可怕地酸痛起来，好像是有人故意作对似的不想让我来这里。"

"是天意?"我坚信尼克拉斯一点也不信这个，但我还是问道。

弗兰克冷冷一笑说道："一切都是因为死去的父亲而受到了来自地狱的诅咒。其实，可能就是关节炎犯了，要不还能是什么?"

我如释重负地笑了起来，并想，或许真是我的记忆出现了什么问题，或许我像德国社会一样给自己臆造出了一个恐怖的、疯子般的弗兰克。是我读了太多他关于爸爸的文章吗？是我在脑海中过分地渲染了我们与他的上一次会面吗?

当我把尼克拉斯酒店房间的钥匙递给他时，我微笑着问他："您的孙子们现在怎么样?"

尼克拉斯将钥匙放在矮矮的、玻璃做的放杂志的桌子上，又坐回了圈椅里，敞开的披风垂落到了地板上，他将手伸进自己上衣里面的口袋里。

"你看看他们，半年时间全都长大了!"他从口袋里掏出了几张照片。

“那张小的、黑白的是谁的照片?”我问道。

“嘿嘿，我再给你看一张照片，你认识照片上的人。”他试图从口袋里取出另一张照片。

“我又没有什么特异功能，怎么可能透过上衣就能看见。”我说。

弗兰克显然不能理解为什么我会说到关于特异功能的话，他皱了皱眉头解释说：

“在德国施勒斯维希-霍尔施坦因州，我的家里，你见过她。”

就像小孩子不愿意撒手分享自己最爱的甜食那样，弗兰克递给我一张小小的照片（他父亲尸体的照片)。为了不把照片弄脏，他把照片小心翼翼地包在一个塑料文件袋里。我看着照片，将它放在桌子上并开始用手指甲弄平塑料文件袋上的皱褶。弗兰克好奇地看着我。

“怎么了?”他突然问道。

“什么怎么了? 很平常的事啊。您自己说的，您一辈子都随身携带它们。”我平静地说着，并继续刮平文件袋上的皱褶。(见鬼! 不可能! 他真的随身携带它们! 疯了吧! 我认为这是他在开玩笑) 我内心的声音正在拼命地呐喊，与此同时我内心的另一个声音也平缓地、平静地说，似乎随身携带已经去世的父亲的照片的确是一件很平常的事。

尼克拉斯漫不经心地点了点头说道：“是的，当然是啊。”他又补充道：“我已经把孙子们的照片递到你面前好几分钟了，你一点都不在意，却一直盯着我父亲的尸体看。”

糟糕!

怎么会出现如此糟糕的局面呢?

我把弗兰克父亲的照片递还给了他，将他孙子们的那张照片拿在了手里。

虽然如此，但在我眼前浮现的依然是那具尸体，那具在冲洗出来的几分钟前还是个大活人的尸体。临死之前，他给自己的家人写了最后的字条。尼克拉斯正好在死刑后的第二天早晨拿到了它。字条里还有附言：10 月 16 日夜里我死了。

尼克拉斯说，这样的附言汉斯·弗兰克在他最后寄给亲朋好友的所有书信中都有过。尽管死刑的时间和日期还都是秘密，但纽伦堡监狱里的所有人都知道，包括那些将要被执行死刑的人。还有，我记得尼克拉斯还补充说过“这是我父亲在自己的一生中说过的唯一一句真话”。

“你觉得我那些优秀的孙子们怎么样？他们已经长大了吧，是不是？”

在给我展示了他那些快乐的、讨人喜欢的孙子们（安诺、卡尔勒和诺勒）之后，弗兰克小心翼翼地将照片收好，把孙子们的照片面朝面与被绞死者的放在了一起，然后用薄薄的塑料文件袋包了起来装进上衣里面的口袋里，和证件、护照放在了一起。

我问道：“尼克拉斯，您需要休息一下再出发吗？”

他点头同意了，并伸手拿起了放在小桌子上的钥匙。

两个小时过后，弗兰克从酒店走了出来，由于落日的余晖他眯起了眼睛。他在房间里只是小睡了一会儿，现在走路还是有点儿瘸。他准备带我们步行去城里的城堡墙，恰好早上我们就在那儿附近等待他的到来。在那里我们发现了一个对影片拍摄来说很不错的小地方。所以，我们和摄影师（尼克拉斯亲切地叫谢尔盖为导演谢尔盖）、弗兰克来到了这个地方。在我们没有到达这个地方之前的那段时间里，这里发生了惊人的变化。日落时，这个屋子的所有窗户都打开了，这个屋子白天的时候看起来好像没有人居住，现在窗户里面出现了几个姑娘。

“哦，这是大学生宿舍吗？”当男人们还在张大嘴巴发愣的时候，我确认了一下，“多么可爱的女孩子们啊！”

“是的，第三个窗户里面的是人妖。”谢尔盖朝我点头说道。

弗兰克大声地、爽朗地笑着说道：

“我觉得，你们选了一个绝佳的地方！”

我现在搞清楚了，这里过去曾经是一个妓院。此时此刻正好是“接客时间”。

尼克拉斯点了一根烟，从嘴里吐出浓浓的白烟，若有所思地说道：

“从某种意义上讲，这非常有趣。我可以沿着这个奇怪的学校走过去，并告诉他们，我的父亲并不比这个古老职业的杰出代表们逊色。他才是真正的娼妓，他生活在希特勒时代，他从不反对希特勒所做的一切。他出卖的不是身体，而是自己的灵魂。”

“这种想法的确很有意思。”谢尔盖向弗兰克点头说道。

当我傻傻地看着女郎们那从窗口露出的酥胸、长长的发辫和硅胶般的嘴唇时，我想入非非了。而其他男人们正朝那个皮条客奔过去。但他既没有打招呼，也没有客气，什么都没答应。他不想任何人以这些女孩们，或者以这个地方为背景，他很坚决地拒绝了。

“太遗憾了，对于影片来说这肯定是一个绝佳的场景。”点燃了一根烟后，尼克拉斯说道。

我说：“顺便说一下，弗兰克您是不是抽得有点多啦？已经连续三根啦！”

我用的是一个反问句。尼克拉斯由于烟突然咳嗽了起来，虽然他吐出的话和烟杂乱地混合在一起，但却给了我一个很充分的回答。我们继续在妓院、妓女、人妖的附近散步，他们从窗口向我们投来了不信任的目光。很显然，某个姑娘给弗兰克说了一些淫猥的笑话，然后她们开始放肆地大笑，而弗兰克依然异常平静。

“1976 年的 1 月 7 日，我戒烟了，并发了誓，当我活过 65 岁的时候，我再开始抽烟。是的，在我 65 岁生日那天，我又开始抽烟了。在德国，大概我是唯一一个会因为自己的每一个生日而兴高采烈并把生日看成是最神圣的日期的男人吧。从 65 岁生日那天起我又开始抽烟了，有时候抽得少，有时候抽得多，有时候甚至一根都不抽。”

“阿嚏！”有人在二楼的阳台上打了个喷嚏。

“祝您健康！”弗兰克大声地说道，他并没有抬头，而是继续缓慢地走着，“没有抽烟的这 30 年让我感到很温暖，我觉得我给自己立下了在 65 岁时再开始抽烟的誓言是多么明智啊。”

“谢谢！”从上方某个地方传来一声道谢。接下来应该说了什么挑逗性的句子，因为姑娘们再次嘻嘻笑了起来。弗兰克微微一笑，但是他并没有转向姑娘们，他继续着自己的话。

“现在我满足于一根接一根地吸烟，特别是在喝完了一瓶酒或者在旅途中某个地方停下脚步的时候。当我在家的时候，我基本上不吸。”

“您是想说，吸烟是一门哲学？”

“不是的。”弗兰克撇了撇嘴并摇了摇头说道，“这只是一种依赖性。抽烟的时候我更容易进行思考，思维会变得更加活跃和富有联想，随之会产生很多新的想法、很多新的创作灵感。但是，也许所有这些都是胡说八道。任何一个酷爱吸烟的人（烟鬼）都能编出成千上万条所谓的正当理由来证明他为什么需要吸一根烟。但是至今我已经过了70岁，所以，我想我可以允许自己这样做。”

“弗兰克，您的父亲抽烟吗？”

尼克拉斯点头同意，像一个猎人似的变得兴奋了起来，似乎是期待着再次损害父亲这一令自己愉悦的时刻，他想通过自己的俏皮话将仇恨的匕首刺入父亲的肉体，并将它更深地推入心脏，然后快意地转来转去。

“他抽烟，只不过抽的不是香烟而是雪茄。父亲非常希望我哥哥诺尔曼快点成熟起来。当哥哥16岁的时候，父亲就建议哥哥抽雪茄烟、喝红酒。是父亲直接加快了诺尔曼的成熟。他爱自己的长子，似乎是料到了他自己活不长久。当德国军队在斯大林格勒战役中战败的消息传到他那里时，他伸出手说道‘死亡的天使刚刚触碰到了我’，这指的不只是斯大林格勒战役的战败，而是暗示着他自己生命的终结。1944年到1945年的那个最后的圣诞节，父亲和诺尔曼一起在隔壁的房间里抽着雪茄烟，突然他跟我哥哥说：‘诺尔曼，我觉得自己已经是个老头了。’后来诺尔曼一辈子都因没对父亲说什么、什么也没问而感到愧疚难过。很有可能，那时父亲有很多话想要对他说，但他的长子却一直默不作声，因此他就不再继续这个话题了。就这样，我们错过了获知真相的机会，这一切已无法挽回。事实上，哥哥一辈子都因这件事而不能原谅自己。同样，他也是父亲的牺牲品。而我，我与这事有关系吗？”

我说："这并不重要，我更感兴趣的是你们当中到底谁折磨着谁?"

"没有谁折磨着谁。人们把他吊起来了"。弗兰克正确地理解了我的问题，并没有做出惊讶的表情，也没有再问我一遍的意思。

"是的，身体被吊了起来。但是我感觉特别玄乎，他好像一直和你们在一起。"

"是的，他总是和我们在一起。"弗兰克说道，"他就在这儿。"如果你事先不知道他外套里面的口袋里有照片的话，你会认为他指的是自己的心脏。父亲尸体的照片被他包裹在塑料袋里，放进了外套里面的口袋里。

此时此刻，我感觉到我的后背发冷，起了一身鸡皮疙瘩。

我将目光转向了那些妓女，她们此刻已经对弗兰克失去了兴趣，只是懒洋洋地时不时地瞅一瞅我们，以防止我们将她们拍进挂在我脖子上的照相机里。

"我认识一个德国妓女，她喜欢讲述自己客人的情况。"我对尼克拉斯说道。

"这很有意思。"弗兰克叼着烟说道。

我告诉他："有一件事使我感到非常惊讶。有一个黑头发、有着丰满乳房的女士告诉我说，在日常生活中，那些大官僚、管理着很多人的经理和官员们通常要求人们欺负他们、羞辱他们。"

弗兰克将目光投向了我说：

"没有暴虐狂就没有受虐狂。我那杀死成千上万人的父亲同样也在忍受着希特勒对他的羞辱和贬低。我母亲也暗地里对父亲满怀鄙视，这种鄙视是可以感觉得到的。他会根据那些与他关系密切的人的行为来断定他们对他的蔑视……"

"您是暗指您的父亲可以根据弗洛伊德学说来甄别吗?"

尼克拉斯耸了耸肩说道："任何人都可以，希特勒可以，第三帝国也可以。但是我从来不搞这些，我对这个一点都不感兴趣。我对此没有任何兴趣或许是因为我自己本身的缘故……"

弗兰克不再说话了，而且也没有说完该说的话，就这样结束了，好像是在句子中间打上了一个意味深长的句号。我在心里面琢磨着就这样被他结束的话语。是不是我自己也需要根据弗洛伊德学说来鉴别一下？

这是什么，是暗示？

尼克拉斯·弗兰克的父亲，也就是汉斯·弗兰克，从来就没读过弗洛伊德的著作，但是他读过心理分析的奠基人与阿尔伯特·爱因斯坦的通信。他自己也承认，这两位伟大人物给他留下了极其深刻的印象。

“弗洛伊德事实上准确地预言了将要发生的事件，而这些事件也确确实实地发生了，并且都涉及了极其残暴地大规模地残害人类生命。他是一位杰出的思想家，他看到了希特勒身上所具有的暴虐狂倾向和残忍的希特勒主义。希特勒坚决反对轻率的离婚。我赞同这一点，但我自己却无能为力。希特勒不允许我和妻子离婚，而我和妻子却生活得很不幸福……我认为，希特勒具有不同寻常的性欲需求。也就是说，他非常需要异性的安慰。他认为女性是崇拜的对象，并且经常充满激情地讲述他的母亲……弗洛伊德，西格蒙德·弗洛伊德是德国最为伟大的心理学家，他提出了不现实的爱情与残酷之间的关系，最后自己客死他乡，死在了英国。”①

在寄给监狱精神病学家这个独白之后，汉斯·弗兰克又补充道：“弗洛伊德迁居国外，逃避民族主义者的举措是正确的。”

日落之后、黑夜来临之前，天空布满了乌云。此时，我们正赶往季勒盖勒特纽勒练兵场吃晚饭。四周已经暗了下来，离此地几米远的阿尔布雷特·丢勒故居前面我最喜爱的嗜血兔子雕塑也已淹没在一片黑暗之中。很遗憾，今天我没有看到小兔子，而我很想把它指给弗兰克看看！只好如此，明天再试着这样做吧。

因为外面已经开始下起了蒙蒙细雨。我们在有着帆布篷顶的咖啡馆里的桌子旁边坐了下来，男士们给自己点了啤酒和晚餐。尼克拉斯看了

---

① Голденсон. Интервью. С. 89–90.
戈尔登松：《纽伦堡访谈录》，第89—90页。

我一眼，他想要用沙拉随便对付一下，但结果是富有经验的谢尔盖做出决定点了一些鸡翅和小菜。腌制的小菜配之于啤酒再好不过了。当谢尔盖还在小心翼翼地考虑着半升啤酒对他来说多不多的时候，弗兰克已经毫不犹豫地为他点了啤酒。

“接下来按计划喝伏特加。”弗兰克朝我使了个眼色，正如我所预料的那样，这不是句玩笑话，而是他真的想要喝度数高一点的酒。晚饭期间，大家都在大声地闲谈。尼克拉斯根据我和谢尔盖的口述记下了俄罗斯人的表述方式。他因谢尔盖的那句“啤酒带拖车”而显得异常激动，他不仅用拉丁字母将这句话写进了便携本里，而且非常兴奋地重复道：“啤酒带拖车。”要知道，这句话的真正意思是指喝完啤酒后再喝伏特加酒。

“您为什么要把痛苦强加于自己呢?”谢尔盖问道。弗兰克只是抿着嘴，然后深深地调整着呼吸。他点燃一根烟说道：“事情不在于痛苦，我也不想承受痛苦，但我不能忘记德国人在 1933 年到 1945 年期间做的那些事。我忘不掉那些牺牲的人。我的脑海中一直萦绕这个画面，在俄罗斯或者波兰某个地方，一个年轻的母亲正在哭诉着被德国人打死的儿子。我和她一起哭泣。但是，我不能因为生我养我的父母的过错而毁掉自己的生活，或者我根据上帝的意愿来行事，或者是随缘吧。”

嘀嗒。

嘀嗒。

嘀嗒。

雨水击打着防水帆布篷，其节奏和交谈的声音交织在一起。从一方面来说，此时气氛有点紧张，从另一方面来说，间隙停顿的安静为这间小咖啡馆营造了一个舒适、可信赖的氛围。小桌子上，灯罩里的烛火在微微颤动，烛光映在尼克拉斯那炯炯发光的眼睛里。他在蜡烛上又点燃了一根烟，我突然猜想，德国人是否像我们一样因为蜡烛的不祥征兆而禁止用蜡烛点燃烟。不过，即便他们这样，尼克拉斯未必会相信什么所谓的征兆。总之，我认为他不会相信这个。

“您的后代们大概活得较为轻松一些吧……”我说道。同时因为自己刺耳的嗓音打破了雨声那和谐的“寂静”而有点难为情。

尼克拉斯深深地吸了一口烟，我听到他的烟发出了一阵阵轻微的干裂声。

“当然，痛苦会过去的。当所有这些事件成为历史以后，一切痛苦都会结束。是的，我们这一代已经不那么痛苦了。显而易见，生活的确会战胜痛苦，只是用巨大的磨难去考验他们。我没犯任何错误，我们这一代人没有任何过错。当我写书的时候，总有一个问题困扰着我——我这样拼命的意义何在？是的，我是为了忘却而拼命地忙碌。战后，德国人错过了承认的机会，他们清楚地知道他们被很多东西蒙蔽了自己的双眼。应该说，德国人从一开始就受到同盟国的压迫，只是后来才按照自己的意愿来发展。人们非常详尽地揭发并判定了纳粹分子的罪行。甚至，我可以说，对1933年到1945年间每一个纳粹分子的罪行都进行了最基本的调查。现在德国人也都承认并接受了这些信息，但这只是一段历史，人们努力想把这个话题从自己的生活中永远剔除，从记忆中抹去。而我恰恰相反，我试图去打破这种现状。”

“所以您总是随身携带着您父亲尸体…… 这会让大家迷惑不解，我指的是放在尼克拉斯您上衣口袋里的照片。”

他变得既严肃又镇定。他说确有此事：

“我一直与自己的父亲在一起，和德国人及其罪行在一起。我永远记着那些在奥斯威辛死去的波兰人、俄罗斯人、犹太人，还有其他人，他们所有人都失去了活到幸福晚年的机会。是的，当我父亲46岁的时候，人们将他绞死了。人们将他绞死在这座美丽的城市里。”

他继续说道：“当我快50岁的时候才写完了关于父亲的第一本书。当时我已经形成了自己独立的人格，我就是尼克拉斯·弗兰克。当然，我从来也没有忘记我的父亲是谁、他做过什么事。但总是有意识或者无意识地努力不要因我的父母而毁掉我自己的生活。我喜欢喝烈酒，我也满足于喝啤酒。我爱我的妻子，我们有一个漂亮的女儿弗兰茨斯卡，我们有三个非常可爱的孙子，他们是我生活的主要支柱。我按自己的意愿生活，有时也会犯一些错误，有些甚至很严重。但事实上有时我也会想：难道我要成为父亲的傀儡吗？为什么我对他的事那么关注、那么上心？”

雨滴声填补了他说话间的停顿，雨点打在我们头顶紧绷的遮雨帆布上。

我明白弗兰克不是在和我们交谈，也不是自说自话，他是在同自己的父亲交流。

“大概，我毕竟不是木偶。”弗兰克突然说道，随即砰的一声将喝空了的伏特加高脚酒杯放在了桌子上，四处张望着寻找服务员想再要一些酒，“但对我来说，父亲一直是一个真正德国人的典型，例如，他受过良好的高等教育，从某种程度上讲比我还要好。但是一切都是枉然，他成了一个罪犯。这是他的选择。然而为了公平起见，我们还是要提到1942年汉斯·弗兰克在德国几所大学所做的讲座。他呼吁，应该将一些合乎规范的条例重新纳入第三帝国的宪法。因此希特勒对他极其不满，下令禁止他在公开场合演讲和发表言论，并撤销了他管理纳粹党事务的职务。但希特勒还是为汉斯·弗兰克保留了他波兰总督的官衔。”

“关于这点，您有什么想法呢？”我饶有兴致地问尼克拉斯，“要知道，他曾提出了对宪法的质疑……”

“他的劲用错地方了。‘希特勒就是法律’，他一个人说了算。最终弗兰克才醒悟过来，他很愤怒地指出了这一点，但马上又胆怯了。他在头目面前总是表现得极其懦弱。或许这就是他给我上的最重要的一课，那就是，懦弱者会把强势者送上绞刑架。”

“那个时候他还能做什么呢？能像冯·施陶芬贝格那样触怒希特勒吗？”

“请过来一下！”弗兰克把冻得发抖的服务员叫了过来说：“请再给我、谢尔盖和摄影师每人一杯酒。”

咔嚓。

咔嚓。

咔嚓。

弗兰克打着了打火机，点燃了一根烟。当他吸烟的时候，烟头忽明忽暗，微弱的火光照亮了他的脸。我不知道他是否还要继续刚才的话题。因为尼克拉斯沉默了。

我小心翼翼地开始问道："因此，在您看来，他应该杀死希特勒？或者是夺权？"

弗兰克讪笑了。

"父亲有太多的机会可以拒绝当官。例如，在枪杀了艾伦斯特·廖牧之后。在1934年，廖牧因为所谓的起义事件而被枪决了，事实上根本没有什么起义之说。当时我父亲是巴伐利亚的司法部部长，他们不仅非法地枪决了廖牧，而且还有该党的很多成员也被处决。而我父亲一直默不作声，没有说出他该说的"不"字。毕竟他是一名律师，研究过魏玛民主政治时期的法制。他清楚地知道，什么是合法的，什么是非法的。"

我小心翼翼地打断了弗兰克的话问道："或许是他不想廖牧的悲剧在自己身上重演吧？"

"那又能怎样?! 我们再举一个例子，达哈乌集中营！父亲知道在那里杀了很多人，尤其让他惊讶的是杀了很多犹太籍律师，包括同行。但是，当时还是慕尼黑警察局局长的希姆莱禁止他对此事进行调查，坚决禁止。你们知道吗，父亲听了他的话。至于你关于冯·施陶芬贝格的问题……事实上也是这样。我不指望父亲能有什么英雄壮举，但他完全可以轻易摆脱与希姆莱同流合污，可以以生病为借口推托说：'我的头、我的心脏不太好，我生病了。'但是，他却参与了一切坏事，这对他来说似乎非常的重要。他曾有一百多套制服，甚至有专门的人员全心全意地服侍他。对他来说，重要的是作为总督的显赫。他配有一辆橙黄色车灯的'奔驰'轿车，车灯是特制的，特别窄，是为了防止从高空发现它。希特勒好像也配有和父亲一样的橙黄色车灯的轿车。就因为此，父亲兴奋得像小孩似的。正是在这个时候，在他所管辖的省，包括克拉科夫，都在屠杀犹太人和波兰人，将他们赶入犹太区、集中营和毒气室。

然而他对于这一切漠不关心、视而不见。”

“在您看来，让希特勒去见鬼很简单吗？”

“这相当的简单，但是父亲并没有这样做。”

1945年，汉斯·弗兰克在和监狱心理学家古斯塔夫·吉尔伯特其中一次交谈中是如此回答这个问题的：

> 很明显，我身上有某些恶习，正如每个人身上都有邪恶的一面一样……这不能用大众的眼光来解释。虚荣心这个词更接近事情的真相，它扮演着重要的角色。你设想一下：三十岁的你已经身居部长职位，坐在一辆高级、豪华的轿车里，有一大群秘书围着你，为你奔波、跑腿。我想让这些党卫军分子的头头们去努力，在与勤勉有关的事情上与他们展开竞争。而希特勒从一开始就在人们当中宣扬并鼓励恶行。要知道，事实上这是件非常罕见的事情！我在纽伦堡法庭大厅里的屏幕上看见过他，仅仅只是一瞬间，没有多久，但是终究还是受到了影响，因为我非常容易被外部环境所左右。很奇怪……屏幕上出现了希特勒。你把手自然地向前一伸……一瞬间愚蠢的恶习又向你袭来。

我向尼克拉斯朗读了这个片段，想要听一下汉斯·弗兰克的儿子对此的解读。

“嗯！”尼克拉斯若有所思地点头说道，他吃完猪排后用餐巾纸擦了一下嘴巴说，“你自己相信你刚刚朗读的内容吗？”

“为什么不相信呢？人是会懊悔、认错的……”

“将所有的一切以及自己的虚荣心都强加给希特勒吗？”弗兰克突然打断了我的话问道。他继续说道：“我们来借助引文引出答案吧。例如，我的父亲成为波兰总督后说过：‘战争之后将和犹太人、波兰人、乌克兰人、俄罗斯人以及所有剩下的住在这儿的那些人在一起，这对我来说完全无所谓。在我看来，将他们做成肉馅又能怎样。’或者还有一些什么。父亲出发去了伦贝格，在几百个德国官员、军官和士兵的面前做了演讲，并在那儿说出了下面的话：‘我刚刚乘车经过了欧洲古城堡，但是为什么我没有看见一个本地人，难道你们对他们做了什么不好的事情吗？’随即，大厅里所有的德国人都哈哈大笑起来了。事实上，他们的确做出了一些骇人听闻的事。但受过高等教育、能弹一手好钢琴、在年轻时没有错过任何一场戏剧首演、熟知歌德《武力自卫权》、了解莎士比亚以及许多伟大的德国诗人的他又能说什么呢？他头脑里装着些什么呢？他非常聪明。根据在纽伦堡所做的智力测试结果看，他绝顶聪明。他什么都知道。首先，他知道什么是善、什么是恶。他在外国的新闻媒体前说出了下面的话：‘如果我有权发号施令来枪决波兰人的话，就按一张表上能打印30人名字来计算，那么波兰所有的木材都不够用来生产制作这些表格的纸张。’他就是这样说的，如此聪明地说道。这不是简单的‘消灭’‘枪决’。不是，它还带有某种侮辱的性质。如此可怕的喧嚣。你还相信他吗？相信他的懊悔、认错吗？”

“我不知道。”我耸耸肩说道，“我很难想象，整整屠杀了六百万人，这比现在纽伦堡的人口还要多十倍。”

“我不愿意在任何方面与父亲有一丁点的相似。”弗兰克停顿之后继续说道，“我是另外一个人，我非常希望自己的生活中没有他的存在，但这是不可能的，因为我是他的儿子。我从不回避关于父亲的每场争辩。但应该承认的是，每当我当众贬损他的时候，我感觉自己的心灵特别的空虚。”

弗兰克把装有剩菜和一些啃过的骨头的盘子从自己面前推开了。

“服务员在哪儿？”尼克拉斯微笑着，表现出了些许的不耐烦，“我们应该为享有盛誉的纽伦堡城干一杯。过来！”他对穿着巴伐利亚传统服饰的年轻姑娘喊道，“再给我们来一些伏特加！”

他在自己的两个哥哥和两个姐姐的葬礼上喝了多少伏特加酒啊！尼

克拉斯是汉斯·弗兰克最小的儿子，是令人恐惧的波兰总督最后一个离开这个世界的孩子。在自己的哥哥和姐姐们死去的悲伤和痛苦的日子里，他也一直怪罪自己的父亲……

在施勒斯维希－霍尔施坦因州自己家里，尼克拉斯不仅在电脑里小心翼翼地保存着自己亲人的照片，而且还在摆满了书架的办公室里挂着引人注目的照片和肖像。墙上挂有穿着蓬松白色连衣裙的母亲的肖像以及长有淡黄色头发和蓝眼睛的小尼卡的肖像。这些肖像都是他父亲掌管波兰时用颜料画在纸上的。其他孩子的照片有：姐姐吉格丽特、哥哥诺尔曼、波丽吉达（这样称呼是为了纪念母亲）和米哈艾里（如此称呼是为了纪念父亲，他的全名是汉斯·米哈艾里·弗兰克）。没有父亲的照片，一张也没有。不过我认为在尼克拉斯办公室的哪个角落里肯定有他父亲的照片。当他猜到了我要找照片的意图后，他并没有指给我准确位置。在两个小橱柜间墙的最下面，一个谁也意想不到的地方，我发现了一个椭圆形的相框。在相框中，中间是一个戴着黑色眼镜（弗兰克的眼睛有毛病，但是尼克拉斯曾经说过，在他看来父亲戴眼镜是为了隐藏自己，父亲觉得眼镜就像一堵墙，可以将他和周围不愉快的现实隔离开）穿着一件对他来说显然非常宽大的西装的人，两边是两个戴着白色盔形帽的美国士兵，要押送他去出席 1945 年的例行法庭审判。他的手里紧搂着自己的辩护材料。

“看来，在您的办公室里还是有您父亲的照片……”

弗兰克厌烦地皱了皱眉，将头扭向了窗户说：

“原则上，我是不会挂他的照片的。因为我蔑视他。这张照片之所以挂在这里，是因为我敬爱的哥哥诺尔曼，在他死后，我依然发自内心地爱他、想念他。”

他的回答让我感觉有点牛头不对马嘴。诺尔曼和尼克拉斯办公室里挂父亲的照片有什么联系呢？

“这是诺尔曼最喜爱的一张照片。”弗兰克解释道，他好像读懂了我的想法，但是他仍然望着窗外，“诺尔曼死于 2010 年，这对我来说是一个巨大的不幸。”

在悲恸又尴尬的间歇持续了两分钟之后，我问道：

“这里墙上所挂的所有肖像和照片，它们都是……分开挂的。在我看来，它们都是家庭成员的？”

“是的。”弗兰克突然将脸从窗户那边转了过来，两步跨到了自己的办公桌前说，“现在我给你看！很棒的家庭照片，它们每张背后都有着一段绝佳的故事！”

尼克拉斯点击着鼠标，电脑的显示屏里出现了一张照片，母亲和五个孩子。有两个孩子坐在圈椅里，一个是浅色头发的尼克拉斯，一个是波丽吉达。在波丽吉达的右手边，圈椅扶手上坐着的是穿着白色丝绸短上衣的姐姐吉格丽特，她留着披肩的淡褐色头发，微笑着看着两个小孩。在左边圈椅扶手的旁边蹲着母亲波丽吉达·弗兰克，她穿着一条胸前印有白色图案的黑色连衣裙，留着笔直的黑色头发，她满怀柔情地看着自己的小女儿。这一瞬间被照片永远地记录了下来。身着衬衣和短裤的尼克拉斯的目光被敞开着的书所吸引，在他前面，母亲波丽吉达·弗兰克右手托着这本书，左手搂着儿子米哈艾里。大儿子诺尔曼在这令人感动的家庭合照里显得鹤立鸡群，他站在圈椅的后面，嘴角洋溢着一丝丝的微笑。如果不了解这个家庭的历史，单从照片来看你会觉得这是一个模范家庭的典范。

“啊！尼克拉斯，多棒的照片啊！”

“是的。”尼克拉斯点头说道。他无精打采地看着家庭合照，脸上没有任何的表情。他说：“顺便说一下，我母亲正是巧妙地利用这张照片在希特勒面前搞投机。”

“您指的是什么？”

“父亲不在这张照片上，当时他正好遇到了自己的初恋，并且想着如何背弃自己的家庭。我母亲就把这张照片寄给了希特勒，并请求他下令禁止父亲离婚。她给希特勒这样写道：‘我的元首，您能允许这个男人毁掉如此幸福的家庭吗？’”

“她的目的达到了吗？”

弗兰克坚定地点点头说：

“但是，你绝对不能认为这意味着她非常爱我的父亲。她要的只是继续当总督的妻子，也就是‘波兰女王’。”

以下是汉斯·弗兰克在和监狱心理学家莱昂·戈尔登松交谈中评价自己的婚姻和家庭关系的记录：

> 我已经好多年都没有以丈夫的身份和自己的妻子生活在一起了。我想要离婚，事实上我们已经处在离婚的过程中了。后来希特勒出面干涉了，他不允许我离婚……在一个夏天，我偶然遇到了希特勒，他说无论如何都不允许我离婚。
>
> 我是在1924年与我的妻子相遇的。这种关系是在极其偶然的情况下发生的，并成为我一生中最大的错误。我不想说我的妻子在性格上有什么缺陷，她只是太老了，比我大了整整五岁，在我看来，这是非常糟糕的。此外，她的性格与我格格不入。在此之前，我与一位特别漂亮的女孩子定了亲，我对她也非常中意。我认为，如果我要是和我的初恋情人生活在一起的话，我的生活将完全会是另一番景象。毕业那年，我口授自己的博士论文给女打字员打字，后来她鬼使神差地变成了我的妻子。虽然她比我大了五岁，但当时我突然特别想要和这个女人生活在一起……

这是汉斯·弗兰克儿子关于这件事所说的话：

“我母亲立刻就看透了这个男人以及所有男人的弱点，所以她从中挑选了一个最为懦弱（能够拿下）的人来做自己的丈夫，这个人就是汉斯·弗兰克。她通过各种手段和伎俩，设好了圈套让弗兰克钻了进来并牢牢地抓住了他，让他无法自拔。这个婚姻从一开始就注定了不幸的结局。母亲出生于一个破落的家庭，她的父亲以自杀的方式结束了自己的生命。她一直努力做到了秘书的职位，她只和那些能帮她在职务上晋升的男人睡觉。在此期间她也一直在期待着得到伟大的爱情。作为一名秘书，她在慕尼黑一所高等技术学校承担打印博士论文的工作。她对其他打印文件的秘书们说：‘如果有人来这儿打印博士论文而我看中了他，我给你们暗示，你们就把他派到我这里来。’被认为是理想主义者、审美者和学识渊博的弗兰克比她小了整整五岁。就像我已经说过的，她通过各种手段引诱了他。”

> 我好像是喝醉了，这不是真的。我撕毁了与自己初恋情人的婚约，我的初恋情人出生于一个富裕、显赫的家庭，而且她很年轻，我却和一个打字员结婚了。1926年，我们的第一个孩子降生了，我不得不开始去挣钱。这也是我接受希特勒建议的原因之一……①

尼克拉斯认为这是父亲惯用的自我辩解方式：

“晚些时候，他在监狱里写道：‘这只是性欲的迷醉，我们两个完全不适合。但是从另一方面来说，我们也一起生了五个小孩。’他背叛了母亲，而母亲并没有因此而抛下自己应尽的义务。但奇怪的是，当我为了写关于自己母亲的书而收集材料时，每一次发现母亲背叛的事实都让我狂喜不已。实际上，我是完全站在母亲这一边的，我蔑视我的父亲。”

我请求尼克拉斯再回忆一些与母亲波丽吉达·弗兰克有关的事情。正如他自己所说的那样，他认为母亲是一个特别糟糕的人，但是他尊重她的性格魅力。2005年，他把自己名为《我的德国母亲》的书献给了母亲。你将不难猜到他会在书中写些什么。不过，这是他的权利和目的，挣钱并因曝光自己父母的隐私而出名。

“在1945年之前，我们五个孩子很少能在家看到她。她的婆婆有时

---

① Голденсон. Интервью. С. 76.
戈尔登松：《纽伦堡访谈录》，第76页。

候甚至把她称为‘母猪’，因为她只是按照自己的喜好来生活。可以说，我们是在战争结束之后才和母亲见了面。原则上，我们应该残酷地报复她，因为她没有给予我们应有的母爱。实际上，我们也只是在利用母亲，让她来为我们服务。甚至在弗兰克家族的‘当权者’最显赫的时候，她就曾告诉我们：‘孩子们，我不得不通过打字挣钱来养活你们的那天会来临的。’她说对了。战争之后，母亲没有获得维持生计的退休金。父亲死后留下的东西也就只有名为《面对绞刑架》这本书的手稿，他在书中描述了自己在监狱临刑前的事情。母亲成功地把它出版推销了出去。父亲在自己的手稿中描写了希特勒，描述了他们是如何走在了一起和如何夺取权力的经过。所有这些都带着极其强烈的虚荣心。但是，关于他被定刑为可怕的反人类分子，关于自己的总督一职，他仅仅只写了六页，关于自己的罪行更是只字未提。我强忍住自己的憎恶和身体上的疼痛读完了他的这本书。他写了许多关于上帝的事，并且详细地描写了自己和希特勒的会面过程，好像并没有意识到他自己也是一个可怕的罪犯。这不是一本好书，但它却卖得很好。母亲表现出了她极高的销售才能。她写信给每一个潜在的购买者。为此，母亲还雇用了亲戚帮她写信，每封信付给他们 10 芬尼（德国辅币名，等于 1/100 马克）。她给德国的工业家们写了信，给所有的天主教神职人员写了信。一句话，她给所有能写的人都写了信，甚至是一些不知名的酒鬼。她非常巧妙地解决了所有问题。例如，‘大众’牌汽车厂厂长送给了她一辆轿车，她立刻就把车租了出去。她知道商业运行的实质。在她 63 岁死的时候，她变得精疲力竭、苍白无力。”

我记得当时我再一次认真地观察起照片里这个面带微笑、抱着自己孩子的女人。不用惊讶，元首看着这张照片的时候也曾深受感动。我想，任何一个人都会为此而深受感动的。当然，除了尼克拉斯。他说道：

“两个大孩子和我们其他的三个孩子之间有着很大的年龄差距。第一个孩子吉格丽特出生于 1927 年，然后在 1928 年我的哥哥诺尔曼出生了。在这之后，出现了很长一段时间的间隔。其间，我母亲做了很多次的人流，也小产过几次。当然，并非所有的人流都是因为我父亲所致。1935 年，我的姐姐波丽吉达出生了，家人给她起了和我母亲一样的名字。1937 年，米哈艾里出生了。1939 年，我出生了，我是最后一个出生的小孩。就这样，后面的三个小孩是在第三帝国时期出生的，当然，我们都没有接受过洗礼。只有诺尔曼和吉格丽特接受了洗礼。

“随着东部战线一天天地推进德国东部，母亲就想得越多越远。我记得母亲曾异常镇定地安慰我们说：‘我们是不可能被打败的，因为希特勒拥有神奇的武器“远程火箭炮”。’然而，在 1945 年的某一天，突然给我们几个小孩洗礼了。在沙别伦霍夫，也就是父亲在德国南部的庄园，来了一位神父。至今我还清楚地记得那次天主教的洗礼，洗礼要有香、水、祈祷文，还要具有教堂特征的东西。那个时候我们都非常开心和调皮。原则上来说，我们宗教信仰的恢复是家族衰落的见证，同时也是第三帝国衰落的见证。宗教信仰的恢复表明一切都将结束。”

我在尼克拉斯的桌边坐了下来，而尼克拉斯则向后仰靠在自己柔软的办公椅背上，他摘下了眼镜，用手揉着眼睛。

“请问，您的哥哥诺尔曼在第三帝国覆灭的时候是 18 岁吗？”

“是的。”尼克拉斯戴上了眼镜，随即又摘了下来，擦了擦眼镜又戴上了，“他比大家遭受的打击更为沉重。”

“那他是如何对待父亲的呢？”

“他非常爱父亲。战争结束后，只有诺尔曼和我是五个孩子中努力去整理父亲那段并不光彩的履历的人。我们不是按照司法诉讼程序来描述父亲的罪行的，而是按照在此情况下父亲是怎样生活的来整理的。剩下的三个孩子则努力为自己的父亲辩解，说他也是希姆莱、希特勒时代和现实的牺牲品，更是纽伦堡胜利者不正确审判的牺牲品。但是，我认为这一切使他们失去了生命的力量。因此他们几个都相对早地离开了人世，因为他们无法承受这一切。其中我的一个姐姐波丽吉达……”弗兰克变得沉默起来，并且眯上了眼睛，很显然，他在考虑到底值不值得对我说这些，但是，最终他还是觉得要继续说，“她死于 1981 年，因为噩梦总是折磨着她。她在年轻的时候就对父亲多少岁会死，自己也应该在那个年龄死去的说法很迷信。事实的确如此，她也在46岁的时候死了。另一个姐姐吉格丽特刚好跨过了母亲死时的年龄就去世了，但这也不能算是早逝，因为母亲活了63岁。小哥哥米哈艾里死于1990年。而诺尔曼……”我发觉弗兰克的嘴唇在微微地颤抖，“我可怜的诺尔曼啊……父亲毁了他的生活。他比我更了解父亲。对我来说，哥哥是民族主义终身的受害者。他有一次这样告诉我：‘是的，我知道我们的父亲是一个罪犯，但是我爱他。’诺尔曼带着这样的想法活着。我给他带去了一些新的文件，都是证明父亲是一个十足的懦夫的文件，证明他参与了所有这些可怕的事件，这点是不容辩解的。哥哥理解、赞同这一点，但是他不回避他和父亲的个人关系。我再说一遍，他非常爱父亲，所以他不能服从父亲被处以绞刑的判决。”

“诺尔曼是做什么的？”我确认道，“他也是记者吗？”

“很接近，但不完全是。”尼克拉斯微笑着，陷入了回忆中，露出了坑坑洼洼的门牙，“他是巴伐利亚电视台的在职工作人员。他要做所有的一切前期准备工作，他要满足拍摄期间的要求，要负责艺术家的服装道具，还要做木工活和剩下的所有事。但是他自己从未拍摄过。当我那旨在驳斥父母的书出版的时候，他非常的痛苦。这也使他从此一蹶不振，但他也不得不去面对这一切。他开始疯狂地骂街，尽管如此，他还是在这件事上支持我。”

我开始小心翼翼地说道：“如果我没有弄错的话，在20世纪80年代末的时候，读者和同事们都在诋毁你们。”

“在报纸《查伊特》上关于我是这样写的‘尼克拉斯·弗兰克是一个疯子！’对我来说，这是一个非常艰难的时期，所有人都非常凶狠地抨击我，诺尔曼在家里更是把我骂得狗血淋头。但他给我的杂志《斯特恩》写了封信，在信中却极力地维护我。他这样写：‘尼克拉斯所做的一切都是正确的。’虽然他自己并不这样认为。”

我眼前的这张诺尔曼的照片是在40年代初照的。在照片里，他有着高高的额头、直直的鼻子和平静仁慈的眼神。他坐在一个带有柔软扶手的大圈椅里，尽管他想稍微地向前倾一下身子，但是从他身体的姿势可以感觉到他有点紧张，或许是因为他努力地在摄影师面前摆好造型，想要让自己看起来比实际上更严肃和成熟一些。他戴着手表的手腕纤细、柔美，手臂的骨骼凸显。在诺尔曼的背后是一小摞书和一面刻着罗马数字的笨重的钟表。他的右手小心翼翼地抓着一只小狗，好像在保护着它，不让它从膝盖上滑下去。

“他是一个非常帅气的男孩……”我小心翼翼地说道。

弗兰克给我看了他哥哥的其他一些照片。例如，诺尔曼大概 40 岁的照片。曾经帅气、清秀和温柔的样子都消失了，他的脸上隐约地出现了一些皱纹。眼里流露出的极度的紧张，使他变得特别不自然。前总督的大儿子看着远处的某个地方，并用手调整着领带，或许是要将领带放松一些，或许是要将领带拉紧一些。看着照片，我想起了关于约阿希姆·冯·里宾特洛甫（乌利希·弗里德里希·威廉·约阿希姆·冯·里宾特洛甫）在纽伦堡审判期间的一件事。在恐惧中，他等待着即将到来的判决，他请求允许他不戴领带出现在审判席上，他给出的理由是如果戴上领带他就会感觉呼吸困难。心理学家在这件事上马上就发现了他有某种身心医学的表现——领带成了里宾特洛甫 1946 年 10 月 16 日晚在纽伦堡监狱体育馆里套在自己脖子上的一个死结。

还有一张令人好奇的尼克拉斯哥哥的照片。照片中的诺尔曼已经 50 多岁了。他的鼻梁上戴着一副蝴蝶眼镜。他穿着一件宽松的黑色西装上衣，里面穿着一件浅色的衬衫，打着领带。但是在这张照片中最主要的却是背景。诺尔曼身后的墙上挂着一张很大的他父亲的肖像，肖像被镶嵌在一个镀金的相框里。（如此看来，那张藏在尼克拉斯办公室的照片就显得微不足道了）

“这是他去世的前两天照的最后一张照片。”尼克拉斯从桌柜里取出了这张脏兮兮、暗淡无光的照片。照片中的他目光犀利，眼睛清澈，脸上并没有很多的皱纹。诺尔曼·弗兰克穿着一件旧的、蓝色的长袍坐在床上，手里拿着一瓶艾苦酒。

这个时候，我屏住了呼吸。

尼克拉斯补充道：

“不要拍这张照片，我不想让大家看到处在如此状态的哥哥。”

“好的。”我回答道，“为什么他看起来如此孤独呢？他的家在何处？他的孩子在哪里？

尼克拉斯撇了撇下嘴唇说：

“哥哥是这样告诉我的：‘战犯的儿子不应该有孩子。’他遵守了这个诺言。他从来都没有过孩子。我认为他这些都是瞎扯，孩子并没有什么过错。事实是，也许是按照上帝的旨意或者说是某种机缘，我和哥哥就出生在了这样一个家庭里。这和我们的父亲后来成为一名罪犯并没有多大的关系。哥哥的坚持并没有什么实质意义。在孩子这件事上，我总是反驳他，但是他太固执了。

“我记得，哥哥疯狂地爱上了一个叫爱莲的女人。他们结婚了，一起幸福地生活了好几年。后来，他的妻子以自杀的方式结束了自己的生命。大概她是对自己的婚姻、对我的哥哥失望了吧。他们三个人，诺尔曼、她和被处绞刑的父亲汉斯·弗兰克的婚姻都是这样。哥哥经常魂不守舍，一声不吭，几个小时都沉浸在父亲的事上。他的妻子对此一点都不感兴趣，这也很正常。她很年轻，也很漂亮，并不希望沉浸在过去的不光彩的生活中。这是父亲被绞死后我哥哥生命中第二件可怕的事情——最爱的女人自杀了。这件事发生以后，我搬到了哥哥那儿，正如我所说的那样，我成了德国最严厉的护理员。那个时候我还不到 30 岁，我无法胜任这项工作，我没有经过相关的技能培训。哥哥不吃也不喝，他也曾企图自杀。那个时候的他心事重重，那是因为他像我说的那样，比所有人都更了解父亲。他继续爱着父亲，甚至理解父亲的所作所为。诺尔曼是汉斯·弗兰克所有孩子中最早理解他的孩子。

“当诺尔曼十四五岁的时候，一切就这样发生了。那个时候父亲已经掌管了波兰。在克拉科夫（波兰城市、省会），在 40 年代初的时候，诺尔曼和其他几个德国男孩一起踢足球，突然其中一个孩子说：‘又有一批波兰人要被枪杀了’，因为他们听到了远处传来的波兰国歌声。他们抛下了足球，跑过了两个街区，他们看见还有一些垂死挣扎的人。这些人不知道由于什么原因被选中了，然后就被拉到街上枪毙了。或许是为了报复克拉约瓦（罗马尼亚城市）军人打死了某个德国人。午饭时，有无限权力的总督父亲和自己的大儿子坐在了一起，午餐极其丰盛。诺尔曼问父亲：‘爸爸，我们在踢足球，而附近却在枪毙人，为什么要这样做呢?’权力无限的父亲将餐叉扔在盘子里，迅速站起来并向儿子喊道：‘关于这件事，我什么都不想知道！我也不想听到任何关于这件事的消息！’然后父亲就走出了饭厅。

“这就是做贼心虚的表现。它既不是英雄气概也不是强权，好像是一个在儿子面前裸体的国王，而儿子是唯一一个向父亲提出这样令人不愉快的问题的人。正是因为这点我爱我的哥哥。即便如此，哥哥依然非常爱自己的父亲。当美国人在 1945 年 5 月解放了集中营之后，哥哥由于直接看到了人们在监狱里用树条毒打父亲而感到特别不安、愤怒。父亲身上的伤痕成为诺尔曼一生的心灵创伤。”

“您说过，您的母亲曾带着你们去纽伦堡监狱看望过父亲，是吗?诺尔曼也去了那儿看望了临刑前的父亲吗?”

“当然啊。那是 1946 年 10 月，诺尔曼 18 岁。父亲单独与他见了面。在告别的时候，父亲希望大儿子不要告诉别人他所说过的话。他说了一些恐怖的东西，关于那个时候谁应当被消灭的话，而不是告诫儿子，不要去做这些犯罪的事，如果父亲正确地解释的话，则应该这样说：‘你可以想你所想的一切，但是不要公开地说出来。’我认为父亲如此不真诚地对待了诺尔曼，正如父亲对待我那样。哥哥只是在五六年前才告诉了我这一切。以前他不想说，其原因就是他自己也因此非常伤心……”

弗兰克将照片放在了桌子上，站起身来，地板发出了一些“呻吟”声。他朝窗户走去，然后默默地盯着远处。

夜晚，我们坐在纽伦堡咖啡馆的帆布篷下面。尼克拉斯的眼睛随着一杯杯的酒下肚而变得越来越闪亮。他注视着蜡烛，听着雨声。我也在听雨声。所有人都静静地坐着。我感到一丝丝的压抑，决定打破这沉寂的气氛，问道：

“尼克拉斯，您除了在著名的周刊《斯特恩》杂志社工作之外，还在哪里工作过吗？”

他非常惊讶地看着我，想要弄明白，为什么我会突然问这样一个问题。他将手上的烟摁灭在了烟灰缸里，用手托住脑袋开始说道：

“在此之前我曾在杂志《花花公子》和报纸《星期日世界》当过记者，但是我大部分的职业生涯都是在《斯特恩》周刊度过的。这是一份非常不错的工作，这里总是笼罩着一片混乱，但也可以为自己找到机会，因此我很喜欢。在周刊《斯特恩》，我一开始是一位书籍专栏的编辑，后来成为文化专栏的编辑。在某段时间里，我甚至可以指挥其他人工作。但很显然，对于杂志社的发展来说，我是文化专栏最为差劲的一位领导。后来，我决定成为一名采访记者，近十年来，我去过许多充满危险的热点地区。在那里，我不得不接触杀人和刑讯事件。所有这一切都是我亲眼看到的。有好几次，我都面临生命危险，但都应付过去了。至于职业，我在这里应该承认，我是非常幸运的。不过说真的，我不是一名出色的记者。有的时候，我甚至搞不明白，为什么杂志社不把我开除。”

“您这是在故作谦虚。”我说道。

“不是的，我是非常认真的。”弗兰克点头说道。

“好吧。那您跟我说说关于您的妻子汉尼萝拉的事情吧。她是什么时候知道您父亲是谁的？她对此有什么反应吗？

尼克拉斯微笑着说道：

“当我和我亲爱的妻子汉尼萝拉认识的时候，我们俩都才 22 岁。她一开始完全不知道我是谁，出生于何种家庭。我们都是学生，并没有谁对我指指点点，也没有人问她知不知道在和谁的儿子亲吻。那个时候这些都无足轻重。当然，很快我就将一切都告诉了她，也告诉了她我打算写书的事。谢天谢地！我妻子感兴趣的不是我的父亲，而是我的过去。我们的女儿弗兰西斯卡出生于1966年，她是伴随着我的探索和调查一起长大的。她从小就知道一切，因为我每天都会将父亲，也就是她祖父的资料带回家。不久前她告诉我说，她感觉到了某种罪恶感。我完全都没有意识到这一点，我感到非常遗憾，但事实就是这样。也就是说，她认为甚至是第二代人的身上也会负有某种战争的罪恶感。虽然我从来都没有告诉过她什么。我一直反复说服自己的只有一点‘我们没有罪……’”

我想让弗兰克不要将战争的重负强加在自己身上，他自己也在努力“消除心灵上的烙印”。当服务员拿来账单的时候，要是他没有抛出最后的回答的话，这一切都将继续沉寂在他的内心里。

他醉了似的微笑着，向服务员使了个眼色，然后突然说道：

“您知道我叫什么名字吗？我叫尼克拉斯·弗兰克，奥斯威辛。

尽管这顿非同寻常的晚餐持续了将近两个小时，但是他们只要了一瓶质量相当不错的酒。尽管外面的小雨已经变成了滂沱大雨，天气也变冷了起来，从嘴里都能冒出水汽，谢尔盖和弗兰克还是决定为影片拍摄一些城市的画面。尼克拉斯的腿有点儿瘸，他走过了窄窄的小巷子，在漆黑的视频显示器上突然出现了小灯发出的黄色的光，透过灯光可以看见雨滴在墙壁的玻璃上滑落了下来。

“还要拍摄吗？”全身湿透的弗兰克依靠在汽车发动机盖上说道。他努力调整着呼吸，让自己的腿休息一下。

“是的，如果您不反对的话，我们就可以换场地了。”同样湿透了的谢尔盖向他点头说道。

“那就换吧。难道你不觉得冷吗？”在我撑开的大黑伞下面尼克拉斯表示赞同并问道。我看着弗兰克说道：

“全身湿透了。顺便说一下，尼克拉斯·弗兰克……”

“什么？”尼克拉斯将投向谢尔盖和摄像机的目光转向了我，我非常艰难地才抵制住了他的目光。

“我脑海里还有一个想法……总之，这是一个意外之喜……但是我不知道您对此持什么态度……”

弗兰克非常惊讶地看着我。我继续说道：

“如果我没有弄错的话，您从来都没有去过这里的监狱吧……就是那个……”

“我父亲被绞死的那个监狱。”尼克拉斯帮我说完了，“我没有去过。那里非常难进去，因为那个监狱还在运作……”

“我有通行证。”我说着这句话，并在非常紧张地等待他反应的过程中僵住了，“我们明天临近傍晚的时候可以去那里，如果您感兴趣的话……”

尼克拉斯的眼睛睁得非常大。我觉得他的两只眼珠子好像从眼窝里滑落了下来，在发光的长方小石块上弹了一下，然后一直向下沿着别尔格公路滚了下去，汇入了沿路边缘流淌的水流，直接到达了丢勒纪念碑，然后再往下到了神圣的谢巴里特路德大教堂，也就是古老的纽伦堡大教堂，在那里把自己的视线停留在其中一个世界最伟大的艺术家身上。

“这太棒了！”弗兰克说道，“也就是说，明天我们就可以去监狱了！”

随后他思索了一会儿又说道：

“你怎么这么快就拿到了通行证？”

“不快啊。”我回答道，“等了好几个星期我才拿到的……”

“我明白了。”弗兰克点头说道，“你刚才不知道我将对此是什么样的态度，对吗？”

“我猜您会是肯定的态度。”

“不是肯定，而是非常非常肯定！这个必须……监狱……监狱……”

弗兰克不作声了。

“五分钟！”我听见谢尔盖喊道，“我们赶紧准备吧！”

“没问题！”弗兰克透过密集的雨喊道。看起来他只是在机械地喊着，脑袋里仍然在思索着自己的什么事情。

“我们还是去帆布篷下面躲一会儿吧。”我对弗兰克说道。我提议了三次，弗兰克才应答了一声。我抖掉了伞上的雨水。雨声填补了我们和弗兰克之间的沉默。他摇摇晃晃地站着，喝醉了的尼克拉斯舌头已经不会转动了。

“去体育馆，也就是说，我们去……”他反复地嘟嘟囔囔着。

“当然啦。您还记得您在施勒斯维希－霍尔施坦因州给我看照片时说到的关于伍兹先生的事情吗?”我说道。

“关于伍兹先生的事情?”弗兰克回到了现实中，在反应过来我说的话的意思之前有好几秒钟他用一种迷茫无助的眼神看着我，“关于刽子手伍兹的事情?”

“是的，您回忆一下。是您给我看他照片的时候说的。在照片中，他正面带着微笑给绞刑架套上绞索，一个趾高气扬、长着翘鼻子的美国人……”

弗兰克咬了咬上嘴唇，稍微动了动下颌说道：

“我好像曾经说过：‘这是绞死我父亲的刽子手伍兹先生，我非常感谢他，首先是因为他很好地完成了自己的工作，绞死我父亲。’”

“就是这样。”我说道，“您逐字逐句地这样说了。”

“还有什么吗?”

“我们准备好了，快点!”谢尔盖喊道。

“给我两分钟。”弗兰克喊道。他点燃了一根烟后说道：“走吧!”

他用低沉的嗓音说道：

“伍兹先生是一个好人，是一个专业刽子手，是绞死掠杀狂汉斯·弗兰克的刽子手。通常来讲，牺牲品和刽子手并存。而他是一个纯粹的刽子手。只是我那有杀人爱好的父亲是一个真正意义上的荒诞角色。那时候的伍兹在我的心目中是一个充满迷人气息的人，我之所以一直保存着他的照片，是因为我打心底里喜欢他。”

弗兰克忘记了带雨伞，他从雨中穿了过去。我一个人留在原地，听着雨水从房顶弹跳到别尔格公路长方小石块上的声音。这座“最具德国特色”城市的历史中心变空了，所有狭窄的小街道、小巷子，它们的交会处都淹没在浅白色灯笼的灯光里，这些灯笼像是用最便宜的纸盒做成的布景。由于雨水的缘故，现在变得膨胀了，失去了原来的形状，变成了脚底下灰溜溜的脏东西。我看见弗兰克的身体摇摇晃晃、腿有点儿蹒跚，在石头街道上慢慢地挪动着。摄像机的显示屏时而被开启，时而又被关上。一刹那，一种对人的强烈的怜悯之情穿过了我的身体。弗兰克呆呆地站在自己父亲被绞死的断头台的阴影处，辨认着错综复杂的字母。这些字母交织在审判笔录、回忆录和历史书中，而现在在镜头里又一次一一展现。但是，很快我就打消了自己的这种怜悯的念头，如果你想要和主人公正常地进行交流、获得一份很好的素材的话，那么现在绝不是表现怜悯之情的最佳时机。

"我们去酒店暖和一下吧。"我在弗兰克的头顶撑开了雨伞，我将另一把打开的雨伞递给了摄影师和谢尔盖，他们的雨衣难以经受住这雨水的冲击，全身都湿透了。

"那里有酒吧吗?"弗兰克问道。他的脸上流着雨水，眼镜上蒙上了一层雾气。

"当然有啊！怎么啦?"

"应该讲讲伍兹先生，他是一个好人……"

在酒店酒吧里，我、弗兰克和谢尔盖，我们三个谈起了伍兹先生。我和谢尔盖弄不明白，为什么要为一个刽子手干杯。即使像尼克拉斯所说的那样，他也只是一名专业的刽子手，他完成了自己在纽伦堡该做的工作，况且他已经死了有半个多世纪了。

"您当然清楚这是在怎样的情形下发生的……"我对尼克拉斯说道。

"我记不太清楚了。他是如何结束他人生命的……这很怪诞，是吗?"

"我认为'怪诞'对于一个自裁的刽子手来说是一个不错的词。"

尼克拉斯跷起了二郎腿，向后仰靠在圈椅背上，专注地研究起布满小灯的天花板。看他的样子很难说是一种寂寞，我觉得他在等待着故事的延续。还有，他为什么看起来显得有那么一点点的紧张，他鼻翼肿大，咬着上嘴唇，眼神呆滞。我不知道他在想些什么，难道是在想关于伍兹的事情吗？他和这个只在照片上见过的人有某种联系吗？或许，弗兰克想的完全不是关于刽子手的事……

“是的，多么怪异的故事，好像是在50年代发生的……多么无聊不幸的事。”

“对。”我点头说道，“中士约翰·伍兹绞死了一些被判死刑的纳粹高级将领，然后从纽伦堡回到了美国。还有，他曾在马绍尔群岛当过指挥官。”

“鬼知道是在哪儿。”弗兰克看着我说道，“为什么他们要把20世纪最出名的刽子手派去那里？他是国家的英雄。我丝毫没有夸张，这是美国指挥部奇怪的决定。”

我耸耸肩说道：

“有可能，既然那里有监狱，那就应该执行某种死刑。根据传说，伍兹设计了一种新式电椅，通过电流强度来审讯犯人。总之，他专门从事这方面的事，他想要完善死刑的方式。他决定继续做他的实验，在自己身上做实验。”

“他自己绞死了自己？”

“是的。他成为第一个在马绍尔群岛被绞死的人。”

“太怪诞了！”弗兰克沉浸在郁郁寡欢的欣喜当中，他又补充道，“他要保持自己的绅士风度，他是一个真正的职业刽子手，像他这样的人现在已经没有了。但这听起来还是特别怪诞！”

他非常兴奋地说出了最后一个句子。为了打破这种局面，尼克拉斯突然神经质地大笑了起来并说道：

“要知道他是一个职业的刽子手。他在纽伦堡审判期间声称自己为刽子手，在这之前，他已经在美国绞死过好几百人了。”

“他还是没有把绞索和电椅搞明白，所以，可以说最终还是他的改进杀死了他。”我故意效仿尼克拉斯那充满激情的声音说道。

弗兰克点头说道：

“但是，在纽伦堡，他出色地完成了这项工作，实现了自己的愿望：在覆盖着黑布的断头台上，当检查孔打开，系在脖子上的绞索就会缩紧，谁也看不到最后一秒钟被处死者的濒死状态。当尸体跌落下来的时候，我父亲的眼睛刚好撞到了地道口的边缘，脖子上套着绳索直接跌进了地狱……”

“为什么您会说‘怪诞’呢？”

“因为刽子手自己也被绞死了。”

“那为绞死自己父亲的刽子手干杯的儿子就不怪诞吗？”

“某种程度上是有些‘怪诞’。”尼克拉斯不情愿地回答道。

“怪诞”这个词是尼克拉斯·弗兰克钟爱的一个词。之前，在施勒斯维希-霍尔施坦因州的家里拍摄时他就使用了这个词。他现在更是频繁使用“怪诞”这个词。世界上的一切对他来说都很怪诞。这个有趣的词对他来说就像把一块冰糖塞进他的嘴里一样。我猜这个词是他从父亲那里获得的遗产。当然这也只是我的猜测而已。但是从吉尔伯特的《纽伦堡日记》来看（这位美国心理学家在纽伦堡审判期间实际上是所有纳粹高级将领的交谈者），正是尼克拉斯的父亲汉斯·弗兰克说了这些话：

> 怪诞，一切只是怪诞！这里聚集着一些想为自己谋得凌驾于国家权力之上的人，现在他们每个人都处在自己的小囚室里，拥有的只是四面墙和一个卫生间。他们像一般的罪犯那样等待着审判。①

可以肯定的是，“怪诞”这个词是尼克拉斯从他父亲那儿得到的。

“这是他常用的词。”我突然大声地说道。

“什么？”弗兰克不解地问道。

“‘怪诞’，这是您父亲用的词。”

---

① Гилберт. Дневник. С. 26.
吉尔伯特：《纽伦堡日记》，第 26 页。

“而你……”弗兰克奇怪地看着我，我再一次陷入迷茫，搞不清楚他到底是赞同还是不赞同，“你是从哪里知道这个的?”

“嗯……这很简单。”我开始说谎，“这是通过演绎而得出的结论。您给自己选取了您父亲常用的词，就像是把他的死拽在自己手里一样，也像小时候想把母亲据为己有一样……”

“够了!”尼克拉斯发火了，情绪稍微缓和了一下，他又补充道，“好了，我明白了。”

“该去睡觉了。”喝了一口热樱桃汁之后，我对弗兰克和谢尔盖说道。

“嗯。”谢尔盖点头说道。

“那好吧。”弗兰克极其勉强地同意了，同时他把手脚伸开，懒洋洋地躺在圈椅里，样子是告诉你他终究还是不愿意去睡觉。

“弗兰克，能不能以‘怪诞’为由再问你一个问题?”

“当然可以。”弗兰克用手帕擦了一下眼镜说，“请问吧!”

“我们设想一下，一个憎恨和蔑视自己父亲、为杀死自己父亲的刽子手干杯并在自己的书中诋毁父亲的儿子，事实上却很爱自己的父亲，这种行为是不是有些不同寻常的扭曲?”

弗兰克继续擦着眼镜，表现出的样子好像是要告诉你他现在所做的事是那么的重要。他把眼镜戴在了鼻梁上，看着我说道：

“简直是胡说八道。我一生中从来就没有听说过!”

“对不起！我应该先问问您。”

“我已经做出了回答。”

“但这样的回答还是会让人觉得……”我开始生气地说道。

“不是!”弗兰克耸耸肩说道，“这是你错误的推理。”

“这是我的一种感觉。”

“那你想怎么说就怎么说吧。”

看着尼克拉斯对我的推测表现出这种具有挑衅性的反应，我突然变得开心起来。不错，最终还是有了某种新的反应!

“嗯，好吧！我该去睡觉了，晚安！”我亲吻了自己那满脸胡茬的酒友，然后朝楼上走去。我绕过了电梯，一边沿楼梯向上爬去，一边还在思索着弗兰克是多么想掩盖自己对父亲的矛盾心理。绝对没错。憎恨“只是一种表象，是一种用心良苦的投机”。如果是这样的话，那么他就掩饰了自己另一方面的情感。我们假设一下，一个儿子用一些脏话去辱骂自己的父亲，目的不是为了让社会舆论站在被杀害的六百万人的那一边，而是直接或者间接地为自己的父亲辩护。也就是说，在自己侮辱性地冒犯父母的过程中，他诱惑人们转移开了全球性的道德所指（将汉斯·弗兰克看作杀害几百万人的凶手），将目光集中在了这种侮辱性的自我冒犯的琐事上（常理来说，儿子应该尊重父亲，不管他曾经是怎么样的一个人）。

如果这种推理成立的话，那看起来就像是颠倒黑白。

或者也可以说是怪诞。

尼克拉斯·弗兰克真的是一个绝顶聪明的人。但对我来说却不是什么好事，因为他有一颗善于狡辩的头脑。尼克拉斯轻而易举地就制止了我看穿他内心的企图，而我之所以想看穿他的内心是为了了解他心灵受到创伤的真正原因，这也是他病态地、残酷地对待他父亲的原因。“波兰屠夫”的儿子巧妙地避开了他不感兴趣的那些问题，或者是用一种巧妙的方式来改变他人想法、转移话题——特别是回答我关于他和他父亲关系的问题，这不是他和一个侵占波兰的总督的关系，而是他和他父亲的关系（一个消灭了六百万人的父亲能是一个什么样的人呢？他能是一个好人吗?）。尼克拉斯一次次地强调说自己的父亲是希特勒的傀儡，其实在他心里清楚地意识到一个个体和历史人物这两者之间有很大的差别。实际上这是他在偷梁换柱。此外，我有时候觉得，对尼克拉斯来说，把父亲看成一个战犯对他来说是最好的，这更容易解释他这么憎恨这个人的原因。他却像一个真正的神经过敏者那样弄混因果关系，无论父母名声好坏、恐怖与否，孩子都无法自己选择，这种情况是很难简单地从字面来解释的。从这点来说，我们的主人公对自己父亲的各种各样的憎恨，大概有他自己某种合乎情理的解释吧……

这个故事是尼克拉斯在自己家里时告诉我的。在战争结束的前一年，人们不再否认显而易见的事实，他们不再相信元首关于胜利的承诺。他的母亲波丽吉达·弗兰克害怕逐渐靠近的东部战线，她带着自己的五个孩子搬到了德国汉斯·弗兰克的庄园（汉斯·弗兰克是在1945年的冬天才回了趟家），这个庄园是在石里勒杰湖边，叫作沙别伦霍夫。在1945年的5月初，盟军在那里遇到了波丽吉达。尼克拉斯是这样回忆这件事的：

“一个喝醉了的美国人脑海里有了一个想法，他要给我们做射击示范。他让我们三个小孩和母亲站在墙角，排成一排，他想要射杀我们，因为我们都是‘波兰屠夫’的亲属。但是他不知道我母亲的勇敢无畏。母亲大声地呵斥他，他就放下了手中的自动步枪。有趣的是，在那一刻波丽吉达和米哈艾里都在大声痛哭，而我却默默地站在那儿，您可能不相信，但这是真的。我站在那儿的时候在想：‘这个拿着自动步枪的人要枪毙我们，他有权利枪决我们。’那个时候我只有6岁。我默默地站在那儿想着结果就应该是这样。”

一个6岁的孩子能够意识到有人要杀他和他的亲人吗？如果能够的话，那么这种想法是建立在什么基础上的呢？要知道，尼克拉斯的整个童年时光都是在克列谢多尔弗城堡里面度过的，一直都与世隔绝，他很少知道被“党卫军士兵”细心守护的城堡外面所发生的事。当然，他走出过城堡，他和母亲甚至去欧洲的犹太人区买过一次东西，这好像是在1939年或者是在1940年，是乘坐母亲的“奔驰”轿车去的。他透过车窗看见过那些说着别人完全不能理解的语言，等待着他们某种悲惨命运的人们。许多年过去了，当回忆起这件事时，他仍然会因恐惧而颤动。由于在这些犹太人孩子们面前的罪恶感，尼克拉斯在自己的办公室校对杂志《斯特恩》时，他将一张照片挂了起来。在照片中，一个维也纳的男孩被强迫用颜料在父母商店的墙壁上写满犹大书。这张照片在那里挂了有 20 年了。有趣的是，《斯特恩》杂志社里从来没有任何一个记者、没有任何一个来访者问过这张照片背后的故事。没有人问过："弗兰克先生，这张照片挂在这里是出于何种目的?"照片不可能没有被人看见，但是从来就没有人过问过或者说过什么。

如果说尼克拉斯在自己的一生中只去过一次犹太人区的话，那么他的母亲波丽吉达却经常去那儿。"她在那里买了十几件非常便宜的皮毛大衣、头巾和裙子。每次买完这些东西之后，它们都被装入我父亲的专节车厢拉回来。至今我还记得这节车厢，因为对小孩子来说，这是一个装饰得异常漂亮的车厢。我非常喜欢坐着这辆车从慕尼黑去克拉科夫。在车厢里，所有的东西都是用红木装饰的，我非常喜欢它豪华的陈设。他们把它挂在了火车上。铁路职工们给它取了个绰号叫作'走私车厢'，这个我也是后来才知道的。我的母亲经常把食物、贵重物品和其他任何商品通过这节车厢运过边境，从波兰运到巴伐利亚（慕尼黑）。因为这节车厢是属于总督的，没有人敢去检查它。所以，没有什么东西是不能放在这里面的！当父亲被逮捕的时候，在他的办公室里挂着达·芬奇的《抱银鼠的女人》这幅画，还有两幅伦勃朗的画，一幅拉斐尔的画，这些都是他攫取的著名艺术作品。"

当然，在纽伦堡的法庭上，汉斯·弗兰克是这样解释的：他努力地去保护那些无价的艺术作品以防共产主义者的破坏，他才是真正的艺术品的收藏家。根据弗兰克的说法，赫尔曼·戈林促使了第三帝国的灭亡，偷走、攫取了艺术品，而不是在从事保护艺术珍品的事业。

话题还是回到尼克拉斯身上，他是如何、是从哪里得知在波兰以及在他们的城堡外面发生的事情呢？我认为问题的关键不在于他父亲的管辖权限，问题完全不在这里。

"对我而言，第三帝国时期是我生命中最幸福的时刻。我们好像生活在一个神话般的王国里。所有前来我们家做客的人都会给我们带来玩具和礼物。我们可以说是想要什么就会有什么。我们受周围阿姨们的溺爱，但是我们基本上没有见过自己的母亲。我们坐着当时最为豪华的汽车，而这对小男孩来说更加有趣。还有，我们吃得也很不错。我们和守卫着克列谢多尔弗城堡的党卫军士兵们相处得很好，他们对孩子们，尤其是德国人的孩子、雅利安人的孩子和总督的孩子都非常好。”

这些都是尼克拉斯·弗兰克真实的回忆。还可以进一步看他的注解，那些在《后期的校订》中可以被称为回忆录的一部分。

> 在第三帝国，我们生活得很幸福。但是这只是一方面。这种生活尤其是影响到了大我两岁的哥哥米哈艾里。我和他关系非常好。我们时常会立即把每一个玩具拆开，想搞清楚它里面到底有什么。我们损坏了所有的玩具，我认为这是某种心理作用，以此来抵抗着笼罩在总督府的可怕的气氛。因为所有人都知道，我们掠夺了这个国家，我们残忍地镇压了当地的居民。我们过着奢侈的生活。但是所有这一切都是不对的，都是有罪的。这种气氛给了孩子们心理上的某种压力。

是什么氛围？在哪里？很显然，是指笼罩在家里的气氛。成熟的尼克拉斯试图去改变这种笼罩在总督府的气氛。那个时候他对于总督府本身还知之甚少。或许，他什么也不知道。但是毫无争议、毫无疑问的是他至少可以感觉到这种氛围，感觉到他们缺乏来自父母对自己孩子的爱护和关心。

“父亲从来不和我们一起玩耍，这是可以理解的。因为像他这样拥有至高权力和政治地位的人都有大量的工作要忙，有更多的责任要负。是的，他不可能，也不乐意待在家里，因为他和自己妻子的关系不是非常的融洽。”

波兰总督汉斯·弗兰克的家庭关系与理想中的关系相差很远。一方面，家里有一个不爱丈夫、对丈夫异常冷漠，且一门心思热衷于奢华生活的“老”妻子；另一方面，过去被弗兰克抛弃的、善解人意的初恋情人又和他相遇了；从第三方面来说，希特勒插手了，他坚决禁止弗兰克和波丽吉达离婚，这样波丽吉达就可以随己所愿去肆意消遣娱乐了。

现在，让我们来弄清楚，为什么尼克拉斯和他的哥哥米哈艾里要损坏玩具？这是抵抗笼罩在波兰的阴沉氛围的一种心理保护，还是对一个两岁到五岁的男孩子来说损坏玩具完全是正常的天性使然？现代心理学家们对此有各种各样的解释，但是归结起来，第一，是儿童的好奇心；第二，父母的关心不够；第三，发泄内心叛逆的一种方式。结论是，父母经常对孩子发泄自己的不良情绪，孩子就会效仿自己的父母，通过对自己的玩具的大喊大叫、骂它们、损坏它们和摧毁它们来发泄。

但是原因还不只是这些方面。有无限权力的汉斯·弗兰克家庭内部紧张的关系加深了小尼克拉斯身上的恋母情结。也可以说，是自己对母亲的依赖。同时，他也感受到了自己和父亲的关系中存在着含有敌意和满腔热忱的双重动机。母亲本身没有意识到这点，她常常给尼克拉斯越来越多暗藏的动机，这些动机轻易就激发了他的潜意识，使他渐渐地加强了自己内心的恋母情结。

“事情发生在克列谢多尔弗。那时我还是一个孩子，有一件事情让我感到很惊讶。有一次，我和母亲坐着大奔驰轿车闲逛归来，我们把车停在了台阶的前面。母亲拉着我的手从车里走了出来，而父亲此时就站在台阶的上面，他犹如路易十四一样，一点也没有走下来迎接她的意思。母亲紧紧地握着我的手。我明白，她因为自己不懂礼貌的丈夫有多么气愤。当母亲沿着台阶朝父亲站的地方往上爬的时候，父亲就那样站着，高傲地等待着。我永远都记得这个场景。因为母亲使劲地握着我的手，很显然她在忍受着这种名存实亡的婚姻煎熬。”

不过，父亲在家里还是拥有至高无上的权威的。在这种情况下，尼克拉斯开始把自己和父亲等同起来。假如所有一切都是按照所谓的传统模式发展下去的话，那么弗洛伊德爷爷肯定会以尼克拉斯为傲的。

“1945 年的夏天和秋天，当第一批民主的报纸出版的时候，我经受了剧烈的震荡。在报纸上经常会刊登一些堆积如山的、和我年纪相仿的孩子们尸体的照片，而在这些照片的下方署名处‘波兰’二字一直存在。那个时候我已经知道波兰属于‘我们’。这不是在政治意义上属于‘我们’国家，这个‘我们’指的是弗兰克家族。”

尼克拉斯自己并没有掌管什么波兰。的确，他有自己的房间、仆人，还有总督的孩子应该拥有的一切，但是他和这个国家有什么关系呢？“我非常喜欢奢侈挥霍。我享受了生活中的一切荣华富贵。在克列谢多尔弗，我们有一位仆人，他的名字叫约翰，我们有一座非常漂亮的露天楼梯通向二楼。我时常会站在最上面，然后用儿童那尖尖的嗓音喊道：‘约翰！约翰！’听到总督儿子的命令，仆人不得不快速地爬楼梯来到我面前然后问道：‘您为什么喊我呢？’而我则对他喊了句‘谢谢！’作为回答，然后就大笑着飞快地跑开了。这就是说，我故意利用自己的权力和地位，虽然我还只是个孩子，但我知道没有人敢对此说三道四。我有一个脚踏玩具汽车，坐在上面可以跑得很快。在克拉科夫，在瓦维里城堡里，我们常常会在走廊里骑着它玩耍。当时的我非常喜欢做一些捉弄成年人的恶作剧。我一直等着，等着有人来到走廊上。听到脚步声后，我开始急速地转动脚镫子，然后和我的玩具汽车一起直直地撞到别人的腿上。因为汽车是用金属做的，很多人会因为疼痛而大喊大叫起来，而我就在一旁从下往上打量着他们，然后对着他们挤眉弄眼做鬼脸。他们就用手捂住痛处请求我不要再这样做了。他们绝对不敢把总督的儿子从车里揪出来，教训他说他干了什么事，教训他不准对别人做这样的事。是的，我利用了自己享有的特权地位。”

尼克拉斯只是利用自己父亲的特权，为自己选择了一个属于自己的王国，这不是指被占领的波兰这个王国，而是指克拉科夫，他和家人生活在里面的城堡。奇怪的是，尼克拉斯把自己和父亲等同起来（时至今日，当他回忆起这件事时，他都一再重复道：“我非常喜欢奢侈。我利用了自己的特权……”），想象自己处在一个僭主的位置，尽管这也只是在家庭掌控权限范围内的。

但是，在争夺母亲这件事上，除了父亲以外，还有几个竞争者存在。尼克拉斯的第二个竞争对手就是大他两岁的哥哥米哈艾里。在尼克拉斯的潜意识里，他是真的很爱自己的哥哥，不过虽说他是自己的玩伴，但他还是想要干掉米哈艾里。在尼克拉斯的潜意识里，母亲对自己的丈夫饱含不满，这完全是事实。所以，尼克拉斯开始盼望父亲早点死去，但是心爱的哥哥有什么过错呢。

“我已经不记得我和哥哥之间是谁脑海里突然冒出了这样的古怪的想法。米哈艾里躺在床上，假装死了。而我则跑到母亲跟前告诉她说米哈艾里死了。我跑过了整个克列谢多尔弗城堡才跑到母亲那儿，母亲当时正舒适地躺在浴盆里洗澡。我跑过去并对她大喊道：‘妈妈，妈妈，快点，米哈艾里死了。’母亲光着身子从浴室飞快地冲了出来，到底她还是很爱自己的孩子的。她随手抓起一块浴巾裹住自己沿着长长的走廊飞奔起来，跑过了整个城堡，这是一段非常长的距离。在孩子的房间里，米哈艾里好像死了一样静静地躺在那儿，突然他大笑了起来，母亲理所当然地给了我一记理应受到的耳光，因为是我给她带去了一个可怕的消息的。这一点从心理学的角度来看，这是我对母爱的呼唤和呐喊。”

在对待父亲这件事上，小尼克拉斯·弗兰克好像十分艰难地在寻找证据来证明他如此憎恨父亲的理由。在内心他希望父亲死掉，因为他没有机会去发泄自己的不满。他非常平静地接受了1946年他父亲在法庭上获得死刑判决的这件事。我认为，在这件事之前，他就希望自己的父亲早点死。很显然，他希望父亲死完全不是因为他父亲毁灭了整个波兰。过了好多年，尼克拉斯极力辩解说他憎恨父亲的动机是和父亲大量残害和平居民紧密相连的，我认为这绝对是不真实的。

一大早我们就动身前往练兵场，昨天我们在那儿吃了晚饭。我想给弗兰克看一只铜兔子，它是尤勒根·盖勒茨制作的城市雕塑。根据判断，雕塑在弗兰克的意识中并没有留下任何印象，弗兰克说他不记得什么兔子。与此同时，兔子在这里到处都有。在距离阿尔布雷希特·丢勒的房子不远处就有一座兔子雕像。

在我看来，这是我见过的世界上最丑陋同时也是最迷人的兔子。这是一个人的本质，未来、过去、内在、外表、死亡、生命，甚至是纳粹德国……但是如果所有这些都有一个宽泛的解释，也就是说只有一样东西是毫无争议的——兔子代表着一切。这是完全正确的。

纽伦堡本质上就像是这只兔子。它有着它那多面性的、隐忍的性格。在我看来，这个城市是德国最好的城市之一，这完全不是因为在它的履历中有最著名的国际法庭和绞刑，当然这个事实毫无疑问给这座城市增添了无限的魅力。

“我怎么就没发现它呢？”尼克拉斯·弗兰克一遍遍地质问自己，翻来覆去地看着这个兔子雕像，“可能，它是新塑的吧？”

“这是1984年建造的。大概，是您没有来过这儿吧？”我纳闷地看着他说道。正好尼克拉斯停下来了，用昨晚从我这里拿走的打火机点烟。

他确信他来过这儿。同时他也保证说他从来没有看见过这只兔子。

铜质雕像引起了他的好奇心。

弗兰克将自己的脸凑近兔子那大大的发黄的眼睛，同时将自己的眼睛努力睁大到这种程度，好像他在和铜质的怪物之间进行着睁大眼睛的游戏。然后，弗兰克突然对着兔子的黄眼睛吐了一口烟，烟散了之后，他又开始低声嘀咕了起来：

“的确，它的外表凶狠，具有侵略性。在它的身体下面有竖起的人的手指。我的上帝啊，兔子竟然躺在人的身上！……它有可怕的爪子，这是一只凶狠的、具有侵略性的动物啊。奇怪的是……它的爪子上还有骨头……现在，我知道自己该如何评价这只兔子了，它真的是1933年到1945年间德国的象征。在我看来，这是我生命中见过的最危险的一只兔子，不，准确来说，应该是怪物。而那是什么？”

弗兰克突然呻吟着走了两步，他那条受过伤的腿的膝盖也发出了嘎吱嘎吱声，他在铜质兔子的前面蹲了下来：

“你在那只大兔子前面看见过他的幼兔吗？”弗兰克问我。

距离大兔子半米远的地方，在一块巨大的花岗石基座上蹲着一只小兔子。

“兔子丢勒。1984 年。尤勒根·盖勒茨。”尼克拉斯大声地读着底座上的题词。他又补充道：“很显然，这只小兔子比标注的更大。尽管它有自己的尺寸，但是你可以看到他是畸形的和歪斜的。这只兔子，大概，就是我。”

“有趣的雕塑解读。一只壮硕的杀人兔，或许他和您的父亲一样?”

“是的。”

弗兰克蹲着，将自己的手举得高高的，并且把手掌朝向长方形小石块，而长长的手指则朝上指，指向了天空。我认为这也可能解读为和纳粹分子的问候姿势一样。“你可以拉我爬上去吗?”弗兰克饶有兴趣地问道，他在自己孤立无援的时候变得有点急迫。

我把手伸向了他。他爬了上来，挺了挺身子又补充说道：

“总之，兔子（家兔、野兔）是非常危险的动物。它们吃光了绿色的庄稼，在自己身后留下了光秃秃的土地。我父亲、希特勒，他们所有人都是这样，在自己的身后留下一片荒芜。简而言之，一定数量的兔子，它们拥有足够的生存空间，突然它们开始杀掉其他的兔子。德国发生的一切正是如此……”

我跟尼克拉斯说：

“我认为当地人并不是非常喜欢这只铜兔子。在任何一家纪念品店都不可能找出它的复制品。当时，我试着找过了，但是没有找到。我只是找到了各式各样的兔子丢勒，有铜的、混凝土的，还有印模压制的。”

尼克拉斯张开了嘴巴沉思着，露出了朝里扣着的两颗门牙：“他也是一只不合规则的兔子。”

“我建议你逛逛每个商铺，我们有的是时间。我也想去看看，他们到底在卖什么。”

尼克拉斯看了看手表。我明白，他想去的是监狱，但是我们确实有足够的时间。谢尔盖和摄影师留下来去喝咖啡，而我和尼克拉斯离开了他们，慢慢地沿着距离丢勒家不远的阿尔布雷希特·丢勒公路往下走去。

“当然，他不像这个……”弗兰克在第一个橱窗旁愣住了，用手指戳着玻璃说道，“在我看来，甚至一点儿都不像……”

在玻璃橱窗的后面有一只小小的、铜质的兔子，这样的兔子可以放在手掌心。兔子缩成了一团，好像一块铜，但是在这个兔子的皮肤下面可以感觉到跳动的心脏和因惊吓而紧绷的每一寸肌肉。

“您是如何看到它的？”我看着尼克拉斯说道。此时他正在研究装满旧物的橱窗。那是些杯子，各式各样的徽章和缠上蜘蛛网的烛台。兔子在它们中间一点也不显眼。

“我不知道。”弗兰克回答道，“但是我知道它最起码也是战前制作的兔子。”

“我喜欢这只兔子。”我看着这只兔子，满怀柔情地说道。我想，如果把它放在自己家书柜的玻璃里面，而不是放在这里的橱窗里，那该是多么好、多么舒适啊，它一定会一尘不染的。应该试着把它买下来。

我推开了小商店的门。虽然塞满旧物的小商店坐落在旅行街上，但里面的东西不仅仅只是游客们感兴趣。玻璃门的对面放着一张很大的木桌子。“卡尔·马克思”坐在桌子的后面，当然，这不是真正的马克思，只是他的面貌非常像马克思：浓密毛茸茸的白胡子、髭和翘鼻子。“马克思”有着忧郁的外表和结实的身材，在灰色高领毛衣下面呈现出了一个大圆球儿状，很显然是肚子的轮廓，肚子离桌子上的咖啡只有一丁点儿的距离。

我像个主人一样拿起了兔子，感受它在手中的重量，然后迈着坚定的步子朝一直在观察我和尼克拉斯的小店老板走去。我砰的一声将兔子放在了笨重的木桌子上。

“马克思”疑惑地看着我，然后怜惜地看着兔子。请求他等两分钟再开小票之际，我看见了放在架子旁边的第一次世界大战时德国的十字勋章、军衔领章和旧硬币。小店老板看到了我的目光，他饶有兴趣地问道：

“您在找什么？”

我告诉他，我想再买个第二次世界大战期间的什么好玩的东西给兔子添个秤。

“您说俄语吗?”“马克思”带着浓浓的口音小声地问我。同时，他又转向沉浸在研究门口右手边古老器皿的弗兰克。

“您是如何猜到的呢?”我说。

“您还未开口，我就知道您来自俄罗斯。”小店老板又一次低声地用俄语说道。

令人惊奇的是，他竟然没有弄混俄语的格（俄语的词形变化)。

“那他是德国人?”“马克思”朝弗兰克的方向示意了一下问道。

“是的，那您呢?”

“阿勒纳·罗杰达里博士为您服务。”我的交谈者递过来他那胖乎乎的手边自我介绍边问道，“您想找到什么呢?”

“第二次世界大战期间的东西。”

“那得让您失望了。我这儿没有这样的东西。”罗杰达里拿走了我手上的信用卡后回答道。

“难道什么也没有吗?”当他在刷卡的时候，我好奇地问道，“我们这是在纽伦堡。”

“真的没有。”罗杰达里把卡还给了我，他说他给我优惠了10欧元，并说，“您买到了一件很好的物品。这只兔子比第二次世界大战要早得多。说真话，我自己非常舍不得和它分开，因为这些年来它一直待在我的橱窗里，如此地安静、不起眼地待着，没有人需要它。我对它有一些依依不舍。”

尼克拉斯·弗兰克向我们走了过来，从他的眼睛里可以看到一丝丝的困惑不解，因为他听到我们在说俄语。

“阿勒纳·罗杰达里博士”，“尼克拉斯·弗兰克先生”，我给他们相互介绍了一下，新结识的人相互握了握手。弗兰克和罗杰达里好像是同龄人，是正统的雅利安人和犹太人。

罗杰达里走到弗兰克面前，用带有南方口音的德语问道：

“您到底在找什么?”

“这些古老的巴伐利亚杯子让我有些激动。”弗兰克承认道，“我知道它们当中有一些是战后的东西，不过今天我未必会买其中的一个。”

利用罗杰达里和弗兰克在进行客套性寒暄的机会，我沿着摆满旧玩具和厨房用具的架子慢慢走了过去。我感兴趣的是，能不能找到什么第二次世界大战期间的东西（不，不是战后的，而是战争期间的）。

按此情形来看，确实没有。

与此同时，弗兰克在罗杰达里对面的木长凳上坐了下来。我错过了他们谈话的大部分内容，我没有注意到，两个交谈者已经将话题转到了纳粹主义上来。尼克拉斯和我一样感到很惊讶，要知道战后留下了大量的废弃物。为什么现在什么都没有了呢？

“我是犹太人。”罗杰达里很委屈地说道，他引起了我们很大的兴趣，“我不能售卖这样的垃圾，而且这是极端主义。”

“我理解。”弗兰克点头说道，“您的家人是在30年代迁离了德国吗？”

“部分家人。”罗杰达里含糊地回答道，“我本人是30多年前来到这儿的。”

“我很遗憾您的亲人不得不移居。”弗兰克严肃地说道，好像是在承认自己的罪过。他的交谈者显然对尼克拉斯的话有了反应。

“这与您没有任何关系。”他说道。

“嗯，这要看怎么说呢。”弗兰克看着阿勒纳浑浊的灰眼睛说道。我不再作声了，我不知道他还会不会说。

“无论怎样说都是这样啊。这的确就是事实。”罗杰达里叹息道。他企图避开弗兰克那专注的目光，他有几分不解地看着我。突然他说道：“好吧，就这样吧。”

一开始我并不理解他指的是什么，但是当他那胖乎乎的手伸入桌子底下，随着一阵噪声拉出了一个箱子后，我才反应过来罗杰达里想要给我们展示什么东西。

“你们两个都坐过来。”罗杰达里从座位上站起来走向了玻璃门，拧了一下钥匙锁上了门，将一个写着“营业”的牌子翻到了“打烊”的一面，一边用嘴吹着手上的灰尘一边回到了我们跟前。我和弗兰克面面相觑。“如果你们当中有谁说漏了嘴，那我就会有麻烦，所以请你们能理解这一点。”罗杰达里边说边在桌子下面的箱子里摸索着，他从那儿拖出了一个大大的、弄皱了的盒子，盒子里面发出了轻微的叮当声，“我先告诉你们，我就只剩这么一点儿……”

罗杰达里博士打开了满是灰尘、装满旧物的盒子，我听到了弗兰克粗重的叹息声，里面有一些纳粹的十字勋章、党卫军的军衔肩章、皮带牌子、印着纳粹猫头鹰的火柴盒、一些徽章、红色镶边的羊毛卷和某种小盒子，确切来说是用深红色皮子做成的小匣子，大概有三四厘米宽、十厘米长、一厘米高。在小匣子的盖子上有一个银质的数字25，内接在一个带齿的圆圈里，很像一个太阳。匣子里面是奖章。

店铺老板将盒子推到了弗兰克面前，弗兰克不知何故却把脸转到了另一边。

罗杰达里打开了这个小的、深红色的盒子后说道：“这个东西是两个月前一个非常有涵养的、在离这儿不远的委员会工作的人给我的。不久前，他父亲去世了，已故的父亲已经90多岁了。我自己也不知道为什么就给了卖主也就是死者的儿子100欧元。让我非常高兴的是，他在父亲的私人物品里发现了这个难得的东西，而且保存得非常好……”

“经常会有人拿给您这些难得的东西吗？”弗兰克的话语里流露出了他的极大兴趣。

“以前经常有。”罗杰达里点头说道，“但是，由于一些众所周知的原因，现在已经越来越少了，因为很多拥有者都已经死了。当然，那些依然还活着的人就要重新审视他们的私人物品，这也是显而易见的事！物品拥有者的子孙们一般很乐意摆脱（卖掉）这些东西，你能理解吗？但是，你们不应该认为他们的前辈中留有这些东西的人是脑子出问题了。我认识几个令人尊敬、非常有礼貌的先生，其中一个是法官，另一个是律师，也可以说是辩护人，还有一个是某个地方官员的儿子，他在30多年前就退休了。我还记得有一个太太，她住的地方离这儿只有5分钟的路程。她丈夫死后，她卖给了我好多东西。但是，就如我已经说过的那样，子孙们通常会极力卖掉老人们珍藏到最后的东西。顺便说一下，就像这个十字勋章，它并没有多么的不吉利……”

“这要看怎么说呢。”弗兰克嫌恶地看了一眼奖章，并没有去触碰它。蓝色的带子、白色的十字架、银质的镶边条纹，在里面还画着一些柞树叶，将黑色的德国法西斯标志圈在了中间。

“忠于职守（德语）”我一个音节一个音节地读着写在奖章背面的文字，我可以感觉到锋利的十字架边缘正在刺入我的手指。“忠于职守”奖章，很显然，这是给平民的奖章。

“这更糟糕。”弗兰克叹息道，“总之，我不理解第三帝国时期为什么会有这样的平民奖章……”

“那是在1938年1月30日设立的。”阿勒纳·罗杰达里博士注视着旧的、老式的电脑显示器说道，“是为了鼓励德国人为帝国的利益而真诚地劳动。元首是在1935年下令制作的，但是过了三年人们才把它做成。奖章分为三个等级，你们面前的这块是最低级的银牌。然后是授予服务40年的金牌，最后才是为服务50年而授予的十字勋章……”

“帝国本身总共才存在了12年，刚好兔子的寿命也就这么多年，而这些只是某种极不理智的数字而已。”我说道。

弗兰克向罗杰达里确认了一下能不能抽烟。罗杰达里摇了摇头，并建议他去外面抽。

阿勒纳打开了门，让我和弗兰克走出去，他自己也紧跟着我们走了出来。鸟儿们不是在唱歌，它们像疯了似的在大声地喳喳叫着，但是我没有发现大声喳喳叫的声源在哪里。

“我随身携带着奖章，这样你们能在白天的光线下更好地观察它。”罗杰达里底气十足地说道。他真的决定要把它卖给我们吗？“80欧元。”商铺老板背靠着店铺的玻璃门，把奖章在弗兰克眼前晃来晃去，而弗兰克却将脸转向了橱窗，流露出对此物件的不屑。正如我认为的那样，罗杰达里搞错了尼克拉斯的意思，他认为尼克拉斯表现出的冷漠，只是为了砍价。

我坐在高高的路沿上，沮丧地看着路面上的长方形小石块。

“我可以给你打个折，有一个姑娘在我这儿买过同样的兔子。最低价 70 欧元。”

“我不会买这个的。”弗兰克阴沉着脸说道，“白给也不要。”

“这是极端主义。”我提醒罗杰达里，他对弗兰克的话产生了兴致。

“无攻击性的极端主义。买这样的东西是你们的权利，但是我建议你们在外面不要把它戴在上衣的翻领上面。看看吧，先生……”

“弗兰克，他是弗兰克先生。”我说道。

我自己满心希望有什么东西能在罗杰达里的头上敲一下，可惜没有，他就像一只精神错乱的夜莺，反而更大声地叽叽喳喳地叫着。

“它被保存得很好，你看，还有闪亮的带子呢！我的上帝啊，如果我自己买了它，我一定会好好收藏它的。”

“我不会收藏这种东西的。”弗兰克平静地回答他。此时弗兰克正在对着玻璃橱窗研究自己的影子。

“还有另一个东西。”商铺老板还在不停地说着，“有一个‘随赠品’，但是并不是一下子就给的。具体是什么样的‘随赠品’需要时间商量，而且还得预先订制。例如，某种军功章……”

“不需要。”弗兰克说道。

“但是您刚才对此很有兴趣。”商铺老板说道。

“是的，但这仅仅只是兴趣而已。”我说道。

“那好吧。”罗杰达里受了伤似的说道，他还在想方设法地推销它，“如果您，弗兰克先生买下您看中的巴伐利亚杯子，我可以给这个十字勋章再次降价，在杯子的基础上再加 40 欧元。就这样吧。”

“有趣的建议，尤其他的父亲就是一个纳粹分子。”我说道，感觉到周围的情形并没有什么改善，我觉得应该不惜代价来终止这一切。然而，出乎我意料的是，商铺老板平静地说道：

“即使你们不告诉我这个，我也立刻就明白了。”店铺老板回答道，“法西斯德国军队的军人吗？”

“不是。”我替弗兰克回答道。

“那是……那是空军！”

“也不是。”我说道。

“精选出来的飞航式导弹分队吗？”

“不是。”让我惊讶的是，尼克拉斯被我和阿勒纳的对话给吸引住了。

“哦，那是谁呢？”

“这不重要……”我突然意识到我必须缓和一下有点紧张的气氛。

“不是，这太有趣了！”店铺老板面红耳赤地大喊道。

“他是……”我说道，我在想一个合乎情理的谎言。

“波兰总督。”弗兰克补充了一个完全不合情理的真相。

“您的意思是，是什么时候呢？”罗杰达里还没有完全反应过来。

随后罗杰达里大声地发出了：“啊！啊！啊……”

接着，他陷入了沉思，心不在焉地说了句：“臭狗屎！”

我甚至觉得，他自己也不清楚他大声地说了什么。

沉默。

我觉得，弗兰克刚才所说的话到现在罗杰达里还没有反应过来。尼克拉斯面无表情地站在橱窗旁边，他僵直地站在那里，从橱窗里反映出他既没有手势，脸上也没有任何表情。我无法做出判断，此刻他脑袋里在想些什么。罗杰达里手里拿着十字勋章也僵在那儿，脸上的表情在变来变去，似乎是同情的因素更多一些吧。店铺老板打开了店铺门，独自走进了店里。

尼克拉斯沉默着。我从路沿上站了起来。我们就这样站着，不知道接下来该怎么办。突然，商店的门打开了，罗杰达里站在门口。他好像在试图说些什么。

“请原谅我！”店铺老板友好地说道，看都没看尼克拉斯，“是我考虑不周……所以再一次请求你们原谅我的固执。”

弗兰克说道：“我觉得您不需要道歉。”

我和这个木然的犹太人告别了，并为这只兔子感谢了他。

罗杰达里有点忧伤地看了一眼我的包，现在包里装着这只铜质的兔子，然后他抬起头看了一眼正在离去的弗兰克的背影说道：“它真的非常古老，请好好地珍惜它。弗兰克是一个很有趣的人，他的父亲是波兰总督，这是真的吗？”

“是真的。”

然后他小声的回答使我彻底地震惊了。

“可怜人啊！我可怜他。”罗杰达里说道。

我们朝着纽伦堡审判大厅的方向走去。

弗兰克和摄影师并排坐在车子前排的座位上，看上去很紧张，一直全神贯注地看着窗外，不想介入我们的谈话。

四小时后，我们进入了纽伦堡监狱。根据协议，一开始我们要去审判厅和600号法院大厅，那里就是包括尼克拉斯父亲在内的纳粹主要罪犯几乎拖延了一年才被审判的地方。我以前从未来过这个审判厅，不过半年前，在我上一次参观这个城市的时候，我绕着它曾经走了一圈。我记得，当时人们穿着长长的雨衣、系着领带在遮棚下面、在这块地方来来回回地穿梭着。他们穿着擦得锃亮、尖尖的皮鞋，上面落满了小雨滴，这是一种别样的景致。今天和往常一样，又是一片阴沉。这一点正合我意。太阳只会破坏这种氛围。还有就是天下起了蒙蒙细雨，天空布满了厚厚的乌云，空气中的温度不超过13摄氏度。如果说我正为镜头里将要出现一个如此惬意的画面而感到高兴的话，尼克拉斯则显得略微有些无精打采，他的眼睛泛红，头发蓬乱。由此可以看出某种来自父亲的、充满神秘主义色彩的特征。

“简直要疯了。”尼克拉斯呼哧呼哧地说道。我感到，他下定决心今天要进入纽伦堡监狱了。

沿着宽阔的菲尔久尔什大道我们走了几公里来到了第 110 号大楼。这就是审判厅。

我一下子就认出了它，任何人都能很容易认出它，哪怕他一生只有一次看到过纽伦堡审判的新闻。有一种感觉是，时间似乎在这个地方停止了。如果没有眼前的汽车、没有鲜艳刺眼的“禁止通行”和“停车场”标志的话，你可能会觉得自己穿过了屏幕，进入了新闻纪录片中。有着密集的、矮小的穿廊式房间的主楼屹立在这片土地上。在这个建筑的上面插上了四面旗帜，如果从左往右看，最先看到的是苏联旗帜，然后是大不列颠、美国和法国的。

尽管这个审判厅举世闻名，并且受联合国教科文组织的保护，但是纽伦堡旅游指南并不是特别注重这段历史的介绍，因为它的历史极可能会把你们带进一个白色恐怖时代。因此，我给你们讲述一些这个地方的历史。

审判厅大楼是 1916 年根据巴伐利亚人胡戈·冯·尤里夫以德国复兴为主题的方案建造的，同年 9 月由国王路德维希三世宣布对外开放。但是这栋综合大楼的名气来源于它的监狱，也就是纽伦堡审判。

1945 年，该大楼被选定为进行公审的地方绝不是偶然的。用阿道夫·希特勒的话来说，“这是德国所有城市中最具德国特色的地方”。在魏玛共和国时期，从 1927 年起，纽伦堡就成为纳粹主义运动的中心。从 1933 年起，希特勒成为第三帝国的元首，他把纽伦堡称为“党代表大会召开的城市”。这就是为什么非要在这里对重要的纳粹罪犯审判。不过，苏联方面对在美国控制下的这个地方进行历史的审判并没有燃起什么希望。因此，1945 年 10 月 18 日先在柏林进行了预审，然后才由柏林转到了纽伦堡审判厅。1945 年 11 月 14 日在审判厅开始了为期 9 个多月的审判，审判直到 1946 年 8 月 31 日才结束。①

---

① 译者注：据查纽伦堡审判应于 1945 年 11 月 20 日开始，直到 1946 年 10 月 1 日结束。

如果说在这个城市进行审判的第一个原因似乎是具有象征意义的，那么第二个原因看起来就非常简单了，我甚至可以说是程序化的。尽管纽伦堡遭到过猛烈的轰炸，但审判厅没有遭受过任何损坏。最重要的是从审判厅到监狱有一条地下通道，这样就很容易将被告人从囚室直接押上审判大厅和直接押回。还有就是大型国际法庭代表会议也可以很轻松地在这座综合大楼里举行。总体而言，就是特别方便。我告诉你们，方便比任何具有象征意义的因素都要重要得多。

摄影师让我、弗兰克还有谢尔盖在审判厅的围墙前面下了车，他去停车场停车。尼克拉斯在这个地方慢慢地走着，在拍摄之前活动活动腿脚，自我消遣一下。至少他自己是这样说的。看着穿着驼色雨衣的他神经质地从主楼廊式房间门口一个一个地走过，我觉得，这似乎有点不对头。走完了整个走廊，弗兰克却一点都没有要进到房间里面的意思，随之沿着这个长廊大步流星地走开了。凉爽的风吹起了他雨衣的前襟，吹散了烟卷冒出的烟雾。人在巨大的建筑物前面显得特别的渺小。

顺便说一下，这座主楼正是审判纳粹罪犯的地方。实际上，600 号法院大厅是在审判厅的东侧。它是这个建筑群的主要组成部分，东侧大楼不像主楼那么大、那么密集和笔直，好像是用尺子画出来的似的。它有着红色的屋顶和用沙土堆砌而成的墙壁。东侧大楼中最上面那层带有四个窗户的就是 600 号大厅。

尼克拉斯和我撑开了雨伞，因为开始下起了密集的小雨，雨水把审判厅东侧大楼前面新砌成的、平整的沥青路变成了一面镜子。摄影师和谢尔盖披上雨衣后在准备摄影机，而尼克拉斯开始在审判厅的入口处来回踱步，他实际上已经不是第一次来这儿了。

“父亲，我又来看望你了。”他微笑着说道，看了一眼摄影机，好像在那个地方站着自己的父亲汉斯·弗兰克，“这里的一切都变得明朗了，你还是不够能耐。在这里，你一开始承认了自己的罪行，然后又收回了自己认罪的话。你最终还是没有搞明白……每一次来到这里，我都能真切地感受到父亲在这里为自己的生命做斗争的情景，但是我觉得这都是微不足道的。他自己却什么都没有意识到。最主要的是，他为他所做的一切一点都不感到后悔。几乎在一年的时间里，我的父亲听取了他和他的同伙所犯罪行的铁的证据。尽管铁证如山，但是在执行绞刑的前一天晚上，他还是给自己的律师扎乙杰里写了一封信。他写道：'亲爱的扎乙杰里，我担忧的是，我善良的声誉能不能够在公众眼里得到恢复，我不是一个罪犯。'这简直不可思议，我不能理解，在长达一年时间的审判之后……他还能如此坚定地说。算了吧，我们还是去监狱看看吧。我觉得我们不应该迟到，过一个多小时那里会有人在等待我们。"

我们进入了法院大楼。在入口处，在我们拿出所获得的官方摄影许可证的时候，弗兰克就开始沿着笔直的楼梯爬了上去。这个楼梯有很多木质的栏杆，由于成千上万个手掌摩擦的缘故，栏杆已经变得黝黑锃亮。

为了喘口气，尼克拉斯在二楼停了下来。当我赶上他的那一刻，弗兰克的注意力却被墙上的照片吸引了。这是一个光荣榜也可以说是一个耻辱栏。栏内照片上的都是1946年被审判的纳粹罪犯。在右边最上角是波兰总督的照片，他穿着带有纳粹军衔条纹的上衣，在照片的最底下有一个简洁的署名"弗兰克"。既没有全名，也没有出生和死亡日期。只是署着一个名字"弗兰克"。

"这就是我父亲。"尼克拉斯不仅用食指指着照片，而且他还用手指直接抵住了汉斯·弗兰克的心脏部位。我觉得，如果这是一把手枪的话，他的儿子会立刻扣动扳机的。

儿子弗兰克沮丧地看着其他纳粹罪犯的照片，他们都是他父亲的同伙。他大声地叹了一口气，返身回到了楼梯前面。

他又爬了一层楼。步履很沉重，非常的缓慢。他一瘸一瘸地走着（现在显得更加明显），但是他继续坚持往前走。

我们来到了一个宽敞的、驼色的大厅。弗兰克突然变得软弱无力，为了歇口气，他在大理石水池旁边的长凳上坐了下来。他呆呆地望着前面，在离他几米远的地方有一扇笨重的、木质的双扇门，这是直接通向法院大厅的门，门的上方写着"600号大厅"。

当谢尔盖和摄影师准备拍摄的时候，尼克拉斯脱下了雨衣并把它搭在了手臂上，露出了一件厚厚的驼色夹克和一件解开了领扣的蓝色衬衣。随即弗兰克又把帽子摘了下来。接着他突然从长凳上站了起来，穿上了雨衣。难道他是觉得冷吗？要知道这里比外面要暖和得多。他的手里拿着雨伞和帽子，折腾来折腾去还是不知道该怎么处置它们。

"我来拿吧。"我说。

"谢谢！"弗兰克点头说道。他并没有转过身来，只是轻轻地抓着帽子和雨伞，方便我从他手里把这两件东西拿过来。

他再一次看着那扇门。门上面写着"600 号大厅"。

我说："在下面时有人告诉我，这里有一批未来的律师正在参观，马上就要结束了。有人在给大学生们讲述关于审判的事情。"我想知道弗兰克的反应，他是想现在进到里面还是想等里面的人走了再进去。

"真的吗？"尼克拉斯终于抬起眼睛问道。

"真的。我可以顺便去看看并询问一下，他们愿不愿意和您拍几张照片。当然，如果您不介意的话？"

"当然可以……"弗兰克将目光投向里面，"但是不要太久，好吗？要不我们去监狱就会迟到。"

"我们不会迟到的。"我说道。

"好吧。只是不要太久。"

进入 600 号大厅，弗兰克完全不由自主了。他在大学生面前演讲，丝毫没有要停下来的意思。30 分钟之前，弗兰克进入了大厅。当他刚刚跨过大厅的门槛，一名老师，一群大学生们，一位头顶光秃秃的、一本正经地戴着一副眼镜、很显然像审判厅的一名工作人员的人，所有人都将目光集中在了他的身上，再也没有移开。他们已经知道了这个人是谁，因为在此之前我已经向他们介绍了弗兰克。

"大家好！我是尼克拉斯·弗兰克，希望没有影响到你们。我们想为俄罗斯电视台拍摄一些片段，感谢你们允许我们现在开始……"

那个 50 岁左右、个头不高、头顶秃秃的戴眼镜的人，他穿着衬衣，系着领带，穿了一件宽松的上衣，他一下子就出现在了尼克拉斯的身旁，并在尼克拉斯的耳边低声说着些什么。我只听清楚了一部分："当她告诉我们你在这里的时候，我和学生们讨论了您的父亲……如果您不反对的话……请您回答我们几个问题。"

"当然可以，只是不要太久，我没有太多的时间。"弗兰克有礼貌地回答道，同时不客气地斜视了一眼自己的手表。

当谢尔盖小声地告诉摄影师要如何拍摄时，尼克拉斯已经走到了大厅的中央，站在了大学生们的面前。他左右脚交替着站着，又看了一眼手表。我用眼睛扫视了整个大厅，我觉得在新闻纪录片上它看起来比实际上要大一倍多。黑木头做成的、笨重的装饰品大概占了两侧墙壁的三分之二。雕刻的、木质的天花板上挂着四个巨大的钟乳石吊灯。

大厅里的灯没有打开，也没有必要打开，因为从窗户可以透入纽伦堡中午那灰蒙蒙的光线。灰蒙蒙的光线照在了木质的、被告人坐的长凳上。在大厅的中间，一条过道将这些长凳分成了两部分。墙壁上可以看到电梯的门，通过这扇电梯门把被告人送上审判席。法官的木质长桌子与被告人的长凳是垂直摆放的。40 年来审判台的位置发生了变化，所以两个进入法庭的入口都已经用笨重的绿色石头围起来了。两个入口就在审判台的两侧。在审判台的上面，紧挨着天花板挂着一个巨大的木质十字架。在纽伦堡审判期间，或许并没有十字架。

用目光扫了扫大学生们表情紧张的脸，我发现这群人中大部分都是姑娘，男孩子并没有几个。但是大家都对弗兰克充满了好奇，他的父亲，正如尼克拉斯自己承认的那样，"用自己的生命促使了审判反人类罪的海牙国际法庭的产生，例如在卢旺达也同样。或许，这就是经历了犯罪生涯的我的父亲的唯一功劳"。

"我可以问您一个问题吗？"一个尖鼻子的女大学生说道。她有一双黑色、明亮的眼睛，个子不高，她挤过了自己同年级同学这堵人墙来到了尼克拉斯前面，打破了大厅里的寂静。

"请问吧！"尼克拉斯慢慢地回答道。但是很客气。在他的语气中好像洋溢着喜悦，因为他引起了年轻人的极大兴趣。这位姑娘变得胆大了起来，继续说道：

“您来这个地方几次了？当您每次来到这儿的时候，您的感受有什么变化吗？要知道您的父亲曾经坐在这条长凳上。”

弗兰克沿着她的手所指的方向看去，将身子转向了空空的长凳，并朝那儿点了点头，好像长凳上坐着某个隐形人。

“应该是这样。是坐在第一排。”

像一位演讲者那样，尼克拉斯在发言之前清了清嗓子，然后他才开始慢慢地讲起了自己的故事：

“我是第四次或者第五次来600号大厅了。当然，对我来说，这不是崇拜向往的地方。我每次来到这儿，一切好像又恢复了活力，也包括痛苦在内。痛苦不是因为旁边大楼是绞死我父亲的地方，而是因为他在这个法庭上的一切行径，往轻里说，是懦夫行为的表现。1946 年 4 月 18 日，星期四，他突然声明承认了自己的罪行，并且将自己的罪过与整个德国的罪行联系在了一起。他曾说，还得再过一千年，德国才能摆脱这种罪孽的重负。这是极其卑怯、虚伪的行径，他把对他的指控转嫁到了其他的几百万德国人的身上。但即便如此，他还是在最后的供词中推翻了自己前面所做的，拒绝承认自己的罪行。他从被告人的长凳上站起来声称：‘当我在这里听到了波兰人、捷克人和俄罗斯人对德国人所做的一切后，我可以肯定地说，我过去所认为的德国为其所犯罪行要承受一千年忏悔的想法改变了，我觉得德国的罪行已经完全消失了。’我完全不能理解这个，审判持续进行了一年，来自奥斯威辛的人员已经向所有人包括被告人展示了铁证。在这里，向他们出示了为了希特勒，像弗兰克这样的人所犯下的不容置辩的罪证和德国罪行的铁证。但在他的话语中，却没有一丁点的懊悔迹象。”

黑头发的姑娘不想输给淡红褐色头发的朋友，当她朋友小心翼翼地举起手想要向尼克拉斯问些什么的时候，黑发姑娘打断了她：

“众所周知，您的父亲在最后审判时后悔了。好像，他也接受了洗礼。有没有可能，他接受信仰和后悔都是假装的呢?”

“有可能。”弗兰克点头说道，“谈到我的父亲，1945 年，他在监狱里接受了洗礼。西克斯杜斯·欧·冈诺勒神父给他受洗。在此之后，父亲就变得非常的虔诚。可以说，父亲是逃进了信仰里。在给自己妻子和孩子们的信中他并没有立刻就承认说：‘是的，我有罪。’他也没有写他所看到的罪证还有他所从事过的恐怖的犯罪行为。不，他要干什么呢?他宁愿逃到宗教信仰里去，耶稣基督、救世主和解救者。他在天主教堂接受了洗礼。尽管信教，但是他始终还是不能对自己也不能向家人承认自己的罪行。”

> 波兰总督汉斯·弗兰克在日记中记下了自己荒唐可怕的兽行。但是在纽伦堡，他先是承认了自己所犯的所有罪行，然后又断然否认了，并且成为一名天主教徒。应有的甚至是充满狂热的信仰的力量并没有使他有所改变。①

> 宗教信仰是一种强有力的安慰方式，现在它成了我唯一的解脱途径。今天，我像一个孩子一样为即将到来的圣诞节而感到兴奋。你们知道吗，有时候在我深深的潜意识里我会问自己，在人世间的生活中，或许所有的信仰都不仅仅是臆造的，或许生命根本就不会以令人生厌的墓穴来结束。砰！完了！一切都很不错。即使在生命结束前的那一刻，他还依然相信这个错觉。谁知道呢？（在两个月时间里，我首次开始明白弗兰克选择信仰天主教的原因，在他被隔离关押在囚房里，直到审判开始之前的一切都证明了他的确真正地懊悔过。）②

---

① Шпеер. Шпандау. С. 15.
施佩尔：《施潘道监狱》，第 15 页。

② Гилберт. Дневник. С. 106.
吉尔伯特：《纽伦堡日记》，第 106 页。

尼克拉斯继续热情洋溢地回答着黑发女大学生的问题：

“在写给律师扎乙杰里的信中，顺便说一下，这封信现在就保存在慕尼黑的国家档案馆里。我父亲请求律师要努力恢复他在德国的‘好’名声，并说自己不是罪犯。那个时候，他信中的这些话让我这个孩子都感到很生气。母亲收到了一封来自纽伦堡的父亲的例行信件，而我可以猜到信中的每一句话都是谎言。诸如：我的上帝，我的救世主。所有这些只是一种精神的慰藉。这太不好了！人面对死亡的恐惧完全可能会竭力去在宗教信仰里寻找慰藉。要知道在单人囚房里挨过一年时间也是非常不容易的。但是，我可以说，我对此一点也不在意。”

弗兰克突然转过身来背对着大学生们，把头向后高高仰起，将自己的目光投向那个悬挂在法官台上方的巨大十字架上。他的声音变大了，在他那光秃秃、一本正经的脸上满是汗水。我发现他用手帕擦去了嘴唇边的汗。弗兰克好像开始对着大十字架说起了话：

“如果上帝真的存在的话，那肯定会对我父亲的祈祷报之以冷笑罢了。有人甚至写道，汉斯·弗兰克在监狱里用上帝替换了希特勒。是的，在这以前，他是一个最卑微的人，他把希特勒奉若神明，现在又把天主教的上帝奉若神明。”

按照所有的情形来看，十字架在这一刻应该突然从墙壁上伴随着巨大的响声坠落在法官的审判桌上，但是代替这的依然是大厅里的一片寂静。由于弗兰克的多愁善感，一个敏感的金发女郎在这一刻眼睛里涌出了泪水，嘴巴也略微张开着抽泣。所有人都不知所措，所有人都愣住了。大学生们的脸上出现了各种各样的表情，有兴奋的、恐惧的、厌恶的、喜悦的、害怕的，所有可能的表情都交织在了一起。

弗兰克转过身背对着十字架问道：

“你们还有什么样的问题吗？”

“我有。”一个红褐色头发的女大学生小心翼翼地说道，她就是刚才被同班同学打断没有说过一句话的姑娘，“您这样说您的父亲，好像您和父亲处在一种敌对的状态……您能不能形象地描述一下您和您父亲之间‘缔结的和约’呢?”

这个红褐色头发的姑娘清楚地提出了这一点。弗兰克叹息道:

“不能。”然后沉默了几秒钟,好像在思考什么,“不,绝对不能。受害者并没有授权让我这样做。我出生于1939年,我第一次看到受害者的照片是在我6岁的时候。父亲被绞死的时候我才7岁。那个时候开始出版了第一批民主报纸,在报纸里刊登了堆积如山的尸体照片,和我年龄相仿的孩子们的尸体照片。在所有照片下方都署有波兰的字样。这是弗兰克时代的波兰。那个时候我体验到了真正的震慑,这种冲击使我永生难忘。随后我开始了自己的调查,调查更加确定了父亲参与了这场惨绝人寰的罪行。我永远不会忘记这个事实,那就是在克拉科夫犹太区,一个党卫军分子抓住一个小孩子的双腿,把他抡了起来用他的头去撞墙。每当想起这件事,我都会感到非常的恐惧。在司法高级顾问斯米尔诺夫进行的审问中,父亲承认了自己的罪行。真的,随即他又否认了自己所说的话。我建议你们去读一读纽伦堡审判的审讯笔录。单从修辞学角度就可以看出,这些人是多么的可怜和怯懦。他们什么都不愿承担。他们竭尽全力想把所有的罪行都推给自己的顶头上司希特勒、希姆莱和鲍曼这样的人。提醒你们一下,这些人并不在审判现场。我父亲刚刚承认自己的罪行立刻就开始否认和逃避一切。他说,他只是在1944年才正式获知死亡集中营的事。作为回应斯米尔诺夫把1943年父亲签署的文件拿给父亲看。是的,他不得不承认了,但并非以官方的形式。他也就是个可怜虫,而我作为他的儿子对他的这种行为只有蔑视。因此,我不能原谅他。”

“这就是说,年轻的一代也要为此罪行而付出代价吗?”黑发女大学生又问道。

弗兰克叹了一口,他突然发现大家都没有正确地理解他的话。

“不是,一点也不是!当成千上万的德国人大喊着‘希特勒万岁!’的时候,当时的我们拒绝参与任何与犯罪行为有关的事。哪怕我的父亲已经成为这样的‘境内移民’……”①

“您的妈妈怎么样呢？她是如何对待这一切的？她知道您父亲在干什么吗？”一个瘦弱的小伙子问道。他站在那位善于观察的棕红色头发的女大学生后面。

“你们真的很感兴趣吗？”弗兰克缓缓地环视了一下大厅，然后将目光停留在了我的身上。

我向他点了点头，同时用手指了指手表。我想让他知道，他和大学生们的交谈该结束了。但他，就像一列高速飞驰的火车一样很难立刻停下来，尽管我一直朝他比画着停止的手势。

就这样，从开始和大学生们进行交谈到现在已经过去了半个小时。大厅里又是一片寂静，所有人都在等待着弗兰克讲述关于他母亲的事。

尼克拉斯像往常一样绕着弯谈了起来。

“关于母亲，”他说道，然后做了一个表演性的停顿，他看了一眼在场的所有人，“母亲也是纳粹德国黑暗历史的一页。德国的母亲、祖母和曾祖母是如何为人处世的呢？如果你们的亲戚当中有谁在这个时期生活过，你们可以去问他们，问他们知道什么，看到了什么？但是，我可以提前告诉你们，这将是非常不容易的。你们难以想象我征求姑姑的意见应该吃掉几块馅饼时的情景。我说：‘马尔戈特姑姑，请您告诉我我能吃几块馅饼！’她说：‘尼基，你最多只能吃掉一块馅饼。’为什么我要这么问？你们没有经历过那段时期，你们不可能理解这一点。我父亲在监狱里喜欢讲‘这是野蛮时代’。但是，你们要知道，在野蛮时代清规戒律一点都派不上用场，即使你不是无神论者。我们还是回到德国母亲的话题上吧。有人讲过，在一个肉店里，如果一个德国女人觉得一个波兰女售货员服务得不周到的话，她就可以毫不顾忌地把身子探过柜台去扇那个波兰售货员的耳光。这也就是说，德国女人的行为并不比德国男人好多少。最有趣的是战后德国的女人更善于沉默。我还能谈什

① 指迁入被占领的波兰。

么呢？”

“谈母亲。”大家用不协调的声音提醒着尼克拉斯。

弗兰克在摆放在大厅的一张桌子的桌角上坐了下来。各种迹象表明，他好像对目前周围所发生的一切感到越来越满意。目光扫过大学生的脸后，他调皮地笑了，大厅里的一切好像都静止了。他又慢慢腾腾地开始讲起了下面的故事：

“当1945年春天美军到来后，我们在史里勒杰湖边的庄园沙别伦霍夫在两个夜晚内被洗劫一空。但这不是美国人所为，抢劫的是从波兰运到德国的劳工，好像是乌克兰人。我们几个孩子和母亲一起逃走了。危险过去后的第二天我们又返回了，但母亲把手提包寄放在了熟人那里。过了一段时间，也就是1945年秋天，母亲要求女友把她的手提包送回来。她拿到手提包，往包里瞅了瞅。你很难想象，包里全是母亲在波兰、克拉科夫、华沙和犹太人那里掠夺来的贵重物品。母亲若无其事地开始兜售这些东西。在史里勒杰湖边有一栋房子，是专门给那些在集中营里待过的移民和犹太人住的。在这里给他们重新注册，并办理了证件，然后把他们送回各自的家里。我母亲骑着不知道为什么没有被收走的蓝色自行车去那里兜售这些装饰品。犹太人相互之间的关系非常好，他们用黄油、面粉和其他的东西来换取这些贵重品。实际上，这些贵重物品是从他们那里掠夺走的，但对他们来说也是非常划算的，因为母亲收集的不是一些叮当响的小玩意儿，而是贵重的装饰品。起初，母亲就是用这种方式保障了我们的生存，保证了自己五个孩子的生存……”

我用手给弗兰克指了指手表，因为到达监狱之前我也打算在法庭大厅问他几个问题。

“好的，好的，我记着时间呢。”弗兰克皱了皱眉说道，他已经完全沉浸在大学生的反应中，“让年轻人再问我一个问题，然后我就放他们走……”

尽管同时举起了好几只手，但秃顶的、戴眼镜的那个人以领队的身份制止了其他人，提出了自己的问题。

“弗兰克先生，我们已经谈论过了您的母亲和父亲，请给我们说一些关于您自己的事吧。您是作家和记者吗？我早就读过您的书，确实很难读懂，应该说，这本书给我留下了深刻的印象。但不论何时我都绝不会支持您对待父母的立场和态度……”

“是的，我理解你，很少有人赞同我的观点。如果有的话……”当30个人都在静静地等待时，弗兰克却抬起了头，默默地看着天花板，“我一生的大部分时间都花在了《斯特恩》杂志社。顺便说一下，有三年时间我是在《花花公子》杂志社度过的。当时我还是社里文化部的负责人……怪诞的作品总是吸引着我。可以说，我们家的生活是在几百万尸体的陪同下度过的，也同样是那样的不可思议。我们生活的怪诞一面总是让我在工作中感到兴趣盎然，特别是我在《热点视角》当采访记者的时候，我去过很多危险的地方和发生内战的国家。正是那个时候我才明白道德原来是如此的透明，就像一张白纸一样。我现在在写一本关于肃清纳粹主义的书，因为这个，我在档案馆花费了很多时间，也包括在这里。在肃清纳粹主义这个框架下，美国人针对德国人编写了180万件这样或者那样地参与纳粹罪行的档案资料。从这些档案资料中可以看到可怕的历史。有时候，我会停止阅读走到外面吸烟，这也只是为了让自己平静一下。在1945年到1951年的肃清纳粹主义的过程中，浮现在世人面前的历史事件是如此地让我震惊，但这样的结果却也让我感到兴奋，因为我们最终建立了真正的民主国家，我们终于走出了德国人自己相互驱逐迫害的泥潭。”

弗兰克又沉默不语了，他很擅长这种技巧型的停顿。大学生们在这种压抑下也沉默了。在弗兰克说到推崇新民主之前，我觉得现在如果有一只蚊子飞进了600号大厅，那么蚊子发出的声音就会像直升机发出的轰鸣一样。我以为弗兰克已经结束了演讲，准备向他走去，但是他突然又继续说了起来：

“1987年，我写的一本关于父亲的用词刻毒的书出版了，从此就有很多人邀请我去演讲。有趣的是，当我刚开始讲了书中的一个小片段时，大概就有三分之一的听众立刻起身离开了，但剩下的人还在聚精会神地听着，然后他们就开始热烈地讨论，完全忽视了我的存在。人们自顾自地谈论着，相互争论他们真正知道什么和不知道什么。他们相互交流不同的历史事件，例如，根据法律犹太人应该远离人行道给所谓的雅利安人让路，等等。实际上，大概只有记者才熟悉各种规则的运作……顺便问一下，你们知道进行采访需要遵循什么样的规则吗？”

弗兰克提出这个问题的同时看了我一眼。我笑了，耸了耸肩表示我不知道。他继续说道：

“在《花花公子》杂志社我负责采访，这个职业在当时特别受欢迎。这就是我做这个职业的原因。正是那个时候我获知了这个黄金法则：采访需要进行三天：第一天，被采访者一般是不说真话的；第二天，从他口中可以挤出一些东西；第三天，被采访人被采访累了，就会开诚布公地倾诉一切。所以，那个时候我们的采访一般都要进行三天……”

我看着弗兰克，试图去理解这句话是什么意思，并不由自主地弯曲手指算了起来。如果算上我们和他在施勒斯维希-霍尔施坦因州的会面，那我们也已经采访了三天了。如果不算上第一次见面的话，那他要什么时候才准备开诚布公地倾诉一切呢？我的目的是弄清楚父亲与儿子之间长达10年时间玄之又玄的战争，也就是关于他的童年的问题，这才是我最感兴趣的。不知道明天之前我能不能问他这个问题？他不会是开玩笑吧？

大学生们在一片感谢声中散开了，走出了法院大厅。有一个人走过来跟弗兰克握了握手。手里拿着手帕、秃顶、戴眼镜的那个人仍然站在尼克拉斯的身旁继续提问着某些简短、确认性的问题。最终，他们礼节性地相互道了别，但是“秃顶”并没有伸手与弗兰克握手。可见，这就意味着他依然不赞同波兰总督儿子的立场。

“我累了。”尼克拉斯说道。随后他愣了几秒钟又走到了被告人的长凳前。他并没有在父亲坐过的位置坐下，而是坐到了一旁。

“您不热吗？”我问道，“我可以帮您拿雨衣。”

“我感觉冷。一种死尸般的冰冷，难道你没有感觉到吗？”尼克拉斯有气无力地答道，“这种冷就从我左边邻座的位置传来……”

我没有感觉到一点点的凉意。

长凳上除了尼克拉斯并没有其他任何人。

“知道吗？您现在正坐在您父亲坐过的那个被告人的长凳上。”我说道，“您觉得他在这里、在这个大厅里时感觉到了什么？”

“那个时候我们经常去看电影，通常在电影放映之前会先播放新闻时政每周评述。在新闻里还会播放纽伦堡的审判片段。这非常滑稽，我母亲骄傲的是在全部的主犯当中我父亲坐在受审席的第一排而不是第二排。母亲自豪的是父亲是最重要的头目之一。在50年代（母亲死于1959年）我们送给母亲一台电视作为礼物。那个时候电视里经常放映关于法庭的纪录影片。通常，会放映被告人的长凳和第一排位置，从戈林开始，然后摄像机对准赫斯、里宾特洛甫，再接着就出现了我的父亲。在电视机面前，弗兰克的家人紧盯着摄像机镜头的转动，如果偶然没有放映到父亲，他们就会失望地叹气。

“在审判期间，母亲经常给父亲写信。我保存了几百封他们的书信。她每天都给父亲写信，父亲每天也给母亲回信。真的，父亲不得不写更多的信，因为他还有一个情人，他每天也要给她写信。母亲在信中这样写道：‘你现在看起来还不错，只是瘦了一些，我觉得这样更适合你。’她是一个不同寻常的人，丈夫在为自己的余生而努力，而我们也过着异常可怜的日子，因为我们失去了一切，母亲没有任何的收入。尽管如此，母亲还是为父亲良好的精神面貌而高兴。虽然父亲尝试过自杀，也曾企图割断自己的静脉来了却残生，但他只是割破了一点点皮，所以，他总是用一只手紧紧地握住另一只手。这也就是说，各种迹象表明，那一刻的父亲就是一个可怜的小人，却看起来很精神！这才是一个真正的怪物！”

“您说到了您父亲曾企图自杀，好像有两次啊。”我说着将手伸进手提包去拿平板电脑，“现在我给你读一些东西……”

弗兰克神经质地冷笑了一声，他努力用谢尔盖不能理解的德国人的说话方式向我抱怨道：

“这位小姐的细心让我感到害怕，让我头大。”

“您也让我感到害怕。”我对尼克拉斯说道。

“是吗？”弗兰克似乎很高兴地说道，“为什么呢？

“因为您啊。”我回答道，并没有期待他的回应。我开始给他翻译莱昂·戈尔登松的《纽伦堡访谈录》中的下列句子：

> 从两侧看，他的脖子上有两处伤痕。他说他在被俘虏的第一天就曾企图自杀（1945 年 5 月 3 日），在左手的胳膊肘和腕关节处割开了静脉。至今他对自己的前三个手指还留下了不愉快的感觉。“我尝试过自杀，因为我为希特勒牺牲了一切。为了他，我们牺牲了一切，而他却抛弃了我们。假如他四年前真的自杀了，那么一切就都会很正常了。”①

“我认为，如果父亲真正地自杀了，那一切也就合情合理了。”弗兰克说道，“但是从另一方面来说，那个时候他还没有被审判。虽然我反对死刑，但是我真诚地认为，我父亲是罪有应得。如果他没有被审判，我自己也会把他送交法庭惩治。是的，也许会这样。”

“也许？”

弗兰克继续说道：

“从父亲的秘书，也就是他的最后一位情妇那里我了解到，在父亲被捕的那一天，在史里勒杰湖边那栋房子的桌子上放着一把金质的或者是镀金的手枪，这把手枪可能是被拘禁的犹太人制造的。我问克拉弗契克小姐，大家都这样叫她，为什么父亲没有用枪自杀？她微笑着说道：‘因为他是一个十足的懦夫。’我很高兴父亲是一个懦夫，要不他不会被

---

① Голденсон. Интервью. С. 62 – 63.
戈尔登松：《纽伦堡访谈录》，第 62—63 页。

审判。在杰盖伦杰5月初的时候，父亲被不久前解放集中营的美国士兵们好一顿收拾，因为他们在达哈乌看到了父亲的杰作——堆积如山的尸体。他们给父亲取了一个‘波兰屠夫’的绰号，撕开了他那丑恶的嘴脸。那个时候他割断了自己的静脉，大家把他抬上了卡车运到了贝勒赫杰里斯多尔弗军医院。在卡车上的时候，他又企图用钉子割断自己的咽喉。两次尝试，但都没有得逞，最终还是被送上了法庭。我认为，我甚至深信，从开始他就觉得他作为国家级的政治犯最可怕的惩罚可能也就是被流放到荷兰的木材厂，就像凯撒威廉身上所发生的一样。但是后来他渐渐地明白了，这是关乎性命的事情，他像任何其他人一样都要经历死前的恐惧，所以，他在监狱里接受了洗礼，成为一名天主教徒。坐在这个位置上，我感到痛恨，痛恨他如此行事。他承认了自己的部分罪行，留下了一点儿可怜的负罪感。接着，他把一切罪恶都归之于自己以前的对手希姆莱。顺便说一下，戈培尔同样也特别憎恨我的父亲。在柏林有谣言说戈培尔在自己的日记中写了下面的话：‘弗兰克狂妄自大地认为自己是波兰的国王。’甚至有传闻说在西方生活着法兰克人，不，是法国人，而在东方生活着大发横财的弗兰克，这是暗指他贪污腐败。但是，希特勒不喜欢为难他的老战友，让他继续掌管着波兰，而施佩尔、希姆莱、拉米拉斯和鲍曼都想竭力避开我的父亲。顺便说一下，在柏林大家都把我父亲叫作稻草人。他做了柏林上层所要求的一切。他对人没有任何的情感，他更喜欢自己那一百套名贵的西服。在审判开始之后，也就是给他们放映完关于奥斯威辛的纪录片之后，他们才明白他们没有任何翻牌的机会了。没有机会并不是说是因为不公正的审判。他们就坐在这个大厅里，坐在这条长凳上。他们看啊，看啊，看完了所有这些证据确凿的纪录片，有的是俄罗斯拍摄的，有的是美国录制的……”

当指挥官多诺万宣布播放美军发现的纳粹集中营的纪录影片时，有些喧嚣的场面寂静了。我和盖里站在被告人的长凳旁边，当放映纪录影片时，我们紧紧地盯着被告人……当第一组影片播放时弗兰克点头表示同意……凯特尔摘下了耳机，斜着眼睛看屏幕……里宾特洛甫眯缝着眼睛把头扭向了一边……扎乌里慌忙地擦掉唇边的汗……弗兰克在咕噜咕噜地咽口水，想努力地抑制住即将涌出的眼泪……戈林倚靠在被告人的长凳背上昏昏欲睡，只是偶尔看一眼屏幕……弗兰克嘟囔道："太恐怖了！"罗森堡平静地坐在自己的位置上，有时快速地看一眼屏幕，然后又皱着眉头，垂下脑袋，接着又抬眼确认一下其他人的反应……戈林闷闷不乐地坐着，用胳膊肘撑着脸……斯特莱彻喊道："我不相信这个！"戈林咳嗽了一声……律师们发出了叹息声……现在是达哈乌……弗兰克痛苦地点头说道："恐怖！"……邓尼茨坐着，用手抱住脑袋……凯特尔垂下脑袋……弗兰克在啃手指甲……弗兰克在看到被抛进坑里的赤裸的女性尸体的样子后痛苦地大哭起来，他不由自主地用手按住了嘴巴……

弗兰克处于一种极端的压抑状态中，但是当我们提到关于影片的事时，他因惭愧而流出了眼泪……我们问他要不要吃颗安眠药时，他只是摇了摇头拒绝。

"不了，谢谢！如果我睡不着，我还能祈祷。"（弗兰克的真诚似乎是不容置疑的）①

尼克拉斯·弗兰克把手放在自己面前的桌子上继续说道：

"父亲在这个大厅里目睹了自己所干的事。"

我说道：

"但是他也把自己不容置辩的罪证交到了法官手里。他在多年的日记中记录了自己的罪行。他完全可以烧掉它们，也可以处理得让它们对自己有利，但是他却把不利于自己的最主要罪证交到了法官手里……

---

① Голденсон. Интервью. С. 62–63.
戈尔登松：《纽伦堡访谈录》，第62—63页。

“汉斯·弗兰克在日记中这样写道：‘首先，德国人民都面临着普遍的饥饿问题。饥饿与被侵占的领土与谁把他们迁到这儿有关……这些地区是德意志帝国胜利的见证……我一点儿都不害怕提出因为一个德国人的死亡就应该杀死一百个波兰人的观点。’①”

尼克拉斯冷笑道：

“是的，他真蠢。他把一切都交给了法官，虽然这么做没有错。”

我不能理解，难道他指责父亲是因为父亲把自己的犯罪事实提交给了法官吗？

汉斯·弗兰克说道：“在我身上好像同时存在着两个人。一个是我本人，你们所看到的我，弗兰克。另一个是纳粹头目弗兰克。好像在我身上同时存在着两个完全不同的人……这很有趣，是不是？（心理学家吉尔伯特是以精神分裂的角度来看待这种状态的）”

随后，说了许多关于“邪恶弗兰克”的汉斯·弗兰克将话题转到了谈论自己的日记上：“我转交这些日记的目的是为了永远都不再出现另一个弗兰克。希特勒自杀后的这三天对我来说具有决定性意义，这成为我生命的转折点。一开始希特勒让我们追随他，搅得这个世界不得安宁，然后他就这样消失了，留下了我们自食苦果，为所发生的一切承担后果。”

这是我有机会和弗兰克进行的内容最为丰富、最具典型性的谈话。他不由自主地向我吐露了自己深藏的同性恋情结，这种同性恋情结和盲目的虚荣心毫无原则地交织在一起，迫使他心理变态地去追随自己的头目。这种心理变态给他从头到脚灌输了一种反人类的价值观，他把自己和希特勒等同起来。就像一个企图为自己的存在进行证明的恶魔一样陷入了一个充满毁

① Гилберт. Дневник. С. 55－58.
吉尔伯特：《纽伦堡日记》，第55—58页。

灭性的和充满鲜血的泥潭之中，这种泥潭使他与“利己主义”的形象分开来。最终，这个恶魔转而逃到了宗教的狂热中去，将自己与这个世界隔离开来。真的，对弗兰克来说，微不足道和忘记利己主义是一种过分的负担，提交自己罪证的事实会使他得到些许的安慰。①

现在，在我面前的、坐在被告人长凳上的还是尼克拉斯吗？有没有这样一种方法让他确定自己的父亲就像摩菲斯特（歌德作品《浮士德》中的恶魔）一样与自己打成一片，同时又与自己分离开来，想方设法地去强调自己与身为波兰总督的父亲完全不同吗？

让我惊讶的是，当大学生们走出600号大厅之后，尼克拉斯为自己挑选了一个这样的位置。需要提醒的是，既不是我，也不是谢尔盖，也不是其他任何人让他觉得弗兰克的儿子就应该坐在被告人的长凳上。在我们的设想中，他可以选择站在任何一个自己中意的位置上。例如，大厅的中央，或者倚靠在法官的讲台上，也可以站在法官讲台的中间，或者选择任何不是针对被审判者的而是针对观察者的位置。但是，正如我们所看到的那样，尼克拉斯直接选择了这个长凳，并毫不犹豫地坐了上去。他直接坐到了自己父亲坐过的位置的旁边。这荒唐吗？可能有点吧。但是从他的行为和故作镇定的表情我看出了这是他从一开始就想坐的唯一位置，因为他继续将自己和父亲联系在了一起。从一方面来说，这是为了减轻自己的痛苦和满足自己的受虐倾向；从另一方面来说，是为了迎合自己内心的暴虐倾向而迫使自己来嘲弄自己。

“可以问您一个问题吗？”

“请问吧！”尼克拉斯像一个因讨厌的功课而备受折磨的中学生那样将双手平放在了面前，然后把头埋了进去。

“您真的对自己的父亲没有一点点的怜悯吗？请不要马上回答。我

---

① Гилберт. Дневник. С. 146.
吉尔伯特：《纽伦堡日记》，第146页。

知道他是一个恶魔，有六百万人被……但是如果用看待一个人的眼光来看待他的话……这并不是为他进行辩解，而是为了去理解他的行为的原因。请想一想，他其实也是一个被抛弃的人，被不爱他的、不温柔的老女人紧紧地拴住了的人。他的妻子一点都不想去理解他，而且风流韵事接连不断。最终，他变成了一个压抑自己的有同性恋情结的人（弗兰克皱了皱眉，但是依然沉默着）。这种压抑使他变得更加残酷……”

“你读多了弗洛伊德的书！”

“怎么啦？”

“找到了你自己要可怜的人！”

“我不是可怜谁，我在找解开此类行为的钥匙……”

尼克拉斯像对待一个不懂事的孩子一样温和地、缓慢地对我说道：

“宽恕必须以理解为前提。反之亦然。一些人不愿去宽恕是因为没有尝试着去理解他们。在我十几年的探索和调查中，我没有找到任何可以帮助我去宽恕我父亲的东西……”

“现在您不要谈论您的父亲，您谈谈波兰总督。不管您愿不愿意，他终究是承认了自己的罪行。”

弗兰克向后倚靠在长凳的背上说道：

“在华盛顿的国家档案馆我拷贝了他 4 月 18 日宣布要承认自己罪行的录像资料。有这样一种陈词滥调，说的是一个人如果要承认自己罪行的话，他会用一种相应的口气来表述。但是如果你看到我父亲是如何做的、他是以怎样的口气来承认的，那你们就会明白，这并不是认罪服法的表现。他发出的声音就像在慕尼黑党代会上发表演说一样，在他的话语中没有任何的情感，其表达方式和所讲的内容极不相符。我觉得这是他采取的一种狡猾的手段。还有一个没有人会告诉你们的小细节，父亲在给我哥哥的最后一封信中关于‘胜利者的法庭’这样写道：‘在最后几分钟，我担心的是人们会用不公正的审判来对付我们。我们，我们是输了，我们不得不要为此付出代价。但是，难道可以允许所有这些民族的叛徒和移民因为我是这样度过自己的生命而来指控我吗？’这是他在开庭一年之后说的。你还有什么疑问吗?”

“没有了。能否允许我们陪您去监狱?”我问弗兰克。我想看看他对我故意提出的不礼貌的问题有何反应。

“我很乐意你们能陪我一起去。”弗兰克突然精神饱满地说道。他并没有觉得我的表达方式有什么不妥之处,他站了起来,离开了被告人的长凳。走出600号大厅时,我看见他在大厅门口停下了,然后扭头望了望刚刚坐过的被告人的长凳的方向。我几乎确信他在那儿看见了什么,或者是看见了某个人。

“请拿出电话、金属物品、手提包、钥匙,当然还有雨伞。”守卫用一种习以为常的单调嗓音反复地说道。因为在监狱里一个星期有几天是接待日,亲属会来探望被关押的人,所以关于金属物品、手提包、钥匙等的说辞就从他的嘴里一个个地蹦了出来,就像儿童的某种复读机。

“我要随身携带照相机,我有拍摄的许可证。”我对他说道。

“摄像机拍摄。”守卫又确认了一遍,“好吧,请带上,你们是去那个侧楼……”

“那个侧楼?”

“嗯,是的。”

我、弗兰克和摄影师在一个专门的小窗口交出了所有该交出的东西,把手穿过玻璃将号牌拿了回来。弗兰克此时注意力高度集中,同时还有点儿激动。这两种神情在他的脸上互相替换着,表现出了一种很紧张又很疲倦的样子,他的跛行非常惹人注目。我认为他很不容易,因为这是他自己父亲被绞死的地方,是世界上最让他不愉快的地方。如果你蔑视和憎恨自己的父亲的话,就更是如此。

我们跟在留短发的守卫后面走着,他的后脑勺让我更好地记住了他。然后我们走进了监狱的一个小院子,院子四周都是灰色的墙壁,将审判厅的综合大楼和监狱分隔开来。如果从审判厅这边沿着这堵隔离墙走去,你可以看见一个大大的金属牌子。牌子上面警示道:凡与被监押者进行交谈或者企图与他们攀谈者均处以1000欧元的罚款。有趣的是，这种情况发生过吗？这堵巨大的、由混凝土筑成的墙壁有四个尼克拉斯·弗兰克那么高，厚度也不小于半米，难道曾有谁尝试过穿过这堵墙与被监押者联系吗？真的很难想象。整堵墙都是混凝土砌成的，而且在它的上面还有金属电网，估计是带电的。

现在，我们来到了这堵墙的另一面。

这是当时被监押者们散步的地方吗？我咬紧了嘴唇。根据带领我们的守卫的手势来看，现在需要闭嘴或者默默地往前走。我仍将目光投向了监狱的小院子。在灰色墙壁的前面有一个20平方米左右的大铁笼，难道现在的囚犯是在这里面散步的吗？整个院子的地面是用长方形小石块堆砌而成的，石块的缝隙中长满了绿草。由此我得出了一个结论：看来现在没有人在此散步了，如果有的话，绿草肯定会被践踏的。

我一次又一次地环顾这个院子。我想小声地告诉尼克拉斯一个我看到过的关于他父亲的故事。或许他也知道这个故事……

“你们知道吗？”弗兰克说道，“你们并不了解这里所发生的一切。举个戈林的例子。我爸爸写道：‘我们最后一次在监狱院子里散步的时候，戈林突然停了下来凝视着我，等待我绕过他站在他左边的位置上，那是因为他的职位比我高。你们可以想象吗，在这里，在这个监狱的院子里。其实它对我来说就是一片空地。’”①

我也不知道该说什么，我觉得守卫那平坦的后脑勺正在监视着我。也许我应该尝试着再次开口说话，为了让他们把我从这混凝土的围墙中驱赶到自由人的世界中去。

尼克拉斯也保持着沉默，他正在聚精会神地观察这个监狱的院子，大概他想的和我一样，他们是在这里散步吗？

我们一组人默默地走进了某个一层建筑，它里面的设置更像是一个门诊部。墙壁很久都没有被抹过，被撕破的漆皮从墙壁上脱落了下来，

---

① Гилберт. Дневник. С. 69.
吉尔伯特：《纽伦堡日记》，第69页。

门吱吱地响着。我们跟着向导走了进去，突然脚下出现了一阶梯子，梯子的下端连接着一个几十米的走廊，走廊里面一片寂静。

没有一个地方能像监狱一样的虚拟，在这里声音扮演着主要角色，完全看不到人。大家的脚步声、尼克拉斯沉重的呼吸声在这里特别的清晰，他在我们这个一声不吭的团队后面一瘸一拐地走着，再有就是摄像机三脚架发出的吱吱响声。谢尔盖时不时地咳嗽几声，吊在我们向导腰带上的金属钥匙碰到他的大腿也发出了砰砰响的声音。在这里，物品发出的噪声比人发出的声音要响得多。耳鼓膜能捕捉到打破寂静的一切声响。在这堵围墙内声音是最大的奢侈品，通常是听不到一点儿声响的。如果你只是绝望地想确认一下你有没有聋掉的话，你可以捂住嘴巴咳嗽一下。

走过了长长的走廊后，我们爬上了楼梯，在外面走了几步后，我们又走进了某个地方，随即我们身后笨重的铁门砰的一声关上了，我们彻底地进入了监狱里。进入监狱起初的那几秒钟的寂静让人感到异常不适，特别想打破它，随便怎么样，就只是想打破这死一般的寂静。

“你们可以说话了。”守卫突然说道，“弗戈良马上过来，他将带领你们继续参观这里。我们等一等他。”

“侧楼在哪儿呢？就是那栋关押他们的侧楼在哪里？为什么这里……一切怎么都这么奇怪呢？”我环视着四周说道，“带有几个栏杆和阶梯的铁梯子是通向……那堵墙的吗？这有点不可思议。”

“弗戈良会回答您的。当然，您也可以和他聊聊，但不是和我。”守卫举起手朝一个站在监狱走廊尽头的人挥了挥手，“他就是你们的向导。”

弗戈良和我们一一握了手。有着平坦后脑勺的守卫转身离开了。我总是记不住他的名字，不过，我记住了他的脸。这算怎么回事嘛！他把我们带到了这儿，又把我们转交给了一个我们听起来名字很有趣的人。弗戈良拥有满头的黑色短卷发和一张可爱的脸庞。根据他交谈的方式来判断，他面部表情善变、嗓音低沉、行动自由奔放。看来弗戈良不是一个普通的守卫，而是一个职位更高的人，因为在他腰带的右边挂着一大串的钥匙，与我们之前那位向导的钥匙相比，多了大概三倍。

相互握手之后，弗戈良对弗兰克说道：

“您的父亲是在1946年被绞死的。”

“正是。”尼克拉斯点头回答道，“汉斯·弗兰克。”

“我当然知道他了。”弗戈良温和地微笑道。好像他们是在讨论一个共同的熟人先生。

“我想马上弄清楚体育馆和关押他们的侧楼在哪里。”我插入他们的谈话小心翼翼地说道。

“看到了吗？”弗戈良说道，“我马上向你们解释。当然，不一定解释得很详细。是的，所有纳粹上层官员都被关押在这儿。但是他们是被关在这栋侧楼里。弗戈良用手指了指靠着几个梯子的墙壁。”

“我不明白。”弗兰克挠了挠光秃秃的脑袋，看了一眼墙壁之后说道。

“好像到了。”在弗戈良停顿的时候我说道，“就是这个！当我们在东面侧楼的时候，那里是600号大厅……如果从走廊的窗户往外看，可以看到监狱大楼，从那儿可以看到抹上了灰浆的大拱门样子的墙壁的大部分，好像……”

“好像我们拆掉了这个侧楼。”弗戈良点头说道，“是的，它被拆除了。”

“什么？”弗兰克和谢尔盖异口同声地喊道。谢尔盖没有经过翻译突然就明白了我们在谈论什么。

“在80年代初，有两栋监狱大楼被拆掉了，东侧和北侧的大楼，还有你父亲被绞死的体育馆。”弗戈良（他认为尼克拉斯来这儿是为了悼念父亲的吗）继续补充道，“这都是因为众所周知的原因。西侧和南侧的大楼，我们都是根据其最初的创意来使用的。”

“为什么我从来都没听说过？”我问道。

“很少有人知道的。”弗戈良耸耸肩回答道，“对那些好奇的游客开放的地方是墙后面那块地方，而这里则是生活和工作的地方。很少有人来过这儿。我们之所以同意放你们进入这儿，那是因为弗兰克先生是在这儿度过了自己生命的最后时刻。所以，你们现在是处在一个具有历史意义的地方。他们是在这儿被绞死的。”

弗戈良用手指指了指窗外。那儿就是曾经的监狱东侧大楼，后来就被拆掉毁灭了。我们都将目光投向了窗外，那儿有一块不大的空地，受尼克拉斯先生尊敬的刽子手伍兹军士在离我们几米远的地方绞死了一些纳粹罪犯。可以看到，现在那块空地成了监狱的院子。

沉默持续了一分钟。

嘀嗒、嘀嗒、嘀嗒……

我转过身看到，砌着灰色瓷砖的高高的天花板正在往下滴水。在我们大伙儿都沉默不语的时候，这种声音渐渐地变得越来越凄惨。

弗兰克突然说道：

“我来过监狱的这个地方。但是他们没让我们去那些小囚室那里。”

“是这样的。”弗戈良赞同道。好像1946年他就站在前来见父亲最后一面的小尼克拉斯的身旁一样。

我们站在一块圆形的小空地上，地面是由瓷砖铺成的。在我们旁边有一些梯子，是通向破败了的、没有用了的墙壁，让人觉得前面好像没有路了。另一个高高的铁梯子是通向二楼的。二楼和一楼一样异常寂静、空旷。我看了看我们面前那长长的走廊，它完全和新闻纪录片里的一模一样。

“监狱的所有侧楼都是一模一样的。”弗戈良说道，“一切都和当时的一样。这里和那里一样只有一间间冷森森的小囚室。”

“我们可以看看它们吗？”弗兰克小声地问道。

“当然可以啊。”弗戈良高兴地赞同道。然后他用手指了指西面那空荡荡的楼道说道：“请吧！这里暂时没有关押罪犯，他们都在隔壁的侧楼里。所以，完全可以满足你们的意愿。”

尼克拉斯脱下了大衣，把它缠在自己的左手臂上说：

“我准备好了。我们走吧。”

弗兰克和弗戈良向前走去，他们边走边讨论着监狱的建筑。由于墙壁的回声，我只听见了一些只言片语，大楼、侧楼、拆除和小囚室。在走廊的尽头有一个螺旋的梯子，梯子被铁丝缠上了。弗兰克走近它，然后停下来饶有兴趣地观察了起来。然后他又朝弗戈良走了过去说：

“带我们去看看我父亲待过的那种小囚室吧……”

“这很简单。这里所有的囚室你们都可以尽情地看。”弗戈良嘿嘿地开玩笑说道，目的是为了缓和一下他说完这话之后的尴尬氛围。尼克拉斯却一点都没有在意这些模棱两可的话。

“那我……”弗兰克停顿了一下，好像要沉静一下，“那么我就给自己选择这一间。”

“给自己？这是一个不错的选择。”弗戈良点头回答道。好像是一个日用电器商店的售货员那样，他将手伸向了系在腰间的那一大串钥匙，然后逐个查看每一把钥匙。终于，他找到了所需的那把钥匙，把它插进了锁眼里。

如果有人让我在世界上选择一种饱满的、响亮的、有多重意义的、内容丰富的同时又高兴的、伤感的声音，我肯定会选择这种声音——纽伦堡监狱金属大门被拉开的声音。我不知道什么乐队才能演奏出如此的音乐幻境剧和复调音乐，但是在这空荡寂静的监狱里，没有什么声音能比这开门声更刺耳了。

“多么震撼呀！”弗兰克不由自主地说道。他用手去拉带有小窗口和大门闩的笨重铁门，然后用手掌拍了拍说：“对的，就是这儿。”

我环视了一下周围，然后慢慢地走进了小囚室里。囚室很小，在门口的正对面有一个比尼克拉斯脑袋稍微高一点儿的窗户，这个窗户是面向监狱院子的，但是如果不站在凳子上的话，从地面什么也不能看见，然而所有犯人的凳子都被锯掉了一段腿。所以，从下面往窗外看只能看到一小块天空。真的只能看到一小块天空。

左边是床，更确切地说是一张有褥垫的长方形的床，还有一张小桌子。在右边，也就是我们进来的那边有一个马桶。远一点有一张凳子。在墙壁上不知道为什么挂着一块边缘裂开了的镜子。我确信，如果再关入某个犯人的话，这面镜子一定会被拿走的，否则的话不过两分钟他就可以用此来自尽了。

在小囚室里转了几圈之后，弗兰克在凳子上坐了下来伸直了疼痛的腿。他突然说道：

“如果我请求你们允许我在这个安静的囚室里坐一会儿，你们没有人会反对吧，然后我们再拍摄。”

所有人都点头同意了。弗戈良总体上讲是一个有分寸的管教人员。顺便说一下，弗戈良是一个很不错的姓，一般只有党卫军的将领才有这样的姓。

我观察起了窄窄的门缝。从正方形的小窗户投射进来的那昏暗的光线落在了木凳子上，一个上了年纪的、伸出了疼痛的双腿的人坐在了上面，他把头埋在了胸前。他的外套仍然缠在他的左手臂上，好像尼克拉斯忘记了这件事。他一动不动地坐着，好像僵住了。一分钟、两分钟、五分钟、十分钟……我对这尊可怜的雕像产生了兴趣，我能去触碰一下吗？是的，当然可以，现在就可以。他点了点头让我明白他是在努力地微笑，但是脸上闪过了某种可怜的神情。我并排坐在了他的旁边。尼克拉斯抬起头朝前面看了一眼，然后用两分钟时间研究起了天花板，接着，他稍微眯缝上了眼睛，将目光转向了窗口，然后说道：

“他在给我们的信中这样写道：‘他经常翘望天空，看湛蓝的、巴伐利亚的天空。每逢周日，他都可以听到这里教堂的钟声。’在监狱里，他变得非常虔诚，他跪在囚室里祈祷。甚至在他被绞死的前夜，他都在祈祷。当囚室门被打开时，他正跪在门口。给他受洗的神父欧·冈诺勒和守卫、警卫长一起来了。那个时候父亲向神父说了下列的话：‘神父，当我还是个孩子的时候，母亲每次都会在我去学校之前给我的额头上画个十字架。’当时他请求神父也这样做，神父完成了他的心愿。接着，守卫把父亲从地上搀扶了起来，当时的父亲已经被戴上了镣铐，然后他们就把父亲从囚室里押往体育馆去执行死刑了。”

“这是您想出来的?”

“这是我看见的。”弗兰克说道，“我看见的比你看见的更多一些。但是这并不是什么玄之又玄的事情，这是由于多年从事写作，更多地接触文件、照片和新闻的原因。他在写给我们的信中采取的态度、观点以及词汇我全部都清楚。所以，我可以看见刚才我所说的事情。例如，他睡觉的时候，手要在被子上面抓在一起。小囚室里的灯从来就不熄灭，这是在罗伯特·莱伊自杀之后一直延续下来的。但是不管怎样防范，戈林还是成功地吞下了毒药。这让我感到非常遗憾。遗憾的是他没有被绞死。

“我父亲最后一次从这个窗口往外看估计也是在祈祷，他仍然对某种东西抱有希望——救世主，我不是一个坏人，请保留我的性命。但是救世主朝下伸出了一个大大的手指，这是一个完美的手势。随后面带微笑的父亲就被带去了体育馆，接着被套上了绞索。我可以肯定地说，如果我马上就要被绞死了，我一定会大喊大叫，我将会死于恐惧。而父亲却镇定自若，很好地控制住了自己。

“这是在1946年10月16日凌晨的事。10月1日在纽伦堡做出了判决。我完全可以想象到父亲那天的状态。他既希望有人为他辩解，同时又意识到这是不可改变的结局。如果那一刻我坐在他身旁，我会告诉他已经没有任何的机会了，我还会这样告诉他：‘在你的一生中曾经有过很多次机会，但是你都没有好好去把握，而是选择成为一名罪犯。你从不关心他人的命运，所以，现在你也就没有任何的希望了。我希望你现在在被绞死之前，我相信人们会绞死你的，你可以回想一下那些无辜的波兰人、俄罗斯人和被纳粹者们侵犯的那些人。你想象一下他们死时的感受。要知道，他们什么过错也没有。而你是罪有应得。现在你就老老实实地等待死亡的到来吧。’”

我们所有人都战栗起来。弗戈良手中的水桶掉落了，这个水桶是谢尔盖为了拍摄而拿来的道具。弗戈良在听到尼克拉斯对他父亲的独白之后就忘记了手中的水桶，他愣住了。结果就是，水桶掉在了瓷砖上，此刻发出的响声让我们所有人感到震颤，似乎唯一一个不明白大家为什么会战栗的人只有弗兰克，似乎他什么都没有听到。

“对不起!”弗戈良发窘地说道。他自己也被这恐怖的声音惊吓到了，他伸手努力将水桶从地上提了起来。看来，尼克拉斯的独白给他也留下了深刻的印象。

“我可以在这儿再坐两分钟吗?”弗兰克平静地问道。

“当然可以。”弗戈良回答道。

“你可以留在这儿。”他对我说出了这句对话。

“什么意思?”我说道，“今天只是采访的第二天，还不是很充分。我如何才能让您敞开心扉呢?”

“似是而非的可以吗?”弗兰克哼了一声说道。

“俗话说，似是而非比谎言更糟糕。”我用一种讥笑的语调回答他。

弗兰克抬起头又看了看天花板，好像在对天花板说道：

“谁说的？白痴说的吧。”

“这样的话我有一个问题，您能不能回忆一下您父亲好的一面？就是关于您父亲的，而不是关于波兰总督的。”

“我已经回忆了他所有好的一面。”

“是吗？是什么呢?”

“就是他坦然地接受了死亡。虽然在这件事上我不得不为他感到脸红羞愧。”

“还有什么吗？或许，他从监狱给你们寄来过某封充满柔情的信……”

弗兰克陷入了思索，他的脸上闪过了一丝恶毒的微笑：

“是的，他从监狱给我寄过某封这样的信，是给我本人。他把自己的祈祷书单独寄给了我。”

我微笑着心想，汉斯·弗兰克这个恶魔也终于还是有点人性了。

尼克拉斯继续说道：

“他甚至小心翼翼地为我写了信。而现在看来只是一个小小的插曲。原因在于，在家里都叫我尼基，那是由四个字母写成——Н И К И。在祈祷书中，我的名字被他写成了两个字母——К И，这让我感到非常生气。今天，当然可以说这是从我自己幼稚的立场来看的。但是孩子对这种东西是非常较真的。对我来说，这些字母背后隐藏有不一样的含义，就像我那样称呼他一样，是有很明显的差别的。怎么样，这是一个令人感动的故事吧?”

在出口处，当我把手伸进物品袋时，我才发现我把雨伞落在监狱了。弗兰克坐在审判厅旁边的一张长凳上。我们刚刚去了一趟主楼，并在那里的食堂吃了个午饭。

“不祥之兆。把自己东西落在监狱里。”摄影师说道，“这就是说，我们不得不再回去一趟。”

“那是酒店的雨伞，所以，如果有什么不祥的话，有酒店承担。我们没什么可怕的。”我有些激动地回答他。

弗兰克默默地点燃了一根烟。

祈祷书。这和另一个别人所讲的故事很相似，但是我现在已经不怀疑它的存在了，这些都让尼克拉斯如此刻骨地憎恨自己的父亲，因为这种强烈的憎恨通常都是在最简单的东西上累积起来的。例如，怨恨的积累会促成质变。这种憎恨是源于利己主义，而不仅仅是源于因六百万不幸的无辜蒙难者而产生的痛苦。

第二天早上，我们一行，包括弗兰克，一起前往城市的东南部，那里有纳粹主义残余建筑分散在 11 平方公里范围内。

从宽阔的拜尔叶伦公路转了个弯后，我们把车停在了一个离建筑物不远的地方。这个建筑物特别像罗马的大斗兽场，这个在旅游指南上并没有看到。很显然，在我们面前的是一个第三帝国时期的宏伟建筑，它的建造构思和神圣罗马帝国时期的构思是一脉相承的。这个是会议大厅，也就是代表大会召开的地方，也是迄今为止被保存下来的第三帝国时期最大的一个宏伟建筑物。

我错误地认为这个建筑物的建造者是阿尔伯特·施佩尔，以为是他得到了希特勒的允许后就在纽伦堡悄悄地建起来了，但是，好像这首献给纳粹宏伟建筑的颂歌是根据路德维希和弗兰茨·陆弗的方案来唱的。在1935年召开例行的党代表大会时，希特勒亲自把第一块石头放到了大会堂的地基上，然后在杜特采恩达依赫池塘边开始了大会堂的建造。

从外表来看，这是一个巨大的白色半圆形建筑，它有一个用花岗岩石板砌面的拱形走廊，这是给所有有权势的人提供的。选择用花岗岩，正如我后来解释的那样，这也不是偶然的。花岗岩象征着“建造者坚定而永久的构思”。根据纽伦堡建筑师们的构思，纳粹的大斗兽场差不多有罗马建筑物的两倍那么大。

第三帝国垮台之后，这个大斗兽场的高度并没有超过40米（和罗马的50米高度相比，这个建筑原本计划要达到70米）。因为在第二次世界大战期间，大会堂的建造被暂停了，所以只剩下了这个雄伟的“半成品”。尽管如此，纽伦堡市不得不考虑这个建筑的未来，毕竟这个建筑是建于上世纪的，但是根据最保守的计算也需要一笔巨大的开支去维护。市政府想把这个建筑物转到私人手上也没有成功，当局反对私人投资者将这个地方变成迪斯科夜总会或者体育馆之类。总之，这个问题的解决就这样无疾而终了，但是可以从这个大斗兽场吸取历史教训。现在这里还有一栋U形大楼，它是在池塘的对面，那儿还有两栋接修的房子。在北面有一个德国民族社会主义工人党文献中心，它是献给过去的纽伦堡和全德国令人可耻的纳粹分子的。纽伦堡市的交响乐队是在斗兽场的南面。

我们走过了大部分的花岗岩走廊，也去宽阔的拱门那里逛了逛。在拱门里面原来有一个会议大厅。

“很不错的地方，我从未来过这儿。”弗兰克感慨道。

“为什么呢?”我问道。

“因为没有第三帝国建筑物的行家和鉴别家。但是这个建筑物真的很棒！站在它的面前，我感觉自己是世界上最渺小的生物。”

我也感觉自己是一个渺小的生物。我的周围是如此的宽阔。这个建筑物大部分都是用砖建成的，从外面来看的话就是一个大斗兽场。它的里面都全是黑红色的，就像被烟熏黑了的鲑鱼肉一样。

大概半个小时后，我们所有人都分散开了。我们在大斗兽场内部的巨大空间里徘徊游荡。根据几个大型的、色彩鲜艳的集装箱来看，大斗兽场的一部分现在成了仓库。

微跛的尼克拉斯·弗兰克时而去那儿，时而到这儿，并周期性地停下来抬头看看上面。当他朝我们走来时，我问他在想些什么。

“没什么特别的……”尼克拉斯耸耸肩说道，“地方太多，太大了，很不舒适。这栋综合大楼并非完全含有纳粹主义的元素。”

弗兰克朝拱门走了过去。经过拱门，我们进到了另一个空间。弗兰克坐在了一个小小的铁楼梯上，这个楼梯是直接通向拱门顶端那扇被锁住了的金属铁门的。

“我们来聊聊这栋大楼，好吗？”我问道。

“关于纳粹分子？”

“可以聊聊关于你个人的情况吗？”

“这没意思。”尼克拉斯说道，他正在打量会议大厅，“太过于琐碎了。虽然……在如此规模宏大的场景下能够很好地聊这些鸡毛蒜皮的事情吗……这难道就是你特别期待的故事？顺便说一下，这是我对父亲的最初回忆。在华沙，我记得有一次我刚吃完饭，身上还围着餐巾布就在一张大圆桌周围跑来跑去。我想让父亲抱抱我，而父亲却离我而去，坐在桌子对面的地方。我像一只小狗一样号啕大哭、尖声喊叫。我是多么想让父亲抱抱我呀。而他却这样跟我说：‘你想干什么？你是谁呀？你不是我们家的人。’那个时候我只有3岁或者4岁。这是我对父亲的最早回忆，是他如何拒绝我的最初回忆。大概，他觉得这只是和我在开玩笑。但是，在我后来的研究中我弄清楚了他这句话背后的玄机，那是藏有他的疑惑，那就是他觉得我不是他的儿子，而是他好朋友的儿子。这就是这个玩笑背后的内情。从那个时候起我和父亲的关系中就出现了第一条裂痕。父亲疏远自己儿子的这件事并不是很容易就能接受的。”

“您还查明了什么？谁是他最好的朋友？”

“卡尔·拉什。”尼克拉斯苦笑道，“我母亲和他曾经有过关系。准确来说，我的父亲会周期性地犯迷糊，他认为我是拉什的儿子，所以，他把我称作‘外人’。但是，后来我和父亲的关系突然又缓和了许多。我不知道他是怎么想的，是如何盘算的……”

“卡尔·拉什除了是您母亲的情夫以外，他还做什么？”

弗兰克脸上的笑容凝固了，好像是僵住了一样：

“拉什也是一个总督。因为希姆莱非常想坐到我父亲的位置上，但是他一直达不到这个目的（希特勒坚持不想让自己的老战友爬得太高），所以没有人去动他（我父亲），尽管他也卷入了贪污的投机勾当之中。同样拉什也陷进去了。顺便说说，拉什是一个非常聪明的人，拥有两个博士学位。但是，这个拉什在总督位置上做的是走私的勾当，他引起了党卫军分子（确切来说应该是希姆莱）的注意，所以，希姆莱就下令把他逮捕了。随后拉什就在监狱里被枪决了。后来，母亲因为父亲在1942年拉什被党卫军分子逮捕和枪决时候动用自己的权力而指控父亲。”

“当时，当时您是怎么认为的呢？您觉得自己是谁的儿子？”我努力以正确的方式来表达自己的问题。

“呵！呵！呵！”尼克拉斯温和地微笑道，“这是一个很不错的选择，我是谁的儿子？”

“您肯定知道。”

“我知道。我是自己白痴父亲的儿子，他曾努力地向自己说明他有多么的不喜欢我。你看，我找到原因了。”

我们走出了大斗兽场。弗兰克久久地沉默着，我也不敢再去追问。我担心要是现在他突然终止一切或者勃然大怒该怎么办？但是没有。他自己突然开始说了起来：

“有一样东西让我喜欢自己的父亲，那就是留声机。他经常放唱片和歌剧《弟兄，恶魔》。有一次，他在沙别伦霍夫的庄园园子里放留声机，我们躺在地上听父亲给我们讲胡别尔·托尼的故事。说是曾经有这样一个强盗，他非常害怕其他的强盗，所以他总是藏在森林里的树丛后面开枪。那个时候，我们几个小孩子非常喜欢听这个故事。这是我记忆中关于父亲的最为愉快的一幕。但是，这样的场景非常的少。”

“或许，是在……之后，他对你的态度才向好的方向转变了……但他那带有“尼基”署名的祈祷书让你感到难过……”

“什么？这不仅仅是难过，这就像是把唾液吐到我脸上一样。父亲竟然弄错了儿子的绰号。”

“鉴于您父亲正一天天地走向断头台，这可能是一种很好的缓和状态。”我对他说道。

“当他拒绝给予我父爱时，他并没有想到要缓和关系。那为什么现在我要考虑这些呢？”

我们沉默着走了一两百米，然后又转身回到了大斗兽场。因为谢尔盖和摄影师还在那儿等我们。

弗兰克一言不发。

只是连续抽了三根烟。

“这里的栅栏太多了。”当我们在齐柏林式飞艇场外停下时，我开口说道。

“就是啊。”弗兰克叹气道。

“我们可以从栅栏上翻过去。”谢尔盖忧伤地看着弗兰克安慰我们说，然后明白过来他的想法被我们采纳了，“你们看，从里面走出来的那个男人是什么人？现在……可以去问问他……”

“他不会让我们拍摄的。这不是在俄罗斯！”摄影师生气地说道。摄影师是一个 20 年前移居到德国的老移民。

“我不明白你的判断是依据什么。”我用俄语跟他说道，“不如试一试看有哪个地方可以进去。”

“就是啊。”谢尔盖说完就直奔那个男人而去了，“对了，有谁可以帮我给他翻译一下吗？”

经过10分钟的劝说之后，我们把尼克拉斯·弗兰克介绍给了那个男人认识，而我几乎一直在大喊大叫。我跟那个男人说，我们需要在齐柏林式飞艇场地拍影片取景。那个男人终于妥协了，他说："我可以放你们进去，但是只能给你们20分钟时间，20分钟后就会将这个地方全部封闭起来。还有，你们只能从某处金属栅栏上翻爬进去。除此之外，我也无能为力。请吧！要小声一点，谨慎一些。"

我看了看弗兰克。

他坚定地点了点头。

这有点难以置信，在我们的安排中增添了20分钟拍摄整个齐柏林式飞艇场地的机会。通常他们是不会把这个场地像其他的名胜古迹一样列入旅游指南，其中的原因大家都明白。这个地方的历史开始于1909年，斐迪南·冯·齐柏林——第二次世界大战时德国使用的88毫米自行火炮，它有一个绰号叫"疯狂的伯爵"，它如此出现在一群兴高采烈的当地居民的眼前。广场的第二次复活是在快到30年代末的时候。根据施佩尔的方案，这个广场需在1937年中期前建成。从此，齐柏林式飞艇场地成为一个举行大型戏剧表演的场所，在这里召开过两次德国民族社会主义工人党的代表大会。当莱尼·里芬斯塔尔在自己的影片《意志的胜利》中介绍了这个地方之后，这个地方就变得举世闻名了。

1945年到1949年期间，美国人在这里举行了自己的阅兵式，并把这个地方更名为Soldiers Field（军人运动场）。将德国法西斯标志换成了美国的国旗（美军一到就立即把德国法西斯的标志给炸毁了，并且这一幕还被拍进了美国的新闻纪录片中）。美军撤走之后，这里开始举办各种各样的群众活动。例如，定期举行的摩托车拉力赛。根据所有的参考数据，美国人把齐柏林式飞艇场地当作会议大厅。这个建筑物是精心建造的，但它那豪华的外形总会让人联想到第三帝国，这一点致使巴伐利亚当局不得不在1967年采取决议炸毁主席台的柱廊。这项决议是在6月8日晚上到9日凌晨被执行的。

我、尼克拉斯、谢尔盖和摄影师站在距离齐柏林式飞艇场地几十米远的看台上。这个看台是用混凝土和砖建成的，然后用石灰岩砌了面。它是专门给希特勒演讲准备的。我们沿着台阶爬上了看台，台阶并不平坦，所有的缝隙里都长出了绿草（绿草是从每一条裂缝中冒出来的）。如果从元首站的这个位置来环视四周，前面是柏油路，再往前就是栅栏和公园了，再接着还是栅栏。所有这些都是有意建造的，目的是为了让这个建筑显得不那么过于庞大、华丽和宏伟。顺便说一下，现在经常会在这儿举行音乐会。例如，在齐柏林式飞艇场地举办过“石头摇滚乐音乐会”。

尼克拉斯从楼梯上站了起来，目的是在他的身后可以出现希特勒的演讲台。

“我父亲曾站在这里最高的地方，当着希特勒的面演讲过。他看起来神气活现，但他所说的都是无稽之谈。他们所有人都在胡言乱语……他们大声地喊出了自己的誓言，好像在极力地将自己良心的呐喊声掩盖……这非常可怕。虽然他们曾经被赞赏、被热情洋溢的呐喊声所拥护。但是这一切都非常恐怖。”

随后尼克拉斯拿出了手机，开始给齐柏林式飞艇场地拍照。

“我要把照片给我的妻子汉尼萝拉看。”他说道，然后又给我和谢尔盖拍了一张合影，“我要给你拍一张，因为你上次和这次都没有机会和我的妻子认识一下。”

弗兰克拍了好几张照片之后把手机放进了口袋里，然后又环视起了周围。

“您对现在的德国、现在的德国人，还有那些曾经站在齐柏林式飞艇场地高呼‘希特勒万岁！’的人的后代有什么看法吗？”我问道。

弗兰克看着希特勒的演讲台，好像内心正在犹豫着到底要不要爬上去。他一直在迟疑着，似乎还是不愿意爬上去：“我觉得……至少在一百年之内人们都会留心德国人，小心翼翼地对待他们。‘谁知道这些德国人还会犯什么样的罪。’人们有这种顾虑是很正常的。所以，我为欧洲联盟的形成而感到非常高兴，因为我们终于联合了。邻国们实际上也在仔细地盯着我们，尤其是法国人，他们担心我们再次选择某种不同寻常的道路。为此，我非常感谢他们的监督，我觉得就应该这样。我认为他们对我们有所顾忌是完全正常的。我们也试图按照自己的心愿行事，走自己的发展之路。我们刚想走出目前的境地，我们那第三帝国的历史马上就被挖掘出来了。‘看啊，德国人再一次向我们提出了条件，这意味着他们想再次统治欧洲、统治全世界。’这种想法在每个人的脑海里都浮现过。但是，无论如何我都相信暂时还是没有很大的危险。虽然我认为在德国人的内心深处迄今为止仍然没有完全根除非常危险的东西。正是因为我们父辈和祖辈的胆小怯懦，一直保持沉默，最后把真相都带进了坟墓里。要知道，是他们发起了这一切，是他们干了这些。顺便说一下，如果你们还记得的话，在我家墙壁上挂着一幅画，画中的德国人都穿着一双厚实的家居便鞋，这种便鞋是用毡子做成的。如果你们仔细看的话，就会发现所有的便鞋上面都有德国法西斯的标志。我把这幅画挂在家里，是因为它非常准确地表现出了德国人的性格。我们是热情好客的，同时也是极其危险的。”

弗兰克沉默了。我想问问在他眼前一闪而过的、来自影片《意志的胜利》中的那些高声欢呼、戴着德国法西斯标志的人们和举手欢迎的片段。但是不可能了，时间过去太久了。现在只有我们和风一起在齐柏林式飞艇场地飘荡着。我在冰冷的台阶上坐了下来，然后抬起头问尼克拉斯，此刻他正站在我旁边环视着周围。

“您和在纽伦堡审判中被判决的另外几个著名纳粹罪犯的孩子们联系过吗？”

弗兰克摇了摇头表示否定。

“你应该发现，理查德·冯·席拉赫很讨厌您，他不愿意把他和您的名字相提并论。”

“那就不提吧，让他开心点。”

我变得有点儿尴尬。

“尼克拉斯，我非常荣幸能和您一起度过这些天。”我说道。

他看着前面说道：

“一切都正常。我无所谓别人怎么想。我选择这条路就不奢求所做的事能让你们感到愉快，就像小马丁·鲍曼所做的一样。他的书和我的完全不同，他的书旨在描述如何调解家庭关系。他的书在德国非常受欢迎，而我在书中关于和解却只字未提。我知道，学校经常邀请鲍曼的儿子展示自己父亲的照片。他说，他知道自己的父亲是一名罪犯，但是他同时是一个非常好的父亲。我认为不能这样做，这就意味着犯罪变味了。‘他是一个非常好的父亲’这种说法掩盖住了他下令杀害600多万人的事实。所有这些书都是无稽之谈。或许，我们并不清楚，这些书处于何种境地，接下来会怎么样。”

因为弗兰克腿疼我们只能慢慢地往上爬行。我向他承认，我和小鲍曼联系过，但是他妻子说他病得很重，已经无法起床了。

“哦，是吗？”尼克拉斯同情地点了点头，“是不是不久前爆出的娈童癖丑闻让他一蹶不振了？”

“什么丑闻？”我饶有兴趣地问道。“是勾引未成年人吗？他可是一个天主教神父啊！”

弗兰克哼了一声说道：“他们经常如此作孽。鲍曼娈童癖这件事可能是诬蔑。不过，话说60年代，当时他是一个传教士，在奥地利的进修班给男孩子们施教。据说，他不止一次地参与了毒打孩子的事件……同时还有很多卑劣的行为……但是，我认为这些并不都是真的。”

“这是怎么回事啊？是因为他的出身，人们才和他算账的吗？”

尼克拉斯耸耸肩说道：

“有可能。”

“难道你们一次都没有见过吗？”

尼克拉斯在距离希特勒演讲台几米远的地方停下了，然后快速地转了个身，以让我明白他并不想走得更近一些。

“鲍曼的儿子在一次采访中表示，他很乐意和尼克拉斯·弗兰克认识，《斯特恩》杂志社开始向我施压。据说，类似像战犯的孩子们这种素材都是非常有吸引力的。所以，编辑部有人就给小鲍曼打了电话。但是，在此之前他已经读过了我关于父亲的书并表示说，他没有想和我见面的意愿，因为我不善于宽恕别人。”

“他是那么说的？”

“就那样说的呗。”

“我觉得他是一个很温和、很忠诚的人。”我努力顶着风大声地喊道。

“不要朝我喊，你对自己的父亲喊去吧，我们往回走吧！”尼克拉斯说道。

“这些就是您在这个……圈子里的所有熟人？”

弗兰克陷入了沉思。沉默了片刻后，他开始微笑着说道：

“我和赫尔曼·戈林的女儿艾达有过一次很搞笑的联系。一个美国作家想让我和她见面，我被说服了，然后决定给艾达打电话。他把艾达的电话号码给了我，并希望她可以接受这个想法。他认为，一个与她具有相同经历的人给她打电话总比一个外人要好得多。我打通了电话，跟她打了招呼，然后自我介绍了一番，她立马就打断了我的话，并问我是不是那个写了关于自己父亲很多恐怖事情的作者尼克拉斯·弗兰克。我说，是的，就是我。啪的一声！嘟，嘟，嘟。她挂断了电话。”

我没能控制住自己的笑声并大声喊道：“这才像真正的艾达！”

“他们当中还有谁和您联系过吗？”

尼克拉斯咬紧嘴唇说道：

“好像没有谁了。从12岁起，我就住在寄宿学校了，里宾特洛甫的儿子阿道夫和别尔多里特也住在那儿。和我不同的是，他们都是非常棒的小伙子，他们特别喜欢运动，那个时候的我对此却很恼怒。我们从未谈论过关于政治的事。其中一个比我年纪小，另一个比我大。在寄宿学校，所有的人都有属于自己年龄的群体，所以，在那儿我们没有过任何的接触。中学毕业之后也是依然如此。”

我看了看手表。我们在齐柏林式飞艇场地已经逛了有40多分钟了。应该要回去了。事实上，这儿也没什么可值得看的了。

“老实说，有一个问题一直困扰着我。”我对尼克拉斯说道，我们所有人都冻得打哆嗦，无法取暖，所以我们就在市中心一家舒适的巴伐利亚小餐厅吃了个午饭，“如果您可以给我一个详尽的回答的话，对我来说，很多事将变得更为清晰一些。”

“很有意思。”弗兰克没有一丝讽刺地说道，他喝了一大口啤酒，然后用湿巾擦了擦自己的小胡子，“这是什么问题呢，能够因我而出版一本畅销书是吗?”

“为什么您要为伍兹先生干杯呢？为什么要为绞死自己父亲的刽子手干杯呢?”我问道。

“我很欣赏这个伍兹先生!”弗兰克气呼呼地说道，“我已经说过了，他是一个好人和一个专业的刽子手。”

“弗兰克先生，专业刽子手是知道该如何将犯人的脖子给掐断的。那正是您所听见的脊椎咯吱响的碎裂声，然后您再想想您的父亲……要知道这也只能想一想了，对吧？因为您从来没有听到过脖子咯吱响的碎裂声。”

我第一次看见弗兰克这个样子。我觉得再过一秒钟，他就要用手猛扇我了。谢天谢地！他一直沉默着，他的手在颤抖，但未必就是因为愤怒引起的。或许是狂怒，他现在一定处在狂怒的状态中。

“我不明白你说的话。”他压低声音说道。

“您肯定明白。”我决定用虚张声势的手段来试试他，“有一种说法是，在纽伦堡他绞死了10个纳粹罪犯，都是使用折断脖子的方法。您的伍兹先生接受了指令，但他没有把死的过程变得更快、无痛苦和充满人道主义。”

“无论怎样，我还是不明白你所说的。”弗兰克开始大怒，手里转着香烟，但这里不允许吸烟，“你解释一下。”

“我就不直截了当说了。”我吃着沙拉，把一份递到了尼克拉斯手里，他的手指不安地揉捏着香烟，桌子上散落了很多烟丝，“可以说专门用于绞死的绳索有几种，短的、中等长的和长的绞索。短的绞索，窒息，但痛苦；长的绞索，瞬间就死亡了，绳索往往立即就把犯人的脑袋截断了；而中等长的绳索，由刽子手来操作和决定的，对吧？”

弗兰克哆嗦了一下，把香烟丢在了一旁，然后把手放到了桌上。

他说道：“在你看来，伍兹执行了秘密的指令，用不人道的方式绞死了犯人，也不计算尸体的重量。就算是这样。我也想过了，也许就应该是这样。因为并没有多少人是见证者，能参与死刑的执行。总之，我觉得是不可信的。我对伍兹怀有一种温情，因为这个人给我父亲带来了临终前的最后一次痛苦。”

我点头说道：“是的，您是一个有报复心理的儿子。”

“我就是这样一个人啊！”弗兰克突然微笑着说道，然后他吃了一根肉制小灌肠。

“我可以装出相信你的样子。”我说道。

弗兰克又把餐具放到了一边，然后用餐巾擦了擦嘴唇。

“请解释一下！”他说道。

“我没有这个权力。”我说道，然后我继续吃着沙拉，“所有非官方的说法都有可能是谣言，而我没有权力去评判司法机关很多年前执行的司法判决。”

“说完了吗？”尼克拉斯露出了牵强的微笑。

“一切都有资料记载，10 个犯人每一个被绞死的时间都有记录。”

尼克拉斯不再笑了。我继续吃着沙拉，同时说道：

“就这样。体育馆，三个断头台，但是用于执行死刑的就只有两个。一切都是这样操作的，一个‘当事人（犯人）’脖子上被套上绞索，然后就挂在地道口上方，接着他就在那儿不停地挣扎，检查的人就在下面看着，直到他彻底死了，然后才会把第二个犯人带进体育馆。松开第一个人的绞索，让尸体掉进地道口，然后下一个犯人再被带上绞刑架。您的父亲是……是几号来着……”

“五号。”

“对，就是五号。弗兰克先生，您还记不记得谁是四号呢?”

“阿尔弗雷德·罗森堡。”尼克拉斯小心翼翼地回答道，“我们去外面走走，抽根烟吧?”

我点了点头，把外套披在了肩上。尼克拉斯把自己的外套放在了餐厅，就穿了件上衣走了出来。他一直沉默着，抽着烟。在换气的时候，他说道：

“他们，四号和五号比其他人遭受的痛苦要少一些，这种说法我是从母亲那儿听说的。我和诺尔曼也经常讨论这件事，但是很难了解到真相。如果一切都是这样操作的，那么四号和五号……他们真的很幸运。我只是不明白，为什么四号很幸运。要知道他才是一个真正的恶魔。”

“那为什么，您觉得，五号该幸运呢?”我问道。

“因为欧·冈诺勒牧师曾说过，忏悔过的罪人也能进天堂。”

“欧·冈诺勒牧师还说什么了?

“忏悔之所以可以减轻痛苦是因为忏悔可以帮助某个像罗森堡那样毫无用处的坏蛋。这只是为了转移视线。”

我不相信自己的耳朵。

“他是这样说的吗?”

“我无法保证。”弗兰克调皮地笑了，然后说道。

我清楚这显然不是牧师说的话。我也不再说什么了。为什么伍兹要对四号和五号罪犯好呢?或许，这都是谎言，因为在纽伦堡审判过程中就有过大量的谎言。

“在任何描写侦探活动的惊险读物中都会经常说到，人的尸体是最主要的证据。但是所有被绞死的人的尸体和戈林的一起都被烧毁了。顺便问一下，他们的骨灰去哪儿了?”

“好像是被冲下了下水道。”弗兰克吐出一口烟后说道。

“我听说过一种很浪漫的说法，据说，骨灰被撒在了河面上。那牧师在哪儿呢?”

“欧·冈诺勒牧师失踪了，战争结束之后我怎么找都找不到他了，谁也不知道他在哪儿。我们进去吧，我想吃完我的肉制小灌肠了。”

“最后，最后一个问题了。”我说道，弗兰克停了下来，“难道您完全没有一个自己的美好回忆了吗?”

“有过啊。在克拉科夫的城堡住的时候，我有一次进入洗漱间找父亲，他正在刮脸，脸上都是泡沫。他用手指碰了碰我的脸颊和鼻子。这真的很幸福。对一个崇拜父亲的小孩来说，需要的就是父亲的爱抚。”

第二天一大早，尼克拉斯·弗兰克就离开我们回家了。我们在前一天晚上就和他告别过了，和那个精疲力竭的他告别了，但是我们真的很满意和感激和他一起度过的这些日子。尼克拉斯把他和父亲的合影包好了，装进了塑料文件袋里，然后藏在了他上衣里面的口袋里。“他们俩”一起去了施勒斯维希－霍尔施坦因州，去了那个不大的小木屋，走近了自己最爱的拖拉机，在易北河旁晒着暖暖的太阳，然后把上百张照片存入自己那老旧的笔记本电脑里。告别的时候，弗兰克说：

“在前段时间，有一天，我读到一个故事，爱斯基摩部族经常内战，他们把老人放在雪橇上作为盾牌。也就是说，如果有人来进攻的话，就让老人首当其冲。这显然是不正确的。这就和我做的一样，我一次次在自己的书中、所说的话里和自己的想法上损害自己的父亲。父亲曾经关心过我。或许，他没有给予我过多的爱，但是至少他为了让我活着做了很多的事。我活下来了。”

我活着，请你理解我，倾听我说的话。我是活着！我比你死的时候年纪还要大一些。我一直希望达到这个目标。当我还是一个孩子的时候，我就对自己这样要求了。即便所有这些只存在一秒钟的时间！在此之后，我就寻求所有能让我摆脱你这个猪的东西，或者是把肮脏的你从我的生活中排挤出去的办法。

弗兰克书中这些曾让我感到震惊的话，现在读来，有了一种新的理解。不，它们并没有变得更温和、变得没有侮辱性，但是我对它们的认识改变了。好像这些话获得了某种新的含义。或许，我和尼克拉斯在纽伦堡一起度过的两天半时间只是为他的书增添了来龙去脉。

Дети Третьего рейха

理查德·冯·席拉赫

——“世界末日” 之后的生活

了解了这些美味的罗马蜗牛的习性之后，我感到羞愧，因为我在吃这些鲜美的生物时，从未考虑过它们的感受。

——巴尔杜尔·冯·席拉赫①

理查德·冯·席拉赫用他那肥胖的手指轻松、熟练地拿着蘸水钢笔在纸上写着，就像跳舞一样。他给我在书上签了名。如果仔细看他是如何做的话，就一定会发现，他握笔的姿势跟你我都不同。他像拿毛笔一样，握着蘸水钢笔的最末端，在纸上写着神奇的中国汉字，那字优雅、讲究，美得令人难以置信。理查德将舌头微微伸出，像圣伯纳犬一样呼吸着，他出了很多汗，慕尼黑 7 月份的太阳对他毫不留情。冯·席拉赫身躯肥胖如球，有着贵族般的气质和风度，就像一条被贵族主人养着的宠物狗一样。他穿着橙黄色的衬衫和灰色外套，被炎热的天气和太阳折磨着，大滴的汗珠顺着鼓起的两颊和粗壮的脖子流下来。但即使热成这样，他还是不打算脱下外套。

约一个半小时之前他对我说是希特勒夺走了他的家庭。从某种意义上讲，上百万纳粹德国的国民都有资格说这句话。但这句话所表达的真正意思恐怕只有极少数人敢直接说出来。

这位阿道夫·希特勒最亲密朋友的儿子站在我的面前，他弯下患有风湿的身躯向我鞠躬，同时伴随着粗重的呼吸声。他的家族和希特勒关系非常紧密，他的外祖父海因里希·霍夫曼是希特勒的私人摄影师和好友。霍夫曼获得了给希特勒拍照的独家拍摄权，正是他为希特勒拍下了所有著名的照片和官方的肖像照（希特勒从一开始就只让自己的老朋友霍夫曼给自己拍照并且利用这些独一无二的照片获利数百万。海因里希·霍夫曼的女儿，也就是理查德的妈妈，实际上是在“阿道夫伯父”的身边长大的。而理查德的父亲，巴尔杜尔·冯·席拉赫在 30 年代初一

① Глава “Гитлерюгенд” из книги “Я верил Гитлера”, опубликованной в 1967 году. 《希特勒青年团》章节摘自《我相信希特勒》，该书出版于 1967 年。

直受到希特勒的喜爱和庇护。巴尔杜尔还一度被认为是希特勒的接班人，而希特勒也轻易地原谅了他所做的错事，当时任何人做了这样的事都会不可避免地被判处死刑。当时有人向希特勒告密，说是在一次聚餐时巴尔杜尔用手枪瞄准了一幅希特勒的巨大肖像照，并且醉醺醺地大声喊叫着谋反的话，但希特勒非但没有责备巴尔杜尔·冯·席拉赫，还装作对此事一无所知。

左边一点。

右边一点。

一撇。

一捺。

“父”这个中国的汉字有着不悦耳的发音“fu”。发音要清晰、短促，发汉语的第四声。如果你没有汉语普通话的基本知识，想象一下，当你发出这个词的音时，你会漏掉韵母“u”，你会觉得这是一个非常令人讨厌的发音。在理查德的生平中，这个汉字最令我感兴趣。简要地说，“fu”是关键，它象征拿着棍棒的手臂，“fu”也是父亲的意思。即使处境变成这样，理查德的父亲也从来没有向儿子举起过棍棒。我记得理查德对我说过：“当父亲在纽伦堡受审时，所有人都认为他会被判处死刑，因此，一个爱尔兰的神父把我藏在他的长袍下偷偷地带到了父亲的牢房里。我当时只有两岁半。我不明白，神父为什么决定这样做。显然，父亲的确有被判处死刑的危险。不管怎么样，我正是在那个牢房里第一次见到了我的父亲，他让我坐在了他的膝盖上。当然，那时候我什么也不懂，不知道父亲处于什么样的境地。我当时非常好奇，为什么他的鞋上没有系鞋带。我只是觉得父亲是一个好人。”

“好人”巴尔杜尔·冯·席拉赫在纽伦堡审判中因反人类罪被判处了20年有期徒刑，而关于“培训年轻人”的另一个审判并没有进行，很难说他自己对此是否感到遗憾。因为，除了希特勒和他自己，巴尔杜尔显然对其他人并没有特别强烈的感情。如果说他在40年代中期之前曾过分地吹捧希特勒，为希特勒写赞歌，那么他同样也把自己看得极其重要，甚至是某种病态般的。

巴尔杜尔·冯·席拉赫作为希特勒青年团的领导、德国和整个欧洲最强大的青年准军事组织的头目被载入了史册。在最鼎盛的时期，希特勒青年团成员超过了1000万人。

1940年，巴尔杜尔·冯·席拉赫被希特勒任命为驻维也纳总督。维也纳的五年时光和巴尔杜尔·冯·席拉赫开了一个恶意的玩笑。他试图去取悦希特勒，把犹太人从希特勒光荣的祖国的首都清理出去。他平静地接受了大规模驱逐的想法，最终将6万犹太人从维也纳强制性地驱逐到了波兰。如果他在希特勒青年团时期对年轻人的思想教唆在审判中可以忽略不计（例如，阿图尔·阿克斯曼，冯·席拉赫希特勒青年团领导职位的继任者，他没有得到任何惩罚，这本身就是极不公正的），那么他在维也纳所做下的事则是不可饶恕的。他和希特勒关系非常密切，这一度曾是巴尔杜尔的王牌，但现在却成为他的弱点（海军统帅邓尼茨被希特勒在遗嘱中提到并任命为自己的接班人，有人认为邓尼茨被判处15年监禁大体是因为这个原因。作为一个军人，把自己犯下的罪行推脱为执行总司令下达的命令，对邓尼茨来说更容易一些）。

理查德·冯·席拉赫出生于1942年，是巴尔杜尔·冯·席拉赫的小儿子，在家排行第四。家中还有巴尔杜尔的大女儿安杰利卡，大儿子克劳斯，二儿子罗伯特（于70年代末在车祸中丧生）。克劳斯·冯·席拉赫很久以前就拒绝谈论与他父亲有关的事了，这是他近20年来始终坚持的原则。至于巴尔杜尔的大女儿，我也不甚了解，我不知道1933年出生的安杰利卡·本尼迪克特是否还活在人世。

理查德，希特勒青年团头目的小儿子，他除撰写了《我父亲的影子》这本书以外，从不公开谈论自己的父母，大概他有意回避出现在镜头前，要不然我就会知道他在哪部纪录影片中出现了。如果一个人很多年都不曝光自己，他多半是拒绝被拍摄的。总之，我还是决定试着给理查德写电子邮件。我从出版《我父亲的影子》的出版社千方百计地打听到了他的邮箱地址。在邮件中我列举了一些人的名字，以使他相信我完全不是局外人。

理查德的回信很长，起初我像蜘蛛网上的苍蝇一样沉浸于他的回信中。不过其中有两处具体的信息使我感到有些沮丧。理查德说，他可以“合作”，但是必须满足以下的条件：

1. 付给他 1700 欧元作为几个小时采访的报酬。因为他是一个在圈子里受人尊敬、很有名的人。

2. 我们的采访必须在中立的场所进行，他不允许我们在他慕尼黑的家里进行拍摄。

这两点令我感到惊讶。理查德很穷吗？或者非常富有但很吝啬？或者他只是想借他父亲的名字赚钱？况且他还不允许在他家里拍摄。

我决定第二天早晨礼貌地给理查德写信回绝。但是，再一次，我也不明白，我内心中好奇的种子又发了绿芽，它冲破了出现裂缝的坚硬的实用主义的外壳。有一种声音在暗示着我，拒绝和冯·席拉赫见面绝对是个错误。还是应该见见理查德并和他交谈，观察他的举止、言辞、穿着，剩下的部分就需要我用自己的逻辑和直觉来想象了。

我回复道：“好的。”

冯·席拉赫似乎也没有预料到我的决定，他在下一封信中确认道：“好的！”

“是的，理查德。就是这样。好的。”

随之他给我写了这封信：

敬爱的塔尼亚！

我正在考虑你的纪录片方案，同时我也有些想法要和你分享。

在两国长期、不平凡的交往历史中，我们曾经有过互利互惠的时期。

然而最近一次由德国挑起的侵略战争给俄罗斯人民带来了无尽的痛苦，但对于德国人民也同样如此。或许，从这个角度看，俄罗斯观众也可以得知德国为这场战争付出了什么代价……两国人民都体会到了什么是专制独裁统治和失去自由。

我们不能允许自己否认双方所犯下的罪行，那些记忆提醒和激励着我们，无论何时也不能重蹈覆辙。

我们应该重新思考这一切。我们的国家都推行着年轻又充满活力的民主制度，它的发展程度令我们自豪。我很高兴，我们生活在开放自由的社会里。如果俄罗斯的观众能明白，历史终究是历史，那就会更好。我无法理解申请离开德国的俄罗斯大使格特涅夫，他说，在一些人的头脑里至今还有着冷战的思想。但是，我从来就没有遇见过这样的人，因为这一代人已经死尽了。

我认为，纪录片不会起到任何作用，如果战胜国的观众希望它是忠实于历史的话，那他们不得不看到现在是被战胜国的人民过着舒适、平静而又富足的生活。

我觉得，我们也应该清楚，在德国人中也有一些大公无私、不装模作样的人，他们也投入了大量时间去帮助俄罗斯的医院，试图通过各种手段在物质上帮助那些二战中的受难者。

双方都有牺牲的人……

现在我要去看足球赛了。

祝顺利

理查德

在和理查德时间不长的通信中，我发现他倾向于一概而论，喜欢以自己的名义介绍德国人，逃避关于自己的细节。因此我从第一次写信起就学会了准确无误地写他的名字 von Schirach，不会忘记第三个字母 h 之前的 c，更不会忘记他姓氏之前的“冯”字，这样毫无疑问会使名字里带有这个字的人感到非常的满意。我不敢冒险在跟他通信时漏掉这个字。

我记得理查德的父亲是非常重视姓氏前面的这个字的，巴尔杜尔·冯·席拉赫之所以会在被告席上揭发自己的战友冯·里宾特洛甫，就是因为这三个字母（von）。滑稽的是，巴尔杜尔在纽伦堡审判时竟对这件小事非常在意。至少，他对狱中的心理学家古斯塔夫·吉尔伯特是如此描述纳粹德国的外交部部长的。

> “我们总是因为这个原因而备受伤害……是的，他的确是个假贵族，一点都不错。第一次世界大战后他从自己的一个远亲那里挪用了这个‘冯’字。那个人甚至根本就不是他的亲戚……这是多么滑稽的故事啊！”这毫无疑问是一个滑稽可笑的故事，尤其是席拉赫的姓之前也有“冯”字。妄自尊大的里宾特洛甫自然会引起席拉赫的反感，个中的原因绝对不仅仅是他所推行的侵略政策。①

是的，上帝与他们同在，上帝与“冯”字们在一起。在理查德的来信中我发现了有趣的东西，虽然这是事务性的电子邮件，不是朋友间的短信，但在后面的附言里理查德一定会写他在哪里、在做什么。这些就是他附言里写的：“顺便说一句，我在慕尼黑图书馆的阅览室”“知道吗？我在听音乐会”“我现在在郊区，这里网络时有时无”。从这些附言中可以看出理查德是一个有文化的人，是一个积极的人，是一个不落伍的人，即使已经上了年纪也会去听音乐会，还会在听音乐会时写信。

和他约好在慕尼黑的拍摄时间后，我收到了他的一封简短的来信。这一次他在信中并没有指出自己的所在地，取而代之的是“期待与你见面”。

---

① Гилберт. Дневник. С. 178.
吉尔伯特：《纽伦堡日记》，第178页。

OK，天气将会非常的好，我建议我们可以在市中心进行第一次会面，在统帅堂旁边的王宫花园，那里是昔日巴伐利亚君主家族的官邸。在公共场所，在树荫下，我们能够平静地品茶，欣赏精妙绝伦的建筑，在历史中畅游。

期待与你见面

理查德·冯·席拉赫

树的影子。《我父亲的影子》。四周全是影子。彻头彻尾的影子戏，真的。

当他回绝了我在他家里采访拍摄的建议后，在哪里拍摄已经无所谓了。在王宫花园就在王宫花园吧。为了以防万一我还是用“谷歌”搜索了一下，提前看看在镜头中我和理查德会面的咖啡厅看起来是什么样的。

那是“赫克（鳕鱼）”咖啡厅，它位于路德维希路和画廊路的拐角。简单地说，就是那个 1924 年阿道夫·希特勒（当时还没有这么有名）从兰茨贝格监狱释放后每天晚上待的地方。令人好奇的是，理查德选择在这个地方见面是想要暗示什么吗？或者说，在慕尼黑无论哪个角落都是和希特勒有关的。我仿佛看见冯·席拉赫的儿子编织了一个与德国历史和希特勒有关的细密的网。

咖啡厅的入口在音乐厅广场，穿过音乐厅广场可以到达王宫花园的门口。在夏日，长廊里有许许多多的白色小木桌，它们的桌腿都埋进了沙子里。这里就将是我和希特勒青年团头目、维也纳总督巴尔杜尔·冯·席拉赫的后代见面的地方。

理所当然，在约定好的那天，犹如在大战之前仔细观察周围地形一样，我和谢尔盖还有摄像师提前来到了会面的地点。冯·席拉赫在 2 点钟准时到达，此时艳阳高照。

我一下子就认出了理查德，虽然以前在照片上从没有见过他，但只要稍加回忆，就会发现他与他的父亲巴尔杜尔·冯·席拉赫是多么的相像。我觉得，不管是谁，只要曾经在新闻纪录片里或照片上看见过巴尔杜尔，那么第一眼看到理查德便能认出这是他的儿子。二人不同的是，在施潘道监狱的20年耗尽了巴尔杜尔一生的精力，而理查德跟他父亲相比就像是多汁的苹果一样精神饱满。他的肚子被包裹在橙色的衬衫中，像一个大橙子一样在翻滚、在他的西服里扩张，仿佛把理查德变成了一个上了年纪、臃肿并且怀有身孕的阔太太一般。是的，从理查德的外貌中可以看出他所散发的女性气质，如同从军装中透出的他父亲巴尔杜尔所拥有的气质一样。巴尔杜尔·冯·席拉赫掩藏了自己柔软的一面，他试图把它藏在那端正的军姿里面，然而他并没有成功。

理查德的身高不到170厘米，满头染成高贵金色的浓密的头发被炙热的风吹得散乱。他的头发向左侧梳着，几缕卷发垂落在耳边。除此之外还有什么突出的特点？有，那就是他的双下巴和与他高贵外貌完全相称的大鼻子。一方面，鼻子和下巴一起使他变得像一只巨大的、吃得饱饱的火鸡；另一方面，只要他一笑，嘴角就会出现深深的酒窝，嘴唇就变成仿佛数学线段一样。这时理查德看到了我，他的嘴唇上弯露出了家族式的微笑，手臂向两侧张开像橱柜门一样，在他的眼神里可以清楚地看出欣喜、诡诈和对往昔的怀念——怀念女士们丰满的身材。当时的我也比较丰满，冯·席拉赫甚至兴奋地吧嗒了一下嘴。随后他缓缓地向我点了点头，好像不是在点头，而是微微鞠了一躬一样。他把肥胖的右手手掌在西装上蹭了几下（另一只手攥着一本厚厚的书）。难道他的掌心出汗了？

他停了几秒钟，上下打量着我，然后突然走到我跟前，故意无视我伸出去握手的手臂，用力地亲吻了我的两颊。

哎呀，太用力了！我的头脑中闪现出这个念头。我向后退了一步，深深地点了点头，向冯·席拉赫表达我对他的一切敬意。

“很高兴认识您，冯·席拉赫先生。”

“叫我理查德就行。虽然我知道我比你大了很多。你怎么方便怎么称呼吧。”

“谢谢!” 我迟疑了一下，“冯·席拉赫先生。”

理查德彬彬有礼地向谢尔盖和摄影师打了招呼。在他们准备设备的时候理查德决定和我闲谈一会儿。他摇摇晃晃地、笨重地坐在长凳上，长凳由于他的体重发出了很大的噪声，桌子也受到了冲击。他把包着书皮的大部头书放在了我面前的桌子上。我明白了，他是为我带来的。我读过《Der Schatten meines Vaters（我父亲的影子)》这本书。理查德那肥胖的手轻轻地放在了这本书上，书上画着他父亲一只手臂向前伸着，还有一张单独的插画，上面是一个穿着短裤的小男孩，似乎是70年前的理查德。

“您是汉学家、汉语翻译家和作家?” 我向理查德确认道。显然，就是他写了《我父亲的影子》这本书。

“父亲的影子”并不是虚幻的，而是实实在在的东西。虽然理查德试图表现出一副镇定自若的样子，但是我注意到了他的目光是如何匆匆地从我身上掠过，以此来确认他是否给我留下了应有的印象。

我问道:

“我听说有一个叫费迪南德·冯·席拉赫的作家。他是您的亲戚还是冒名的人?”

理查德脸色阴沉，故意做出专注地读着菜单的样子。

“是的，矿泉水。不，还是咖啡吧，那你呢?”

“我也一样。” 我回答道， “那么关于费迪南德呢，他是冒名顶替者?”

理查德轻声地笑着，结果显得没有什么信服力。他自己也明白。于是他将头向后一仰让脸受到慕尼黑酷热的阳光的照射，之后用手理了理头发说:

“费迪南德是我的侄子，一个非常聪明的小家伙。”

“侄子?” 我确认道。

“他是我已故兄弟罗伯特的儿子。” 理查德平静地解释说，“这么热的天最好还是要矿泉水吧。不，大概您还是想喝咖啡吧。”

似乎，理查德不想谈论他侄子的事。而我好像故意跟他作对一样，立刻想知道为什么理查德对自己侄子费迪南德的反应这么奇怪。

“聪明的小家伙是什么意思？他很成功还是很有进取心？”

“他的进取心很强。费迪南德曾是一个成功的刑事律师。他在这方面颇有建树，后来他决定写书，他实践中的案例是他写书的基础。现在他成为畅销书作家。读者们喜欢一切诸如杀人、流血一类的事，而那些回忆录，它们很难被大众所接受，它们距离年轻一辈人的生活极其遥远。费迪南德在德国是一个著名的作家，尽管他的写作风格……无论如何，他是一个好人。”

就像我感受到的那样，理查德的声音听起来有些傲慢，他并不是非常喜欢我这么关注费迪南德的事，他坐在我的对面试图让自己看上去地位更优越。他一会儿用手撑着头，一会儿将头往后仰，一会儿靠向长凳的后背。

冯·席拉赫对我对费迪南德的兴趣显得有些不知所措。老实说，我也不想谈论他的侄子。

我只是好奇，为什么当提到费迪南德时他会流露出那么多的感情。从一开始我就明白，理查德·冯·席拉赫是那种会提前为会见做准备、预先思考自己的发言、组织好自己要说的话、提前给自己列好要点并且记住它们的逻辑顺序的人。通常来讲，这样的交谈最令人厌烦。我很幸运，我使冯·席拉赫感到了一丝局促不安，打乱了他的节奏。这让我有希望能够让他讲一些有趣的事情。现在我要用费迪南德彻底弄乱他，打消他要讲自己准备好的内容的想法。

“就是说，您并不是自己家族中唯一的一个作家？”我不断加力将理查德推向即兴畅谈的深渊，这个他害怕跌落的深渊，但他竭力在深渊的边缘上保持着平衡。

他不高兴地回答说：

“不，我的女儿阿里阿德娜和儿子本尼迪克特也是作家，他们也相当有名。或许他们稍逊于费迪南德，因为费迪南德到底还是比他们年长一些。另外，我还有一个侄女也在写作，但是她并不是靠这个维持生计。”

“难道他们都是以冯·席拉赫的名义进行写作吗?”想了想后，我故意惊讶地问道。当然了，这是他们父亲和祖父的姓氏，估计这大概只有在德国比较引人关注。过于高产的冯·席拉赫图书在图书市场很难不被人们注意。

理查德碰到了漫不经心、冷漠的女服务员，他试图收回手臂并不悦地笑了一声说:

“我的儿子本尼迪克特改了姓氏。”

“他用了笔名?”我说。

“不，不。”理查德突然咯咯地笑了起来，这时他已经不再纠正我引导性谈话的方向了，“他更换了护照。因为他不想再用冯·席拉赫这个姓氏了，他不想再和他的祖父有任何共同的东西，而在这种严肃的问题上我也不能给他什么好的建议。他已经是个独立的年轻人了。他正在周游世界，去自己喜欢的地方。比如现在他就在巴塞罗那。”

“太棒了。”我说道，“是什么促使他改变了姓氏呢?这到底是怎么发生的?”

冯·席拉赫陷入了沉思。过了几秒钟，他绝望地扫了一眼女服务员，慢慢地开始说道:

“我只能说，这是……很久以前他第一次参观了奥斯威辛后发生的。”

“是您带他去奥斯威辛的吗?”我惊讶地问道。

“我自己……没去过那里。”理查德说。倒吸一口气后他急忙补充道:“不，不是因为我不想去，而是不知怎么的就没去成。几年前我告诉儿子我去克拉科夫参加了一个会议，他立即问我:‘为什么你都到了克拉科夫而不顺便去趟奥斯威辛呢?’我回答说，因为太忙没去成。‘怎么可能?去克拉科夫而不去奥斯威辛?你一定要去一趟那里!你向我保证!’”

“您承诺了吗?”

“是的。”理查德严肃地点了点头，“当然，每个德国人都应该去那里看看。”

这是因为历史。七八十年前，纳粹认为犹太人、吉卜赛人和斯拉夫人应该待在那里。而现在这是“每一个德国人”都应该去的地方。

“冯·席拉赫先生，您儿子第一次去奥斯维辛是什么时候?”

“很多年前上小学的时候，他和自己的同学们一起去的，他们在那儿停留了五天。”

“五天?”我不由自主地脱口而出。

理查德耸了耸肩说道：

“我也觉得五天太久了，因为这对他们脆弱的心灵来说可能是一种折磨。从此以后儿子开始好奇，自己的祖父巴尔杜尔和奥斯威辛到底有没有关系……”

“嗯……”我思索着，“如果试图为他解释，大概并没有任何直接的关系。然而毫无疑问，一切都是有关系的。”

席拉赫赞同地点了点头说道：

“我儿子也是这么认为的，尤其是当他知道他祖父把犹太人从维也纳清洗出去之后。现在他再次要求我去趟奥斯威辛，去一趟！必须去一趟!”理查德突然兴奋起来了，在咯吱咯吱响的长凳上不安地动了起来，“一年前在慕尼黑建立了一座犹太教堂!”

“然后呢?”我惊讶地问道。我惊讶的是话题怎么跑到这上面来了。

“它被有意建在了非常具有历史意义的地方。所有这些努力都是希望能够改善和修复我们之间的糟糕关系的。当然，没有什么可以彻底改正过来，但是我们在这方面做出了很多努力，这才是最重要的。我已经去过那里了，但是当儿子来看我的时候，我们两个人一定会一起再去那里一次。顺便问一下，您去过奥斯威辛吗?”理查德不知为何问了我这个问题。

“没有。”我平静地回答道。

理查德非常惊讶地凝视着我，但是过了几秒钟他平静了下来。他反应过来了，因为我不是德国人，所以我可以说“没有”。至少我从他的表情中读出了这个意思。他继续说道：“这一代，下一代，也就是我们的子孙辈们，他们对纳粹德国丝毫不感兴趣。准确地说，即使是感兴趣，也只把那看作是一段极其糟糕、愚蠢的历史。的确，我至今也不明白为什么一些人是如此不喜欢自己家族的那段历史，却还是要公开那些故事。比如……”冯·席拉赫考虑着应不应该继续说下去，但是他的嘴唇已经不由自主地动了起来，他突然说道：“我的侄子费迪南德有时候会混淆事实和虚构事件。作家大概经常如此。尤其是他多次地模仿真实的历史在现实中构建不存在的细节和因果关系。大概他有些热衷于此。在一次采访中费迪南德讲述了他祖父的事情，他说他小时候和祖父一起待了两年，这对他来说足够了。费迪南德说祖父是一个厌世者，总是避开有人的地方，同时在一切方面都要做到最优秀。他们总是一起玩某个桌上游戏，他的祖父巴尔杜尔·冯·席拉赫经常赢。这当然很正常。很显然，大人赢小孩而不故意输，是为了训练思维，迫使孩子去思考如何平等的竞争。费迪南德大概是这样说的，一天他明白了，他祖父坚持的唯一原则就是赢他，于是他在游戏里战胜了祖父。从此，祖父巴尔杜尔再没有和他玩过那个游戏。我不认同他所讲述的，这甚至可能是费迪南德自己杜撰出来的故事，一次又一次地提起他的祖父，让大众知道巴尔杜尔是他的祖父。他的祖父是一个不寻常的人，也许经过了20年孤独的牢狱生活后，他已经不能和任何人和谐相处。但这只是那个十分成功的小说家杜撰的故事。类似的还有什么，巴尔杜尔非常喜欢和孙子们相处，他喜欢自己的孙子们。他希望和孙子们谈论崇高的文学、音乐……”

“我觉得，孙子们那时都还很小。”我小心翼翼地说道。

“是的，那时我还没有孩子，他们还未出生。”理查德叹了一口气说，“父亲离世后他们才出生，所以他们对祖父没有任何印象……”

“能不能继续谈谈您的姓氏？你们家有那么多的作家！这太不可思议了！”

最后一句话带有明显的讽刺意味，还好我的谈话对象没有察觉到这一点。

冯·席拉赫坐在长凳上，用自己肥胖的手捧着刚端上的那杯咖啡。他喝了一大口，然后把咖啡杯放在咖啡碟上开始说：

“今天你们都用放弃没放弃自己的姓氏来衡量我们。但是这些姓氏，比如我的，都是很特别的。对大多数人来讲，这个姓氏是和战争、流血还有痛苦紧密相关。之前经常有人问我，顶着这样的姓氏怎么生活？为什么不换个姓氏？应该说，姓氏是我和过去历史的唯一联系。要知道我们已经丢失了一切。希特勒和我的家族在很长一段时间内关系密切，犹如一家人一样。战争结束之后家里所有人都流落到德国的不同地方。祖父和奶奶留在了俄占区维伊玛尔。祖父卡尔·贝利·冯·席拉赫在那儿去世了，我甚至都没能见上他一面。父亲当时还在监狱。母亲不断地接受审讯，外祖父也一样。我的家族分崩离析。我在国立寄宿学校长大，我就像《雾都孤儿》的主人公奥利弗·崔斯特一样，在福利院生活了好几年。那时我失去了一切，什么也没有，没有能证明自己身份的东西，甚至连住处、家也没有。但是，我不可能丢掉自己的姓氏，丢掉自己与家族历史的最后一点联系。姓氏和我紧密地联系在一起。而怎么带着这个姓氏生活，那就是个人的个性和性格问题了。关于这个问题我没有过多地考虑过。我记得在学校的时候我没有因为这个姓氏有过任何麻烦。有些老师很同情我，我甚至曾被选去演讲，我和所有人关系都很不错。至少我从来没有因为这个姓氏而遭罪。我不知道发生了什么，人们在我的背后说了什么。但是今天我想说，所有过去的这些都是历史，我不需要更改姓氏。”

“但是您自己说它和战争、流血等联系在一起。”

席拉赫的眼光扫过餐桌后的人，最终停留在了我的身上：

“我说过，有很多人的姓氏跟战争、流血有关联，而不只是我的姓氏。我的姓氏几乎有七百年的历史，在任何一个图书馆我都能找到描写我那几百年前祖先们的书。这是家族血缘延续的一种传统，不能因为第三帝国时期的一次事件而中断。”

“这倒也是。”我满腹疑问地说，“那些曾经是希特勒亲信的纳粹分子的子孙们，虽说很少有人保留自己原本的姓氏，但他们之间交往很频繁，这是真的吗？”

理查德扬了扬眉毛。

“这是谁对您说的？”

“这是我自己的推断。”

“啊！”他明显松了一口气，“事实上，我以为您从谁那里听到了我哥哥克劳斯的什么事。慕尼黑充满了流言蜚语。曾经，大概四五十年前我哥哥和纳粹元帅赫尔曼·戈林的女儿艾达·戈林交往密切。”

“他是怎么向您讲述艾达·戈林的？”

“没什么特别的。他说艾达·戈林生活得很朴素，一个人住在离市中心不远的房子里。她在客厅里挂着一张他父亲穿着元帅军装的照片，照片上的人戴着十字架。”理查德把肥胖的手伸到脖子上，比画着戈林挂着十字架的地方，“但是这些都不重要。艾达·戈林是个非常不幸的女人，她当时穷困潦倒，需要别人的帮助和援助，包括经济上的帮助。克劳斯说她的性格一年年地渐渐变得越来越糟。我不知道他们现在还有没有联系。至于其他纳粹高官的孩子们间的来往，我不能说这些孩子们组成了某种团体并且维持着什么紧密的联系，这是很荒谬的。事实完全相反。我想说，其实他们互相避而不见。比如，几年前我极其偶然地认识了希姆莱的一个亲戚，她写了一本关于希姆莱兄弟（《海因里希·希姆莱和他兄弟》）的书。我和她在一个会议上相遇，在那儿大家应当互相握手，我和她握了手，那又怎么样？我没有任何想去结识她的想法和动机。还有一些人，我从来没有跟他们交往过，他们非常令人厌恶，就如曾经的波兰总督的儿子尼克拉斯·弗兰克。他和自己已故的父亲如此作对的行为是病态的。我对这样的人不感兴趣。我更喜欢历史学家，和他们在一起可以谈论具体的历史事件，一切超越‘罪与罚’的东西，他们研究历史事实不是为了做出评价和判决，只是为了弄清事情的真相。

这就是我喜欢他们的主要原因。”

诗人、梦想家、浪漫主义者，同时还是一名纳粹分子的巴尔杜尔·冯·席拉赫给了衰弱的希特勒青年团第二次生命。抛开他的错误，需要指出的是，巴尔杜尔是希特勒青年团的奠基人，他很快剔除了其中“多余的”成分，包括组织头目库尔特·格鲁伯，格鲁伯曾在1930年招纳了35000人进入希特勒青年团。1931年希特勒青年团被冲锋队控制，巴尔杜尔·冯·席拉赫私下认识了冲锋队队长恩斯特·罗姆，并且和他建立了良好的关系，对巴尔杜尔来说这是成为希特勒青年团头目的最好机会。席拉赫千方百计损坏时任希特勒青年团领导格鲁伯的威信。希特勒很好奇，为什么巴尔杜尔对这个“腐烂的岗位”如此上心。但是巴尔杜尔始终坚持自己的信念，即建立一个最强大的青年组织。1931年10月30日希特勒任命冯·席拉赫为全国青年的头目，将希特勒青年团的领导权交给了他。的确，希特勒没有看走眼。

众所周知，在希特勒青年团体能训练是很重要的课目，而新上任的头目当时只有24岁，没有太多可炫耀的资本，更无法对一些人起榜样的作用。冯·席拉赫身材较胖，行动也不敏捷。这在莱妮·瑞芬斯塔尔的电影《信仰的胜利》中能清楚地看出来，这部电影是《意志的胜利》的前篇。电影里有这样一个片段，在主席台上席拉赫站在希特勒旁边（希特勒正在全是年轻人的体育场里致辞），不小心用自己肥胖的屁股把希特勒放在讲台边的大檐帽碰掉了。为此希特勒朝自己庇护着的席拉赫投去了可怕的目光。

“巴尔杜尔是一个唯美主义者，而不是苦行僧。他喜欢豪华的酒店房间，而不是露营帐篷和豌豆菜汤。关于他的同性恋倾向和他有着讲究的白色色调的卧室的谣言持续不断。”① 我不知道他是不是有同性恋倾向和白色色调的卧室，但是，能使希特勒感到兴奋的理查德的父亲巴尔杜尔的确有过人之处，他甚至从照片上就看到了现代社会的停滞，他的目

---

① Кнопп Г. Дети Гитлера. М.: Олма – Пресс,. 2004. С. 53.
克诺普·戈：《希特勒的孩子们》，莫斯科：奥尔玛－布勒斯出版社，2004年，第53页。

光非常的犀利。

确切地说，理查德非常乐意讲述自己的父亲以及外祖父霍夫曼的生平。然而我从中感受到了些许苦涩的意味。这种意味我不能够一下子就搞清楚。但至少我产生了一种感觉，那就是冯·席拉赫以他的父亲为傲。

“我父亲出生在魏玛执政时期，出生在一个德国中央剧院导演的家庭。这是一个非常有文化的家庭。家里有很大的房子和很多用人，甚至有专门看管银餐具的用人。他的母亲是美国人，出身于贵族家庭，父母在家里用英语交流。上学前父亲不得不好好地教他德语。他们每天都去看剧。家族成员都有音乐才能。我祖父的姐姐当过歌手，她在拜罗伊特的音乐节上演唱过瓦格纳的曲子。我的父亲还是中学生的时候就将希望寄托在了希特勒身上，这在那时显得极不寻常。他 14 岁的时候就为希特勒写了赞美诗，寄到慕尼黑被发表在了党报上。作为回报，希特勒赠给他一张镶在银质相框里的签名照。”

父母为巴尔杜尔·冯·席拉赫起这个名字是为了纪念斯堪的纳维亚德意志时期神话里的一个主神巴尔德尔，他象征着春天和光明。冯·席拉赫是以巴尔德尔神的名字的变体命名的，大概这就是整个万神殿会出现在被告席上的原因，通过某种神秘的逻辑看也是说得通的。

> 我正是在希姆莱的书房中第一次看到了年轻的巴尔杜尔·冯·席拉赫。我不知道他的父母为什么会给他取了个如此浪漫的名字。这已经足以毁灭他的一生。①

“你知道关于巴尔德尔的神话吗？”席拉赫问我。

---

① Ханфгтангль Э. Мой друг Адольф, мой враг Гитлер. Екб: Ультра. Культура, 2007. С. 189.
汉弗什坦格里·艾：《我的朋友阿道夫，我的敌人希特勒》，叶卡捷琳堡：乌利特拉文化出版社，2007 年，第 189 页。

“知道。《小艾达》。”我回答道，我对自己的回答感到惊讶。

冯·席拉赫满意地点了点头。北欧神话的知识是在莫斯科大学新闻系学习期间由敬爱的尼涅利·伊万诺夫娜·万尼科娃严格地教给我们的，虽然我们几乎没说过一句古斯堪的纳维亚语，但也自然而然地记住了这个神话。现在我就简单地讲述一下这个神话。

巴尔德尔是主神奥丁的儿子，他的身体和心灵都如此美丽，以至于从他身上能散发出耀眼的光辉。有个邪恶的神叫洛基，他听到神的预言，巴尔德尔将死于自己盲眼的兄弟霍尔德尔之手。但是巴尔德尔的母亲弗丽嘉跑遍了世界各地，她请求万物发下誓言不可伤害巴尔德尔。她唯独没有得到一个槲寄生幼苗的誓言。精明的洛基狡猾地从弗丽嘉那里探出了真相，摘下了槲寄生的树枝，做成箭交给了盲人霍尔德尔，并把霍尔德尔的手臂指向了巴尔德尔的方向。霍尔德尔因误杀自己的兄弟遭到了严酷的惩罚，而俊美的巴尔德尔沦落到了死亡之国，那里就是他的归宿。最终，他依然还是一个神，而不是简单的死了。但如果全世界无一例外都为巴尔德尔而悲伤，那么他就会复活。主神们把这个消息传遍全世界，最终全世界都为他而悲伤。但是，拯救巴尔德尔的行动再一次被洛基无耻地破坏了，他求助于女巨人索克。索克自私地表示自己瞧不起巴尔德尔，也不打算为他哀悼。就这样光明和春天之神就永远留在了死亡之国。据说，当世界末日来临之时他就会再次回归。

我问理查德：“能不能把这段神话故事和您父亲的故事联系起来?”

冯·席拉赫想了想，沉重地叹了一口气说：

“不能。”

“那么我来帮您。”我应该已经激起了理查德谈话的兴头，他已经觉察到我松开了缰绳，开始无所顾忌地谈论德国的过错。不，还得过一会儿才能讲德国的罪过。现在我想知道更多其他的事，“那么，您的父亲过早地去了奥林匹斯山……”

“阿斯加尔德（神话中的天国）。北欧神话中众神生活在一个叫作阿斯加尔德的城市。”理查德纠正我。

“阿斯加尔德。”我像小学生一样重复道，“那么，出身于贵族家庭的巴尔杜尔·冯·席拉赫，年轻时就结识了希特勒并对他迸发出了柏拉图式的‘爱情’，开始为他写诗，赞美未来的元首……”

理查德接着说：

“16岁的时候，当我父亲从希特勒那里收到那张作为感谢的照片时……不，一切都是命运的作弄。那张照片是后来成为我的外祖父、我父亲岳父的人拍摄的……我的外祖父海因里希·霍夫曼是个了不起的摄影师，在还没有认识希特勒之前就因为自己的工作获奖无数。他15岁起就开始学习摄影了，一开始在德国，之后在巴黎，他在那里为许多时尚杂志摄影，最后他去了伦敦，在埃米尔·奥托·霍普那里学习。完成学业后他回到慕尼黑开了一家照相馆。他认识了希特勒，收到了为他拍摄的预订。在这之前希特勒完全没有什么照片。希特勒把一张外祖父给他拍摄的照片寄给了我父亲。就是这样！这太疯狂了！收到希特勒的照片之后，我父亲很快就读了《我的奋斗》，并且坚信希特勒将在德国的命运中起着决定性的作用。然后我父亲，就是那个中学生，邀请希特勒到自己家里做客。希特勒来了，他和鲁道夫·赫斯，我父亲后来在施潘道监狱的狱友一起来的……”

“哦，我能现在问一个关于赫斯的问题吗？”我没有忍住，虽然通常不应该打断别人说话，但是我想要使理查德脸上那自我满足的表情尽快消失。我需要一些戏剧成分，不管是悲伤的或者是喜悦的。

“我不知道他为什么飞去了英国。”理查德没有听完我的问题就板着脸脱口而出。

“因为他为英国的情报机关工作。”我盯着冯·席拉赫，说出了自己大脑中闪现出的东西。他带着汗珠的脸上露出了困惑。他问我：

“那么，这是真的？”

“当然。”我平静地回答道，“正因如此他在纽伦堡审判时才被判处了终身监禁，而没有被判处死刑。因为不愿说出事情的真相，赫斯不得不装疯卖傻。而他的‘同僚’们则在施潘道被杀死了。”

"我父亲和他在同一个监狱待了20年，但是，我觉得到最后他也没能搞懂赫斯……军情六处？沃尔夫·吕迪格，鲁道夫的儿子在所有的采访中都说他父亲被军情六处杀了。难道他真的是被杀了吗？"冯·席拉赫的脸上表现出完全不知所措的样子。

到了该停止下来的时间了。我说：

"不，我觉得这不是事实。理查德，我想和您聊的有关赫斯的问题不是关于鲁道夫，而是关于沃尔夫·吕迪格。您和他大概有机会接触吧？"

冯·席拉赫将肥胖的双手交叉放在我面前的桌子上。他叹了口气说道：

"不，或许是在很久之前了。我什么也不记得了。我知道沃尔夫·吕迪格不久前去世了。大概是七八年前。所有人都知道，他去世了。他一生都在想方设法让他父亲从监狱里出来。"冯·席拉赫突然沉默了，叹了一口气又继续开始说，"我觉得，他被自己的父亲困扰着，就像我们所有人一样，没有人清楚地了解他的事。沃尔夫给所有国家的政客、有影响力的人写了信，告诉他们他父亲应该被释放。这真是嘲讽，为了一个罪犯保持着如此庞大的监狱。"

我应该提醒他，巴尔杜尔·冯·席拉赫和阿尔伯特·施佩尔是最后被审判的纳粹战犯，他们在施潘道监狱服完了自己的刑期，离开了监狱。当他们被释放后，鲁道夫·赫斯就成了偌大监狱中唯一的罪犯，他被判处了终身监禁，在施潘道监狱又度过了21年，直到最后死去。

> 今天，在施潘道监狱的最后一天，赫斯和席拉赫在花园里散步到很晚，赫斯明显地向他交代了自己给家人的信息……当我表达了我对席拉赫会不会转达信息给他家人的怀疑时，赫斯突然勃然大怒，他气愤地对我说：
>
> "你怎么能在这样的事上怀疑席拉赫！"
>
> 后来我从沃尔夫·吕迪格那里得知，之后的几年席拉赫从

来就没有看望过赫斯太太，也没有和赫斯的儿子联系过。①

理查德·冯·席拉赫继续说：

“赫斯的儿子沃尔夫甚至还创立了一个组织，类似‘鲁道夫·赫斯释放协会’之类。后来这个协会好像被认为是极端组织。但是，除了赫斯的儿子的悲惨命运以外，更多的我也不知道了。他大概死于心肌梗死，我在网上看到了这个消息。”

“您不对他感到惋惜吗？”我问。

冯·席拉赫耸了耸肩：

“这是他的权利，为父亲而奔忙，献出自己一生。”

“但是，他的父亲是在1987年才去世的！”

席拉赫忍住了深深的叹息和沮丧，看着已经喝光了的咖啡杯说：

“是的，他的儿子没有静下心来去照顾自己的家庭，他有两个还是三个孩子。他开始和英国打官司！难以想象！他控告一个国家，确切地说是它的情报机构，说他们杀死了自己的父亲。”

我叹息道：

“很可惜没能见到他，但是我记得他是个怪人。他断言说不存在什么毒气室，战犯们在集中营工作是为了挣工资，所以没有什么理由可以去抱怨。几乎没有人丧失生命，尸体的消息是苏联的政治宣传，而希特勒是一个优秀的统帅。”

“这太令人厌恶了。”理查德哆嗦着说道，“还好我没有成为他的朋友。”

“有过机会吗？”我在这个理查德不想谈论的话题上对他纠缠不休，他抗拒性地转向了另一边，不情愿地把长凳压出吱吱作响的声音说：

“机会大概有过。我们会因为对彼此的兴趣而认识，但并不是因为我们的父亲都是坐在被告席上的人。比方说，这是冯·席拉赫，这是他

---

① Шпеер. Шпандау. С. 514.
施佩尔：《施潘道监狱》，第514页。

的朋友赫斯，而这位是里宾特洛甫或者弗兰克。”随之理查德厌恶地皱了皱眉头，“我们不希望这样。我们的父辈生前从来没有交好过，把他们联合在一起的是希特勒，而之后就是纽伦堡审判。这些人之间从来就没有什么共同点。”

“有意思。”我笑着说。

理查德警觉了起来。

“什么有意思?”

“我突然想到，有一些人物的孩子，比如埃尔温·隆美尔的孩子和冯·施陶芬贝格的孩子，他们不仅关系很好，而且非常和善地互相评价。”

席拉赫把喝光的咖啡杯下面的碟子弄得叮当作响。他在这之前把杯子倒转了过来，喝下了最后一滴咖啡：

“这是个体间的，也未必是因为他们的父亲。”

“顺便说一句，席拉赫，你知道吗？不久前鲁道夫·赫斯重新下葬了。”

“是的。”他点了点头，“不是重新埋葬，而是掘出了部分遗体残留，希望那群野蛮的新纳粹不再存在，他们曾经震动了文西德尔。这太可怕了!”

“那您的父亲葬在哪里?”我好奇地问道。

理查德的脸色变了，他说：

“在摩泽尔河上的科列夫。”

“您去过那里吗?”

“我觉得那里应该有人照看它。我想要些水。”席拉赫声音嘶哑地说。

“那么墓碑上的碑文是您父亲想要刻的吗?”

席拉赫转过脸看着一旁，说道：

“我不知道他想要什么墓志铭。”

“好吧，那现有的是什么样子的?”

理查德叹了口气，他想让我知道他对这个话题不感兴趣，他从牙缝里挤出来下面的话：

“我是你们中的一员。”

“这？”

“什么？”

“您认为，他曾是他们中的一员？”

“我也完全不知道这是向谁说的，大概是对德国人民说的吧。”理查德惭愧地说道。

“可以请求只刻上 Dem Deutschen Volkt（为德意志人民），就像国会大厦上的一样。”

席拉赫从餐桌旁站起来，气呼呼地走到两个闲谈的女服务员跟前，毫不客气地说：“给我汽水，我已经口干舌燥了。”

理查德大口呼吸着，回到了餐桌旁。我提醒他我们刚才的谈话停在了哪里。我问他，是不是希特勒曾经去过还是少年的他父亲家里做过客。我觉得这个话题较之于前面关于坟墓的话题会让理查德的心情更加愉悦一些。他挺起胸膛开始说道：

“希特勒带着一束花前来拜访我父亲。那次见面，他询问了我父亲将来的计划。父亲说他想要继续学习，但还不知道去哪里求学。希特勒建议他去慕尼黑，希特勒在那里创建了他的党派。父亲照他说的做了，他去了慕尼黑。在那里他认识了我的母亲，这件事的起因是父亲帮忙抓一只狗。当时我母亲十七八岁，那只狗从她那里跑掉了。因为这只狗他们开始了初次约会。

“我十六岁的时候就认识她了。这是真爱。我先和她见了面，然后见了她的父亲，她正式介绍了我们认识。当我向他的女儿求婚时，霍夫曼教授非常惊讶。我觉得他还不知道我爱上了他的女儿……正是那一年，在我们的婚礼之前，我成为国会中最年轻的一名成员。”巴尔杜尔·冯·席拉赫说[1]。

不能说这是谎言，正确地说这是家庭传奇。阿尔伯特·施佩尔说这场婚姻是交易，所有人都知道其中真正的原因，“在这场婚姻中，她多多少少地看上了巴尔杜尔的权势，而巴尔杜尔则对她的金钱感兴趣”[2]。实际上她的金钱对巴尔杜尔来说是次要的，因为巴尔杜尔本身也不是出自贫穷的家庭。真正意义上来讲，最主要的因素是这使巴尔杜尔有机会接近希特勒。冯·席拉赫千方百计地装出一副样子，假装不知道在他面前的是希特勒亲密好友的女儿。实际上，他就是冲着希特勒来到慕尼黑的，未来元首周围的所有人都清楚巴尔杜尔选择和赫妮在一起的原因。他的儿子，也就是我们的主角理查德是这样说的：

“希特勒几乎每天晚上都要去这个女孩父亲的家里，就是我的外祖父的家里。我的外祖父霍夫曼晚上经常不在家，他总在各种不同的活动中拍照。他经常与艺术界来往，过着浪漫放纵的生活。顺便说一句，在这方面他和希特勒非常的像，他们都睡很长的时间。希特勒往往是在下午两点才起床，而他与别人的谈话经常会持续到第二天早晨。简而言之，典型的放荡式的生活方式。我的外祖父霍夫曼也是这样的生活方式。他的妻子很早就去世了，因此，当时只有十三四岁的我母亲经常一个人在家。希特勒对此很担心，他觉得她不能继续这样下去，应该接受良好的教育。他说，让我们把根丽埃塔送到柏林吧，我在那里有一个好朋友，他是个飞行员，参加过一战，他的妻子来自瑞典，是个家庭主妇，根丽埃塔可以在她那里学习到一切，成为一位真正的女士。而这个飞行员朋友不是别人，正是戈林。就这样我的母亲被送到了年轻的国会议员戈林的家里，在那里接受教育。戈林一家住在一套不大的住宅里，我母亲不

---

① Голденсон. Интервью. С. 367.
戈尔登松：《纽伦堡访谈录》，第 367 页。

② Шпеер. Шпандау. С. 168.
施佩尔：《施潘道监狱》，第 168 页。

得不睡在客厅的沙发上。戈林家经常有人来做客，我母亲只能等所有人都离去后才能睡觉。因此她也认识了经常去戈林家的各种人。在此之后母亲回到了慕尼黑，希特勒还是像以前一样经常去我母亲家里做客，给我母亲弹钢琴，其中就弹过瓦格纳的歌剧。我母亲给希特勒读报纸上的文章，但当她读错重音时，希特勒会帮她纠正。她从不同的报纸上给希特勒收集剪报，希特勒给她布置所读的书目并就书中的内容向她提问。这样希特勒成为这个家庭的朋友，甚至可以说他成为这个家庭的一员。他们的关系是非常密切的。简单说，希特勒觉得海因里希·霍夫曼的家就跟自己的家一样。他与霍夫曼分享了许多对文化的看法。我的外祖父还介绍希特勒与爱娃·布劳恩认识……”理查德突然陷入了沉默。

“我好像听到过。”

冯·席拉赫重复了一遍。补充说道：

“这是一个有趣的故事。外祖父、母亲、父亲、希特勒还有爱娃曾经在很长一段时间里是最为亲近的人。那时外祖父的照相馆需要一个助手，爱娃当时是一个17岁的女实习生，她想在照相馆里工作、实习。爱娃来自慕尼黑一个教师家庭，她是我母亲的同龄人。简而言之，她被认为是阿道夫·希特勒爱的女人。他们相识的故事非常简单，希特勒不知怎么就去了外祖父的照相馆，外祖父让女实习生给沃尔夫（为了保密外公这样称呼希特勒）拿来啤酒和‘克拉科夫’面包。就这样希特勒和爱娃·布劳恩相识了。顺便提一句，外祖父并不喜欢这样，他不希望自己的女弟子满脑子都想着爱情。爱娃·布劳恩直到生命的最后一年，1945年，仍旧还在霍夫曼的照相馆里工作，她就像霍夫曼的妹妹一样，这更加深了希特勒和我父亲、我母亲的关系。”

我又看了看理查德。

理查德对我微笑的嘴唇和巴尔杜尔的一样，他注视着我的眼睛和霍夫曼的非常像，他的卷发和母亲根丽埃塔的一模一样。而我们此刻一起正坐在希特勒喜欢的地方。

我和理查德面对面地坐在德国，就像是带着现代的外表而生活在数十年前一样，突然在时空中穿梭了起来，世界变成了黑白色，仿佛在离我们数十米远的音乐厅广场上人们正举着万字符，穿着军装的军人们正在列队前行……

冯·席拉赫沉默了。他用手轻轻地擦了擦被汗水浸湿的额头，拂去了粘在额头上卷起来的一绺银色头发。我也沉默着。不知道他明不明白，我此刻在经受着生命中难以言表的奇怪的几秒钟。时间就像被折断了，像断了的骨头一样咯吱咯吱地响着，仿佛你的生命已经结束了，就像在快死之前，你坐着，呼吸着，而你脚下的大陆板块依然在不停地移动着。突然我听到了一阵争吵声，争吵声伴随着枯叶的簌簌声。

不知道过了多久，我回过神来，发现我的手覆盖在冯·席拉赫那肥胖发热的手上面。冯·席拉赫会心地轻轻地笑了，而我吃惊地扭到一边看着桌子。桌子上是我的空咖啡杯、他的汽水、花瓶里的百合花和《我父亲的影子》这本书。

“对不起!”我说，我小心地把自己的手从理查德的手上拿开，“现在我也想喝一口矿泉水。”

理查德把他的水杯递给了我，但立刻他就反应了过来，他拿开自己的水杯，给了我剩下些许水的瓶子，然后他又重新把一个水杯递给了我。我端着杯子喝了一大口，把脸伸到了太阳下，闭上了眼睛，没有马上睁开，想象着我们就坐在黑白的世界里，在这个世界里只有百合花和理查德那橙色的衬衣被清楚地映衬出来。

“您喜欢听《莉莉·玛莲》吗?”我问冯·席拉赫。

“这是一首非常美妙的歌曲。”他点了点头，对我的问题一点都没感到惊讶。

“它很有感染力。”我说，“一旦开始，就会不断地哼唱三四天，会使周围的人发疯。”

“Vor der Kaseme, vor dem grossen Tor（在军营前，在大门前).”他说。

“Stand eine Lateme und steht sie noch davor（有一盏灯至今点着).”

我断断续续地说着，感觉我们来到了某个卡夫卡描述的世界，我们坐着互相低语《莉莉·玛莲》的歌词。

冯·席拉赫沉默了起来。然后又说道：

“我父亲喜欢这首歌，他经常用口哨吹奏。”

席拉赫也尝试吹奏这首歌，但他怎么也发不出像口哨的声音。由于吹得太过用力，他的脸憋红了，看起来像动画片里跑出来的一只顽皮的大火鸡一样坐在我的面前。

“理查德，您的母亲根丽埃塔和爱娃·布劳恩关系好吗？她们毕竟是同龄人。而希特勒……从这个意义上讲，一个是他的女学生，另一个则是他钟爱的女人。”我问他。

冯·席拉赫又一次在凳子上坐不住了。

“她们由于希特勒相处得不是十分和睦……”

“您能讲一讲吗？”我紧张地笑着，“她们两个为了吸引希特勒而争斗过吗？”

席拉赫点了点头。

“那么，您的母亲也曾暗暗地喜欢过希特勒吗？”

理查德耸了耸肩说：

“您是什么意思？不过这也是有可能的。”

“您想说，希特勒是您母亲的初恋对象吗？”

冯·席拉赫耸了耸肩，深深地叹了口气说道：

“希特勒只爱过一个女人。是的，他们一起弹奏过乐器，母亲曾经努力取悦他，想让他对自己产生好感。她为他的到来刻意打扮自己，从自己的父亲那里打探出所有关于格莉·劳巴尔的细节，但是我的母亲和希特勒……他们不可能在一起。他在我母亲很小的时候就认识她了，他没有把她看作是一个女人。而17岁的爱娃（顺便说一下，当时希特勒已经40岁了）在某些方面使他产生了兴趣。但他当时已经有格莉了，爱娃以及我母亲他都没有正经地考虑过。当格莉死后……怎么，你是想听到希特勒和爱娃的关系给我母亲非常大的打击吗？我不打算就此事做任何评论。最终，就像我说的，我母亲太年轻了。1931 年她遇到了我的父亲，1932 年嫁给了我父亲，1933 年她生下了第一个孩子。她亲自给自己的女儿起了名字，虽然不知为何大家都认为是我爸爸起的名字，但其实他只是同意了我母亲起的名字。总之，他们给第一个女儿起名叫安杰利卡。”

“叫什么？”

“安杰利卡。”理查德重复道。

“是的，很美的名字。”我试图理解这个名字所包含的不同寻常的意义。

“爱称就是格莉，格莉！”理查德挥着自己肥胖的手。

“有时候我怀疑希特勒对爱娃·布劳恩的感情，他的老朋友们说他仍旧爱着格莉·劳巴尔。”

理查德的外祖父海因里希·霍夫曼在自己的回忆录中谈到过希特勒和格莉·劳巴尔的故事。两人的故事发生在 20 年代末，具体如下：

> 格莉·劳巴尔非常讨人喜欢。她朴实无华，从不卖弄风情，她的每一次到场都会给所有人带来愉悦的心情。我们都对她很忠诚，尤其是她的舅舅阿道夫·希特勒。她甚至能说服希特勒和她一起去逛商店，这真了不起！我清楚地记得希特勒告诉我他如何讨厌格莉试戴帽子、试穿鞋子、研究包的面料、认真地和女售货员纠缠半个小时、之后却找不到任何心仪的东西两手空空离开商店的做法。虽然希特勒清楚每次和格莉一起去商店购物都会是这样的结果，但他总是像小羊羔一样温顺地跟随着格莉……
>
> “知道吗，霍夫曼，我非常重视格莉的未来，我觉得照顾好她是我个人的责任。是的，我爱格莉，我能够和她结婚！但是你清楚我对结婚的看法，你知道我决定单身。因此我保留自己照顾她的权利，在还没有合适的人出现之前，我要留心她和

什么样的男性来往。”① 他回答说。

在霍夫曼的回忆录里格莉的出现并非偶然。显然，霍夫曼想驳斥希特勒差点亲手杀死了格莉的谣言。还有谣言说格莉怀过孕，孩子不是希特勒的而是犹太人的。还有人说她很爱希特勒，也有人说她根本就不爱希特勒，更有甚者说她是因为希特勒管得太紧而自杀。霍夫曼综合了所有因素来证明希特勒与劳巴尔的死无关，但他的证明也只是间接的。

1931年9月17日希特勒邀请我去北方长途旅行。我到他家的时候，格莉也在那儿，她在帮希特勒收拾东西。我们下楼离开的时候格莉从阳台栏杆探出身喊道：

“Au re voir.（再见，法语）阿道夫舅舅！Au re voir.（再见）霍夫曼先生！”

希特勒停下来向上看。然后他转过身去再次上楼，而我在门口等着他。不过，他很快就下来了。

我们默默地坐上车朝纽伦堡方向驶去。当车驶过凯旋门的时候希特勒突然转过了身。

“不知道为什么，我感到非常的不安。”希特勒说。

……

之后我们离开了纽伦堡前往拜罗伊特。在行驶过程中，希特勒在后视镜中看到有一辆车在追我们……一个男孩喘着粗气跑到希特勒跟前对他说，赫斯在慕尼黑有急事要跟他联系，他正在电话机旁等着希特勒回电。我们急忙掉转了车头回到旅馆。

……

“我是希特勒，发生了什么事？”他说，由于着急声音嘶哑。“哦，我的上帝！太可怕了！”他沉默了片刻喊道，他的声

① Шпеер. Шпандау. С. 147.
施佩尔：《施潘道监狱》，第147页。

音中满是绝望。然后他又喊道："赫斯，直接告诉我，她还活着吗，是还是不是？……你以一个军人的名誉起誓……快告诉我真相，她到底是死了还是活着？赫斯！赫斯！"他已经变得歇斯底里了。

最终我们回到了希特勒的家证实了这个可怕的消息。格莉已经死了一整天了。她从希特勒的军械库拿出了希特勒的6.35毫米口径的小型手枪，朝自己的心脏开了一枪。

……

希特勒知不知道格莉自杀的原因？他只是有一种不祥的预感吗？"我感到非常不安"这句话只是表达了他潜意识中的担心还是体现着他和格莉的最后告别给他带来了某种担心的理由？这些问题永远不会有答案，我们永远也不会知道这个迷人的姑娘自杀的原因。

理查德的母亲根丽埃塔当时还只是一个少女，她知道了希特勒和格莉的关系。她喜欢格莉，也很同情她，她明白此种"希特勒舅舅"的爱一开始就注定了失败的结局。当她得知格莉自杀后希特勒处于极度绝望中并打算随自己的爱人而去的时候，赫妮·霍夫曼（根丽埃塔）伤心地趴在枕头上哭了好多天。

当着希特勒的面赫妮不再提起格莉，那时候她自己也许还抱有一丝希望，或许她觉得自己能够代替格莉。但是，希特勒只是高兴地听她朗读和弹奏乐器。根丽埃塔就像现在在宫廷花园里坐在我面前的她的儿子理查德一样，显然还有很多话没有说。

希特勒有一个英国女人，他手上拿着灰色的天鹅绒女帽，他自己说这完全是不由自主的行为，他一本正经地对她说："您想亲吻我吗？"他用了"您"，这是什么游戏啊！亲吻希特勒先生？[①]

赫妮没有料想到布劳恩也喜欢上了这个出色的人，就像格莉喜欢“希特勒舅舅那样”。她觉得爱娃一点都不聪明，然而在1932年爱娃却成为希特勒的情妇。也正是在这一年赫妮·霍夫曼嫁给了巴尔杜尔·冯·席拉赫。在此之前，赫妮一直幸灾乐祸地暗中“抨击”希特勒和爱娃的关系，但当着他们的面却表现得和他们很亲近。最终她结了婚，她的丈夫和她一样对希特勒极度着迷，能够同她分享她对希特勒的热情。

> 席拉赫告诉我，用他妻子的话来说，希特勒和爱娃的关系极其微妙，不是正常的男女关系，她曾不止一次看到他俩虚与委蛇。席拉赫不相信他们之间存在着暧昧关系。他认为，爱娃·布劳恩是希特勒用来做样子给外人看的道具。[②]

过了好多年，在60年代，根丽埃塔曾在一次采访中承认，她没办法夸耀自己过得很幸福。她说：“在丈夫被关进施潘道监狱之前，我只是纳粹制度下的寡妇，因为巴尔杜尔一直与纳粹分子还有希特勒青年团生活在一起。”

像他父亲一样，理查德以浪漫的形式向我讲述了他父母相识的过程：“我父母结婚时母亲只有18岁，她是在17岁时爱上父亲的。这是一段美丽的爱情故事，其结果之一就是有了我。其实一切都不可思议，母亲的狗跑丢了，父亲帮她把狗抓了回来，他们就这样认识了。我父母的证婚人是希特勒（他送给他们一只小牧羊犬）和恩斯特·罗姆，父亲和

---

① Von Schirach H. Der Preis der Herrlichreit. Wiesbaden, 1956. C. 85.
巴尔杜尔·冯·席拉赫：《荣耀的代价》，威斯巴登出版社，1956年，第85页。

② Гилберт. Дневник. С. 461.
吉尔伯特：《纽伦堡日记》，第461页。

他们的关系很好。母亲和罗姆也很熟，因为罗姆特别关心我的母亲，常常陪她去散步，因此还有了一些闲话。有一次罗姆甚至打电话给希特勒，问能不能邀请我母亲一起去异装癖者聚集的咖啡厅，就是说他专门打电话到慕尼黑征求希特勒的许可。奇怪的是，希特勒同意了，而当时只有十七八岁的母亲就去了这个咖啡厅。这引起了不必要的闲言碎语，不是与其他人，就是与这个罗姆。我父母于1932年结婚，他们有一张合影照，在照片上，罗姆、希特勒、我母亲和其他人一起在希特勒公寓的婚宴餐桌上聚餐。"

我谨慎地问道："理查德，我有一件事不太明白。您的双亲都和恩斯特·罗姆的关系匪浅，而在长剑之夜（血洗冲锋队——罗姆政变）后他们却什么也没有说，难道他们认为这是理所当然会发生的吗？"

理查德把玻璃瓶颈当的一下打在了杯子上。

"我觉得，母亲当时应该认真考虑一下，为什么会发生那样的事。顺便说一下，您知道罗姆是个同性恋吧？"

"他更是冲锋队队长。"不知为何我替罗姆打抱不平，我想让理查德知道，在这里没必要强调他是同性恋。

席拉赫点了点头继续说：

"我母亲和其他很多人一样，只是忽视了危险的信号，她也陶醉于事件发展的快速之中。长剑之夜后不久，罗姆作为潜在阴谋家和对手很快就被希特勒清洗了。后来我曾问过母亲这场冲突的真相。罗姆毕竟是她的婚礼见证人，过了一两年后希特勒却下令杀了他。但是她还是不愿意就此说什么，更不想回答我的问题。她说所有这些都是毫无价值的东西……她可能是不想回答，也可能是回答不了。"

1932年与根丽埃塔·霍夫曼结婚后，就像《小艾达》里的北欧神仙一样，我们的巴尔杜尔变得完美无瑕、无懈可击。大权在握的希特勒开始大力提拔任用自己的人。可以肯定地说，这些人都没有令他失望。

"可以谈谈希特勒青年团吗？"我问理查德。

"我不了解，我从来没有研究过这个主题。对这个问题没有更深的了解。”

“好吧。那您父亲在这个组织里做什么？”我没有放弃。

“他建立了希特勒青年团。”

“能说几件与此相关的事吗？”

“这非常无聊。”

“好吧，理查德，您的父亲很早就遇到了希特勒而且成为他最为亲近的人之一。您把自己和他比较过吗？”

冯·席拉赫似乎很喜欢这个问题。

“当我思考父亲的命运时，我也问了自己一个问题，假如我在 25 岁的时候担任这个职务，我会和希特勒有多亲近？当然，这对我来说也是一个不可思议的机会和诱惑。但在那种处境，我大概……实在无法想象。”

“这意味着，如果您处在您父亲的位置，您同样也会像父亲一样行事。”

“大概，不会吧。”理查德小心翼翼地环顾了一下四周，“绝对不会。可是，您明白吗？我父亲是唯一想要建立一个强大的青年组织的人。所有其他人都认为这不是一件非常划算的事。他们都想获得更高的职位和权力。而父亲却相信未来掌握在年轻人的手中，他认为这就是他的使命，当时他也还很年轻，虽说他只有二十三四岁，他却在纳粹党中享有特殊的声誉……”

难道他是一个同性恋，正如某些历史学家所断定的那样？这种想法在我的脑海中一闪而过。不，理查德把另一层意思藏在了这些生硬的表述之后。

“他出版了诗集，他总是在不断地写作，诗集中很多诗歌后来变得十分有名。他 18 岁的时候取得了他诗人生涯中的第一个成就。因此，他也赢得了唯美主义者和文化人的声誉。”

“理查德，读点他的诗吧，只是不要读关于希特勒的。”我请求他。

“在摄像机前吗？不，我没读过他的诗。”冯·席拉赫显然说谎了，他用力盯着自己那褐色的运动鞋，“我父亲为一些歌曲填词，之后它们就变得很流行，尤其是《我们的旗帜高高飘扬》（希特勒青年团团歌）①。但我从来没有读过他的诗，在许多方面我和他格格不入。”

“这是怎么回事?”

“是的。是格格不入。”理查德摸了摸灰色的鬓角，“好吧，我还是讲一些希特勒青年团的事情吧。年轻的冯·席拉赫把创建青年党组织作为自己的使命，并且成功地完成了这一使命。40 年代初，该组织大概有 800 万到 1000 万成员，努力在培养年轻人方面发挥主导性作用。由于父亲在这方面的成就，当时年仅 25 岁的他就得到了机关部长级别的领导职位。”

“听起来很不错。就仿佛希特勒青年团最终没有成为炮灰，他们所有人都没有被希特勒抛在前线一样。”

理查德皱起了眉说道：

“这不是我父亲做的，他未必会那样做。这是阿克斯曼做的，他在 1940 年接替了父亲的职务，使这个青年组织完全军事化，变成可以执行战斗任务的辅助军。他一直领导这个组织到 1945 年。”

我问道：“您应该知道，阿克斯曼并没有被审判。他经受了肃清成为一名普通公民，他下海经商，并且很长寿。”

“当然知道。”席拉赫点头说道，“但是他应该接受审判，他是杀人犯。1945 年 4 月他在柏林把小孩子们当作肉盾牌使用。我的父亲，我重复一遍，他可能不会这样做……”

“当时日本以希特勒青年团为范本，模仿它建立了类似的组织。他们的组织和希特勒青年团的名字类似，但是它的性质完全不同。青年人在他们的组织里只接受纯军事训练，必须严格遵守‘只有青年可以领导青年’的原则，这影响了德国的组织，也导致了父亲在年满 29 岁时不得

---

① Речь о гимне гитлерюгенда – Unsere Fahne flatttrnuns voran. – Т. Ф.
歌词是希特勒青年团团歌“Unsere Fahne flatttrnuns voran（我们的旗帜高高飘扬）”，摘自报纸《事实与论据》。

不把职位让给更年轻的阿克斯曼。在这之后父亲就以一个普通士兵的身份进入了军队，去了法国。在那里他被提升为中尉，他说是由于他在争夺某一个桥梁的战斗中立下了战功。这段故事给我留下了深刻的印象，因为我从未接触过军队，甚至和军队没有任何的联系。经过这次不长的军旅生涯，1940 年当父亲 33 岁的时候他被任命为地方行政长官和国防专员，换句话说就是维也纳总督。在那里他度过了五年，直到苏联人的到来。当时他负责组织防御，在那里他陷入了和恩斯特·冯·魏茨泽克一样的境地：人们找到了一个重要文件，证实了他清楚驱逐犹太人的事情。事实上，他没有下过这样的命令，驱逐行动完全是另一个以纳粹党卫军为骨干的机构进行的。驱逐行动在他来到维也纳之前就开始了，在 1942 年却意外地停止了，这完全和希姆莱改变计划有关。但是，我的父亲也不能免责，因为他没有反对，一切都是在他的默许下进行的。”

> 战争之初，席拉赫仍旧受到希特勒的庇护。据说，1942 年夏天希特勒曾在小圈子内提到过，他对席拉赫给予厚望。①

> 之后他娶了赫妮·霍夫曼，那时他甚至还被认为是党的金色少年，实际上的太子。②

理查德的父亲的确成为享有充分权力的“阿斯加尔德居民”（阿斯加尔德在北欧神话中是众神的居所）。但是，就像神话故事写的那样，巴尔杜尔也有自己的洛基（北欧神话的恶作剧之神、火神），他的“尘世化身”是全国头目马丁·鲍曼。他积极地推动了使冯·席拉赫名誉扫

---

① Шпеер. Шпандау. С. 182.
施佩尔：《施潘道监狱》，第 182 页。

② Ханфгтангль Э. Мой друг Адольф, мой враг Гитлер. Екб: Ультра. Культура, 2007. С. 190.
汉弗什坦格里·艾：《我的朋友阿道夫，我的敌人希特勒》，叶卡捷琳堡：乌利特拉文化出版社，2007 年，第 190 页。

地的活动，他要毁掉席拉赫的名声。

在茶歇之余，鲍曼经常讲各种有损于维也纳总督形象的笑话。当然，希特勒在心情好的时候也以相应的方式开席拉赫的玩笑，但随之又开始对他大加夸赞，然而，希特勒对他的称赞让人听起来有点摸不着头脑。过了一年希特勒开始对席拉赫产生了无法遏制的反感，甚至好几次都表示不想再任用他。在此情形下，鲍曼肆无忌惮地以蔑视的口吻评论席拉赫说："他完全无法胜任维也纳总督的职位，要知道，在那里所有人都在互相耍阴谋诡计。"表面上看鲍曼的话像是在为席拉赫正名，但实际上，这的确给了席拉赫最后的致命一击。①

获得了无限权力的鲍曼精明地彻底离间了席拉赫和希特勒，海因里希·霍夫曼这样回忆道：

1944 年的一天，我从维也纳回到最高统帅部，和希特勒一起吃了午饭，并且向他转交了巴尔杜尔·冯·席拉赫给他的信。

我说："席拉赫反驳鲍曼对他的指责，即责怪席拉赫现在才着手准备维也纳的防空太晚了。席拉赫对我说，他在战争开始后的第一周就制订出了维也纳防空计划，但是鲍曼却命令他什么也不要做，因为过早的行动只会白白扰乱市民的生活。"

在他给希特勒的信中似乎可以感到他对鲍曼也颇有微词，但希特勒断然打断了我的话说：

"请牢记，霍夫曼，并转告你的女婿！"希特勒喊叫道，"为了获得这场战争的胜利，我更需要鲍曼！"

---

① Шпеер. Шпандау. С. 342 – 343.
施佩尔：《施潘道监狱》，第 342—343 页。

他注视着我的脸，好像他的话跟我本人有什么样的关系一样。①

冯·席拉赫自那时候起就成了政治傀儡。

在《小艾达》里巴尔德尔的死亡就是末日的预兆。

1945 年纳粹分子的末日来临了，诸神的黄昏来到了。

理查德仰靠到椅背上说道：

“父亲作为维也纳总督，在此岗位上坚持到了最后一刻，而我母亲和四个孩子则躲藏到了蒂罗尔。有传言说我父亲被抓住了并且在弗洛伊德大桥被绞死了，事实上并非如此，父亲留在了维也纳直到苏联的先头部队进入市中心。在最后的时刻到处都是手榴弹的爆炸声，父亲和司机才开车离开了维也纳。苏联人离他们非常近，甚至还打伤了司机。到处都是一片混乱。他们知道，不管投不投降，最终结果都是死。父亲伪装成了侦探小说作家，在奥地利的一个小村庄租了一间民房。一周过后，秩序恢复了一些，他向美军投降了，接着他被带到了纽伦堡接受审判。他随身携带的箱子里装着鲁本斯和雷诺阿的画，这是他的美国母亲留给他的。”

我问冯·席拉赫：“巴尔杜尔的美国亲戚是不是曾建议他逃到美国，而且他们甚至已经准备好了协助他出逃？如果这是真的，那么……为什么他要投降呢？”我看到理查德的脸上掠过了一丝阴沉。

“我母亲也很不理解这一点，她期望能逃到美国去，那里有富裕的亲戚，他们愿意随时收留父亲和我们所有人。伪造的证件都已经准备好了，一切准备就绪，只需动身上路。但我父亲没有选择无拘无束的生活和温暖的家庭，他选择了希特勒。虽然希特勒并不总是夸赞他，但他做

---

① Ханфгтангль Э. Мой друг Адольф, мой враг Гитлер. Екб: Ультра. Культура, 2007. С. 190.
汉弗什坦格里·艾：《我的朋友阿道夫，我的敌人希特勒》，叶卡捷琳堡：乌利特拉文化出版社，2007 年，第 190 页。

的一切都只是为了希特勒。”

1928 年的时候命运给了巴尔杜尔·冯·席拉赫一个选择，他去了一趟美国，见到了自己的伯父诺里斯。诺里斯伯父是个富裕的企业家，他希望正值盛年的侄子巴尔杜尔能在自己的公司工作，并且永远留在美国，但中纳粹主义流毒很深的巴尔杜尔拒绝了。据统计，巴尔杜尔拒绝了美国两次，一次是 1928 年，一次是 1945 年。

理查德·冯·席拉赫说：“我觉得，1945 年的春天对我父亲来说主要有两件事：首先，父亲明白他大概能够成功地逃脱并躲藏起来，但是他也担心万一突然被俄军认出来怎么办？那么他真的会被吊死在弗洛伊德大桥上。也许他不会被认出来，因为他持着做工完美的名叫理查德·福尔克的假护照，留着大胡子，戴着眼镜，讲一口流利的英语，而且自我介绍的身份是一名翻译和作家；其次……我也很难表述……母亲说那全是因为他的虚荣心。”

“虚荣心？”

“是的。他想出现在法庭上，也就是说想给自己的工作做个总结。他走到美国人面前，郑重地申明：‘我是巴尔杜尔·冯·席拉赫。’确切地说，他一开始就告诉了那个副官自己的真实身份，而副官却把他放了。副官不相信，他认为冯·席拉赫的尸体被吊在了桥上。当时爸爸确确实实是亲自出现在了他们面前，做完自我介绍，投降了。”

“为什么？”我问，“这也太愚蠢了吧！当然，这对所有人都有好处，除了他自己。我不明白。举个例子，比如希姆莱，他也可以安全地逃脱审判。”

“那也是一个离奇的故事。”冯·席拉赫说，“大概不知道……”

我一本正经地说道：“官方的版本是这样的，希姆莱是被英军抓到的，他混在几千个疲惫不堪、被击溃的德国人中，他剃了胡子，眼睛上包着绷带，没被认出来。之后，他解下了绷带，戴上了眼镜，做了自我介绍，并且请求和蒙哥马利见面。”

“然后他咬破了装有毒药的胶囊，他明白胶囊会被抢走的。”理查德替我讲完了后面的话。

“为什么他要自我介绍呢?”

“不知道。”理查德十分真诚地说，“顺便说下希姆莱。我记得一件非常有趣、近乎荒诞的事。我父亲还在上大学的时候，他回到魏玛的家里度假，希姆莱那时也正好待在魏玛。当时的希姆莱既没有钱也没有地方过夜，父亲就邀请他来自己家的大房子里过夜。也就是说，那时的希姆莱什么也不是，什么也没有，他只有一辆摩托车，本人也特别瘦。我的祖母是美国人，她对希姆莱很客气，同时也发现希姆莱有些不对劲。她问希姆莱怎么了，希姆莱说他闹肚子了。她就给希姆莱煮了茶还帮他热敷，因此希姆莱一生都非常感谢她，经常向她转达自己的问候。情况就是这样，年轻的席拉赫邀请希姆莱来自己家住以节省住宿的花费。一切从一开始就交织在了一起……”

“最后也都……”我说道。

冯·席拉赫喝了一口水，不客气地说：

“我父亲厌恶把氰化物作为逃避审判的工具。他像希姆莱和他们所有人一样都有这个选项，他也随身带着氰化物，但他没有那么做。就是说，在他所有的选择中：自杀、逃跑或者接受审判，他最后选择了第三种。”

我不清楚冯·席拉赫在这种状况下是悲伤还是高兴。他这样的语气使人感到他到底还是有些悲伤。难道如果父亲吞下了有毒的胶囊他会高兴吗?

“那您母亲呢?”我好奇地问道，“她是怎么知道您的父亲健康地活着的?”

“我不记得了。”冯·席拉赫说着将头后仰，把脸伸到阳光下待了几秒钟，“我不记得了”意味着他开始变得谨慎起来了，“一般来讲，当妻子听到丈夫还活着的消息时，至少会高兴，这是正常的反应。我只知道她随身也带着五个毒胶囊。我们每人一个，孩子的还有她自己的。但是，她决定不这样做，就像我们后来得知的，玛格达·戈培尔和她的孩子们这样做了。”

“您的双亲是什么时候再见面的?”

“他们见面的时候我没有在场，但我知道他们是6月底在因斯布鲁克的拘留营相见的。我是从哥哥那里得知的，他自己同样也是从伯父那里听到的。父亲和母亲没有拥抱，而是互相低声嘟哝。母亲对父亲说了诸如此类的话：‘你是个小人物，你永远也不会被找到的，你应该逃到美国去!’父亲对母亲说了一些关于自己的历史地位的话（我甚至好几次听母亲说，父亲经常思考那些事，过了很多年这依然让她非常愤怒），然后他们就相互告别了。这就是丈夫和妻子在战后的会面。”

“在此之后，他出现在了纽伦堡，1946年被判处了20年监禁。”我说。

冯·席拉赫点点头，双手交叉握在了一起。

“现在我想不起我父亲对审判的任何评价。关于这个他从来就没有说过什么，我也只是从书中得知是如何判决的，这些事情往往是从法官午餐时的交谈中透露出来的。我觉得父亲害怕自己被处以死刑。顺便说说，施佩尔也被判了20年监禁。如果当时有更多的证据，那么他们两人完全可能会受到另一种判决。在任何情况下，这个话题都是非公开的，审判毕竟已经结束了。谁也不想再对它进行研究，它被藏在了桌子的抽屉里。当然，还有一些和我一样的疯子，出于某种个人原因过了很多年还在读这些案件的材料。因此很难确定我父亲在审判时做出了什么样的举动。得知被判监禁后，他一定松了一口气。我记得斯大林关于战后德国的发言内容，他说：‘我们不能总是进行审判。要知道，应接受审判的有上万人，那就让我们来杀死五万人，一切就会变得平静下来。’作为对丘吉尔的回应，他开玩笑说，还是杀四万九千人吧。至少当时有这样的倾向。或许我父亲认为他很容易脱身。但结果比他预想的更严重一些。20年监禁……父亲当时39岁。”

我喝完咖啡，试图把杯子放到茶托上不发出叮当声，但事与愿违。我说：

“我看了其他资料。我读到过有些资料说您父亲害怕死刑，但他也不指望能被轻判。施佩尔和冯·席拉赫是不一样的。从某种意义上说，施佩尔不仅是一个建筑师，他从1942年起就担任纳粹德国的军备部长，结果他和曾任希特勒青年团头目和维也纳总督的席拉赫得到了相同的惩罚……”

“那您会……”理查德的眼睛闪烁了一下，“您会做出什么样的判决？”

“这种情况下，我赞成当时苏联的立场。我的意思是全部……”

“全部绞刑。”席拉赫点了下头，好像我们在讨论家常烘焙的食谱一样。

我点了点头。

实际上，巴尔杜尔·冯·席拉赫认为他是被告席上最无辜的纳粹上层人物之一，但他并非像他所想的那么无辜。是的，他没有被指控为战争罪，但他的反人类罪证据确凿。他将6万犹太人驱逐出境，他也完全承认（一共有超过18万人被驱逐出奥地利）这一点。在给波兰总督汉斯·弗兰克的信中，巴尔杜尔坚持让弗兰克接收奥地利的犹太人，这样巴尔杜尔就能把他们从维也纳清洗出去。弗兰克极力反对，说自己这里的犹太人还无处可去。

> “他想让所有人都相信他是个无罪的孩子……我记得他是如何讨好希特勒的，他是多么害怕失去希特勒的宠爱。”①
>
> 在被告席上，冯·席拉赫的邻座汉斯·弗兰克这么说，他兴奋地揭发最年轻的纳粹战犯。亚尔马·沙赫特附和着说：“他并不那么的无辜，忠于一切，就像你们所感觉的那样……你们怎么看？”②

---

① Гилберт. Дневник. С. 462.
吉尔伯特：《纽伦堡日记》，第462页。

② Гилберт. Дневник. С. 467.
吉尔伯特：《纽伦堡日记》，第467页。

理查德说：

“不得不指出的是我父亲那可耻的行为。作为维也纳总督他夸耀说，德国人伟大的文化成就就是把犹太人从维也纳清洗出去。这完全是他不该做的事情，这不可饶恕，更无法解释，这让我很难容忍。作为回应，我很长时间都只看被纳粹德国封杀的犹太作者写的书，这是一种我个人的努力，我在替我的父亲赎罪。他制裁犹太人，将许多有名的犹太作家驱逐出境。我觉得，这是他对伴随他成长的那种文化的背叛和践踏。”

话题回到北欧神话中的巴尔德尔。斯堪的纳维亚的史诗里讲，在世界末日之后，巴尔德尔就会从死亡之国回来，1946 年对理查德的父亲来说就是世界的末日。

理查德的父亲被判处监禁 20 年。

这 20 年他在柏林的施潘道军事监狱度过，他的囚犯编号是一号。

理查德·冯·席拉赫用了 20 年时间等待父亲出狱。他的生活从世界末日开始了。

冯·席拉赫讲述道：

“1945 年我只有三岁，我只能猜测可能发生了什么奇怪的事，但是我不明白。我只感到某种神秘的力量一下子改变了我们家的生活，改变了德国。那时我看到我们什么都没了。没了房子，我很喜欢的保姆也不见了，母亲也消失在了监狱里。我还没好好见过一面的父亲一会儿在这个监狱，一会儿又到了另一个监狱，并且监狱一次比一次大。我觉得那些监狱都特别大。直到我 11 岁的时候才见到了父亲。就这样，在你面前的这个人被那么多的军人看守着，除此之外还会有谁能引起一个小男孩儿更大的兴趣？看起来，这个人是极其危险的，但是你却不知道为什么，不清楚为什么你的亲人、你的父亲被 600 个军人看守着。他到底有多危险？这无法解释。但也正是从这里开启了我未来的求知之路。对我们来说，走这条路在很大程度上是与贫困紧密相连的。

“三岁那年的圣诞节，我和哥哥姐姐们一起在我们之前的家旁边的招待所庆祝节日。我们之前的家当时被美军占据着，他们开始容忍了我们一段时间，随之便把我们赶到了招待所里。我曾看到他们穿着我父亲的阅兵军服，用它寻乐消遣。圣诞节当天，我们四个孩子坐卡车来到了我们之前的家里，他们让我们拿走最重要的东西，然后坐上那辆卡车离开，前往巴伐利亚山里一个曾经是护林员住的小房子。1945 年我们就是在那里过的圣诞节。

“就像我之前说的，母亲被抓了，我们不知道什么时候她才会回来。一个月，一年，或者我们可能永远都见不到她了。我不明白，为什么我没有了母亲，没有了保姆？为什么把我们从家里赶了出来，却让完全不认识的人搬了进去？难道他们只是服从命令而被迫接受我们？之后的两三年我们所处的山谷成了我们的流放地。但是，就像对所有孩子一样，这地方对我们来说非常神奇，我生活在大自然中。我没有鞋，过了一年我才得到了我的第一双鞋，这是一双用旧轮胎裁剪而成的凉鞋。我们在那儿和伐木工人、普通的农民住在一起。虽然非常想念母亲，但是我在那里度过了一段愉快的时光。之后我发现这是一段非常幸福的时光。不能说我们在那里只受苦了，我们快乐地生活着，觉得自己是孤独的小狼孩。

“后来有人发现，这四个小孩什么都没有，谁都不认识。我们没有粮票，所有的食物都是从森林和河里弄到的。从某个时候开始有人来帮助我们了，年纪小的孩子有了保姆，她是个虐待狂，毫不客气地侮辱我，我不知道为什么偏偏是我。就这样过了几个月，我们的老保姆回来了。

“在这种贫穷的环境下长大，你会变得很敏感。我在书中描述了自己的印象、自己的路，它们和我父亲的故事几乎没有任何联系。我们家没有钱可用，我们没地方可住。第一次拘捕后不久母亲就被释放了，她和我们这四个既没有工作也没有上学的孩子在一起。她那时 31 岁。一切都被没收了，他们不允许母亲去工作赚钱，只允许我们用东西换钱。”

根丽埃塔·冯·席拉赫被拘捕了三次。1947 年她被释放，最终彻底获得了自由，但同时被处以 2000 马克的罚款和一年的缓刑。四个孩子的监护权谁也没有得到，不管是根丽埃塔、根丽埃塔的哥哥，还是孩子们的外祖父海因里希·霍夫曼。

“那么您父亲逃跑时随身携带的行李箱怎么样了？里面可放着他从自己母亲那儿得来的画。”我好奇地问。

理查德缓缓地答道：

“他藏起来了。后来他告诉了我母亲箱子藏在了哪里。她找到了箱子，打开后里面什么值钱的东西都没有，只有一些书。”

“但是，如果我没记错的话，她以 3 万马克的价钱卖出了凡·高的一幅画。”

冯·席拉赫微微地皱了皱眉说：

“我不想谈论这件事，我们一直很穷。我们四个孩子被分别送到了寄宿学校。走运的是，我和罗伯特一起被送到了考夫博伊伦。很多人都觉得我们在哪里藏着宝藏，而且还说我们过不了多久还会过上奢华的生活。但事情并非如此。例如，我记得，我们的保姆经常抱怨用粮票只能买到几种可怜的食物做饭。我的哥哥克劳斯战后去了一个条件不好的寄宿学校。当时有一名毕业生是慕尼黑的一个很有名的裁缝的孩子，他希望给学校提供一些赞助并且赠送最贫穷的学生一套西装。学校研究了很久，讨论谁是最贫穷的学生，最终认为最贫穷的学生是我的哥哥。因为他除了一条裤子外什么也没有，更没有亲人住在附近来看他，而且父亲被关在监狱，母亲永远都很忙。简而言之，他们推荐了克劳斯·冯·席拉赫。就这样，我哥哥得到了那套慕尼黑有名的裁缝为他定做的西装。而我那时在剧院演戏，由于美妙的嗓音我被推选出演一个话剧。于是出现了这样一幅画面，我在舞台上表演，而我哥哥穿着新西装坐在池座。自然而然，很快就有流言传出：‘看看什么是交情，一个穿着漂亮的新衣，另一个在剧院演戏。’当然，没有人同意这种观点，相反，这只是更加突出了我们绝望的境地。这样的事情还有很多很多。”

“那么您当时唯一的希望是……”

理查德苦笑了一下：

“我的父亲。我们很少能见到母亲，她需要生存，需要安排自己的生活。而我的生活从纳粹德国的灭亡之日就开始了，这不是什么好的开始。总的来说，我和父亲仅有的联系就是书信。我每周会给监狱里的父亲写一封信。每封信都被限制字数，每个词都需要仔细斟酌，因为对书面材料有着极为严格的限制。这些信里必须含有那些只能在文学作品里看到的不自然的感情，信要用诚恳的语言来写。可以说，我对父亲的了解都是通过这些信。我被允许每年探视他一次，但每次只有短短的 30 分钟，他们严格限制了时间。我进入牢房，在那里会有人记录我们的所有谈话。在牢房里不能和被探访者有任何身体的接触。

“每年一次的 30 分钟时间必须抓住。每次探视的 30 分钟和信件让我形成了对父亲的初步印象。总共写了 1080 封信……”

巴尔杜尔·冯·席拉赫经常给孩子们和妻子写信，信中充满了抒情色彩。在信中他只谈音乐和文学。整整 20 年，全部都是这些主题。他的高格调不只出现在施潘道监狱。尽管施佩尔曾指出，从某个时刻起全部监禁者突然都开始用华丽的辞藻来表达自己的想法。

1950 年 4 月 7 日。今天在花园工作时席拉赫突然开始感叹道：“乌云从西边迫近，似乎暴雨将接踵而至。”我对他的说话方式感到很惊讶，一般情况下他会说：“乌云聚集，将要下雨了。”或者类似的话。突然我们所有人都开始用某种风格化的书面语说话。

阿尔伯特·施佩尔有关所有人的说法都是对的，而关于冯·席拉赫的表述则不对。因为他从年轻的时候就习惯用华丽的辞藻表述一切，其中隐含着的某种意思消失在他那细腻优美的、用语言编织的网中，他从容灵活地编织了这张网。

他就像某个夏天监狱的花园中那只依依不舍的蜘蛛一样。自那时起席拉赫对养蜘蛛着了迷，这一切都被他发展到了极致。不仅囚犯本人，现在就连美国、法国和俄罗斯的看守们都和他一起趴在草地上抓蚱蜢，把它们扔在蜘蛛网上。①

在监狱里，获得过第三帝国所有文学奖的冯·席拉赫没有兴致去写作。虽然他向施佩尔坦白，似乎写了800页的日记，但是事实上在出狱后，却是曾任纳粹德国建筑总监的施佩尔（自1942年任军备部部长）的回忆录成为20世纪重要的报告文学作品。

> 席拉赫什么也没有，他与希特勒结识时只有十六七岁，很快，那时他在大学学习，希特勒成了他的世界中心。他没有选择任何职业，也没有从事任何实际的事业，他只是个积极分子。有时我在想，文学和诗歌对他来说意味着什么。他一直被认为是纳粹德国最主要的抒情诗人之一。但是他在这里写过什么吗？我从来没有听他说过一句相关的话。我觉得写诗对他来说只是作为积极分子的工作，他的诗不是产生于他的艺术气质，更不是渴望塑造什么现实，只是为了讨希特勒欢心。一旦不能获得他崇拜的对象的赞赏，那他的诗歌也就死了，他的创作和希特勒同生共死。②

出狱后巴尔杜尔写了回忆录《我相信希特勒》。在书中他努力想说明为什么自己会那么相信希特勒。他详细地描写了自己的童年时代、青年时代和同希特勒的见面。席拉赫没能把自己的回忆录变成他追求的那种“崇高文学”的典范。不过巴尔杜尔的孩子们每次都能收到他从监狱里寄来的信，信中充满了荒诞的建议：贝多芬的哪些曲子一定要听，哪些经典的书应该读完（这些对于那些对文学音乐饥渴的孩子们来说尤其

---

① Шпеер. Шпандау. С. 341.
施佩尔：《施潘道监狱》，第341页。

② Шпеер. Шпандау. С. 431.
施佩尔：《施潘道监狱》，第431页。

重要)。他逐渐地习惯了写不超过1300字的平淡的、有启发性的文章(这是监狱对书面材料的字数规定)。

这是理查德的哥哥克劳斯收到的信:

> 亲爱的克劳斯,你能听第五交响曲真的太好了。我也在听这个交响曲,它总是在我的脑海中回响,让我感到很愉悦。我清楚地记着小提琴弦乐四重奏,记着它所有的节奏和变奏。至于室内乐则是一个完全不同的世界……不能只知道贝多芬,而不知道他的奏鸣曲……通过音乐这种语言不仅能互相理解,还能理解现实的世界和脱离尘世的世界。或者就像贝多芬所说"音乐是比一切智慧、哲学更高的启示"。这样的话我还能再写三段甚至上千封信。①

理查德回忆道:"父亲唯一反感的事情是他的大儿子克劳斯想要当一名记者。父亲说记者们有着极低的道德标准,他们写东西都只是为了钱,况且乏味蹩脚的记者已经太多了,他不想克劳斯成为其中一员。父亲这样说:'如果想要成为记者,那就先去从事普通的工作。'他还明确地告诉克劳斯具体是什么工作。父亲希望克劳斯成为律师,虽然哥哥极度渴望去写作,最终还是从法学院毕业了。我觉得这很可笑,父亲并不了解自己的儿子们,他只有机会和他们互相写信,写信也只是谈论一些高尚的话题,却突然如此干涉孩子们的教育和前途。我们都渴望被爱,然而,爱却是如此体现的。"

冯·席拉赫又沉默了起来。

"我想起,施佩尔说他从看守那里得知冯·席拉赫的孩子们在和他见面后泪流满面地走了出来。"有谁能从希特勒军事装备部部长施佩尔的话里感受到这到底是不是幸福的眼泪?

---

① Фишман Д. Семь узников Шпандау. Смоленск: Русич, 2001. С. 378.
费什曼:《施潘道监狱七个囚徒》,斯摩林斯克:鲁西奇出版社,2001年,第378页。

“啊！这是阿尔伯特·施佩尔在撒谎。”理查德说道，他微微地皱起了眉头，“他并不擅长说谎，如果你读过他的回忆录的话，你就会明白我说的。他大概说的是我的大哥克劳斯。”

“那是怎么回事?”

席拉赫耸了耸肩说：

“我是从报纸上了解到的。当时18岁的哥哥在和父亲第一次会面时哭得像个孩子。但克劳斯说事实并不是这样的，他只是感动地掉下了眼泪。而看守告诉了某个记者说他在那里几乎陷入了歇斯底里，明白吗?情况未必是这样，但是却被这样写在了报纸上，太卑鄙了。”

“很好，那您呢?”

理查德在长凳上动了起来，两眼直盯着书的封皮。

他开始说道：“每次去施潘道监狱的探视给父亲和我都留下了很深的印象。我当时还是个孩子，每年去柏林一次。设想一下，你一整年都在等着那个时刻，如果你没赶上飞机或者火车，你不可能因此变更会面的日期，你该怎么办？我们实在没有钱，总是没有钱。我们过着一贫如洗的生活。我们非常艰难地为探视攒钱，而探视仅仅只有可怜的30分钟。在这30分钟内，我们需要讲述这一年内发生的一切，还要倾听父亲的话。这种情景很难应付。我要把所有会面时想要问父亲的问题提前写在本子上，我那时才十几岁。因此会有这种问题：您知道什么是尼龙长袜吗？您用过圆珠笔吗？等等，都是极为平常的东西。当然，最重要的是观察父亲，看他的双手是怎么放的，是怎么清嗓子的。这都很重要。”

理查德又沉默了下来。他转过头检查放在旁边的皮包。他大概在想些什么。确实是，他伸手从皮包里拿出了自己的眼镜。

“让我在摄像机前给你们读些东西吧，因为最好的东西是写下来的，而不是口头说的。”

理查德把眼镜架在鼻子上，激动地翻着自己的书，寻找需要读的片段。

“啊。在这里!”冯·席拉赫清了清嗓子说，“我第一次和父亲在监狱里的会面是1953年。”

我已经准备好仔仔细细地听他讲述巴尔杜尔·冯·席拉赫，他却突然沉浸在他的书里，开始读起自己所写的内容。

> 我真诚、可靠又善良，有一颗纯净的心灵。我庆幸终于可以亲眼见到一直通过书信活在我心中的父亲。我对此期盼已久！当他时不时用蓝色的眼睛茫然犹豫而又疑惑不解地看着我时，他的眼睛看上去因此而变得忧愁。我感觉到，他在仔细地倾听……当我看到他那会弹乐器的手指时，我多么想去触碰它们，却又不能。哪怕只能拥抱几秒钟，对我来说也意义重大。看来，将我们分开的栅栏或许就是我们之间情感的隔阂。当他发现我如此紧张地注视着他，看他写字，他就向我笑了笑。很明显，他这时一定在回忆我们多少次在相互隔绝的情况下写信。他的笑容感染着我，在这微笑中只有我们两人才能理解彼此那无声的问候。

我有些惊讶，理查德竟如此陶醉地朗读着这一段。在这段和整本书中，人称代词“我”出现了多次，主要说的是理查德本人，而父亲相对要少得多。更多的是他从自己的痛苦中得到的受虐的快感。

理查德把书放在一边看了我良久。他摘下了眼镜，急促地拨开了粘在额头上的头发。

“我在25岁时才第一次看到父亲如何端咖啡杯，怎样喝咖啡。在这之前我们只能隔着监狱的铁栅栏会面。我必须说，我相信牢狱生活能迫使人改变自己的思考方式。此外，我经历了很多次失败，也蒙受了巨大的损失。我觉得，在这两种情况下人能够更清楚地认识和理解自己。

“那时我明白父亲需要我的帮助，他需要与我建立情感上的联系。我试图去思考，设想一下，你父亲曾经是个罪犯，他因此被判了刑，这在情感上是很难接受的，但你还是要努力去爱那个人，他需要你的帮助，他整天都待在昏暗的牢房中。那个人是罪犯，同时也是你的父亲，你和他有着牢固而又无法断绝的情感联系。他的罪行…… 甚至不知道…… 很难准确表述…… 他既是父亲也是罪犯，他和那些…… 不，不是这样……”

理查德的双唇哆嗦了一下。

他满脸苦笑。

冯·席拉赫不知何故紧张地抽动了一下手，仰起了头。

他哭了吗？

这一切太出人意料，太不可思议了。

理查德被太阳晒得睁不开眼，他低下了头。

我觉得，他有点不好意思。

冯·席拉赫对我说他需要停一下，歇口气。

摄像机关掉了。过了几分钟，他高兴地对我说选择在宫廷花园拍摄太好了，在如此炎热的天气下，慕尼黑没有几个地方能让人顺畅地呼吸。我看着他，试图理解他为什么会突然变得这么激动。

难道说，他确实爱自己的父亲？

从另一方面讲，为什么不呢？

但是为什么他有如此强烈的虚荣心？自我保护吗？为什么他如此喜欢谈论自己的痛苦遭遇呢？

“我们往里走，去英国花园那边吧，那里更加阴凉。”理查德一边说一边调皮地向我使了个眼色，“我指给你看点东西。你会喜欢的。”

我应该喜欢的东西位于宫廷花园的北边，那里有在太阳下晒得发热的小云母石、理查德的白发和蓬松的绿叶。我们停留在太阳晒不到的浓密的树荫下，冯·席拉赫神秘地笑着。在谢尔盖和摄影师惊讶的目光注视下，他拉着我的手拖着我跟在他后面走。理查德满是汗珠的脸上露出了激动的表情，他的双眼荡漾着喜悦。他就像小男孩拉着母亲，想要给她看自己在墙上画的小马和小猫是多么的可爱一样。

“看它！看它！在树的后面。就是它，俄罗斯人，快看！”理查德终于放开了我出汗的手掌，把手伸进了那个破旧的皮包里，“请稍等一下！”

他从皮包里拿出眼镜戴上，在我面前便出现了一只大眼睛的“猫头鹰”。冯·席拉赫第一次向我展示了他真实可爱的一面。

“现在，请闭上眼睛。”

他又一次拉住我的手。

“跟着我向前走，还有几步，还剩一步。就是这儿。睁开眼吧！”

在我眼前出现了某人的青铜裤子。我仰起头，看到那是一个人的雕像，那人站在不大的底座上，眼睛望向一边。

“这是俄罗斯人，俄罗斯人！看，久切夫。”

“什么？”

“丘得哲夫。”

理查德费尽全力试图读出底座上的铭文。我看了一眼读道：“费多尔·丘特切夫。”

“丘特切夫。”冯·席拉赫跟着我读道，他用手指着双唇清楚地又重复了一次：“丘特切夫。”

理查德直勾勾地盯着我，我想他在等待什么。

“理查德！”我高兴地叫了起来，仿佛亲眼在宫廷花园见到了已故的诗人，“费多尔·丘特切夫！这真是奇迹！”

理查德张开双臂友好地和我拥抱。拥抱着虚胖和因出汗散发着热气的理查德，我想，他可能会经常和我进行如此的交际性接触。有趣的是，他和所有身边的女人都这样吗？不，冯·席拉赫没有越过任何界限，或许这是因为从小缺乏与父母的接触的缘故。他在1942年出生，没有人给他纳粹德国时期的财富，也没有什么东西能让他了解到自己家族过去富裕的生活，因此他不得不在寄宿学校度过自己的童年。

理查德松开了双臂，我终于可以顺畅地呼吸了。我询问了理查德对俄罗斯人的看法。

“非常好！”他说，“俄国文学是世界上最伟大的。上小学的时候，出于一个少年的好奇心我读了第一本俄罗斯文学作品，纳博科夫的《洛丽塔》。这本小说那样令我着迷，以至于我没能读太多的德国文学作品，因为它和俄国文学完全不是一个水准的。就这样，我成为纳博科夫的粉丝。我父亲在监狱里和被释放后也读了许多俄国文学作品。这又回到了那个问题，监狱是认识和理解自己的地方。他也敦促我阅读，让我看肖洛霍夫的《静静的顿河》，还有屠格涅夫和托尔斯泰的所有作品。”

“猫头鹰”理查德摘下眼镜，把它放进了眼镜盒里。

我对他是怎么看待其他俄罗斯人的很感兴趣，要知道苏联红军差点杀死了他父亲，在施潘道监狱，苏联看守是最严厉和最不随和的……

席拉赫看了一眼丘特切夫和我，然后深呼了一口气。

“其他的俄罗斯人……大概我父亲的确是以很复杂的心态来对待俄罗斯人。比如，俄方的控诉人鲁杰科将军试图将卡廷惨案的责任推到德国人身上，虽然所有人都清楚地知道那是俄国人一手造成的，而不是德国人。我和俄罗斯人的交流仅局限于监狱、监狱的官员。我父亲十分尊敬他们中的几个人。我去监狱看他的时候，他劝诫我：‘不要说马尔丁诺夫的坏话，他帮了我很多。’”

> 1957年4月6日，冯克生病了，席拉赫没有了可交谈的人。早晨他和福明一起在圆形的花坛里种下红色和白色的羽扇豆，想让它们的花长成苏联红星的样子。我问坐在护院对面角落的赫斯：“你怎么看？你的纳粹青年头目用红星装饰花坛。”赫斯只是笑了笑，什么也没说。①

“理查德，”我向他讲述了阿尔伯特·施佩尔回忆录中的这个片段后询问他，“你不觉得这已经不是断裂而是扭转了吗？巴尔杜尔·冯·席拉赫，苏联红星……”

---

① Шпеер. Шпандау. С. 358.
施佩尔：《施潘道监狱》，第358页。

“不，不。”理查德开始摇头，“不，我觉得这不是你所理解的‘扭转’‘断裂’。当父亲出狱后，他明白整个世界都瞧不起他，他怀念过去的生活，怀念希特勒、第三帝国和所有其他的。”

“但是他似乎也悔过过，也曾放弃了对希特勒和第三帝国的信念。”

“不，他仍旧停留在纳粹时期，停留在希特勒以及他的信念中。”

我在距离理查德一米远的草地上坐了下来，背对着丘特切夫。冯·席拉赫吃惊地低头从头到脚打量着我，他的眼中闪现出了一丝丝的慈爱。我相信，他对我的不拘小节感到很高兴。

“我想要再谈一下施佩尔日记里的一句话。你能不能帮我解释一下?”

冯·席拉赫点了下头。

“皮斯给赫斯和我带来了家人的圣诞礼物。席拉赫什么也没收到。11月的时候他故意为难大家，给家里写信说今年不需要任何礼物。现在他承认自己也被吓到了，他担心孩子们曲解了他的话。”①

“您不觉得这……怎么说呢……有些残酷?”

“我不记得这些。”理查德打断了我说道，“我不记得了。”

奇怪的是，当回想起怎么到监狱里看望父亲、如何忧伤地抽噎，理查德差点没有大哭起来。现在却突然说“不记得这些”。他肯定记得，很显然，他那时不可能什么也不明白。20年的书信往来，思念父亲的痛苦，孤身一人在寄宿学校的孤独，还有理查德无意中说出的那句话“我经历了很多次失败，也蒙受了巨大的损失”。我大声说出了这句话。冯·席拉赫困惑地看着我，张大了嘴。我补充道：

“当您说这些的时候，您指的是什么?”

“我这样说过吗?”理查德似乎真的很吃惊，“当然，我可能这么说过，但是大概我指的是童年给我一生留下的影响。要知道，我在寄宿学校里长大，不管别人待我多么好，我还是感到孤独。我和自己做斗争，

---

① Шпеер. Шпандау. С. 414.
施佩尔：《施潘道监狱》，第414页。

学会如何与他人相处，我想我应该大声还是小声说话，应该开玩笑还是装作愚蠢。后来我决定，说周围人乐意听的东西。我习惯了这样。我无法真正成就一番事业，集体一词完全与我无缘，虽然我也有自己的小团体。我不知道怎么向盘腿坐在我面前的你解释，解释什么是不断地逆风而行、忙忙碌碌，一切全靠自己。这绝不像真正的美国式英雄那样无所不能，这些琐事常常发生在普通人身上……”

“您有着不同寻常的姓氏。”

“有着不同寻常的姓氏。”理查德点了点头，向我伸出了手把我拉了起来，“让我带你去看看海涅的纪念碑吧，就在那儿，丘特切夫的旁边。我很珍视这座海涅的纪念碑。首先，我是研究日耳曼学的；其次，我母亲曾经请求过我们，如果有了钱，就去资助修复这座纪念碑。她非常喜欢海涅和伏尔泰。”

我的上帝，我还以为这是谁的家族墓室。实际上，这就是个石墓，在靠近青铜墓碑的青铜凳子上坐着一个青铜女像。我们不能进入墓地，前面没有墙壁阻挡，但是有和监狱里一样的那种铁栅栏。纪念碑上刻着“诗人缪斯”的碑铭。

摄像师受谢尔盖指派扛着摄像机隐藏在灌木丛的后面拍摄冯·席拉赫如何走近墓室。他肥胖的手指紧紧地抓着铁栅栏。我觉得他不是在看诗人缪斯，而是在看自己的父亲。在他孤独无助的童年时期，父亲是他生命中的一切，是缪斯，是希望，是遥不可及的梦想，是未来，更是他所畅想的一切。幼小的理查德给囚徒父亲虚构了一个智者的形象，智慧包含在巴尔杜尔推荐他读的那些书里。在那些书中囚徒永远都是受难者、哲学家，没有一个人是罪犯。

我们跟着他沿着小路走着，离开了从远处骄傲地看着我们的丘特切夫，走向淹没在绿叶丛中的海涅的隐喻像——缪斯囚徒。走了 20 米左右，我发现繁茂的绿叶间的长凳上睡着一个流浪汉。席拉赫和我同时看到了他，朝他点了点头，为了不吵醒睡觉的人，席拉赫放低了声音说：“他和我有什么区别吗？”

矫情。不知为何我想到了巴尔杜尔·冯·席拉赫的墓志铭“我是你们中的一员”，是的，当然。

冯·席拉赫俯身看了看睡着的人，低声确认道：“他在睡觉！看他睡得多甜！”我们离开了流浪汉睡觉的地方，席拉赫突然向我读起了海涅的诗《夜思》，小声地，但是充满了感情。

夜里想起德意志，
我总是不能入眠，
热泪滚滚往下流，
我再也没法合眼。

冬去春来，年复一年！
自从不见我的母亲，
已逝去二十个年头，
我却对她更加想念。

我的思念与日俱增，
这老妈妈让我迷恋，
我时刻牵挂着她，这位老妈妈，
愿上帝对她垂怜！

这老妈妈深爱着我，
我从她写的信看出，
她的手啊如何战栗，
她那慈母心剧烈震颤。

母亲永远占据我的心，
十二个年头一去不复返，

漫长的十二年逝去了，
我再没能拥她在胸前。

德意志是个坚强的国家，
将万古长存，永远健康，
还有它的橡树它的菩提，
我总有一天会再看见。

我不会热切思念德意志，
要不是母亲生活在那边，
祖国永远不会毁灭，
母亲永远不会离开人间。

自从我离开了祖国，
那儿有许多人进了墓园，
我深爱的人啊，如果叫我数，
我的心将把热血流干。

可我必须数，
越数我越感到痛苦难耐，
好似许多尸体压着我胸口，
感谢上帝，他们终于退开！

感谢上帝，从我窗口射进来
法兰西明亮和煦的阳光！
我美如清晨的妻子走到床前，

用微笑驱散了德意志的忧伤。①

当时我还不明白理查德为什么会这么做。我想，虽然理查德读这首关于母亲的诗的时候是那么的忧郁，但归根结底他还是很喜欢这个纪念碑的。现在我才明白，这不是关于母亲的诗。所有的忧愁、书信、德国和它的椴树在1945年之后就复苏了，这是理查德的生平在海涅诗行中的体现。但当时我没有执意询问理查德一些他不能立刻回答出的深奥问题，只问了一些简单肤浅的问题。理查德靠着长凳坐了一会儿，听着我关于他母亲的提问。

“你想了解我的母亲？想知道她的什么呢？”

“当您的父亲被关进施潘道监狱后，在她身上发生了什么事？”

“被拘捕和审讯，不断地被拘捕和审讯。她被关进了拘留所，直到1947年才释放。”

“她去看过您的父亲吗？”

“1947年之前去过。”

“为什么会这样？”

“因为……所有人都背叛了他。希特勒、德国，还有母亲，这大概是不可原谅的。我们四个孩子得到的最坏的消息是母亲打算在1947年和父亲离婚。我们是从报纸上得知这个消息的。母亲允许报纸引用自己私人信件中的内容。这是不对的，我们所有人都责怪她。当然，父亲也认为这是母亲对他的背叛，因为施潘道监狱里所有犯人的妻子都没有和丈夫离婚，都在忠诚地等着丈夫，但是母亲已经有了另一个男人。似乎也很难去指责她，她需要找一个依靠，但不应该那么大张旗鼓，不应该搞得尽人皆知。”

---

① Гейне Г. Ночные мысли // Собрание сочинений в 10 томах. М.: Государственное издательство художественной литературы, 1957. Т. 2. С. 122 – 124.
海因里希·海涅：《夜思》，莫斯科：国家艺术出版社，1957年，第二卷，第122—124页。诗歌译者杨武能。

根丽埃塔·冯·席拉赫写给狱中丈夫的信对巴尔杜尔来说犹如晴天霹雳。不，他没有因此而死，也没有被彻底摧垮，他只是再一次确信只有诗歌和文学对他来说才是最崇高、最重要的。他认为，允许把这样的信件内容刊登在报纸上，把私生活公之于世，并不是什么好的举措。理查德的父亲撕碎了和孩子们的照片一样带在身上的孩子母亲的照片。那到底是一封什么样的信能让人们像听到甜蜜的谣言一样津津乐道呢?

你曾经问过自己这个问题吗? 你问过我们怎么活下去吗? 有没有哪怕一次坐在牢房里，不再去研究哲学、拉丁语、法语，不再写诗，而来思考如何改变我们在历史中的地位? 有没有哪怕一次真正地睁开眼睛看看周围的现实世界，考虑一下怎样才能养活自己的妻子和孩子们?

你把自己和外界完全隔离了起来，你飘在云端，从我们结婚那天开始你几乎一贯如此。①

如果上一部分是写给巴尔杜尔的，那么接下来的部分则是写给所有能看到这封信的读者们的。我们仔细看看这一部分：

还记得1943年的那一天，我在阿姆斯特丹拜访了朋友后来到贝希特斯加登，我带来了一本《生活》杂志，那是我回程经过里斯本的时候买的。我给希特勒看了这本杂志，你知道的，他几乎从来不看外国的出版物。我向他指出了杂志上的一篇关于战争的文章，告诉他战争的残酷性。你记得发生了什么吗? 那时你在自己的房间里。希特勒怒气冲冲地说："你们应该学会仇恨。你们都太感情用事了。"我感觉自己激怒了希特勒，所以准备离开，马丁·鲍曼为了安抚他的情绪，用唱片机放起

① Фишман Д. Семь узников Шпандау. Смоленск: Русич, 2001. С. 264–265.
费什曼:《施潘道监狱七个囚徒》，斯摩林斯克：鲁西奇出版社，2001年，第264—265页。

了音乐。我走到楼梯间，听到了瓦格纳的《诸神的黄昏》。我突然明白了，我刚刚离开了你所在的圈子，你们注定是要失败的。①

是的，是的。信的主要内容是根丽埃塔向所有人说明她是谁，说明她一直是一个局外人，什么都不知道，然而她却预言了众神的黄昏。信的这一段把读者带入了那段故事，根丽埃塔从被占领的荷兰回来，她指责了希特勒，偶然成为清洗犹太人的见证者，她觉得纳粹十分残忍。在她的回忆录中（她写了几本书，艺术价值和真实性都不太高）她详细地描写了她怎样同希特勒争辩，希特勒因为她替犹太人辩护如何迁怒于她。这是真实的吗？这个故事如果不是虚构就是她有意夸大。1943 年希特勒在伯格霍夫山庄就已经对冯·席拉赫夫妇很冷漠了，巴尔杜尔·冯·席拉赫本人 1946 年在纽伦堡向监狱的精神病医生莱昂·戈尔登松说起过这个情况，这件事发生在根丽埃塔给他写信的前一年。很明显，根丽埃塔给丈夫的信中对此事的解释，与巴尔杜尔对此事的说明以及她多年后书里所写的内容都有些不同。

他说，1943 年，他曾和自己的妻子去希特勒在贝希特斯加登的家中做客几天。希特勒的作息时间与别人完全不同，因此他们无法长期住在那里，于是他们两人不得不以照顾孩子为借口提前离开。巴尔杜尔说，那次他的妻子对他说，她觉得希特勒已经疯了……那里有很多其他客人，客人们都要严格遵守希特勒日程表上的进食时间，而希特勒的日程表却变化无常。比如，希特勒在下午 3 点吃早餐，晚上 8 点吃午餐，而晚餐常常在午夜……吃饭的时候希特勒有时不说话，有时却高谈阔论，绝不允许客人们插话……席拉赫说他的妻子很坦率，喜欢率性

---

① Фишман Д. Семь узников Шпандау. Смоленск: Русич, 2001. С. 264－265.
费什曼：《施潘道监狱七个囚徒》，斯摩林斯克：鲁西奇出版社，2001 年，第 264—265 页。

而为，随意表达自己的观点。但即便这样，她对希特勒也什么都没说。①

我忍不住再举出这个故事的另一个版本，此版本是心理学家古斯塔夫·吉尔伯特描述的。巴尔杜尔在纽伦堡审判时对他说：

我妻子想向希特勒表示一下关心，不知道这是否算奉承，希特勒听了我妻子的话后什么话也没说。我也向他问了一个问题，我想知道被驱逐出境的犹太人会有什么样的结果。他突然愤怒地咒骂我，我已经毫不怀疑等待我的是不可避免的拘捕。从那时起我在希特勒面前失宠了。②

还有一段说明会让你们明白传奇是如何制造的。这是阿尔伯特·施佩尔在施潘道监狱监禁的20年间写的日记中所记载的。在1957年的一篇日记中他写道：

我们开始讨论这件事，我们两个都在纳粹覆灭之前就失宠了。席拉赫是在1943年上半年伯格霍夫做客之后，无所顾忌地表达了自己对迫害犹太人的不同看法……”③

显然，巴尔杜尔·冯·席拉赫就是这样告诉施佩尔的。

看来，很难确定冯·席拉赫和根丽埃塔是谁对希特勒表示了反对，

---

① Голденсон. Интервью. С. 368.
戈尔登松：《纽伦堡访谈录》，第368页。

② Гилберт. Дневник. С. 31.
吉尔伯特：《纽伦堡日记》，第31页。

③ Шпеер. Шпандау. С. 362.
施佩尔：《施潘道监狱》，第362页。

并且替人们辩护，也有可能谁也没为别人辩护。事实就是事实。替犹太人说情这件事与冯·席拉赫扯不上任何关系。

回到根丽埃塔写给在施潘道监狱里的丈夫的信的结尾：

> 后来，纳粹德国灭亡时，我期待你能请求我和你一起服毒自尽，就像戈培尔和自己的妻子与孩子们那样。你回答说："我不能够自杀。我要先弄清自己在历史上的地位和我从事的事业的意义……"和过去一样，你不愿意面对事实。如果我当时服了毒，我就可以摆脱这种超乎寻常的痛苦，不用拼命为了自己和孩子们的生活而奔波。我已经多次向你说出了自己的感受，你总是不愿意正视它们，就像对待令你不愉快的朋友一样……我决定马上与你离婚。①

我想起了一个和信有关的故事。那是理查德在宫廷花园的戴安娜亭子旁边的某个地方讲述的："当时我 11 岁，我想见我的父亲。当我进入施潘道监狱时，俄国的监狱主管陪着我。他试图和我用德语闲谈，想用这种方式让我感觉这里不是一个死气沉沉的监狱。实际上，这个监狱由四个国家控制，他们互相牵制。总之，在和父亲会面之后，我回到了寄宿学校，给母亲写了信。离婚之后他们再也没有见过面。在信中，我告诉母亲我在会面时得知的监狱里的一切。令我震惊的是，过了两周我在一期杂志上看到了我写给母亲的信。我很长时间都不能原谅她辜负了我的信任。这简直就是出卖！直至今日我还没有忘记自己的委屈，在给父亲的信里我再也没有提及过母亲，他们离婚后我们谁也没有提起过她，父亲还撕碎了她的照片。不能与父亲交谈的话题原则上很多，首先是因为信件会经过审查，其次，父亲也不愿意和我们谈纳粹德国、希特勒和罪责等。"

---

① Фишман Д. Семь узников Шпандау. Смоленск: Русич, 2001. С. 265.
费什曼：《施潘道监狱七个囚徒》，斯摩林斯克：鲁西奇出版社，2001 年，第 265 页。

理查德舒服地坐在长凳上，用手蹭着脸，好像要把脸上的皮肤拉紧成热牛奶的奶皮一样。

“回到离婚的话题。”我继续对他说，“您的母亲离婚后做什么？”

“继续活着。”他冷漠地说。

我需要详尽的回答。

“您知道吗？根据《小艾达》里的描述，神仙巴尔德尔的妻子在得知自己亲爱的丈夫留在了死亡之国的消息后悲痛而死。”我问他。

理查德痛苦地哼哼了一声：

“有时我觉得他们所有人，父亲、母亲、外祖父都和希特勒一起留在了死亡之国。”

“但是如果您母亲开始过上了正常的生活，找到了新的爱人，那就表明她热爱生活。”

“大概是吧。”理查德犹豫不决地赞同道，“但是希特勒和纳粹德国对她来说还是最美好的回忆。原因不在于纳粹主义，而在于她那时很年轻，无忧无虑。但从纳粹德国灭亡的那一刻起她就是有罪的（应该说，她从来没有公开否认过），她还有四个孩子，她必须挣钱来养活他们。”

“她的丈夫唯一为她做的就是给她写着充满诗情画意的信，探讨自己的命运和历史地位。”

冯·席拉赫沉默了。

1948 年，巴尔杜尔·冯·席拉赫显然在思考自己被释放后应该如何才能生存下去，因为他突然对希特勒的收入十分感兴趣。

今天在玻璃温室里，席拉赫再一次问我希特勒从哪里给自己的私人基金会弄来那么大一笔钱，《我的奋斗》的收入是否能解决他的庞大花销。我们一起计算了他的总收入，他的收入无论如何也抵不掉他的花销。那时我就想到了邮票，这是希特勒的摄影师霍夫曼发现的一个商机，他建议希特勒向所有使用他肖像邮票的人收取肖像税，希特勒毫不犹疑地采纳了这个建议。①

1952年，一号囚犯巴尔杜尔·冯·席拉赫度过了不到一半的刑期，他再也用不着去考虑别人的钱了，他被告知成了一个百万富翁。是的，被没收了财产的维也纳总督收到了过世的美国亲戚的财产，它们被兑换成了美国铁路公司的证券，其中有诺里斯机车的。一半的财产被巴尔杜尔的亲妹妹洛扎琳达继承。现在冯·席拉赫是个令人羡慕的单身汉。1965年，出狱的前一年，不再年轻的巴尔杜尔由于视网膜脱落住进了医院接受治疗，结果，他的一只眼睛失明了。他从医院回来后，向狱友们讲了很多，说他住在豪华的病房里，可以根据菜单随意点食物，一个奥地利伯爵夫人送给他一束鲜花和一张向他求婚的字条，常开着奔驰跑车来看他。

晚上皮斯对他的讲述稍微做了纠正：

"你们都很熟悉席拉赫。当然了，他住在最普通的病房里，接待室里有警察看着，并没有什么开奔驰的女士，她开的是'菲亚特米老鼠'。"②

我问理查德是如何得到父亲的遗产的，这对他们这些孩子来说够吗？

席拉赫清了清嗓子惊慌失措地看着我。

"你真的不知道吗？"他惊讶地说道。

"我一无所知……"

"可能，给了最好的人。"他支吾着回答，但是嗓音里没有一丝的忧愁，"我什么也没有得到，也不想再回到这个话题上面。说到我的母亲，当她知道父亲发财了，就尝试通过我哥哥和父亲联系，向他要钱来供孩

---

① Фишман Д. Семь узников Шпандау. Смоленск：Русич，2001. С. 124.
费什曼：《施潘道监狱七个囚徒》，斯摩林斯克：鲁西奇出版社，2001年，第124页。

② Фишман Д. Семь узников Шпандау. Смоленск：Русич，2001. С. 489.
费什曼：《施潘道监狱七个囚徒》，斯摩林斯克：鲁西奇出版社，2001年，第489页。

子们上学，摆脱贫困。父亲客气地暗示母亲他不会给她任何钱。难道她忘记自己已经和他离婚了吗？况且孩子们在信上从来也没有写过他们忍饥挨饿（可以认为他不知道）之类的话。最重要的是，他坚信根丽埃塔会把钱花到自己和自己的情人身上，而完全不会给我们。这太愚蠢了。无论如何母亲仍旧爱着我们，可她永远也得不到父亲的钱。总之，她的尝试失败了。之后我的姐姐安杰利卡像往常一样去监狱会见父亲，她向父亲要钱，说我们都过着非常贫困的生活。父亲又和她聊了音乐、文学和画，因为安杰利卡擅长绘画，到最后父亲也没提钱的事。显而易见，这就是直接的拒绝。后来，照顾孩子们的事情落到了姑姑洛扎琳达的身上，她也继承了部分财产。但是，这不是该给我们的钱。她也有自己的生活，她有四个未成年的孩子、母亲和一堆情人……"

"我想知道你是怎么看的呢？这件事影响到你对父亲的态度了吗？"

他耸了耸肩说：

"我们那时候能明白多少。我们小时候过得如此贫穷，之后的所有事对我们来说都比之前要好得多。另一方面，我们也认为母亲不应该把父亲置于如此困难的境地，自己去过另一种生活。后来她做了积极的努力试图将父亲弄出监狱，她向不同国家的政府请求，向他们写了信。父亲却从来没说过这件事，他认为母亲为自己辩解，是为了得到他的钱。"

"她什么时候离开的？"我问。

"1947 年。"

"不，我不是问她什么时候离开您，而是她什么时候离开人世。"

"啊！"理查德好像振奋了起来，"90 年代初。"

"具体时间呢？"

"1992 年。"

我换了个更加舒服的方式坐在理查德身边的长凳上，终于问了他关于他父亲出狱的问题。理查德眨了眨眼睛，沉重地叹了一口气：

"你能想象我们这些孩子们的感受吗？期盼已久的那一天就要到来了，父亲出狱当然不是一件平常的事。根据监狱的规定，他应该在午夜被释放，零点的时候打开监狱大门，一分钟也不能早。这一刻我们等待了20年。通常，期待已久的事情即将来临时，人们都会赋予它一定的个人希望。似乎只要父亲一回家，所有的问题都会迎刃而解，一切都会立刻改变。这是多么深的误解呀！期望越大，失望就越大。”

“失望?”

“我甚至在梦里都看到了施潘道监狱的大门，想象大门是如何被打开的。”理查德带着些许夸张说道。席拉赫的眼睛微微湿润，但是不知为何对我来说已经没有之前那几次让我揪心。我想起形单影只的尼克拉斯·弗兰克在细雨中沿着纽伦堡监狱的外墙徘徊；想起伊丽莎白·戈林的双眼透视着自己内心的深处，在利马咖啡厅里唱着歌，像在某个非常遥远的地方，在黑白的世界里，在模糊的迷雾中……

我不否认，浮起的薄雾把我从狂癫中，从周围稀奇古怪的事件中拯救了出来。我经常会在不便抒发感情的地方表达自己的感受，当需要相信谈话者所说的一切的时候，我又变得相当多疑，谈话者会拉着我的手，带我去许多其他人不知道的地方，我会搞乱重点，错过重要的细节，专注于我个人认为重要的地方。我本人也不是那么的公正不阿。

冯·席拉赫双手抱在胸前，看了看我突然说道：

“今天很热，是吗?”

他的问题使我有些诧异和沮丧。

“非常热!”我一边说着，一边试图将理查德拉回到1966年9月30日，“当施潘道监狱大门打开，您父亲坐在两辆黑色轿车的其中一辆上，从施潘道监狱大门出来，那天是什么天气?”

“那天很暖和，或许不是。我不记得了。”他说着抱歉地看了看我，“想象一下，当你看着你从来没有拥抱过的那个人时是什么感受。要知道，在此之前我一次也没有触碰过我的父亲，更不要说拥抱他了。那是第一次，非常不习惯，也极不寻常。从监狱出来的过程就像一场梦一样：父亲和三个儿子——克劳斯、罗伯特还有我，我们坐在旅馆里抽着烟，喝着香槟酒，试图搞得像过节一样。”

“但是？”我预感这是一个戏剧性的收场，理查德变得通红的脸预示了结局。

“但是这既不是事实，也不是一个单一的场景。但是它只是一个过程。在那一刻我们回到了现实，回到了日常的生活。给父亲的信、几次短暂的会面所构建的世界是虚构的和脆弱的。在我们的信里流露出的小提琴声，就像和谐的四重奏（四个孩子都给他写了信），所有这些音调，全部都只是练习，学了整整20年。但是对现实生活来讲无济于事。

“渐渐地我感到越来越失望。我发现父亲对我完全不感兴趣。如果从他对待孩子们的态度看，我觉得他是一个彻底的利已主义者。要知道，我们为他付出了很多。我们没有放弃他，我们一直爱着他，不断地给他写信，向他提问，也只有我们去监狱看他。但是不知什么时候我突然发现，他甚至不问我在哪里上学，这些年我是怎么过的，哪怕只是一句‘你怎么样？’我从没有听到过这些问题。那时他可能有些混乱，需要时间来适应。最初的失望就是他对我们缺乏任何兴趣。我们不知道这意味着什么，我们过去从来没有遇到过这种事。但这是可以理解的，很少有人孤零零地在监狱服刑20年。他们每个人都有自己的命运，甚至有的人在监禁中被摧垮了。我们发现了许多不寻常的事，比如，父亲很难适应现实的生活，他试着用剪刀剪开药片的铝箔包装，我们都知道可以用手指将药片挤压出来。当我看到这些后就敏锐地意识到，所有这些他都不知道，他错过了人生中的很大一部分。他没有看到城市是怎么重建起来的，他不知道电话，没见过传真机，更不知道传真是什么。或许我们对他要求太多了，他可以像普通人一样和我们说话，可以从报纸上获得所有信息，他只是没有接触过许多现实生活中的东西而已。我们感觉到可能我们这样对待他是不对的。但遗憾的是，没有如何对待出狱者的指南。而且我明白，这里面没有同情，有的只是冷漠。”

“理查德，您刚才说的是‘最初的失望’，那最终的失望是什么？”

他用和他父亲一样的双唇苦笑了一下说：

“主要的疏远我的信号是，父亲写了回忆录并且要我读一下，他可能希望我能帮他修改。简而言之，就是让我以某种方式参与一下他的写作，不管怎样我的工作和文学有些关系，但是我说我不会看他的回忆录，我也不想看，已经看够了。20 年来一直看着父亲，现在我终于自由了，我打算和朋友一起去意大利。这一下子刺激了他。你应该明白，只有这样我才能自由，才能摆脱笼罩着我整个童年和青年的父亲的影子。我终于能够自由了，不用听到那句亘古不变的话'你写好信了吗？还没有？那快去写吧！'我记得那是多么的让我感到压抑。有一次我倔强地决定不再给监狱里的父亲写信，这使我内心感到非常的内疚，我仅仅坚持了三周，就这样他摧垮了我……"

怜悯充满了我的胸腔，使我不能呼吸。这不是对理查德的怜悯。不管这有多么奇怪、愚蠢，我还是对他的父亲表示同情。不，不是对作为纳粹战犯的冯·席拉赫，而是对有着"巴尔杜尔"这个可笑名字的老人，我因为好玩甚至给我的新毛绒小熊起了这个名字。我同情他，他忠心耿耿，他助长了战争，他按照自己的理解创建了一套秩序。他应该服毒自杀或者逃去美国。对他这样的理想主义者（甚至还是纳粹的怪物）最大的惩罚就是看到所有理想的破灭，不仅仅只是他的政治理想。我毫不怀疑，巴尔杜尔和自己的孩子们都有着共同的记忆。他出狱两年后竟然和他们全闹翻了，理查德根本不想谈论他。我认为巴尔杜尔的故事比北欧神话里的巴尔德尔要复杂得多，神话里狡诈的洛基伪装成了女巨人索克，而在这里，在现实中索克以许多不同的人的面貌出现，从希特勒到巴尔杜尔的小儿子理查德。

另一方面，能不能因为理查德不想读他父亲关于希特勒的回忆录、关于理查德如何成为一个父母健在的孤儿就谴责他？不，大概不能。但是我突然强烈地感觉到，坐在我对面的是另一个复制版的巴尔杜尔·冯·席拉赫。

理查德冷漠地对待他的父亲，不是因为他的残忍和报复心强。

施潘道监狱大门外的现实世界摧毁了薄薄的信纸上清秀的花体字母，那是理查德和父亲多年的通信。信纸上包含的不是感情，而只是字母，是无意义的字母组合，它们背后没有更多深层的含义，只是组合成了受父亲和儿子尊敬的歌德、纳博科夫等许多人的名字。

理查德有意避而不谈为什么巴尔杜尔渐渐地不再和自己的家人联系，离开了他们，去了他曾经的副官弗里茨·维斯霍费尔那里生活，他的儿子罗伯特后来还娶了弗里茨的亲戚。之后怎么样了？为什么巴尔杜尔不再住在维斯霍费尔那里，而是搬去了小镇科列夫？他住在旅馆里并且允许年老的女主人拿他取乐，女主人在很多年前是德国少女联盟的成员。她同情巴尔杜尔，一次又一次用自己的哀怨回忆把他带回到了第三帝国时期。

> 六十七岁的巴尔杜尔·冯·席拉赫，纳粹青年团头目，曾经夸下海口说，以后每一个德国的婴儿在襁褓里就会说“希特勒万岁”，他于周四死在乡下的旅馆。
>
> 席拉赫在睡梦中，在有着摩泽尔河谷最好的葡萄园的科列夫镇里的蒙特列尔旅馆中过世。旅馆的主人说，席拉赫已经约八周时间卧床不起，因为他不小心在房间里摔倒，摔伤了自己。①

理查德在送给我的书上签了名。他写一手非常漂亮的汉字。他一边喘着粗气，一边向外探着舌头，继续一笔一画地写着汉字。我看到他用汉字写了我的名字，并且给我写了许多好听的话。

我们谈了很久，准备道别。理查德得到了酬金，他脸红了，不知是因为不好意思，还是由于喜悦。他邀请我去博物馆参观几分钟，博物馆就坐落在建造于神圣罗马帝国时期的建筑中。

“那里曾经举行过我外祖父海因里希·霍夫曼策划的几场展览。顺便说一下，他因此得到了教授头衔。但是这不是最重要的。”冯·席拉

---

① Цит. По: European Stars and Stripes, August 9, 1974.
引文出自：《欧洲星旗报》，1974 年 8 月 9 日。

赫说。

他穿过两扇敞开在巨大方形黑色立柱之间的厚重的门，我跟随他走了进去。宽敞的大厅镇住了我，让我瞬间觉得自己像是《格列佛游记》里小人国的居民。

“来这里。”理查德喊了一声，“看那个板子。”

在铁墙上用突起的字刻着一些词。原来是一些名称。我突然明白了这是：

Siemens（西门子）

BMW（宝马）

Hugo Boss（雨果博斯）

Volkswagen（大众）

……

“他们都为纳粹服务过。”我小声对理查德说道。

他点头回应。

“我应该……”他的呼吸在如此巨大的建筑物的凉爽的空气中吹热了我的耳朵，“我应该给你看一张照片，它就挂在那面墙上。”

我仔细看了看，照片里的那个人双手相扣放在身前，像一个被主人的鞋吸引的淘气的猫一样双膝跪地。

“那是希特勒的蜡像。”冯·席拉赫说，“很遗憾它已经不见了，但是照片留下来了。希特勒跪着。啊，这太对了。希特勒跪着!”

不知道理查德说的那个“对”指什么，是什么使他如此喜悦，我不明白。最终，可以认为他觉得希特勒是个毒瘤。但那不是真正的希特勒，跪着的希特勒是理查德想要看到的样子，是他想给他父亲看的样子。照片展现在他眼前，于是他可以对父亲说：“不要再做作地弯起手臂，也不要再用崇高的语体说话。那就是他，你心目中的英雄，你一生的挚爱!由于这个小人物，由于他，我不得不过了艰难的20年，而我总能从你嘴里听到‘元首’‘元首’‘元首’!你在任何场合都在说他的名字，即使在骂人的时候，你也不断地说出他的名字。”

很幸运，理查德并没有这样做，我感到轻松了一些。我认为他们父子一生中从来就没有正常地交流过一次。现在终于能够明白为什么了。无论是他还是他的父亲都不善于交谈，他们在交谈中舍弃了多余的不必要的语句，舍弃了话语背后的感情。他们感受着、爱着，也经历了太多的痛苦。儿子活在书中和别人的命运中，而父亲则活在纳粹德国的幻影中。他们只是不能够互相体谅而已。

理查德爱的不是父亲，而是自己那20年所遭受的痛苦，这是他难以丢弃的人生片段。我不知道，理查德为什么向我讲述下面的这些话。

"你知道吗？在和我见面之前父亲给姑姑写了封信。姑姑本应该在1953年的时候陪我去见父亲第一面，但他完全也可以阻止我们的这次会面，最好是以此来锻炼我们的意志，让我们不去更多地面对自己的痛苦，那么一切就将会对我们大有益处。他在给姑姑的信中写道，我的几个孩子应该亲眼看到和理解与父亲息息相关的伟大的命运的成功和不成功。他还向她这样说'如果我的孩子不能亲眼看到我，他们不会对我产生正确的印象。我希望他们认为我是一个浪漫主义的英雄，而不是伤心懊悔、承认自己的错误的人，就像我现在的样子。"

"什么样子？"

"我是你们中的一员。"我再一次想起了巴尔杜尔的墓志铭。即使在死后他也继续胡说八道。

和理查德告别的时候，我觉得我要中暑了。我应该待在某个阴凉的地方，哪怕在宫廷花园也好，最好能洗个冷水澡。

"好了。"我对看起来也十分疲惫的谢尔盖说，"回酒店？"

"开拔。"布拉维尔曼小声说。

"你们能不能……今晚……和我……一起用餐？"理查德追上来气喘吁吁地说，"明天我……能不能邀请你去绘画陈列馆，我觉得……你们应该想去的。工作已经结束了……"

冯·席拉赫没有理睬谢尔盖和摄影师，冲我说道。

我看了看布拉维尔曼。

他忍着笑。

我看着脸红的理查德。

“我们在慕尼黑逛逛。”冯·席拉赫说，“如果你还有什么问题想问，我愿意在私人交谈时回答你……但不是你提的所有的问题……”

“他显然还想教你中文呢。”摄像师用俄语说道。

布拉维尔曼又哼哼了一声。

“我带你去看一家希特勒酒馆吧，这家酒馆很少有人知道……”

“理查德……”我感到我的脸发烫，我不相信什么希特勒酒馆。大概，我已经听够了。

“我还想邀请你去一家非常好的餐厅，就在音乐厅广场旁边。”

冯·席拉赫像小孩子一样左右脚交叉站着：

“我会带克劳斯的妻子去，你和谢尔盖一起来吧。再说克劳斯的妻子会说俄语，我们都会过得很愉快。”

“答应吧!”理查德轻声说道。

“答应吧!”谢尔盖说。

“好，我答应了。”我说。

冯·席拉赫露出了家族式的微笑，大大地松了一口气。

我们约定好在国家剧院对面的马克思·约瑟夫斯广场的施潘登豪斯餐厅旁边见面。餐厅位于有着巨大遮阳伞的夏日露台上，那里人多得水泄不通。是的，那里是一个露台，整个广场全是人，他们拥向街头等待夜晚的凉爽来临。他们深深沉醉在慕尼黑这座充满诱惑的城市里，沐浴在橙色的阳光下。我一直在寻找穿着和阳光同样颜色的衬衫的人。

冯·席拉赫在7点15分出现在施潘登豪斯，他穿着和白天一样的外套，但是更换了绿色的衬衫。他被一个美丽的金发女士搀扶着，这位女士有着亮褐色、弯弯的眉毛，短而翘的鼻子，戴着大耳环。她是娜塔莎·冯·席拉赫，理查德哥哥克劳斯的妻子，她身着长裙、波点上衣和天蓝色的短袖披肩。

“您好！”她微笑着说，她看上去大概五十出头，但是我知道娜塔莎实际年龄比眼前的更老一些，“很高兴见到你们。”

刚开始，我觉得她俄语说得流利且不带口音，但是很快她的口音就显现了出来。但是还是应该承认，娜塔莎的俄语水平的确很高，当她说长难句的时候，没有出现任何“格”的错误。

“您是俄罗斯人？”我看着她没有因年龄而暗淡的天蓝色的眼睛问道。

她笑了笑，打开了餐厅的大门，让我先进去。桌子已经提前预订好了。

“不是。我的祖父是从乌克兰来的，他姓比鲁利亚，我就这样学会了俄语。”娜塔莎回答。

理查德让谢尔盖坐在了娜塔莎的对面，他使了个眼色后坐在了我的对面，我的猜想马上得到了证实。

“娜塔莎，”冯·席拉赫用手臂搂住她，“娜塔莎关于俄罗斯的电视台有很多问题要问，让谢尔盖给她讲讲吧！”

娜塔莎点了点头，然后调整了一下披肩。

“娜塔莎，”我在她点完餐之后问道，“为什么您和您的丈夫克劳斯不愿意参加纪录片的拍摄？”

她回答说：

“克劳斯坚决反对。当他坚决反对的时候，一点办法都没有。我也认为没必要出现在镜头里。我觉得理查德对你们来说已经足够了。”

“但是还有许多问题我没有得到答案。”我对娜塔莎说着，眼角的余光看到理查德一会儿看着她，一会儿看着我，试图提示我们他想知道讲话的内容，餐桌上只有他一个人不懂俄语。

娜塔莎没有注意到冯·席拉赫，继续说道：

“那也只能这样了。我们不希望自己曝光在公众面前，您应该理解我们。我是克劳斯的妻子，他已经上了年纪，厌倦了被询问，他不能也不想再这样了，几年前他为自己做出了这样的决定。求他也是徒劳，我知道你们多么想要和他交流，他也知道很多，但是他的‘不’就是‘不’。”娜塔莎犀利的目光差点儿能杀死理查德，理查德拼命挥手而且嘟哝着什么，他想提示娜塔莎他什么都听不懂。“请理解我吧。”她补充道，显然她最终决定不理睬理查德。“我和克劳斯珍惜现在平静的生活。但是看到您，认识您，我非常高兴，此外我不能拒绝理查德，他非常想介绍我和你们认识，他告诉我我可以和谢尔盖用俄语畅聊俄罗斯。”

“你确定你不喝红酒吗？”理查德冲我眨眨眼。

“是的。我根本就不喝酒。”我重重地回答说。

“从来不？”理查德沮丧地说。

我点了点头。

“你不太像俄罗斯人。”理查德喝了一口红酒说，“顺便问一下，你的血统是什么？你是什么民族？来自哪里？”

这对一个纳粹高级将领的儿子来说是一个极其自然的问题。我该怎么礼貌地回答呢？

“如果您50年前决定娶我的话，您的父亲一定不会允许的。”

“为什么？”理查德很惊奇，并不在意我想要刺痛他的企图，“我知道，您的祖先来自斯堪的纳维亚。”

我羡慕地看着娜塔莎和谢尔盖，他们入迷地讨论着什么。我看到，娜塔莎非常高兴地张着嘴，转动着眼睛，点着头。

“总的来说我是俄罗斯人，但是我还至少有两个血统，瑞典和犹太血统。”

“啊！”理查德的脸上泛着温柔的微笑，“还有呢，谁是你的祖先？你看过自己的族谱吗？”

我耸了耸肩：

“某一个古老的瑞典家族。顺便说一下，我有个其他血统的远房亲戚，他创建了红军，而您的父亲就是从那个部队逃走的。

令我惊讶的是，当冯·席拉赫意识到我在说什么后他感到非常的喜悦，但他还是确认了一下：“在墨西哥悲惨地结束了？”我点了点头。

他顿时喜笑颜开：

“那么历史就把你我联系在了一起！”他想要和我拥抱，但是我装作没有注意到他的激情。他的这份喜悦很值得人怀疑。

“那么理查德，您的家族，全是雅利安人吗？”我问他。

“我的家族非常国际化。我妻子的妹妹是瑞士人，她嫁给了一个印度的王公，我的侄女生活在罗马，她的孩子说意大利语和德语；我儿子生活在巴塞罗那；我的嫂子是俄罗斯人；我哥哥罗伯特的儿子也就是我的侄子，俄语讲得很好，他有一个非常漂亮的俄罗斯妻子，孩子叫马克西姆，会说俄语和德语；我的祖母是美国人。我自己在不同的国家生活过……”

我的目光掠过冯·席拉赫的双手暗暗问自己，为什么我从来就没有问过他有没有结婚。大概是因为他的行为，因为他的衣服皱着、不太平整，我就认为他离婚了，而且他手上也没有戴着戒指，就像白天在宫廷花园一样。

“顺便问一下，您的妻子……”我开始问道。

“沙拉上来了。”理查德高兴地朝娜塔莎和谢尔盖转了过去。

一方面，我们每个人的角色都使我很开心。根据埃里克·伯恩的理论，理查德是肥胖活泼的孩子，他试图用一切方式来引起我的注意。我是一个理智的成年人的角色，宽容地看着好动的孩子，虽然偶尔也会被他们激怒。另一方面，我时不时地体会到了一种奇怪的感觉，仿佛带着轻微的不安和温柔看着我的不是理查德，而是勉强笑着的巴尔杜尔·冯·席拉赫，我的内心好像在刻意地窥视着冯·席拉赫的容貌，他的脸非常像已故的第三帝国青年团头目。看来，这里的问题不在理查德，而在我自己。

“我知道你喜欢汉语。”理查德说着喝了一口葡萄酒，他遗憾地看着我杯中的果汁，“你会学汉语吗？”

“以后会。”我说，“如果我的汉语有您一半的水平，我就去中国工作了。”

理查德挑起了眉毛：

“去北京?”

“去上海。”

理查德嫌恶地皱了皱眉。他补充说道：

“这也许是二三十年前的事了。那是个极其严格的国家，我在那里生活工作了很久，我感到非常的艰难。”他深深吸了一口气说，“如果让我现在选择学哪门语言的话，我会选择学习土耳其语。”

“我们德国人需要了解什么是土耳其人，因为他们是我们生活中重要的一部分。”冯·席拉赫严肃地回答道，转头看了看不知为何大声笑起来的娜塔莎和谢尔盖，“现在比起北京、上海和黄浦江之类，土耳其更吸引我。”

“但是在我看来，土耳其人并不急于了解你们的文化。”我看了看由于我的话变得有些慌张的冯·席拉赫，“你怎么能用土耳其来代替中国?”

理查德摇了摇头说：

“不，不，当然不是。中国很美……我在那里生活过，如果有机会，我还会去那里生活……”

显然，我的表情使理查德警惕了起来，他尽力缓解这种状况，喝了一大口红酒，噘了噘嘴，把双手叠在胸前，说道：

“我还想学俄语!”

“哦!”我扑哧笑了，试图判断他是不是在开玩笑。

席拉赫点了点头说：

“这是真的！只是之前一直没有机会。我很乐意去俄罗斯学习，但是当时去俄罗斯很贵，谁也不知道能不能去，可能是因为俄罗斯当时还很……怎么说呢？非常斯大林式。简而言之，就是不怎么令人喜欢。坦白说，我有时对此很惋惜，比如现在。”

“你不需要感到惋惜。”我突然话锋一转，“您还没告诉我，您的外祖父海因里希·霍夫曼最后怎么样了?”

“我不是很了解。他的财产被没收了,50年代初就从监狱放了出来。过了不久他就去世了。当然,我很遗憾没有认识他,我不想谈这个话题。”冯·席拉赫喝了一大口红酒,“看,热菜上来了……”这是个非常好的转换话题的机会,可以不用回答,毫无疑问,对方对这个问题不感兴趣。

最后,在吃完晚饭结账的时候出现了一个有趣的插曲。理查德看了账单之后,仔细地找遍了全身,抱歉地对娜塔莎说:

“我忘记带钱了。”

“没关系,理查德。”娜塔莎说着把手伸向了包里。

谢尔盖反对说:

“我们来付钱。”

我看到理查德一边入迷地研究着自己的指甲,一边哼着有趣的曲子。他好像是想说“这算得上什么?”

然后他抬都没抬起眼睛,大声地说道:

“娜塔莎会付的。这是礼节。”

当我们走出餐厅,我本想说一些温情的告别语,但是看起来谁也没打算道别。娜塔莎怕我们迷路,一会儿拉着我的手,一会儿拉着谢尔盖的手。她把我们带进了一个狭窄的小巷,我们经过了一个餐厅,餐厅里放着音乐,就像每一个咖啡馆里放的一样。她告诉我一些和希特勒有联系的地方。我当时还在想,她对这一切这么感兴趣,完全可以写一本旅游指南了!要知道所有叫冯·席拉赫的人都在写东西,为什么她不去试试呢?

晚上10点左右,我们和娜塔莎就像老朋友一样道别。“下次来的时候一定给我写信或者打电话。我不敢保证,也许我明天晚上有时间和你们见面。”娜塔莎悄悄地对我用俄语说着,我闻到了她身上香水的甜香。

理查德漫不经心地以自己的方式和她吻别，告诉她我们很快将会离开，停留的时间不会长。

将近午夜的时候，我在理查德的陪伴下走在慕尼黑的市中心。我们在马丽恩广场散步，新市政厅上彩灯的灯光如此强烈，就好像市政厅通体在发光一样。谢尔盖坐在长凳上环视着广场，而理查德拉着我前往广场的正中心。

我抬起头看着逐渐消失轮廓的钟表，它每天会亮起几次，就像主人一样从高处注视着自己的领地。我回忆起了历史的片段。这里还是那座钟表，它的指针依然移动着，在它下面一个不知名的天才摄影师正扛着摄像机拍摄着被炸毁的慕尼黑，到处都是废墟和没有屋顶、空着窗洞的房子。而现在我站在理查德旁边，自下而上看着钟表，广场的周围充满了游客的说话声和愉快的笑声。

“你在想什么？”冯·席拉赫小心翼翼地问我。

“什么也没想，但同时又想了很多。”

“我猜，你在想大概我的父亲会喜欢上你，虽然他是一个难以捉摸的人。”理查德说。

“如此大胆的回答，使我有点受宠若惊。”

理查德没有理睬我带有嘲讽意味的话。虽然我没有给话里赋予一点嘲讽的意思，但是它的确显得很难听。

“你还是觉得我是他的影子吗？”看得出理查德是多么平静地问了这个问题，但是他的内心一定很不平静。

“说实话…… ”我慢慢用脚步测量着广场的大小，理查德跟在我后面，大概一米远的距离，“有时候看着您，我会觉得我看到了他。但我也不明白，这到底是什么，大概是幻觉吧。”

“他，就像我想的。”理查德点了点头，“《我父亲的影子》，你觉得这个书名是我自己想出来的吗？这是别人想出来的。他们就像你一样。顺便说一下，你如此渴望在我身上看到我的父亲，我提醒你，他曾是纳粹战犯。他讨人喜欢、有修养、喜欢音乐，但是最糟糕的是他没有对任何人产生过感情。我得救了，我救了我自己，那也只是多亏了阅读和自学。阅读拯救了我，它帮助我成长，在某种程度上将我和父亲区分开来。我对父亲持批判的态度，这种态度随着我年纪的增长越来越强烈。我读他的信，和他在监狱里会见，在某个时刻我发现，我知道一些他不可能知道的东西。”

“对不起！您刚才说‘对待父亲持批判的态度’？”我想不出更好的话了，只好仰着头看着钟表，“您因为他而发疯，就像他因希特勒发狂一样。你们都以此为荣。想必您还在以他为荣，即使您自己不希望如此。难道不是这样吗？难道是我弄错了吗？”

冯·席拉赫哼了一声。

我仰着头看着这座钟表，累得脖子已经发酸了，但是我还是不想和理查德对视。他离我很近，我已经能听到他在我耳边发出的平静的声音。

“我是否以他为荣的问题是非常不恰当的。我无法以他为荣，因为他破坏了我的生活，由于他我们陷入了走投无路的境地。多亏了顽强、沉着和幽默感我们才摆脱了这种困境。我们并不需要这一切艰辛。无需他的帮助也完全可以。如果你想知道，我是如何接受他的，那么不如说他更像是一种破坏性的力量，极大地干涉了我的生活，他存在的这个事实本身就干涉到了我的生活。完全可以说，如果没有他，我会过得和现在大不相同。幸运的是，我在学校、在学习中、在阅读中找到了精神支柱，我得到了在慕尼黑上大学的机会，之后在中国学习。积累的知识帮助我摆脱了我父亲的桎梏……”

我想起了，之前理查德准备在书上给我签名的时候，他把书翻到了某一页，用手指指着一张小照片。那张照片是从侧面照的，上面是一个10岁左右穿着短裤的男孩，他坐在屋顶上，瘦弱的膝盖上放着一本打开的书，屋顶后面可以看到美丽的湖景。这是一张非常感人的照片，可以明显看出不是刻意摆拍的。读书的孤独小男孩。

我终于结束了打量新市政厅，现在我闭着眼睛都能描绘出它的样子了。于是我向马丽恩教堂走去。

“听我说，停下，不要再走了！”理查德说道。

我停了下来。我已经控制不了局势了，我想要隐藏自己的惊恐，却变得有些更具侵略性、更加紧张。

但是冯·席拉赫似乎变温柔了。他小心地用两根手指捏起我翘着的一缕头发把它别到了我的耳后，他把头歪向一侧，好像在欣赏一样。他深吸了一口气，像老师一样抬起胖胖的食指在我鼻子前，他开始低声说：

“我现在不想冒犯任何人。但是你应该清楚，你应该明白，胜利者只知道成功，而不需要学习任何新的东西，战败者需要不断地寻找自己失败的原因。我们在1945年遭受了失败，全方位意义上的失败，也包括精神上的失败。我们失去了很多，大约80%的城市遭到了破坏，其中也包括慕尼黑。但是，这同时对我们来说也就意味着改善，我们失败者永远超前胜利者一步。我能够举很多这样的例子，比如说英国，在很多方面我们都领先于这个国家。英国人毁坏了我们的许多工厂，我们不得不重建，使用新技术。结果他们自己出现了设备老化问题。我觉得失败就像监狱一样，它能使你重新认清自己。我们能够很好地利用失败。除我们之外，你未必还能找到能从自己的错误中汲取到这么多教训的国家。我们以此为荣。我再说一遍，我们全心全意地来改正以前对其他民族犯下的错误……对你的国家做出的……”

“只是……现在不需要道歉。”我回应道，我对他毫不客气地侵犯了我的私人空间有点不满。他感觉到了，向后退了一步，停在了广场中央的一片阴影处。

“我并没有觉得自己有错，我敢打赌。”他说完这句话，苦笑了一下。

“我认为你不是这样的。这是事实。”

冯·席拉赫背靠着灯柱，沮丧地扫视着人潮欢腾的马丽恩广场。他差不多一分钟没有说话，他的沉默也使我紧张。最后他说道：

“我想给你提个建议。这甚至不是建议，而是希望。请你在任何时候都不要急于下结论，请给自己和别人一点时间。”

“我不明白您说的是什么。”我说，然后直勾勾地看着他。理查德温柔地笑了一下，伸出手臂搭到我的肩膀上，我挣脱到了一边，虽然这是如此普通的姿势，没有任何言外之意，只是轻微的触碰。

他哼了一声收回了手臂。

“我发现，在我讲拒绝给父亲读回忆录时你的反应不正常。”

“我没有什么反应，我什么都没有说。”

“你说了，只是没有大声说出。”他又开始引用很多书里的句子，“我看到当时你脸上的表情了。算了吧，一切我都明白。你觉得我和他一样。实际上我没有罪。不管你相不相信，我只是真实地表述了我对父亲的控诉。父亲被释放前，我自己就已经弄懂了一些事。我不是那种盲目的傻子，希望他就是我们心中勾勒出的那个人。失望是不可避免的。当父亲从施潘道监狱被释放出来，我们心中想象的那个人已经不存在了，我已经准备好了谴责他。我走进了房间，他在沙发上看书，一如既往地平静、冷漠和谦恭。我突然明白，他已经接受了对自己的惩罚，现在我应该表现出一定的理解和仁慈。我明白不应该再进行一次审判，现在我们已经是一家人了。对一个在单人牢房里度过超过 20 年的人来说，肯定会感觉相当的艰难。并且，我想，这个人应该有起码的希望的权利，希望自己不会再接受一次审判，不会被自己的儿子审判。”

“但是……你自己拒绝了读他的回忆录，那时他是那么的需要你！”我不知为何如此回答，又一次感受到了对巴尔杜尔不可思议的怜悯。

“他并非那么需要……”冯·席拉赫苦笑了一下，“单凭他一次也没有问过我关于我自己和关于我的生活的问题，就证明他不需要我们。但是我们还是找到了一定的解决方案，父亲写的回忆录在著名的《明星周刊》上连载了几周，所以这个问题也就妥善解决了，但是父亲仍然心怀怨气。我本人也很痛苦，但是我明白，如果我继续待在他身边，那么我会被他同化，他本身已经百毒不侵，我不是这样的，我什么都比不上他。就连你现在也能在我身上看到他、我母亲，还有外祖父。那么现在和你站在马丽恩广场的是谁?

“Sie（他们）.”我用德语回答他。

“是‘Sie’还是‘sei’，字母是大写还是小写?”理查德想要弄清。这有原则上的区别。

“Sie.”我又说了一遍。确切地说，指的还是“他们”，即霍夫曼、根丽埃塔和巴尔杜尔。但是我大声说道：

“为什么你总是要把自己拉进去?”

“为什么你总是注视一旁？为什么你一直不看我的眼睛？你在观察周围的人有多么欢快吗?”冯·席拉赫问我，然后朝人群中一群背着背包和照相机的小朋友们点了点头，“欢乐的人群，想不想加入他们?”

“我不喜欢人群……顺便……关于人群……你知道，席拉赫。”我完全不合时宜地说道，“能要求把‘我是你们中的一员’这句话刻在墓碑上的人，就是那种永远喜欢站在演讲台上的人，是那种高高在上的人。”

“难道这还不明显吗?”冯·席拉赫离开灯柱然后耸了耸肩，“我以为你一开始就明白。”

“我不得不承认，我之前完全不明白，而且现在也还不清楚。”

“你不需要明白。”冯·席拉赫说，“准确地说，你只是不能够明白。你需要清楚细节、前提和不止一条故事线，还有抒情性插叙和上下文。所有事情实际上都不是它看起来的样子，或许实际上一切都是相反的。”

“那具体来说呢?”

冯·席拉赫长叹一口气。

“你看着我，但是你不理解我，为什么我会这么或者那么做。为什么我让娜塔莎结账？为什么我现在和你在一起而不是在家里看书？这一切打乱了我的生活节奏，我不想让任何东西打扰到我读书的夜晚！这一切都有自己的原因。”

“我想说，只是因为没有摄像机，没有……任何人。”我感到他的手温柔地抓着我的肩膀，“这个……慕尼黑、马丽恩广场、汉字、我受够了。似乎我刚刚为自己做出了一个决定。今天早上开始的一切都是不对的，一切都是我的错。我要努力改正这种情况。所有那些钱，娜塔莎的，你的……让我们明天一切推倒重来吧！你明天还在慕尼黑吗？”理查德语无伦次地说着，他说得很快，我几乎来不及理解他。“我希望一切能重新开始，和今天的不一样，我尽力变成另一个人，怎么样？”理查德问道。他没有改变语调，又开始忧伤地打量起那群年轻人，他们不停地在新市政厅前照相。

“您希望我明天早晨给您打电话吗？”我好奇地问道。

“我自己去找你，只是，请保持联系。”

我点了点头。

他补充道：

“尽管，你可能会找娜塔莎，我看到你见到她是那么的高兴。如果你突然决定和她见面，那也是理所当然的……那是你的选择。”

“我觉得，我已经和您商量好了。”

他笑了一下，但他的笑容里充满着不信任。

“我上午去找你，就我自己。然后我们出发。”

“去哪里？”

“去古绘画陈列馆和一些其他的地方。如果你不去，如果你明天拒绝我，一切对我个人来说都会变得有些麻烦。”

“我会去的。”

我老老实实地躺在旅馆房间直到中午，我检查了邮箱和短信，什么都没有。但是我又不想待在旅馆里，所以我和谢尔盖一起出去在慕尼黑街上散步。到了一点半我还没有收到理查德的任何消息。一方面，我感觉很轻松；另一方面折磨人的好奇心和猜想使我试图去理解他昨天怎么了，好像也不能说他是喝醉了……

下午4点谢尔盖建议我发短信邀请娜塔莎吃晚餐。好主意！我终于可以和她在冯·席拉赫不在的情况下好好地交流了。我给娜塔莎发了短信：亲爱的娜塔莎！我刚和谢尔盖去了古绘画陈列馆，我们想，为什么不邀请你一起吃晚餐呢？你怎么样？有什么计划吗？然后按下了“发送”键。

娜塔莎没有回短信。突然电话震动了一下，提醒我有新的未读短信。发信人：R · vonSchirach。

短信里面写的是什么？是道歉吗？短信的内容如下：亲爱的塔尼亚！我希望你没有改变主意。我请求你于 14：00 在施潘登 · 豪斯附近与我见面。

我不明白！什么下午 2 点，现在已经接近 5 点了！

“怎么了？”谢尔盖问，“是理查德吗？”

“嗯！我不能理解，他在开什么玩笑。”我说出了我的疑惑，“上面说我们应该在今天 2 点见面，就是说，两个小时之前。”

布拉维尔曼耸了耸肩。

“你确信，短信刚刚才收到？”

“确信！手机刚刚才震动。你自己也听到了……”

“是啊。”

我看着屏幕，信息确实刚刚收到，但发短信的时间却是另一个。

“啊！他是 12 点左右发送的！这条短信花了将近 5 个小时才传到我的手机？”

“你昨天不是一直在抱怨网络不好吗？你还记得你的父母没有收到你的信息，惊慌失措地给你打了电话吗？”

我点了点头，还是没有彻底明白发生了什么。

而我们给娜塔莎发的短信大概也还没有发送到，因为她一直没有回复。我希望理查德没有在他指定的时间去约好的地点。“他没有去，是吧，谢尔盖？”

“大概去了吧。”布拉维尔曼平静地回答。

“那就糟透了。”我说。事情已经不能更糟了，我检查了短信的状态，一个小时之前我给娜塔莎发送了一条短信，现在我却发现这条短信的收件人是理查德。昨天我在晚餐时和娜塔莎交换了电话号码，我把她的名字设置成 H · vonSchirach，而理查德是 R · vonSchirach。显而易见，我弄错了收件人。这就是说，我无视与理查德的见面，过了几个小时又向他发送了本应发送给娜塔莎的信息，而且信息上面说，我多么想要见到娜塔莎！

我真是个大傻瓜！

“我太糊涂了，从来没这样过。”我瞠目结舌地对谢尔盖说。

我们慢慢地向卡尔广场走去。在麦当劳附近站着一群土耳其裔德国人，是理查德渴望了解的文化和语言。我走近喷泉，坐在被太阳晒热的石头上，木然地看着手机。布拉维尔曼坐在了我旁边。

“我错了，我是个大白痴。”我抱怨道，“这种书信体裁！它毁了冯·席拉赫一家！为什么不能直接打电话？为什么要用这些花体字母组成的愚蠢的短信？这让我现在觉得非常抱歉。不，不是我的错，这里没我什么事……”

我一边收拾着东西一边驱赶着蚊虫，我觉得发生了一件无法补救的事情。我拿起了理查德的书，打开了第一页。那里有汉语和德语的题词，上面首先写着：赠给美丽的塔尼亚，你再次让我想起，俄罗斯女性有这么多优点。

理查德，你告诉我在不知道原因和结果的时候不要轻下结论，但是为什么你固执地不打电话来听我的解释呢？我该怎么向你解释这件中断了我们联系的荒唐事？如果我用语言解释的话，那会让它变得更加荒唐。你是作家，你理解我，对吧？我当然不知道你需要一个机会去改变一切的真实动机。但是你改变不了这一切，我明白你说的不是针对所有人，而只是针对你自己。不过你已经做了一个转变，我在马丽恩广场见到的那个人和皇宫花园里愉快的“火鸡”完全不同。

理查德，我特别想给你写信，但是我不知道该写些什么，写我对我所不知道的感到非常的遗憾？或许我们已经受够了那些荒唐话，因为它们已经太多了。是的，席拉赫，我大概从来没有获知你家庭的秘密，那些你已经准备好向我揭开的秘密，那些关于巴尔杜尔·冯·席拉赫，关于根丽埃塔和海因里希·霍夫曼的秘密，而最重要的是关于你自己的秘密。如果现在你能听到我的心声，那么你就能够知道那时我把你当成“Sie”而不是“sie”的原因了。

理查德，我不想告诉你具体细节，我只发给你两个单词，向你送上我在慕尼黑的最后的问候。

邮件收件人：R · vonSchirach

“Forgive me（原谅我）”

一天后，我离开了慕尼黑，收到了简洁的回信“OK”和微笑的表情符号。我一下子没有反应过来。这封简短的信后附上了两张理查德在施潘登豪斯用自己的照相机帮我照的照片。

“我会给你发去你的照片。”这句话在我的脑海中一闪而过。

附：在随后的两个月内我们又通了几次信，信是那样的礼貌、友好，什么关键性的东西都没有提起。不知从哪一刻开始他停止了给我回信。

Дети Третьего рейха

赖涅尔·胡斯

——百叶窗后的人

“你想过毒气、火刑或者其他的一些死刑吗?”

“你想过这些刑法会与你如影随形吗?”

“没有，从来没想过。”

“你有没有从噩梦中惊醒过?”

“从来没有。”

——监狱心理学家莱昂·戈尔登松于1946年在纽伦堡与奥斯威辛集中营指挥官鲁道夫·胡斯的谈话

尼克拉斯·弗兰克拉下帽檐盖住眼睛沉思道：“也许，你应该和胡斯聊聊。”纽伦堡的黑夜笼罩在暖黄色的灯光下，周遭的洁白都被湿乎乎的沥青变成了一片漆黑。明早弗兰克就该走了，所以我们得在今晚给他开个送别宴会，宴会在我们住的酒店开。

“我以为，您没有和其他纳粹的后代联系过。您自己说过，这没有多大意义，对吗?

“赖涅尔，他不太一样。”尼克拉斯咔咔地打着打火机，火焰突然闪了一下，“他是一个好小伙子，但是他一直都很痛苦。因为，他是奥斯威辛集中营指挥官的孙子，作为‘波兰国王’的我父亲当年把那些所有所谓的‘劣等人种’就交给了这个指挥官。就因为这个身世，他甚至在他的那个指挥官祖父死了几年之后还活在痛苦中。他偷偷地、艰难地走出了原来那个没有人接受他的家，也不允许任何人去他自己家里看他。”

我感兴趣地问道：

“尼克拉斯，您是怎么和他认识的？我一直觉得，像你们这些祖父辈们有关联的人，不会相互间来往的……”

“是他找的我。”尼克拉斯拿出了手机，一边继续抽着烟，一边打开了手机上的记事本说道，“赖涅尔看了我写的关于我父亲的书，他给我打电话，说我的这种行为十分勇敢。”

“他没有指责您?”

“事实上并没有。他说，他没有我这样的勇气，我的书在某种程度上让他有了活下去的信心。我们就这样建立了联系。过了几年，有人建议他写书，开始他怕得不行，急忙给我打电话，问我该怎么办。但是慢慢地他有了一个‘我们合写一本书’的大胆念头。我不得不预先警告他说，那弗兰克和胡斯这两个姓氏就会出现在同一本书的封皮上。这是一个思想斗争的过程。我对他说，是我的父亲让你祖父去把人处理掉的，那就让我们俩一起为这个哭泣吧。不，这……”尼克拉斯皱了皱眉，“太傻了。”

“他没有生您的气吗？”我追问道。

尼克拉斯环顾了一下四周，寻找垃圾箱扔烟头，最后他说道：

“我没想过。既然决定了，那么就自己把所有的事做完。这些事情完全指望不上任何人。总而言之，我们还在继续交往。老实说，我甚至有点儿惋惜，他不像我，没有我这么坚强。”

烟头并未被扔到垃圾箱里，它带着一点红亮的火花掉到了地上。

“你从红屋顶房子后面拐进一条小路，走一百米后再向右拐，在那里给我打电话，我告诉你，接下来该怎么走。”

就这样已经走了整整一个小时了。我知道，赖涅尔是不会告诉我们他的准确地址的。这也是他通过尼克拉斯·弗兰克给我们提出的条件，我是他同意邀请到他家的第一个陌生人，而且还带着摄像机。在电话里，胡斯彬彬有礼地说他完全相信尼克拉斯的话，说我是个值得信任的人。出于信任，他还给我写了一个不泄露他家地址的条子，这个地址在地图上是找不到的，因此我们也不用提前费劲在地图上找了，反正我们也找不到。他委婉地问我是否清楚他所开出的条件，如果我不遵守承诺，不仅仅是他，就连他的家人也会陷入危险的境地。这些条件我是清楚的，但是我不清楚的是这些危险来自何处？难道奥斯威辛集中营中死难者的后代会把他们撕成碎块吗？当年的事情似乎已经过去好多年了，但是生活中还是常常会发生一些不可思议的事。比如，我从网络上打印了广为流传的一篇题为《有失分寸的手段》的文章，而这篇文章的主人公就是赖涅尔。以下是其中的片段：

> 奥斯威辛集中营指挥官鲁道夫·胡斯的孙子向以色列毒气大屠杀纪念馆出售了自己祖父的一些遗物。出售！他疯了吗？在以色列有这么一句谚语："先杀了人，随后想得到其遗产。"这句话很符合他的所作所为。他想要将自己祖父的遗物变现，他不是在捐出遗物，他是想卖钱！前不久纪念馆收到了一封副标题为《奥斯威辛集中营指挥官胡斯珍品遗物》的信，信中写道："现在我手里还留有鲁道夫·胡斯的一些遗物，分别是希姆莱赠送的带有纳粹王权标志的一个箱子，重50千克；一把裁纸刀；一些未出版的奥斯威辛集中营日记；一些克拉科夫俘虏的照片。期待你们速速回信。——赖涅尔·胡斯"

一开始，毒气大屠杀纪念馆把这封信当成了一个笑话，然而，很快他们就发现胡斯并非是在开玩笑。

这篇文章并未让我对胡斯产生排斥或者想要去谴责他的欲望，但是整个德国民众却密切关注着他的一举一动。我仅仅是对赖涅尔的不谨慎付之于冷冷一笑。赖涅尔，他怎么了？他这样完完全全是干了一件蠢事。毕竟，他已经不是毛头小子了！不，就我本身而言，我对他的这种行为不予以任何评价，如果他真的那么做了，也没有什么过错。当你足够深入地了解纳粹分子的历史，当你周围全是第三帝国、希特勒和尸体如山的新闻纪录片的时候，你的内心会有一些什么东西开始发生变化，犬儒主义的伤疤会慢慢地揭开，这就是所谓的被保护机制。甚至如心理疾病患者那样不仅有自己的特殊性，也会产生自己独特的幽默感。然而说到赖涅尔·胡斯，还有一件让我乐了一阵的事：

把祖父的遗产卖给毒气纪念馆的想法在几个月前就产生了。这个想法是和希特勒青年团团长席拉赫的孙子谈了之后产生的。设想一下，纳粹分子的后代们相互见面谈祖父的遗产问题，这够疯狂吧！

这一定是我的熟人理查德·冯·席拉赫的许多侄子中的某一个，范围确定了。我感觉自己介入了赖涅尔的生活，甚至知道在他的生活里发生了什么，甚至我都可以给理查德打电话去询问，这些侄子们为什么如此胡闹，使胡斯陷入了如此困境。不过我和理查德有过一段不太平常的、独特的经历，再去打扰他我也不太愿意。

赖涅尔·胡斯把他那杀人凶手祖父的遗物高价卖给被他毒死的以色列人以谋取财富的投机行为将我带到了反常的狂喜中。我觉得，如果他不是一个被冯·席拉赫耍得团团转的傻子，那么他就是一个单纯的、不知天高地厚的毛头小伙子。要知道，我并没有从那篇文章中了解到胡斯到底是干什么工作的，我只知道他失业了，文章中作者只是很直白地说赖涅尔急需用钱，而且这很有可能是真的。

就这样，我、谢尔盖，还有摄影师，我们出发前往离纽伦堡大概 200 公里的 N 小城，确切地说，是一个被保护得很好的小村子。

我们按胡斯电话里所指示的方位开着车，一路上我都在观察四周的环境。这是一座坐落在一个小山丘上的小城，这儿有一望无际的绿草地和田野，还有一些小房子，小小的基督教教堂掩映在明亮的阳光下。车窗外一栋栋二层小屋，虽说不上有多么的华丽，但是却如一排排牙齿一般，既整齐又洁白。这一栋栋的小屋又被矮矮的栅栏隔开，以表明那是属于私人的领地。房子的窗下都摆放着色彩缤纷的花盆。

如果不是因为那些洁净刺眼的小屋、直直可爱的小路、整齐耀眼的屋顶，还有那些花盆里的鲜花，我此刻会以为自己身处蔚蓝天空、绿树成荫的故乡。

谢尔盖·布拉维尔曼时不时从后座上问一句“这儿有人住吗?”我也只有一次看见了一辆大众牌汽车慢悠悠地从面前驶过。我们已经到了一栋分不清是红色还是蓝色栅栏围起来的房子前，摄影师无聊地瞅着窗外，握着摇摇晃晃的方向盘等待着赖涅尔新的指示。

“胡斯先生，我们已经到您所说的地方了。”我用英语在电话里说。

“好的。现在左转，然后右转开到尽头，我就在那儿等你们。”他回答道。

赖涅尔站在他家的房子前朝我们招手。虽然弗兰克已经告诉我他快50岁了，但可能是因为穿衣风格的缘故，他显得很年轻，看起来似乎不到40岁。他穿着一条浅蓝色的牛仔裤、一件白针织背心，背心上套了一件红白蓝相间的短袖衬衣，脚上穿着一双红色运动鞋，夏日的微风从衬衣里钻了进去，衬衣的下摆在微微地抖动。下车后，我们握了手。

他很有魅力，个子高高的，皮肤晒得黑黑的，有着运动员一样的体魄，一双灰绿色的大眼睛里隐藏着戒备，一双招风耳无力地低垂着，令人觉得有些楚楚可怜。阳光照在他那双耳朵上，耳朵在阳光下显得更为红亮。

胡斯不知所措地笑了笑，从嘴角到脸颊都出现了皱纹。准确地讲，不是脸上的表情皱纹，更像那种碰了一下水面而激起的一圈圈涟漪。在他和谢尔盖、摄影师打招呼的时候，我观察了一下他。他留着短发，像年轻人一样抹了发胶，右手的手腕上还戴着一条皮绳子，绳子上有几个方形的字母，看样子应该是谁的名字，脖子上也带着挂有那种方形字母的细皮绳。左手的无名指上戴着一枚银戒指，右耳上戴着和戒指一样花纹的耳环。左手的手腕上戴着一个普通的圆盘手表。他这个年纪却这样打扮，看起来有点荒唐。

“抽烟吗?”赖涅尔掏出烟盒像跟自己人说话似的问我。

“嗯，来一根。”我答道。他从烟盒里像抽签一样抽出了一根烟，我们抽了起来。

赖涅尔微微地眯着眼睛避过刺眼的阳光说道：

“妻子不会打扰我的，孩子们各有各的事情在忙，他们都不在家。我希望，即使他们有谁回来了，也不要拍他们。”

“当然，我向你保证。”我深吸了一口烟，这烟很有劲儿，“告诉我，你在怕什么？”

赖涅尔吐了一口烟，阳光正好射到了这缕烟上：

“我会告诉你的。”他笑了笑说，“我对我提防你们的行为表示歉意，虽然这看起来很愚蠢，但是是必要的。”

“没关系。”我笑着答道。

有这么一种人，你不用跟他们客气，不用装得很有礼貌，不用聊得很久，很快就可以和他们成为无话不聊、想到哪儿说到哪儿的知心朋友，更不用担心他们会误解你的意思。赖涅尔就是这种人，很容易相处。和他在一起让人感到很轻松、很平静，根本就不会联想到奥斯威辛集中营。

“这栋小楼全是你的吗？”我打量着这栋和这个小城里大部分小楼一样有着白色屋顶的复式小楼问道。

赖涅尔哈哈大笑道：

“你说什么呢！只有这栋楼的第三层，而且第三层还只是这个复式小楼的屋顶而已，根本就不算一个完整的楼层。别急！你马上就能看到。”

他小心翼翼地观察了一下四周，把烟头扔在了路上，用脚碾了碾，然后示意我也这样做。

“怎么样？你们跟着我，咱们进去吧！”赖涅尔对谢尔盖和摄影师说。

赖涅尔走得很快，我们也跟着他急匆匆地走过了一条铺着小方砖的窄窄的过道，来到了院内。在院子的侧面，有一个大门，完全可以挡住那些好奇者的视线。我们绕过了小孩子的铁秋千和单杠来到了一个特别小的庭院。虽然是白天，但是院子里却不知道为什么特别的昏暗。门口停有几辆自行车，门后是用黄石头砌成的楼梯和每层都抹着白灰的墙。墙上挂着几幅用普通塑料框裱着的画。能看出来，主人想要用这个来为单调苍白的墙壁添点色彩，从而打破这种苍白的乏味，赶走忧愁。赖涅尔扶着楼梯扶手走到了三楼，推开了右边的门。

“欢迎你们!”在这儿胡斯的声音都有了回音。

门口的鞋架上放着已经穿旧了的不同颜色、不同款式的运动鞋和平底鞋。我很好奇赖涅尔到底有几个孩子，是两个还是三个。

我打量着这个鞋柜，似乎看见了战争胜利后奥斯威辛集中营那堆积如山的鞋……

柜子旁边立着一个用干草编成的小猫，还有一个专门用废弃的木板给它做的窝。门口的墙上还挂着一些干草编成的草环和写着趣话的铁牌子。但是，这让我想起了奥斯威辛集中营大门上的那句话：Arbeit macht frei（劳动使人自由）。

胡斯打着手势邀请我们进去。大概 15 米长的狭窄走廊里没有一点阳光。走廊的左边有一个塞满了东西的厚木柜，木柜旁边是第一个房门。房间极小，天花板是斜的，天蓝色的。房间里摆着一张小床和一个小床头柜。走廊的右边是两扇紧闭的房门，而在走廊的尽头还有一扇紧闭的房门。就目前的情况看，那些房间也跟我现在看到的这个房间差不多，很小。

走廊的尽头射进了一缕光线，透过这刺眼的日光我看到了赖涅尔·胡斯这座顶层房屋的全貌。我们现在所处的是最大的一间房间了。说到房间的其他陈设，在这个房间里有一个涂着油漆的木质的倾斜天花板。毫无疑问，天花板增加了房间的舒适感，但同时又减少了房屋的一些空间。

右边是厨房。因为那倾斜式的天花板，厨房只能容纳一个人。

房屋的主人还因为厨房的这个倾斜式的天花板设计了一个有艺术感的长石桌，石桌的旁边还摆着几把高高的小长凳。

长石桌的上方悬挂着四盏罩着半球形灯罩的灯，灯下面的桌子上放着一个很大的带把手的啤酒杯，杯里插着白的、紫的、粉的和浅红色的七束唐菖蒲。墙对面挨着长桌挂着一面正方形大镜子，从镜子里可以看见唐菖蒲的尖儿还有对面阳台那稍稍露出来的门。

就在我朝阳台观望的瞬间，一缕光闪了一下，我被阳台敞着的门晃了一下眼。赖涅尔搀着一个中年妇女走出了阳台。这位妇女穿着白衬衣、坎肩、黑裤子，戴着一副眼镜。“这位是我的代理安娜·玛丽亚，她来的目的是防止我说出什么蠢话，她不会打扰我们谈话的。”

“不要怕！别担心！我不是什么监督员，我不会打扰你们的谈话的。”感受到我那戒备的目光，安娜·玛丽亚拢了拢额上的银发和我握着手说道。

“谢谢您的理解。”我握着她的手衷心地希望她的确不会干扰我们的谈话。

“赖涅尔，赶紧给塔尼亚和她的同事冲咖啡呀！”这位监督员友好地向赖涅尔提议说。赖涅尔很听话地去了厨房，厨房里传来了准备咖啡的声音。

我们围着长桌子坐了下来。

“现在还要走一个小程序。”安娜·玛丽亚压低了声音说着递给了我一张 A4 纸，一支钢笔，“麻烦签一下这个，以保证您任何时候都不会泄露赖涅尔住在哪个城镇。”

我签完后，看到了给我们摆好咖啡的胡斯那不好意思的目光。

安娜·玛丽亚慢慢地熟悉了我，轻声补充道：

“现在，我们要先想一想我们该怎么说赖涅尔的住址。在纪录片里，我们应该说他住在德国的北部。”

“随便编一个什么地方。”我的话中满是顺从，目的是不要使这位中年大妈太为难，“就像您说的。”

“哎呀，我真是个老糊涂！”她以一种非她这个年纪的劲头从长凳上站了起来，“赖涅尔的德国南部口音立马会让他们发现我们在撒谎，他们会找到这儿的。”

“他们？”我小心地问道，“他们是谁？”

安娜·玛丽亚并没有回答我的问题。在谢尔盖、赖涅尔和摄影师疑惑的注视下，她端着没喝完的咖啡在屋子里来回走了起来，自言自语地说道：

“怎么说最好呢？该怎么说呢？”

“就说赖涅尔住在德国南部。”我小心地提议道，“我们会给他的声音配上译音的，没有人会听出他的口音。”

“那如果有人看到了原片怎么办？”安娜·玛丽亚问道。

“那这样吧。”胡斯对安娜·玛丽亚说道，“就让塔尼亚在片中说我住在德国南部的巴登－符腾堡吧。”

“这，这……”她终于停下来不再转了，“这样，嗯，这个说法比那什么一下子就被戳穿的住在北部好。”

“谁会戳穿呢？”我坐立不安地问道。

但是安娜·玛丽亚又一次故意地忽略了我的问题。

“我还有一个请求。”停了一会儿她说道。

“说吧！”我的脑海中跳出了这厌烦的字眼。

“请你们无论在什么情况下都不要在影片中出现赖涅尔居住的这个城市的外景，也不要有屋子阳台的镜头。这样会让他们很容易找到的。”

“到底谁很容易找到他呢？”

我感到一丝丝的不快。

赖涅尔的祖父鲁道夫·胡斯自 1940 年到 1943 年是奥斯威辛集中营的指挥官。他受马丁·鲍曼提拔，是海因里希·希姆莱的下属，在第三帝国里他的军衔低于所有那些坐在纽伦堡法庭被告席上的纳粹分子。说到审判，胡斯是于 1946 年被英国军队逮捕的，以世界历史见证人的身份出现在了法庭上（但是，极具讽刺意义的是鲍曼缺席了审判，而希姆莱自杀身亡，他们两人都未出现在此次法庭上）。鲁道夫·胡斯在受审做证之后被引渡到了波兰，并于 1947 年在距离他和他家人居住地只有几百米的奥斯威辛集中营焚尸炉附近被执行了绞刑。

我觉得，鲁道夫·胡斯是个暴虐狂，他有心理问题。他和那些大规模仿害人类生命的人毫无区别。研究完他的生平后甚至会做出这样的结论：这个人不仅仅是病态的，他是真真切切令人胆战心惊的一个魔鬼。

> “那您呢？您是一个暴虐狂吗？”“不，不是。我当指挥官的时候，没打过一个被捕的人，而且只要我得知有守卫在虐待被关押的人，就会马上把他换掉。”①

更为恐怖的是，他说起过去的时候表情依然很平静，像完成工作的程序一样陈述得很清楚。也正是因为这一点，胡斯在他死前不久在波兰监狱完成了自传的撰写。

> 毒气室息而亡是在11号惩罚区进行的。我自己戴着防毒面具去观察过杀人的过程。人们被赶进了毒气室，毒气室一塞满人，他们就会开始放毒气。很快，里面就会传出密集恐怖的叫喊声，随后一切就结束了。可能我还不够强大到记下整个程序，所以第一拨被毒气杀死的人并未给我留下什么印象。我印象更为深刻的是过了不久后被毒死的900名俄罗斯人，使用11号毒气室是要严守很多规矩的，人们被赶入毒气室前，必须先在混凝土地上和屋顶上弄很多洞。俄罗斯人应该是在院子里就已经脱光了衣服，然后很平静地走进毒气室，他们事先被告知这是去消毒。当毒气室装满一屋子人后，门就关了，毒气就从那些洞里喷了出来。我确实不知道，这种杀人的过程到底持续了多长时间，但是，我记得过了很久之后似乎还能听到里面的叫喊声。让我印象深刻的是“毒气！”的大喊声，随即传出歇斯底里的大吼，接着两边的铁门被撞得咚咚直响，但这都无济于事。
>
> 几个小时过后，打开门通风。我第一次目睹大批死于毒气

① Голденсон. Интервью. С. 444.
戈尔登松：《纽伦堡访谈录》，第444页。

的人。虽然我已经预想到毒气杀人是很可怕的，但当我看了之后还是感到浑身的不舒服，甚至感到非常恐怖。我一次又一次地想象这些受难者当时的痛苦，不过，尸体并未有任何抽搐的迹象，就像医生告诉我的那样，氢氰酸会轻度麻痹人的神经，效果很快很强，人们甚至来不及感觉到呼吸困难，死于这种毒气的人就像是死于灯用煤气或死于缺氧一样。我当时没有想过要杀死被俘的俄罗斯士兵，但是我接到了命令，我就得完成命令。我承认，毒气屠杀使我平静了下来，因为这预示着对犹太人的大屠杀要开始了。无论是艾希曼还是我都想不出此种大屠杀的方法。确实，我们知道要用毒气，但是该怎么用呢？而现在，我学会用毒气杀人了，而且用得很顺手。我害怕枪决人，特别是妇女和孩子。我害怕枪决。遵照法西斯联合局和法西斯安全局的文件，我已经签过很多份关于执行绞刑、集体枪决的文件了。而现在，我轻松了，因为我们摆脱了那种血腥的屠杀，以后的受刑者到死都会很轻松的。①

我很清楚在波兰进行的纽伦堡大审判中奥斯威辛的指挥官为什么会成为众矢之的。所有人都想弄清，他到底有没有人性？他是一个正常人吗？鲁道夫·胡斯在童年时并没有虐待过猫，更没有虐待过青蛙，自己也没有被虐待过。没有那些匪夷所思的、残酷的经历来解释他的这些行为。胡斯的父母是狂热的宗教徒，他们没有打过他，没有虐待过他，似乎更没有做什么能导致他这种心理扭曲的举动，他们想让胡斯长大之后成为天主教的神父。尽管有一件事，我倒是认为需要注意一下。

13 岁时发生的一件事在我坚定的宗教观上打开了一个缺口。在一次很平常的打架中，我无意中把一个同年级的同学推

① Автобиографические записки Рудольфа Хёсса.
《鲁道夫·胡斯自传》。

下了楼梯。这么多年中，成千的小朋友，包括我，好多次都从那个楼梯上摔下来过，大家都平安无事，但这个同学很不走运，他的脚踝骨摔断了，我被罚关禁闭两个小时。事情发生在星期六的上午，像平常一样，我吃完午饭去教堂忏悔，我很诚实地向神父忏悔了这件事。为了不毁掉父母难得的星期天，回家后我并没有马上告诉他们这件事，我打算星期一早上再告诉他们。但是那天晚上我的神父，也是我父亲的好朋友，来我家做客。第二天一大早，我父亲就严厉地询问了我打架这件事的细节，并且因为我没有及时告诉他们这件事而惩罚了我。特别令我震惊的不是父亲的惩罚，而是神父的背叛。我们从小就被教导说，神父应该对教徒在自己面前对罪孽的忏悔保密。忏悔是秘密，是不应该被宣扬出去的。但是这个神父，这个我特别信赖的神父，这个从我的忏悔里熟知我所有秘密，甚至是特别微小的秘密的神父，就这么轻易地将这些秘密宣扬了出去，像说一件什么无关紧要的事儿一样将我的秘密告诉了我的爸爸。①

指挥官的孙子赖涅尔·胡斯是这么评述他祖父自传中的这段话的："他写道自己不想成为神父是因为教堂出卖了他，但是他没有说出他感到被出卖的真正原因是什么。现在还有一种说法是神父对他性骚扰，但是这仅仅是现在流行的一种说法而已。"（胡斯在这儿暗示作为神父的马丁·鲍曼的儿子被指控有娈童癖）

鲁道夫·胡斯对教会越来越失望。他 16 岁时就自愿参加了巴勒斯坦和伊拉克抗英战争。胡斯承认，在服役期间他看到了天主教会做出的许多蠢事，是这些让他彻底远离了宗教。在和监狱心理医生莱昂·戈尔登松的谈话中，胡斯拒绝回答是什么具体的原因促使他完全脱离了天主教，他仅仅提到了天主教的一些做法以及它是如何摆布人的。

---

① Автобиографические записки Рудольфа Хёсса.
《鲁道夫·胡斯自传》。

赖涅尔·胡斯如此评价说：“祖父的司机里奥说了我祖父脱离了天主教。我曾在网上看到过另一种说法，说我祖父后来又回归宗教。里奥是最终看着祖父被执行死刑的人，他说祖父在死前并未祈祷过。”

鲁道夫·胡斯本人是这么回答莱昂·戈尔登松于1946年在纽伦堡对他的提问的：“我曾是一个狂热的教徒，但是从1922年开始我不信教了，我太太是从1935年…… 有一种说法是，我狂热地信教，这有点过。但是现在我清楚，我的生命即将走向终结，我希望得到内心的平静。我现在就想知道，我的所作所为，不仅是在奥斯威辛，还有我这一生的所作所为到底是不是对的？”①

众所周知，宗教和信仰完全不是一回事。对于一个内心没有是非观念的人来说，鲁道夫·胡斯在他20岁的时候需要的不仅仅是上帝，更是一个严格的标准，一个详细、精准、绝妙的标准，而他却在那些自称为神的人中去寻找这个标准。

“对他来说，希特勒到底是不是上帝？”赖涅尔·胡斯沉思道，“对他来说，最重要的是服从命令、执行命令，至于是谁的命令，是希特勒的还是穆勒的并不重要。这种思想在他的脑海里已经根深蒂固了。他是从第一次世界大战中活着回来的士兵，他能有什么呢？像其他活着回来的士兵一样，他除了会打仗，能杀人，什么本领也没有，他们就是被这样训练出来的。以越战中的美国人为例，他们为自己的祖国而战，但是，当战争结束回到祖国之后，他们就变成了杀害小孩的凶手，变成了杀人犯。他们在自己的故乡是不受欢迎的。第一次世界大战以《凡尔赛和约》的签订而宣告结束。对我祖父这种人而言，除了期望快点爆发下一场战争，好让他们在战场上发挥作用，别无所望。他们视战场为家园，在那里供他们吃，供他们喝，更为重要的是战场上有他们的朋友。只有在战场上，在那种条件下，他们才能真正感觉到自己的存在。他们与世俗社会格格不入，除了杀人，他们什么也不会，他们会的仅此而已。”

---

① Голденсон. Интервью. С. 451－452.
戈尔登松：《纽伦堡访谈录》，第451—452页。

我，作为一个狂热的老社会主义者，把这个作为现实来接受，准确地说，是像天主教教徒接受教规一样接受这个现实。这是法院终审给出的真相，对此我不会也不可能会有什么异议。①

奥斯威辛集中营的指挥官不是一个人，他是一台机器。就像我开头提到的那样，正义就是他理解中的正义。但是，我忽略了最重要的一点，在鲁道夫·胡斯的做人原则里，一切不符合他个人原则的规矩都是错的。

假设民族社会主义者没有改变他的信仰，也就是说，鲁道夫·胡斯对希特勒、对德意志帝国失望，那他会是什么样的？我们能不能找到一个童年时不被背叛，完全按照另一个规则行事的胡斯？

我过去觉得完成上级命令就是对的，但是现在我认为这并不是非做不可，这是不对的……②

如果胡斯已经否定了这么多年他所坚守的原则，那他就不会没有一点后悔的迹象。胡斯的孙子是一个宿命论者，他认为，他祖父是在某种暗势力的干扰下才接受了这种想法。

"我不知道值不值得说一下这个。其实不像好多资料中记载的那样，很多资料说我祖父生于1900年，他实际上生于1901年，只是为了参军打仗才改了自己的年龄。如果他当时没有改年龄的话，那么现在我们也就不用坐在这里谈他作为奥斯威辛集中营指挥官的罪行了，仅仅是一年之差完全注定了他的一生。"

---

① Гилберт. Дневник. С. 346.
吉尔伯特：《纽伦堡日记》，第346页。

② Голденсон. Интервью. С. 452.
戈尔登松：《纽伦堡访谈录》，第452页。

“赖涅尔，你今年多大年纪?”我问。

“46岁。”他看起来要年轻一点。

“和你祖父被逮捕时的年龄差不多。”

“是的。”胡斯沉思望着远处，“他47岁时被执行了死刑。准确地说，其实是46岁。”

“你现在感觉如何?”

“挺好的。”赖涅尔笑了笑说，“跟我来，我给你看样东西。”

阳台窗子前大概一米的地方有一个猫的小房子，但是却没有猫。小房子旁拐角那里有一个两面都是驼色的软沙发。沙发脚放了一个宜家的长灯。墙上挂着一幅画着一大束绽放的玫瑰的画和一张照片，照片上有四个人。赖涅尔摸着玻璃框，食指所放之处稍稍有那么一点点灰尘。他说道：“这是我的孩子。这是丹尼尔，他28岁；这是我女儿娜蒂，24岁；这是莎妮，22岁；这是我的小儿子巴斯卡尔，15岁。我有四个孩子，我很难想象我会像纳粹一样去杀死邻居的孩子们，杀死那些和我交往了十多年、在街上打过招呼的人……”

我看了一下四张讨人喜欢的笑脸，又看了一眼赖涅尔，再看了看那四张笑脸，我对赖涅尔说：

“你的孩子们都很漂亮……”

他笑着说：“是的，不知何故我却高兴不起来。”

“如果你允许的话，我先整理一下思路，我们再开始吧!”

他在阳台上坐了下来，打着了打火机。他并没有抽烟，只是一次又一次地打着打火机，用手抓着火苗。

“赖涅尔，开始!”当摄像机再一次开始拍摄时，我对把我招呼到阳台上的胡斯说。胡斯说：“我也不知道怎么解释，为什么我没有保存祖父的照片。杀人，对于他而言，杀人似乎并不是什么特别的事情。对，他经历过第一次世界大战，但是在和平年代……不客气地讲，我认为他就像希姆莱一样，他不能见血，在枪决的时候还会晕血……”

胡斯抬了抬眉，注视着我。说来也怪，他很快就知道我想问什么了。

他坐在木沙发上，头向后仰着，点了支烟，吸了起来，向空中吐出了一缕长长的白烟。

关于鲁道夫·胡斯，官方的简介里这样写道：战争结束后，他于1918年加入了罗斯巴赫志愿旅团，于1922年10月22日加入纳粹党（证件号为3240）。1923年5月26日他与马丁·鲍曼参与了杀害小学老师瓦里杰尔·卡多夫的事件。但是真正让我们认识他的是他在奥斯威辛做指挥官的时候。下面是他在纽伦堡时和监狱的心理医生莱昂·戈尔登松的一段对话：

> “你杀害了什拉格杰尔移交的人吗？”
>
> “是的，我是杀人四人小组成员之一，我们打死了他。”
>
> “为什么要杀他？”
>
> “他是罗斯巴赫志愿旅团的成员，却私吞了钱去做违法的勾当，最后消失了……他叫瓦里杰尔·卡多夫，一个失业的德语老师，25岁左右。”①

“你知道吗？我的事情也不太顺利，什么也没有成功。祖父是一个没有感情的机器，但是他却没有亲手杀过人。现在，我大概清楚了一点。祖父入狱的原因是他参与了杀害瓦里杰尔·卡多夫的事件。”赖涅尔用他那双大眼睛直勾勾地看着我说道。

“那谁是真正的凶手？”我很好奇。

“马丁·鲍曼。”

“等一下！”我手边没有书，只能尽量回忆这段历史的细节，“我听说他们一伙人杀害这位老师，但最为致命的一击是你的祖父所为，我知道的就只有这些……”

胡斯像一个被老师逮到但知道正确答案的学生一样，他讪笑着答道：

---

① Голденсон. Интервью. С. 428.
戈尔登松：《纽伦堡访谈录》，第428页。

"我祖父的司机里奥说，不是我祖父杀死这个老师的，是鲍曼杀的。顺便说一下，这位老师是一位共产主义者。因为当时鲍曼已经成了家，而我祖父还是单身汉，因此他就替鲍曼坐了牢，似乎就这样提前决定了我祖父的未来。鲍曼很慷慨地报答了我祖父，他把我祖父引荐给了海因里希·希姆莱，说我祖父是和他一起在巴勒斯坦突击队打过仗的战友。经过法院的重新审理，认为我祖父并非蓄意谋杀，所以起初判处的 10 年监禁我祖父只坐了 5 年就出来了。随后鲍曼很高兴地把我祖父招进了他的部队。这次杀人行动就成了以后那些一连串事件中的一个小环节，也正是因为这个，我祖父变成了他以后的样子……"

胡斯在烟灰缸里捻灭了烟，像要把烟拦腰截断一样。我看见他捏着烟，没有一点声音，手指只是使劲地捻着。

我们坐在阳台上一个蘑菇伞下带靠背的木长凳上，我和胡斯之间隔了一个小桌子。我起身从阳台往外看，木地板发出了咯吱咯吱的响声。阳台的护栏上放着很多花盆，花盆里面养着很多花，有白的、粉的、黄的，各式各样的花。花香让我的鼻子痒痒的只想打喷嚏。花儿犹如用尺子规划过一样，各自保持着距离，尽力地在赖涅尔的白色房屋上绽放着。

突然，我右腿小腿肚旁边传来一声低响。我大叫着跳到了一边。

"噢，别害怕!"赖涅尔被我的惊恐逗笑了，"这是我家的兔子。"

"兔子?"

"是的，瞧!"他从我旁边站了起来，指着阳台的一角说。我看见笼子中趴着一只黑兔子，正在用它那红色的眼睛不安地斜眼瞅着我，它好像显得比我还要害怕。还有一只兔子挤在笼子里安静地睡觉，从我这儿只能看见它的背。

"怎么样？它们吓人吗?"胡斯关切地问道。他额头上的皱纹一动一动的，再加上他的那对招风耳，让他看起来很亲切、很友好，这很符合一个成年人的样子，"这些兔子是我的孩子们养的，他们很喜欢这些兔子。但是我们房子里面没有地方养它们，所以把它们放在了这儿。"

我走到笼子前，用手摸了一下铁笼子。在我看来，当你从外面看的时候，每一个限制自由的笼子都有它特殊的魅力。无可争议的是，因为笼子，形成了两个世界，两个不同空间。不知道兔子能否感知到这些。

我不知道为什么我从兔子的笼子联想到了纽伦堡监狱，还有和尼克拉斯·弗兰克散步的时候看到的兔子纪念碑。似乎，我这一生都将会把兔子与纳粹罪犯和监狱联系起来……

我和胡斯又坐了下来。我当然很想仔细问问，那些让他戒备的、让安娜·玛丽亚专门跑来要求我们提防的“他们”到底是谁。而且我还想弄清赖涅尔为什么要高价把他祖父的遗物卖给毒气纪念馆，他又为什么要保留祖父的遗物（贝蒂娜·戈林甚至连一张戈林的照片都没有留下来，她把那些都撕碎了）。或许，这两个问题间存在着什么联系。

“你什么时候、怎么知道你祖父是什么人的？是谁告诉你的？你父母吗？”

赖涅尔调整了一下坐姿，舒服地坐在阳台上，点了一下头表示听懂了问题，然后咔的一声打着了打火机，深吸了一口烟说道：

“我是在上学的时候，但我不会说出这所寄宿学校的名字。我的律师、安娜·玛丽亚也不建议我说出这所学校的名字，害怕说出来会给我惹麻烦。这是一所很有名的寄宿学校，很多上层人物都把自己的孩子送到这儿学习。那年我十一二岁，上七年级。晚上我和同屋的同学们溜到厨房，打开窗户爬了进去，拿我们周末吃的食物。那时候我们太想吃东西了。后来，我们被抓到了，被带到了校长那里，校长罚我们两周时间下课去花园里劳动。”

“太严厉了。”

“不，不严厉。”坐在我旁边的赖涅尔没来得及收起脸上的微笑说道，“这是当时典型的教育方式，应该说，这惩罚已经很轻了。我们到了花园，园丁从校长那儿拿到了名单，我们得在名单上签到。他说，我们得在这两周内每天来花园修剪草坪、树枝，每次三到四个小时。也就是完成一些我们这个年纪能胜任的轻活儿。但是我发现，我的同伴们都被派去薅菜畦的草，而我却被派去做捡干树枝、帮园丁搬木头这类最重的活儿。”胡斯的双手都加入他的讲述中，他右手的食指和中指夹着烟，一直在不停地动着，周围全是烟灰，而左手一会儿放在边上，一会儿放在桌子上，一会儿又攥成了拳头，“我被弄伤了好几次，但是园丁丝毫不在意。我还在想，可能是因为我在这次偷食物的事件中犯的错最多的缘故，所以才被罚得最重。14 天时间过去了，我的小伙伴们被告知不用再来花园受罚了，而我，却不能离开这儿。我去问校长到底是怎么回事。校长告诉我说，园丁向他抱怨，说我骗他，不好好劳动，简而言之，说我是一个坏孩子。虽然我和我的小伙伴们做的是一样的工作，我还是个坏孩子。而我也就不得不在花园里继续工作了至少六七周时间。这才叫严厉……”

“那么你后来从那个惩罚中解脱了吧?”赖涅尔用前一根烟点燃了第二根烟。我不是完全明白他说这些话的用意，所以小心翼翼地问他。

胡斯继续讲道：

“直到园丁打我之前，我一直都在花园里干活。我把他打我的事告诉了我的班主任，班主任去找了校长说不要让我去那儿干活了。班主任告诉我说那个园丁过去曾在奥斯威辛集中营待过，他看到了我的姓，知道了我的身份。”

“我可以理解园丁，但是难道因此他就有权向一个小孩子下手吗?”

“他有。”赖涅尔吐出了一缕烟看着我答道，“这个寄宿学校是隶属于教会的，所以父母将一切教育孩子的权利赋予了它，它在执行父母的职能，可以体罚我们。我的老师是第一个告诉我我祖父是谁的人。后来，我问过我父亲，也尝试着问了奶奶，但是他们总回答我：‘不是，不是，不是。他们说得都不对，我们和那个胡斯一点关系都没有。他们把你和鲁道夫·胡斯的孙子弄混了。你是鲁道夫·霍斯的孙子，和那个第三帝国的胡斯没有任何关系。’”

我得解释一下，鲁道夫·霍斯和鲁道夫·胡斯，这两个姓都会被翻译成胡斯，它们的不同只是一个字母。胡斯的姓是 Hess，而霍斯的姓是 Hoss，一个字母之差。

赖涅尔继续说道：

“我父母在家里没有放任何可以让我了解我祖父的文献资料。第一次获得关于我祖父的可信资料是去我祖父过去的司机里奥家里做客时获得的。从那以后我就只和他保持联系。开始我并不相信他，直到他死了很多年后我才发现，他说的一切都是真的。那些历史学家研究的文献资料让我很震惊。从那时候起我才知道胡斯到底是一个什么样的人。”

“等一下，要知道，你祖父那可是相当有名的大人物，虽然是个不太光彩的大人物。”

“当时我并不相信……为寻找那些现在只要谁想知道就能知道的真相，我找了很久，找了很多年……战后德国一直保持沉默，甚至我可以说整个社会都选择对此避而不谈。”胡斯把烟盒推给了我说。

他用打火机给我点了烟，我深吸了一口烟，而他像享受着烟味儿一样，深呼吸了一下，关心地把烟灰缸推给了我。也许，他下意识地把我当作他暂时的同盟了吧。

我吸进了一口浓烟，刺得我喉咙发痒，咳嗽了几下问道：

“赖涅尔，在那种情况下，你是怎么搜集你祖父的资料的？”

“首先我看了我家里有的兰克·巴茵写的《奥斯威辛集中营里的人们》这本书，然后我看了波罗·沙特写的《奥斯威辛集中营的指挥官》。那个时候还没有因特网，寻找补充材料是一件很复杂的事。那时候我只有这两本书。随后不久，BBC 播放了一个系列节目，还播放了一个名为《一个德国家庭的历史》的纪录片。但是没有有关胡斯的其他信息。我在慕尼黑档案馆里也没找到任何关于我祖父的信息，甚至连一张照片也没找到。后来网上可以找到两三张照片，包括被绞死的照片。还有一张照片，照片里他的脸被打破了，鼻子出血了。直到 20 世纪 90 年代中期著名的《晓克尔日记》出版了，里面有我祖父和明格里以及一些其他人的照片。除这些之外有关我祖父就没有更多的信息了，我也不知道去哪儿才能搜集到。我在《明镜》（Der Spiegel）杂志上看到过一篇有关我祖父的文章，这让我决定要自己调查一下。我的一位很好的朋友，他是一名记者，他在搜集资料方面帮了我不少忙。而我，不管我去哪儿找谁，都没有人告诉我答案。”

“一般泄露这种信息都是要受处罚的，你听说过别亚特·尼曼吗?”我说。

“尼曼?”赖涅尔看上去很惊讶，他在脑子里搜寻着这个姓氏，“尼曼，尼曼，尼曼……我想不起这个姓了。”

“那你对扎特列尔这个姓熟吗?”我问道。

“好像在哪儿……对了，这好像是和盖世太保有点关系。”

“你说到点子上了。这是贝尔格莱德盖世太保头子。他使50万人丧失了生命，这个数字是你祖父杀死人数的五分之一，最少五分之一……”

“那扎特列尔最终如何?”赖涅尔问道。

“也没什么特别的。”我假装没发现他高涨的好奇心说道，“别亚特·尼曼，一个中年妇女，她父亲在战后被逮捕了，在德意志民主共和国的监狱里被关了25年，最终死在监狱里。他的女儿一生都在调查父亲到底为什么被关了起来。他女儿为了能见他父亲一面，以志愿者的身份在监狱里工作，和囚犯们打交道……扎特列尔死后，他女儿决定控告当局为自己的父亲平反昭雪，控告他们将一个无罪的人在监狱里关了几十年。”

“她为什么认为她父亲是无罪的?”胡斯又抽了一口烟问道。

“和你的情况一样，所有相关文献都是保密的。家里人都站在父亲这边，妈妈和姐姐告诉她，父亲是非正义政权的牺牲品，那栋扎特列尔家拥有的房子就是证明。据说她的父亲救了一位犹太女士里奥，让她躲过了盖世太保的迫害，然后这位犹太女士为了报答他，临死前将房子留给了他……”

“干得漂亮。”赖涅尔点头称赞道。

“嗯，对！我同意。别亚特·尼曼决定去查查这位幸运的被救的里奥女士。她去了返还战前财产部门才得知，她的父亲不只是简单地讹诈了里奥女士。她父亲写了一个字条给里奥女士说，如果她低价把这栋房子卖给他，他就不把她驱逐出境。但是在得到房子的 14 天后，里奥女士还是被驱逐到了泰雷津集中营，然后又被弄到了奥斯威辛集中营，最终死在了那儿。”

胡斯深深地吸了一口气。

我继续说道：

“她的妈妈和姐姐对她隐瞒了一切，骗她说她的爸爸是一个好人。但是当这个谜团慢慢地解开后，别亚特知道了她那个‘无罪’的爸爸杀死了 50 万人。这就是历史。顺便说一下，她认识尼克拉斯·弗兰克。”

“啊？”我发现，一提到弗兰克的名字，赖涅尔总会有不同寻常的反应，似乎变得放松了一点，平静了一点。

别亚特·尼曼在书中写道：

> 当我从《斯特恩》的一篇文章中读到尼克拉斯·弗兰克的书出版后，我从他的书里面知道了一些我父亲的事。那个时候我告诉自己，这影响不了我，我父亲是清白的，他不会像弗兰克那样犯下如此的罪行。我是在五六年前才读到这本书的，关于他母亲的那本书我也读了，我还去过他在柏林犹太博物馆的推介会。我和尼克拉斯·弗兰克聊得很愉快，我很喜欢他的论据，很欣赏他的严谨和坦白。但就书本身而言，并没有引起我的任何共鸣，因为他的书是写他父亲的，是写有关他父亲的历史的。而我并没有和父亲相处过，所以对此我自己的一些看法也就没有什么信服力。这两本书的直白使我特别惊慌，但是我明白，他也不可能换种方式去写，所以对此我不予任何评价。

胡斯默默地抽着烟，沉默了很长一段时间问道：

“她现在怎么样了？”

“还好。”我平静地答道，“去学校给孙子辈的人讲类似纳粹为什么不好这样的一些话……”

“她做得对。”赫斯点了下头，陷入了沉思，似乎决定了些什么。我打断了他的沉思问道：

“赖涅尔，据别亚特说，当她得知她父亲究竟是个什么人的时候，她特别气恼，甚至生了一场大病，那么你在得知你祖父的事情后，你怎么样了吗？虽然有关你祖父的资料并不是很多，但是当你得知了这些以后，你是什么感受？”

胡斯并未多加思考说道：

“我读了波罗·沙特的书，书中说我祖父在波兰被捕后那些人对他很人道，我惊讶得头发都竖了起来。要知道，他给那些人带去了多大的痛苦和伤害呀！我没法想象他们竟会这样待他。”

在死刑前的一个半月，赖涅尔的祖父写完了回忆录，他这样写道：

如果在这里我没有遇到我从未有过也从不奢望的人性和谅解的话，我永远不会说出我的所作所为，不会公开我的秘密。为了感谢这里的人性和谅解，我将尽我所能还原事实的真相。但是，我请求在引用这些资料的时候不要公开我的妻子和家庭，不要公开我内心的感情和绝望。

公众可能认为我是一个嗜杀成性的禽兽、暴虐狂，是杀害了成百万人的凶手。在大众眼里，奥斯威辛的指挥官也就应该是这个德行。但是他们永远不会明白他曾经也有良心，他曾经也不坏。

这些话包含在140页的回忆录里。

我写的一切都是在自愿的情况下，并无任何的强迫。

鲁道夫·胡斯

克拉科夫1947年2月

坐在我对面的赖涅尔·胡斯重重地叹了一口气说道：

“有关我祖父的说法五花八门。有一些大学者，如弗里宗，是完全否定犹太大屠杀的。他认为，我祖父是被刑讯了，监狱对他很残酷，他是在恐吓下才写下这些的，所以我祖父所写的那些回忆录及其他东西都是骗人的，完全不可信。因为资料特别少，所以我期望能出现一些更为真实可信的资料。

“我从来没有想过什么时候有什么人会来找我要我承担责任。你们明白，如果哪儿有什么不顺了，一些人会认为都是那个始作俑者的错，这在德国不言而喻。但我从来没有想过，什么时候需要我负责。

“而说到人性的……”胡斯没有让我说完这句话。

“这与事情毫无关联。”这就是奥斯威辛原指挥官的简洁的回答。

“你什么时候预感到，你将会被控告并绞死？”

“在元首死后，在法西斯垮台后。”①

我不清楚，近20年间有关他祖父的资料大量地出现对这位奥斯威辛指挥官的孙子赖涅尔来说是福还是祸。鲁道夫·胡斯这位大人物现在已经引起了广泛的关注。

“《明镜》杂志的记者曾来找过我母亲，他们希望得到我祖父留下的所有文件资料，并把这些发表出去，以此来纪念大屠杀四十还是五十周年还是奥斯威辛解放四十周年。我阻止了我母亲。我说，我有孩子，这样做的后果很难预料。我妻子出于对孩子安全的考虑，也不同意拿出这些文件资料。她说：‘就眼下这种状况我们的麻烦已经不少了。’因此所有资料就这样继续放在我们家老房子的地下室里……”

我深吸了一口烟，在赖涅尔赞许的目光下，下定决心问道：

---

① Гилберт. Дневник. С. 325.
吉尔伯特：《纽伦堡日记》，第325页。

“一旦出版，死难者的后代会报复你，报复你的家人……”

赖涅尔哈哈大笑起来，声音是那么的洪亮，但一点都不高兴，他说：

“怎么会，你说什么呢！他们没有人会来报复我们。我祖父的许多东西公开以后，他们中间的许多人还给予了我精神上的支持……”

“嗯，是吗？”我在黄粉的圆形烟灰缸里熄灭了烟，从后裤兜里掏出一沓热热的纸说道，“听着！奥斯威辛指挥官鲁道夫·胡斯的孙子建议以色列大屠杀纪念馆购买其祖父的遗物。购买！”

赖涅尔点了下头说道：“很显然，你终究还是读过这些垃圾……”

“以此可以推断出，有人在刻意诋毁你……”

“太好了！”胡斯试图保持自己的微笑，说道：“这是一个彻头彻尾的谎言，荒诞透顶的文章。但是我很感兴趣，你是不是也相信这个？啊？你是相信这个了？”

赖涅尔强作欢颜，打着了打火机，玩着火苗，就如先前一般刺激我。

“我不知道该相信什么。你自己很清楚，每个人都有自己的标准。既然这样，那你就告诉我你的真相。为什么会出现这样的文章？从哪儿出来的？人常说：无风不起浪呀……”

赖涅尔跷起了二郎腿说道：

“起因是几年前我糊里糊涂地给毒气纪念馆写了一封信。我在信里是这样说的：‘已经过去这么久了，我留有我祖父的一些私人物品，有一些是海因里希·希姆莱给我祖父的，还有一些文件资料我不知道该如何处理。因此我希望在毫不张扬的情况下找到合适的、安全的买家，以提防那些危险分子、那些以收藏奥斯威辛指挥官东西为荣的人。’在信里我问毒气纪念馆是否需要这些东西，而且我也说了，我不能亲自给他们送过去，因为我，似乎是这个世界上唯一一个多年来不愿踏进这个纪念馆的人。我的姓氏没有被写进去，他们不可能知道我是谁。这些都没有在那篇指责文章中写出来。不错，是有两百多万人……死于我祖父之手，但我只是他的孙子而已，我从来没有伤害过任何人……这真无聊，太不可思议了……”

“毒气纪念馆的以色列人怎么说?”我提醒赖涅尔道。

“我觉得，毒气纪念馆的工作人员并非想要给我造成什么伤害。可能，他们只是没有明白我的意思而已。我难道是一头彻头彻尾的猪吗?我会向他们要钱?难道是我的姓氏让他们先入为主，给了他们这个理由，让他们这样理解我?我在信里没有提及我的姓氏。”

“但是文章中说，你丢了工作，你需要钱。”

“还说了什么，请继续说完。”

很明显，赖涅尔很不喜欢我的追问，但是对于我来说，弄清事实的真相最为重要。

“那篇文章还写道，我和冯·席拉赫的家人一起决定要卖掉这些东西。你相信这种说法?这难道不荒谬吗?我是一个正常人，我想要逃离，现在我不得不把这些东西存在银行的保险箱中。我已经把大部分资料捐给了德国的一个博物馆……尽管……”赫斯突然笑着说，“我要承认，我确实丢了工作。”

“什么工作?”

“我做过各种各样的工作，我曾经是仓库的管理员。”赖涅尔停顿了一下说道，“但是现在，因为安娜·玛丽亚我成了一名作家。对，我在写关于我祖父的书，写他那段相当复杂的历史。”

“写这类祖辈的历史现在很时髦。”我扳着手指数道，“弗兰克写过，冯·席拉赫写过，希姆莱的孙侄女卡特琳也写过。很难想出哪个纳粹大人物的亲属没有写过祖辈的历史。”

“你发现了吗?我也很愿意将写这本书的权利和机会让给我父亲，那样我就能活得更轻松些。因为我的祖父并非是那种声名显赫、挂满勋章、凌驾于众人之上高喊‘希特勒万岁!’的人。围绕我祖父也没有什么引人入胜的创作点，没有现在的那个所谓的‘纳粹美学’的素材。围绕他的只有死尸、焚尸炉和骨灰。他夺走那些将要烧死的囚犯的衣服，大发囚犯财。”

请相信，站在堆积如山的死尸面前，闻着那从焚尸场源源不断涌过来的尸臭并不会带来巨大的满足。但是希特勒给我们下令，而且还给我们讲为什么要这样做。我确实也没有费神去考虑他这样做到底是对还是错。我只是简单地接受命令，执行命令。我认为必须这样做。①

“作为一个杀害了两百多万人的有名的纳粹分子的儿子，你父亲为什么不像其他有名的纳粹分子的子孙后代一样，他为什么不写一本有关自己父亲的书？”

“哦……”赖涅尔拖着调说，“这也是一段很吸引人的故事。你会说‘将自己公之于世，写一本书出版，乞求那些受害者后代们的饶恕……’但在我从其他渠道得知祖父的事情以前，父亲从来没有对我讲过祖父的任何事。我父亲汉斯·鲁道夫的行为发人深思。还记得我说过的那个寄宿学校花匠的故事吗？我父亲知道那件事后，还是回避我的追问，他搪塞我说，那个花匠把我和那个纳粹分子胡斯的孙子搞混了。这样行得通吗？如果我要给我的孩子们讲他们祖辈的事，我会讲实话，让他们可以相信我。因为孩子们从没有想过我会骗他们，而我的父亲骗了我。这是他对我做过的最过分的事情了。当然，我尝试追问过他，结果就是我的父亲对我说这些不是我应该关心的事，不是我应该涉及的事。从那之后我就再也没有问过他这些问题了。我的祖母也从不给孙子们说这些事情，一个字也没有跟我们透露过。对她自己的孩子们，或许说过些什么，但是对孙子辈从来没说过任何事。为什么呢？祖母肯定知道祖父所做的一切，她生活在他的圈子里，与他的所作所为有关联。”

是的，我总是孤身一人。当然，我爱我的妻子，但真正意义上的亲密无间是不存在的……我的妻子总觉得我和她在一起

① Гилберт. Дневник. С. 336.
吉尔伯特：《纽伦堡日记》，第336页。

时我感觉不到幸福，但是我对她说这就是我的本性，无论怎么都改变不了，所以只能去接受和忍耐。当我妻子知道我在奥斯威辛到底在干什么的时候，我们之间已经没有任何爱欲可言了。虽然从表面看并没有发生什么变化，但是我觉得我们之间已经彻底疏远了。这是我事后才发现的。①

"祖母在祖父的圈子里占有重要的地位，她是奥斯威辛指挥官的妻子。毫无疑问，她很清楚所有的一切。"赖涅尔说，"近几年，多亏了网络和华盛顿大屠杀博物馆我才接触到了大量的文献资料，而这些所有的文献资料都证明了一件事，那就是我的祖母大发死难者财。当时住在那儿的士兵们也证实了这一点。'住在奥斯威辛的那一家人，过得非常好。'这样的描述几乎在很多资料中都可以看见。祖父拥有着一切，成百上千的人归集中营管，他随时随地、随心所欲地招呼人为他服务，享受着人们对他的伺候。是的，我的祖父拥有着几乎难以想象的一切，只要他想，不用任何许可他就可以拿过来。他有着属于国家、波兰和犹太人的别墅，他在花园里种着波兰从未有过的花草。我想胡斯的孩子们也不会拒绝这些东西的，尽管他们距焚尸炉仅 100 米远。"

我们的屋子就在集中营大门的对面，它原来是波兰一个炮兵部队首长的。我刚来奥斯威辛的时候，这个房子还没有完工，是我把它建好，还在花园里种了花草。不算浴室和厨房，房子里有 10 个房间，但是都不怎么大，没有什么特别的地方。②

"祖父的司机里奥也是这样讲述的，一开始他还在隐瞒，因为他一

---

① Гилберт. Дневник. С. 335.
吉尔伯特：《纽伦堡日记》，第 335 页。

② Голденсон. Интервью. С. 452.
戈尔登松：《纽伦堡访谈录》，第 452 页。

直把祖父当作自己的偶像，当成超人的化身。我了解祖母，我和希姆莱的女儿熟识，这是一个完整的关系网。她在战后还工作过很长一段时间，但她奢侈的生活一下子就没有了，我父亲也同样如此，原来家人都过得很富裕，但是一下子那种生活就消失了。古德隆忘不了那种‘万人之上’的感觉，当时甚至连纳粹分子的孩子们都知道他们拥有着至高的权力。难以想象，集中营的囚犯会只因对指挥官的孩子说了一句重话而被处死。当这些锦衣玉食的生活突然消失以后，这些孩子们会怎么样？就拿我父亲来说，他过得不错，但是我却不得不生活在谎言里，因为我缺少一个通情达理的父亲……”

“他现在怎么样？”趁着他从烟盒里拿烟的机会我问道。

“我和父亲没有联系了，也不想和他再有什么联系了。我不知道他是死是活。诚实地讲，如果我父亲现在正处于弥留之际，需要药物治疗，我都不会帮他的，大概我所能帮他的就是帮他赶快死亡，不管这听起来有多么的残酷，他在我生命里没有起到任何积极的作用。”

赖涅尔把烟盒递给了我。

我很想拒绝，但又觉得难为情。我说道：

“你的祖父于1947年被绞死，你不了解他，但是我想，你越了解你的父亲，你就会越了解奥斯威辛的指挥官。因为汉斯·鲁道夫是他驯化的产物。”

胡斯点了点头说道：

“这才是唯一的结论。我自己曾尝试着用这种方式来写一本书，我尝试从另一个角度纵观全局，所以我接受了你们的采访。对我来说，公开谈论这些甚至也是一种获得某种结论的方法。”

1946年在克拉科夫，胡斯在纽伦堡审判提供证词后被告知他有权拒绝开口，有权拒绝写回忆录。但是这位原指挥官是一位很讲求细节的人，他在牢房里决定接受审讯。他像一台精密仪器，说出了所有对调查有用的细节，似乎并没有考虑到自己将会为此付出什么代价。他说：“我从开口讲述自己的一切，就已经不为自己担心了。我已经走到头了，但是我的妻子、我的孩子们呢?”①

侦讯人员保留了胡斯在法庭审理期间的一切记录，所有的一切都指出他是一个极其爱慕虚荣的人。他不像纽伦堡审判中的其他被告人，他从不美化自己的行为。鲁道夫·胡斯是一个很有条理的人，他富有热情地写着回忆录，在回忆录里记录自己的生活、工作、职责以及一切在他身边发生的事情。

一天，两个小孩玩得入迷了，他们的母亲无法阻止他们玩耍，甚至尸捡队的犹太人都不愿意插手这件事。我忘不了他们的母亲那恳求的目光，因为她知道接下来会发生什么事。处在毒气室的人们开始不安起来。我应该做些什么，所有人都看着我呢。我示意了一下当值的士兵队长，他抓住孩子们的手，把他们和那位号啕大哭的母亲一起推进了毒气室。这时我愧疚得想钻进地缝里去，但是我并未表露出我的感情，我必须很冷静地看着这些场景。我就是如此日复一日地重复着这样的过程，看着他们烧掉尸体、拔掉尸体上的牙齿、剪掉头发，看着这些恐怖的死亡不断地重复。我必须每时每刻都呼吸着死尸和焚尸时散发出的那令人无法忍受的恶臭，我必须观察毒气室里恐怖的死亡过程，因为医生要求我坚守在那里。我不得不这样做，因为所有人都在盯着我，因为我必须向所有人表示我不仅仅是下达命令的那个人，而且我还是执行命令的那个人，我准备好了做所有的事情，这是我的肩章赋予我的使命……

有一次刚好我在巡视牢房，一个拖着四个孩子、抱着最小的孩子的母亲小声问我：“你怎么忍心杀死这些可爱的、美丽的小孩？你难道没有心吗?”一个老人在去毒气室的路上带着

---

① Автобиографические записки Рудольфа Хёсса.
《鲁道夫·胡斯自传》。

因仇恨而发红的眼睛小声对我说："德国会为它大量残杀犹太人而受到报应。"随后他目不斜视、毫不畏惧地走进了毒气室。还有一个年轻的女子给我留下了更为深刻的印象，她热心地帮助小孩和老人们一个一个地脱去衣服，在那组人里面也有她自己的两个小孩。我记住她是因为她的外表和她那忙碌的样子，完全不像是一个犹太女人。她的孩子们先走进了毒气室，她最终被分到了还未脱衣服的妇女和小孩那一组，她依然温柔地安抚着孩子们，和最后一组人走进了毒气室。在毒气室门口她停了下来说道："我从一开始就知道我们会被带到奥斯维辛，我们将被毒气毒死，我带着我的两个孩子有意没有去那个成人组，我要看看，我要经受的一切，我希望这一切很快将会过去。祝你好运！"①

在纽伦堡主审纳粹战犯的时候，胡斯已经引起了从被告席到法官、辩护人，当然还有监狱心理学家和精神医师的好奇。如果仔细端详他那毫不引人注目的大脸盘，那面无表情的样子一点都没有吸引人的地方。周围的人都在试图寻找一切奇怪的地方，寻找着可以将这位奥斯威辛的指挥官认定成一个精神病人的地方，但是他并没有什么显著的表现。更为奇怪的是，这位奥斯威辛指挥官表现得比正常人还正常。

1963 年，哲学家汉娜·阿伦特写了一本经典作品②，阿伦特称："对艾希曼的审判最让人惊讶的是许多心理学家都认为他是一个正常人。其中一个心理学家感叹道：'跟他聊天之后，我越发肯定他就是一个正常人。'"

对艾希曼展开审判的一切说法使阿伦特得出了她著名的结论："艾

① Автобиографические записки Рудольфа Хёсса.
《鲁道夫·胡斯自传》。

② Арендт Х. Банальность зла: Эйхман в Иерусалиме. Нью – Йорк.
汉娜·阿伦特：《邪恶的陈词滥调：艾希曼在耶路撒冷》，纽约。

希曼的问题在于他不像那些心理扭曲者和暴虐狂，他过去和现在都是一个特别可怕的正常人。”①

鲁道夫·胡斯也是一个“可怕的正常人”。我曾从一处看到过说他是正常的，但却又不完全正常。监狱心理学家古斯塔夫·吉尔伯特指出：“胡斯对什么都漠不关心，甚至都不关心他即将被处以绞刑，似乎没有什么可以令他不安。对他的普遍印象就是：他的心理承受力特强，也非常冷漠，对一切明显地缺乏反应，还有一些精神分裂症患者的症状。”②

古斯塔夫·吉尔伯特十分仔细地记录下了被告席上每个受审人物的所有行为反应，其中就包括奥斯威辛指挥官的反应，“用餐时这里一片寂静，所有被告必须坐在自己的位置。按照规定，如果我不在场他们就不得随便交流”③。

波兰总督汉斯·弗兰克，就是我已经介绍过的尼克拉斯·弗兰克的父亲，1946 年 4 月 5 日纽伦堡审判时针对胡斯的发言说：“这是这次审判的最低点。我怎么能相信，一个人能如此冷漠地宣称自己夺去了这个世界上 250 万人的性命。关于这一点千年之后人们还会继续谈论。”④

第一个站在被告席上的纳粹分子赫尔曼·戈林不得不承认在奥斯威辛所犯下的骇人听闻的罪行时说：“不，绝对不可能，这没有可信度！胡斯要不就是接受了其他人的命令，要不就是……”戈林反复思考了一下说，“当然，在这种情况下，他也可能会让其他什么人去完成这个

---

① Зимбардо Ф. Эффект Люцифера. Почему хорошие люди превращаются в злодеев. М.: Альпина нон - фикш, 2013. С. 438.
吉姆巴托·弗：《路西弗效应——为什么好人会变成坏人》，莫斯科：阿里平诺恩 - 菲克什出版社，2013 年，第 438 页。

② Гилберт. Дневник. С. 336.
吉尔伯特：《纽伦堡日记》，第 336 页。

③ Гилберт. Дневник. С. 343.
吉尔伯特：《纽伦堡日记》，第 343 页。

④ Гилберт. Дневник. С. 343.
吉尔伯特：《纽伦堡日记》，第 343 页。

任务。”①

里宾特洛甫双手抱着头不停地小声重复道：“1941 年，1941 年，1941 年！我的上帝！难道胡斯真的说的是 1941 年?”（1941 年被称为种族大屠杀年——《事实与论据》报纸）②

“这一切却没有吓倒我的父亲……”赖涅尔有些痛苦地看着我说，“应该说这很遗憾！对于谈话来说，这不是一个轻松的话题。就像祖父其他的孩子一样，父亲仍安心地住在奥斯威辛，看着那里发生的一切，对一切都很满足。囚犯们为他服务，满足他一切任性的要求，给他建了一个花园……当然，父亲很难适应战后的生活，因为他已经不再是那个在第三帝国占据显赫位置之人的儿子了……”

“你是想说战后纳粹主义并未彻底灭亡?”

“纳粹主义仍活在一批像我父亲汉斯·鲁道夫那样的人身上。”赖涅尔回答说，“我父亲在一家垄断联合公司做销售，做到了部门经理的位置。这是一家瑞典公司。在瑞典，总的来说对一切都很随意，没有任何限制和顾忌。工作单位也有右派集团存在，而且，这是一个有相当明确目标的团体。右派集团中有一些是因为对待军士，不，是对士兵不好而被降职的德国联邦国防军的原军官。我记得有一个年过半百、挣钱很多的人，他经常对我父亲讲他是如何在集中营服役的。他们经常在斯图加特举行集会，纳粹万字标和其他一些有意义的标识会出现。对于他们来说，外界怎么看他们是至关重要的，而至于外界怎么对待我们，他们则毫不关心。对于我父亲而言，成功的标志就是穿着浆过领子的白衬衫，上帝都不敢轻触。父亲总觉得自己是最优秀的，是不应该干体力活的。”

“我很好奇，他对教会持什么态度? 毕竟鲁道夫·胡斯小时候是热忱的天主教徒。是的，你的父亲把你送到了教会的寄宿学校，这意味着

---

① Гилберт. Дневник. С. 326.
吉尔伯特：《纽伦堡日记》，第 326 页。

② Гилберт. Дневник. С. 367.
吉尔伯特：《纽伦堡日记》，第 367 页。

些什么呢?”

赖涅尔变得开心起来，但是看得出来这是一种神经质的表现。

“你觉得，我的父亲会没日没夜地待在教会里？恰恰相反，他憎恨教会。教会、神父对于他来说，这些人是绞死他父亲的凶手。他如此抱怨说：‘他们忘记了我的父亲。’为什么这么说？从哪儿说起？我永远无法理解。但是关于你问的我父亲是否信教的问题，我想答案是显而易见的。”

“好吧。那现在你能告诉我你在怕什么吗?”好奇心已经战胜了我，甚至可以说我就像惦记着什么的女贼一样。

胡斯看着我，就像一个成年人看小孩一样，他深吸了一口气说道：

“我并不是为自己担心……”

“这个故事如何与毒气纪念馆扯上关系？是以色列情报局摩萨德追捕你吗？谁需要你?”

“需要我的人是你想象不到的。”赖涅尔打着了打火机，这个动作使我都快疯了，“如果你们关掉摄像机的话我会再告诉你们一些事情，你不反对吧？只是现在我想再去给大伙儿煮点儿咖啡……我也可以在摄影机前面讲这些，准确地说是我必须这么干。但是你先听我讲一下，然后再对我说的稍稍修改一下……这事情发生在六七年前，我有事去了一趟瑞士，在那儿认识了一个有钱人，他是瑞士的银行家 S。”赖涅尔只说出了他的姓，我完全猜不到这个人是谁，但是他转过来对我说，“你不会告诉别人吧？他是一个很有名的人。”

“不会的。”我真诚地回答。

“总而言之，这个人是一个银行家。我那个时候也不明白他为什么这么讨好我。很明显，我和他不是一个世界的人。但当我们谈了一会儿后，我们彼此都很欣赏对方。然后他对我说：‘你能在瑞士多待一天吗?’我答应了，并重新入住了酒店。他说：‘我有一个大别墅，如果你能来我这里共进晚餐的话，我将非常荣幸。还有，如果你允许的话，我想邀请一些其他朋友，他们都很想认识你这样的有志青年。’我告诉他说我当然会去。他说晚上 8 点前会派自己的司机来接我。到了晚上 8 点，司机果然在酒店等我。”

“你们一切顺利吗？”安娜·玛丽亚突然走到了阳台，看着满阳台烟雾缭绕，她皱着眉头问道。天啊，作为一个采访者，我完全忽略了她这个代理人的存在。

“顺利！”被这个中年妇女吓了一跳，我们异口同声地答道。

“赖涅尔，你说话小心点。”她说道。

“当然。”赖涅尔把烟灰缸推到了一边，显然已经不想抽烟了，“你看见了吧，我们已经把摄像机关了。”

“后来呢？”当那位谨慎的安娜·玛丽亚一走出阳台我马上问道。

赖涅尔神经质地笑了。

“请想象一下这样的画面。我站在漂亮的大别墅门前。”胡斯似乎按了一个什么隐形的门铃按钮，“我在想，这人可真有钱呀！主人给我打开了大门，伸出头对我说：‘我给你准备了一个惊喜，请进！’除了他，旁边还站了一些其他人，我什么也没记住，现在我也回想不起来他们的脸，但是当时我觉得他们都不是‘泛泛之辈’。更糟的是，他们抬起手用纳粹的方式、以党卫军的手势欢迎我，这位银行家也不例外。这是个想嘲笑我的假面舞会吗？他们在耍我？但是后来我又想，这不对呀！我没有对这个人说过我是谁，我的祖父是谁呀。这是……”

“他知道一切……”

胡斯用力地点了下头，肯定了我的想法。

“我们上午的会见估计也是他在知道了我是谁后安排的。”

“然后呢？”

“我不能打所有人的脸呀！”赖涅尔可爱地笑了，“他们人很多。我问他们为什么这样，这是什么意思。这确实让人很难一下子相信这一切……他们想让我和他们一块儿干，他们想让我领导一个在德国南部极具影响力的纳粹运动组织。他们的资金来源于瑞士，他们身穿党卫军服装，表示很荣幸能和我共进晚餐，他们中的大部分人都很严肃地对我建议，说我应该留下来，他们需要我，需要我这个姓氏的人，我才是祖父的真正后人，只有我这样的人才会有一群人甘愿追随……”

“简而言之，他们对你说……”

“做我们的元首吧！”

“见鬼，我没想过会发生这样的事。”我不知怎么就说出口了。

“见鬼。”胡斯重复道，“我当时也是这么想的。”

“这就像演电影一样。”

“这就是生活。”赖涅尔忧伤地说道，“这就是我的生活。”

“那么，你怎样描述你的这些同志……我想说，他们是一大群病态的小丑……”

赖涅尔脸上一点表情都没有。

“接下来才是真正的地狱。我对这些人说，我不留下来吃晚饭了，我的祖父很凶残，他是一个杀人狂，但我不是这块料。可是这些人说他们还会找我的。”

“也许，找不到……”我拍了拍赖涅尔的肩膀说。

“他们找到了，还不止一次。”胡斯回答道，“而且以后还会找到的，他们有时间、资金、耐心，甚至还有权力。”

“你有点草木皆兵了吧。”我说，“他们就是买艘游艇，玩玩姑娘，口头奉你为元首而已。傻瓜，你是天下数一数二的傻瓜。有必要吗？这些假党卫军值得你如此担惊受怕吗？”

“我确信他们有这个实力。”赖涅尔揉了揉额头，“更愚蠢的是我的亲戚们，他们大气儿都不敢出，因为他们根本不指望国家能做些什么，国家对此毫不在乎，这儿发生了什么，在电视上没有一点动静。哎！算了。”

他从凳子上站了起来，背对着我朝远处望去。

“如此庞大的纳粹团体怎么能没有自己的领导呢？这已经足够滑稽了。他们找你，也就是说当时还没有领导，对吧？那在当时，这也就是一个很普通的团体。”

“当时是有的，过去也是有的，是一个同性恋……”

“同性恋？赖涅尔，你在开玩笑吧，同性恋纳粹分子？领头的是一个同性恋纳粹分子？”

“听起来是不是好笑大于恐怖。他们中间还有一个黑人呢！”

胡斯环视了一下周围，莫名其妙地看着我，试图搞清我为什么会有如此剧烈的反应。

“以前有过同性恋纳粹分子，他是头目，长得非常酷，但是他死了。恰巧这个时候他们遇到了我，他们就想要我当这个‘元首’。”

“你有没有想过，他们是不是以某种方式除掉了他……”

胡斯耸耸肩道：

“他们杀了他。当时我也像你一样，也不信什么巧合，我提了一个和你同样的问题，我对他们说：‘你们应该是有首领的。’他们对我说：‘这不是什么问题，他不算数。’”

“看，怎么样！”

现在急需打破阳台上压抑的氛围，阳台上的兔子都不吵了。

“现在你已经可以正常地生活了。”我说，“我想现在一切都已经结束了吧，因为你已经躲了起来。”

“现在变得更糟了。我有妻子和四个孩子，我不知道该怎么应对。只改名字是应付不过去的，因为他们知道我是谁。”

“他们折磨你多久了？”

“从那次我在瑞士遇到他们开始。我和尼克拉斯·弗兰克已经说了很多次了。但是，你告诉我，就凭我们两个怎么能对抗他们？国家只会当缩头乌龟。我尝试去过警察局，但单凭匿名信和匿名电话还不行，我所指出的嫌疑人完全不符合传讯规定。更何况这个人还是瑞士一个很有钱、极具影响力的人物。”

赖涅尔长舒了一口气，我以为他又要抽烟了，但是他没有。他说：

“他们说会以某种方式折磨我，会烧死我、勒死我，我已经习惯了这种信。我已经厌倦了从门缝下、从我住地的任何一扇门下拿到匿名信，我不想让我的孩子们知道那些人也想这样对付他们。这些我妻子全都知道，她一直很担心，所以这次我不想让她再一次曝光。”

“我以为他们会采取一些更聪明、更温和，比如拿钱收买这类手段……”

“有过。”胡斯舒了口气说，“现在也依然这样，以不同的名字尝试所有的方法。他们发现新人选后就对其许以诱人的条件。当然，就像你看到的，我并不富有。但是和他们扯上关系、享受他们的恩典，肯定要拿什么去交换，最终一定是死路一条。”

我坐在了笼子前面，看着红眼睛的黑兔子琢磨着赖涅尔刚刚说的话。这真令人不敢相信，怎么会有这样的事！但是很明显，他没有骗人，没有编故事，没有演戏。他只是在叙述一个事实而已。我知道希姆莱的女儿古德隆·希姆莱的事。希姆莱的女儿已经相当年迈了，但是她仍然在继续干着她父亲的事业，她援助原来的党卫军，为他们平反，还领导着一个“秘密援助”的地下组织。

我在木地板上调整了一下身体，坐得稍微舒服了一点儿，把手伸进了笼子里，不知道兔子会不会咬我。虽然这只兔子的眼睛红得好像杀人犯的一样，但是兔子好像不是食肉动物，不是职业杀手。

“我有两个问题要问你。”我看着兔子说道，“赖涅尔的‘瑞士男孩们’和古德隆·希姆莱有关系吗？这和毒气纪念馆又有什么联系？”

“你在和谁说话？和兔子吗？”赖涅尔甚至都没有转过身就问我说，“我的孩子们，特别是最小的那几个很喜欢这只兔子，像你一样他们会坐在那儿和兔子讲话。巴斯卡尔特别喜欢这只兔子。我其实可以把它们放出来的，但是它们一出来就会啃掉这儿所有的花。另外，我儿子还特喜欢拖着长长尾巴的西伯利亚老鼠……我刚才好像听见你说‘希姆莱’？”

“我想知道那些新纳粹分子和这个‘秘密援助’组织有没有什么联系？也许她和那个瑞士银行家是一伙的，或者他们是这个圈子里的什么……”

"我觉得他们之间没有任何关联。"胡斯平静而坚决地说道,"秘密援助"组织和瑞士那边并没有什么联系。据我所知,那些老人只是互相帮助而已,他们也就是坐在铺着绣有万字图桌布的桌子边回忆过去,这就是他们的集会。古德隆有一个扶助党卫军老兵的团体,而这个银行家,他致力于组织新纳粹活动,在年轻人中间宣扬普及新纳粹主义思想。思想宣传对他是第二位的,放在第一位的还是做生意,为此他们可以杀人……"

"那和毒气纪念馆有什么关联呢?毒气纪念馆的故事最后怎么样了?"

"没怎么样!没怎样,除了一些麻烦。"

"是因为以色列人吗?是他们的反应?"我在桌边坐了下来,坐在了赖涅尔旁边,但是不再抽烟了。

"不是,不是的。祖父的遗物激起了很大的波澜。一些买家,其中包括一些想要以很荒谬的价格买到这些东西的瑞士人,他们都丧失了理智。我决定把这些东西捐给以色列人民,此事在媒体上引起了轩然大波,说我卑鄙,说我不是人。同时那个瑞士银行家发怒了,因为他觉得我是不想让他们得到才把东西卖掉的,是我故意在惹怒他。总之,现在东西放在了银行保险柜里,家里是绝对不能放了。为了找到这些东西,他们现在依然企图潜伏在我的周围,这非常危险。但是就像我前面所说的,东西并不在这个房子里。"

赖涅尔·胡斯坐在房间中央,在家里他没有吸烟,开始的几分钟他很显然好像有点难受。他把长凳椅背冲前,跨坐在上面。他解开了领子的扣子,敞开了领子,露出里面白色的运动针织背心。我们仅用了不长时间,就修改并记下了有关瑞士和新纳粹分子的故事。安娜·玛丽亚坐在他的旁边,用德语提醒赖涅尔说话时用词要和缓。

接下来我们的话题转到了对抗新纳粹分子的事情上。

"我到底从思想上反抗没反抗他们?"赖涅尔开始说道,"你自己来判断，我的祖父是一个罪犯，但他很幸运，只是被处以绞刑而已。我已经说过很多次了，就算我知道说出来会引起愤怒的反击，但我还要再说一次，如果我处在当时的情况下，我会勒紧裤腰带，毫无疑问，我会亲手杀死他，因为他给我们家庭带来了不得不承受的负担。也许我的任务、我的责任恰好就是卸掉这些负担，让我的孩子们不再经受我所经历过的痛苦。我对他们说不要和那些新纳粹分子有什么交往，我也不希望他们做让我鄙视的事情。国家应该从这儿吸取历史的经验教训，而并非像现在那样极力去掩盖真相，国家还应该从各个方面收集并记录这些。我们的人民正因为所谓的一些问题对这段历史该做的都没做。必须让百分之百的人了解到底发生过什么，防止以后再发生类似的事情。为了我们自己的孩子们，国家应该采取点强硬的手段。要知道这些新纳粹分子不是什么圣徒，他们宣称，无论你躲在哪儿，他们都会和你搭上线，而这，在今天恰恰是轻而易举的事。我们，当然不祈求改变他们的生活，但是从一方面来说，我们的确并没有像他们干扰我们那样下功夫来保护自己。所以我只好藏了起来……”

“这样看来，似乎你想让人民都处在保护之中。”胡斯慷慨激昂地说完他想说的话后，深深地吸了一口气，我趁机问道。

“我的一位朋友说过‘现在无论你怎么对待这些战犯，过 10 年后你还是要把他们和企图组织谋杀希特勒的施陶芬贝格做对比’。当然，这是个玩笑。但是我们应该认真地想一想 10 年后这些人会怎么样，人民、国家应该怎样克服这些问题。要知道下一次战争有可能会更加极端与残酷！”

“请等一下，赖涅尔。”我看见他愣在了凳子上，“是不是我可以这样理解，在做‘元首’和做‘施陶芬贝格’之间，你选择……”

“施陶芬贝格。”胡斯回答道。

“但是，你知道他是怎么死的吗？”我小心地问道，我在想，赖涅尔这相当傲慢的声明是不是意味着他已经逐渐投身到和新纳粹分子的斗争中，而且他是不是在知道了一些名字后，已经公开地反对他们了。

“做施陶芬贝格好一些。”赖涅尔表情怪怪地笑了。

“你的意思是你觉得10年后他们会变得更加激进。”

“肯定的。”

“纳粹党议会能被允许吗？”我假设道。

“这种现象不是在30年代已经出现过了嘛！”胡斯哼了一声，“他们可以不叫党卫军。”

“既然他们想找在第三帝国身居高位的人的后代来做他们的‘元首’，这也就意味着，他们还不够聪明。”

“别把他们当白痴。”胡斯严肃地摇着食指，“这是一个很大的误区。他们蛊惑那些本来就对第三帝国感兴趣的年轻人。年轻人很容易因为那些有名的名字而上钩。”

“我还是没有搞明白，到底在德国发生了什么？”我叹息道。

“那在俄罗斯，你是想说，俄罗斯一切都很正常？”

“不。”我承认道，“很遗憾，并非一切正常。但是我把这单纯地看成是大众的悔恨和德国人的自我鞭挞。它包罗万象，任何类似德国的纳粹主义都不可能复兴。而你说，你的父亲，他曾经是纳粹，后来依然是纳粹分子，这都超出了我的理解范围。也就是说，战后，他和像他一样的人在一个公司工作，而你在双亲健在的情况下被送到了寄宿学校？”

胡斯下意识地笑了。

“正是如此。而且你永远不会相信，是我父亲促成了把我送到寄宿学校的这件事。现在你很惊讶吧。有一件事可以表明我父亲的世界观。我10岁的时候交了一个朋友，他住在我家的隔壁，他的父母都是犹太人。他的祖父、祖母，还有其他的亲戚都死在了奥斯威辛集中营。我父亲知道了以后，他说，如果我的那个犹太朋友再进入我家院子，他就在院子栅栏上挂上一块‘禁止犹太人入内’的牌子。我父亲是这么对我母亲和我们这些孩子们说的，就是为了不让犹太人出现在我们家里。从此之后我们家就再也没有犹太人来过。”

“这是违法的。”我惊讶得说不出话来。试想一下，周围的人都遵纪守法，他的这种行为会给孩子们带来什么影响。

“他们一家是什么样的人？” 我问道。

“我朋友的家庭是一个很正常、很美满的家庭。家里的顶梁柱在一家大公司当经理。家里有两个女儿、一个儿子，一共三个孩子。在我父亲不知道他们是犹太人的时候，我和他家的孩子们相处得很好，我们相互分享东西，一起散步，我们是真正的朋友。而且我朋友的父母知道我是谁，知道我父亲是谁，知道我祖父是谁，知道我家的历史，但他们仍然对我非常好，从未流露过什么不满，从没有因为我的姓氏而敌视我。我经常去他们家，他们给我讲犹太节日，讲什么是恕罪日，然而我父亲坚决不让我和他们来往，所以只有当父亲出差或者上班的时候我才可以和他们玩，其他时候是绝对不可能的。”

“也就是说你并没有听你父亲的话？”

“可以这样讲。其实我当时并不知道我父亲下此禁令的原因。我的朋友们的行为举止都非常得体，对我的父母也很礼貌，从不顶嘴，他们特别有教养，但我父亲就是不让我和他们来往。因此，我自然而然地就仇视我的父亲。他以一种难以理解的原因禁止我和一些朋友来往，这到底是为什么呢？如果是一些可以理解的原因，比如他们偷盗，那我也就明白了。但是这家人除了是犹太人以外，没有什么应该被指责的地方。而且父亲还对祖母说，他们是‘从奥斯威辛逃过毒气的犹太人，是祖父没能烧死的犹太人’，父亲的话也再一次证明，祖父的亲属们知道祖父当年做了什么。”

“结果是你没有理会你父亲的话，继续和这些人做朋友？”

“并没有。” 胡斯把头发弄得蓬乱，“我们的友谊并未走到最后，其中一个原因就是我被送到了寄宿学校。我一直都不想成为父亲希望中的儿子。我不想盲目地服从父亲的想法，特别是在交朋友的问题上。所以不得不生活得相当艰难。”

“你被送往寄宿学校的时候你和父亲的关系怎么样？”

“为了让你明白能不能掌控自己的感觉对一个人有多么的重要，我给你讲一个故事。我父亲忍受不了长发。我记得有一次我从寄宿学校回家，我很长时间没剪过头发了。试想一下，我和父亲已经很久没见了，我穿着一件美国士兵一样的夹克，外套上还写着当时很有名的摇滚乐团的名字‘Iron Maiden’（铁娘子乐队），这是我从舍友那里拿来穿一下的。舍友和他父母去美国度假的时候给我带回了一双牛仔靴，靴子有点大，我为了穿这双靴子不得不在里面穿了三双袜子。当时我只有一个想法，我一定要展示一下自己的牛仔裤和靴子。就这样，我坐火车回家了。从斯图加特火车站出来的时候我就看见了我父亲，我朝他跑了过去。而他看了我一眼，假装没发现我，走向了卖烟亭。我那时也就十五六岁，我想，好吧，可能父亲要去买烟，我去车旁边等吧。当时我并没发现他有什么不对劲。我站在车边等着，他过来了，坐下了，还没等我坐下，他就冲我的脸打了一拳。一路上我们没有说过一句话。一到家，他就把我拽到了浴室，拿来妈妈的剪刀剪掉了我的头发，扯坏了我的夹克，把我的靴子扔了出去，还说如果让他再看见我这样打扮，我将会比这更加难堪。这就是我父亲生活中的样子。他不准我穿时髦的裤子，不准留长发。对！我必须永远都和同龄人不一样。‘男子汉不流泪’，我们家是不让哭的，不允许有感情。父亲从来没有牵过我们的手，我也不知道什么是父爱。”

奥斯威辛集中营指挥官鲁道夫·胡斯是一个绝对服从、非常遵守规矩的人，他也尝试把自己的孩子变成像他一样的木偶。而他的儿子，赖涅尔的父亲汉斯·鲁道夫也是这样要求自己的儿子的。我们都知道，心理创伤是会传给子女、孙子、曾孙的，但是并非以话语的形式传下去，而是以一种难以觉察的方式起着作用。传到我们这一代就是《新约》所谓的“第七代”，从一代到一代，心理创伤永远都像一条线一样传递着、减弱着。要想弄清心理创伤是怎么传到赖涅尔·胡斯这代的，就要去深入了解他的曾祖母和曾祖父，从他们那儿找出起因。可惜的是我没有任何这方面的信息资料。

可以参照汉斯·鲁道夫和其指挥官父亲的关系来验证赖涅尔和其父

亲之间的关系。

我很少插手孩子们的教育问题，尤其是年龄大一点的孩子们。有几次他们实在让人无法忍受，我就动手打过几次。惩罚孩子从来不需要理由，他们永远都要表现出色、管好自己。而我的妻子……她很爱孩子们，她教他们要听话，随时随地服从。①

赖涅尔的曾祖父，奥斯威辛指挥官鲁道夫·胡斯的父亲是一个彻头彻尾的伪君子，他严厉且狂热。

而我受到的所有教育只有一个目的，就是培养我成为一个牧师。我不得不在教堂里无休无止地祷告，我不得不因为一丁点儿的错误而受到神的惩罚，我应该为我所犯的那些过错而祷告……父亲对于我来说是一个遥不可及的存在，无论我做什么都无法企及。因此，我很孤僻，从来不向任何人敞开心扉。所有的教育都是伪善的，是他们让我成长成如此孤僻的样子……然后纳粹主义的宣传替换了宗教。②

我们并没有鲁道夫·胡斯和其儿子汉斯·鲁道夫的“证词”。但是通过和赖涅尔的谈话，我们可以从他父亲的行为中看到他祖父的影子。简而言之，他父亲继承了他祖父的一些行为，而这些行为使后代效仿借鉴。

“我觉得，我父亲是他父亲的第一个牺牲品。现在可以说我祖父宣

① Гилберт. Дневник. С. 449.
吉尔伯特：《纽伦堡日记》，第449页。
② Гилберт. Дневник. С. 348.
吉尔伯特：《纽伦堡日记》，第348页。

扬的是极端主义，而这从我父亲过的生活、我父亲在极端主义上的用心都可以看出来。在以色列有一个历史学家，一直在搜集有关我祖父的资料。资料显示说，我祖父16岁的时候大腿、肩已经有四处枪伤，他身体里还留有一枚子弹。这些都留下了什么样的后果呢？武力只会带来武力，不可能带来友好，也就是说不可能换来对身边人的爱。在回忆录里他很直接地说自己的感觉已经麻木了，他不能长久地与孩子们玩儿了。这点从我父亲身上也可以看出来，他也从不会和我们闲聊。对于他来说，我们就是他瞬间被我母亲吸引后的产物。剩下的就是孩子们哭、不听话，孩子应该这样、应该那样。他并不需要我们，他不会和我们交流谈心。他有他自己的规矩，而我们也必须严守规矩。”

心理创伤就像是一个装有计时装置的炸弹一样，是不可能被轻易拆除的。这个创伤是什么样的？为什么会有呢？又或者它会留下什么样的烙印呢？我想这个问题是没有答案的。

但是突然赖涅尔说道：

“我的父亲毫无疑问是一个纳粹分子，我的奶奶也是。由于父亲的这个压力母亲不得不离开他，而我也曾试图在寄宿学校里自杀。”

“啊……”

当你不知道说什么的时候，你觉得你很傻；当你说傻话的时候，你会觉得你更傻。

“青春期吧……”

“两次。”赖涅尔笑得有点歇斯底里。

我也想笑，但很显然，我笑不出来。

“这都已经过去了。”

“我经受了三次心灵的冲击。”

“你太把这当一回事了。”

“就如习惯性哮喘一样。”

“抽烟吗？”

赖涅尔站起来伸了个懒腰道：

“好主意。走，咱们休息会儿。”

我认真地看着他。他晒得黝黑，结实匀称，眼睛又大又亮，一对招风耳在阳光下发出红色的光。胡斯走进厨房，端出来一大盘水果放在谢尔盖、摄影师及安娜·玛丽亚面前的吧台桌子上，然后自己从里面拿出一串葡萄垫着餐巾纸放到阳台的桌子上，推到我面前说：“吃点儿吧。”

“你做噩梦吗？你祖父说他从来不做噩梦。”

“做。”他点着烟说，“我经常做噩梦，这很刺激。但是，事实上我不应该做噩梦，我没有杀过任何人。”

“那你的哮喘呢？是心理原因吗？”

“我不知道。”

“是永久性的吗？”

“准确地说，是的。你也是吗？”

“嗯！”我回答道。他把打火机伸到我面前给我点着了烟，我深吸了一口烟道：

“晚上因为哮喘我会醒过来跪着拼命地呼吸，但这没有什么用。”

“就是这样，我也是周期发作的。这非常恐怖。”赖涅尔点头道，“我觉得这是潜意识里的，在直观思想里是罪孽使我难以呼吸。但是我已经不知道怎么做才能不这样，其实我是没有罪的，对吧？”

“你问我？谁知道呢。赖涅尔，瑞士那帮人可能会说你对不起他们。我们所有人都有对不起的人，这不是借口……”我举着手中的烟示意道，“我突然冒出一个想法，你哮喘的发作会不会和你写书有关？”

“有可能。我已经想过这个了，太‘走心’了也不好，对吧？我的祖父很幸运，什么罪都没有受，这个最最残忍的恶魔……”

“你很难过，因为他没有像尼克拉斯·弗兰克的父亲那样身着漂亮军服，也不像戈林那样，如果那样，所有都变得简单多了。在照片上他们是那样的英俊，让人挪不开眼。我觉得，在纽伦堡审判中，他们想让人们觉得你祖父是一个精神变态者，也就是说，想让人们觉得他和他们不同，不属于他们的行列。”

“我同意，漂亮的礼服永远都在变化。”胡斯说道。

“除了真理，什么都在变化。”

“尼克拉斯·弗兰克也这么对我说过。”

“他对我说过，你们关系很好。他还说，你请他跟你一起写书，合著一本书。”

赖涅尔无法抗拒地笑了。

“我需要和一个人一起，他坚韧不拔，这很珍贵，但也令人恐惧，当然他也非常厉害……”

“他是独一无二的。”我想起在纽伦堡监狱旁遮阳伞下弗兰克说过“尼克拉斯是独一无二的”的话。

胡斯仔细地看着我说：

“太让我惊讶了，我没想到你这么喜欢他。你甚至难以想象，他带来了多大的冲击，很多人很厌恶他。我要是他的话，我承受不了。”

弗兰克和胡斯，这两个互相牵连的姓氏。一个以证人的身份坐在证人席上，而另一个和一群像他一样在第三帝国里有身份的人一起坐在被告席上。原波兰殖民地总督汉斯·弗兰克对监狱的心理学教授吉尔伯特说道：“几天前，我在报纸上看到一个慕尼黑辩护人——犹太人雅可布教授，他是我父亲最好的朋友之一，在奥斯威辛集中营遇害了。紧接着胡斯就说在奥斯威辛集中营清除了250万犹太人。我明白了，就是这个冷血的人，是他把我父亲的好朋友，一个可爱、开朗、友好、热情的人杀害了，和他一起被杀的还有几百万无辜的人，而对此我只能袖手旁观。”①

就是这个奥斯威辛的指挥官，这个穿着亮色衬衫、黑色西装、打着领带，看起来并不起眼的人成了那些坐在被告席上的人的畸形的映衬。因为胡斯这一姓氏成为这个巨大杀人机器中的一个齿轮，弗兰克厌恶地皱起了眉头。然而，这个机器是他们一起开动的。

---

① Гилберт. Дневник. С. 365.
吉尔伯特：《纽伦堡日记》，第365页。

咬牙切齿的弗兰克用拳头把监狱的小桌捶得晃动。

“赋予杀人一条龙性质，一天杀死两千人，金牙和其他值钱的东西被收入第三帝国的银行中，遇难者的头发被送去填充床垫，天哪！所有的都被利用起来了……难道上帝允许这么做吗？这让人不由得开始怀疑上天的公正！不，一位美国还是英国的作家对此进行了准确的表达，他说：‘请相信，此次上帝之怒绝不亚于人类之恨！’这个描述不能再好了。这一切都出自魔鬼之手。”①

但事实并非如此。

我经常会遇到臭名昭著的纳粹分子的子孙，我都会对他们提及很少有人知道的斯坦利监狱实验，大部分人都看过《斯坦福实验》这部影片(现今已两次被搬上荧幕)。但是我说的是另一个相当有名的监狱实验，这是社会心理学专家斯坦利·米尔格拉姆所做的实验，他一生都被盲目服从权力和为什么在第三帝国时期德国会轻易地走向清除其他民族的道路这两个问题所困扰。我甚至给别亚特·尼曼说了我和赖涅尔交谈时说的话：“他们杀的不是犹太人，他们杀的是自己的邻居、朋友和同事。”为什么德国人要这样呢？还有没有法律？斯坦利·米尔格拉姆在这个实验中找到了这些问题的答案，而且这个实验完全可以解释第三帝国的机制基础是什么。

你们和其他的志愿者将在命运的牵引下被分为两队，你们被分到了老师角色的一组，第二队志愿者则是学生的角色（所有都是安排好的，学生其实是由实验人员假扮的）。你们要将隔壁房间的学生们的手绑在长凳上，右手腕处连接电极。如果

① Гилберт. Дневник. С. 519 – 520.
吉尔伯特：《纽伦堡日记》，第519—520页。

他们答错了，隔壁房间的发电机将会电他们。[1] 学生们必须要正确地回答你所提出的问题，如果他们答错了，……你就按这个开关电他们，但是不要开到最大，因为最大的电压足以致死。在此过程中，会有一位穿着大褂的实验员站在你的旁边，他会一直监控整个实验的过程。而在开始实验前，他会用45伏特的电压电你，让你知道这是很疼的。但是要知道的是，45伏特电压只是十三级电压中的第三级。斯坦利·米尔格拉姆在理论基础上与40位心理学家预测分析这个实验的结果。他问心理学家们："在第一组全为'老师'的美国公民中有多少人会让第二组的'学生'尝试足以致死的电压?"这40位心理学家中大部分表示最后可能只有不到百分之一的人才会把电压增加到致死的级别，只有个别的暴虐狂才会这么做，大部分人最多只会加到150伏特，也就是第十级吧。但是他们错了！事实上，在这个实验里，65%的接受实验的人都将电压加到了450伏特。难道这些理智的人就不会拒绝完成实验的要求吗？难道他们自己就不能停止用电去电击那些不幸的"学生"吗?[2]

当我简单地给胡斯讲了这个实验后，他连忙摇手道：

"65%，这简直难以置信。"他说完后又开始抽烟了。

"在和平时期，拥有自己选择的余地，而且没有人强迫，没有生命危险，单单只是为了一个简单的实验，他们还是这么做了……更别说30年前了……"

---

① Зимбардо Ф. Эффект Люцифера. Почему хорошие люди превращаются в злодеев. М.: Альпина нон－фикш，2013. С. 411.
吉姆巴托·弗：《路西弗效应——为什么好人会变成坏人》，莫斯科：阿里平诺恩－菲克什出版社，2013年，第411页。

② Зимбардо Ф. Эффект Люцифера. Почему хорошие люди превращаются в злодеев. М.: Альпина нон－фикш，2013. С. 415－416.
吉姆巴托·弗：《路西弗效应——为什么好人会变成坏人》，莫斯科：阿里平诺恩－菲克什出版社，2013年，第415—416页。

“这不会是骗人的吧?”胡斯站在我面前，他的影子遮住了我。

“绝对不是。”

“没有突发的情况?”赖涅尔压低声音对我说。

“你很惊讶吧，每十个人里，甚至每三个人里就有一个像你祖父一样的人。”

“我不是这样的人。”胡斯底气不足地说道，“我从来没有打过邻居家的小孩，没有动过他们一根指头。”

“但你为什么会想到这儿呢?甚至还强调‘从来没有’，别害怕，你做过罗尔沙赫氏测验吗?”

“我一切正常。”赖涅尔赶紧答道，但他并没说自己是一个“正常人”。

我不得不告诉他，每个人在潜意识里都曾自杀过两次、得过心脏病、得过哮喘，每个人都不能把自己定义为“正常人”。我一点都不惊讶赖涅尔会做两遍这样的心理测验以此来证明自己，证明自己并不是他父亲和祖父那样的人。我确信，事实上他已经被测验控制了。他怀疑自己，他听信一些什么话。很显然，就像第三帝国戈林那失去生育能力的孙侄女贝蒂娜·戈林一样，他也相信遗传的力量……

当然，这种遗传的作用是不容置疑的。但是还有很多其他环境所给予人的本性的因素。说到人的本性，我和赖涅尔又谈起了斯坦利的那个实验，我想要上网找到那些我凭记忆说出来的资料给赖涅尔看，但是他说，他们家只有几乎是30年前才用的调制调解器，没有Wi-Fi。

“你好!”一位漂亮的女士看着阳台说。她有一头乌黑发亮的长发，如果赖涅尔不介绍的话，我猜她大概也就30岁。

“你回来了!介绍一下，这是我妻子。”

他的妻子友好地朝我点了下头，就像从没来过一样消失了，而且也没有说自己的名字。

“别拍她!”赖涅尔提醒我说。

“嗯。”我点点头，我觉得他妻子的外貌看上去像是西斯拉斯夫人，是斯洛伐克人吗？可能是，反正不像雅利安人。

当我们回到房间的时候，他的妻子已经不在了。我看见小桌子上面多了一盘水果和一盘给茶里放的糖。

我们又开始交谈了，胡斯又跨坐在了长凳上。我问道：

“你父亲对你妻子怎么样？”

“我是1984年结婚的。我父母是1983年离婚的。父亲大骂我妻子，骂她的家人，骂得很难听，骂他们这些人不是什么好东西，骂他们是农民、是最低贱的人。他还骂道：‘你们就得服侍我，而不是我来服侍你们……’”

“他是不是帮过你和你妻子，还有你妻子的亲戚们？”我问道。

“很多，帮过很多。”赖涅尔咬牙切齿地说道，“他从来就不关心我们过得怎样，或者说他从来不关心我们是不是还活着。对于他来说，我们并不重要。他离婚后还有过几个女人。他习惯性说谎，他的谎言、他亲戚的谎言是我下定决心和他一刀两断的原因。我和妈妈从来都不是他的家人，我母亲就像他所说的是‘农民’。总之，我们拥有的绝不是能让父亲觉得骄傲的东西。他认为假如他的母亲，我的奶奶最初给他找了一个大家闺秀、有钱的纳粹后代结婚的话，那么她就会教育她的孩子们从小生活得精彩异常，不会黯淡。”

“那为什么你父母离婚还离得这么艰难呢？”

“这是一个很长的故事。当时我父亲想要从我母亲那儿拿到我祖父留下的所有东西。要想成功我必须站在他的那一边。最终，他的目的达到了。他唆使我和母亲吵架，我们一起把她告上了法庭。这件事让我至今后悔不已。后来我的律师告诉我说，我父母之间有一个婚前协议。遵循这个协议，我祖父的所有东西毫无商量地都属于我的母亲，而且，在办理离婚的过程中，我父亲自己申明放弃继承祖父的遗产。那时我不知道这些内幕，我彻底被父亲给绕进去了。由于我的愚蠢，也就是为了让母亲把祖父留下的所有东西交给父亲，我把她告上了法庭。当时在做这些事的时候，我的的确确是稀里糊涂的。”

“你父亲对你的尽心尽力很赞赏吧？”我极力在胡斯讲到把母亲告上法庭这一段的时候表现出自己的一点点不满。

赖涅尔继续讲道：

“过了不久，我女儿降生了。我父亲和当时与他同居的女人一起来我家给了我一张200还是300马克的支票。他说这是给我女儿的，所以我就收了。三周过后，他和我母亲的案子还在诉讼中，突然我父亲来找我要我还他那笔钱，而且还必须要现金，他说那笔钱只是他借给我的而已。也就是在那段时间婚前协议的事被曝出来了，我因为提供了假证词而被罚了款。我因此告诉我父亲，让他永远从我的生活里、从我家人的生活里消失。”

“这个故事很傻……而且所有的……”

“我不否认我是一个笨蛋，而我的父亲说了谎，他就是一个骗子。对我来说他就是一个罪人，他取走了存折上我祖父、奶奶，还有我母亲给我们的所有钱。当时我们都还未成年，无权支配这些钱。他伪造了我的医疗证明、我的签名，拿走了我的保险。我还怎么能相信这个人呢？”

“但这之后，你还是相信了他，起诉了你母亲？”

“是的……”胡斯惊慌地看着我，很显然，他有点尴尬。

我有点理不清了。我原以为赖涅尔和他父亲的不和只是因为在思想上有分歧，完全没有经济上的原因，而现在看来并非如此。汉斯·鲁道夫·胡斯是一个纳粹分子，不是一个好父亲，在对待孩子的问题上他就是一个败类，这些都是可以忍受的，但是他把儿子哄上法庭，还向儿子讨债，这些就不可以饶恕了。

“赖涅尔，你和你父亲这边亲戚的关系怎么样？”

“不怎么样。”赖涅尔把头靠在了椅背上，像小孩子一样看着我回答道，“在我父母离婚后，在他们说我们应该听父亲的话这类侮辱性话语后，我就和他们断绝了所有联系。我不想和他们联系。”

“是不是可以说，你在帮你父亲要回你祖父的东西而把母亲告上法庭后，你又站在你母亲的那一边了？”

“是的。”

“你父亲怎么看呢?”

“不怎么看。甚至有时候我问我自己，我到底是不是那个人的儿子?他所做的这些，如果换成其他任何人都不会这样做的。我只希望早点忘记，我不会带着这个负担活下去。每次一有关于我祖父的新消息，我就心乱如麻。你明白吗？是那种丧失了自我控制的感觉。我明白奥斯威辛里的恐怖，对于每个人来说都是难以承受的。我经常会想，一个正常人是怎样变成一个杀人凶手的呢？这个问题的答案并不简单，不是用一个简单的公式就可以解决的，那是机制和环境所决定的。人并非一生下来就是罪犯，就是凶手。”

赖涅尔在这点上说得很对，恐怕没有谁一生下来就是杀人凶手。他说是机制把人变成了杀人凶手。斯坦利实验时的命令，更为准确地说是实验时对志愿者的口令更能体现出机制让人变成了杀人犯。最为有趣的是，从前奥斯威辛指挥官鲁道夫·胡斯的文章中，并没有发现他和我、和我们大家有什么很大的不同。人并不如自己想的那样善良，这并不是一个令人愉快的真理。这一点你可以不接受，但是必须相信。我选择上述的米尔格拉姆实验的时候，有意忽略了其与指挥官胡斯以及纽伦堡审判被告席上的人的直接联系。

就像我们了解的那样，在斯坦利的实验中，参与实验的志愿者会因那些“学生”的错误答案而加大电压。这个实验自 1963 年至 1985 年间在不同的国家、不同的地区进行了很多次，结果都证明几乎每一个人都可能由于外界的压力而完全屈服于机制。当然所有这一切也源于很多因素，比如，如果实验的志愿者拒绝电击“学生”，但有人很坚定地说自己愿意接受电击，那么这就表明他不是施虐狂而是受虐狂；还有“老师”更愿意加大离得远的“学生”的电压。这些是显而易见的。但还有一个无论是对坐在纽伦堡被告席上的犯人还是对鲁道夫·胡斯而言，抑或是证人而言，都不明显的事实。“想要达到最大化的服从吗？想要让你的志愿者‘老师’服从实验员的指令按下按钮去电击‘学生’，那么要保证在这一过程中发布命令的实验员也是一个被实验的对象。”①

就其本性而言，奥斯维辛指挥官是一个理想的执行者。他执行马丁·鲍曼的命令，成为其队伍中的一员，同时也因为这个人他被关进了监狱。他与鲍曼就如齿轮找到了适合自己的机器一般，所有的一切都是那么的贴合。那后来呢？鲁道夫·胡斯成为海因里希·希姆莱的手下，所以对胡斯下命令的海因里希·希姆莱就应该负全责。这不仅仅是了解奥斯威辛集中营的重点，也是了解1945年第600号大厅的整个庞大的犯罪者形态的核心。21个被告都试图将罪过推给自己的“上级”。这使得在审判鲍曼、希姆莱，当然还有希特勒没有出席的情况下遇到了困难。他们把罪行通通推给了那些没有机会为自己所做的事负责的、已经死了的人。

波兰总督汉斯·弗兰克说：“不能武断地说是希特勒强迫了德意志民族，不是的，他是教唆！希特勒死后的三天对我来说是决定性的三天，是我生命中的转折点。他先是把我们招揽到他的大旗下，搅浑了整个世界，然后就消失了，只留下我们来承受这些痛苦，让我们为过去的一切付出代价，而他是不是就可以这样消失得无影无踪呢？”②

陆军元帅威廉·凯特尔在不得不代替希特勒签署投降协议时崩溃了：“希特勒，如果总指挥官都失败了，那他必将尝尽苦难。要知道，所有给我们的命令都是他亲自下达的。他始终都说：‘我将承担责任。’但是到真的要承担责任的时候，我们就得凭自己的力量来解决所有的问题，所有的责任又与他无关了。”③

“无可辩驳的证据将这场暴行的同谋者逼上了绝路。戈林坚决地说

① Зимбардо Ф. Эффект Люцифера. Почему хорошие люди превращаются в злодеев. М.: Альпина нон-фикш, 2013. С. 416.
吉姆巴托·弗：《路西弗效应——为什么好人会变成坏人》，莫斯科：阿里平诺恩 -菲克什出版社，2013年，第416页。

② Гилберт. Дневник. С. 183.
吉尔伯特：《纽伦堡日记》，第183页。

③ Гилберт. Дневник. С. 425.
吉尔伯特：《纽伦堡日记》，第425页。

是元首让他进行大屠杀的，而且只给他下达了命令，所以他自己不能给自己证明这一情况。据他所说，他对国家的一些财产和一些筹备的措施都很了解。”①

希特勒青年团团长巴尔杜尔·冯·席拉赫是这么描述胡斯和奥斯威辛的：“种族灭绝这件事不能只怪胡斯一个人，命令是阿道夫·希特勒在他的政治遗言中下达的……而和希姆莱勾结实施这一罪行将是我们历史上永远无法洗刷的耻辱（被告席的气氛明显地紧张了起来……）”②

以下是1946年在纽伦堡审判中胡斯有关希姆莱的描述：

> 在全面战败之后，我逐渐明白周围人说的一些话不能全信……现在我只想知道，希姆莱自己是否相信这些，还是说他只是想借我之手来为自己辩护，说所有一切都是我干的。但是，其实事情并不是这样的。我们只是被训练成了一个不需思考只服从命令的人……希姆莱要求很高、很严厉，只要党卫军中有谁犯了一个小错，他都会将他绞杀。③

“那这到底是谁的错呢？是希特勒的！这不是为我祖父脱罪，也不是为其他人脱罪。这个荒唐的体系是希特勒，是他想出来的！是一个时代的产物！”赖涅尔·胡斯变得有些激动了。看来，作为新进作家的他，面对谁之罪这个问题特别容易激动。

“对于祖父来说，他是以一个军官的身份从‘一战’的战场上回来的。对德国人、对传统的德国人来说，这是非常重要的。这些军官成了阿道夫·希特勒的左膀右臂，他们就像他们不是德国人一样宣传要相信

---

① Гилберт. Дневник. С. 267.
吉尔伯特：《纽伦堡日记》，第267页。

② Гилберт. Дневник. С. 456.
吉尔伯特：《纽伦堡日记》，第456页。

③ Гилберт. Дневник. С. 336.
吉尔伯特：《纽伦堡日记》，第336页。

德国。他们是失败者，而希特勒也是一个失败者。要知道，希特勒甚至都不是一个德国人，他是一个成功渗入德国领土的奥地利失败者，但是他让德国人相信，没有他就没有德国人。而且许多人都赶上了这个时期，人们都觉得没有再比这个更糟的时候了。我们需要很严肃地和他们聊聊，给他们看一些文件资料，让他们知道他们会很快站起来，而且会走得很快。但他们并不想谈这些。”

“我想和你讨论一下希特勒到底是不是一个失败者。他就像你祖父一样，是同时代的幸运儿。”我对胡斯说。我总认为，精诚所至，金石为开，虽然运气是很渺茫的。

“他是一个失败者。”赖涅尔并不想承认这点。我们的对话走到了一个冰点，继续不下去了，需要换一个话题了。

“让我们再谈谈你的那些不幸的事。没有派你去过奥斯维辛吗?”

“派去过。”胡斯笑着说，“去和一个以色列的摄影组拍了一个有关大屠杀的片子，而且他们在那里召集了一大群人和我见面，非常棒……你看过这个片子吗?”

“没有。”我耸耸肩说道。我并不知道，现在为什么这会让重要的纳粹分子的后人这么激动，就像冯·席拉赫很高兴地说他的儿子在奥斯威辛逛了五天一样。

赖涅尔带着受虐者的快意说：

“对于我来说，在奥斯威辛不表露自己的情感，去隐藏它是很难的。我一直都觉得我那个冷血的父亲站在我的身后，嘲笑我的眼泪，嘲笑我的情感。这很不舒服。我觉得很多父亲或祖父在纳粹党中身居要职的人都经历过这种心情。但是有一件事情很影响我的心情，绞死祖父的地方是奥斯威辛最好的一块地方。如果我当时在场，我可能会亲手绞死他。他把许多受害者推给了我们，推给了他的后代，此刻我仅为自己发声，我不知道我父亲、我的兄弟姐妹是怎么带着这些生存下去的。但是在我这儿已经有很多了，有很多和尼克拉斯·弗兰克身上发生的事情一样。他也需要时间，来倾诉自己的恨，宣泄自己。”

“我想和你聊一个老生常谈的问题，罪孽感……”

“罪孽感是永远都有的，在继承遗产的时候会更甚。所有的人都在说你有罪，他们在网上、书里公开你的姓氏、你的家人，但是你的家人却从不埋怨你，他们默默地忍受着这一切。我相信在这种情况下谁都会有罪孽感，不会存在没有罪孽感的人。要向社会大众公开这些，要和社会联系起来，这样才能使自己的罪孽感减轻一点。虽然并非所有人都觉得这样有用，但是这却是必须要做的，很多人不知道他们自己有多傻。那如今又该怎么评价这个呢？其实你们的观众中有一些是那次事件的幸存者，还有一些呢，可能是右派激进分子。每次你似乎觉得触到了底，在这里有你需要的真相，在那里也有你需要的真相，这种感觉让你濒临崩溃，会引发你的罪孽感。我们应该在罪孽感中学会如何生活，你越早对你周围的人说出这些，你才会越早摆脱出来，即使是对你的亲人也是一样的。如果你不说出来的话，你的内心只会充满仇恨和空虚。

“我的恨来自我的姓氏，来源于我家族那段黑暗的历史，而这段历史无论在100年后，还是150年后都将会是我、是我的孩子们、是我的孙子们的负担。当然，这负担到我孙子辈的时候可能会稍稍减轻一些，而我父亲那一辈人在逃避，他们以沉默逃避了这些问题。但是对于我来说，逃避是解决不了问题的。我不仅希望把这些事说出来，我也必须把这些事说出来，所以我等了25年才盼来了你，你在不回避我是那个恶魔的孙子的基础上问我这些问题，倾听我的说法。说到罪孽感，我不是因为我祖父所犯的那些罪行而感到有罪孽感，我是感觉对我的家人有罪孽感。”

“我不知道我理解得对不对，你的意思是你被夹在了中间，你对那些受难者和他们的后代有罪孽感，同时你还要躲避那些想恢复到原来状态的刽子手们，是吗？”

“那些人，就像你说的那样，他们就是刽子手。不好意思，他们就是臭狗屎，没教养。要我说，现在的这些右派激进分子和新纳粹分子都没有从历史中汲取任何教训。无论在哪儿，在俄罗斯还是在德国，或者是在土耳其、以色列，他们都只是被权力所驱使。我们怎样才能和他们共存下去？答案只有一个，那就是说出来，把真话说出来！但是我们是少数人，谁会听我们说呢？也许记者们会，但是他们却会对我们所说的话肆意删改，然后才发表出来，而且这在‘历史’这一专栏里是常见的做法。我觉得他们希望大家最好忘掉所有的一切。这种思想在现今世界特别流行。我们这一代人在这方面要比上一代做得更甚，我们这代的法西斯褐衫党在利用高科技犯罪方面更为活跃、更为积极，很多在60年代和70年代不可能做到的事在我们这代都变成了现实。过去信必须是用手写的，但是现在我们想在网上发布什么就发布什么，而且还是匿名的，谁也不能因此而处罚你，拿你一点办法也没有。

“现在的恐怖集团和宗教狂热团体都在利用这一新科技手段，但是政府却没有采取任何实际的行动来阻止和防范。其实，单靠政府什么也做不了，因为这需要大众和全民共同来做。我们不应该像美国那样，5000名警察护送着40个纳粹分子进入华盛顿。为什么呢？我们要让人民自己起来阻挡这些人！国家应该强硬地对这些纳粹分子说：‘我们国家拒绝为你们、为所有新纳粹分子提供庇护！’人民要发出自己的声音，要勇敢地说‘不’！宪法赋予了我们保护人民的权利，但是为什么人民还保持沉默呢？他们下意识地选择了自己的路。”

赖涅尔和安娜·玛丽亚站在房前朝我们挥手告别，我看着他们在倒车镜里越来越小的身影。车子拐弯了，我看见了一栋栋一样的房子和不同的栅栏。它们不是白色的，在阳光下，它们是跟橙汁一样的橙色。这座静谧的小城，就像我向赖涅尔承诺的那样，我不会说出它的名字。在告别的时候，他还对我说：

“他们说得没错，我身上没有那个基因。我很骄傲我身上没有那个基因，对于我来说，没有那个基因是对我最好的赞美。”

Дети Третьего рейха

希姆莱及其后代

坦率地讲，我本不打算单设章节去介绍海因里希·希姆莱的后代，尽管在这本书中我介绍了一些纳粹高级将领，但是第三帝国党卫军的头目希姆莱（他总是躲在希特勒的阴影下）由于一些原因并没有引起我极大的兴趣。首先，在希姆莱的家庭中没有人因为他而备受折磨和痛苦(比如，虽然贝蒂娜·戈林不是帝国元帅戈林的直系后代，但她却因为戈林接受了绝育手术，以免生出“另一个恶魔”)；其次，家族内部也没有人愿意去说他的事情。希姆莱的女儿古德隆从未接受过采访和拍摄，虽说她已是一位80多岁的老太太了，但她仍然坚持自己的立场。在阅读完本章后你对她会有进一步的了解。起初，我幻想着古德隆能改变自己的立场参与纪录片的拍摄，但很明显，她根本就不会这么做，因此，我便无法进行代号为“希姆莱的后代”的专访。当然，我知道，在德国还生活着海因里希·希姆莱的侄孙女卡特琳，她写了一本名为《希姆莱兄弟》的书[①]。卡特琳是希姆莱的远房亲戚，她的心理状况一切正常。既然她一切都正常，那她的观点便显得平淡、不那么吸引人了。

此外，卡特琳本身也似乎不太愿意公开大肆地谴责纳粹分子的罪行。在记者采访甚至在大学讲课时，她总是笼统地讲述纳粹的暴行，讲述有关第三帝国、希特勒的事情和她自己的反纳粹立场。我甚至怀疑卡特琳似乎是靠与远亲纳粹分子希姆莱的关系来赚钱，他们除了名字有点关系之外，她也没有什么可以拿来利用的。说实话，通过枯燥的讲座和书籍来指责自己的纳粹亲戚是很难赚到钱的（因为除了一般性的谴责外根本没有什么新的东西)，但他们仍在继续揭发自己祖先和第三帝国的罪行。

卡特琳几乎从来没有提到过自己的私生活。虽然有时候会在一些小报中刊登出标题为《卡特琳嫁给了一位犹太人并改信犹太教》的简讯，但事实上，所有类似的消息都是转载于某位不知名记者的一篇老简讯。既然卡特琳合法地嫁给了一位犹太公民，那记者为什么不重点强调他们

---

① Die Bruder Himmler. Eine deutsche Familiendes - chichte. Fisher, 2005.
费舍尔:《希姆莱兄弟——一个德国家庭的故事》，2005年。

俩的婚姻基于爱情，反而认为卡特琳以自己的终身幸福为代价替亲戚希姆莱在犹太人面前赎罪。可见，记者们特别希望在希姆莱履历中发现他的病态心理。

当我开始拍摄这部影片时，我试图邀请卡特琳·希姆莱参与，但她委婉地拒绝了我，之后我也不再坚持与她会面。尼克拉斯·弗兰克和理查德·冯·席拉赫告诉我，他们曾在卡特琳的新书发布会上与她有过一面之缘，但他们并不打算与她深交。显而易见，他们之间也没有任何联系。但使他们吃惊的是，虽然卡特琳不是海因里希·希姆莱的直系亲属，她却试图为希姆莱曾经犯下的罪行赎罪。与此同时，希姆莱的女儿和她的孩子在德国仍积极宣传新纳粹主义。这是一个值得关注的事实，随后我们将对古德隆·希姆莱进行专门介绍。现在还是主要讲讲卡特琳。

拍完纪录片提交第一频道等待放映期间，我到柏林参加了一个会议。这次出差本与这个项目没有关系，只是一个业务方面的例行会议。但我突然想起卡特琳就生活在这里，我觉得跟她见面谈一次话并不多余，这样就不需要在书中极力回避希姆莱这个名字而对不起读者了。此外，我已经和女记者安德烈娅·廖普卡拍摄了一个采访片，她是“纳粹战犯的孩子们”项目中唯一一个与纳粹分子没有任何血缘关系的女主人公，她非常了解希姆莱的女儿古德隆及其在德国进行的新纳粹活动。

我给希姆莱的侄孙女写了一封信：

亲爱的卡特琳，如果您还记得我的话，近几天我将去柏林，希望您能与我见面聊聊。

说实话，信寄走后我并不指望卡特琳能记起我，但是她却真的记得我，她回信写道：

亲爱的弗列依杰逊女士！

当然，我记得您。我知道，出差时经常会在最后时刻改变原有的计划，这很正常。我想我有时间与您见面。

此致

敬礼

卡特琳·希姆莱

我们商量好了，当我完成在柏林的公务后给她打电话会面。卡特琳为我们的会面选择了一个中立场所，既不是在勃兰登堡门旁边受纳粹迫害者纪念碑旁，也不是在那些与纳粹有关联的地方 。

与希姆莱有关的最主要的地方当然是昔日党卫军和盖世太保的“纳粹大本营”博物馆。这些地方很复杂，我觉得，它们就像一个“纳粹秀”。

崇高的敬意

卡特琳·希姆莱

令人高兴的是，我在柏林的公务期间真的有空闲时间。2013 年春天到柏林时，这里依然白雪皑皑，冷风习习。为了打发 4 月的沉闷，我穿上了几件毛衣去威廉大街散步。我不仅有时间，还有我早就想去的地方——当初的第三帝国总理府。阿道夫·希特勒正是在这下面的地堡里度过了他最后的日子。

1945 年苏联军队攻克柏林时德国总理府严重受损，战争过后政府决定将其夷为平地，而希特勒的地堡也从此在地下沉睡。所以，现在地堡上面是居民楼，旁边是一排排柏林建筑。

希姆莱在第三帝国垂危之时便开始为自己谋后路，在战争结束前便开始寻找与盟国单独媾和的机会。第三帝国的军备部部长阿尔伯特·施佩尔这样描述他与希姆莱在 1945 年 4 月的会面场景：

> “他完全分不清现实，生活在幻想中。”希姆莱斩钉截铁地说道，“没有我，欧洲国家就没有前途。为了秩序与和平他们必须要我担任警察局局长一职。”与艾森豪威尔的一小时谈话中他也持同样的态度：“他们必须依靠我，否则欧洲大陆将是一片混乱！”他讲述了与贝纳多特伯爵会面的情况，他们达成协议将集中营以伊利斯国际红十字会的名义进行转移……起初高层本打算在战败前处决所有的高级政治犯，但希姆莱却企图单独和战胜国谈判来饶恕他们。在我和希特勒的最后一次谈话中也没有谈及这一问题，他对此毫无兴趣……整个过程中对这一问题只字未提，他强调说：“现在我不得不先重新组建内阁，然后再筹划德国的未来，但我不能拿自己的生命去冒险。”①

希姆莱在第二次世界大战结束时打破了权力等级一事，这一点都不奇怪。在帝国濒临灭亡时，甚至连严遵等级制度的海宁·冯·特莱斯科夫也无法抗拒诱惑，打破了原有的规则，希望成为第三帝国的首脑，哪怕是在废墟之上。

海因里希·希姆莱是个值得探讨的人物。第三帝国时期，他除了犯下灭绝犹太种族的罪行之外，还大规模屠杀了世界上的其他居民，犯下许多重大罪行，战后却没能将他送上纽伦堡的被告席，他也没有亲口承认自己曾经犯下的罪行。但是，越来越多的其他被告人出席时都将所有的犯罪矛头指向了死去的希姆莱（1945 年 5 月底自杀），当然死人无法解释（其实也不用解释）自己的犯罪动机。最后，所有被告在纽伦堡国际军事法庭上的证词表明，党卫队的首脑希姆莱简直是丧心病狂的恶魔，他不是人而是怪物。

以下是监狱心理医生莱昂·戈尔登松在纽伦堡与鲁道夫·米尔德内尔的谈话。鲁道夫·米尔德内尔是盖世太保在波兰的高级官员，他也是

① Шпеер. Шпандау. С. 626－627.
施佩尔：《施潘道监狱》，第 626—627 页。

纽伦堡审判控方证人：

“你认为希姆莱是个怎样的人？”

“我不知道他的私生活如何。我只知道，当希姆莱知道奥地利的15个德国女孩与来自东方的工人们发生了性关系后，便下令将这些女孩们关进了集中营达八年半。”

“那些工人们的命运如何？”

“我认为他们都被处决了。在克拉科夫，一位五十多岁的刑事官员与犹太人握了下手，有人将这件事告知了希姆莱，他将这位官员关进达哈乌长达两年之久。事情发生在斯大林格勒战役期间，这也说明希姆莱总有时间去关心这些琐事。”①

许多出席纽伦堡国际军事法庭的高级纳粹官员都将矛头指向了死去的党卫军首脑海因里希·希姆莱。1943年起任海军总司令和海军元帅的卡尔·邓尼茨说道：“我不能责怪这些和我同生共死的人②。纽伦堡军事法庭审判的致命失误就在于两个主犯希特勒和希姆莱的缺席。”③

第三帝国元帅赫尔曼·戈林一直忠于希特勒。第三帝国的外长约阿希姆·冯·里宾特洛甫1945年在纽伦堡军事法庭上极力为希特勒辩护，说希姆莱所制造的大屠杀的惨烈程度远远高于希特勒。

此时戈林激动地立刻从座位上站了起来。

“你们知道吗？”他真诚地说道，“我一直忠于我的元首（希特勒），但你们知道他最后是如何对待我的吗？我不知道我

---

① Голденсон. Интервью. С. 539.
戈尔登松：《纽伦堡访谈录》，第539页。

② 《在纽伦堡国际军事法庭》，摘自《事实与论据》。

③ Голденсон. Интервью. С. 539.
戈尔登松：《纽伦堡访谈录》，第539页。

该说些什么，我觉得，在最后的一年半时间里他几乎将所有重要的事情都托付给了希姆莱……”①

里宾特洛甫说：

我无法想象是希特勒下达了这些命令，我不相信他清楚这些事。我相信，他有时是很残忍，但我全身心地信任他，他有时候是那样的善良亲切，我严格执行他的命令。那些屠杀的指令都是希姆莱下的，我甚至怀疑希姆莱不是德国人。他天生有一张可怕的脸，我们都和他相处得不好。

审判结果表明，所有的纳粹政治犯都对阿道夫·希特勒的态度有了改变，并一致认为第三帝国时发号施令屠杀平民导致机制毁坏的罪魁祸首是海因里希·希姆莱。

党卫队的首领海因里希·希姆莱生于1900年，他的父亲是德国教授格布哈特·希姆莱。他的父亲以自己的学生，也就是维特尔斯巴赫王朝的亲王海因里希的名字为他取了此名，这位亲王也欣然同意成为希姆莱的教父。教授的大儿子比海因里希·希姆莱大两岁，取名为海因里希·格伯哈特，而1905年出生的小儿子取名为恩斯特（他就是卡特琳·希姆莱的爷爷）。1917年，年轻的海因里希·希姆莱参加了义军，但只是去进行教学工作，并没有参与战争。海因里希很高兴自己能够去服兵役，但没想到最终却成为慕尼黑大学技术学院的一名大学生。

虽然之前在他的日记中就开始出现了怀疑宗教信仰的迹象，但1924年以前他都一直定期去教会。1919年12月他在日记中

---

① Гилберт. Дневник. С. 89.
吉尔伯特：《纽伦堡日记》，第89页。

写道："我想我与宗教冲突的时机已经成熟，但不管发生什么，我都永远追随上帝，向他祈祷，我将一直忠于天主教会，捍卫它，即使她将我逐出教会……"他的私生活甚至超过了宗教的限制，他坚决抵制婚前性行为，直到 26 岁他仍然是一个处男……①

不幸的是，现存的能够全面解析希姆莱为什么自小坚持自律的材料非常少。因此，许多历史学家努力想搞清楚，他的父亲在他童年时对他有没有影响。

研究表明，格布哈特·希姆莱不是一个专制的父亲。虽然他制定了让三个儿子去遵循的一套清规戒律，让他们每天主动写日记，但这些要求与他自己的教育水平相符合。海因里希·希姆莱在学生时期没有表现出一丝的"反常和残酷"。他真诚地与他人相处，就像他在日记中写的那样，他的自控能力超强。"有些事情以灾难的方式而结束，却并非以此种方式而开始。"隆格里希总结道。②

我只能相信彼得·隆格里希的话。从这个意义上讲，希姆莱就是一个谜。据了解，他在 1923 年加入纳粹党，并参加了慕尼黑暴动，虽然那时他只是个在恩斯特·罗姆的队伍里持旗的小角色。目标明确、顺从、安静，从不奢望占据主要地位，这样的希姆莱正是纳粹党人所需要的。1929 年，海因里希·希姆莱出任了党卫队首领。

---

① Мэвэнлл Р. Франкель Г. Генрих Гиммлер. Ростов – на – Дону: Феникс, 2000. С. 23.
曼菲尔，弗兰克尔：《海因里希·希姆莱》，顿河罗斯托夫：凤凰出版社，2000 年，第 23 页。

② Цит по: Vom Mann zum Monster ("Из человека в монстра") // Sueddeutsche. de. 17. 11. 2012.
引自：《从人到怪物的演变史》，2012 年 11 月 17 日。

就在我们打算与卡特琳·希姆莱见面时（语音信箱里柔和低沉的声音播报我们见面的地点是餐厅，在那里可以静静地坐下聊天），太阳一下子出来了。与那些渴盼春天尽快来临的柏林人不同，我并不喜欢这样的天气。原因很简单，尽管阳光十分刺眼，但天气仍然非常冷。

我将餐厅的门打开了一条缝，发现离我约 50 米远的地方有一位女士，她的头发散开着，右肩上背着灰色运动软布包，简单点说，她的穿戴极其普通。我马上猜出，她就是卡特琳·希姆莱。她冲我笑了笑，挥了挥手。

“我是卡特琳。”她轻声说道，走近拉住了我的手，有点不好意思地抽着鼻子。她看起来不到 40 岁，但我知道她已快 50 了。

“我是塔尼亚。”我用力地握住她的手。

当我在电话里听到她的声音时我就感觉到卡特琳是个和善的人，似乎有点墨守成规。见面时的第一印象是，从她所有的动作中感觉不到欧洲人特有的放松，总是显得很僵硬。在信中她经常会毫无缘由地使用“对不起”这个词。见面时，因为风太大听不清楚她所说的话她也会道歉，并尽量提高声音，且对我的每次提醒都会道歉。她很讨人喜欢，从见到她的那一刻起就会被她那细心的关心和谦虚所吸引。这是当我们进入餐厅时我对卡特琳·希姆莱的印象。坐下后我给自己点了杯咖啡，给她点了柠檬绿茶。不知什么原因卡特琳断然拒绝了咖啡。在我的建议下第二道菜我们点了热汤。还有，当她感到难为情时她就开始紧张地笑，试图摆脱紧张的情绪。

取下肩上背着的运动包、脱掉外套后，卡特琳首先拿起了一张餐巾纸，在请求原谅后静静地擤净鼻涕。看着她的红鼻子，我疑惑地问她是不是得了流感。

“不是，不是。”卡特琳摇摇头说着，餐巾纸仍然放在鼻子上，“尽管日历上显示柏林已是春天，但温度依然很低，冻得慌。我非常怕冷，今天又刮起了风。我多么希望我能在一个温暖的柏林与你见面。”她微微地笑了一下，“您是怎么找到这个地方的?”卡特琳好奇地问道，“好找吗？我本可以带您在外面转一圈，可是，天气实在太冷了……”她指向靠近座位的窗外，并抑制住紧张的笑声，天气确实不是特别好，“我希望我没有选错地方。您喜欢这个地方吗?”

“很舒适。”我肯定地回答道。

“夏天的柏林仿佛是一个童话，那么多夏季梯田！一切都很漂亮。”卡特琳边说边摘下黑色头巾，静电的作用使她的头发竖了起来。

据我观察，卡特琳打扮得干净利落。她的头发显然是最近才精心染成了透着些许黄色的浅棕色，即使是近距离看都以为那是自然色，尽管我很清楚她本身是淡褐色的头发。

在咖啡馆里我才发现卡特琳竟然是素颜出门，甚至连面霜都没有用。她脸上的皱纹并没有让她显老，没有使用任何化妆品和饰品反而让她看起来年轻了许多。

卡特琳的灰绿色眼睛在橄榄绿短衫的衬托下转动。眉毛不宽不细，非常的整齐，但却不像是特别梳理过的。从我的描述中你是不是认为她外貌上与海因里希·希姆莱相差甚远，不是典型的雅利安人的长相（海因里希·希姆莱挑选加入党卫军军队的都是那些与他长相完全不同的高挑的蓝眼睛美男子）。虽然她的脸是椭圆形的，但是脸上那股难以捉摸的固执劲儿似乎透露着卡特琳与希姆莱的某种关系，虽然两者关系不大，但也并不牵强。

“你不需要把要提问的问题列在纸上吗?”卡特琳突然问了起来，“那你怎么问我？不会忘了吗?”

“都记在我脑子里了。”我笑着说。

“是的，没错，抱歉！”说这话时她显得出奇地平静，还带有些许的不好意思，“我的上帝！你这么年轻，所有东西都烂熟于心了。”

“给我们说说你自己吧。你是谁？如何谋生？不好意思！请不要再重复那些我们已经知道的信息，除非以前的信息有误，你可以纠正。”简要讲述了我不久前到秘鲁旅行的情况后，我对卡特琳说。

卡特琳笑着说道：

“像他们所报道的那样，我是个政治学家。现在我是个自由职业者，依靠出书和写文章赚取稿费生存。这并不是件易事，此外，我还通过讲座赚取些费用。之前我出版过介绍我的家庭的《希姆莱兄弟》这本书，我被邀请去讲述我写这本书的缘由，因为我自己是希姆莱的孙女……哦！原谅我！请原谅我！”卡特琳双手捂住了嘴巴，带有些许的恐惧，“多么愚蠢的说法！我的父亲是希姆莱的小侄子。我的爷爷是海因里希·希姆莱的弟弟…… 哎……”

茶盛在了高玻璃杯中，柠檬片放在碟子上，我点的牛奶则用美式杯子盛放。当女服务员将卡特琳的柠檬绿茶端上来时，她马上停住不说话了。

我和卡特琳就这样沉默地看着对方，直到服务员为我们服务完毕。

“给我们谈一下你的祖父吧。”我对卡特琳说道，此时我看到她双眼死死地盯着盛着柠檬茶的玻璃杯，好像巴不得淹死在里面。

卡特琳·希姆莱用低沉舒缓、就像给孩子讲故事那样的语调开始讲起了她的故事。我们之间用英语交流起来好像更为顺畅一些（她没有德国口音，说一口流利的英式英语）：

“我从一开始就知道我是臭名昭著的海因里希·希姆莱的后代，因为我的父亲总是给我讲述这个事实，从未打算隐藏这段家族罪恶史。起初，他试图告诉我们三个孩子尽可能多的家庭史以及我们与希姆莱的关系。父亲总是挑选与希姆莱、家族以及第三帝国相关的书籍给我们看，让我们了解更多关于过去的事。但是，在父亲面前我们不能问他有关希姆莱及其在 1945 年去世的弟弟恩斯特的问题，因为那时我父亲也还是个孩子，所以他对自己父亲的情况也知之甚少，就如同父亲没有回答我们的这些问题一样，我们的祖母在当时也没有回答我父亲的问题。我祖母还真是坚强！战后她从未提起过自己的丈夫。我开始在档案馆搜寻相关资料，以便更多地了解祖父（海因里希·希姆莱的亲弟弟）。”

“那么，你知道 1945 年你祖父是怎么去世的吗？”

卡特琳点了点头，喝了一口茶，紧闭的双唇出现了一丝微笑，此时她的脸颊微微泛红，露出了酒窝。

“关于我祖父恩斯特·希姆莱 1945 年的去世方式至少有两种说法：一是战后自杀；二是死于最后的柏林轰炸。实际上没有人知道我祖父究竟是怎么死的，从此以后他便消失得无影无踪。战后也没有人听说过我祖父，更不知道在他身上发生了什么，我们这些后人只能去猜测。”

“嗯。”我追问道。“能不能给我讲述一下你所了解的祖父的情况？显然，他加入了纳粹党，是党卫军的一员……”

“这我当然了解。”卡特琳回答道，“当我在档案文件里发现我的祖父加入了纳粹党时，一开始我感到特别痛苦。奇怪的是，他是在 1931 年希特勒上台之前就已经加入了纳粹党，而不是在 1933 年。这有些叫人莫名其妙，难以理解。所以，一方面，我一个人艰难地寻找自己的家族史资料，另一方面，毕竟我是个专业的政治学家，我需要抑制情绪，寻找到尽可能多的信息和证据。有时在这两者之间很难找到平衡。

“我祖母的名字是巴乌拉。战争结束后，她养育着四个小孩，其中有一个就是我父亲。祖母一个人抚养自己的孩子们长大，她的家人拒绝帮助她。战后与希姆莱家族有关系是件不光彩的事，并且他们还说：‘我们早就给你说过，可巴乌拉你自己还是选错了丈夫，无论你怎样我们永远都不会帮助你。’祖母想尽各种办法去赚钱，她缝制帽子去卖，但在 60 年代中期开始了机械化生产，手工缝制的帽子不再流行，祖母不得不去山区卖自己手工缝制的帽子。因此，战后祖母与她的四个孩子生活得非常艰难。1985 年祖母去世，我非常了解她、爱她。但要她谈论过去，尤其是谈论她的丈夫恩斯特·希姆莱是非常困难的，事实上几乎是不可能的。我知道祖母和她丈夫在一起时非常幸福，她也非常爱他，生活显得那么轻松、愉悦，在 1933 年至 1945 年间他们一直在一起。而在战后，生活变得很困难。一方面，她了解纳粹犯下的令人发指的罪行，这是德国历史中最可怕的一页；另一方面，她仍然爱着她的丈夫，生下了他们的孩子。

“有一次，我正坐在她家的客厅里看一位年轻男人的照片，他就是恩斯特·希姆莱，我的祖父。我当时还不太懂事，指着照片问她：‘他是谁呀？’却发现她的眼睛里满是泪水，然后她就哭了起来，我当时感到特别内疚。从此以后，我再也没有问过祖母关于她丈夫的事。虽然我是个孩子，但潜意识里也能敏锐地感觉到这个话题是禁忌，不敢继续询问下去。我父亲告诉我，50 年代当他还是个少年时，他就想弄清楚自己的父亲到底是干什么的，他是否也是个纳粹分子，是否会因为哥哥曾经的罪行感到内疚。但祖母没有告诉父亲任何事，像对她的其他孩子、孙子和我一样，只字未提。

“当我在档案馆搜索我的家族史资料时，潜意识里希望找到希姆莱家族中其他没有加入纳粹党卫军的人的资料，或者没有获得任何特权的人的资料。但是，很遗憾，整个家族中没有一个这样的人，这对我的精神打击特别大。这也使我进一步了解到，全家人都是顽固的纳粹分子，这是非常可怕的一件事。我后来发现，我祖母也是个顽固不化的纳粹分子，这对我来说是最难接受的事情、是个致命的打击，毕竟我自以为我很了解她。不得不承认，我对祖父就没有这样特殊的感情，他在我出生之前就已经去世了，我从来没有与他有过任何接触。奇怪的是，祖母如此艰难地生活着，同时却收着被判处死刑的纳粹分子从监狱寄来的包裹。这令我十分震惊，内心特别的煎熬。

“我第一次意识到身为纳粹分子家族的孩子是多么艰难，并开始更好地理解父亲以及他在档案搜索过程中的古怪行为。有时他给我看他找到的文件，然后又突然说：‘哦，不，不要跟我再讲这些，我已经受够了这一切，我不知道也不想知道。’虽然父亲是一个冷静、聪明的男人，一生都是德语教师，他也无法承受这一切。”

“你在书中称你给你父亲带来了烦心事。”

“我认为是这样的。”卡特琳慢慢地消解了心中的悲伤，“不仅仅带来了烦心事，我觉得，当我的搜索结束时他松了口气。其实，我在父亲之前就已经开始查询相关的资料，他十分害怕我找到的东西让他无法承受。比如说，他的父亲也就是我的祖父恩斯特·希姆莱参与了大屠杀。但是，所有我能找到的资料都表明，祖父恩斯特·希姆莱是个坚定的纳粹党人，但他却并没有积极地参与丧心病狂的杀人行为。也就是说，我发现了不幸中之大幸，也可能是因为文件的缺乏以至于我没有找到真正的事实。在我结束搜寻资料后，我明显感到父亲的心情放松了许多，但我们仍然还在一起讨论搜集到的资料。”

“你母亲还在世吗？你父母是如何相识的呢？”

“是的，她还活着。我父母是青梅竹马一起长大的，一直互相喜欢对方。但是，直到战争结束 20 年后他们才结婚。结婚后（我记得父亲说过）母亲很难接受带有希姆莱这个名字和家族过去曾经犯下的罪行，因为仍然有很多人听到这个名字就对她另眼相待。父亲出生于 1939 年，也就是说，战争结束时他才 6 岁。而在战争刚刚结束后总有人对爸爸说：‘嘿，你伯父曾经是个伟人啊！’但，父亲上学时也被人扔过石头，那时他不明白他们为什么会这样做。我从许多纳粹罪犯的孩子们那儿也听到过类似的故事，虽然不是很多人，但总有那么几个人有同样的遭遇。

“说了几句题外的话，现在回到正题上来。我父母在 60 年代结婚，那时候对于纳粹战犯的名字及其亲属已不像以前那么反感了。但是，我的家人因为这样的名字内心还是承受着很多谴责！这一次又一次摧残着我，犯罪分子的孩子常因为自己的名字而倍感煎熬。要知道他们是战犯的孩子呀！我听说只要是同姓的人都受到了牵连。例如，那些姓氏为鲍曼的人就十分不幸，人们总将他们与纳粹党党务统领马丁·鲍曼联系到一起。我不知道带有希姆莱这个名字的人到底有什么不同。也许，他们在一些欧洲国家和俄罗斯比在德国更加臭名昭著。随便问一些德国人海因里希·希姆莱是干什么的，他是负责什么的，大部分人根本回答不上来。即使在第三帝国时期希姆莱也经常是在后台工作，公开露面的机会很少。”

“能告诉我们你父亲的名字吗？”我问卡特琳。

“不。”她摇了摇头，微笑着说，“我不能说出他的名字。唉！”

“因为他还……活着？”我想问清楚她为什么不告诉大家她父亲的名字，她在担心什么。卡特琳感受到了我的困惑，赶紧补充道：

“我父亲还活着。他是祖父母恩斯特·希姆莱和巴乌拉唯一的儿子，其他三个都是女孩，是我的姑姑。你可以看出来我和叔祖父希姆莱长得有些像，但父亲……他和叔祖父长得更像。”

卡特琳噘起了嘴唇，抿了口茶继续说：“抱歉，我不能在公共场合说出父亲的名字。我必须尊重父亲的要求……”

“但是，你写了一本书，这本书……我认为书中需要事实、日期和名字。”

卡特琳·希姆莱犹豫了。

“在这本书中，我没有写出父亲和姑姑的名字，因为他们不想让人们知道他们。我是研究过去的那段纳粹史，所以我认为这本书中应该出现的是那些积极参与纳粹暴行的纳粹分子的名字。我甚至私自公开了祖母巴乌拉和祖父恩斯特的名字，但却无权将他们子孙的名字公之于众，所以，他们在我的书里都是匿名的。我的父亲和他的姐姐、堂兄弟每个人都有权自己决定是否将自己的名字公之于众。”

“整个德国都知道古德隆是海因里希·希姆莱的女儿。几年前的一次意外让全世界人都记住了她的相貌。记者设法拍摄到了她的照片，终于揭开了这位一直躲避公众视线的古德隆的神秘面纱！”

“古德隆，”卡特琳用德语狠狠地说出海因里希·希姆莱女儿的名字，“我对她知之甚少。”

果然不出我所料。

古德隆与希姆莱家族内的其他人早已断绝了联系，除了知道他父亲喜欢称她为“开心果”“洋娃娃”，她奉子成婚嫁给了极右派记者沃尔夫·迪特尔·贝尔维兹（婚后改用他的姓）之外没有人知道有关她的任何事情。

“战后援助纳粹战犯组织”是以希姆莱女儿为首的纳粹组织，长期以来获取国家的援助。但谁也没有想到，这个组织多年来却一直在为前党卫军士兵恢复名誉，许多纳粹罪犯都是在这个组织的帮助下成功地逃避了惩罚，这些信息都是由记者安德烈娅·廖普卡与她的同事奥利弗·史廖姆曝光的。他们于2002年潜入古德隆·希姆莱的纳粹组织后写下了大量相关文章，并出版了书籍《战后援助纳粹战犯组织》①。自那时起安德烈娅成为古德隆的眼中钉肉中刺，她的生活也变得一团糟。在拍摄影片时我成功说服了安德烈娅接受我们的采访。出于安全考虑，她不愿透露住在萨克森州的亲人、父母和自己的任何信息。

谈话在安德烈娅的办公室里进行，她还要求我们不要透露见面地点。办公室里的陈设像其他办公室一样，一个书柜、一台电脑、一张桌子、一个笔记本、一堆文件和照片。只是墙壁上带有法西斯卐字党徽的海报显得特别引人注目。

与安德烈娅的对话我们做成了录像片段，用手机播放给卡特琳·希姆莱观看，来观察她观看的表情。我想，大家也都想听听无畏的记者安德烈娅的故事吧。

"'战后援助纳粹战犯组织'由伊森堡公主在战后创立，这一组织是非营利性的。该组织的目标是帮助那些参加屠杀的战犯逃离出国，由那些老纳粹拿钱支付律师费用以及为那些被传唤到法庭的战犯做鉴定。古德隆·希姆莱帮助大多数战犯避免了惩罚。'战后援助纳粹战犯组织'藏匿了许多高级党卫军士兵以及第三帝国的谋士们，帮助他们偷偷逃离到国外。得以逃离的战犯包括臭名昭著的安东·马洛蒂、克劳斯·巴比等。他们大部分人在南美定居，都曾试图开始新的生活。古德隆·希姆莱还积极援助了艾希曼……

"90年代初在不莱梅学习政治学时，我发现'战后援助纳粹战犯组织'仍然存在，老纳粹们还能够自由地会面。而且，最致命的是他们在

---

① Негласная помощь коричневым товарищам. Тайная сеть старо – и младонацистов. Взгляд изнутри. Link Christoph Verlag, 2002.
《战后援助纳粹战犯组织——新老纳粹秘密网络》，摘自《深度观察》，克里斯托夫·施普林格，2002年。

与新纳粹分子合作。我的内心久久不能平静，我不敢相信这一事实。因此我开始搜集资料，这一过程持续了许多年，我把所有资料整理好后写成了我的毕业论文。1994 年起我成为右翼极端主义的专访记者。

“‘战后援助纳粹战犯组织’很长一段时间内只是个广告，不但不付税，还能获得国家援助，后来是我们将它的真实面目公之于众。该组织如今仍然存在，当我们披露它的党卫军分子协会性质之后，它已演变成地下秘密组织。我们设法让全国人民认清该组织的真面目，因此进行了大量的新闻调查，分析了相关材料，浏览了犯罪分子名册，但最困难的还是潜入该组织内部。

“因为老纳粹分子疑心特重，为赢得他们的信任需要别的老纳粹的推荐，特别是在 90 年代初期，当你还是个穿着保守的年轻女子，不知道那些关键问题的情况下事情就显得更难了……我应邀去做客，一个老纳粹把我推荐给了另一个人，我和我的同事拿着假‘夫妻合照’希望能够认识更多的坚定的纳粹分子。我们看到那些老纳粹分子依然不思悔改，闭口不提受害者。在民主德国他们假装支持民主获取钱财，他们却从来没想过为过去承担责任。这刺激着我进行进一步调查，揭露他们，公开谈论他们。

“在我的搜索过程中我总会遇到古德隆·贝尔维兹的名字。每个党卫军士兵都认为他们的责任中就包括夸奖希姆莱的女儿。他们带着崇敬的语气说道：‘知道吗？古德隆·贝尔维兹太太也会来参加会议。’他们一般称她为古德隆·希姆莱。很明显，对于老纳粹们来说这个女人是非常重要的人。为了迎接她的到来、与她相识，我们准备了好几个月。最后，‘我的丈夫’摄影师和我被邀请参加奥地利的党卫军聚会。我们可以参加本次会议所举行的所有活动，但等了五天才见到这位贝尔维兹太太，海因里希·希姆莱的女儿——古德隆·贝尔维兹。

“席间，古德隆周围围满了那些胸前挂满勋章的老纳粹。这个女人长相平凡，但行为举止却像一个皇家公主一样显得非常傲慢。和我们一起的还有一个党卫军分子，古德隆很严肃地问他曾在哪里任职。他告诉她，在丹麦党卫军军队。听后，她脸上闪过一丝笑意，并说道：‘就是说，你是党卫军志愿者。’显然，她对这个答案很满意。这是我整个会议期间第一次也是唯一一次看到她在笑，其他时候她一直是一副凝思和紧张的表情。然后，她简短地说了几句话，但主要是接见那些老党卫军分子。很明显，整个会议期间古德隆都知道她在那些‘老同志’心目中的地位。

“在我的搜索中我只研究罪犯的性格。如果对你来说古德隆·希姆莱是你的《纳粹战犯的孩子们》里海因里希·希姆莱的女儿，那么对我来说她就是个纳粹政治犯。我不会涉及那些已不再重蹈覆辙的纳粹战犯的孩子们。那些孩子内心备受折磨。耻于回忆过去的纳粹后代们大多数拒绝谈论自己的父母，更别说接受采访、参与拍摄了。他们已经受尽折磨，只想安静地生活。当初，我结识了卡尔·沃尔夫（第三帝国的党卫军副总指挥、希姆莱的私人朋友）的女儿，后来她改信了伊斯兰教，但受到了多方批评和迫害，由于她的名字和身世人们不愿与其来往。而纳粹分子希姆莱的孩子古德隆·贝尔维兹是她父亲的狂热追随者，后来嫁给了一个穆斯林外国人，她也备受折磨，人们也往往对其避而远之。而古德隆·贝尔维兹的儿时玩伴，她曾经的闺蜜，也因为这个原因不再和她联系。卡尔·沃尔夫的女儿一生都在为父亲曾经的所作所为忏悔。面对镜头她不想说些什么，但却当面告诉了我她与古德隆的关系，说她变得与以前完全不同。

“在德国巴伐利亚州施利尔塞湖的党卫军另一次会议上，我碰巧再次见到了古德隆·贝尔维兹。最糟糕的是，与上次会议相比这次会议来了更多的年轻人。也就是说，希姆莱的女儿将她父亲的思想传播给了年轻人。这个女人是连接新纳粹与旧纳粹承前启后的关键人物。那些趾高气扬地坐在古德隆旁边和她一起交谈的年轻人在整个会议过程中显得特别扎眼。古德隆清楚地知道她就是他们心中的圣母。此外，她特别谨慎地在他们耳边悄悄地吩咐了一些事情，生怕外人听到。显然，她不是特别信任这个团体、这个国家及其所倡导的民主。她的行为举止表明第三帝国才有她想要的一切。”

在安德烈娅·廖普卡所拍摄的照片中古德隆将头发梳到了后面，头发是灰色的，脸上勉强地带有一丝微笑。没什么特别之处，从长相上来说和她的父亲并不是特别像，脸上也并没有满满的恶意，看起来就是一个苗条的德国老妇人。正是安德烈娅的付出才让我们能够在网上见到古德隆的庐山真面目。廖普卡的桌上还摆有几张照片，这几张照片以前没有在网上见到过。

安德烈娅解释道：“这是古德隆，旁边的是来自丹麦的党卫军军人克里斯腾森，正是通过他我们才潜入到了这个组织中。他特别同情我们，他一直想要拍摄希姆莱女儿的照片！想到这些他特别骄傲，但他不能和别人谈论这些事。需要指出的是，他们十分要好。”

“我们在《斯特恩》杂志上发表文章后，克里斯腾森受到了审判。第三帝国时期他曾在丹麦杀害了一名记者。但他一直住在巴伐利亚，逍遥法外。许多参加了与希姆莱女儿的会议的党卫军士兵没有善心，也没有去过法院，因此他们没有认识到自己有多么的罪不可赦。

“自从我们暴露了古德隆·希姆莱的这一组织、谴责党卫军军人和一些其他的纳粹后，我就开始频繁地受到威胁，甚至被殴打，而且一些通过电子邮件的言语中伤、恐吓延续至今。我们的新闻工作是相当危险的，而互联网的存在又使这一局面更加恶化。根据一些我发布的消息就可以在互联网上找到我的家庭住址，公布与我的敌对声明。然而，遭殃的不止我一个，新纳粹分子们以同样的方式伤害我的许多同事，只要是在揭露新纳粹主义，家中就不得不安装铁窗，需要警察进行保护。不得不承认，现如今纳粹已越来越猖狂。记者处境艰难……”

我按下了暂停键。卡特琳·希姆莱点了点头，把平板电脑归还给了我。我们再一次点了咖啡和茶。

“所以，古德隆真的是纳粹？”我问卡特琳。

“是的。”卡特琳平静地说道，“她真的是纳粹。我是从家族里那位至今仍与她保持联系的远方亲戚那里听说这件事的。然而我对古德隆·

贝尔维兹的了解还不及安德烈娅·廖普卡和奥利弗·史廖姆知道得多，我特别喜欢看他们写的那本书。感谢你让我第一次看到了作者本人，见到她的第一眼就感觉得到她是个非常坚强的人，做起事来坚决果断。说实话，安德烈娅比我更了解古德隆，我对她了解得特别少。听父母说古德隆有两个和我同岁的孩子，那样的话，他们都已年过40了。有一次，我父母见到了她，被她扭曲的政治信念吓到了，从此再也不想再见到她。我们之间没有任何接触，我在写书时，试图联系她并和她谈谈，从她那儿获取一些文件和证据，但她坚决拒绝和我交往。她当然不会和我见面，我早就预料到会是这样的结果。我无论在做什么、描绘出怎样的希姆莱的形象，都不妨碍她获得自己想要的一切。从一些堂兄弟那儿我得知她买了我的书，但她特别不喜欢这本书。她要是喜欢那才怪呢！”

“我记得，60年代时全家人都知道古德隆想自己写一本关于她父亲的书，向大家证明她父亲是个多么好的人，但是由于一些原因这一想法并没有付诸实施。她从来没有真正想要写这本书，她只是在绞尽脑汁、想尽一切办法去美化自己的父亲海因里希·希姆莱。”

海因里希·希姆莱和玛尔嘉（玛格丽特）于1927年在柏林相识，当时的玛尔嘉是一名护士，比希姆莱大7岁。1928年他们结婚，婚后一年生下了古德隆。与丈夫一样，玛尔嘉对草药和非传统医学有着浓厚的兴趣，同时伴随着其他原因将希姆莱和他未来的妻子紧紧联系到一起。顺便说一下，玛尔嘉也是个忠诚的纳粹分子，婚后她卖掉了自己的私人诊所，收购了一座庄园在那里养鸡。1929年，古德隆出生，海因里希·希姆莱也在这一年被任命为武装党卫军首脑。”

“所以可以说，海因里希·希姆莱是一个好父亲、好丈夫，他经常带着年纪还小的女儿前往集中营视察……”我接着她的话往下说，但当看到卡特琳拼命地摇头时我就停了下来。

“不，不是真的。古德隆没有去过集中营，这只是传言。我认为，互联网上的照片不是她。照片里海因里希·希姆莱的旁边是有个小女孩，难道这样就能说是希姆莱和他的女儿参观达哈乌吗？照片里那个小女孩不是她，虽然我不知道她是谁，但我确定她不是古德隆。众所周知，希姆莱和他女儿从来没有去过集中营。已被证实的是，玛尔嘉·希姆莱（海因里希的妻子）与远房亲戚一起去过达哈乌，但他们是去那里采草药。玛尔嘉非常喜欢顺势疗法。不得不提的是，她与希姆莱的婚姻是失败的。我不确定她是否会因战后丈夫的去世而感到伤心，毕竟她已经一个人生活了多年，因为海因里希·希姆莱又有了第二个家。

“希姆莱的情妇海德薇是他的私人秘书，分别于1942年和1944年为他生了两个孩子，儿子海尔格和女儿纳内特·多罗西娅。”

卡特琳继续说道：

“1936年海德薇开始为希姆莱工作，1938年年初成为他的情妇，然后便离职回家，她的主要任务就是生孩子繁衍后代。她和希姆莱希望生很多很多的孩子，但直到战争结束他们也只生了两个孩子。因此，在战争期间，希姆莱不经常来探望玛尔嘉。据说他们是因为女儿古德隆的缘故才没有离婚。希姆莱不想让自己的女儿受伤害，所以会经常打电话、写信。但是，当然，1945年以后古德隆和她母亲的生活质量一落千丈。第三帝国时期她们舒适地生活着，周围用人环绕，现在一切优待都消失不见了。起初玛尔嘉不得不干多份兼职来养活自己和女儿。后来她和女儿古德隆得到了那些老纳粹所在的组织的支持，获得了金钱和食物。正因为如此，古德隆才会领导‘战后援助纳粹战犯组织’，要知道在那些饥寒交迫的日子里地下纳粹的支持对她的生活起到了多么大的作用。”

我问卡特琳是否知道海因里希·希姆莱的另外两个孩子现在身居何处，因为从未听说过有关这两个孩子的任何消息，感觉他们已经消失得无影无踪了。此时卡特琳端起凉掉的茶喝了一口，点头说道：

“他们真的消失了。从战后到50年代期间海德薇与包括玛尔嘉以及古德隆在内的家人一直保持着联系（古德隆和她母亲玛尔嘉都知道希姆莱还有第二个家庭，但她也并没有指责父亲，因为毕竟她父亲没有和母亲离婚），后来海德薇又嫁给了别人，并给两个孩子改了名字，带着他们消失了，从此就与家人断绝了一切联系。从那时起，再没有人听到过有关她的消息。所以可以说，古德隆是希姆莱唯一的女儿，而且，古德隆对此也很满意。”

卡特琳的额头上有很深的横向皱纹，她停下沉默了一会儿，然后又突然开始说道：

“我想，如果父辈像希姆莱一样是战犯的话，那么后代们很难接受他们曾经犯下的罪行。我无法想象，如果我是海因里希·希姆莱的亲生女儿，那么我内心将会多么煎熬，所以我根本不敢去这样假设。我认为，如果这样，那就会剥夺你很多的机会，你只能从两个极端去选择，要么像古德隆·贝尔维兹一样与父亲站在同一阵营，要么像尼克拉斯·弗兰克一样竭尽全力地去谴责父亲曾经的所作所为。在我看来，心中强烈的仇恨感令尼克拉斯度日如年。所以主要纳粹头目的孩子们需要寻找到内心的平衡，而不要总是去走极端。但他们这一代是不可能这样做的，他们要么崇拜，要么憎恨。如果你问我，古德隆认不认为海因里希·希姆莱是个好父亲，我有百分之百的把握告诉你，她的答案是肯定的。有一点是古德隆无法否认的事实，我们所说的那些战犯的子女们，他们总是孤军奋战，从不聚集到一起，因为这会让他们回想起过去，而过去发生的事总是难以启齿的。但与有着相同遭遇的人一起谈话，或许也是一件益事……”

喝了一口冷咖啡，看了看几乎是空荡荡的大厅，我小心谨慎地问卡特琳，除了流着希姆莱家族的血以外，她儿子是不是还有犹太血统。但让我感到吃惊的是，她笑着回答了我的问题。

“这件事需要慢慢道来。我 34 岁时生下我儿子，这对我来说是一个艰难的时刻，我在想我是不是做错了什么，毕竟祖辈过去的那些事不是什么光彩的事。当他长大成人以后我该怎么告诉他这些事呢？告诉他三四十年代我的祖辈是如何残忍地杀害了他父亲的祖辈们？最后我终于想通了，为了他，为了自己，为了所有人，我需要打破沉默，我要知道更多。虽然我的家人（我的弟弟妹妹）不同意我这么做，他们把我的书看作一把匕首，并指责道：‘为什么要将旧事重提，那些事与我们毫不相干。'我想这种情况同样也会出现在许多纳粹的家庭中，特别是家中还有一个爱寻根究底的家人。"这时卡特琳的声音特别大，还笑了起来，并用手指着自己说，"我就是那个喜欢刨根问底的人。当我写书时我弟弟妹妹十分不高兴，还没读过这本书就说道：'是的，我们的祖父是希姆莱的兄弟。是的，有这样的亲戚我们很不幸运，但我们没有杀过一个人，却要为此遭受折磨，你为什么非得打破砂锅问到底呢？这只会刺激我们的神经，让我们更难受！'"

"这也是一种观点和立场，他们有权保护自己。那你的儿子呢？他现在也到了这个年龄，他对你的家族往事感不感兴趣？"

卡特琳笑了起来。

"多年来，我都一直担心儿子会跑来追问我，我该如何向他解释，难道要告诉他他妈妈的亲戚（希姆莱）残杀过他爸爸的家人（和他父亲一样的犹太人），告诉他希姆莱既是罪犯又是牺牲品吗？我无数次地想象当我告诉他这些事情的真相时他将有怎样的反应。但是他从来没有问过我，于是我打算试探一下他，看看他的想法。"卡特琳哈哈大笑了起来，我意识到当谈到她的儿子时，她还是有点紧张，"他现在 13 岁，从学校回家后我问他：'你不想问问我关于希姆莱的事情吗？关于他你了解多少？'他回答说：'嗯，我当然知道希姆莱，你不需要告诉我，所有一切我都了解。'我反问他：'你都是从哪里知道的？我从来没给你说过啊！'"说到这里，卡特琳忘乎所以地笑了起来，"显然，有人在学校告诉了他以前的那些事。看到他对这件事的态度是那么的豁达，我很高兴，也很幸福，他是不沉迷于过去的新一代的代表，他不会刨根问底地去追问过去，而是选择了闭口不谈。这意味着，与希姆莱的关系并没有让他感到苦恼，他可以做他想做的事，做他感兴趣的事，而不是像我一样整天泡在档案资料里。我做这样的工作唯一的好处就是现在每个人都可以平静地生活了 。"

最后一句话卡特琳故意压低了自己的声音，但话语之中也听出了她的自豪。在卡特琳短暂的激动过后，我继续问她：

“卡特琳，你嫁给犹太人这件事在高级纳粹的孩子、孙子和亲属们中间引起了轩然大波。他们中有人说你是用这种反常方式为自己的祖先赎罪，也有人认为这很正常，没什么特别的。但几乎所有人都一致认为，你在选择丈夫的时候多多少少受到心中负罪感的影响……”

“哦，他们真是这样说的吗？这太有意思了！”卡特琳显得有些慌张，她不太确定地补充道，“不，这是真的吗？他们为什么对我的以前那么感兴趣？”

我又补充问道：

“你已经离婚了吧？”

不知什么原因，我觉得她和丈夫离婚了。看着卡特琳，我总感觉她是独自一人养大自己儿子的。

卡特琳点了点头。

“是的，我们离婚了。我前夫去以色列找工作了。”说到这儿她沉默了。她脸上的表情没有任何变化，但眼睛却聚精会神地看着窗外，露出了一些我无法体会的细微表情。或许她是在回忆往事，或许是在想其他的事情。很明显，在德国，没有固定的工作，通过干各种兼职来抚养一个孩子是特别不容易的一件事。卡特琳并不是那种不为以后做打算的女人，在我看来，她比任何人都计划得好。

卡特琳停了一会儿继续说：

“不，我真的不明白，他们为什么偏偏对我嫁给犹太人这件事如此的吃惊。我认识很多人，他们的父母要么在战争期间积极地支持纳粹政权，要么参与屠杀行动，但他们也都像正常人一样安安静静地结婚，有的也嫁给了被他们的祖先称为‘非人’种族的人。如果你想知道我是如何与我前夫认识的，那我告诉你。他的家人曾经游历过许多欧洲国家，但他最喜欢的地方是德国，因此，虽然他还非常年轻，但他家人没有阻止他来德国读书。这样我们才有了机会在德国相识。我们相爱后他的家人（父母）也欣然地接受了我。我公公至今还健在，他就像我的父亲一样，他生于1939年，战争结束时他才6岁。他总是跟我谈论各种各样的问题，具体包括纳粹主义、战争和第三帝国。正是因为我，他并没有回避这一话题。

“但与丈夫的远房亲戚相处起来却要难得多。我丈夫说没有告诉他们我的身世、我的祖父是谁。虽然我和他们有过接触，但自始至终一直都没有告诉他们我的名字。后来我才了解到，战前他的祖父和他的家人在华沙居住，然后就是希特勒、德意志帝国、反犹太主义。起初，他祖父和家人被送往犹太人居住区，他们想尽一切办法逃跑。从他那里我了解到了一个令人惊讶的事实，1942 年以前犹太人居住区是对外开放的，人们可以自由出入。当时他们居然已经被驱赶到了犹太人居住区，但是他们是可以出去的。在 1942 年我丈夫的祖父和他家人获得了离开这里的相应证件，然后他们拿着这些假文件在华沙周围寻找藏身之处，他们不得不经常变换居住地点，但居无定所是个很大的问题，最终他们还是幸运地躲过了盖世太保的追杀。战争结束后，他们在德国生活了几年，50 年代去了以色列。而我丈夫的另一部分亲戚（来自波兰，来自加利西亚）自 30 年代起就住在以色列。”

“你是希姆莱家族的后代，你丈夫是如何看待这件事的呢？”

“嗯，他觉得很有趣。”卡特琳又笑了，“他告诉了以色列的那些亲戚，他大部分的朋友都认为我们俩有夫妻相，也非常想和我认识。而他的家人，就像我说的那样，都很好，当我第一次见到他们时就感觉这个家庭非常友好和开明。而如今，虽然我和公公婆婆相隔万里，但我们依然保持着密切的联系。当我去以色列时我就去看望他们，他们来柏林时也会来看我，我们之间没有任何的隔阂。我婆婆非常支持我去寻找档案，还原事实真相。他们说，进行家庭调查是一个伟大的想法。多说一句，我的调查使丈夫的家人能公开地谈论第三帝国，谈论当时他们是怎么生存的。他们也找到了一些文件，开始还原自己的家族史。”

“你孩子用的是谁的姓氏？是他父亲的吗？”

“是，我儿子的姓氏取自他爸爸。”

“你的姓氏还一直保留着？”

“是的，我小时候也想过改姓氏，我不想背负这样的恶名生活。但随着岁月的流逝我意识到，从来没有人问过我什么，更没有人对这些感兴趣。也许是因为希姆莱这个姓氏在北方不是很常见，而在德国南部姓希姆莱的人特别多。更有趣的是，希姆莱和单词‘天空’特别相像。你不知道，好多人都把这个名字听成天空。听到我的名字，就说：‘希姆莱？呵呵！就像天空。好名字！’”看着我吃惊的样子，卡特琳解释说，“希姆莱和天空，在我看来，发音不是特别相像。”说完这句话她笑了起来，“不，是我自己感到震惊。在过去的30年里，我一直想改名字。虽然你叫希姆莱，但在德国你可以生活，这没有任何问题。真是令人难以置信！一般周围的人听到我的名字也许认为，嗯，它与那个杀人狂魔希姆莱没有任何关系。实际上，还有很多人根本就不知道海因里希·希姆莱究竟是做什么的。”

“我认为你在开玩笑。”她说完后我追问道，“难道与希姆莱有血缘关系真的一点问题都没有？”

“很难相信，对吧？”卡特琳抿了一口凉茶，“我没有撒谎，没什么事，有的话也只是一些小摩擦。”她皱起了眉头努力地回忆着，“近年来，很多事情都改变了，我意识到即使我改变了我的名字，表面上我不再是海因里希·希姆莱的亲戚，我甚至可以成为施密特或者穆勒。但感情却无法随着名字的改变而改变，我依然厌恶家族中这样的人。从我父母告诉我这些事开始这种感觉就一直困扰着我。不过说真的，当我在电视机上看到有关于大屠杀的纪录片时，我感到特别震惊。最后，我掌握了海因里希·希姆莱在纳粹时期所犯下的所有罪行。首先是大清洗，后面的那些我原本感觉难以启齿，但我必须还原事实真相。顺便说一句，当我们上学学到有关第三帝国、希特勒和希姆莱这一课时，有同学对我说：‘你的姓就是课本里所说的那个希姆莱，你和他是什么关系？他是你亲戚吗？’显然，听到这个我当时吓坏了，简直有点不知所措，但还是握起拳头回答说：‘是的，我和这个可怕的人有关系。是的，他是我亲戚！’我记得当时老师突然打断了我们无知的争吵，脸上露出一种我们那时难以理解的表情。但这是我所能记起的唯一一次和周围人因名字问题而争吵。能不能把这次算进去呢？毕竟那时我们都还是个孩子。唯一真正的问题是在我心里或者说是在家庭内部的对抗。”

“也就是说，你成年后从来没有人因你的名字问过你些什么？”

“记得有一次，当我开始工作时结识了一个女同事，她本打算伸手跟我打招呼，但一听到我的名字，她又把手缩回去了，并说道：‘哦，和你一起工作我得小心点儿！’我记得过了一段时间，她很不好意思地对我说：‘哦，对不起！对不起！我不应该那么说。’而我当然在想，想她为什么会有那样的反应，是不是她的家庭曾经遭受过什么？是不是纳粹迫害或杀害了她家人？我不知道，我也从没有问过她。万一她家里没发生过这种事，那样岂不是更加尴尬。但这是唯一的一次消极反应，是那种下意识的本能的反应。奇怪的是，这样的事后来再也没发生过，后来我和这个女人甚至成了好朋友。”

“好，我明白了。你可不可以告诉我，你真的转信犹太教了吗？像赫尔曼·戈林住在瑞士的远亲马基阿斯那样是个合法的犹太公民？我了解他，我对他的行为的诚意表示怀疑，他用这种方式来嘲笑社会，企图愚弄人民。但你是一个认真、正派的人。是什么让你决定改信犹太教的呢？是你丈夫还是他的家人？”

“ 哦，不，这是网上传的谣言！我自己也听到过好几次，他们说我改信犹太教了，还积极讨论了一番。但我从来没有想过信仰犹太教，虽然有一部分原因是因为我的丈夫不信教，我们一家人都不信教。当然这种谣言不只是发生在我一个人身上，但事实绝不是这样的，我不是个宗教信徒。”

“你也知道，有许多人从宗教中获得救赎。”我说，“对有些人来说，宗教信仰是一个莫大的安慰。你是靠什么拯救自己的？是什么让你从可怕的过去中走了出来，与希姆莱和纳粹撇清了关系？”

短暂的停顿后卡特琳谈道：

“我认为拯救我的是我乐观的心态，我是个乐观主义者，即使只有半杯水，我也会庆幸，因为在我看来杯中还有半杯水。当然有时候情绪也会低落，特别是当我坐在档案馆里看文件时发现了很多可怕的事情。我有时会大哭一场，这是将内心的负面情绪发泄出来的一种方式。但一般情况下，我还是会很积极地应对所面临的一切，这就是我的救赎方式。除了探究过去我还有很多兴趣爱好，不要总把我看成是只会咀嚼档案的小老鼠。我不受任何宗教信仰的束缚，家族史中最可怕的部分不会也不可能打垮我。我一直穿梭于档案与家庭之间，我得有时间照看儿子，做些自己感兴趣的事。”

“如果你不介意的话，现在能不能给我们讲讲你的家族史中最黑暗的那一部分……”

在我看来，卡特琳点头的时候又显得有点紧张了。

“你是要问关于希姆莱的事情吗？

“对，就是那些。”

卡特琳继续说道：

“至今许多人还只是看到了事情的表面，说他是个恶棍，他做了错事，但却不知道他究竟做错了什么，也不了解他的权力范围。毕竟，他的知名度远不及希特勒，他只是个二把手……”

“我发现希特勒手下有很多这样的二把手，比如副元首鲁道夫·赫斯，然后是帝国元帅赫尔曼·戈林。”

卡特琳轻声附和道：“也许吧，我很惊讶，是什么让希姆莱如此忠心于希特勒。”

我抿了一口剩下的冷咖啡说道：“奇怪的是，在你谈论你叔祖父的过程中提到了戈林，但我并没觉得你对他特别的厌恶，谈到纳粹高官的孩子也是这样。希姆莱是党卫军和集中营的象征。当然，许多人希望你的叔祖父能够出席纽伦堡军事法庭，遭到应有的惩罚。你能给我讲一下他是如何看待自己所做的事的吗？”

“你的意思是，你想知道他的杀人动机是什么。”卡特琳又重复了一遍，“在我看来，想要知道他内心是怎么想的是件很困难的事。我觉得大多数人都不想一五一十地讲述那段历史的细节。提及希姆莱，他们认为，了解他就意味着要去证明他都做了哪些事。我认为，需要厘清了解和辩解之间的区别。我现在十分想了解他到底在想什么，他的犯罪动机到底是什么，但我从没打算去原谅希姆莱。如果你想知道我是怎么看待希姆莱的，那我告诉你。我认为希姆莱那些人自始至终都认为他们需要履行自己的军事义务，无条件地执行上级的指令，他说什么就必须做什么，即使那些任务特别残忍他们也要去执行。但他们不仅仅只是去执行任务，他们还让灭绝其他人种的方式更加残忍，他们还在研究如何才能够更有效地执行自己的想法。我认为，大规模地屠杀犹太人和其他人种已经成为希姆莱意识形态的一部分。但他最关心的还是尽可能地向东推进，不顾士兵的生死也要向东推进，管他什么东欧还是俄罗斯都要占领。这种想法着实让他特别兴奋。他喜欢出动大量人马来实现自己的大德意志帝国的乌托邦思想，他将那些使德国强大的伪方法强行加入党卫军的意识形态之中，而这种想法以数以万计士兵的性命为代价，但希姆莱丝毫不为之动容。

“1943 年 10 月 4 日，海因里希 · 希姆莱在波兹南讲道：‘我对苏联或捷克的命运丝毫不感兴趣。我们从其他民族中挑选出优等人种，必要时，我们会把他们的孩子带到我们国家学习德国文化。不管别的国家的人是丰衣足食还是饥寒交迫，我都丝毫不感兴趣，我需要的是把他们变成我们的奴隶。’”①

卡特琳继续说道：

“是的，也许是。他也想过杀死那么多人是残酷的，但他认为这样做都是为了我们的孩子们，为了德国的未来，为了让我们的子孙们有个更好的生活。我认为就是这样扭曲的思维方式成为他犯罪的主要诱因。

“1943 年 10 月 4 日海因里希 · 希姆莱在波兹南还讲道：‘当你们任

---

① Мэвэнлл Р. Франкель Г. Генрих Гиммлер. Ростов – на – Дону: Феникс, 2000. С. 189. 曼菲尔，弗兰克尔：《海因里希 · 希姆莱》，顿河罗斯托夫：凤凰出版社，2000 年，第 189 页。

何人到我跟前对我说‘不能让妇女或儿童挖反坦克沟，这是不人道的，他们会累死的。我都会回答说：‘难道你要成为让自己种族面临灭绝的凶手吗？如果不挖反坦克沟，德国的士兵们都将会牺牲，要知道他们都是德国母亲的儿子啊。他们都是德国人！’”①

我想卡特琳是对的，每一个试图对希姆莱行为做出解释的人似乎很大程度上都在试图为他辩解。当她说这句话时我一直都在想，为什么她不为自己的叔祖父辩解呢？

下面是心理医生莱昂·戈尔登松与出席纽伦堡军事法庭做证的埃里希·冯·登·巴赫·热勒维斯基的对话片段。

> “我记得有一次希姆莱亲自来到射杀120人的现场……那些人像平时军队训练那样站着，射击手一次射杀三个人，120人全部被同一个营的士兵射杀毙命。我在自己的报告中对此进行了详细的阐述。那次被射杀的120人中有一个二十岁的犹太男孩，他拥有北欧日耳曼民族外貌特征，皮肤白皙、金发碧眼。希姆莱把这个男孩从射击坑里拉了出来，问他是不是犹太人，他的祖父母是不是都是犹太人。年轻人回答说，据他所知，他家中所有人都是犹太人。于是希姆莱说，他不能救这个年轻人，任他与其他成员一道被执行了死刑。由此你可以看出希姆莱是试图要挽救男孩性命的。
>
> “你是想用这个实例来证明希姆莱的高尚吗？”
>
> “不是。现在我们总说希姆莱是个冷血动物，正是狂热的意识形态把他变得如此冷血。我只是想表明，希姆莱并不是像今天所说的那样。”②

---

① Мэвэнлл Р. Франкель Г. Генрих Гиммлер. Ростов－на－Дону: Феникс, 2000. С. 190.
曼菲尔，弗兰克尔：《海因里希·希姆莱》，顿河罗斯托夫：凤凰出版社，2000年，第190页。

② Голденсон. Интервью. С. 394.
戈尔登松：《纽伦堡访谈录》，第394页。

巴赫·热勒维斯基在纽伦堡法庭上还说道："1941 年初，希姆莱在讲话中称对俄战役的目标是消灭 30 万斯拉夫人。"①

"你可以选择三个最贴切的词来形容海因里希·希姆莱吗？"

卡特琳想了一会儿，抿了一下嘴唇说：

"哪三个词能够准确地形容他呢？我会说他是个负债者。首先是责任，然后是谦逊，至少这是大家都承认的，他的家人（至少他的兄弟，也就是我祖父）也都是这样，第三个词就是不滥用职权。用德国说法就是'正派'，类似于'诚实''品德端正'。1943 年他在波兹南党卫军会议上发表的讲话中称，'我很高兴我们杀掉了这么多人，我们杀得干净、漂亮，没有弄脏我们的手。我们自己不能谋取私利，个别犯错误的人都会按照我的命令受到相应的惩罚，哪怕是偷拿一马克也得死。等待那些犯错误的党卫队成员的是无情的惩罚。道义上我们有权利和义务帮助我国人民摧毁敌国。但是，我们自己不能中饱私囊，不能拿百姓的一针一线。我们要消灭这些害群之马，决不容忍这样的人出现，即使只有一个人，我们也要一起消灭他！总之，我们身上肩负重任，任何的牺牲也不能阻挡我们前进的脚步，打不垮我们，我们的性格也不会因此而改变……'"

海因里希·希姆莱于 1945 年 5 月 23 日被捕，之后被移交给位于吕内堡的英军民间调查营 031。虽然希姆莱随身携带的是假文件，上面写着他曾经的陆军司务长的名字，但他的身份还是被识破了。随后，希姆莱被带到总部第二军区的看守所。

墨菲上校和他的医生乔治·威尔斯打算对希姆莱进行定期检查，因为他们仍怀疑希姆莱身上可能带有毒药。他们让他脱下了衣服，仔细搜查了他的身体，把耳朵、腋下、头发和臀部

---

① Гилберт. Дневник. С. 143.
吉尔伯特：《纽伦堡日记》，第 143 页。

都检查了一遍。然后，医生让他张开嘴，墨菲上校说，他一眼就看到了希姆莱下颌的右齿缝隙里有个黑色小胶囊。

“往灯这边站!”医生说，“张开嘴!”

他把两根手指伸进了希姆莱的嘴里。但希姆莱咬破了医生的手指后，急忙转过了头去。

“他咬破了胶囊。”医生叫道。

上校和中士一起勒住希姆莱，把他推倒，平放在地上，试图阻止他吞咽。医生掐住他的喉咙，试图让他吐出毒药，之后为他洗了半小时的胃，还进行了人工呼吸。中士说：“他死了。”然后我们在他的尸体上盖上床单后把他抬走了。两天后，将希姆莱葬在了奥伦堡附近，坟墓上没有做任何标记。①

我问卡特琳是否相信叔祖父是这样死去的。例如，古德隆·希姆莱对安德烈娅说，她认为父亲的尸体照是英国人根据他生前的照片伪造的，他们根本就没有抓住她父亲。还有一种说法是英国人杀害了希姆莱。这两个版本她相信哪一个?

“谁知道哪一个是真的呢?”卡特琳噘起嘴唇继续说，“没有人知道。有些是近几年为迎合大众口味信口胡诌的猜测，特别是那些说他是被英军杀害的，或者说他活了下来的。我对他是死是活丝毫不感兴趣，我唯一的希望就是他已经死了。可惜的是，他没有对他所做的事情负责，没有受到纽伦堡军事法庭的审判，但纽伦堡军事法庭却传唤了他的妻子玛尔嘉和女儿古德隆。我听说，当古德隆得知最亲爱的父亲已经去世，她一时难以接受，几近崩溃……”

我问卡特琳：

---

① Мэвэнлл Р. Франкель Г. Генрих Гиммлер. Ростов – на – Дону: Феникс, 2000. С. 431 –432.
曼菲尔，弗兰克尔：《海因里希·希姆莱》，顿河罗斯托夫：凤凰出版社，2000 年，第 431—432 页。

“我可以问一个我瞎猜的问题吗？”她笑了，或许她猜到了我想问的问题，于是紧张地微微噘起她的嘴唇说道：

“这个问题很难回答。假如我见到他会对他说些什么？我也许会说：‘我不明白你为什么那么做，你不想想，为什么你犯了那么多的错，可始终还是忘不掉儿时父母所传授的那些东西？如果你曾经相信上帝，那你必须记住在任何情况下都要做个堂堂正正的人，你难道可以在杀人后对自己说这是符合道德的吗？’也许他经常听这样劝说的话语，但我觉得他没有听进去任何意见，多年来一直在反驳别人。甚至他 18 岁到 20 岁就开始阅读同一类型的书。他选择这些书不是为了变换角度，看待问题更全面，而是为了更好地为自己辩解，固执己见。他看的那些观点只是强化了希特勒强加给德国的世界观。”

“我开始感到很好奇，在海因里希·希姆莱家族中有没有不推崇纳粹思想的？许多高级纳粹的子女、孙子和亲属中通常有一个或几个传家信物，用来纪念祖先和寻根。”我问卡特琳。

她想了一下：“东西？我没有这样的东西。战后祖母带着孩子们到处逃，他们只携带易拿的东西，所有留在家里的东西不是被处理掉了，就是被邻居或其他人拿走了。古德隆可能有这样的信物，但我感觉即使有也被没收了。哦！我想起来了！有一样东西！几年前，我从我姑姑（我祖父的长女）那儿听说她有一个党卫军专属的小瓷人。而这个小人是‘伯父送给她的专属礼物’，在逃跑时她也带着这个小人。而她母亲，我的祖母巴乌拉严厉地告诉她：‘这是你伯父的礼物，要好好保管它，不能丢了，更不能摔碎了！’几年前，姑姑打电话给我说她在达哈乌集中营看到了许多相似的瓷人。当她发现这些瓷人是专门为集中营的囚犯制造的时候，她感到很震惊。她问我她应该怎样处理这个瓷人。最终她去了以前的集中营所在地，并把它捐给了博物馆，然后她长舒了一口气。毕竟它现在的作用就是用来纪念，我十分赞同姑姑的这个观点。”

“提起集中营，毕竟你是个女孩，定期到那儿公开悼念叔祖父，你难道不怕遇到胡搅蛮缠的人吗？”

“在集中营从来没有出现过别人像在动物园看动物一样看着我的情况。在特殊的教育方式下，我小时候被父母和其他家人带去过不同的集中营。而当我2005年写书时，我被邀请到境内一些集中营纪念馆讲第三帝国和希姆莱的历史。我没有拒绝他们的邀请，这是我的使命，我必须这样做。但是，我总是一直不自觉地环顾四周。我努力提醒自己，我来这里的目的是讲课，我必须集中精力讲课，而不是去回忆叔祖父曾在这些地方犯下的罪行。这种思想斗争是无法用言语表达出来的，我内心是多么的煎熬，多么的难受……”

我继续问卡特琳：“什么是小时候‘与家人一起去集中营’？是什么样的‘特殊教育方式’？”难道她能接受父母这样的教育方式吗？在现场给孩子解释什么是纳粹主义、他的下场是什么诸如此类的残忍方式吗？我不由自主地想起理查德·冯·席拉赫的故事，当他儿子参加了学校组织的参观奥斯威辛集中营的活动回来以后就决定改掉自己的名字。

“我的父母带我去参观那些纪念馆，几乎没有考虑过我的感受。但是，我作为一个母亲，不得不说在做这种事情时一定要小心谨慎，因为你很难预知孩子会有什么样的反应，会不会对他以后的生活造成影响。我的父母在做这件事时就有些过头了，他们尽可能把一切都告诉我们这些孩子，并且在我们很小的时候就这样做了。但是，如果你仔细想想，这也是他们那一代人典型的行为模式，去集中营参观。我从很多同龄人那里得知，他们也受到了完全一样的残酷待遇，父母也带领他们去集中营给他们讲述有关第三帝国的故事。如果我13岁的儿子愿意，我会带他到任何一个集中营去，我不会也不可能强迫他了解这些事。这是不好的。知道这些以后，儿童的天生保护机制就会被激活，成年后他们会说：‘我们被灌输了太多这方面的东西。实际上，我们一点也不想去了解，也不会阅读这方面的书籍、观看这方面的影片，更不会去想那些事。”

“你的弟弟妹妹也是这样……”

“是的。但我还算是幸福的，至少我可以跟父亲和前面提及的姑姑谈论这些事。”

“能不能告诉我们你父亲是什么时候从谴责中挣脱出来的？”

“他一生都生活在谴责中。虽然你认为这是不可能的，但这是他遭受的苦难。是的，我的父亲是纳粹的后代，也是高级纳粹头目希姆莱的侄子，这个事实折磨了他很多年。虽然他们也是特定制度的受害者，但也不能将他们所受到的痛苦与那些真正受害者的痛苦相提并论。在以色列我有很多遭受纳粹魔爪的朋友，当我到世界各地讲学时，起初人们非常怀疑我，毕竟我是希姆莱家族的一员，也许他们以为我会尝试替希姆莱开脱罪责，但最终我却和他们成为好朋友，当然这是有可能的。毕竟我对他们十分真诚，不隐瞒或美化任何事情。我开门见山地说：‘所有的一切都会按照它原本的方式继续存在，我接受这些事实，不会篡改事实。’因为我的坦率打破了我们之间的隔阂，而所有的这些讲座和相识的朋友们开始让我慢慢接受了希姆莱这个名字，我也逐渐意识到，我不必感到羞愧，我也无须改变这些事实。”

我与卡特琳打算离开餐馆。本来她想埋单，但最终还是输给了我，毕竟是我邀请她的。紧接着她提议沿着施普雷河散步。但这似乎并不是件美差，因为当时外面特别潮湿，不过我也没有拒绝这一邀请。

我们走出餐厅沿着施普雷河散步，开放的游艇往来穿梭，由于天气不好甲板上空无一人。当船只与我们平行时，卡特琳默默对我点了点头，示意我等一等。

我们开始谈论与之前不同的事情。这次我想了解她对那些高级纳粹亲属绝育的看法。

“比如说？”卡特琳抽了一下冻红了的鼻子问道。

“例如，尼克拉斯的哥哥也就是波兰总督汉斯·弗兰克的儿子诺尔曼·弗兰克，还有贝蒂娜·戈林。在你看来这样做正常吗？”

“那些犯罪的人没有得到应有的惩罚，而我替他们感到由衷的遗憾。虽然每个人都可以自己决定是否要孩子，但他们……在这种特殊情况下，他们认为必须通过绝育的方法才能避免灾难的再次发生……在我看来，这种激进的方式就是纳粹的做法。也就是说，这些人就像在第三帝国时期一样把血缘看得至关重要。他们坚信遗传学所认为的什么后代中肯定也会有这样的‘怪物’。我不认为血缘能起决定性作用，你是谁、在做什么、做出什么决定都不是血缘能够决定的。”

在我看来，她对自己的观点很满意，为了不受她的影响我打断了她的话。

“我很高兴你在谈话时分别用‘孩子’和‘孙子’来指称第二代和第三代。”我说，“而你现在却说，每一代人都以自己的方式对待他们与纳粹的关系。那那些纳粹的孩子们怀着怎样的心情呢？是对过去进行反抗吗？”

“是的，他们在抗议。抗议在60年代是第二代人经常会做的事情。许多人对自己的父母以及祖父母的做法表示抗议。孩子们想着与家人分开，表明自己不是纳粹，但他们甚至根本不想去了解他们的父母和祖父母是不是纳粹。他们不想去了解祖父那一代的事情，他们只想去讨论一下。我觉得第三代人内心遭受的谴责比我们这一代要少得多，毕竟他们和第三帝国之间相隔的年代更为久远。而我这代人可以询问祖父母过去到底发生了些什么事、结果如何、是什么让他们参与那些行动。是为了升职吗？或者是他们害怕什么东西？要知道有那么多不同的原因和动机。在我看来，了解祖先的事情是非常重要的，这样可以防止当代社会激进运动的发生，或者出现新形式的纳粹主义和种族主义。这样做的目的是避免国家重蹈覆辙。”

我们身边又驶过了另一艘船，窗户上反射出了一束寒阳之光。我告诉卡特琳，并非所有人都阻止纳粹主义、法西斯主义和种族主义。我回想起之前提到的记者安德烈娅·廖普卡接受采访时说的话。下面是从安德烈娅的采访中节选出的一个很有趣的片段：

> 我们可以自信地说，现在在德国和其他欧洲国家中存在着一个新纳粹集团，多年来没有任何干扰地与老纳粹进行合作。当然，许多人早已去世。而那些仍然活着的人在新纳粹分子中

备受欢迎，他们在不同的活动中被邀请作为颁奖嘉宾，谈论他们以前的功绩。当然，他们否认大屠杀，声称根本不存在奥斯威辛集中营，他们骄傲地告诉新纳粹成员法西斯德国的军队是如何英勇，所有的一切真相都已被完全扭曲。而年轻人却相信他们说的每一句话，这是多可怕的一件事。在新纳粹示威游行时前党卫军士兵发表讲话，授予骑士十字勋章，歌颂阿道夫·希特勒、希姆莱令人钦佩的组织能力，诋毁现在的活动以完全扭曲事实的方式进行，这是对第三帝国的歪曲描述，他们正在试图说服年轻人，这是极其危险的。

例如，高级党卫军军官埃里希·普里克，正是在以古德隆·希姆莱为首的战后援助纳粹战犯组织的帮助下逃离了德国。但在意大利他还是被发现了，最终受到法院判决，得到了应有的惩罚。他明白了自己的愚蠢行径，服完半个世纪刑后在接受记者采访时他说一切都已归于平静。但那时普里克也知道，他这句话引起了公愤……

而这个获罪的党卫军军官在今天却成了一个英雄，是新纳粹的偶像。许多新纳粹的刊物中都特别推崇他，盛赞第三帝国。他在监狱服刑时了解到他有很多年轻的支持者。

埃里希·普里克是一个目不识丁的老纳粹，他写信给他的追随者，追随者们把信发布在互联网上，尊敬他，说“他是英雄，他为了我们共同的事业，为了第三帝国而奋斗”。普里克与新老纳粹分子一起挑选新纳粹成员，我也假装成他的支持者与他通信。在信中他抱怨说，在监狱里他过得非常不好，家远在阿根廷。他一直把自己当成一个英雄，对开枪射杀意大利人这件事毫无悔意，对受害者也没有丝毫的同情心。他和好多前党卫军士兵一样认为自己也是受害者。

战后援助纳粹战犯组织的主导力量就是老纳粹古德隆·希姆莱。例如，格特鲁德·希尔，她是已故的纳粹战犯的妻子。

我在她家采访过她，她家住在满是博物馆的汉堡老城区。当我到达时，她正端坐在长凳上，长凳上面挂着希特勒的画像。她说话口气很强硬，一直只谈论第三帝国的事情。公寓的整个客厅都摆满了纳粹用具，带有希特勒和纳粹标志。那些东西摆放的位置让人难以接受。长凳的旁边放着一罐啤酒。当我问她为什么会把啤酒放到那儿时，她说，这是每天晚上来到她家和她谈论第三帝国的年轻战友留下的。她已经百分之百地走火入魔了。我接触过很多像格特鲁德·希尔和古德隆·贝尔维兹那样的第三帝国的妇女。格特鲁德·希尔几年前刚刚去世，像她一样的那些罪犯的妻子都特别长寿。格特鲁德·希尔将她的部分财产，包括吕根岛的大型别墅都遗赠给了纳粹。“战后援助纳粹战犯组织”中的许多前纳粹分子都以这种方式践行法西斯思想。新纳粹使用从老纳粹那里获得的钱财为自己买房，继续宣传法西斯思想，“培养”新法西斯分子。因此，他们不需要在媒体上获取任何捐赠。

他们为什么会这样做呢？我想了很久。这样做的原因是战后德国人之间缺乏讨论、缺乏证据、没有剖析第三帝国时期的事件以及自己的罪责。例如，尼克拉斯·弗兰克打破了德国出版书籍的禁忌，直接打破而且是狠狠地打破了以上的局面，比如他说，他承认他的父母亲是战犯，他们全家人都支持希特勒。他这样做可以说是开了德国社会的先例，之前并没有人公开承认他的父亲是纳粹罪犯，这是一个勇敢的行为。我被他的书惊到了。我很钦佩弗兰克的勇气，即使他知道在德国谈论这件事会造成多么大的影响，他还是公开承认了。毕竟，我们生活在大家都喜欢保持沉默的时代，所以都在掩饰第三帝国时期德国人犯下的罪行。

我认为，纳粹分子的孩子们只会在母亲去世后才写关于父亲的书，去倾吐他们对父母的所有憎恨，让自己解脱，让自己更加心安理得地活着。因此，这种书在60年代和70年代晚期才会出版发行也并非偶然，很明显，他们在选择一个合适的时机，现在是时候让它们出版了。

当然，那些为人所共知的纳粹的孩子们过去已经吃了不少苦头，他们必须一直保持沉默，要打破这一局面，需要耗费很长的时间。现在非常需要一个关于这一主题的公开讨论，毕竟在德国新纳粹分子已经形成了一股危险的势力。它不像今天的光头党一样深陷困境，他们穿着得体，受过高等教育，他们熟练地篡改事实，试图代表德国国家民主党。需要指出的是，新纳粹党公开地宣扬纳粹思想，他们的党团位于萨克森州和梅克伦堡州的两个联邦州议会。他们都在遵守联邦德国宪法保护的规定的前提下不断完善自己的说辞，寻找论据来支持自己的观点。他们寻求获得议会席位，现在这还不是最重要的，重要的是如何让他们承认自己的过错。这个过程是隐藏于内心深处的，因此也是非常危险的。尤其是越来越多的女性，甚至是一家人越来越坚信纳粹思想，小市民也变得比以前更为激进。

如果德国突然发生严重的经济危机，失业的人数就会急剧增加，相应就会持续减少对青年的优惠政策，出现减少教育费用开支的情况。更糟糕的是，这样会吸引更多的年轻人加入纳粹大军。他们在德国寻找新纳粹思想的新大陆，现在农村地区是他们的主攻地区，新纳粹分子高呼着“我们将离开农村走向城市”的口号，吸引更多的人加入纳粹组织。他们带领他们的妻子和孩子加入运动和射击俱乐部，随之就开始宣扬自己的政治观点，他们以这样的方式暗中扩大纳粹思想的影响力。他们的目标是建立德国新政府，建立新的第三帝国，而且他们认为他们有足够的时间去完成这一目标。

就在上周末他们举行了秘密会晤，300多名新纳粹分子与他们的家人和孩子参加了这次会议。警方拒绝监督会议的进展情况，我们这些记者几乎没能拍照。我们的身份已经暴露，这是极其危险的。

但是，我们不只是追踪纳粹举行的活动，我们还从事教育工作。我和同事去学校与年轻人会面，还被邀请到了教堂办讲座。我们展示了很多在新纳粹秘密会议上拍摄的照片，很多年轻人对我们的工作很感兴趣，很多人都想加入我们的行列，他们不希望建立一个新的帝国。

当我们与卡特琳·希姆莱讨论安德烈娅·廖普卡对我讲述的内容时，她承认新纳粹分子也骚扰过她。卡特琳说：

“来自欧洲各地的纳粹分子通常以匿名形式通过互联网攻击我，他们通过各种各样的方式接近我。我和他们交流后确信，他们丝毫不为自己所做的事情感到羞耻。但总的来说，我是幸运的，新纳粹分子没有肆意地攻击过我，我也没遇到过那些非常糟糕的人。我在 2005 年出版了《希姆莱兄弟》这本书，之后被翻译成了多种文字。在这本书中，我清楚地表明对叔祖父海因里希·希姆莱、希特勒和第三帝国的态度。所以他们用写信这种方式污辱我，说我破坏了希姆莱的名誉，但并没有采取其他的方式攻击我。在我写完这本书之后，很多人通过出版商联系过我。对于这些人来说，分享经验、谈谈自己的家族史是很重要的。在许多情况下，他们说读我的书对他们非常重要，是因为他们也想自己进行家庭调查，毕竟在德国谈论第三帝国仍是禁忌。我希望近几年这些家庭取得了一些进展，年轻一代知道的事情越来越多……我不怕那些新纳粹分子，我不理会他们。”

沿着施普雷河走了半个小时后我才与卡特琳告了别。她说她不冷，但我看到她已经冻得直发抖。我本想送她回去，但她当即拒绝了我，说附近有地铁，这样回家更加便捷。告别以后，我望着卡特琳远去的背影，风吹起了她的一绺头发，一会儿就不见了她的踪影。

Дети Третьего рейха

隆美尔和施陶芬贝格
——“英雄”还是“战犯”?

在此章中你们将会认识（德意志帝国）第三帝国陆军元帅埃尔温·隆美尔的儿子。埃尔温·隆美尔，他在我们国家不是特别有名，只有那些对第二次世界大战历史感兴趣的人对他有所了解，因为无论是在第一次世界大战还是第二次世界大战期间，隆美尔从来没有在俄罗斯打过仗。1941 年，希特勒派他去了北非，希望他夺取近东石油的通道，这可以用来供养整个德国并且保证第三帝国的持久胜利（北非的资源当时还无人知晓，例如，利比亚油田直到 1959 年才被探明开采）。从 1943 年起隆美尔一直在西线作战。

埃尔温·隆美尔正是由于没有参与东线战役和纳粹的暴行才常常赢得人们的赞扬，称他为“杰出的元帅”和“光荣的人”，德国人自己也是这么认为的。尽管隆美尔非常敬重阿道夫·希特勒，但陆军元帅并没有加入法西斯军队，因此德国人给予了他特殊的评价。第二次世界大战之后，德意志民族没有值得一提的英雄，英雄必须站在希特勒的对立面，因此很多人试图证明隆美尔签署了秘密的反希特勒协议。然而应该客观地指出，事实并不全是这样，隆美尔只是同情谋反者，他认为在 1944 年最好的做法是解除希特勒的职务，但无论如何也不能杀死他。还有一个事实是，作为职业军人，陆军元帅明白，战争需要付出什么样的代价才能结束。因此，在 20 世纪 40 年代中期他就已经不再隐瞒自己的悲观态度，甚至面对希特勒时也这样，这在很大程度上激怒了希特勒。

在巴登－符腾堡的海尔林市，你们很容易就能找到埃尔温·隆美尔大街。在德意志的国土上不止一条大街或者人行道以埃尔温·隆美尔命名。1968 年在巴特－堪什塔特举办了隆重的以他名字命名的公路开工典礼，而且在瓦卡尔特和格尔萨尔还有纪念牌，上面用金色花纹写着“纪念埃尔温·隆美尔元帅”。紧挨着乌尔姆的多伦施塔特市，甚至还有隆美尔兵营，在道口栏杆前面的小屋上面粗放地写着“隆美尔兵营”并挂有他的画像。1969 年以隆美尔命名的驱逐舰在希特勒陆军元帅的遗孀露西·玛丽娅·隆美尔的见证下试水成功。当然，在海登海姆市也有他的纪念碑，因为这位陆军元帅于 1891 年在这里出生。纪念碑位于一棵枝叶稀疏的大树下面的空地上，有一条小道通向这里，路旁一面石灰墙上写着“埃尔温 · 隆美尔元帅”。

在纪念牌、纪念碑、兵营建成，驱逐舰试水，关于民族英雄的新书推介会，埃尔温 · 隆美尔于“一战”后亲自写的 *Infanterie greift an*（《步兵攻击》）一书再版等隆重的典礼上，隆美尔唯一的儿子曼弗雷德都会出席。他既是隆美尔的后代，也是一名政府官员。从 1974 年到 1996 年曼弗雷德一直担任斯图加特市市长，他三次被选为该市市长。

毫无疑问，我想见一见曼弗雷德 · 隆美尔。他很久以前就退休了，现住在斯图加特，1928 年 12 月 24 日他出生在这座城市。很显然，他对自己的父亲敬爱有加。这并不难理解，因为当时人们一直把他的父亲视为英雄，尽管他的父亲也曾效力于希特勒和第三帝国。但是他的女儿卡特琳说曼弗雷德病得很重。因此，简单思量之后，卡特琳提议介绍我们和她父亲及母亲丽泽罗婕认识，但由她亲自采访。至于她父亲，如果身体正常的话，可以在房间活动活动或者就坐在圈椅上。卡特琳补充道：“不要抱太大的希望，父亲身体越来越差了，即使半个小时的见面也需要他用尽全身的力气。”

那是 2010 年 6 月炎热的一天。蔚蓝的天空中挂着几朵白云，阳光直直地洒落在整个斯图加特，在低矮的栅栏后面，修剪过的私人草坪上若隐若现，光鲜夺目，还有芬芳的玫瑰花丛……

我平静的心情被卡特琳的电话打乱了。她说，由于孩子病了，她现在不能和我们一起前往父亲那里了。她所有的计划，包括工作安排都泡汤了。我看了看表，去隆美尔家拍摄本应在半个小时后开始。我屏住了呼吸，等着卡特琳怎么结束这颠三倒四、饱含歉意的独白。

“不，不。”她突然说道，觉察出了我那尴尬的沉默，“别担心。拍摄照常进行，只是我不参加了。我父母在等着你们，只是尽量不要太……让父亲紧张。见到他的时候，你们自己就会明白，他患有帕金森病，已经病了 15 年了，一直在服药，同时也添了一系列新病……对不起！跟您讲这些……但是，既然他同意了拍摄，那就是说，大概他觉得自己有力气……”

“我们来早了，需要等一会儿。”谢尔盖·布拉维尔曼说。摄影师正从汽车后备厢里往下卸摄像机。

我们百无聊赖地聊着天等着。

“是的，还有半个小时。”我又看了看表，指针走得那样慢，就像天空上的云，“就这太阳，这炎暑……”

谢尔盖说：“我们在屋内拍摄吧。综合所有情形来看，曼弗雷德不一定能在户外拍摄。”

“你知道这里的人们怎么称呼曼弗雷德吗？”我问。

“怎么称呼？”谢尔盖憋住了哈欠。

“斯图加特先生。总体来看，人们很喜欢他。他是隆美尔的儿子。这难道不奇怪吗？希特勒的同僚……是英雄？”

“他毕竟只是军人而不是党内人士。”谢尔盖说，“而且据说，他不但是位天才的统帅，而且还是位善待士兵、优待俘虏的正派人……”

“他在东方战场上也会是那样的惹人喜爱吗？”我一边想一边喃喃自语。“这就是道路以他命名并且为他建立纪念碑的理由吗？”

“大概是吧，估计还有一些不为我们所知的事情。”

“你是在暗示，他曾主动反对希特勒吗？”

“不见得。”谢尔盖犹豫了一下。

“在德国所有人都乐意接受纪念碑和那些记载埃尔温·隆美尔功勋的书籍吗？”

当然，并非所有人。

在拍摄前的一段时间，我在当地新闻上看到了一些东西。还是有一些人不愿意接受埃尔温·隆美尔是民族英雄，认为对他的纪念需要格外小心和谨慎。比如，2007 年“隆美尔兵营”在舆论的压力下被迫更名。大概在 20 世纪 90 年代末，由这个话题引发出了一系列讨论，《柏林报》

《法兰克福报》和其他一些在德国颇有声望的媒体都参与到了这场讨论中来。

一些公民对埃尔温·隆美尔纪念碑的不满在海登海姆市甚至开始得更早，早于兵营丑闻的发酵。1985 年一些激进分子用脏兮兮的黑布蒙住了纪念碑，黑布上面写着白色的字“纳粹英雄纪念碑”。23 年过后，在 2008 年，另一些文物破坏者用烧瓶将纪念碑上面的题词改了。于是，“法西斯元帅埃尔温·隆美尔”取代了“埃尔温·隆美尔元帅”。当时政府估算破坏纪念碑的损失为 1000 欧元。

战后人们如此尊敬将军本人使得第三、第四代人对这一点产生了疑惑。因为隆美尔是死心塌地效忠于希特勒和第三帝国的人，因此将隆美尔看作一个“好人”是那些土生土长的年轻人无论如何也不能接受的，况且，隆美尔会让他们想起自己国家历史上那不光彩的几页，而当时的德意志帝国不像现在的德国那样足够包容。

陆军元帅埃尔温·隆美尔唯一的儿子曼弗雷德的家，位于斯图加特豪宅区一条安静的街道里。尽管曼弗雷德已经退休了，但这位前任市长的住宅在我看来还是过于朴素了。房子周围没有高高的栅栏，没有摄像头，没有电网，甚至没有“小心恶犬”的警示牌。沿着蜿蜒的小路只有一排金属栏杆。想必，前市长爬起这段坡道很费劲。

我站在小山丘上，仔细看着巴伐利亚式两层楼的房顶，揣测着普通的俄罗斯人站在德国市长房子旁边应该想什么。这是难以说出口的想法，为什么在德国一切是那样的合理、那样的简单？没有“梅赛德斯（奔驰车）”，没有信号灯，没有警卫，只有宽阔的空间、房顶上的晴空、小苹果树林和优雅的柏树与玫瑰花丛交错生长……

房子周围的地方不是很大，但也不小。有一个小房子，好像是有园林工人定期到这里来看一看。

我按响了门铃。小小的边门与其说是装饰元素和界限的标记，不如说是为了使私人领域免受路人好奇的目光，此时它敞开着。我和谢尔盖以及摄影师沿着小路走下来，来到了房子大门口。大门入口的左侧放着一条巨大的木质长凳。此刻我不由得想到，如果能恳请隆美尔夫妇出来在长凳上坐一会儿，拍摄一些镜头也不错。我们刚从山坡上面拍摄了他们的房子，现在从下面沿着房子的小路拍摄……

假如是曼弗雷德从家里走出来的话……

门开了，门口出现了一位中年妇女。她温柔地微微笑着说："你们好！我是丽泽罗婕·隆美尔。"然后伸出枯瘦黝黑的手欢迎我们。

在我前面站着的是一个典型的德国女人。我猜，隆美尔的太太远不止 70 岁了。综合来看，丽泽罗婕年轻时并不惊艳，但是她确实可爱且楚楚动人。她身穿雪白的棉针织背心，外面套着黑蓝色棉短衫，雅致的抽纱装饰在扣子周围，脖子上戴着由黑蓝色小圆塑料制成的精美的项链。

丽泽罗婕右手的无名指上戴着一个引人注目的大金戒指，德国的装饰物总是做得很粗糙，戒指上镶着一块绿色的小宝石，绝对不是纯绿宝石，确切地说，也不是昂贵的玉石。类似的戒指我后来在曼弗雷德手上也见到了，这让我更确定了自己的一个想法，我们面对着一个模范家庭，这个家庭习惯了弘扬传统的价值观，而且现在更加离不开这个。

丽泽罗婕邀请我们进屋，略带歉意且又热情地笑着，大概有一点点紧张。

尽管她看起来有些紧张，但做起事来还是很麻利的。我开始懂了，曼弗雷德·隆美尔有一个值得信赖的助手。

"隆美尔先生今天感觉怎么样？"我跟在女主人的身后进入了一个没有空调的屋子，以关心的口吻问道。

"一切都好，他是好样的！"隆美尔的太太精神抖擞地回答道。

我们走在丽泽罗婕的后面，经过一个过道走到了一个不大的房间门口。墙上没有印花壁纸，但是挂满了用硬纸框装潢的版画和简单的小钟表，两者显得格格不入。窗台旁边有一个旧式的木质衣柜，衣柜上面放着好看的老式巴伐利亚金属啤酒杯。

左边木质梯子直通二楼。白色的大门配着白色的门框与墙和天花板的颜色浑然一体。这个白色大门的另一边是一个客厅。第三帝国隆美尔元帅唯一的儿子曼弗雷德正在那里等着我们。

他跟他的父亲似乎并不像。他好像一条巨大的贵族犬，在闷热的屋里粗声喘息着。尽管疾病折磨着他，使他佝偻着腰，但他仍旧显得很高大。他的头很大，闪闪发光的深棕色眼睛藏在极小的眼镜框后面，他的额头很高，凸显出头顶稀少的浅灰色的头发以及新长出的白发。丽泽罗婕应该是在我们到来之前就整理好了她丈夫的仪表。我发现，希特勒帮凶的儿子有让所有人都钟情的高鼻梁、大耳朵。因为耷拉着嘴唇，他的鼻子显得更大。他紧绷着脸庞，仿佛可爱又动人的小孩子。

他喘着粗气，用自己那柔软的大手拉着我。我也握着他的手，并拥抱了他。此刻，他只是一个虚弱无助的病人。同时，我发现他因身体站不稳而在抖动，他的另一只手紧紧地拄着拐杖，支撑着他那不听使唤的身体。

曼弗雷德看起来不是那么的健康，也没有做好几个小时不间断聊天的准备，我觉得他可能都不能坚持半个小时以上的拍摄。我看了一眼丽泽罗婕，她看到我满脸的疑惑后，耸了耸肩，笑着问我们要不要茶和饼干。我对她表示了感谢，但拒绝了她的好意。从现实考虑，我想最好现在就开始拍摄，因为越晚，对曼弗雷德来说可能越困难。

“那好吧。”隆美尔太太同意了，“茶和饼干我会在中间休息时拿过来。有必要中间休息一下。”她平静而友好地补充道。

伴随着沉重而悠长的呼吸声，曼弗雷德费了好大的力气才坐在了客厅正中间的大沙发椅上，随之用颤抖的手把自己的拐杖靠在沙发椅的扶手上。咣当一声，拐杖倒下了。隆美尔无力喊叫，他在沙发椅上晃动了起来，想要起身。我立刻蹲了下去，帮他捡起了拐杖，并把它靠在沙发椅扶手上。他因自己的无能为力苦笑了一下，嘴角也微微地上扬。我看了看他的眼睛，看得出他现在一切都好，目光明亮而尖锐。

曼弗雷德陷在沙发椅里，像一座巨大的变了形的黏土山。同情和良知侵蚀着我的内心，我知道这个人一生遭受了什么样的苦难，他不想因为身体已经越来越差而取消此次拍摄，在内心深处我明白，我更不能因为个人的意愿而随意中断拍摄……

在谢尔盖向摄影师说明选择哪些拍摄角度、怎样工作的时候，我参观了房子的第一层。客厅占据了一层的大部分空间，客厅的墙上挂着一些用普通铅笔画的手绘地图，在上面我发现了一些红色的线条，那是隆美尔的进攻路线。

"这是……他的……"

"什么？"我看了一眼曼弗雷德。

"他的……地图……"

"第二次世界大战的？"我问道。

"不……不是。是第一次世界大战……我……以后再说……"

啊，我觉得，他不会说的。他完全不在讲述的状态。消极的想法出现在了我的脑海中，此时隆美尔努力在自己简短的回答后大声地喘着气。

我自己也开始变得呼吸困难起来。当身边的人不能自如地大口呼吸空气时你会觉得自己的呼吸仿佛也很困难，就像是被扔到了岸上的鱼一样，抽搐地张着嘴，静静地忍受着离开水的痛苦……

隆美尔家的客厅摆满了东西，镶嵌在各种边框里的绘画、小碟子、墙上的卡片、凌乱塞满唱片的架子、两个大大的中式花瓶、笔筒、各式各样的木质茶碗、瓷盘、日历、小坠子……地板上是一摞摞翻得有些破旧的厚书，封面微微向上翘着，还有关于历史和法律的小册子。

客厅大门对面的墙上有一扇很长的窗户，窗户的下面放着一套很大的黑色皮沙发和沙发椅。沙发旁边是19世纪精致的雕花木桌，在其他现代家具的衬托下显得并不突兀。房间远处的角落里有一张巨大的柞树桌子，上面铺满了文件和报纸。

客厅门旁边是另一个房间的门，那是一个很小的餐厅。从门口可以看到笨重的木桌、长凳和曼弗雷德的轮椅。

客厅门的左侧是一个巨大的玻璃柜，我一眼就发现了埃尔温·隆美尔的履历存根。柜子下面分出了一些单独的格子，里面杂而有序地摆着各种各样的照片，从照片上我认出了担任市长时期的身着不同正装和帽子的曼弗雷德和他的妻子丽泽罗婕，除此之外还有一些两个孩子的彩色照片。正如我猜测的，他们是卡特琳的孩子，隆美尔夫妇的孙子们。其余的，毫无疑问，就是陆军元帅埃尔温·隆美尔的质地良好的照片。很显然，曼弗雷德的父亲在这个家里依然有着重要的地位。令我惊讶的是，在这些杂乱无章摆放着的照片里我发现了一张照片，照片的背面写着“隆美尔和蒙哥马利”。但似乎照片上的人不是他们的元帅父亲，而是已经年过50的曼弗雷德和英国陆军元帅伯纳德的儿子洛乌·蒙哥马利，伯纳德曾在非洲战场上击败了埃尔温·隆美尔，他们于1942年在阿拉曼交战。

“这是曼弗雷德和蒙蒂的儿子。”丽泽罗婕小声说着从我身边走了过去，手里拿着早饭用过的茶壶，“他们关系很好，他们的父亲尽管是对手而且经常互相作战，但都是伟大的军事将领……”

埃尔温·隆美尔本人曾对英国陆军元帅有几分轻视，他认为蒙哥马利不像自己那么有才华。但后来阿拉曼战役的败北严重地损害了陆军元帅隆美尔的身体健康。

从监狱精神病医生莱昂·戈尔登松在纽伦堡同空军部队元帅阿尔伯特·凯塞林，即后来的德意志帝国和意大利武装统帅的对话可以验证这一点：

> “隆美尔在那样的压力下有没有倒下？他必须住院吗？”
> “是的。隆美尔在非洲情绪低落，他需要住院，他十分压抑。在阿拉曼，他已经不再是以前的隆美尔了。从那时起他已经什么都无法承受了。”①

关于埃尔温·隆美尔的死有很多离奇的说法，其中一个说法是，他接受不了败给蒙哥马利的事实，服毒自杀了。我想说，这即使是莎士比

---

① Голденсон. Интервью. С. 459 – 460.
戈尔登松：《纽伦堡访谈录》，第459—460页。

亚笔下的作品在这里也经受不住评判。这个反应迅速、天才的战略家和军事家，在非洲战役中曾获得“沙漠之狐”的绰号，在服毒之前竟犹豫不决了很长时间。1942 年隆美尔遭受了阿拉曼战役的溃败，一年半后前往法国北部指挥“B”军团，在这里他听命于冯·龙德施泰德元帅。隆美尔在 1944 年 11 月逝世。因为蒙哥马利他一直打算服毒自杀竟长达两年多时间。这两位军事领袖之间的恩怨已经成为好莱坞关于第三帝国的电影和小说的主要题材。

当我结束了环境拍摄，丽泽罗婕叫醒了曼弗雷德。隆美尔振作精神，打算从父亲的简短履历开始。我试图去反驳曼弗雷德的这一想法，我想知道的是他的生活，而他却这样回答道：“我的生活远远没有他的那么有趣，但是我一定要……讲述我对我父亲的看法……”

需要说明的是，曼弗雷德很是自谦。实际上，他是德国非常受欢迎的政治活动家，虽然在战场上远远不及自己的父亲，但他也同样具有出色的战略决策才能。曼弗雷德是德国最出色的“市政活动家”之一。他是少有的没有显赫战功的人民楷模，冲破家庭光环的独立个体。曼弗雷德·隆美尔获得的奖章不比他父亲的少，只是所有的奖章都源于他“为了和平，而不是战争”所做出的突出贡献。

1987 年，曼弗雷德因“为意大利共和国的事业做出贡献”而获得勋章，两年之后，即 1989 年又因“为德意志共和国的事业做出贡献”而获得勋章。1990 年，他获得了大英帝国的勋章。前法国总统雅克·希拉克因为他对德法之间的文化交流和发展所做出的贡献（1995 年至 1999 年他负责德国外交部对法事务）任命他为外籍军团指挥官（2001 年）。此外，曼弗雷德著有大量关于德国现实问题的书籍。

我已经准备好了如何反驳曼弗雷德的话，忐忑不安地想着他将如何讲述一切。他的话前后矛盾，无法理解。以至于在莫斯科电视二台工作的德国人罗兰最后说他已经竭尽所能了。

我曾在采访后向罗兰询问过一些问题。罗兰说，曼弗雷德的部分叙述根本无法听清，因为在采访中他明显精力不济，话语含混，甚至低声絮叨，但是，他讲述的大部分事实都是有可能发生的。

“我的父亲出生于一个混血家庭。祖父曾是一名中学校长，他经常对我父亲说：‘你只有两种选择，要么当老师，要么当军人。’擅长数学的父亲很想成为一名工程师，而我的祖父却极力反对。就这样，我父亲成了一名职业军人。但不寻常的是，他从没有在俄罗斯打过仗，不论是‘一战’还是‘二战’，他都没有参与对俄作战。第一次世界大战结束后，尽管父亲军功卓著，他也难以在德国正常生活，因为机会很少……但幸运的是他仍可以留在军队里。他担任大尉军衔长达 14 年之久，这种事在现在的德国是不可能的，极有可能会成为丑闻，但所有人都认为他也算是幸运了，毕竟有事可做。当时，在军队中产生了厌战情绪，这种现象不仅仅出现在德国，几乎出现在所有国家，比如法国、英国。希特勒在 1933 年开始掌权，他常常宣称：‘是的，我经历过战争，我当过上等兵，所以我永远不会挑起新的战争’。但实际上他从一开始就在策划战争。”

第一次世界大战期间，埃尔温·隆美尔在意大利与罗马尼亚边境的阿尔卑斯山军营服役。战争期间，隆美尔在卡博雷托山上夺取了重要的战略要地，迫使人数远超过德军的敌人投降。因此，为了奖励他的功绩，这个年轻的军官获得了最高的普鲁士军事荣誉勋章“功勋勋章”。1914 年，他获得了二等功铜质十字勋章，第二年又获得了一等功十字勋章。在隆美尔的勋章上刻着数字“1914”。这枚勋章现存于巴登 – 符腾堡州的历史博物馆中。曼弗雷德·隆美尔将陆军元帅所有的勋章都转赠给了该历史博物馆，仅把一些家庭照片、“一战”的照片、父母的家书和隆美尔签署的文件留给了自己。曼弗雷德甚至把元帅的权杖也赠给了博物馆。

1917 年 10 月，埃尔温·隆美尔被提升为上尉。凡尔赛和约签署后，他继续在国防军服役，同时，在德累斯顿步兵学院担任教官，又在波茨坦军事学院任教。对隆美尔来说，20 年代是属于家庭的年代，他娶了露西·玛丽娅·莫灵，随之在1928年他们唯一的儿子曼弗雷德出生了。

1936年，隆美尔作为一个职业军人，被安排到希特勒青年团工作。该青年团是由巴尔杜尔·冯·席拉赫建立的，我和他的儿子在慕尼黑见过面。但是隆美尔和冯·席拉赫没有共同语言。上级任命他在希特勒青年团预备军工作，好像只是他走向最高指挥官的第一步。后来我得知，隆美尔一点也不满意这个任命，并且经常和团领导巴尔杜尔·冯·席拉赫发生冲突。冯·席拉赫从未在军队里服过役，他认为年轻人要由自己的同龄人指挥。这个想法导致的结果就像隆美尔预言的那样，一群坐在大而亮的梅赛德斯（奔驰）汽车里的、愚蠢且毫无经验的“小毛孩儿们”指挥着军队。不久，隆美尔就拒绝了这项任命，理由还是不满意席拉赫的所作所为。①

在隆美尔看来，席拉赫，太好发号施令而且不知分寸，因此隆美尔称呼他是“愚蠢的毛孩子”②。

1937年，埃尔温·隆美尔发表了《步兵攻击》的军事日记，日记受到了军人们的高度评价，也包括阿道夫·希特勒。

曼弗雷德费力地呻吟着并闭上了眼睛。有那么一刻我甚至觉得他沉重的呼吸骤停，好像是要窒息了。但是，他的肚子又重新开始了起伏。几分钟后他睁开了眼睛，突然说道：

“关于波兰……众所周知，1939年是希特勒和斯大林瓜分了波兰，双方军队都到达了那里。必须要说的是，我的母亲露西·玛丽娅，是波

---

① Меллентин Ф. В. Танковые сражения，Боевое применение танков во Второй мировой войне. 1939 – 1945.
梅列京弗·乌：《坦克军团战役：1939—1945 坦克用于二战战场》。

② Шмидт Х. В. С Роммелем в пустыне. Африканский танковый корпус в дни побед ипоражений 1941 – 1942 годов.
什比特·赫·乌：《与隆美尔在沙漠：非洲坦克军团1941—1942年胜利与失败的岁月》。

兰人，她德语说得很好。我甚至不知道，她是否好好地掌握了自己的母语，她有两个表兄弟，都住在波兰。其中一个是天主教司铎，另一个是骑兵军官。与波兰的战争一开始，我的父亲，那时是少校兼希特勒驻防司令部首领，他命令说不要碰这两个表兄弟的亲戚。但是几天后，这两个表兄弟就被德国激进分子杀死了。因此，我父亲给上级领导写了几封信，其中就有写给党卫军头目希姆莱的。希姆莱给父亲回信说，他们似乎是死于恶劣的天气。这纯粹是一个荒诞的说法。事实上，清除波兰知识分子在当时是司空见惯的行为。俄罗斯人曾是我们的同盟，很多人对这个情况都很满意，但是在领导阶层内部并没有发自内心的温暖和友谊。1940 年，继法国之后希特勒开始谈论与俄罗斯人的战事。”

“您的父亲参加庆祝攻占波兰的游行了吗？”

“大概吧，我的父亲参加了……他毕竟是在驻防司令部负责组织的高官。说实话，在波兰他没有指挥军队……但是，作为希特勒驻防司令部的首领，我父亲和希特勒的关系很好，因此避开了政治问题。他是军人而且对政治不感兴趣，对周围发生的事情视而不见。但是我并不为他的行为辩解，没有……父亲没能一下子就明白发生了什么。说到被杀死的犹太人，要知道，在专制统治下这样的事情是可能发生的，这也是人民想不到的。你们国家也有类似的情况，射杀波兰军官后苏联和后来的俄罗斯都极力否认，而且很多人对此也并不感到怀疑，他们觉得不可能发生那样的事情。因此关于大量屠杀犹太人的传言当时很少有人信以为真。尽管这很恐怖。但如果你在 30 年代说，听说在德国有人被杀了，马上就会有人反驳你说：‘为什么要瞎说，给国家抹黑呢？要知道因为这个有可能要蹲监狱。’

“总之，希特勒对我父亲的评价很高，非常礼貌地对待他。戈培尔也把我父亲看作非常有用的人。根据社会调查显示，有一段时间我的父亲是在英国和美国最受欢迎的将军。”

1941 年，隆美尔也意识到自己的行为荒唐，他请求希特勒任命他担任坦克军团的指挥官，希特勒同意了他的请求并任命他指挥第七坦克军团。但是下面的这段故事发生在这一切之前，是海茨·维尔纳·斯密特按照埃尔温·隆美尔本人的谈话记录下来的。

“将军先生，您是怎么认识希特勒的？”

我竖起耳朵听着。隆美尔仰靠在座位上开始思考。然后他陷入了深深的回忆里，这种情况很少出现。

“他第一次注意到我的时候，我还在希特勒驻防司令部供职。那时我已经在那里工作很久了，是相当平庸的二等中校。是的，我就是个小人物，担任某种类似营地警卫长的职务。当时那里驻扎着驻防司令部。我负责交通、安全措施和其他一些无聊的组织事务。

“建党节这天非常繁忙，我接到了希特勒的命令，他想在第二天早上离开，要求随行最多不超过6辆车。我需要做到的是，保证这个车队中无论如何也不能加入其他任何一辆车。到了第二天早上，希特勒准备动身出发，我看到驻防司令部前面的广场上停满了汽车，车上坐着各位部长、将军、总督和其他高官。但是我已经有所准备。

“当希特勒坐的车开走后，我放走了5辆车，然后站在路中央挡住了第六辆车的路。车停了下来，我转告车上的乘客希特勒的命令，我已经记不清车上是谁了，大概是某个部长。

“他竟然大声呵斥起来。他吼叫道，一个可恶的中校竟敢妨碍他履行自己的职责。骄傲自大的蠢驴！希特勒在当天晚上找了我，他不但没有训斥我，还表达了对我的感谢。他没有想到，他的命令会被如此严格地执行，而且出行顺利毫无阻碍。这次见面后，我开始常常被邀请和希特勒同桌夜谈。在那里他同我谈论我的新书《步兵攻击》，这本书写于第一次世界大战后，他非常认真地读完了。在这之后，很显然，他认为我是精明强干的人”。①

《隆美尔最伟大的胜利》一书的作者米切姆坚信：

相对于德意志军队的高级指挥官，英国人对隆美尔的评价更高……甚至温斯顿·丘吉尔也是如此。1942年1月丘吉尔在下议院演说时讲道：“对抗我们的是一个非常英勇无畏的对手。尽管战火让我们分隔两边，但我可以说，这是位伟大的将军……”奥金莱克也对隆美尔持同样的看法，他于1941年7月初取代韦维尔担任英国在中东地区的武装总司令。他是那样的愚蠢，以至于下达了这样的命令：

致司令部所有的指挥官和长官

发自总司令

现在我们面临着真正的危险，对于我们的士兵们来说我们的朋友隆美尔已经成为巫师和稻草人，关于他人们已经说得太多了。他不是超人，尽管他非常有活力而且有能力。即使他是超人，我们也极不希望我们的士兵们完全相信他的超能力。

我希望，你们全力改变军中存在的隆美尔比其他德意志将军更厉害的这种观念。当我们在利比亚谈及我们的对手时，千万不要说出隆美尔的名字。

我们应该说“德国人”或者“敌人”，在任何情况下都不要特别强调隆美尔。

请尽快采取措施执行这项命令并传达给所有的指挥官们，从心理角度来说这件事至关重要。

克劳德·约翰·奥金莱克

---

① Шмидт Х. В. С Роммелем в пустыне. Африканский танковый корпус в дни побед ипоражений 1941 – 1942 годов.
什比特·赫·乌：《与隆美尔在沙漠：非洲坦克军团1941—1942年胜利与失败的岁月》。

于是接下来，埃尔温·隆美尔开始了自己顺风顺水的事业，关于更详细的内容可以在任何一本关于他的传记中读到。我们一定会讲到隆美尔的非洲军团。我们对这个军团很感兴趣，因为当时在非洲，还有另一个举世闻名的人担任军职，而此人成了陆军元帅走向毁灭的间接原因。

丽泽罗婕拿来了饼干和其他甜点，其中的大部分都是她亲手做的。曼弗雷德开始继续在沙发椅上打盹，嘴里喃喃自语。

“他特别容易累。”隆美尔的妻子说，“疾病消耗了他的体力，但是他非常想要告诉你们的事情，他一定会讲给你们听……”

“关于父亲的死？”

“是的。”丽泽罗婕点了点头，“对他来说，这是个令人痛苦的问题。他想让所有人知道，他的父亲没有自杀也不是因受伤而死，他是被杀死的……这是真正的事实，是场悲剧，就发生在曼弗雷德的眼前……这是一段非常可怕的经历，曼弗雷德梦想着所有历史书上关于他父亲的死都能写真话。你们想象不到有多少种不同版本，有的说1944年隆美尔拒绝在希特勒军队里作战然后自杀身亡。这种忽视事实的说法让曼弗雷德感到心情郁闷。因此他自1945年起就在整个德国滔滔不绝地讲述，父亲不是因为蒙哥马利、对抗、恐惧而自杀的，父亲是迫不得已被杀的。”

丽泽罗婕用手给我们指了一下她用托盘端来的圆饼干说：

“请尝尝这个吧，很不错，大概，是最好吃的……”

“我在这儿。”突然传来了曼弗雷德的声音，他听起来很有信心，“我很好。可以给我也来一点儿吗？”

丽泽罗婕帮助丈夫从沙发椅上站了起来，然后把他扶到桌子旁边。曼弗雷德伸手去拿圆饼干。

“曼弗雷德，我告诉塔尼亚，你的父亲没有自杀。”

“是的，是的。”曼弗雷德说，“他是被杀死的。”

“希特勒。”我确认过，也知道答案。

“是的。”隆美尔看着我，“我有义务完整地告诉你们这件事情……

尽最大努力……可能，这是最后一次，我可以讲述它……”

喝完茶，曼弗雷德恢复了状态，我请求他和丽泽罗婕到外面的长凳上坐一会儿。这虽然是拍摄所需，但也会显得曼弗雷德稍微精神一些，不像在沙发椅上那么虚弱无力。

我问坐在旁边的丽泽罗婕，她和曼弗雷德是什么时候怎么样认识的、他们在这里住了多久。她轻轻地笑了起来，在镜头前显得有一些害羞：

“我们在 1954 年买下了这套房子……我们是在火车上认识的。我们都在蒂宾根市大学学习，曼弗雷德学习法学，休息日的时候我们一起从蒂宾根市回乌尔姆，一起聊天、交谈……”

“后来就结婚了，然后就有了我们最喜爱的、唯一的女儿卡特琳。”曼弗雷德突然大声说道，“现在她已经是成年人了，她自己已经是两个顽皮孩子的母亲了。女孩儿叫扎拉，男孩儿叫捷纳尔特。”

丽泽罗婕点了点头，像中国的小木偶一样：“啊，我们可爱的孙子们!”

“您随了丈夫的姓。”我开始对隆美尔太太有了兴趣，“您知道这个姓氏意味着什么，做这个决定不易吧?”

“啊呀，在我们那个年代随丈夫的姓很普遍。因此，我一点儿也不反对叫丽泽罗婕·隆美尔。而且这个姓氏很好，我引以为傲……”

曼弗雷德满意地点了点头。这毫无疑问地表明，曼弗雷德是怎样看待自己的父亲的。

“对了，丽泽罗婕的祖父和奶奶……他们是希腊人，来自君士坦丁堡。”曼弗雷德说着重重地呼出了一口气。

我看了看丽泽罗婕。她现在可是个“典型的德国女人”。

“我的祖先中没有一个人跟军队有过关系，没有一个是军人。”她补充道并对曼弗雷德笑了笑，“但是我却走进了埃尔温·隆美尔的家……”

“如果可以的话，隆美尔先生，我还想问您一些关于姓氏的事情。毕竟您曾经是斯图加特市的市长……”

“三次。”曼弗雷德带着孩子般的自豪，摆好颤抖的手后举起三根手指补充道，“现在新的市长舒斯杰尔先生，顺便说一下，他是我推荐的，选民们在这方面很信任我。瞧……”

“那就先说一下选民吧。关于您的父亲，据我所知，有各种各样的身份。一方面，人们以他的名字命名街道来纪念他；另一方面，他毕竟曾是希特勒的陆军元帅。在战后德国怎么能让拥有这样姓氏的人从政？您是父亲的拥护者们选举出来的吗？是残余的纳粹分子盟友选的还是那些敬重隆美尔的人选的？在您的事业中姓氏起着什么样的作用呢？”

“起初父亲的姓氏对我的帮助很大。在很多人眼中我父亲是英雄。毫无疑问，选举人对他的名字很敬重，我得到了很多选票，差不多有三分之二，尽管竞争对手非常强。我知道，大部分父亲领导过的士兵都把票投给了我。但是要知道，姓氏仅仅只是姓氏。如果选了你，但两年后你一事无成，那么别人就会说：‘隆美尔先生，您始终是个白痴，您该歇着了。’但是，在下一次选举时选民们依然选择我。这时已经是在选我，而不是在选隆美尔的儿子了。后来第三次选我，那时候父亲的名字已经不起任何作用了……但是，姓氏当然是起作用的。通常人们会按一定的标准来对待我。作为一名官员我经常遇到这种情况，甚至我当了市长，以及在财政部工作的时候……对了，我想起一件有趣的事儿。我亲爱的丽泽罗婕那时候在圣叶卡捷琳娜修道院当教师，德国共产党主席的女儿在她那儿学习，那是一个善良、勤奋的小女孩儿。”

“她，顺便说一下，后来在莫斯科完成了自己的学业就回来了。”隆美尔太太的心情很好，她温柔地望着自己的丈夫，她很开心自己的丈夫能活跃起来。曼弗雷德显然非常高兴地讲述着，有时做着提示的手势，不让丽泽罗婕打断他……

“是的，是的，后来丽泽罗婕一直资助她，这个共产党人的女儿从莫斯科回来时，我正好是斯图加特市市长的候选人。她对我的妻子说：‘作为共产党人的女儿，我不能给您的丈夫投票，我其实很想给他投票，但是我不能。我只请求您把这件事转告给他。’”

“我回答她：‘你为什么要跟我说这个？我什么都明白而且没有怨

言。’” 丽泽罗婕轻轻地笑了起来。

“这是典型的小资产阶级式的感动……” 曼弗雷德补充道。

在我看来，丽泽罗婕和丈夫很恩爱。她的手握着丈夫的大手，关注着他说的每一句话，当丈夫不再气喘吁吁、能够清楚地讲话的时候，她显得很开心。

“我很遗憾，你们不能见到我们的猫。” 丽泽罗婕难过地说，忘记了正在进行的拍摄，“它非常棒，但是一大早就出去闲逛了。”

“我的父亲养过一只狗。” 曼弗雷德说，“确切说，是两只狗。奇怪的是，两只狗都不能忍受穿制服的人，如果有某个下属来找父亲，必须立刻锁上门，否则两只狗就像疯了一样地狂吠。我记得……” 曼弗雷德开始了断断续续的喘息，又好像是想起自己年轻时有趣的故事而发出幸福的笑声。

“……狗正好没关在屋里，跑出来了。一个年轻的中士，因为害怕它们，爬到了父亲的桌子上面。父亲走进屋子对他说：‘你可是男子汉！怎么能这么害怕狗！’”

“您能不能再讲一些关于您的工作的事儿？……您有这么多勋章……” 我提醒曼弗雷德。

“说实在的，关于我的政治生涯我已经都说了……至于勋章……我以它们为豪，但是我不靠它们生活。可能，你们对我的军事生涯感兴趣，我的军事生涯从德国空军开始，我在防空部队服役，曾为第三帝国而战，而且甚至想进入党卫军……”

我看了看曼弗雷德，这位有着纳粹分子背景的前市长，同时也是1944 年前希特勒最喜欢的将军之一的儿子。

“是的，我想进入党卫军。” 曼弗雷德继续说，“但是父亲坚决反对，不许我去那儿，不许我去找希特勒。在那里士兵们是完全没有自由的，被命令去杀死和平的人民，而且连孩子们也要杀。我记得，他说：‘我活着的时候，我来决定你去哪儿服役。无论如何你都不能去党卫军。’” 曼弗雷德沉重地叹了一口气，喃喃自语地说了些什么，我没有再问。他呼了一口气，开始沉默，但是10秒之后又继续说：“我当时十三四岁。我梦想着在党卫军期间进入由希特勒青年团成员组成的分队，这个分队成立于1943年，最后在诺曼底遭受了惨重的打击。里面的孩子们从16岁到18岁不等，他们接受了很好的训练后被投送到了国防。分队开始有22000人作战，那是6月7日在法国。但是到最后，到了9月，在我看来，就仅剩下800人、3辆坦克和一些防坦克炮。”

“您很幸运……”

“是的，父亲是正确的。”曼弗雷德说着叹了口气，“他在很多方面都是正确的……”

在沙发椅上重新坐好后，客厅的昏暗包围着我们，这同外面白色的图画形成了令人愉悦的对比，曼弗雷德继续谈论着自己的军事生涯：

“49岁的时候我获得了中校将军的军衔，而且没有任何人在这上面帮助过我。不久前一个上校对我说：‘隆美尔先生，您父亲在第三帝国时期升职真的很快。’我回答说：‘我亲爱的朋友，我也一样呀，而且，最后将达到同父亲一样的级别。’后来我的交谈者慌乱了起来，不知该如何应答……”

曼弗雷德往后仰靠在沙发椅背上，半合着眼睛。在很长的停顿后说道：

“斯大林和希特勒。”然后又开始沉默。

“我们来探讨一下。”我轻轻地提议，“您现在要猛烈地抨击斯大林，像希特勒一样？”

“怎么了？”曼弗雷德费力地呼吸着，“有很大区别吗？而且……斯大林毕竟是……当然，不值得夸奖斯大林……但是斯大林看起来更明白一点。他做到了把苏联的工业主体输送到东部，要不是这件事苏联就会陷入危险……除此之外，斯大林没有那么强烈地干涉军队管理，他把这些留给了其他苏维埃元帅……希特勒却是亲自做所有决定，俯身在地图前，用自己的铅笔跟着军队移动，画一个钩然后说：‘我希望，是这样的。'"

关于西部军事行动的情况，那时战争仅在北非领土上进行……希特勒在这里尽量考虑到所有细节。隆美尔不止一次找到希特勒表达自己的不满，因为希特勒稀里糊涂地把赌注压在了他的军队的行动上，因此他干脆隐瞒军队的真实状况，目的是提出一个令前线彻底改变局面的计划。希特勒对隆美尔的抱怨当然非常愤怒，但是，出于对隆美尔的喜爱，只好对他的行为视而不见。①

这是一些施佩尔的回忆，是关于1943年隆美尔和希特勒的会见：

他对希特勒很有礼貌，但是也有一些逃避。几乎所有人都一致地称希特勒为"我的领袖"。隆美尔不像其他人那样，他曾在职业学校学习过。反击西边盟国部队的时候，他平静地接受了批评。大概隆美尔认为：对他的这些批评是毫无意义的，任何批评对他而言都是肤浅的见解。无论如何，他始终保持着一种轻蔑的态度，甚至有时候让人觉得有一点可笑。②

从本性上来说，隆美尔是一个职业军人，是一个个人主义者。他不需要过分隐瞒，也从来不会在后面干预别人的工作。更重要的是，他可以完成上级下达的所有命令，直到取得辉煌的胜利。从1941年开始，隆美尔很快就晋升为陆军上校，之后又变成元帅（1942年6月22日）。在1942年6月22日图卜鲁格会战胜利后，他取得了新的头衔。图卜鲁格，

---

① Шпеер. Шпандау. С. 317.
施佩尔：《施潘道监狱》，第317页。

② Шпеер. Шпандау. С. 458.
施佩尔：《施潘道监狱》，第458页。

非洲最坚不可摧的堡垒，是盟军最重要的阵地，虽然德军曾多次试图攻下该阵地，但是都没有成功。隆美尔毅然决然地接受了这个任务。

6 月起，隆美尔开始指挥军队，他赶走了大部分盟军的士兵。那时盟军已经在阿拉曼驻扎，每一天情况都在变坏，他面临着燃料、枪支弹药的缺乏以及士兵的逐渐减少。他只能等待着增援部队，但是增援部队只来了一小部分，而且其中并没有任何技术人员。8 月 15 日，这里出现了一支由英军总指挥伯纳德·劳·蒙哥马利率领的英国军队，后来蒙哥马利被简称为蒙蒂·阿拉曼。

10 月 20 日，隆美尔因为生病在疗养院休假。10 月 24 日他接到了希特勒的电话，要求他立刻停止疗养并尽快赶回非洲。当元帅结束休假陷入阿拉曼战事时，战争结果已经无法挽回。隆美尔知道此时此刻防御已毫无意义，需要快速撤退。

曼弗雷德说："希特勒和墨索里尼经常下令'坚持！战斗或是死亡！'父亲知道，这完完全全就是愚蠢至极的做法。他考虑了很久要不要服从，最终还是按照希特勒的要求做了，尽管知道这就是死路一条。但他很想保护自己的人民。"

曼弗雷德指的是希特勒在 1942 年 11 月 3 日发给隆美尔的紧急电报，后来我在希列拉的《飞机坠落在第三帝国》一书中得到了证实。

隆美尔元帅：

我和德国人民都在关注着这场在埃及展开的英勇防御战，我坚信您的领导才能和在您的指挥下德意联军的勇气。你们现在所处的境地，不可能有别的出路，你们只能坚决保卫我们的防御线，不能退后一步。要调动起所有的武器和每一个士兵加入战斗……您要告诉您的军队已别无选择，胜利的道路只有一条！要么战斗！要么死亡！

阿道夫·希特勒

隆美尔在日记里写道：“我在最后关头做出了这样的决定，因为他总是要求他的士兵对他绝对服从……”[①] 11 月 4 日晚上，冒着被抓到军事法庭审判的风险，隆美尔决定保存残余部队并撤退到富卡边境。11 月 5 日，希特勒收到非洲军团的战报，同意了隆美尔关于军队撤退的决定。原来的阵地被蒙哥马利的坦克部队占领。实际上在这两周的时间里，非洲坦克部队早就驻扎在 1000 里以外的突尼斯了。

1942 年 11 月 8 日，美国军队在艾森豪威尔将军的指挥下在阿尔及利亚和摩洛哥登陆，这使得德意联军陷入了危险的境地。但隆美尔还是又一次成功地对美国驻扎在卡塞林地区的部队发起了攻击，对其造成了重创，不过没有取得彻底的胜利。

1943 年 2 月，这个时间在历史上极为重要。非洲服役期间，在陆军元帅的指挥下，有一个姓冯·施陶芬贝格的人进入了突尼斯第十坦克分队司令部，他很快参加了保卫卡塞林的战役，最后他的分队把美国人击退了，这是大溃败中的一个小小的胜利。埃尔温·隆美尔认为，唯一能够拯救他的军队的方法是撤退，然后疏散到欧洲去。因为此时在北非获得胜利的可能性已经为零，虽然希特勒宣称无论付出什么代价都要取得胜利，但败局已定。

曼弗雷德·隆美尔说：“总之，我的父亲拒绝了希特勒。哦，抱歉，拒绝了希特勒愚蠢的决定，最后，我父亲在非洲被撤了职。他在给我母亲写的一封信中说，现在他只需要一本英语词典。信件的检查官大概读过这封信，他认为隆美尔准备要做英国人的俘虏了。而这实际上很不好……”

1943 年 5 月，战役持续了两个月后，在上校将军冯·阿尼姆的指挥下，被封锁在突尼斯的德军和意大利军队从陆路和水路被迫投降。冯·阿尼姆被任命取代隆美尔（1943 年 3 月 6 日离开非洲）在北非指挥帝国的军队。

---

① Ширер. Рейх. Т. 2. С. 397 – 398.
希勒：《德意志帝国》，第二卷，第 397—398 页。

最后，希特勒派往非洲的每一个士兵、每一辆坦克和每一个武器都在那个冬天被丢弃在了突尼斯，帝国在非洲的大厦倒塌了，比在斯大林格勒保卫战中数量更多的德国军人被押进了战俘营。①

但是冯·施陶芬贝格在非洲服役的时间并不长，只有短短的两个月。1943 年 4 月 7 日，他的车在雷区被炸，冯·施陶芬贝格失去了左眼、右手及左手的两根手指，而且头部和膝盖也受到了非常严重的创伤。医生们坚信，即使这个人活过来，那么他也永远是个残疾人了，而且一定失明。埃尔温·隆美尔对此一无所知，因为他已经离开非洲一个月了。即使知道，他未必会认为这个人的受伤有什么意义。只是几年后他会发现，他个人的命运和克劳斯·冯·施陶芬贝格的命运紧紧联系在一起，无法中断，就像细线一样。

埃尔温·隆美尔直到 1943 年 7 月才恢复了元气，彻底痊愈。因为对非洲军团的指挥，隆美尔收到了由希特勒本人颁发的带着柞树叶子、宝剑图案镶嵌钻石的骑士十字勋章。1943 年 11 月末，隆美尔被派到法国。同年 12 月 31 日，他重新获得了自己的军队“B”集团军的指挥权，直属于冯·龙德施泰特领导。同时，他被任命为监察员将军，他的工作范围包括大西洋要塞的防御。

众所周知，1944 年 6 月 6 日，英美军队开始从诺曼底登陆。

如果德国人不知道确切的登陆日期，那么他们也不知道登陆可能在哪儿发生。龙德施泰特和隆美尔坚信，登陆的地方是加莱，那里的英吉利海峡很窄，他们在那里集中了自己最强的军事力量……3 月末，异常的直觉告诉阿道夫·希特勒，主要

① Ширер. Рейх. Т. 2. С. 404.
希勒：《德意志帝国》，第二卷，第 404 页。

的登陆地是诺曼底。因此，他说，在接下来的几周要在塞纳和劳拉之间的区域重新调动布防。“留心诺曼底”，他不厌其烦地提醒自己的将军们。但是……龙德施泰特和他的将军们却一直关注着加莱，而不是诺曼底……施别德尔在6点左右给元帅隆美尔家里打电话（1944年6月6日。——《论据与事实》报纸），元帅立刻坐车返回，没有同希特勒会面，但是他到自己的“B”军团司令部也已经是最后一天了。①

隆美尔来晚了，就像在阿拉曼战役时那样一开始就晚了。不过，战争的结果并不完全取决于他。

因为失眠他变得萎靡不振，烦躁不安地摆弄着自己的眼镜和手上抓着的一整套彩色铅笔，他拱着腰坐着。他的魅力好像不见了。他断断续续、冷冷地打着招呼，然后大声而刻薄地表达自己对同盟军顺利登陆的不满，他试图将责任推到指挥官身上……隆美尔毫不留情地说，在空中、海上和陆地对抗强敌（同盟军）都是毫无希望的。②

德军在斯大林格勒溃败后，埃尔温·隆美尔已经不再隐瞒自己的悲观想法，即战争彻底失败了。希特勒生气地指出：“隆美尔情绪低落，他陷入了绝望。现在，如果想要获得什么，就需要继续保持乐观的态度。”这些话之后隆美尔的命运就已注定了。③

---

① Ширер. Рейх. Т. 2. С. 449 –451.
希勒：《德意志帝国》，第二卷，第449—451页。

② Ширер. Рейх. Т. 2. С. 552 –553.
希勒：《德意志帝国》，第二卷，第552—553页。

③ Шпеер. Шпандау. С. 462.
施佩尔：《施潘道监狱》，第462页。

监狱精神病医生莱昂·戈尔登松和党卫军将军布·迪特里希有这样的对话片段：

> 既然从军就很难再改变。隆美尔实际上还是陆军元帅。他起初想尽快地完成自己的一切想法，但是后来他对这一切失去了兴趣。在诺曼底时，隆美尔是我的首领。必须要说，隆美尔是一个好将军。胜利的时候他很好，但在撤退时他抑郁了。①

“我可以休息一下吗？15 分钟左右？”曼弗雷德声音嘶哑地说道。从丽泽罗婕不安的表情中我看出，她很担心自己的丈夫。他病得很重。阳光强烈地照着小木屋，即使关上百叶窗也无济于事。

“该结束了，我们已经折腾他很久了……”布拉维尔曼说，“他病得很严重。”

“但是他答应要讲述他父亲的死……”

我们谢绝了茶和饼干，走了出来。我坐在长木凳上，就是之前隆美尔夫妇坐过的长凳。需要结束采访了，就让曼弗雷德试着尽全力来战胜帕金森综合征吧。曼弗雷德从父亲那里继承了战斗精神，顽强地活着。这个病入膏肓、坐在黑色沙发椅上的臃肿的老人，的确是位真正的战士。而且，战场不是非洲的荒漠，而是他自己的身体，他在我面前保持了胜利的姿态。可以看出，他的每句话说得都很费力，在我引用他的所有话语中，包含了他的叹息和喃喃自语。还有一些采访片段，特别像是废话……我不知道他说的是什么，是对话，是叹息，还是呻吟声？

因此就让曼弗雷德暂时休息一下吧。我们从斯图加特向东北方向走了 20 多公里到达小镇奥宾维列尔，该镇的居民不足 5000 人。该镇住着一个人，他的父亲试图杀死希特勒，因此成为新德国的象征而名垂青史。

---

① Голденсон. Интервью. С. 407.
戈尔登松：《纽伦堡访谈录》，第 407 页。

这是关于希特勒的最大的案件。欢迎到伯尔托里德·冯·施陶芬贝格家里来，他是举世闻名的施陶芬贝格上校的亲儿子，1944 年 7 月 20 日上校在阿道夫·希特勒司令部制造了爆炸。

有人说埃尔温·隆美尔是当之无愧的英雄，但新一代的德国人却认为他有罪。说实话，他毕竟是为第三帝国作战并且和希特勒关系甚好。而克劳斯·冯·施陶芬贝格在德国，甚至是在全世界都是当之无愧的英雄。作为法西斯德国军队的上校，他在 40 年代初对希特勒就已经彻底绝望，并在东方战役开始后就筹划密谋。

冯·施陶芬贝格出身于最古老的贵族之家，接受了良好的教育，他对阿道夫·希特勒充满了期望。1938 年他参与了占领苏台德的战役，1939 年作为坦克军团的头等中尉参与了攻占波兰的战役。1940 年他以总参谋长的身份加入了法国军团。

> 综合来看，正是在苏联施陶芬贝格彻底对第三帝国失去了信心……当在苏联的战争爆发以后，起初的一年半时间他都在苏联的领土上度过……在苏联，他偶然遇到了两个主要的密谋者冯·特列斯科夫和施拉布林多夫，他们决定杀死自己的元首（希特勒）。①

1943 年，在隆美尔部队服役的冯·施陶芬贝格在非洲受了重伤。恢复后，他没有再继续服役，而是以中校身份回到了柏林，在那里策划谋反，目的是杀死希特勒。越来越多的新人、元帅加入谋反队伍中。看来，埃尔温·隆美尔也对他们充满了好感，他私下跟其中的一些人认识。但是，说他“赞同”或者“完全支持”策划谋反纯属胡说。由于各种各样的原因，隆美尔赞成解除希特勒的职权或者逮捕他。但是隆美尔在原则上反对杀死希特勒，他认为，一是不太光彩；二是不愿意给希特勒造成

---

① Ширер. Рейх. Т. 2. С. 536 – 537.
希勒：《德意志帝国》，第二卷，第 536—537 页。

伤害；再有就是如果第三帝国群龙无首将会怎么样？它会不会因此就变得更好？

克劳斯·冯·施陶芬贝格的儿子——伯尔托里德，跷着二郎腿坐在自己的位于奥宾维列尔市豪华而又美丽的客厅里。他穿着质地良好的米色西装，白底蓝格子衬衫，脖子上系着带有菱形格子的深红色的领带。必须承认，这位世袭的伯爵有着很好的品位。墙上挂着几幅旧画，带着镀金雕花的画框。墙上还挂着他母亲的肖像（伯爵夫人妮娜·冯·施陶芬贝格）以及带有红褐色网状裂纹的老式镜子，这种老式镜子很容易把放着文件的写字台照得走形、模糊，写字台上整齐放着的旧相框就像多米诺骨牌，不小心碰倒一个，其他的都会纷纷倒下。

伯尔托里德的脸不能说不好看，但是按照优美的标准来审视，他的长相和面部轮廓不及父亲清秀。他自己也说："我不认为我和父亲很像，可能，外表有一些相似，但是非常细微。"

尽管伯尔托里德·冯·施陶芬贝格已年过半百，但仍保持着军人端正的身姿，眼睛明亮锐利，额头上的皱纹不是直直的线条，而是弯弯的弦形。阳光洒落在屋子里，占据着整个空间，让整个屋子仿佛镀了金一般，充满着温暖的色调，一会儿是亮褐色，一会儿是浅绿色，好像橄榄一样。

他整个脸上印着轻轻的几乎是顽皮的傲慢痕迹。他关于纪录片采访的答复让我感受到了一丝傲慢："哎呀！我快被这些记者折磨疯了，我毕竟是传奇之人的儿子、英雄的儿子。我甚至对自己做过保证不接受任何采访，因为作为德国民族英雄的儿子非常麻烦。"大概一开始冯·施陶芬贝格想以这样的方式来回应或推脱，但是经过一番劝说，最终，他同意为俄罗斯最大的电视台拍摄纪录片，希望更多的人可以看到他并且更多地了解他的父亲。不久前在俄罗斯上映了好莱坞电影《行动目标希特勒》，主演是汤姆·克鲁斯（扮演伯尔托里德的父亲）。

伯尔托里德立刻声明说，影片当然很不错，但是他反对汤姆·克鲁斯拍摄影片。他说："山达基教徒不应该扮演我的父亲，我们毕竟是天主教徒……”

不知是什么让施陶芬贝格同意接受我们的采访拍摄，加入曼弗雷德·隆美尔的计划。施陶芬贝格高度评价了斯图加特市前市长，他说：“我和曼弗雷德在一些地方极其相似，我本人也曾是一名军人，而且是一个响当当的人物。这不仅仅是因为我父亲的名字，很大程度上是因为我自己的事业，隆美尔的儿子也是一样。事业的后期，我是斯图加特市的总司令，那里有很多人认识我，尤其是我领导过的人。我和曼弗雷德·隆美尔于1982年相识。那时我是旅团指挥官，在斯图加特服役，因此经常待在那里，而隆美尔那时候已经做斯图加特市市长好多年了。我们能很好地相互理解对方。曼弗雷德·隆美尔是一个好人，他来过这里，来我家做客，他知识渊博，而且很有趣，非常幽默，但是遗憾的是他现在身体非常不好。”

可以看出，伯尔托里德虽然对曼弗雷德身患疾病有些难过，但是没有把它放在心上。可能所有的一切都会消失在他脸上那高傲的神情和眼睛里时不时流露出的嘲讽中。

伯尔托里德坐在高靠背的长椅上。我们打算从1944年7月20日的谋反开始谈起。当时他的父亲36岁，是法西斯德国军队的上校，他打算杀死希特勒。当时，伯尔托里德只有10岁。

所有我讲述的事不仅仅是从我母亲那里知道的，还有一些是从父亲的朋友们那里了解到的。遗憾的是，他们全都过世了，最后一个是去年去世的，活了97岁。

“父亲是一个非常有主见的人，总是坦白地说出自己的观点。除此之外，他乐于鼓励人们开诚布公地谈话，有时会做一些很多人不喜欢的事情，因此，人们甚至把他看作纳粹分子，原因仅仅是父亲反对他们。这件事很难弄清楚谁对谁错。我认为，他只是想坚持自己独立的见解罢了。在此情况下，纳粹分子对他来说太过普通、过于庸俗。他这样说：‘怎么样？你们自己看看吧，既然我们没有能力建成什么共和国，那么把机会全给纳粹分子吧。’但是我认为，他对纳粹持批判性的态度。当战争开始以后，他已经在军队服役了而且不得不屈服。在我看来，1938年他说的‘这个傻瓜想要打仗’这句话，指的就是希特勒。当时，经验丰富的军官们很少有人相信这场战争会取得胜利。法国如此迅速的溃败对他们来说是意外的惊喜，要知道他们还清楚地记得第一次世界大战的教训。大概正是这一原因，使得他们中的很多人对希特勒持的怀疑减少了。

“什么时候父亲开始预谋刺杀？他没有对我说过这件事。就像对其他所有人一样，1944 年的这个消息对我来说也十分意外。母亲大概知道些什么，但是没有告诉我们，这有点太危险了。我想，这里面有一些原因。首先，我奶奶和父亲的历史学家哥哥从最开始就反对希特勒，反对纳粹分子。父亲从一开始就认为，当时的政治会导致德国走向毁灭，而且在他眼前发生了一系列目无法纪的事。比如，他的祖母、母亲有很多出生在犹太家庭的朋友，这些家庭都是非常富裕的家庭，他们中的大多数人都不得不移民国外。此外，他明白，盲目的军事指挥会导致军队的大溃败，原因不只是错误的战略决策，还有资源远远不足以支撑进行如此大规模战争。关于这一点他确实跟亲近的朋友们说过。还有，在调往非洲之前，他觉得希特勒该下台了，该从总司令的位置上离开了。在非洲他待了没多久就受了重伤，住进了医院，这使得他有了时间去思考。我想，正是在那段时间他的脑海中产生了这样的念头。他的伤很严重，已经不可能再派他上前线了。但是，他还是认为自己对祖国的命运负有责任。

“需要指出，他不是一个人。海宁·冯·特列斯科夫对他的影响很大。他们的联盟不算是真正意义上的组织，这些人依靠非正式关系联系在一起。大概，正因如此，盖世太保才无法发现他们的密谋，最后连盖世太保自己也被震惊了。说起这件事，不得不考虑这个。如果现在有人问我会不会像父亲那样做，我很难回答。忽略战争时期的氛围是不可能的。今天是无法想象当时的一切的。战争在进行，人的生命失去了自己本身的价值。我的父亲和隆美尔一起在非洲待了很短一段时间，隆美尔在战争前就已经凭借他那本关于‘一战’的书《步兵攻击》闻名全国了。我认为，父亲不会对这本书感兴趣，因为他是骑兵。父亲受伤前在非洲一共才待了两个半月。隆美尔当时是坦克军团的司令，而我的父亲是众多师团中的一个司令部的长官。隆美尔到过前线，有一些隆美尔和师团指挥官包括我父亲的合照。但我认为那时他们不可能有机会进行长时间的交谈。或许父亲对战事形势做了汇报，隆美尔正好做了批示。我是这么想的……”

曼弗雷德·隆美尔：

“1944 年 7 月 17 日，盟军的飞机在法国的里瓦罗扫射了我父亲的车。我的父亲在非洲经常遇到这样的情况，通常不得不跳下车，寻找藏身之处。但是这一次他命令自己的司机把车开到大约 400 米外的一个房子旁。这个命令让他付出了巨大的代价。父亲颅骨多处骨折，他的脸支离破碎，血流成河。司机汇报说，头儿受了致命伤。起初前来给父亲治伤的医生在为父亲检查完后甚至错误地断定他已经死亡了。但随后发现仍有微弱的脉搏跳动。父亲被送到了医院，那里一个权威的医生说：‘陆军元帅活不过半夜。’但是他活到了。在他与死亡对抗之际，克劳斯·冯·施陶芬贝格和阴谋家们开始准备谋杀希特勒，他们正是在我的父亲在医院濒死的那一刻决定的。是命运为他准备了另一种死法。”

伯尔托里德·冯·施陶芬贝格：

“我非常清楚地记得 1944 年 7 月的那些日子。夏天，学校在放暑假。

“在这之前不久因为严重的轰炸我们从伍珀塔尔搬到了班贝格，搬到了姥姥、姥爷的家里。那时只有姥姥还活着，姥爷于 1944 年 1 月 6 日去世了。以前我们就在那里住过，在那里度假。几天后，也就是 7 月 20 日，我从广播里得知有人试图谋杀希特勒。需要说明的是，在那个年纪我已经能明白报纸上写的是什么了。当然，我很想知道，事情是怎么发生的。但是什么也不清楚，我们被禁止听广播。小弟弟当时年仅 8 岁，显然，在他那个年纪还不可能对政治有兴趣。

“过了一段时间后，姥姥的哥哥乌克久利伯爵，带着我和弟弟出去散步。‘一战’期间他曾在奥地利当过军官，后来成为企业家并住在德国。他喜欢打猎，曾到过非洲，在那里捕象和河马。在散步过程中，他把这些事情讲给我们听。现在我想，他的脑子里到底在想什么呢，当他给我们讲述自己在非洲冒险的故事的时候，讲述河马和大象的时候，他知道7月20日发生了什么吗？散步回来我们吃了午饭，后来母亲把我们叫到一边告诉我们，是爸爸刺杀了希特勒。我们真的震惊了，什么也不明白。只明白了一件事，就是父亲已经不在了。但是我们不敢相信这件事是父亲做的。什么？刺杀希特勒？刺杀皇帝？这几乎像是刺杀上帝一样。

“为什么？怎么做的？我彻底陷入了混乱，完全不知道该想什么。就像当时所有的孩子们一样，我受到了良好的教育，在戈培尔的影响下成长，梦想着加入希特勒青年团，因此，可以说，我是一个小纳粹分子。尽管我不认为父亲是叛徒，但我还是不能明白，为什么父亲会这么做。母亲告诉我，父亲这么做是为了德国。”

曼弗雷德·隆美尔：

“我父亲不知道这次谋反的事。他不清楚谋反的日期，更不知道由谁、怎么去实施谋杀。

“1944年年初父亲在法国北部和几个自己的同志见了面，这些人把父亲拖进了反希特勒的阴谋里。有趣的是，他的好朋友斯图加特市市长也参加了谋反，在这个职位上他是我的前辈之一，他叫卡尔·史特廖林。我在庆祝他生辰一百周年的活动上发表过演讲。”

市长（史特廖林）后来回忆道：

“我告诉他，东方战线上很多老军官想要逮捕希特勒然后逼迫他通过广播宣布退位。隆美尔支持这个想法。我甚至对他说，他是我们最杰出、最受欢迎的元帅，在国外比其他任何人都受人尊敬。我说，您是唯一一个在德国能够制止国内战争的人。您应该将您的名字同我们的运动联系在一起……”①

曼弗雷德·隆美尔：

“但是父亲一直反对谋杀希特勒，反对杀死他。这不是出于道德范畴的考虑。他坚定地说，不要去冒险。如果刺杀失败，那么对所有人来说，无论是否参与，这都将变成可怕的灾难。在我父亲看来，最佳的方案是承认在战争中的失利。他已经公开说过，战争失败了，希望希特勒接受这一现实。但是，希特勒固执地对显而易见的事实视而不见，实际上他只是不想面对。1944 年 7 月 20 日我的父亲在医院与死亡做斗争，与此同时，施陶芬贝格带着炸弹参加了希特勒在“狼穴”的会议。炸弹爆炸了。”

第三帝国武装部长阿尔伯特·施佩尔，在回想起爆炸的时候（当时他正在约瑟夫·戈培尔的宣传部做报告）写道：

> 爆炸声打破了拉斯金堡市不远处的希特勒司令部的宁静。这是爆破装置里的己糖醇弹药发生了爆炸，是施陶芬贝格装在自己的公文包里带进去的。如果谋反者们再机敏一些，那么可能不仅仅能杀死希特勒，而且还可以占领差不多整个第三帝国的重要部门并逮捕这些部门的主要领导人员。为此，只需派中尉带十个士兵去宣传部就足够了。②

显然，谋反者们不只是想要消灭希特勒，戈林和希姆莱也经常出席希特勒的会议，他们本打算一下子全都消灭了。

7 月 20 日的阴谋被称作元帅们的阴谋，虽然是由克劳斯·冯·施陶芬贝格上校去执行的，因为只有他才有接近希特勒的机会。

---

① Ширер. Рейх. Т. 2. С. 540 - 541.
希勒：《德意志帝国》，第二卷，第 540—541 页。

② Шпеер. Шпандау. С. 492.
施佩尔：《施潘道监狱》，第 492 页。

……施陶芬贝格当之无愧地被看作是法西斯德国军队里最有能力和经验最丰富的长官之一。希特勒甚至不止一次地要求我和施陶芬贝格保持紧密的合作。施陶芬贝格一直保持自己年轻时的独特魅力，就连重伤（他在前线失去了手和眼睛）也没有损毁他的形象，没有影响到他的性格。①

1944 年 7 月 20 日阳光和煦的早晨，6 点多一点儿，施陶芬贝格上校坐车穿过被炸弹袭击过的柏林街区前往兰格斯多尔夫机场。他的公文包里装着关于新的义勇军分队的文件，他要在 13 点在司令部向希特勒就此事做汇报。文件的中间夹着用衬衫裹着的定时炸弹。这个炸弹跟一年前特列斯科夫和施拉布林多尔夫放在希特勒飞机上的炸弹是同一种型号，但当时的那个炸弹没有爆炸……②

但是，命运和这些谋反者们开了一个玩笑。首先，戈林和希姆莱都没有前来出席会议；其次，会议本来应该在希特勒的地下室里进行，如果在那里，炸弹波会杀死希特勒和屋里所有出席会议的人，且没有任何营救的机会，但这次会议却是在地面上的房间里召开的，炸弹威力减弱了，而且会议室的窗户由于室内闷热而大敞着；再有，施陶芬贝格自己也有一些害怕，他把装有定时炸弹的公文包放下就走了……

马丁·鲍曼：

出于安全考虑，很多去希特勒那里参加会议的长官们都会把装有秘密文件的公文包放在桌子底下。施陶芬贝格是弗罗姆

---

① Шпеер. Шпандау. С. 488.
施佩尔：《施潘道监狱》，第 488 页。

② Ширер. Рейх. Т. 2. С. 564 – 565.
希勒：《德意志帝国》，第二卷，第 564—565 页。

的亲信，应该就后备部队的事情做报告。就像大多数人一样，他把自己的公文包放在桌子下面就走出去接电话了。他出去后就传来了爆炸声。简单而又安全的方法！施陶芬贝格等着爆炸，他预先已经计划好，一旦成功就带着希特勒的死讯飞往柏林。①

谋杀希特勒是为了实施瓦尔基里计划。这个计划制订于 1942 年 5 月。“他预先迅速动员后备部队做好准备，以防后方出现混乱。”② 希特勒同意了这个计划。而后来步兵元帅，同时也是计划制订者弗里德里希·奥尔布里希，偷偷地把计划篡改成了当德国进行重大改革的时候，后备军队应被谋反者管理。也就是说，希特勒死后军队应立刻占领柏林的所有重要地方，逮捕第三帝国的头领，解除党卫军的武装。

一号通报

紧急！高度关注！

一些军队的将军们在谋杀希特勒的同时试图发动政变，这场政变应该动用一切力量进行镇压……

只有元首阿道夫·希特勒和他周围的亲信的命令具有效力，所有其他将军、背叛者、反动派的命令不具有任何效力……③

盖尔德·鲍曼 1944 年 7 月 22 日的信：

亲爱的，你不知道我有多么震惊！怎么可能有人带着装有炸弹的公文包去开会？他怎么可能进入司令部？这么说来，你

---

① Борман М. Письма. М.: Центрпошиграф, 2006. С. 90.
马丁·鲍曼：《书信》，莫斯科：中央印刷厂，2006 年，第 90 页。

② Шпеер. Шпандау. С. 487.
施佩尔：《施潘道监狱》，第 487 页。

③ Борман М. Письма. М.: Центрпошиграф, 2006. С. 90.
马丁·鲍曼：《书信》，莫斯科：中央印刷厂，2006 年，第 90 页。

们之中也有叛变者？我绞尽脑汁在寻找答案。①

7月25日的信：

跟我说说布兰迪。它在那儿怎么样？它有没有下小崽儿？7月20日它在哪儿？……②

鲍曼1944年7月26日的回信：

谢天谢地，它没在司令部。如果它在那儿，那么它会被炸死的，耳鼓膜会被炸裂。大概，希特勒的右耳已经再也听不到了。③

奥尔布里希是瓦尔基里计划的成员，他也是该计划的密谋者之一。他把该计划表述得更有利于谋反者夺取政权，在1944年7月22日，他和施陶芬贝格以及其他一些叛乱者一起被枪毙了。极少数谋反者幸运地活了下来。在事件侦查过程中，所有有嫌疑的人都受到了严刑拷问，然后被杀死了。

我们被邀请观看折磨叛变者的影片。我知道，我不可能平静地看着屏幕，就立刻以事情太多为由拒绝了邀请。④

---

① Борман М. Письма. М.: Центрпошиграф, 2006. С. 95.
马丁·鲍曼：《书信》，莫斯科：中央印刷厂，2006年，第95页。

② Борман М. Письма. М.: Центрпошиграф, 2006. С. 95-96.
马丁·鲍曼：《书信》，莫斯科：中央印刷厂，2006年，第95—96页。

③ Борман М. Письма. М.: Центрпошиграф, 2006. С. 96.
马丁·鲍曼：《书信》，莫斯科：中央印刷厂，2006年，第96页。

④ Шпеер. Шпандау. С. 511.
施佩尔：《施潘道监狱》，第511页。

1944年7月20日夜晚。刺杀事件发生后，希特勒和墨索里尼立刻进行了会面。在会面时，希特勒告诉墨索里尼事情发生的情形："我站在这儿，在这张桌子旁边……炸弹直接在我的脚底下爆炸了……显然，我什么事也没有。毫无疑问，命运安排我走已经选好的路直到完成我的使命……今天发生的事情是极点！死里逃生……我比以前任何时候都更加确信，我所从事的是伟大的事业，对我来说，任何危险都不可怕，我一定能达到自己的目标。"①

曼弗雷德·隆美尔：

"我想象不到施陶芬贝格的感受，他想杀死希特勒，但谋杀失败了，希特勒还活着。施陶芬贝格当然立刻就被枪毙了。可以说，他很幸运，因为希特勒没有把他收买，但是施陶芬贝格用自己的鲜血付出了惨痛的代价，还有很多其他人的鲜血。后来开始了可怕的调查、逮捕、战地法庭、谋杀。所有人都被怀疑和谋反者有关，包括我的父亲也被怀疑了……"

伯尔托里德·冯·施陶芬贝格：

"如果我现在可以见到我的父亲，那么我一定会感谢他所做的一切。我确信，如果没有那次刺杀希特勒的事件，就不会有今天我引以为自豪的德国。但是在我看来，谋反者们到最后都不相信他们的刺杀能成功。我母亲知道策划谋反这件事，但是她不知道这件事会由父亲去执行。显然，谋反者们不相信刺杀会成功，不然父亲不会提前告诉母亲在审问时要怎么做。大概他们也准备好了备选方案，父亲告诉母亲，她应该表现得好像什么也不知道，对政治不感兴趣，只是一个普通的家庭妇女，只忙着照顾孩子们。母亲的确在审讯时什么都没说，正如父亲所嘱咐的那样。"

---

① Ширер. Рейх. Т. 2. С. 547.
希勒：《德意志帝国》，第二卷，第547页。

我们先放下克劳斯·冯·施陶芬贝格的妻子妮娜和伯尔托里德以及上校的其他四个孩子的命运。对于很多人来说，这次谋反成了事业甚至生命的终结。对处在生死边缘的埃尔温·隆美尔来说，7 月 20 日是开始结束一切的标志。

埃尔温·隆美尔的儿子曼弗雷德坐在沙发椅上，苍白的额头上渗出了几粒汗珠。炎热的太阳照射进来，房子里变得更热了。但是曼弗雷德觉得，他应该讲讲父亲生命的最后一天。

“我父亲等着自己被人杀死。但是他不相信，希特勒胆敢公开地把他送到法庭审判。父亲的看法是，战争失败了，希特勒势必会被激怒，但是他决不允许把父亲这样一位在军人和市民之中拥有极高威望的人公然送上法庭。我父亲受重伤之后，刚开始在医院住了很久，后来，当他觉得好些了，危险过去了，他就回到了位于海尔林市的家……

“那是 1944 年 10 月 14 日一个温暖的秋日早晨。我很高兴，命运安排在那一天给我发了临时休假证，当时我在离家不远的乌尔姆空军服役(15 岁)。母亲在厨房里忙着，父亲和我以及他的副官赫尔曼·阿尔丁格尔在谈话，父亲的左眼已经完全失明，但是他已经可以自己行走了。

“对了。当我在家的时候，我经常给他读报纸，妈妈也给他读报纸。父亲从报纸上已经得知很多以前非常熟悉的军人被折磨致死后用琴弦串起来，再用弯钩把尸体吊起来……这太恐怖了……死亡的恐怖浪潮席卷着整个德国。一切都是因为 1944 年 7 月 20 日对希特勒的谋杀。父亲明白，等待他的也是悲惨的结局。他只是不知道是什么时候、什么样的结局。我记得，凯特尔从柏林给父亲打来过电话。好像是在 10 月初。凯特尔邀请父亲去柏林，他说，有必要谈一下他接下来的工作和其他一些乱七八糟的事儿。父亲回答说：‘我伤得很重，您忘了吗?’父亲告诉我：‘如果我去了柏林，你们就和我永别了。’父亲知道，一直有人在监视他，因此他出门随身总带着枪。他知道，他的司令部长官施别德尔将军被捕了……

“10 月 14 日，我和父亲以及阿尔丁格尔正坐着聊天，突然，电话铃响了，是邻居们打来的。

“他们说：‘军队堵住了周围所有的道路，您应该知道这件事吧。’父亲回答说：‘明白了，我们家来客人了。’

“快正午的时候一辆奔驰牌轿车停在了我们家门口，两位将军从车上下来了（法西斯德国军队将军威廉·布尔科多尔夫和恩斯特·梅则利）。他们说想和父亲单独谈谈。谈话结束之后，父亲脸色苍白地走出来告诉我们和阿尔丁格尔，刚才别人对他说‘您知道7月20日的刺杀活动却无动于衷，这让希特勒感觉很难过。否认是没有用的。由于希特勒高度重视您的功绩并且很尊重您，他给您两个选择，要么您自杀，要么我们给您的家人造成伤害然后开始在您的司令部进行侦查，把您的名字和叛变者的名字一起公示。您应该知道，这意味着什么？反正您必死无疑，很快会被吊死的，还有您在意的和您尊敬的人也会被杀死。您希望这样吗？’

“父亲再问了一遍，如果他前往柏林的话，他们是不是不会动他的家人和司令部的属下？那些人告诉他：‘希特勒保证过。’总之，父亲告诉我们：‘我再三考虑后答应了。’

“随后他简短地跟母亲说了几句话。毫无疑问，她恐惧至极，但是父亲让她保持平静，做出不想继续跟她谈话的样子。可以看出来，父亲不愿看到母亲难受。

“我看着父亲，他在我面前表现得很平静。唯一能看出他局促不安的是，他明知自己再也用不到家门钥匙了，却匆忙地把钥匙揣进了兜里，然后又拿了另一串也揣进了兜里。但是他突然发现不对，然后又把钥匙还给了我。最后他戴上了大檐帽，拿上自己的元帅权杖走出了门。

“因为我穿着军装，其中一个将军问我：‘年轻人，你在哪个部队当兵？’我回答说：‘36－7防空部队炮兵连。’

“我非常清楚地记得和父亲在一起的最后几分钟。他对我说：‘你现在看到的一切都不要告诉别人，务必嘱咐你母亲！不要对任何人说任何话，否则你们就死定了。他们不在乎真相是什么！半小时后我就活不成

了。但是你们应该活下去。还要记得……尽量挨到战后，战争很快就结束了。’

“阿尔丁格尔冲到父亲的面前，愤怒地低声说：‘我的将军，我们应该找人来帮忙，试着想想办法，不能束手就缚，我们应该救您，我们还可以调动警卫队。’父亲拍了拍他的肩膀，然后说：‘我已经决定了。你只需要把我的问候转达给所有我们的人。’然后父亲握了握他的手，抱了我一下，走向了汽车。他和车上的某人打了个招呼，有人出来了，有人给挪了挪座位。最后，他坐在了汽车的后座上。我看着父亲，父亲也看着我。之后我久久地望着驶去的汽车……

“15 分钟后，医院给我和母亲打来了电话，告诉了我们一个‘意外的’消息。父亲死了，死因是脑出血，而脑出血的根本原因被认为是他的伤口。胡说八道！我和母亲立刻赶到了医院。尸体已经清理好了，躺在停尸房。好像就是在这个晚上，在乌尔姆开始为葬礼送别仪式招集步兵，他们要开始国葬的训练。来自希特勒的三米长的花圈已经在送葬队伍中了，这是提前准备好的。

“1944 年 10 月 18 日这一天被宣布为国丧。在乌尔姆市政厅举行了父亲的送别仪式。冯·龙德施泰特元帅代表希特勒出席了葬礼，实际上他对德国现状的看法与父亲完全一致。他发表了讲话，这显然是提前为他准备好的。我母亲在父亲朋友们的陪伴下出席了葬礼。葬礼上宣读了希特勒发来的电报。现场播放着贝多芬创作的《英雄交响曲》。上千人抽噎着、痛哭着，但是我却在想，他们实际上什么也不知道，对他们来说父亲是‘自然死亡’。

“后来我回到了自己的部队。再后来我在一个工程部队的军事小组服役……1945 年 4 月 20 日，当我们执勤的时候获知战争已经失败了，但还有这样的标语‘维也纳仍属于德国，而柏林也将回归德国’。这一切我都觉得无所谓。我一直在等着美国人进入乌尔姆的那一刻。获知这个消息后，我和两个伙伴向希特勒挥了挥手永远道别，然后我们把卡宾枪放在了一个农民家里。为了以防万一，我们还是把子弹袋留下了，我们担心万一有人想像‘英雄’一样牺牲。夜间我们离开了，我们不打算再为希特勒做无谓的牺牲了。

“战事情况是这样的。法国第一军突破了黑森林向南方挺进，接下来是美军和北方的英军。法国人偶然在里德林肯抓住了我。我没有和他们对抗，我不想成为阿尔卑斯山堡垒的人肉炸弹。在希特勒杀死我父亲后，如果我再为他牺牲自己那该是多不明智、多愚蠢啊。”

曼弗雷德在第三帝国覆灭后做的第一件事就是说出父亲死亡的真相。他试图尽最大努力把真相告诉周围的人。1946 年，空军元帅、德国和意大利武装力量的总司令阿尔贝特・凯塞林在纽伦堡回答了监狱精神病医生莱昂・戈尔登松的问题，即希特勒杀死隆美尔的传闻是否为真。他说：“我认为，这件事百分之九十九是真实的。我听说，他们给了隆美尔自杀的选择。我听说，他的儿子也这样说……”①

的确，1945 年 4 月 27 日，隆美尔元帅的儿子在里德林肯当着证人的面就父亲死亡的原因做了说明。

> 我是曼弗雷德・隆美尔，1928 年 12 月 24 日出生于斯图加特市埃尔温・隆美尔上尉的家。在最近的战争中我的父亲官至陆军元帅。母亲是露西・隆美尔，本姓莫林。现做下列声明：
>
> 我的父亲，陆军元帅埃尔温・隆美尔，于 1944 年 10 月 14 日去世，他并非像大众传媒宣布的那样死于伤病，而是被元首阿道夫・希特勒下令杀死了。
>
> 1944 年 7 月 17 日，父亲在法国里瓦罗（卡尔瓦多斯省）美国歼击机袭击时身负重伤。炸弹爆炸之后，父亲的颅骨多处骨折，面部支离破碎。他在巴黎的医院里立刻接受了医治。当他可以活动的时候，被救护车送回了海尔林市。虽然已脱离了生命危险，但是骨折的影响却永远留下来了。父亲实际上恢复

---

① Голденсон. Интервью. С. 460.
戈尔登松：《纽伦堡访谈录》，第 460 页。

了健康而且可以自己走很长一段路。我可以证明他的身体明显变好了，因为那段时间我经常在家。因为在预备军中的优异成绩，高射炮连指挥官给了我几次短假可以回家。父亲仅抱怨过左眼疼痛难忍和左眼失明……

希特勒不希望当着全德国人民的面损害父亲的声誉，于是给了父亲自杀的机会，给了父亲快速致命的毒药。不然，父亲就会被逮捕然后被送往柏林。父亲选择了自杀。当着见证人的面我发誓，我说的所有的话都是真实的。

证人：

保罗·列普，格普维列市市长，公证人

弗里茨·戈罗特，经理，里德林肯，马克布拉茨

签名：曼弗雷德·隆美尔

说完这件事之后，曼弗雷德已筋疲力尽了。尽管他的面部表情很平静，但恰恰说明了他一点也不好。隆美尔提议我们喝茶、吃点心，他请求让他歇一歇，之后就一下子陷入了昏昏欲睡的状态中……

为将军提供毒药，希特勒给了他选择……有些信息我在什么时候听说过……

对了，是从希特勒的教女罗斯玛丽·克劳谢恩那里。

在曼弗雷德·隆美尔再一次进行必要的休息时，我来跟你们简单讲一讲基督教传教士团奠基人罗斯玛丽的故事。她是一个上了年纪的女人，2010 年我在纽伦堡的一个老房子里找到了她。刚开始我试着通过传教士团找她，但是她在海里斯的兄弟们坚决拒绝给我她的联系方式。他们说，她中过风，身体不好，而且只谈论宗教问题，其他的她一概不关心……既然没有电话号码，我只好去老房子打听一下，在那里，正如我猜测的那样，住着一个重病之后恢复了健康的上了年纪的女人。

阳光明媚，我的眼前出现了一栋带着阳台的白色五层小楼。在紧闭的大门上有写着公寓住户名字的按钮，其中一个按钮的旁边手写着“罗

斯玛丽·克劳谢恩”。正当我考虑接下来该做什么的时候，入口处的玻璃门打开了，从楼里走出了一个女人。我撑住门，不让它砰一声地关上，特意感谢完这位陌生的女人，我走了进去。

我敲了敲一层胶合板制成的薄薄的门，这里有一条长长的走廊，这样的走廊常常在恐怖电影里出现。门开了，我看到了罗斯玛丽。她的嘴角一边微笑着，另一边却僵硬着。她明亮的灰蓝色的眼睛带着恐惧和疑惑，上下打量着我。

当你刚刚闯入一个老房子，你应该对别人说什么呢？我语无伦次而又快速地告诉罗斯玛丽，我在找她，我在做纪录片《纳粹战犯的孩子们》，她在海里斯的兄弟们太保护她了，以至于我甚至都不能给她打电话请求见面……

克劳谢恩太太（她在我的每句话之后都说 OK）脸上的肌肉慢慢地舒展了，眼睛里的恐惧渐渐地消失了，握着门把手的手也放松了。

“请进吧！”罗斯玛丽打开门说道。

她的发音很奇怪，而且她说每句话都要耗费巨大的力气。她需要的是体力，而我需要的是智慧。我竭尽全力试着理解罗斯玛丽每一句不清不楚的话，然后做出明白了的表情。大脑解读着那一串串传递着思想的声音太累了，几乎都要爆炸了。

罗斯玛丽尽管上了年纪，身体不好且行动不太方便（她说自己的腿有点瘸），但是看起来是个强壮的女人。她很漂亮，尤其是笑起来的时候。克劳谢恩太太安排我坐在了小客厅的沙发上。客厅里还放着沙发椅、长凳、两个小碗橱，碗橱里放着餐具，其中一个碗橱上镀金的兹韦兹达·大卫像闪着微光。屋内还有一个铺着白色桌布的小圆木桌，桌子上放着罗斯玛丽费力淘来的带小碟儿的茶碗和廉价的塑料电热水壶，她就是用这个茶壶烧水。

“我听说了您的故事，关于您的父亲和您的教父。”我小心翼翼地说道。

罗斯玛丽轻轻地点了点头。

“您的教父是希特勒?”

“是的。”她一边承认，一边把小茶碗和碟子弄得叮当作响。

这个女人出生于1934年，她是一个将军的女儿。起初希特勒对这位将军敬爱有加，但是后来不久就失去了他。罗斯玛丽指出，自己的出生日期是1934年8月16日，正是在这一天德意志共和国宣布为第三帝国。

“希特勒在我出生的这一天飞到了汉堡。我的父亲当时是汉堡市的警察局局长，他需要去机场迎接希特勒。我的父亲显得非常高兴，于是希特勒问他：‘你为什么这么高兴呢?’父亲回答说：‘因为我的女儿罗斯玛丽出生了。’于是希特勒自己提议做我的教父……就这样，我不得不拥有了这样一位著名的教父。”

我和她聊了很久，但是很大一部分时间都在谈论宗教信仰。罗斯玛丽执着地奔向这一主题。她问了我关于俄罗斯、父母、亲人、战争和经历过战争的爷爷的情况。

“但是他们都已经不在人世了。”我不知所措地告诉突然跪在我面前的罗斯玛丽。

“没关系。我以个人名义请求得到你所有的亲人们、父母和熟人们的原谅！告诉他们，我很抱歉，我请求他们原谅德国人给他们带去的痛苦。”

告诉她我很惊慌失措？还是什么也不说吧。我不知道，当一个陌生的老人跪在你面前请求你原谅整个德意志民族在第二次世界大战所犯的过错时，你怎么应对？这有点让人发蒙。我赶紧扶起罗斯玛丽，并向她保证会把她全部的话转达给所有人，只要她拖着病腿好好地坐在沙发椅上喝茶就行。

“那么，我们也要请求您的原谅……因为我们知道您后来的一切……”我低声地说道，试图消除自己脸上表现出的震惊。

“不，不。你们没有做错什么。我喜欢俄罗斯人，非常喜欢他们。我还喜欢犹太人，这是我最喜欢的民族，我太爱这些人了。”罗斯玛丽平静地说着并对大卫像点了点头。

她真诚地说着，让人没法不相信她……

罗斯玛丽执着地坚持说，我应该去听听她的布道演说，而且一定要见一见她的宗教界朋友牧师杰列克，是杰列克彻底改变了她的生活。我费了很大的劲才成功地搞清楚这个老妇人简单的故事。正如我所知，罗斯玛丽在自己的布道演说上经常讲述自己的故事。她用质朴的话语讲述自己的故事，而且避开讲出名字，故意忽略每一个与她父亲生平细节有关的问题。从她口里讲出的故事听起来很普通，没有精心雕琢的痕迹，让人无法反驳。

“1935 年我的父亲被任命为柏林警察局局长，负责 1936 年奥林匹克运动会上希特勒的安全……本来一切都很不错，我们住着大房子，有个大院子和很多仆人。在院子里，我和哥哥们嬉戏玩耍，父亲不忙的时候也陪我们玩儿。母亲一直照顾我们……1937 年，一下子全变了，有人告诉希特勒我的父亲不仅对犹太邻居很好，还试图帮助很多犹太人。至少我是从母亲那里知道这件事的。然后……1938 年 5 月，盖世太保的人来找父亲给了他两个选择，要么自杀，要么把我们全家送进集中营。父亲选择了自杀。吞下了毒胶囊……”

罗斯玛丽的家被毁了，别墅被没收了，能拿的都被拿走了。罗斯玛丽的母亲和孩子们（儿子是父亲前妻所生）流落到了街头，在亲人和朋友家到处奔走，没有一个栖身之处。那时小罗斯玛丽明白了一点，既然她的教父杀死了她的亲生父亲，毁掉了他们平静安逸的生活，那么，教父，也就是希特勒，应该死。

所有人都怕苏联红军，罗斯玛丽也害怕，但是在苏联红军中她遇见了可以杀死希特勒的人。不过他们也差一点杀死了罗斯玛丽。

“我记得苏联军队来时的那种恐惧……我不知道怎样克服恐惧……怎样摆脱这些感觉……怎样消除这种疼痛……因为俄罗斯士兵对德国人所做的事儿是恐怖的……战后，我在美国遇到过一位女士，她告诉我说：‘我痛恨苏联人。’我问她：‘为什么？’她说：‘苏联人来的时候，我只有 13 岁，我被连着强奸了两天。我永远也忘不了。’然后我告诉她：

‘我也忘不了这件事……对苏联军队的恐惧刻骨铭心，后来我一听到俄语就浑身发抖……1945 年当我们逃到西部的时候，俄罗斯人四处追捕我和我的家人……因此，战后我痛恨所有人，包括纳粹分子、红军，非常痛恨那些半大的孩子。”

但是后来罗斯玛丽把自己的悲惨遭遇还有她如何度过战后 10 年、如何不愿意看见苏联人、如何不愿意去民主德国探望自己的亲属都讲给了上帝，上帝要求她原谅苏联人、原谅纳粹分子。“上帝对我说：‘如果你谁也不能原谅，那么我也不能原谅你……’于是我说：‘好吧！我原谅他们。但是永远不会去苏联……’”

不过，她还是去了俄罗斯、乌克兰，去了以前的其他加盟共和国，而且不止一次，还带着自己的布道稿。毕竟罗斯玛丽是基督教传教士团的首领，而且她还会一点点俄语，她决定开始学习这门让她害怕了 10 年之久的语言。

我不知道她的故事有多少是真的，有多少是虚构的，或许就是一种习以为常的套路。她利用这些来传播最基本的真理，应该学会原谅，永远原谅周围的一切。

罗斯玛丽的故事结束了，我必须还要再说一件令我震惊的事情。在第一频道播完《纳粹战犯的孩子们》后，我非常好奇职业电视评论家和普通观众们的反应。罗斯玛丽的故事和她说的话，说红军在柏林对待德国人很粗鲁，这让那些“超过 30 岁”的人和年轻一代的观众都很难接受。那些将近 30 岁的人，在网络上写下了自己的感受，比如“她怎么可以那样说？难道我伟大的祖父瓦夏，这个世界上最可爱的、给我留下了许多最温暖回忆的人，他在柏林杀人了？不，这绝对不可能”。这么说来，你的祖父瓦夏不是去打仗了，而是去那里给大家发巧克力了？这可是战争啊！那些在身体和心灵上都精疲力竭、疲惫不堪的人们，他们在四年的卫国战争期间失去了妻子、父母、孩子。一些人最后到了柏林……但是杀人还是强奸，这纯粹是个人的选择。有的人这样做，有的人那样做。无论如何，都不应该由我们来评判。我们唯一能做的就是不再说谎，不再颠倒黑白。

这就是希特勒教女的故事。关于憎恨和原谅的故事……

在曼弗雷德·隆美尔给我们讲述完父亲生命最后一天的故事后，我们就留他在沙发椅上休息。曼弗雷德的父亲是希特勒的陆军元帅埃尔温·隆美尔，他在希特勒的命令下同当时罗斯玛丽的父亲一样自杀了。喝完茶后，等到曼弗雷德醒来，我们继续拍摄。隆美尔又变得精神矍铄，而且尽量详细地回答了我们的问题，包括关于他父亲的纪念碑的问题，不是海登海姆的那块纪念碑，而是关于隆美尔这一名字在历史中的地位问题。他是什么人？对一部分人来说他是叛徒，对另一部分人来说他是英雄，对当代的德国人来说，他是可有可无的人物。

曼弗雷德默默地、一动不动地听着我的问题，有时候看起来像在打盹，但是没有等我最后几个单词说完，他就立刻说道：

“我总是维护父亲的名声，因为我是他的儿子。我也是那种因喜欢鸣不平而备受责难的人。毕竟普通士兵的职责是执行命令，平民们也要服从制度的约束。现在我们生活在一个新时代，在这个时代很容易成为民主主义者，并且关注人权。而在第三帝国，只要一提到希特勒有错，那你就要遭到惩罚，甚至死亡。如果谈到犹太问题，可以说在第三帝国时期，发生了很多恐怖事件。报纸把人们给洗脑了，于是普通的德国人很少关心犹太人发生了什么，很少有人能站出来保护这些犹太人。有一次，一个英国军官问我的父亲，他说，‘您知道德国对犹太人做了什么吗？’父亲回答说：‘这与我无关，政治是这样的，而我只是一名军人。’但是我觉得他是错误的，军人也应该承担起责任。当然，父亲很幸运，因为他在西线战场上。甚至丘吉尔也对我的父亲赞叹不已，他不仅赞扬他的军事技能，还有他的高尚品格。在非洲所有人都表现得非常得体。父亲认为没必要盲目地听从希特勒要求消灭所有犹太人的荒唐命令。还有其他一些人，故意对这些命令不加理睬。”

“大概，直接问您对于您父亲的看法毫无意义？”

隆美尔微微地笑了笑。

“怎么会呢？我说了，我永远爱他。但是这和政治立场毫无关系。时代是这样的，在当时的环境中他做了自己应该做的事。我非常尊重他。即使在非常复杂的形势下，他还是行为得体，不能说完全正确，但是整体上来说还是正确的。我知道，他从来不要求别人去做连他自己都不想做的事儿。我以他为傲。”

曼弗雷德开始沉默，试着调匀呼吸。

“历史无法假设。但是如果……他能活到战后并在1945年出现在纽伦堡会怎么样？盟军如此敬爱他，未必会判处他死刑。可能判处10年，又或者更少呢？”我推测说。

隆美尔的眼睛透过镜片发着光。他似乎没有料到我会提这样的问题，但是马上回答道：

“我感谢命运，因为它让父亲免受法庭审判，免受希特勒的审判。希特勒曾用这个威胁父亲，如果他拒绝喝下毒药，他可能要遭受更加残酷的迫害。如果他在纽伦堡接受审判，谁知道呢？有罪之人总是……因此我不希望我的父亲身处这其中的任何一个审判中。不，一切就这样发生了，就像本该发生的一样。”

拍摄结束后，隆美尔突然有了力气在镜头前带我们在他的家里走走。走到客厅角落他的办公室，隆美尔打开了公文夹和文件的合订本，里面是有关第三帝国的一些现今的和以前的资料，还有一些是他父亲的信件和亲手签署的命令。

“想要吗？”他用颤抖的手递给我一张用打字机打出来的纸，上面是埃尔温·隆美尔亲手签署的命令。

“什么意思？”我不明白。

“意思是我送给你了。”曼弗雷德毫不惋惜地用颤抖的手递给我一份文件，“我有很多文件……”

我已经花了几个月的时间努力寻找这张旧的、有点脏了的纸，这张很久以前的官方文件。我甚至想不起来我用它做什么了。怎么能把它弄丢了呢？多少次，我时不时地一次又一次翻着桌子的抽屉，但是怎么都找不到它。尽管我相信，它在这里的某个地方，和我在一起。

阳光已经不是那么炙热，因为已经傍晚了。曼弗雷德似乎大口地呼吸着。

斯图加特市前任市长曼弗雷德·隆美尔的健康状况明显恶化。据《斯图加特报》报道，84 岁的隆美尔因病情恶化住进了医院。隆美尔患帕金森病已经 17 年了，几乎一直都被困在残疾人轮椅上……①

我不想再在报纸上看到曼弗雷德·隆美尔这个名字了，因为这个名字下一次必然会出现在令人悲伤的内容中。把它留在 2010 年 6 月底和丽泽罗婕并排坐在长凳的那张凝固的照片中不是更好吗？

伯尔托里德·冯·施陶芬贝格的照片上面遍布了裂痕，和很多照片一起粘贴在客厅的一张相框里。“这是父亲和我在柏林的时候拍的。”伯尔托里德抚摸了一下竖在镜子前的银白色相框，“我在那里待了三四年，当然，直到刺杀希特勒失败。”

我在其中一张照片中看到一个头发浓密，留着精致的左偏分头，脸部线条优美，身穿西装、白衬衫，打着领带的男人。他的脸上还没有绷上用来遮盖空空的左眼眶的黑色绷带。他的左手五指（负伤后他失去了两个手指）拿着一本打开的儿童书，右手搂着一个兴奋地看着伯尔托里德的和伯尔托里德长得很像的小姑娘，身穿连体袜、凉鞋和双色短上衣。

伯尔托里德解释道：“我出生于 1934 年，而我的父母是 1933 年结婚的。当时父亲刚刚开始在距纽伦堡北部 60 公里的班贝格任职。母亲的父母在‘一战’后搬到了班贝格，在那儿买了房子。总之，我的父亲 1933 年在班贝格任中尉一职，娶了母亲。我最先出生，接下来还有四个孩子。小妹妹康斯坦丁在刺杀希特勒失败、父亲去世后出生的，是 1945 年 1

---

① Цит. По: Stuttgarter – zeitung. de. 21. 08. 2013.
摘自《斯图加特报》，2013 年 8 月 21 日。

月，所以她从来没见过父亲。

“儿时的事情，当然不记得了。我随父母多次搬家，最初从班贝格搬到汉诺威，之后，过了两年，搬到了柏林。父亲被军事学院录取，这张照片就是在那儿拍摄的。我记得在柏林的最后的日子，父亲被调往伍珀塔尔前不久，我当时 4 岁。当我满 5 岁的时候，战争开始了，父亲离开了。直到牺牲前他都很少回家。在家待得最长的一次，是他在非洲负伤后休假，整整两个月。我的童年大部分是没有父亲的。那段时期这种情形对很多孩子来说是很普遍的。总的来说，我关于他的记忆都是很美好的。父亲热爱生活，热爱孩子们，同时他对我们要求也很严格，但没有他的严格要求也不行。他和母亲一起照顾我们，我们对他很钦佩。

“我父母亲的关系在今天看来是很普通的。她完全地信任他，完全地遵循他的吩咐。我甚至记不起他们吵过架，至少孩子们从来没见到过。他们之间有着完全的默契。母亲在很年轻的时候就嫁给了父亲，她当时只有 20 岁。战争开始的时候，她还是个很年轻的姑娘，但不得不独自料理家庭的日常生活、照看孩子们……”

伯尔托里德·冯·施陶芬贝格的目光注视着墙上镶着金色椭圆边框的母亲的油画肖像，注视了片刻，又开口说道：“父亲刺杀希特勒是在 1944 年 7 月 20 日，就在那一天他被杀害了。直到战争结束，我才知道发生了什么。在这之前，我们除了知道是父亲刺杀的之外，其他情况一概不知。1944 年 8 月，我在报纸上看到了对谋反者的一审诉讼，那份报纸至今还会出现在我的眼前，整篇新闻报道充满了仇恨。但是我的内心里还没有做好准备去接受我的父亲是个罪犯或者叛徒的说辞。我只是不知道究竟发生了什么。临近 1944 年夏天，我三分之一的同班同学都失去了父亲。因此，我对此并没有多奇怪，我最意外的不是父亲的死，而是他死亡的情形。

“父亲被杀害后，7 月 21 日晚上，母亲也被捕了。22 日晚上，外婆和她退休前一直在红十字会做护士的姐姐也被带走了，她们被关进了监狱。我们留下来与保姆和拮据的祖母住在一起。过了三天，我们也被带走了。我们四个孩子被送进了保育院。

“同时我们四处打听被捕的母亲的情况，她先是被关在柏林，之后转去了集中营和柏林北部的拉文斯布吕克，那里是女子集中营，由盖世太保负责审问囚徒。她在那里一直待到 1945 年 1 月 27 日我的小妹妹出生。母亲被捕时就已经怀孕了。她被送往奥德河畔法兰克福的一家医院，之后，苏联军队逼近了边境线，医院后撤到了波茨坦，她和小女儿在那儿一起生病了。后来她被送到了远亲那里。冯·施陶芬贝格伯爵家所有男人作为罪犯的家族成员都被捕入狱了，战争后期，他们在南蒂罗尔被释放并转交给了美国人。

“我们几个孩子从 1944 年起就生活在一个商人创建的寄宿学校。纳粹分子没收了学校并把它转交给一个叫作‘国民社会主义慈善机构’的组织，之后在此基础上建造了我们的保育院。孩子们并不是很多，保育院也并不拥挤，有时候人数会增多，但是大多数孩子不会在那里待太久，他们并不是都带有叛徒的标签。最后只剩下我们 14 个人。我们四个，表兄弟、表姐妹、外婆姐姐的孙子辈，他们的父亲也是巴黎阻击战的参与者，还有几个别的家庭来的孩子。起初我们彼此并不信任，我们只是不知道，谁是谁。

“1945 年的复活节，我们被带到了布痕瓦尔德集中营。但在中途经过北豪森的时候，遭遇了轰炸，车站被炸毁，火车停运了，我们又被送回了保育院。之后美国人来了，战争就此结束了。母亲想找到我们，但当时的德国通信完全中断。

“后来是外婆的姐姐通过红十字会找到我们的。简单来说，1945 年初或中期，她意外地出现在这所用公交车组成的保育院，之后我们去了图特林根，父亲的家乡。而外婆在 1944 年 11 月也从监狱释放出来了，但要经受家庭监禁。我们回去一天后，我堂姐妹的母亲也回来了，她是父亲哥哥的妻子，她是从慕尼黑回来的。在南蒂罗尔美国人释放了她，之后不知为何被带到了卡普里。从卡普里她去了巴黎，之后又到慕尼黑。在慕尼黑，大主教给了她一辆车，所以她才能到达图特林根。但是我的母亲在哪里，没有人知道。之后才知道，她住得非常近，和我的小妹妹一起住在离霍夫不远的熟人那里。我的小妹妹当时还只是个吃奶的婴儿。1945 年年初我们把母亲接回了家。

“外婆去世后，班贝格的房子成了母亲的财产。实际上，房屋已经严重受损，需要好好地修缮。所以，1953 年前我们一直留在图特林根。1947 年，我进入寄宿学校上学，之后我的弟弟们也在那儿读书，妹妹在班贝格的文科中学读书。

“中学时期，我作为交换生去了苏格兰。我们学校的创建者是库尔特·汗，一个犹太人。1933 年，纳粹分子逮捕了他，之后把他驱逐出境。他的学生之一就是当时默默无闻而现在享誉全球的菲利普亲王，现任英国女王的丈夫。我按规定去了苏格兰一所新的中学。那是我第一次考虑，要不就别读书了转而去参军。我一直也没搞明白，为什么我在 17 岁时就如此坚定地决心参军，当时德国境内并没有军队。然而当我 21 岁时，我还是成了一名士兵。整整 39 年的服役期间……”伯尔托里德戏剧性地停顿了一下，对着房间的镜头投去狡黠的眼神，“……我从来没有后悔过自己的这个选择，我喜欢做一个军人。”

“中学毕业，我给当时相当于国防部的机构写了封信，它当时的名称很简单，叫布兰卡部门，布兰卡是其头目的名字。我写道，我想成为德国武装部队的一名军人，尽管当时并没有军队。我甚至收到了回复，他们说，当组建军队的时候，我们会考虑你的意愿。当时没有人知道，何时才会有军队。因此，我去了斯图加特的奔驰公司实习。我决定做一名工程师，因此必须实习合格。半年后实习结束，我进入了商务课程学习。从那时候起我学会了用 10 个指头打字。军队仍未组建。为了不浪费时间，我考入了大学，研读法律。1955 年 12 月我被叫去科隆面试，1956 年我成了一名战士。

“职业生涯的末期我成为一名将军，不是很大的军衔，仅有两颗星，旅长。正如其他北大西洋公约组织的国家一样，我们也对应的是旅长的称号。现在的旅长称作少将，之后是中将和上将。之前对应上将的最高级别的军衔是元帅，现在已经没有这个军衔了。”

伯尔托里德沉默地在精致考究的客厅里踱步，目光缓缓地扫视着整个房间，突然指向空空的、用略显破旧绿色布包着的圈椅，更准确地说就是有着高椅背和木质扶手的沙发椅。

“你们应该会对我父亲遗留下的东西感兴趣。这个就是他的沙发椅，它寄托了我母亲对父亲的怀念，直到 2006 年母亲去世（她当时 92 岁）它都一直被放在客厅里。母亲很少谈论有关父亲的事情，偶尔提起也会略微带过。父亲似乎一直都和我们在一起，所以也就没有这个必要了。母亲没有再婚，并且含辛茹苦地抚养着五个孩子。从 1953 年到 1993 年，她余生的大部分时间都是在班贝格度过的。后来，她需要别人照顾，因为她坐上了轮椅。母亲便搬到了离班贝格不远的弟弟家里。随后，在分家具的时候，所有人都认为这把沙发椅应该归我所有。瞧，它就在这儿。任何人只要想坐都可以坐。我并没有限制说它只是我一个人的。我很少坐它，除非客人很多的时候。”

冯·施陶芬贝格走向沙发椅，坐在上面冲着镜头笑了笑。

“莫非这是除照片之外，您父亲留下的唯一的东西？”

“父亲还留下了一个他在非洲所穿的制服上的血迹斑斑的肩章，但是，肩章早就没了，我们也不知道它现在在哪儿，母亲保管着所有东西……父亲没有留下任何文件，盖世太保拿走了班贝格家里的一切东西。也许，在盖世太保档案室里可以找到当时落到东德政府手里的一些东西。

“父亲曾经是个骑兵军官，并被授予过荣誉剑。1999 年，这把剑出现在曼海姆，而且是在前德国共产党主席的手里。他是如何得到这把剑的？没有人知道，所有人都去世了。我们认为，父亲是以某种方式将它留在了柏林，他曾在柏林一直服役到 1942 年。因此，我们认为还有些地方藏着和父亲有关的一些东西。曾经有一个人十分肯定地说，他知道哪儿有我父亲的制服。但是，我们认为他不过是个骗子……”

令人惊讶的是克劳斯·冯·施陶芬贝格所有的孩子都在第三帝国的摧残下顽强地活了下来，并在战后德国开始了新的安定的生活。有一种说法，1944 年 7 月 20 日，在刺杀希特勒事件之后，海因里希·希姆莱曾下令要毁灭施陶芬贝格整个家族，然而这位传奇上校的孩子们却存活至今。并且，他们也都有了自己的子孙后代。

“我和我妻子于 1958 年结婚，那时我们都还很年轻。那个时候我是中尉，在奥伯豪森市的瓦杰从军。从那以后她就跟随着我，随我的派遣一直到处搬家。这样的搬家大概有 20 次。我们去过美国、英国。她从来没有工作过，就这样成了名副其实的军官妻子。”

“您的儿子们是怎么看待他们的英雄祖父的？您肯定告诉过他们有关他们祖父的事情，是不是？您说了些什么？什么时候？”

伯尔托里德陷入了沉思。

“我记不清第一次和他们说是什么时候了。但是，我记得我主要告诉他们说：‘你们都必须读一下有关祖父的文章。’祖父并不是一个关系很远的亲属。但我对于我的祖父们又知道些什么呢？其中一个我从来没有见过，他在我出生之前就已经去世了。另一个一直体弱多病。他们对于我来说只是来自遥远过去的人。如果你没有在一个人活着的时候见过他，没有和他接触过，他对你来说只不过是来自过去的影子……对于我的孩子们来说姓氏是个沉重的负担，因为每一个人都知道它。所有人都会问他们，你们是那个施陶芬贝格的亲戚吗？这也就相应增加了一些责任。其中的滋味只有自己知道。

“人应该因为自己的事迹而被他人熟知，而不是单凭自己的姓氏。因为这样，他们会立刻将一些期望与你联系在一起。我总是对我的孩子们说，尽人皆知的姓氏就等同于信用额度，如果你按时还款，它就会越来越高；如果没有按时还款，它就会降低。所以，应该按时还款。总的来说，我的孩子们都听我的话。他们大量阅读了有关他们祖父的记载，阅读了所有发表了的文章。但是他们的读后感与我不同，因为对于他们来说，他们只是在讨论一个外人。而对我来说，完全是另外一回事，毕竟我和父亲的关系并不远。”

“如果回到姓氏的话题……”

“啊……”伯尔托里德立刻打断了我，他似乎因为自己的跑题有点不好意思了，“当然，必须承认，如今，作为抗敌英雄的孩子要比纳粹战犯的孩子好很多。但是，从另一方面讲，以尼克拉斯·弗兰克为例，如果他说他的姓是弗兰克，人们未必能够立刻将它和来自克拉科夫的弗兰克本人联系在一起。1958 年，我们这里有一个名叫冈斯·希姆莱的牧师，他是福音派教徒，他和海因里希·希姆莱并没有亲属关系，但是，他用的也是这个姓氏。这很正常。但是，每个人都知道施陶芬贝格。我们有个长长的姓氏，人们记住了这个姓氏。当然，对于我们每一个人来说，这是一个沉重的重担。比如，如今我虽然不需要四处躲藏了，但是，很多年前有一些人依然认为我是叛徒的儿子，认为 7 月 20 日的刺杀是叛徒行为，只不过他们中的绝大多数人已经去世了。在坦克军队里这样的人很少，但是，有时候还是会有人给我写令人讨厌的匿名信。我在美国学习时，有关我父亲的书籍已经在那儿出版了，他们邀请我参加所有的书籍促销，有可能因此销售得不错，于是人们渐渐地对反纳粹开始感兴趣。你们来到我家，给我拍摄，这不就是很好的证明吗？战争已经消失在遥远的过去，但是人们的好奇心却日渐增长。”

“也许吧。我们要制作一个纪录片。要知道已经有了关于您父亲的故事片，就是《行动目标希特勒》，您不喜欢的汤姆·克鲁斯在里面扮演了主角……”

“嗯。”冯·施陶芬贝格微微皱了皱眉，“‘不喜欢’这个词不准确。我只是对汤姆·克鲁斯出演这部影片感到很疑惑，因为他是基督教科学论派的拥护者。我们本身是天主教贵族家族。在一次关于这部影片的采访中，我说出了自己对演员选择的不满，很多人支持我，也有很多人抨击我。但是，影片已经制作完成了。这是一部很不错的好莱坞电影作品。令人惊讶的是，我父亲的故事完全触动了美国人。我关注过这部电影的命运，知道它并没有给创作者带来非常可观的利润，但至少收回了成本。还有其他有关父亲的电影，我知道的第一部关于他的电影是在 1955 年拍摄的。”

“您作为儿子看到屏幕里的演员扮演着自己的父亲、母亲和自己，是什么样的感受?”

“我总会刻意地、全方位地去观察自己，尤其是这种虚构的形象。对于我父亲和母亲也是一样的。”

“您是自己去的影院还是有人邀请您观看首映?”

“我并不是很想去……但是，我接受了首映式的邀请，因为首映式所赚的钱要捐给某个慈善机构，还有我的一个侄子客串了这部影片。令我吃惊的是，首映现场的很多年轻人都哭了，我父亲的故事触动了他们。当然，我自己并没有哭，因为我不是那种易于激动的人。”

“我觉得，年轻一代让您的精神有所紧张。”

“精神紧张?”伯尔托里德皱了皱眉头，然后摇了摇头说，“不，不是这样的。当代年轻人很难理解极权主义下的生活，他们无法想象这种情景，他们的行为没有受到过任何约束，他们不明白为什么不能说出自己的想法，不明白可能会因为说出不该说的话而被送到集中营。我总说，自由和饥饿在某些方面是相似的，只有当你完全没有东西可吃的时候，当你不知道下一顿能不能吃上饭的时候，你才会明白什么是饥饿，这和自由是一样的。不能够只是去尝试做一个自由人或者是不自由的人，因为所有人都知道这只是一个玩笑，明天一切还会照旧。所以年轻人终究还是不明白什么是‘不自由’。可以尝试着向年轻人解释，即便是为了鼓励他们思考也好，但这终究不会成为他们生活中的一部分。因此，你可以问问自己，当自由受到限制时，年轻人能否进行正常的判断，他们能不能挺过去?”

伯尔托里德的父亲克劳斯·冯·施陶芬贝格经过漫长的岁月变成了一个印记。他是单色调的，在任何方面他都是值得肯定的英雄。他爱自己的家庭，他拯救着德国。他是那个满怀希望地帮助希特勒获得权力，在波兰和法国打过仗的最初的冯·施陶芬贝格吗？我觉得，德国人后来的暴行，尤其是在苏联的暴行，让他认清了希特勒的真实面目。我想，这不只是暴行，更是整个东方军团盲目地追随希特勒所犯下的愚蠢行为。

随着纳粹分子、盖世太保统治世界的野心越来越大，施陶芬贝格越来越怀疑希特勒。至少这种说法比起汤姆·克鲁斯饰演的光辉形象更接近事实，也更为人性化。正如赫尔曼·戈林的侄孙女贝蒂娜所说，战后的德国人完全没有什么可引以为傲的东西，他们需要有新的英雄形象，就像隆美尔、施陶芬贝格。很少有人想起 1944 年 7 月 20 日计划刺杀希特勒的将军们，他们在残酷的拷问之后都被杀死了。所有人都知道是冯·施陶芬贝格实施了刺杀，只有他受到了尊敬。

但是施陶芬贝格也是人，在憎恨希特勒之前他也因为对希特勒的尊敬而走了一段很长的弯路，而这比那些闪亮的画面更有趣。

Дети Третьего рейха

扎乌尔和施佩尔
——第三帝国废墟之上

2008 年，圣彼得堡科学院研究中心选出了历史上首位名誉教授。这一称号刚刚确立，就授予了一位在学术上有巨大贡献的外国人士。令人惊奇的是，院士们一致选择了德国的出版人克劳斯·格尔哈尔德·扎乌尔教授，因为扎乌尔教授在书籍出版和国际出版交流领域做出了巨大贡献。如果说我对出版事业知之甚少的话，那么对于这位姓扎乌尔的教授则多少了解一些。

克劳斯·格尔哈尔德·扎乌尔在德国南部有一所宽敞的住宅。三年后，2011 年夏季，我看到了他的名誉教授证书原件就悬挂在这所住宅的墙壁上。当然，我并不是出于对书籍出版的好奇而去他家做客的，而是另有原因。克劳斯的父亲卡尔·奥托·扎乌尔，是拥有至高权力的第三帝国军备部部长阿尔伯特·施佩尔法律上的代理人。事实上，1944 年起他就开始直接对希特勒负责了。克劳斯继承了父亲的组织才能，成为一名威望极高的商人。

书架与书柜包围着我，上面陈列着不同样式和色彩的书籍。书籍摆放得整齐有序，并按主题分门别类，有的甚至按照色彩摆放。它们仿佛不是书，而是笔直地站立着，正在接受有些吹毛求疵的德国将军检阅的士兵。扎乌尔走向其中一本书，微蹙着眉头，将胖乎乎的食指指尖伸入其中，约半厘米。他时而皱着眉头，时而眉头舒展。我甚至还没来得及发现什么，一切便又井然有序了。

“这里是我出版的所有关于战争的文学作品。”主人停顿了一下，为了让我看到贴着天花板的巨大的白色书架，他稍微地让了一下身子。

不言而喻，书架看起来的确很大。

“隔壁柜子里的书都是关于抗战的。可以说，我的出版社真正兴起始于我开始出版有关反抗希特勒的书籍，长期以来我一直致力于此，这对我而言非常重要。”

克劳斯对反抗的兴趣并不是偶然产生的。他承认，以此为主题的书籍并未给他带来巨大的商业利润。这仅是出于他个人的不满，是对第三帝国、希特勒和他已故父亲的一种特殊的问候。按照希特勒遗嘱中最后的意愿，他的父亲最终取代了他所厌恶的长官阿尔伯特·施佩尔，获得了他的职位，成为德国法西斯废墟之上的部长。1945 年 4 月的最后一天，德国被楼房上凸出的钢筋、总理府和内阁正门上掉落下来的铁鹰以及扭作一团的纳粹万字形党徽淹没了。克劳斯的父亲仍然称这样的德国为第三帝国，直到他意识到希特勒以自杀的方式使德国处于瘫痪状态。实际上，克劳斯的父亲在位仅三天。在 5 月来临时的那段时日里，他多年的梦想终于成真了。但透过那绝非礼炮声的巨响，他听到了自己纷乱的喘息声，肥硕的身躯发出沉重的、断断续续的呼吸声，或许这时他终于明白了一件事，他应该毫不犹豫，马上逃开。

卡尔·奥托·扎乌尔的长子克劳斯于 1941 年出生，居住在慕尼黑市极具权威性的布拉赫区。他的住宅装修极为考究，显示出主人的非凡品位。笔直的铁栅栏围绕着房子，在太阳底下闪闪发光。房子位于深处，沿着栅栏往前走，便能看到修剪过的整整齐齐的草丛，它的形状酷似立体几何图形，在这片绿的海洋中分不清花草和树木。笔直的沥青路一直延伸到入口笨重的大门处，白色的墙壁上镶嵌着彩色的玻璃。门的正上方是白色栏杆围成的阳台，围绕着二楼的中心，巨大的深褐色的瓦房顶边缘笼罩其上，房子高度不低于两层楼。所有窗框都与房顶的色调保持一致。

克劳斯·扎乌尔是一位非常成功的出版商，资产丰厚。虽然我对他的生意一无所知，但我认为，由于电子书的出现和大众阅读兴趣的逐渐丧失，许多出版商正在经历一段艰难的岁月。不过，或许德国的情况比其他地方稍好一些，德国人对纸有一种奇特的依恋感，比如各式各样的明信片、圣诞节用来装饰枞树的硬纸盒、书签以及各种类型和品种的记事本。

门打开了，克劳斯·格尔哈尔德·扎乌尔出现在房间的门槛处。他瘦瘦的，但肌肉强壮，身高近两米，蓝灰色的眼睛，一种欧洲高级长官特有的谦恭而拘谨的微笑使他那薄薄的嘴唇习惯性地抿在一起。他身着驼色西装，上衣敞开着，露出里面白得有些晃眼的衬衫和红色的领带。他看起来有些粗笨和生硬，同时又有些不可思议的挺拔和灵活，就像他左手上闪闪发光的瑞士名表的齿轮一般。

克劳斯礼貌地、慎重地和我们打着招呼，紧紧地握了一下我们的手，邀请我们进门。这所住宅实际上不止两层，它还有第三层，因为下面有一个地下室，由木质楼梯连接着地上与地下。与其说扎乌尔的家是住宅区，不如说是办公室，因为它看起来并不是很舒适，但很实用。一楼占地面积很大，但没什么东西，只是在其周围立着一些狭窄的书架和书柜。所有的摆设都经过精心策划，将小桌子、矮软凳和舒适的圈椅等放置在一起。

扎乌尔以不可思议的速度跑进了另一个房间。不，他不是在跑，他是在以极快的速度边走边挥舞着长长的手臂。然而，他说话慢慢腾腾，发音异常清晰，好像在用秤测量话语的分量，将思维中自认为多余的部分剔除出去。

我们和扎乌尔站在其中一个房间的书架旁。“这是第一个。”房间的主人自豪地向我们介绍道。

“也就是说您出版的战争书籍都是关于反对希特勒的吗？”我问道。

“不仅是我出版的，我所收集的书籍也是关于这个主题的。”扎乌尔补充道，“但总体而言不仅如此，有格别里斯的日记、施佩尔的回忆录，诸如此类的书很多，甚至还有关于我父亲的书籍。”

他从书架上取下一本红色封皮的书，书籍中间是卡尔·奥托·扎乌尔的照片，脸略显肥胖，眼睛看向一侧。这个人目光严厉，透露着一股讽刺与蔑视，目光所及之处是照片之外的某个地方。大面积的秃顶使得卡尔·奥托的额头显得很高，几乎占据了半个脸，受过伤的下巴有些内陷，显示出这个人曾经的英勇，希特勒曾评价他为天才。克劳斯身材单薄，有着高高的颧骨，和他父亲的确不像，甚至可以说他们的长相截然相反，如果不是他们长着同样的鹰钩鼻，几乎无法完全确认他们的父子关系。

克劳斯全神贯注地注视着封面上的照片说道：

“第三帝国宣传部刊登了我父亲的肖像并写道，很早之前我父亲就与希特勒有联系。这纯粹是谎言。说实话，在20年代中期他的确对纳粹有好感，1931年还是学生的他就加入了纳粹党。可是，事情的关键不在于他入党，而在于他成为头目。很早的时候父亲就对希特勒大加赞赏，并说道：‘这是唯一能够消除失业现象、复兴德国的人。’”

卡尔·奥托·扎乌尔完成学业之后便开始创业，但大萧条时期他的公司破产了。他开始在阿甫古斯特·蒂森金属加工厂工作，很快便成为厂里最年轻的领导。1934年，扎乌尔已在弗里茨·托德身边工作了。

“1934年，父亲成为较大的党组织‘托德组织’的成员。一段时间后，托德这样评价我的父亲：‘扎乌尔的思维方式、反应机制和工作方法都和我很像。’很难想象，父亲所尊重的弗里茨·托德会如此恭维我的父亲。托德在一份呈交给希特勒的报告中给予了父亲这样的评价，那时必须将自己下属的情况汇报上去。”

1938年，卡尔·奥托·扎乌尔已是弗里茨·托德在“托德组织”的代理人。1940年，托德被任命为德国军备军需部部长。他“担任三个部长职位，兼任德国公路、水路和动力总监，除此之外，作为军备军需部部长，他是希特勒在这一领域的全权代表……后来的几年，托德逐渐开始负责最重要的工程项目……”①

托德因空难去世后，阿尔伯特·施佩尔——希特勒身边的红人，也是他的私人建筑师，被任命为德国的军备部部长，而扎乌尔成为他的第一副手。

“哦！”克劳斯·扎乌尔拉长声音，在房间内的书架之间踱来踱去，“托德去世后的那段时光十分灰暗。已经很难说清楚，是否施佩尔或其他人制造了空难，不管怎样，1942年托德去世一天后，阿尔伯特·施佩尔接替了他所有的职位。父亲当时很愤怒，当然是因为他暗地里也曾对

① Шпеер. Шпандау. С. 254.
施佩尔：《施潘道监狱》，第254页。

这一职位抱有幻想。如果说他曾敬重托德，那么他认为施佩尔不值得他尊敬。

众所周知，扎乌尔是一位严格的管理者，他为了事业可以牺牲一切。阿尔伯特·施佩尔在回忆录中暗示，他的第一副手不顾事实，仅仅只给领导者带来好消息，当确实没有好消息时，他仍然储存着部分能缓和领导情绪的信息。

> 我的报告刚刚结束，扎乌尔便开始尝试消除因我而产生的不愉快的情绪。他谈到自己和梅塞施米特的对话，从皮包中抽出四引擎喷气式轰炸机的草图设计。尽管制造能飞到纽约的长距离飞行飞机，即使在正常情况下也需几年时间，但希特勒和扎乌尔马上就开始兴高采烈地讨论轰炸机在美国人数最多的城市的轰炸效果。希特勒和他似乎都很轻率，他们不愿意考虑现实。尽管当时的军事工业已到了崩溃的边缘，但他们没有往任何改变现状的方向考虑，比如广泛采纳各种方案，像1945年西方做的那样。①

不过，马丁·鲍曼对施佩尔和扎乌尔的关系有自己独特的见解。1944年9月8日至9日的晚上，他在给妻子盖尔达的信中这样评价他们和卡尔·布兰特医生（希特勒的私人医生、保健员）：“布兰特、施佩尔和扎乌尔是互相钦佩和赞赏的伙伴，他们在职业生涯中互相帮助。”②

然而阿尔伯特·施佩尔在自己几百页的回忆录中仅仅几次提到扎乌尔，并且对他毫无赞赏之情，更准确地说施佩尔不大喜欢这位妄想取代

---

① Шпеер. Шпандау. С. 550, 551, 574.
施佩尔：《施潘道监狱》，第550、551、574页。

② Борман М. Письма. М.: Центрпошиграф, 2006. С. 135–136.
马丁·鲍曼：《书信》，莫斯科：中央印刷厂，2006年，第135—136页。

自己，并且有信心博得阿道夫· 希特勒好感的第一副手。

克劳斯·扎乌尔用手指扶了一下自己的黑色粗框眼镜说：

“1943 年年底，父亲和希特勒走得很近，当时施佩尔已长期住院，后来在家休养。那时希特勒不仅经常接见我父亲，而且每晚通过电话联系父亲，让父亲向他报告武器制造的情况。1944 年，希特勒散步时对我父亲说：‘亲爱的扎乌尔，如果 1942 年我要像现在这样了解你，那么托德的继任者就是你，而不是施佩尔。’父亲回忆这段情节时总是非常兴奋，尤其是那句让他成为军备部部长的话。”

1944 年 7 月 20 日发生刺杀未遂事件后（冯·施陶芬贝格携炸弹参加在“狼穴”举行的会议），希特勒再次疏远了施佩尔，因为他的众多对手竭力将他与刺杀者联系在一起。帝国部长在他的回忆录中总是想让人知道，失去希特勒的信任对他而言并不算损失。但很显然，他是在纽伦堡审判之后写的这些文字，目的是为了洗白自己的名声：

> 在首都的时候，我了解到，党卫军总队长卡里杰布鲁涅尔坚持要与我见面，我们之前素未谋面…… 卡里杰布鲁涅尔仔细打量着我……他马上表明了来意：“我们在本德列尔施特劳斯街的一个保险柜中发现了一份未来内阁成员的名单。您在其中担任军备部部长。”我在名单中找到了我的姓“军备部部长：施佩尔”，是印刷体的。这位密谋者还在上面不确定地写道：“如果行动成功。”最终他们的怀疑和我 7 月 20 日拒绝前往本德列尔施特劳斯街的事实将我从不可避免的拘捕中解脱出来。”①

后来，扎乌尔在元首心目中的地位更高了：

> 这段时间希特勒在会议过程中越来越习惯刻意忽视我的存

① Шпеер. Шпандау. С. 507.
施佩尔：《施潘道监狱》，第 507 页。

在。他甚至不愿意听我的想法，总是转向扎乌尔。我被迫越来越沉默。会后格别里斯用信任的语调对我说，他对我无视扎乌尔的行为表示震惊，扎乌尔明显意图取代我。①

“没错，很遗憾。”克劳斯·扎乌尔叹息道，“父亲固执地追求工作和部长的职位，他不需要其他任何东西，他是希特勒的追随者。甚至战争结束多年后，我们在弗莱堡散步时，他会突然用不属于他的特有的坦白语气在我面前重复希特勒对他说的那句话，‘他说，我应该担任他的部长，而不是施佩尔’。父亲不假思索地表达了自己的遗憾，但是我想，如果父亲成为军备部长，那他很有可能在纽伦堡被施以绞刑。他不像施佩尔那么狡猾，施佩尔想办法用20年监禁代替了绞刑。”

战争的最后阶段，我开始认真地思考，并且平静下来，不再指挥战役。我决定，如果扎乌尔愿意，就让他代替我管理崩溃的战时经济体制，并尝试维持相对合理的武器制造规模。②

“你父亲最终达成所愿了。”我发现克劳斯已经不再在房间内焦躁地踱步，而是突然坐在长凳上，冷笑，嘴唇抿得像一条线。

“希特勒在遗嘱中任命父亲为施佩尔的继任者，担任军备部部长。也就是说从4月30日希特勒身亡至5月3日，父亲是已不复存在的德意志帝国的部长，真是可笑至极。我个人认为这是已故元首对父亲的羞辱，而不是对他所做出的功绩的肯定。”

“我始终认为，他只是一个有天分的专家治国论者，而不是精神上崇拜希特勒的纳粹忠实追随者。也就是说，不像你们评价的那样。”

---

① Шпеер. Шпандау. С. 542.
施佩尔：《施潘道监狱》，第542页。

② Шпеер. Шпандау. С. 560.
施佩尔：《施潘道监狱》，第560页。

“专家治国论者?”克劳斯看着我，仿佛一秒前才初见我一样，“他是狂热的、肥胖的、出名的纳粹分子，是伸手指向太阳的暴躁主义者，他向往得到权力。事实上，他从1944年3月才开始领导德国军备部，时间非常短。他想成为德国部长。他曾因战争功绩获得了骑士勋章，还有宝剑勋章。他想超越施佩尔，他曾病态般地想除去对手，踩在对手的尸体上。我的父亲就是这样的一个人。”

起初，我认为扎乌尔是用批判的眼光来看待自己的父亲，这一点不同于尼克拉斯·弗兰克的揭露和侮辱。但后来我才明白，这二人之间根本的不同在于，克劳斯总是用一种十分平静的心态说话，从不过分沮丧。看起来他好像已查明了真相，我不清楚这个人的内心世界是什么样的，也难以猜测。如此来说，扎乌尔习惯于压抑自己的情感，用不自然的微笑伪装自己。

“父亲并不走运。”克劳斯继续说道，“希特勒在遗嘱中任命卡尔·邓尼茨为自己的继任者。邓尼茨领导德国，5月3日重新组建内阁，他不顾希特勒的最终心愿，再次任命施佩尔为军备部部长。怎么了?”他突然问我。

“我只是记得，5月初，红军占领柏林，邓尼茨他们在某处组建内阁。他们坐在被轰炸后的废墟上，不能说话，气氛很诡异，他们把自己的名字填在表格上说：‘你是某部部长，那我就是另一个部的部长。’”

“濒死的状态常常不同，但总是以同样的方式死亡。”扎乌尔富有哲理地指出，他停顿了一下，好像是想说得更精练一些，然后继续说道。“差不多5月中旬的时候，他们仍然沉醉于自己的阁员扮演游戏中。卡尔·邓尼茨领导的政府被称为弗伦斯堡政府，因为他们驻扎在弗伦斯堡。这个城市和丹麦边境很近。5月23日，他们全部被逮捕了。我父亲被捕的时间更早，是5月初在纽伦堡兵营。

“美国人在5月初逮捕了他?然后呢?”

“事情是这样的。如果我没记错的话，他被捕后被关押于美国克兰茨堡军营。他在六七个不同的军营都待过。1945年12月，父亲被押送至纽伦堡，在这个国际法庭接受了最严格的审判。此时施佩尔已被认定为普通犯人，他转交给父亲一张他亲手写的明信片。明信片内容大概是：‘亲爱的扎乌尔，我相信日子会越来越好的。祝一切顺利！’尽管他和我父亲的关系从来就没有好过，我曾称他为坏人，但这张明信片却是令人动容的、真诚的、可爱的，明显能看出来写得很认真。这是否意味着施佩尔在请求原谅呢？还是仅仅是一个失去职位的人向另一个失去职位的人的惺惺作态呢？我不明白。但我知道，1944 年他们之间关系极度恶化，那年希特勒在会议上称父亲为天才。”

> 一次作战会议上，希特勒向自己最信任的将军们斩钉截铁地说道：“幸福就是我们军备部有一位天才的领导。我指的是扎乌尔。毫无疑问，他克服了一切困难。”托马尔将军试图胆怯地提醒他注意当时的情况说：“我的元首，施佩尔将军也出席了会议。”“是的，我知道。”希特勒咕哝了一句，好像有什么东西刺激到了他，击中了他，“但是扎乌尔是天才，他能改善局面。”①

“在纽伦堡，究竟谁是天才已经不重要了。”克劳斯补充道，“每个人都在尽力活下去。在审判过程中，施佩尔开始极力撒谎，说他反对希特勒，甚至计划暗杀元首。后来，他出版了大型回忆录。他发明了一种他自己独特的写作方法，时不时地承认自己有罪，然后就展开了详细解释。意图告诉读者，虽说他有罪，但总体而言，真正有罪的是别人。施佩尔没有写自己如何把犹太人驱逐出德国、如何剥夺他们的财产在那里修建自己的豪华别墅，也没有写作为军备部部长的他做了什么。他参加了会议，然后又把自己的名字从名单里去掉，因为他知道，一旦战争失败，这将会对他产生不利影响。”

---

① Шпеер. Шпандау. С. 535.
施佩尔：《施潘道监狱》，第 535 页。

老扎乌尔对施佩尔的厌恶遗传到了他儿子身上。自然，克劳斯在很多方面是正确的。很长一段时间以来，施佩尔的回忆录都是第三帝国时期的重要历史传记文献，每一个从事希特勒及其亲信研究的人，都一定会以这本书为基础，透过它很多人了解了德国希特勒时期的历史。是的，施佩尔审判自己。他以前就清楚地知道，“是”在很多情况下都不如“好像”更有利。他没有同纽伦堡的监狱心理学家和心理医生交谈过，他逃避回答问题，更因医生们尝试说服他而觉得苦恼。当时，他与所有剩下的被告保持着距离，但仍然和他们交谈，将自己的恐惧、绝望和希望都诉诸他们。施佩尔更喜欢沉默，纽伦堡审判结束后，他在自己的回忆录里尽情地表达了自己的想法……

“那您的父亲呢?”

“哦！父亲当然不会如此狡猾。他犯罪较轻，判处少额罚款，1948年获释回到布拉赫的家里。不仅如此，后来他同美国人合作，是克虏伯公司案件的主要证人。总体而言，这也是我父亲同克虏伯家族互相厌恶的丑闻。尤其是，因我的父亲在纽伦堡法庭说出了不利于克虏伯家族的证词，克虏伯公司被定罪。

1945 年至 1946 年在纽伦堡的主要审判结束后，对第三帝国高级纳粹军官的判决也有了结果。其中阿尔伯特 · 施佩尔被判监禁 20 年，在这个城市还进行了 12 轮审判，现在称之为“小型”或“后续”纽伦堡审判（不在国际法庭进行，而是在美国军事法庭）。其中同样是在 600 号监狱，卡尔 · 奥托 · 扎乌尔指证德国最大的企业家克虏伯并以此获得了自由。审判的官方名称为“美国对阿尔弗雷德 · 克虏伯”，目的是追究这位最大企业家的责任，其为第三帝国备战提供保障，推行战争，使用奴隶进行生产。最终阿尔弗雷德 · 克虏伯被判处 12 年监禁，财产遭没收，而卡尔 · 奥托 · 扎乌尔于 1948 年获释回家。然而，50 年代初形势发生了变化。1951 年克虏伯提前被释放，他的私人财产也被归还，而卡尔 · 奥托 · 扎乌尔则被视为企业家圈子内的叛徒，这仅仅是个开始，企业家们宣布与他断绝关系，没有人愿意雇用他。

“有一件事让我更了解父亲了。”扎乌尔躺在户外的圈椅里若有所思地说道，“1955 年，或许是 1956 年，我大约 15 岁。父亲坐在电视机前，注视着当时担任德意志联邦共和国国防部长的杰奥·布朗克。看着，看着，他叹了一口气，说了一句让我的头发都竖起来的话。他说道：‘这就是我的继任者。’当时我冷冷地注视着他，布朗克是施佩尔的继任者，因为三天后，希特勒的继任者——第三帝国的元首邓尼茨就重新任命施佩尔为部长。他只担任过三天的部长。”

“我感觉，这三天的时间使他多年来备受摧残……”

“是的。”扎乌尔表示同意。

“您也深受其害……”

他沉默了。

利用间歇时间，我请求克劳斯转换视角，带我们参观一下他的房子。显然，他并没有做好准备谈论自己与父亲的关系，但我认为仍然有可讨论的空间。总的看来，卡尔·奥托·扎乌尔的长子和许多纳粹高官的子女们有着同样的命运，他们的父亲为元首和第三帝国付出了一切，不可能去关注诸如关爱家庭之类的小事。他们的自我优越感和自负毫无边际。

“看看我的这些书。”克劳斯指着整齐排列的书籍，“如您所见，这个系列共八册。1980 年我出版了大量关于对抗、反犹太主义和大屠杀的书籍。这些书籍都归于‘德以对话’系列之中。鲁道夫·冯格尔是一个出版商，他是康拉德·阿登纳在以色列问题上的全权代表，他的母亲和弟弟在集中营丧生。他对纽伦堡法庭美方首席起诉人罗伯特·杰克逊说想给我出版这八册书。杰克逊说：‘哦，我发现您是在为扎乌尔出版，要知道他是卡尔·奥托·扎乌尔的儿子。’冯格尔问道：‘您怎么看?’杰克逊回答道：‘很好！首先这是一件好事；其次，卡尔·奥托·扎乌尔毕竟不算真正意义上的纳粹分子，他只是专家治国论者。”

“他可能是想让杰克逊决定?”我小心地问道。

“是吧。”他踌躇道，“纽伦堡审判时很多人维护我的父亲，认为他的行为不带有政治色彩，他只是一个专家治国论者。如果另一位元首站在希特勒的位置上，用另一种制度取代纳粹党，他同样会在军备事业上发挥自己的组织才能，也就是说，似乎为谁工作并不重要，重要的是为祖国而工作。但是要知道，从 1925 年起，他便把自己当作是纳粹分子，纳粹意识已深入他的骨髓中，第三帝国时期他敬仰希特勒，第三帝国覆灭之后，他仍然很敬重他，或许比之前更甚。”

楼房里面的每个房间都放满了书。克劳斯的办公室也是如此，装书的柜子排成一列，沿墙而立，似乎房间都是以此为支撑。旧的、新的、破损的、闪闪发光的、有护封的和没护封的，每种书都有自己的存在方式，在明亮但狭窄的书柜内紧密排列。房间中间立着一张老式、结实的木质桌子，上面堆满了 A4 工作纸、胶水、剪刀、铅笔、办公用刀、计算器及苏格兰胶带。在这层楼内对于出版商而言，必备的是一部传真机和两部联通的电话，每个房间都有电话线。办公桌侧面是一个有圆把手的立式抽屉柜。当扎乌尔以其特有的急速动作依次拉开桌子的抽屉然后又猛烈地推进去时，我大声地问道：“桌子看起来有年代了，或许是属于你的某位亲人的？”然后我听到了预料中的答案：

“我父亲的。父亲去世后我一直用着这张桌子，现在它是我的。”

“这张桌子曾经放过什么呢？您还记得，令尊保存过什么吗？”

“很多。”克劳斯沉重地呼了一口气，整理着桌上的纸堆，试图以此将杂乱不堪从自己的办公室中“去除”出去，使这间办公室像其他房间一样秩序井然，“珍藏着的勋章，他是第三帝国唯一一个被授予三枚骑士勋章的人……记得童年时我和弟弟在他房间玩耍，我拉出了桌子的抽屉，抽屉里放着三枚勋章和几张照片，照片中父亲和希特勒站在一起。”

“他钦佩元首吗？”

“他们一直都很钦佩他。”扎乌尔平静又嫌恶地总结道，“走吧，我带你们看一下凉台。总待在办公室也没什么意思。剩下的与父亲无关……”

扎乌尔的办公室有一条独立的通道与带凉台的内院相连，柱子将凉台与绿荫如盖的花园隔开。扎乌尔坐在长凳上。当我们开始交谈的时候，他有点坐立不安。

“您在担心什么？”我问道。

“我吗？”他很惊奇，“不，我只是忘了说，拍摄结束后，我想邀请您和您的同事去一个很不错的露天餐厅。天气这么好，那里不远，而且饭菜很美味。”

童年时克劳斯经常饿肚子。如果说他四岁之前正好是在第三帝国时期，父亲的事业正处于上升期，那么1945年春天开始，一切都变了。父亲入狱，母亲和五个兄弟姐妹从1944年起便住在普拉辛堡，没在加戈恩佐列尔诺夫官邸居住过，5月8日至5月9日，德国投降的那天夜里，他们必须离开豪华的住宅。他们无处可去。

“幸运的是，母亲同克洛伊塞恩村的牧师相识。克洛伊塞恩村位于普拉辛堡附近。当我们居无定所时，这位牧师收留了我们。他对我们很友好，为我们提供了住所。他清楚地知道，我们不仅不是他的教民，而且代表的是一个庞大的纳粹家庭。但他收留了我们，尽管他的房子已经足够拥挤了，我们只能铺着垫子睡在走廊里。所以我们对牧师伯父和牧师的妻子印象深刻。我一直想做一点让他们高兴的事。突然机会来了。一天我从市场回来，奔向了牧师，大声喊道：‘您的儿子奥伊格恩回来了，他晒得黝黑，就像一个黑人！’牧师和妻子一直以为他们的儿子在苏联东线战场上牺牲了。所以我成了第一个给牧师带来好消息的人，他的儿子还活着。”

然后，也还是在1945年，克劳斯全家回到了布拉赫，等待父亲归来。1948年贫困的、前途尽失的天才卡尔·奥托·扎乌尔回到了自己的家。他决定开始自己做生意，因为对他而言没有其他工作可做。

“父亲重获自由，但也失去了在整个行业的地位。1948年，他创办了自己的工程公司。那是一间以前归他所有的小房间，但现在只能将房子过户（作为曾经的纳粹分子，他无权拥有这间房子）。房子的所在地非常偏僻，父亲原本计划第三帝国胜利后在这片土地上建一个大型庄园。

总之，在这个小房子里，他从事生产组织，处理行政事务。1949年，他莫名其妙地接到了一个命令，要他编写一系列关于水利工程建设的图书。此后父亲开始从事出版事业……”

“您和他的关系如何?”

“一直不好。”克劳斯明确答道，“父亲出狱时，我八岁，是家里最大的孩子。他残忍暴躁，又极不公正。他最喜欢我最大的妹妹和最小的弟弟。我对他的情感很复杂。也许是因为和父亲关系不融洽，我总是感觉一大片乌云笼罩在我的头顶。我是一个懒惰的孩子，学习成绩并不好。他经常说：‘我有五个孩子，四个都很正常，而克劳斯……家里有个怪物。’我就是这个怪物。他从不教育我，因为我在福音派小组里找到了依靠。总之，我的学习成绩特别差，16岁时进入商贸中等专业学校读书……在那里一切有了改观，我成为优秀学生，是学习成绩最好的一个。我请求父亲让我去他那正在衰败的公司工作，当时公司正处于破产边缘。1954年，它终究是破产了，我不知道过程是怎样的。1955年，父亲再次做起了生意，然而1958年，公司再度处于破产边缘。这时一个幸运的机会来临了。事实上，也不能称之为幸运。大体而言，我父亲的兄弟，我的伯父去世了。1925年他们兄弟吵翻了，因为父亲被纳粹深深地吸引住了，而我的伯父文化水平很高，要求父亲摒弃这样的胡言乱语。总之，尽管他们之前吵翻了，但伯父去世后还是将他六分之一的财产留给了父亲，这是一笔巨额的财产。伯父有一所很大的住宅、无与伦比的百科全书式的出版物和数个葡萄园。当然，他将这些财产分为六份，分赠于自己的亲人。伯父本不该给父亲留什么遗产，但他却留了，而对此父亲却很恼火，他认为，他作为五个孩子的父亲，得到的遗产应该比两个没有子女的姐妹要多。无论如何，正是过世伯父的这笔钱使1958年父亲的出版社免于破产。”

“有一点我不太明白。”我小心地打断他的话，“他是专家治国论者。希特勒称他为天才。他肩负第三帝国武器制造的责任……正是这样一个人突然不善经营了，而且这项商业活动还与自己妻儿的命运息息相关。”

“唉，我们都不是他那位伟大的希特勒。”克劳斯忧郁地说道，但是绝无讽刺。

“也就是说，对于希特勒而言，他是……”

“……他想为希特勒卖命，却无视我们的生活。他仍停留在那为期三天的部长的荣誉中，他仍停留在第三帝国，他总是与希特勒站在一起……这不是一个人，而是阴影、碎片和残迹。”克劳斯用手指扶了一下镜框。

“那您呢？您是怎样成功地解决父子关系中存在的问题的？”

“没怎么样。尽管我仍然和他一起在出版社工作，在很短的一段时间内，他很需要我。他听我的。”

“但他不喜欢。”我尖锐地说道。

“是的。”扎乌尔直接说道，“他没什么变化。1959 年至 1961 年，我去研习出版事务，那段时间我和父亲每年只见两至三次。学习期间我收到了几份待遇优厚的供职信。其中包括别尔捷里斯曼纳联合企业和杜塞尔多夫的一个很著名的出版社。我想，选择……”

“嗯？”

“这时父亲病了，我想我应该回家。尽管可能看起来很奇怪，我作为一个他不喜欢的儿子，抛弃了一切，像一条忠犬一样回到了父亲在布拉赫的小公司，在那儿拿三分之一的钱，这些钱在别尔捷里斯曼纳也能拿到……但无论如何我回去了，并且告诉父亲应该把他的工程公司改组为出版社。我对他说：‘我们可以印刷全球出版社手册。’他评估了这一想法，然后确认道：‘是技术类文献的全球出版社手册吗？’我回答道：‘不仅如此，包括所有出版物。’‘但你没有将宗教文学和儿童文学包括在内吧？’‘我有这个打算。’他凶狠地说道：‘发行量怎么样？’‘750 册。’‘你这个傻子！’他怒斥道，‘这么多，你从来没售出过这么多！’

“这是我出版的第一本书，并且销售一空，而且这本书还是用打字机打字。用书籍销售所得收入，我买了一台二手打字机，是电子的。第二本书我发行了 1500 册。第三本发行了 3000 册……”

“他最终会对您做出公正的评价。”这时我察觉到，克劳斯并没有我想的那样冷漠。归根结底，他不是那种书虫和惹人厌的人。我也渴望，在扎乌尔家庭内部发生的这一出小型悲剧能有一个幸福的结局。

“父亲吗？他未必能做出公正的评价，而且还是对我。他不会承认，我能做到连他都做不到的事情。我，一个青年专家，在重返他奄奄一息的出版社的第三天就和他因那件小事争吵了起来……从那时起，挖苦就没停止过。我想出的所有改善出版社的建议都借弟弟之口告诉父亲，父亲也亲自教导弟弟。很奇怪，父亲总是对弟弟的话兴趣盎然，对他的任何建议都给予肯定，而我听到的总是同一个回答‘不行’。老实说，我经常执着于一个问题，拒绝了那些诱人的工作机会后，我出于‘家庭状况’选择待在布拉赫，在这样的出版社我能坚持多长时间。”

我的采访对象说得越多，我就不由自主地越发对他尊重起来。他谦卑地一次又一次地努力，只是为了向自己的父亲证明，他是一个好儿子，他也值得被爱……

此刻我所认识的克劳斯非常客观，他在我面前画的这幅插画也变得立体并且色彩丰富起来。他的父亲卡尔·奥托·扎乌尔，故事中的负面人物，我不但不排斥他，反而生出了些许的同情。他不明白很多事情，他被直到生命尽头仍然十分钦佩的人所欺骗。别人像骗小孩一样欺骗他。荣誉、对元首的尊重，最终还有帝国部长的责任，从他的角度来看，都很美好，但事实上，克劳斯是对的，这一切都很虚伪。纽伦堡审判时，卡尔·奥托·扎乌尔为了获得自由而出卖了大企业家。看来自由的力量还是巨大的。

“您的父亲空闲时间会做什么？”

“他坐在长凳上，看着远方。父亲有非凡甚至是惊人的记忆力，这也是希特勒对他周围的人说过的。他了解一切，记得上百次会议的日期和钟点，记得希特勒的每句话、每份报告、每个眼神。他从来没有，哪怕是一次想和我们交流的意思。我不明白，他在想什么，他坐在圈椅里，眼神却越过我们所有人。可能，他在一遍又一遍地回忆着第三帝国。他和我的母亲关系也不太亲近。有一段时间，父亲和他的女秘书有私情，这件事我们这些孩子们都知道，母亲也知道。

“他还对什么感兴趣呢？从 60 年代末开始，他一直投票赞成社会民主党阵营的威利·布朗特，特别厌恶阿捷纳乌埃尔。父亲在各派政治力量中摇摆不定。纳粹党破灭后，他就失去了明确的立场。老实说，即使是作为施佩尔的副手工作的那段时间，他也从来不关注人们是不是党员。军备部是唯一一个纳粹党员占百分之六十的部门。我的母亲也不是党员，他从来没有要求母亲入党。此外，他不是激烈的反犹太者，对他而言，你是犹太人还是德国人并不重要。比如，1942 年，他帮助自己的犹太籍女朋友玛丽·贾默德从不列斯拉乌搬到巴热里。他只是单纯地帮助，因为他有这个机会，因为他认为自己是一个正派的人。还有一件事，他曾经去找希特勒，请求他不要把两个犹太人发配到集中营。这两个人是大企业家的妻子。第一个是威力格里姆·哈斯别尔，奔驰公司总经理的妻子，而第二个是奥托·马伊耶尔，汽车联合企业‘曼’总经理的妻子。父亲请求希特勒宽恕她们。但我认为，事情很现实。他说：‘我的元首，哈斯别尔和马伊耶尔是我非常需要的人。请宽恕他们的妻子吧。’

“我的父亲没有纳粹的意识，他从来不是政客或哲学家。但是在他的最后时日，在他去世前，他还认为希特勒是世界上最伟大的人。他于 1966 年去世，正好是我年满 25 岁生日的那天。

“1967 年，父亲去世一段时间后，母亲收到维尔纳·冯·布劳恩从帕萨迪纳发出的信件。母亲也住在布拉赫，就是那间以前我们全家人住过的房子。为了让我们看信，她拿着信，立刻骑摩托车来找我们。我们，所有她的孩子都住得不远，她很自豪地给我们读信。维尔纳·冯·布劳恩写道，向我们所有人，卡尔·奥托·扎乌尔的亲属表示深切的慰问，她还记得曾受过父亲的很多恩惠。母亲向我们解释道，维尔纳·冯·布劳恩也曾为父亲工作过。维尔纳·冯·布劳恩的不幸始于 V－2 导弹和不真实的告密，因为身上的犹太血统她最终被逮捕，当冯·布劳恩即将被发配到集中营时，父亲保护了她……”

克劳斯突然闭紧嘴唇，挤出了一丝微笑。

“维尔纳·冯·布劳恩的侄女曾经参加过抵抗活动。现在我们都在歌德学院理事会工作。这就是所有与父亲有关的事情了。”

交谈结束后，克劳斯·扎乌尔向我们介绍了他的妻子丽洛，这是个非常可爱并且善于交际的女人。她身材苗条，和克劳斯一样个子高挑，衣着整齐。令人愉快的面容与微笑丝毫没有透露出她的年龄。克劳斯和妻子邀请我们去餐厅吃饭，还抢先说，若是他们发出邀请，那就应由他们来付款。我尝试拒绝，但扎乌尔斩钉截铁地说道：“他们特意没有给我们准备茶和甜点，所以现在是时候让大家一起好好地吃顿饭了。”

我们坐在餐厅宽敞的露天凉台上。喝完啤酒，吃完蔬菜配牛排后，克劳斯兴高采烈地谈起了出版生意。丽洛说她和丈夫有两个已成年的孩子，克劳斯和阿涅塔。两人都已40多岁，并且有了自己的家庭。克劳斯的孩子们完全不关心祖父，而孙子们将来也未必会关心。话题顺便谈到纳粹高官的子孙。当我和克劳斯分享了我对从他那儿得到的信息的感受后，扎乌尔笑了，比平常显得更轻松。

“需要指出的是，您太天真了。您说，许多纳粹高官的孩子都斥责自己的父辈。不，不。我知道，我非常清楚地知道，比如说，不论说什么，帝国元帅戈林的女儿艾达就是真正的纳粹分子。以前是，现在仍然是。有很多孩子，只是没有开口说出来，但事实上他们都是纳粹。而也有一小部分人不支持父辈，但他们是贪慕虚荣的一群人，为了私人利益而利用亲属，获得名誉或金钱。不要相信任何人。我一生都住在德国南部，我明白，我说的是什么……”

“对我和克劳斯而言，最难以理解的是波兰总督尼克拉斯·弗兰克的儿子。”丽洛倒了一杯酒说道。

“我读过他写的关于父亲的书。”扎乌尔说，“应该说，那些内容我很难理解。都是一些奇怪的发现，是废话。尽管说了一些事情，母亲改变了父亲，父亲改变了母亲……着重写了一切隐私方面的细节，还有很多可恶的评论。”

“您厌恶他吗？”我问。

扎乌尔用纸巾擦了一下嘴。

“不。但是他所做的……至少是不得体的。我不认为孩子应该以那样的方式和父辈算账。并且我和弗兰克都可能遭受人们带有偏见的指责，因为我们都是不讨人喜欢的孩子。”

克劳斯的态度令人尊敬。理智的、略显得干巴巴的但是非常有人情味的儿子能够以公正的方式来与父亲算账。卡尔·奥托·扎乌尔曾经反复指责为了自己放弃前程的儿子是废物，克劳斯却以实际行动反驳了他。

很遗憾，卡尔·奥托·扎乌尔对此并不了解。

“我的父亲在我25岁生日那天去世。那是1966年，那年他64岁，患有糖尿病。我们没有做解剖，但是我觉得，他死于癌症。我不知道他在我生日那天去世有什么象征意义。我的确不知道……父亲去世后，我马上接手了出版社。最初我和弟弟们一起工作，后来我独自经营。父亲去世后，出版社以一种难以置信的速度发展了起来，很快有人认为这是一个重要的机构，后来它成为信息、文献领域和出版业界的主要出版社（我开始出版大量的英语出版物，并以它为生）。最终我走向了世界，70年代的美国、日本、阿拉伯国家、苏联、中国和很多其他国家。我领导公司的40年间，公司资金周转从12.7万马克发展到4000万马克。”

接下来克劳斯停不下来了，他忘了我们正在喝酒吃饭。他一连串地说着他出版过的书籍和图书目录的名字，将这些与我没听说过的出版业中的一些名字混乱地联系起来。他将自己的出版社卖了出去，但却一直领导着它直至退休。现在克劳斯并不觉得孤独，他除了是圣彼得堡科学院的荣誉教授之外，还是世界上不同国家数十所大学的荣誉教授。他也是乔加机构管理局和其他协会的成员，其中包括“反对玩忽职守，支持民主”协会。他甚至在很多不同机构担任不同职位，这些机构你可能会觉得杂乱。他的头衔很多，甚至都列举不清。他的生活节奏很快，就像在房间里移动那样，他比大多数人成就更高。他是亲爱的丈夫、父亲和祖父，但他从来没有成为最亲爱的儿子。这种轻微的苦痛和战胜自己、战胜环境带来的令人愉悦的感觉不可分割。克劳斯的成功仅献给一人，他的父亲。

“令尊去世前想过什么事情或什么人吗?”

“不知道。”克劳斯耸了耸肩，“可能他一直想着或记得一些事情或一些人，但这个，你知道的，完全不会是我……”

接下来我想主要介绍一下阿尔伯特·施佩尔，希特勒的私人设计师，1942 年他曾领导第三帝国的军备部，因此，可能也会简短地介绍一下他的家庭。之所以简短介绍，是因为施佩尔本人已经在很多回忆录和访谈录中讲过自己的事情了。

阿尔伯特·施佩尔的所有孩子都沿袭了他的道路，他们写书、拍影片、做访谈。好像他们是民族英雄的子女，就像伯尔托里德·冯·施陶芬贝格。顺便说一下，伯尔托里德使我大吃一惊，他说过：“施佩尔是全世界最坏的人，他最狡猾、最卑鄙。他的后代怎么能够和这个人生活在一起呢?”

他们可以。比如，施佩尔的儿子小阿尔伯特·施佩尔，非常著名的建筑师，他参与过柏林建设、北京奥运场馆建设，在全世界已经开始并且将继续进行自己的建筑事业。他是有意追随父亲的脚步的，但是他也承认，随着时间流逝他已越来越厌烦不停地与父亲做比较。小施佩尔拒绝采访。他解释道，父亲的阴影笼罩着他，但他不会怪罪任何人。要知道他是自愿参与游戏，成为建筑师。他还说，关于父母的事情已说得够多了，近几年不想再说了。

阿尔伯特的妹妹希里捷·施拉姆，与自己的父亲不怎么亲近，是积极的政治活动家（她还是出版人和社会学者）。她的主要活动方向是帮助反犹太主义的牺牲者，他们曾遭受纳粹迫害。阿尔伯特·施佩尔的其余子女并不出名（他共有六个孩子），然而不能说，他们中有人在战后或现在的德国因为姓氏而受难。此外阿尔伯特·施佩尔的回忆录出版后，很多人敬仰他，以能和这位帝国部长握手为荣，人们也很乐意录用他的孩子。

希里捷·施拉姆和她的哥哥一样，表示关于父亲的事情能说的已经都说了。无论是孩子，还是他本人，施佩尔觉得都很幸运，他在纽伦堡审判中被判处监禁20年，他一直在施潘道监狱坐牢，在那里开始为自己未来要出版的回忆录写提纲。他一直活到76岁，于1981年辞世。

“但我认为你可以和我的儿子莫里茨谈谈。”施拉姆太太建议，“他或许是我们这个大家族里唯一没有和媒体打过交道的人了。”

“在我印象里其实外祖父总是被记者包围着。”施佩尔的外孙莫里茨·施拉姆回忆道，我们和他在丹麦见面，他长年居住在那里。“外祖父的回忆录出版后，马上就成为畅销书。媒体开始报道这件事，要想隐藏些什么是不可能的。外祖父也不打算沉默，相反他想当众弄明白一切事情，为自己做一些结论。因此对我们而言，无论是子女还是孙子，任何时候都没有秘密。

“70年代末，针对外祖父在第三帝国历史中所发挥的作用进行了非常严肃的调查。我们在家里并不详细讨论调查的提纲，而只是简单地留意事态进展，猜测已经谈论和报道过他后，外祖父是否会同意下一次采访。但是外祖父从来不拒绝。甚至在我们去看望他时，摄制组都在工作，找外祖父做采访。他说的是否都是正确的是另一码事。我不想说，他总是诚实的。不，也有很多说得不对的地方。不过重要的是罪犯、目击者，他选择了公开，而不是沉默。尽管答案和辩解都有些模棱两可，但他开放的立场值得尊重。

“当然，他也并不是允许所有人走近他。他好像为自己建了一所大房子，房间的墙壁是用来保护他的，让他选择性地接近一些可讨论的问题，努力把自己变成一个正派的人。部分德国居民，尤其是知识分子，想邀请他去演讲。他很乐意，在正面的舞台上他确实能够扮演好自己的角色。”

阿尔伯特·施佩尔去世时，莫里茨11岁。现在莫里茨已经是成年人了，接近40，头发稀疏，脸上不时闪过外祖父式的微笑。他第一次去丹麦是作为交换生去求学的，在那儿结识了自己未来的丹麦妻子。他居住在哥本哈根一个寂静小区内的两层别墅内。施拉姆的小儿子已经长大一些了，莫里茨最担心的是儿子或他本人遗传了外祖父的基因。

“谈到外祖父，当然，我也问过自己，我们有哪些共同的性格特征。这也是因为我把他当成孩子一样看待，我爱他。当你意识到你所爱的人竟然做出那样的事情，你会很忧愁。你不禁会问自己，你会做那样的事情吗？如果他对我而言是某种怪物，那就会简单得多，也可以不再尝试弄清原因。外祖父追求青云直上，而谈到我的事业，我总是表现得很小心，尽力不犯错，希望我的事业不是依靠他人或者损害他人，否则很可能会误入歧途。对我而言，只要是我觉得有危险的地方，我更喜欢后退一步。比如，拒绝升职，如果我觉得我所做的事情违背我的理想，我就会放弃它。通常，我会那样做。”

莫里茨·施拉姆是南丹麦大学文化研究院的副教授。依据自己对 20 到 21 世纪德国和丹麦文学的研究工作，他对德国和丹麦历史了如指掌。

“在丹麦的报纸上，我用丹麦语写文学评论性文章和书评。丹麦媒体也会邀请我评论德国局势。在这种情况下，当然我也会提到我自己的一些事情，包括家族史。阿尔伯特·施佩尔的外孙对于丹麦而言很特别，也就是说不像在德国那样普通平凡。这也很好。从另一个角度而言，当我写一些文学作品时，在某种程度上也会表现出基于家族史的经典人道主义。同时，我不想将一切都简化为我是阿尔伯特·施佩尔的外孙。这不总是很容易，但暂时没什么实质性的问题。

“曾经，有同事和我谈阿尔伯特·施佩尔的建筑，大施佩尔和小施佩尔。他们不知道，我是他们的亲属。当你突然说你很了解大施佩尔的作品，你认识他，他是你的外祖父时，事情就变得有趣了。但从另一方面讲，谈话时突然插入‘顺便说一下，我正好是……’也并不总是奏效。交谈者并不总是知道，该如何面对。有一次，我和我的同事谈到外祖父的事情，他当时就慌了。再次出现了进退两难的境地，一方面不能沉默，另一方面又不能向全世界宣扬此事。”

对自己的外祖父，也就是阿尔伯特·施佩尔的评价，莫里茨尽力做到最大程度上的客观，同时也让自己看清楚，不可能将自己与家族彻底划清界限。他已居住在丹麦十多年了，已完全掌握了丹麦语。

“外祖父，作为第三帝国主要的设计师，后来是军备部部长，很清楚自己在做什么。他建设军工业，使用战俘，其中包括俄罗斯战俘，强迫他们为军工业劳动。将人们从一个国家赶走，强迫他们在非人的条件下工作，他对此有责任。他承认，他罪过很大，我对此并无异议。当我还是孩子的时候便能看出，他脸上的表情总是显得衰弱无力，总体而言他性格忧郁。他明确地知道，他做了什么荒唐事。当然，他试图将很多事情从记忆中抹去，想各种辩护理由，试图将责任推给别人。但他内心深处也意识到自己的责任之大，并且这些责任无法逃避。我认为，即使在生命尽头，他仍然是纳粹主义的忠实追随者。只是在某些时刻，当战争进行到最后阶段时，他明白了是谁造成了这些问题，他尝试影响人们对自己角色的评价，尝试让自己的处境更好，而战后就不仅如此了。”

在摄像机不在场的情况下，莫里茨提到，施佩尔后代家族内部分为两派。

“有一些人支持外祖父，支持纳粹。”他低声说道，“但我和他们不来往，他们也没有愿望与我们交往，他们认为我、我的母亲、我的伯父阿尔伯特·施佩尔，也就是小施佩尔和一些其他的亲属没有将祖父当成烈士、牺牲者和纯粹的专家治国论者。”

后记

纳粹战犯的孩子们或许在自己的生命尽头仍是孤独的。他们有意地，几乎是热忱地在背地里了解彼此，关注着那些出版过关于自己的父亲、祖父和曾祖父的书的人，那些做过采访、在杂志上发表过文章的人，他们各有不同。大部分人是招人喜欢的、深沉的、有教养的，但虚荣心使他们所有人团结在一起。我想，除了纳粹战犯的孩子们自主形成的派别外，虚荣心使他们不停地赞叹自己的先辈，或者抨击他们，直到生命最后一刻。至少在我所遇到的人中，没有对此毫不在意的人。

德国元帅赫尔曼·戈林的女儿夸赞说其父亲不仅是第三帝国举足轻重的二号人物，而且是一位很好的父亲。尼克拉斯·弗兰克讨厌自己的父亲，原因是父亲没有给予他关怀和爱，而不仅仅是因为波兰总督对几百万个生命的罪过。克劳斯·扎乌尔是正确的，他顺便提到了法西斯制度，尖锐地揭露出纳粹战犯的孩子们没有感受过父母的爱。我明白他指的是什么。许多“第三帝国的子女们”不能将自己父亲的形象同法西斯上层官员的形象区分开来，因此也就不能客观地对待自己的父母。

本书在很大程度上具有主观性，我也不想试图论证其客观性，因为经常要援引一些史料，这些史料不能认为是文件或历史学家的科学著作（包括心理医生莱昂·戈尔登松的《纽伦堡访谈录》和心理学家吉尔伯特的《纽伦堡日记》）。主要是我有意不借助他物，而是借由这些第三帝国的上层活动家们的孩子们的眼睛来看他们。

我有意使读者免受说教和统一的答案，而只写一些我亲眼看到的东西，写一些我自己对一些有趣的人的感想，而这些感想可能并不总是客观的。

或许本书与历史相关的部分很少，然而，历史却是与之相连的故事的背景。书中内容不仅与纳粹战犯的孩子们相关，也写到纳粹的父辈和子辈，写到我们每一个人，写到国家和政治制度，也写到英雄和反英雄。

如果本书可以以“主观文献”的身份被阅读，那么我会很高兴，因为您在书中所看到的“纳粹战犯的孩子们”很快就会随着时间流逝而消失，但若书中的文字对某人来说很重要，那么他们将永存于字里行间。

书中没有“坏”主角。每个人都尽可能地和您分享自己的真话，这些真话值得尊重仅仅因为它曾是有声的。感谢所有我遇到的人、交谈过的人、询问过的人，感谢他们的勇气。我最珍视的是，这些人不害怕俄罗斯和以前苏联加盟国的不理解、不接受，而愿意与俄罗斯读者保持联系，他们真诚地希望任何人都不要把世界的深度和复杂度摊成平面，使上面仅有黑白。

或许我不是那么热衷于“第二代子女们”所关注的问题。但是一切我想要和我努力在书中呈现的、在主人公们身上发生的令人惊奇的故事，希望能激发人们尽可能努力地向前行进，不忘记过去，但也不过于沉迷。过去，甚至是最辉煌的过去也都已经成为过去。只有当你认识它、了解它，并善于分析它时，它才会变得对你有利。

塔季扬娜·弗列依杰逊